Eleanor Rigby vive en Granada, pero te sería más fácil encontrarla activa en Instagram. La edad no se le pregunta a una dama. Escribe novelas donde la gente se quiere mucho. Es lo único que hace: de ahí su prolífico catálogo, que en menos de tres años de actividad ha alcanzado la friolera de más de treinta títulos. Es bruta, no le tiene ningún miedo a mandar a sus personajes al psicólogo y le gusta vacilar. Ha ganado un par de premios, ha mantenido unos cuantos libros autopublicados en las listas de más vendidos durante meses y, en su día, recaudó con sus novelas en plataformas de internet algunos que otros millones de leídos.

Ahora, lo que le gustaría ganarse y mantener es tu interés.

Puedes seguirla en Twitter e Instagram:

@tontosinolees
@tontosinolees

Papel certificado por el Forest Stewardship Council®

MIXTO
Papel procedente de fuentes responsables
FSC® C117695

Penguin Random House Grupo Editorial

Primera edición en B de Bolsillo: junio de 2022
Tercera reimpresión: junio de 2023

Travessera de Gràcia, 47-49. 08021 Barcelona
Diseño de cubierta: Penguin Random House Grupo Editorial / Marta Pardina
Imagen de cubierta: © Inés Pérez

Printed in Spain – Impreso en España

ISBN: 978-84-1314-449-8
Depósito legal: B-7.549-2022

Compuesto en Llibresimes, S. L.

Impreso en en Liberdúplex, S. L. U.
Sant Llorenç d'Hortons (Barcelona)

BB 4 4 4 9 8

Solo un verano

ELEANOR RIGBY

He creado una lista en Spotify con las
principales canciones que estuvieron sonando
(en mi cabeza y en mi móvil)
mientras escribía esta novela.
Si queréis uniros a mi viaje astral a las Canarias
y escuchar lo que los protagonistas escuchan,
os dejo este código QR para acceder
a la banda sonora.

Para Lu,
la única persona que tiene la culpa
de que me haya enamorado total,
completa e irremediablemente de Tenerife.
Sin ti, ni este libro habría existido
ni yo habría superado mi miedo a los aviones

Capítulo 1

Con la muerte en los talones

Thiago

Tengo las caderas encajadas en el peor asiento que te puede tocar cuando te subes a un Binter —el que se encuentra justo al lado del motor—, hay un par de tortolitos haciéndose arrumacos delante de mis narices y un tipo con demasiado alcohol en la sangre duerme la mona a mi derecha. Diría que sufre aerofobia y se ha marcado un Melendi para sobrellevar el trayecto, pero creo que hasta el Rey Misterio mancharía los calzoncillos si tomara un vuelo interinsular en estos aviones de aluminio. Por si fuera poco, se me están acumulando los mensajes de Celia en las nubes de notificaciones que saltan en la pantalla del móvil, tan rajada por las caídas libres que parece que la utilice de tabla de corte.

La verdad, solo se me ocurre un espectáculo más desolador ahora mismo. El que me espera una vez aterrice en Tenerife.

O, mejor dicho, *la* que me espera.

—Mi niño.

Ahí está la azafata de turno, ofreciéndome con su mejor sonrisa las que serán mis armas para sobrevivir al trayecto: un vasito de plástico con agua y una Tirma. Se los acepto con educación, pero alguien debería decirle a la plantilla de Binter que, para esta tortura, sería mucho más apropiado servir un chupito de Jägermeister y una galletita de cianuro para morder en caso de urgencia.

O un tiro en la pierna.

A falta de alguna de mis propuestas para distraernos de la muerte súbita por aterrizaje forzoso que nos espera, me toca vaciar el vaso y darle un mordisco a la barrita de chocolate. Es la manera que tiene la *cabin crew* de pedirte disculpas por trasladarte al aeropuerto de Los Rodeos en una trampa mortal.

«Si la palmas, pues por lo menos tenías la barriga llena. Te irás a quejar, chico».

Odio la ruta que Airam tiene por costumbre forzarme a hacer: de Madrid a Gran Canaria, para saludar a sus amigos que estudian allí, y luego de Gran Canaria a Tenerife.

La voz de Leire me llega desde el asiento delantero a la vez que el clic del cinturón, que a buen seguro se abrocha con dedos trémulos.

—Estoy un poco nerviosa, si te digo la verdad.

Es la pasajera situada en el 23B, también conocida como la novia de mi mejor amigo, la empollona de la clase de quinto de Medicina o la pamplonesa. El que se beneficia de los encantos de Leire, como sus medidas de 90-60-90 o sus ojos de muñeca Nancy, está sentado justo a su izquierda. Aparte de ser un tío con mucha suerte, Airam es un temerario orgulloso, o bien un verdadero canario. Solo un asiduo a los viajes de la compañía Binter habría rechazado un agradable paseo en barco de cuarenta y cinco minutos y lo habría sustituido por planear sin control alguno sobre el Atlántico.

Aunque, a decir verdad, los ferris tampoco son el yate de Bill Gates.

—Les vas a encantar —le promete Airam, estrechando su mano con buen ánimo—. Mi familia es muy peculiar, lo admito. Tendrás que ser paciente con ellos, pero son legales.

—Al menos la mayoría —contesto por lo bajo—. El negocio de los bungalows que tiene tu padre en Adeje, legal, lo que se dice legal, no lo es mucho.

Y su matrimonio tampoco debió de serlo, porque no creo que haya un alma en toda la isla que no sepa que se está cepillando a un estudiante de doctorado de la Universidad de La Laguna. Ni siquiera sus hijos, de los cuales una estudia allí. Esa «una» que espero que se quede en el norte, encerrada en su piso de estudiante. Lo más lejos de mí que permita la situación geográfica sin que se caiga al Atlántico.

Aunque... *¿y si se cayera al Atlántico?*

—Pero a mi padre lo vamos a ver más bien poco. En estas fechas abunda el turismo y tiene que ir de un lado para otro pendiente de que todo marcha bien.

—Entonces pasaremos el rato con su madre, Jimena. —Apoyo los codos sobre los respaldos de sus asientos y me asomo con una sonrisita que Airam censura en el acto. «No me toques las palmas, que me conozco», parece decir—. No ocurrirá nada malo siempre y cuando mantengas tu monedero a buen recaudo. Lo único que a Jimena le gusta más que jugar al póquer es ponerse a su familia en contra sacándole los ahorros del cerdito.

Leire mira a Airam, dudosa.

—Ahora que me acuerdo, sí que me dijiste que tu madre es un poco competitiva cuando se echa unas partidas.

¿«Un poco competitiva»? Es la *hooligan* de los juegos de mesa, una adoradora pagana de la baraja de cartas. Yo no la llamaría «ludópata», pues el prefijo «ludo» significa «juego» y ella se toma sus ganancias más a pecho que su trabajo. Y no es que nadie se tome en serio el trabajo de Jimena, porque, aunque haber hecho sus pinitos en un par de telenovelas en su tierra natal, Venezuela —es una Oramas adoptada—, le ha pagado las facturas, talento interpretativo no es algo de lo que ande sobrada.

Salvo cuando se tira faroles al póquer. Por eso podría haber ganado un Oscar.

—Tú tranquila —se apresura a responder Airam—. Le dices que solo llevas cinco, diez perras en la cartera, que no puedes apostar más, la dejas ganar y santas pascuas.

Exacto, eso es lo que hay que hacer. Alimentar al monstruo. Echar más gasolina al fuego.

—Además, piensa que mi abuela estará en la casa. Eso la frenará un poco. Otra cosa no, pero mi madre respeta a la yaya tanto como a Dios.

—Tengo ganas de conocer a tu abuela —reconoce Leire, seguramente pensando en la suya—. Seguro que es un encanto.

Está claro que Leire no ha tenido el dudoso placer de tratar con una abuela gomera. Estoy deseando ver su cara cuando se acerque a ella para darle un beso y Candelaria la agarre de la coleta y le diga que «esas cosas no se practican en su casa». En su casa se practican la ley del hielo, los concursos de mugidos como asentimientos y el tercer grado, aunque esto último solo se aplica como medida extrema cuando desaparecen sus postres por arte de magia.

—Es un encanto, sí... al estilo de La Gomera —puntualizo en voz baja.

Airam me advierte con la mirada una vez más, lo que suma la decimocuarta advertencia en lo que llevamos de viaje.

Por algún motivo que escapa a mi entendimiento, quiere presentar a Leire ante su familia cuando las probabilidades de que se case con ella siendo su novia universitaria son más bien escasas. No lo digo yo, que, a mi parecer, hablo con propiedad en lo que se refiere a lo que es mejor para mi colega, sino la estadística. La pareja de los dieciocho es *la pareja de los dieciocho*, no la madre de tus hijos. No existe el futuro en estos casos.

Por otra causa que me extraña más aún, quiere mantener en secreto que su familia de histéricos la volverá loca sin tregua durante todas las fiestas. Jamás he padecido el martirio de responsabilizarme de una pareja, pero no le señalaría un campo minado y le diría que no pasa nada si se marca un desfile.

Airam no es de los que allanan el camino, parece. Confía en que Leire será lo bastante fuerte para soportarlo, y yo albergo mis serias dudas. Leire cree que lo ha visto todo porque salió de su pueblo navarro para estudiar en la gran capital, pero hay cosas para las que ni Madrid te prepara.

Una abuela gomera, como digo.

—¿A quién más conoceré?

No sabe que seguir preguntando será su perdición.

—A mi abuelo Manuel.

—¿En qué trabajaba?

Esa pregunta permite respirar a Airam. La conjugación es perfecta, porque puede trasladarse a un pasado más o menos cercano para decir la verdad, que es lo que hace:

—Se encargaba de levantar los hoteles más exclusivos de la zona de Los Cristianos.

Si le hubiera preguntado en qué *trabaja* o *en qué trabajó después*, la respuesta habría sido más complicada de trasladar a una cuadriculada estudiante de Medicina.

No tengo nada en contra del Gran Mencey Guanche Manuel Oramas, Hijo Verdadero Del Volcán, y tampoco tuvo que tenerlo el director de casting de los documentales de La 2, porque lo consideraron perfecto para plantarle un taparrabos y ponerle a disertar sobre los pueblos indígenas canarios. Desde entonces, algo le pasó al abuelo Manuel, porque desaparece por temporadas para honrar a la diosa Chaxiraxi en las islas vírgenes y vuelve con una pierna gangrenada por no haberse pasado por el hospital después de que un panal de abejas se cebara con él.

Pero el abuelo Manuel es un tío legal, y no dudo que honrará a Leire con su amplia sabiduría sobre los guanches, que no es poca.

—También estará mi tío Jaime, el eterno soltero —medita Airam en voz alta—. Todos los veranos se trae a una mujer diferente, a cada cual más rara que la anterior.

Sobre tío Jaime no tengo nada que decir. De mayor me gustaría ser como él.

—Luego estaría mi tía Jana. Es una mística del horóscopo... En realidad, de todas las modas espirituales que van surgiendo, entre otras cosas porque su novia está metida en todas esas movidas y la acaba contagiando.

—Tía Jana está en esa etapa juvenil en que las personas son verdaderas esponjas. Absorbe todo lo que ve —explico con tiento.

—También está la niña que adoptaron hace un par de años, Margarita...

—¿Esa es la que dices que es la única mujer a la que Thiago le responde siempre los wasaps? —Leire me lanza una miradita divertida.

—Yo respondo siempre los mensajes.

—Sí, pero como el ibuprofeno: cada ocho horas. Antes no, no vaya a ser que te dé un derrame cerebral.

—Eso es falso.

Leire enarca las cejas, esas cejas que revelan que no es rubia de nacimiento.

—¿Quieres que llamemos a Celia y le preguntemos?

—De Celia prefiero encargarme yo, cariño. Y no tendrá tanto problema con mis respuestas intercaladas si sigue escribiéndome. —Le enseño la pantalla del móvil. Leire entorna los ojos sobre los cortes con aire socarrón.

—¿Cómo es posible que todavía funcione esa basura de carcasa que tienes? En fin. Seguro que sí tiene problemas, Thiago, pero hay mujeres que no saben cuándo parar. —A continuación, se gira en el asiento para prestar atención a su novio, al que le tiende una mano y la estrecha alegremente—. Me parece muy bonito que tengas una familia tan grande, y me parece más bonito aún que nos dejes a Thiago y a mí formar parte de ella.

Está entusiasmada con eso de introducirse en la boca del

lobo, de tratar con la familia disfuncional pero sin duda divertida con la que mi amigo ha sido bendecido. He estado ahí, así que la entiendo. Yo mismo me interpondría entre una bala y todos y cada uno de los mencionados.

—Thiago lleva siendo parte de ella desde hace años. —Los expresivos ojos castaños de Airam me buscan—. ¿Cuántos veranos y Navidades has pasado ya con nosotros?

—No los suficientes para acostumbrarme al Binter. ¿Ya está? ¿Ya has terminado las descripciones? Está claro que te estabas reservando lo mejor para el final, ¿o es que la estrella de la fiesta no nos va a honrar este año con su presencia?

Eso lo pregunto echando un vistazo desentendido por la ventana, no vaya nadie a creer que me importa un bledo la respuesta.

El avión ha empezado a moverse por la pista para iniciar el despegue. Lo único que me consuela es que, si nos estrellamos, no tendré que encontrarme con ella.

—¿A qué te refieres con reservarme lo mejor para...? Ah, ya. —Airam sacude la cabeza, molesto por la mención. Pero no le molesta que se la hayan mencionado sutilmente, porque quiere con locura a la «estrella de la fiesta». Lo que le da rabia es que lo haya hecho yo—. Sí, claro, mi hermana Da también estará allí.

—¡Tu hermana Da! ¡Qué ganas tengo de conocerla! —La sonrisa tierna de Leire muta a una de regocijo interior. Incluso me parece un poco perversa al mirarme de soslayo—. Sobre todo después de que me contaras que es la única persona capaz de cabrear a Thiago.

—Mi hermana es encantadora —replica a la defensiva.

—De serpientes —apostillo.

—No le hace justicia la cantidad de tonterías que Thiago dice de ella en cuanto se le presenta oportunidad. Te caerá bien enseguida. Tiene mucha energía, te partes de la risa con ella y hace el mejor polvito uruguayo de Canarias.

—¿El polvito uruguayo es el postre famoso? No me gusta mucho el dulce.

—Pues es una pena —me lamento con dramatismo—, porque significa que no vas a poder disfrutar de la única ventaja que tiene pasar el rato con Dácil.

—No empieces —me advierte Airam, enarcando las cejas.

Yo levanto las manos en señal de rendición.

—No tenía la intención, porque si empiezo, no termino nunca.

—A mí me interesa su opinión —replica Leire—. Es obvio que el hermano de la criatura se desharía en halagos a la hora de describirla, pero ¿qué opina el hermano postizo?

¿Que qué opina el hermano postizo? Pues que Dácil es esa manzana podrida que arruina todo el frutero, la culpable de que mis estupendas vacaciones veraniegas, rodeado de gente con la que es imposible aburrirse, nunca sean del todo espectaculares porque me tocará aguantar sus desvaríos.

Se supone que su nombre hace referencia a la leyenda de la princesa Dácil, pero lo único que tiene de princesa es el egocentrismo y la volubilidad. Si Dácil fuera parte de la monarquía de verdad, me metería en un sindicato anarquista. Y menos mal que es una simple plebeya, porque como alguien le diera el menor puesto de poder, viviríamos en una dictadura a pan, agua y huevo duro. O peor: una dictadura de aguacates, su comida preferida.

¿Cómo no iba a ser una fanática de los aguacates una auténtica aberración?

—En el caso de ser su hermano postizo de verdad, nuestra historia sería la de Caín y Abel.

Leire levanta las cejas.

—¿Quién mataría a quién?

Ni siquiera tengo que pensarlo para responder.

—Ella a mí, y solo le haría falta la lengüeta de una lata.

—¿Y te sorprendería que lo intentara? —bufa Airam—. Te

recuerdo que le arruinaste un ligue cogiéndole el móvil y escribiéndole «de su parte» toda una serie de barbaridades.

—Solo porque ella se hizo una foto en topless y se la mandó a mi rollo del momento —le sigo contando a Leire, la única persona en este cuadrante que mantendrá una visión objetiva—. Le escribió a Celia como si me hubiera equivocado de conversación y en realidad quisiera enviar esa fotito a mi grupo de amigos.

Leire me concede el punto ganador cabeceando hacia mí.

—Quedabas como un infiel y, a la vez, como un asqueroso.

—Exacto.

—¿Por qué no cuentas toda la historia? —brama Airam—. ¡Fuiste tú quien empezó a ponerle las cucarachas muertas en el dormitorio sabiendo que le dan un pánico horrible!

—¿En serio vas a salir en su defensa con esa bromita ridícula?

—Puedo defenderla desde muchísimas vertientes, Thiago. Da gracias que he empezado por las cucarachas.

—Muy bien, pero yo puedo replicarte sin pensar demasiado. Así, a bote pronto, te recuerdo que, para el cumpleaños de tu abuela, le encargaron a Dácil que me dijera de recoger la tarta. No me informó para dejarme de capullo irresponsable y, ya de paso, arruinarle la fiesta a Candelaria.

Cosa que jamás le voy a perdonar, porque Candelaria se merece lo mejor.

A Airam no le queda otro remedio que callarse.

—Esa fiesta fue todo un fiasco porque a Dácil no le dio la gana de que yo fuera el encargado de tan noble tarea —continúo, mirando a Leire—. O eso creo yo, que todo vino de los celos. Pero ¿cómo se la iban a encomendar a ella, si tiene pies de pato, manos de mantequilla y lengua venenosa? Si fuera a recoger una tarta, se le caería por los dos lados y se las apañaría para que el pastelero acabara poniéndole una demanda judicial.

Leire suelta una carcajada.

—¿En serio?

—No sé cómo, pero lo conseguiría, lo juro.

—Mira, eso es lo que pasa cuando llevas años haciéndole la vida imposible a una persona, que dedica sus días a idear planes para joderte —insiste Airam—. ¿Qué te crees, que no iba a tener consecuencias que la dejaras sin toalla, sin ropa y sin móvil en los baños de la piscina durante todo el verano y tuviera que esperar a que fuera de noche para salir sin que la vieran?

—Eso no es nada comparado con que no me avisara de la llamada de la Complutense y se inventara que «no estaba interesado en la beca». Por su culpa casi pierdo la oportunidad de entrar en el máster —le cuento a Leire, poniendo mi carita de perro apaleado—. Tuve que rogar en secretaría durante días diciendo que fue un malentendido.

—Madre mía —musita Leire—. Parece que me conviene tener a Dácil como aliada.

—No sé yo. ¿Quieres aliarte con las potencias del Eje? Nada bueno salió de la Alemania nazi. De su única heredera, menos todavía.

Airam elige el momento en que las azafatas comienzan su baile con el chaleco del capitán Pescanova para perder la paciencia. Se encarama al respaldo de su asiento y me advierte una última vez, con esa solemnidad que a ratos consigue darme escalofríos.

—Mi hermana puede tener el carácter más complicado del mundo, pero es suavita como la seda cuando no estás en medio.

—Yo también soy un cielo cuando no me calientan las narices.

—Pues no le pongas las narices delante y verás como ni se acerca a tocártelas.

—Eso te crees tú. Las polillas van a la luz y Dácil, a la oscuridad. Todos sus caminos conducen a arruinarme la vida.

—No será para tanto —interviene Leire, tratando de calmar los ánimos.

Le hago una dramática caída de ojos.

—Leire, ¿has visto aquel cuadro de Goya llamado *Saturno devorando a su hijo*? Pues Dácil...

—Ni siquiera lo insinúes —me advierte Airam.

—Oye, no tengo la culpa de que tu hermana haga que Hulk parezca un gato en coma.

A Leire le da la risa tonta, y Airam, que no está de humor cuando se trata de Dácil, la fulmina con una mirada que le corta el rollo bien rapidito.

—Chacho, no voy a discutir esto otra vez. No te des tanta importancia, ¿vale? —Finge que me lo está pidiendo, pero es una orden inapelable—. Si la dejas en paz, ella te dejará en paz.

Medito esa posibilidad rescatando una imagen de Dácil de mi memoria.

La niña de las bambas y los rasgos saharauis, como las trenzas africanas de gorgona y la piel heredada de su madre mestiza; la larguirucha de la cara llena de lunares, la que tiene tantas perforaciones en las orejas como en el alma; ese manojo de nervios que nunca lleva los calcetines iguales, la que se pinta las uñas pero no le gustan hasta que están descascarilladas. La gótica del tinte negro que combina sus gargantillas y sus medias de rejilla de Miércoles Addams con una cadenita de la Virgen de la Candelaria y los abalorios más excéntricos que uno pueda imaginar. No cree ni en Dios ni en la muerte porque ella triplica en coraje a todas las fuerzas de la naturaleza, pero ahí está ella siempre, invocándolos en todas sus maldiciones.

Dácil, en definitiva. Me dan ganas de reírme solo de imaginarla quietecita y hablándome como una persona normal.

—Dácil no ha conocido la paz en su vida. Como se encuentre al dalái lama por la calle, le da una patada en las pelotas, estoy seguro.

—Ese no es ni el tema ni el mensaje. Si te importo, aunque

sea un fisco,[1] estas vacaciones intentarás que tengamos la fiesta en paz. Quiero que todo salga bien con Leire, y teniéndoos a Dácil y a ti fabricando bombas caseras en la cocina o ahogándoos en la piscina, dudo que eso vaya a ser posible.

—¿Y se lo has dicho a ella, que fue la que me dejó inconsciente jugando al waterpolo?

Nunca olvidaré su sonrisa perversa al decirme que «había sido sin querer» cuando podría anotar veinte puntos desde el otro lado de la piscina y con los ojos cerrados.

La única virtud que estoy dispuesto a reconocerle.

—Tendré esta conversación también con ella, sí.

—Bueno, entiendo que hayas empezado por mí y no por Dácil. A ella no se le puede aplicar eso de «las damas primero» —comento con inocencia, mirando a Leire con el rabillo del ojo—, porque si a alguna dama se parece, que lo dudo, sería a la de hierro. ¿Sabíais que a la Thatcher le dedicaron tiernas melodías como *How Does It Feel (To Be the Mother of a Thousand Dead)?*[2] y a su muerte se multiplicaron las escuchas de un tema tan adorable como *Ding-Dong! The Witch Is Dead*[3]?

Claro que mi bruja, dama de hierro o como se la quiera llamar, está muy viva. Está tan tan viva, que nos va a enterrar a todos.

A mí el primero.

—Dácil no merecería menos que eso. —Me pongo la mano en el pecho, asegurando que hablo desde el corazón.

—Joder, Thiago —se ríe Leire—. La chica te inspira. No para bien, eso seguro, pero es innegable que saca tu lado creativo.

1. Un poco.
2. ¿Cómo se siente ser la madre de mil muertos? (*How Does It Feel [To Be the Mother of a Thousand Dead]?*, Crass, 1984).
3. ¡Ding-dong! La bruja está muerta. (*Ding-Dong! The Witch Is Dead*, Judy Garland, 1939).

—Thiago —se mete Airam—, estoy hablando en serio.

—No es la primera vez que me hace esta advertencia. Es el discursito de introducción a la casa de los Oramas. Al igual que las directrices de los azafatos en caso de accidente, se repite cada vez que me monto en este avión —le explico a Leire, quien se ha activado con esta historia de muerte y destrucción entre Dácil y yo, y me escucha con verdadera curiosidad—. Desde que tengo uso de razón, Airam me ha rogado de rodillas que finja que Dácil no existe. No entiende que yo lo haría encantado, pero no se puede ignorar la presencia del Maligno.

—Thiago —repite Airam en tono fúnebre—. Te estás arriesgando a que te rompa la cabeza.

Alzo las manos en un gesto de rendición. Y si cedo, no es porque me dé miedo, sino porque esta vez es diferente. Es importante, si no crucial, que Dácil y yo nos portemos como adultos. Su relación con Leire está en juego y Airam no es ningún noviete desprendido que se toma a sus parejas como una vía para pasarlo bien. Airam se responsabiliza, se toma la vida todo lo en serio que no se la toman sus familiares —de ahí que se convirtiera en el elemento unificador y sea considerado, a la vez, la oveja negra— y le gustaría que los demás lo hiciéramos igual.

Pero no es tan fácil. Si, como se dice, el aleteo de una mariposa puede generar un huracán en la otra punta de la Tierra, juro por Dios que los berrinches que coge Dácil por mi culpa pueden ser los causantes indirectos de que los países de Oriente vivan en perpetuo conflicto armado. Siempre nos las apañamos para no solo salpicar a los demás con nuestras discusiones, sino para obligarlos a tomar partido y recoger luego los platos rotos.

Airam no quiere que Leire se corte tirando a la basura la vajilla que ha volado por los aires. Lo entiendo. Y solo por eso, porque es primordial para mi amigo y no porque mi vida corra peligro cerca de una Dácil furiosa —ante nadie admitiré que haya conseguido habituarme a esta vieja y legendaria costumbre de arruinarnos las vacaciones—, estoy dispuesto a hacer un gran esfuerzo.

—Te lo digo en serio —concluye él, determinante—. Como arméis uno de vuestros pleitos, no respondo de mí.

Sé a lo que se refiere con esa coletilla, y ni siquiera la locura de Dácil en sus peores días es equiparable al miedo que da Airam Oramas enfadado.

Todo aclarado ya, mi amigo entrelaza los dedos con su novia para disfrutar del despegue.

Que le aproveche, porque será la última vez que lo haga.

Yo cierro los ojos, bien agarrado a los reposabrazos. Por un segundo desaparece el pánico que me inunda cada vez que me subo a un medio de transporte. Estamos solos yo, mi promesa de allanarle el camino a Airam y mi plena conciencia de que, pase lo que pase en este Binter —es decir, sobreviva o la palme—, el destino será el infierno.

Y en el caso de poder elegir cuál de ellos, preferiría recibir el dulce abrazo de la muerte a la engañosa bienvenida de la niña de las bambas.

Al menos, en el infierno bíblico no me esperará Dácil.

Capítulo 2

La palabra que empieza por «D»: ¿Dácil o diablo?

Dácil

—Dácil, ¿estás segura de que Thiago no viene este año a casa?

Todas las miradas de las viajeras —tía Jana, su novia Salma y Maday— se posan sobre mí con desconfianza. Yo tengo el descaro de girar la cabeza hacia la ventanilla, por la que entra la ventolera fresquita de La Laguna, y encogerme de hombros como si el tema no fuera conmigo.

Y es que «el tema», «la cosa» o, si queremos llamarlo por su nombre, Thiago, no va en absoluto conmigo. Si es por no ir, no va ni a venir en este vehículo.

Me he asegurado de ello.

—Que yo sepa, no —respondo en tono inocentón—. Airam me dijo que iba a pasar las vacaciones con su novia.

—Siempre dices que Thiago no formalizaría una relación con una chica aunque le diera ventajas tributarias —replica mi tía Jana.

Sus ojos delineados con sombra verde me persiguen a través del espejo retrovisor.

Para dedicarse a coser abalorios y así crear la joyería de mercadillo más monstruosa del archipiélago, tiene tan perfeccionada su mirada de interrogatorio que cualquiera diría que su vocación es la abogacía.

—Pues parece que me equivocaba y vosotras teníais razón al decirme que mi visión de Thiago, o del miedo al compromiso de Thiago, o de la cobardía y la falta de agallas de Thiago, no tiene por qué corresponderse con la verdad de Thiago. Ha sentado la cabeza. —Me encojo de hombros.

—¿Ah, sí? ¿Y con quién, si puede saberse?

—¿Tengo cara de dedicar mi tiempo a *stalkearle* en redes sociales? Ni lo sé, ni me importa.

Pero salía con una pijita madrileña que lleva náuticos y se hace el alisado japonés.

Digo «salía» porque lo etiquetó en una foto durante veinticinco segundos —así fue como la encontré: Celia Lorente— y seguro que Thiago entró en pánico tras su atrevimiento y la bloqueó, porque enseguida dejó de salir en su *feed* de Instagram.

Tía Jana enarca las cejas en modo de sospecha máxima, la misma que tuerce la expresión conspiradora de su pareja y la aterrada de mi mejor amiga.

Maday suele estar al tanto del objetivo maligno detrás de mis *pequeñas* bromas pesadas, pero esta vez he creído prudente ocultarle el plan. No creo que se enfade cuando sepa que no le he rogado que nos acompañe al aeropuerto para darle la bienvenida a Airam. Con lo buena que es y lo mucho que la alegra reencontrarse con su mejor amigo, estoy segura de que ni se le pasará por la cabeza que he metido cuatro personas en un coche para que Airam y Leire, uno encima del otro —o una encima del otro, como lo prefieran— ocupen el único asiento restante.

Maday se inclina sobre mí para apoyar la barbilla en mi hombro, pegajosa como es, y me susurra:

—¿Me prometes que no has *hackeado* las notas de la Complutense de Madrid para que le suspendieran asignaturas por error y así tuviera que quedarse estudiando para recuperar?

Apoyo la mano solemnemente sobre mi pecho.

—Te lo prometo. Mis habilidades de *hacker* no llegan tan lejos.

Llegan MÁS lejos.

—Tampoco te las habrás apañado para que alguno de los chavales que lo sustituyen en el trabajo en vacaciones se parta una pierna y Thiago deba reemplazarlo, ¿no?

—¿Por qué partirle la pierna a un compañero pudiendo partírsela a Thiago?

—¿Por qué partirle la pierna en singular a Thiago pudiendo partirle las dos? —Maday suspira, entre exasperada y soñadora.

—Me gusta cómo piensas, mi niña.

—Dácil... —Hace una pausa dramática—. No compraste todos los vuelos de Gran Canaria a Tenerife para que Thiago tuviera que quedarse fuera del viaje, ¿verdad?

—Pero, chacho, ¿por qué piensas tan mal de mí?

—Quizá sea porque te conoce —se adelanta tía Jana, enarcando su poblada ceja de Frida Kahlo—. No me fío ni un pelo de ti, Dácil Oramas.

—Pues no soy mucho menos fiable que tus horóscopos. Mira, si Thiago aparece al final, tenemos suerte de que el maletero sea grande.

—Si Thiago aparece al final, vas a ser tú la que se meta en el maletero.

Y tras esta advertencia, tía Jana aprovecha que no hay guaguas esperando a la entrada del aeropuerto y planta su Renault de juguete en plena línea amarilla. Se convertirá en una interesante línea roja cuando el conductor de los autobuses de Los Rodeos empiece a pitarle y mi tía amenace su vida con lo que tenga más a mano. La última vez fue un desodorante de espray que guardaba en su bolso. Estaba medio vacío, pero consiguió abrirle la cabeza al chófer.

Estilo Oramas, qué puedo decir.

—Thiago ni siquiera va a venir y ya le estáis dando un trato preferente sobre mí —mascullo de mala gana.

—No se trata de preferencia, sino de sentido común —me corrige tía Jana—. No vas a meter a un metro noventa de pibe en un maletero lleno de sombrillas. Tú eres una machanguita[4] plegable, por suerte.

Pongo los ojos en blanco.

—Y tú eres una pasajera prescindible. Cualquiera de las aquí presentes mejoraría tu conducción temeraria, y eso que ninguna tiene el carnet.

Tía Jana sube el volumen de la radio para no tener que espetarme que me calle. Me pregunto cuánto tardarán Los 40 Principales en minar su paciencia. La última vez que la acompañé en su viaje al Médano, llamó por teléfono al programa de radio y les soltó que estaba hasta las narices de la cancioncita de Harry Styles y les preguntó si habían oído hablar de algo denominado «variedad musical».

Acto seguido, arrancó la radio del coche y la arrojó por la ventana.

Todavía no sé cómo lo consiguió.

Por supuesto, su novia no estaba delante, o habría procurado actuar como la persona zen que «Salma le ha ayudado a ser». Cuando Salma está trabajando, en cambio, Jana se permite comportarse como la neurótica que *Salma le ayuda a reprimir* a base de viajes al continente asiático con una mochila al hombro, clases de taichí y visitas a un chamán que le hace la correspondiente limpieza de aura. Todavía no me perdona que me doblara de la risa cuando entró por la puerta, toda sonriente, y dijo que sentía los chakras restablecidos.

4. De machango, que significa tonto.

En el caso de que los chakras sean algo real, me siento como si me los hubiera alterado una nube negra en cuanto echo una miradita a la salida del aeropuerto. Las tres figuras de Leire, mi hermano y Tarado aparecen por las puertas automáticas, risueñas por una idiotez que el último acaba de decir.

Ah, sí. Ahí está Tarado. Y ahí están también el nudo de angustia y el subidón de adrenalina que le suelen preceder.

¿Algún día me acostumbraré a esta reacción?

Tía Jana aferra el volante para contener uno de sus arranques de ira, y espeta entre dientes:

—¡Si es que lo sabía!

La mano de su novia vuela de inmediato a su muslo.

—Tranquila. Mantén la calma, serena, siempre al mando de ti misma.

—¡Vaya! —exclamo, aparentando inocencia—. Parece que al final sí que venía. A lo mejor quiere darle una sorpresa a mamá.

—O darte a ti una irritación, ¿no? —Tía Jana se frota las sienes, al borde de la crisis—. ¿Dónde vamos a meter ahora a estas tres criaturas? Por Dios, Dácil, ¿por qué haces estas cosas? ¿Cuál es tu problema?

¿Que cuál es mi problema? ¿Acaso no lo está viendo, con sus caminares chulescos y sus Ray-Ban —porque tienen que ser Ray-Ban, *pijodeldemonio*— prendidas del puente de la nariz? ¿Con esa sonrisilla desaprensiva que intenta ocultar lo muchísimo que se habrá cagado encima al montarse en el Binter?

Todo en él es irritante hasta la exasperación. La manera en que ladea la cabeza para que las mujeres que lo acompañan, incluso si se trata de la novia de su mejor amigo, tengan que ponerse de puntillas y hablarle al oído, porque si no, «no te oye bien»; el modo en que sus músculos de nadador llenan las camisas de narcotraficante miamense que le gusta ponerse, siempre complementadas con un par de cadenitas brillantes que resaltan en su cuello esbelto; la forma en que se muerde el labio después de soltar unas cuantas carcajadas de cortesía y luego niega con la cabeza, como si acabara de descubrir que no tenía sentido reírse, que aquello no era tan gracioso. Odio su *mullet* de Úrsula Corberó, con esa coletilla de la que penden un puñado de abalorios; odio su colmillo derecho torcido, los tatuajes de los que nunca habla, la cicatriz que le atraviesa media cara, los dos lunares ámbar del ojo izquierdo y el misterioso gesto de tirarse del lóbulo de la oreja disimuladamente cuando piensa, como incitando en secreto a Pepito Grillo —o a su única neurona— a espabilar y echarle una mano.

No hay nada en él, nada, ni siquiera su acento de Madrid, su música en portugués o sus pies griegos —*en especial sus pies griegos*— que no me haga arder en deseos de darle un mordisco. Uno que le deje una herida con costra y cicatrice mal. Uno con el que se acuerde de mí para siempre.

—Qué guapo está —murmura Maday, mirando en la misma dirección que yo.

—Lo está hasta que abre la boca.

Maday ladea la cabeza hacia mí con cara rara, como si no entendiera de qué hablo. Un segundo después está empujándose al otro lado del coche para salir a saludar sin tener que pasar por encima de mí. Salma sale también, pero con parsimonia, no vaya a alterar su calma de monje tibetano. En cuanto a tía Jana, baja todas las ventanillas que dan a la acera para que hasta los viajeros que esperan en la parada la oigan con claridad al chillar «mi niño». Abre la puerta del conductor y se arroja hacia Airam con los brazos extendidos. Él la recibe con su sonrisa descomunal, esa que cuando le da un ataque de risa parece que le va a desbordar la cara, y da comienzo a un bailecillo sobre las cholas desgastadas que lleva reutilizando seis años.

Es mi hermano. Se me había olvidado por un momento que él también venía.

Que ÉL era el que venía, mejor dicho.

—¡Bienvenido a casa! —exclama tía Jana.

El corazón me da un vuelco al verlo tomar de la mano a tía Jana y darle una vuelta galante. Hablando atropellado, aleganchín[5] como es desde siempre, le dice lo estupenda que está, lo mucho que ha adelgazado, lo bien que le quedan los pantalones cagados y lo maravillosos que son sus pendientes de abalorios —mentira— en la misma fracción de segundo. Luego, cuando le toca el turno de saludar a Maday, su sonrisa se atenúa. Maday va a abrazarlo y él va a darle dos besos, lo que genera un traspié por parte de los dos, un momento de incomodidad y, al fin, el abrazo que se debían. Maday se agarra a su cuello; mi hermano solo le rodea la cintura con un brazo.

—¿Qué tal? —la saluda él, algo vacilante.

La distancia que impone entre los dos me hace arrugar el ceño.

¿A estos qué les pasa? ¿Se pelearon y no me he enterado?

Iba a impulsarme desde el asiento para saltar a sus brazos acogedores y regoler,[6] a ver cuál es el problema, pero antes de poder apearme del coche, una cara pálida aparece para taparme el sol. Y así, de sopetón, es como no me queda otro remedio que acordarme de que el regalo de mi hermano siempre viene con letra pequeña: su mejor amigo.

Thiago apoya el codo sobre la ventanilla bajada y se asoma para sonreírme de lado, con ese tinte socarrón que le estira la gruesa cicatriz de la cara. La brisilla hace ondear su camisa como una bandera y trae hasta mis fosas nasales un recuerdo de menta y camomila.

Se baja las gafas de sol con un dedo para clavar en mí una mirada gris que me altera la sangre en el acto.

—Pero si la niña de las bambas ha venido a recibirme. —Le echa una miradita lánguida a mis piernas, desnudas por el cor-

5. Parlanchín.

6. Investigar.

te de los *shorts*, y la sube hasta posarla un segundo en mi top sin mangas—. No llevarás explosivos por ahí, ¿no?

—¿Quién te has creído que eres para que tenga que recibirte con fuegos artificiales?

—No ese tipo de explosivos. Pensaba más bien en una bomba atómica.

—Vaya, ¿tan transparente soy? Esa te espera en el chozo, no te preocupes.

—¿Cómo que en casa? ¿Serías capaz de inmolarte y acabar con los Oramas si con eso me arrastraras contigo?

Alzo la barbilla para quedar a la altura de sus ojos, que siguen escudriñándome con su burla habitual.

—Mi amor por ti es así de sacrificado.

Thiago se agacha un poco más. Mira a un lado y a otro, la mano apoyada sobre el pecho en un gesto solemne, y enseguida vuelve a perforarme con sus iris de hielo.

La sensación siempre es de frío y calor.

—¿Qué habré hecho yo para merecer el honor de tu bienvenida? —Suspira, risueño.

—Lo mismo que hiciste para merecer mi desprecio eterno. Nacer.

—¿Debo entender con eso que tu aparición en el aeropuerto tiene truco?

—Como si no me conocieras. ¿Ya se te ha olvidado que soy una hechicera imprevisible?

—No es tan fácil olvidar a la única bruja que a los medievales se les pasó quemar. ¿Cómo piensas hacerme desaparecer por arte de magia en esta ocasión?

—Con un pase vip al maravilloso transporte público de esta isla. No he venido a darte la bienvenida, godo, sino esto. —Ignorando el alegueteo[7] de mi familia, me saco del bolsillo el bono de transportes de TITSA, que Thiago acepta entre los

7. Parloteo.

dedos índice y corazón con las cejas enarcadas. Apenas puedo contener la emoción que me estalla en el pecho al decir, en tono indiferente—: Feliz viaje de hora y media hasta Los Cristianos, patrocinado por la guagua de Santa Cruz. Como ya te habrás imaginado, tenemos los asientos completos y ni tu metro noventa ni tu ego legendario entran en este humilde cochecito.

Thiago sacude la cabeza, aguantando la sonrisa crispada.

—Así que me has planeado el viaje de ida. ¿Tanto has estado pensando en mí y en mi comodidad todos estos días?

—Yo siempre pienso en nuevas formas de sorprenderte. Es la única manera de mantener viva una relación, pero claro, qué vas a saber tú, que la única relación estable que tienes es con el canal Deportes.

Thiago sigue mirando el bono mientras niega con la cabeza.

—Tú siempre tienes que hacerte notar con tus sabotajes. Incluso mientras estoy volando, ¿eh?

—¿Sabotajes? ¿Así me agradeces que te haya pillado el bono? A ver si crees que otra mujer haría estas cosas tan bonitas por ti.

—Si es que eres mi ángel de la guarda.

Nos dirigimos una mirada que en un primer momento puede parecer encantadora, incluso coqueta, pero que esconde una dosis de veneno más que suficiente para tumbar a un mamut.

Sin esperar a que se aparte de la puerta, la abro de un empujón y le obligo a reclinarse, frotándose el codo, que casi pierde con el golpe. Lo rodeo sin mayor dilación y apenas localizo a mi hermano, vigilándonos de lejos con el rostro tenso, me dirijo a él.

El corazón me galopa en el pecho cuando al fin extiende sus brazos y me coge en volandas al grito de «chinija».

Mi hermano está aquí. Ese larguirucho acañado y medio

abamballado[8] de dos metros con el metabolismo más agradecido que uno se pueda imaginar; el niño de los flamantes hoyuelos, el bronceado y esos rasgos exóticos por los que lo toman por cubano. Pero sigue siendo isleño hasta la médula, porque ni cinco años en Madrid le han cambiado la guagua por «el autobús», las cotufas por las «palomitas» ni han corrompido su acento de aspiraciones y vocales abiertas, y eje central sobre el que se sustenta la familia de locos que nos ha tocado en suerte.

La oveja negra de mis amores.

—Chinija —me dice cariñosamente, cubriéndome el pelo de besos. Aprovecha que su boca queda oculta entre mis trenzas para mascullar—: Dime, por favor, que tía Jana solo ha tenido un lapsus mental y no has sido tú la que ha metido a cuatro personas en el coche.

—Tía Jana tiene muchos lapsus mentales desde que sale con Siddharta. —Hago un gesto hacia Salma.

—Sabías que veníamos los tres, Da.

—He pensado que a Leire no le importaría ir sobre tus rodillas.

—Incluso si llevara un collie sobre las rodillas, de un viaje de aquí a Los Cristianos se me gangrenarían las dos piernas. ¿Y dónde pensabas meter a Thiago?

—Con suerte, en un avión de vuelta a su casa.

—Da...

Antes de que empiece a darme la chapa con mi comportamiento infantil, del que soy plenamente consciente y me enorgullezco a ratos cortos, giro en redondo y me dirijo a Leire.

La había visto en fotos, como es obvio, pero no le hacen justicia a la belleza que tengo delante.

A veces me pregunto por qué no puedo ser tan guapa como estas chicas. Enseguida me respondo a mí misma: porque si

8. Muy flaco y desgarbado.

tuviera esa melena rubia saneada hasta la cintura, me la cortaría por debajo de las orejas y la donaría a alguna asociación contra el cáncer, y si tuviera su figura delgada, aprovecharía que aún me quedan diez kilos de margen para hartarme a Tirmas, helado de polvito y papadums.

—Tú debes de ser Dácil —me dice, acercándose con timidez.

—¡Exacto! ¡Dácil! ¡Con «s»! —Me giro hacia Thiago, que de alguna manera ya sabía que encontraría apoyado en el capó del coche mirándonos a todos como si fuéramos sus sujetos de estudio—. Podrías aprender algo de tu amiga, ¿sabes? Acaba de demostrar que algunos godos respetan la herencia canaria y aceptan sesear los nombres guanches.

—¿De qué te quejas, si yo nunca te llamo por tu nombre? No voy a correr el riesgo de invocar a un espectro malévolo pronunciando la palabra que empieza por «D».

—«Dásil» tiene más carácter que «Dácil», y ya me han dicho que eres una chica con personalidad, así que... —Leire encoge un hombro—. Encantada de conocerte por fin. Tu hermano no para de hablar de ti.

—Seguro que Thiago se encarga de callarlo cuando se pone pesado.

—Qué va, siempre se une a la conversación. Dirá mucho de espectros malévolos, pero yo creo que el único al que invoca la palabra que empieza por «D» es a él mismo.

Miro por encima del hombro a Thiago, que ni se inmuta. Permanece recostado contra el coche, cruzado de brazos, mientras tía Jana y Salma tratan de llamar su atención. Pero su atención es *mía*. Me lo he currado durante años para que aprenda a no perderme de vista si no quiere sufrir una violenta emboscada.

—No me digas. Así que de eso me pitan tanto los oídos, ¿eh? De que se habla de mí por Madrid.

—A lo mejor te pitan los oídos de lo mucho que les duele tener que escucharte todo el día —responde, cortante. Luego suspira con aire de mártir, agitando el bono de la guagua—. Bueno, si quiero llegar a casa antes de que anochezca, tendré que coger el autobús, así que...

—De ninguna manera —zanja tía Jana—. La que se va en guagua es Dácil, que para eso nos ha puesto en este brete. Además, ya está acostumbrada de las veces que baja de la facultad a casa de sus padres.

Se me desencaja la mandíbula.

—Estás de coña, ¿no?

—¿Me ves cara de estar de coña? —Tía Jana señala su poderoso entrecejo, arrugado de una manera perturbadora—. Subid al coche. Y tú, Thiago, dale el bono a Dácil. Que se busque la vida. Esta no es manera de empezar unas puñeteras vacaciones —masculla por lo bajo.

Tengo que hacer un esfuerzo para no patear el suelo y embarracarme como una cría.

Más allá de que me divierta tocarle las narices al personal, este no es mi estado normal. El de loca playa aquejada de *cabezoneritis* aguda, digo. Hablan del influjo de la luna llena en el ser humano porque todavía no se ha estudiado el efecto que este engendro de la naturaleza produce en mi sangre.

Cómo no, tiene que componer una de sus muecas de héroe sacrificado y salvar el día.

—No, hombre. Seguro que nos podemos apañar. Si Jana conduce, Salma ocupa el asiento de copiloto y Maday va detrás, yo creo que los otros cuatro cabemos si nos repartimos. Dácil puede sentarse en mi regazo.

El estómago me da un vuelco, seguramente preparando la bilis para escupirla sobre sus zapatillas de El Ganso.

—No es tu plan más brillante para deshacerte de mí. Se te nota a leguas que me quieres sentada de forma ilegal para que, cuando la señorita *Fast and Furious* pegue un frenazo, salga volando.

Thiago me dedica una dulce sonrisa.

—Créeme, he tenido suficiente de ti como para encima querer ver tus sesos desparramados en el parabrisas. Te hago sitio en las rodillas y de paso vas practicando para cuando le hagas tu petición a Papá Noel, que, por el bien de todos, espero que sea un bozal.

Todos se echan a reír. Excepto...

—No te pases ni un pelo —le advierte Airam. Justo cuando creo que he ganado (al menos, el respeto de mi hermano), se gira hacia mí y me suelta—: O su regazo o el maletero, lo que tú prefieras. Y creo recordar que la última vez que se limpió ese maletero el Teide acababa de entrar en erupción.[9]

—No es que tu amigo vaya a estar más limpio —refunfuño por lo bajo, dirigiéndome al coche—. En el maletero me puede picar una araña, pero seguro que no pillo una ETS.

Thiago aprovecha que paso por su lado para inclinarse sobre mí y susurrar:

—¿De qué otra manera pillarías una ETS? No debes de estar acostumbrada a los regazos ni a los chavales de tu edad si te pones tan colorada con la sugerencia, *mi niña*.

Llamarme «Dásil», como debe ser, no. Ahora bien, sí que captó muy rápido que el «mi niña» se utiliza en esta isla para hablarle de mala manera al primero que te vacila.

—No te creas que has ganado.

Pero sí que ha ganado. Siempre lo hace. Se saca de la manga esa sonrisa de inocente, ofrece una salida a las consecuencias de mis numeritos y ya tiene al público metido en el bolsillo. Con tal de ganarse los afectos de mi familia es capaz hasta de compartir el baño conmigo —tremenda actividad de riesgo—, lo que me deja a mí a la altura del betún, como la problemática, y a él, como el indiscutible hijo perfecto. Porque si solo fuera un invitado, incluso si fuese un invitado *honorífico*, no pasaría nada, pero la familia Oramas subió de rango a Thiago en el

9. Cosa que pasó en 1909.

preciso momento en que descubrió que no tenía con quien pasar las vacaciones. Ha sido desde el primer día el niño adoptivo al que cubrir de mimos y regalos, como si se le fuera a olvidar cómo respirar en cuanto le diesen la espalda.

No me extrañaría, la verdad. Con ese síndrome de Campanilla que se gasta —si no le hacen caso durante dos segundos, se podría morir de pena—, hay que andarse con cuidado con él.

Tengo que tolerar la sonrisa petulante que sé que está escondiendo tras su careto de príncipe aburrido cuando ya se ha acomodado en el asiento de la ventanilla. Maday va en medio, y espero contar con ella para mantener una charla que excluya deliberadamente a Thiago. Pero no vamos a tener esa suerte, porque Maday tiene muy interiorizado su trabajo en hostelería y está acostumbrada a atender a los extranjeros, esta vez encarnados en Leire.

Durante un instante me quedo mirando las piernas en las que pasaré sentada un buen rato, y creo que me alegro de haber engordado tres kilos desde la última vez que nos vimos, porque se va a arrepentir de haberse hecho el galán.

Me lanzo sobre él, esperando hacerle un poquito de daño, solo un poquito, pero de un tiempo a esta parte —desde que Thiago apareció en Tenerife por primera vez— no soy muy afortunada, y él ni se inmuta. Lo vigilo con el rabillo del ojo, notando su aliento cálido en la nuca mientras tira del cinturón y me abraza con él para abrocharlo.

—Ni se te ocurra aprovechar para meterme mano —le advierto en voz baja, esperando que la conversación de locos que da comienzo en el coche amortigüe mi comentario.

Si llegara a oídos de mi hermano, sospecho que no saldríamos vivos del vehículo.

—No la desperdiciaría de una manera tan tonta. —Lo siento sonreír pegado a mi oreja—. Necesitaré las dos para defenderme si se te ocurre atacarme.

—Apuesto a que antes de conocerme no contabas con tener que defenderte de una chica.

—Error. Antes de conocerte no contaba con que querría defenderme del descaro de una chica. En cualquier otra circunstancia, con cualquier otra, estaría disfrutando de esto, ¿sabes? Pero tú siempre tienes que complicarlo todo.

No sé cómo interpretar este último comentario, así que decido desecharlo y quedarme con la parte del mensaje que justificaría una venganza en el futuro. Nada exagerado. Procuro estar a la altura de sus sabotajes. ¿Que él intenta minar mi autoestima a base de comentarios que hieren mi vanidad femenina? Pues yo ridiculizo su masculinidad en público hasta sacarle los colores, en concreto mencionando que llora como un bebé con *Un monstruo viene a verme*, *Big Fish* y todas esas películas en las que la diña un familiar. ¿Que él planta cadáveres de insectos en mi dormitorio porque sabe que los detesto? Pues yo le sirvo el queso fundido de las arepas mezclado con mayonesa, porque me consta que odia todo tipo de salsas. ¿Que él me deja encerrada en casa y se inventa que «no me encuentro bien para salir» cuando el plan es asistir a un concierto de *mi* Maikel Delacalle? Ah, amigo, prepárate entonces, porque voy a asegurarme de que te cueste un poco más entrar en tu bienamado máster.

Toda acción tiene su reacción, pero debe existir cierto equilibrio entre ambas.

Si no lo sabré yo, que soy la gurú de las venganzas.

—Seguro que si Maday hubiera ocupado mi lugar, estarías saltando de alegría —contesto, ladeando la cabeza hacia la ventanilla para que pueda ver el movimiento de mis labios. Cambio de postura sobre sus rodillas y empujo las caderas hacia atrás hasta que noto la hebilla de su cinturón—, pero si puedo evitar que te lo pases de lo lindo, créeme, voy a dar lo mejor de mí.

—No esperaba menos de ti, princesa Dácil.

Ya estaba tardando en llegar el mote, que más irónico no

puede ser. Sí, me llamo como la princesa, pero es obvio que, para él, me parezco más al dragón del cuento.

Vuelvo a reacomodarme en su regazo, tratando de encontrar la maldita postura que me haga más fácil este viaje.

—No sé en qué estabas pensando cuando se te ocurrió lo del autobús. Solías ser más lista al idear tus conspiraciones. ¿No se te pasó por la cabeza que podría darle la vuelta, o que Jana te echaría la bronca?

—No se puede ser brillante todo el tiempo, y no necesito que me des lecciones sobre cómo arruinarte el viaje. Tengo toda clase de anotaciones en mi *Death Note* para hacer de tu verano algo inolvidable.

—Sospecho que no incluye tu receta maestra para elaborar la reina pepiada.

—Solo si le echara un ingrediente secreto: veneno de escorpión.

—Eres un encanto. —Y sopla en mi oído.

Espero a reponerme de un repentino escalofrío para contestarle.

—Y tú eres...

Pero no puedo vacilar de vuelta, porque al removerme una tercera vez, noto el relieve de un bulto extraño. Me contoneo para discernir de qué se trata, si es que se le ha bajado la bragueta, estoy tocando el móvil que guarda en el bolsillo o es de nuevo la hebilla del cinturón.

Aunque no soy una lumbreras, acabo llegando a una conclusión que me hiela por dentro y hace que me suban los colores hasta la raíz del pelo.

—¡Eres un cerdo! —exclamo por lo bajo, fulminándolo tanto como me lo permite el movimiento de cabeza.

No atino a ver la expresión de Thiago, pero no suena alterado al contestar:

—Es una reacción biológica. No tiene nada que ver contigo.

Eso me sienta como una patada en el vientre. Pero claro, el

propio Thiago es un virus estomacal, o por lo menos te provoca los mismos síntomas, porque la sensación de dolor en el abdomen nunca se va del todo.

—¡Pues claro que sí! ¿Cómo iba a tener nada que ver conmigo? —Meneo las caderas de forma disimulada pero firme, haciendo notar su erección—. No es como si fuera la tía que tienes encima, ¿eh?

—¿Qué es lo que haces? —Intenta sonar neutral, pero responde con voz ahogada.

—Humillarte un fisquito.[10] Nada nuevo. ¿Vas a usar las manos para defenderte, o vas a esperar a estar cerca de mancharte el pantalón?

—Estamos en un coche con tu familia.

Aparto la mirada del cristal, que usaba solo para intentar adivinar el reflejo de Thiago, y confirmo que nadie nos está prestando atención. Tía Jana habla a voces con Airam y Leire sobre el máster que acaba de empezar el primero y las expectativas del viaje de la segunda; de fondo suena, cómo no, la dichosa canción de Harry Styles.

A toda leche, por cierto.

—*Yo* estoy en un coche con mi familia. Tú estás en una situación complicada, mi niño.

—No más complicada que la tuya, que seguro que no sabes qué hacer en estos casos.

—En estos casos en general, no, pero contigo la respuesta siempre es la violencia. Hay que ver, Thiago —chasqueo la lengua—, sí que te ignoran las madrileñas si se te sienta una chica cualquiera encima y te pones contento.

Se me corta la voz al notar las cosquillas de un roce muy cerca de mi rodilla. Me cuesta enfocar la vista sobre la palma caliente que ha apoyado sobre mi muslo, y que desliza hacia el lateral para recorrerlo con los bordes de las uñas.

10. Poquito.

—¿Q-qué haces?

—Ponerte contenta a ti. Dicho de otra manera, devolvértela. Esto funciona así, ¿no? —Su respiración me acaricia la oreja—. Tú me arruinas el día, yo te lo arruino a ti. Si me pongo duro por tu culpa, te aseguro que tú no vas a ser menos.

Su advertencia me pone la piel de gallina, y él demuestra que lo ha notado pasando las yemas de los dedos por los vellos erizados hasta detenerse en el deshilachado de los vaqueros. Justo donde se encuentra mi ingle.

—Incluso si no me dieras asco y consiguieras lo impensable —logro articular—, no se me notaría tanto como a ti.

—¿Ah, no? Pues ya te estoy viendo el moflete colorado, princesa Dácil. Llámame loco, pero me da a mí que eso significa algo. Tanto asco no te daré.

—«Tanto» no. Muchísimo más que «tanto».

—No dudo que te parezca antipático, pero tu cuerpo dice otra cosa. ¿Por qué no te callas y escuchas lo que te pide?

—Lo único que pide es tu sangre —gruño.

Thiago reposa la mano justo sobre mi bragueta. El calor me estalla en las mejillas, me sube hasta las puntas de las orejas y siento como si se me estuviera extendiendo por todo el cuerpo.

—Vaya... Parece que te has puesto un poco nerviosa —susurra con los labios pegados a mi cuello—. ¿Es aquí donde guardas los explosivos? ¿O es por aquí, más arriba...?

De pronto me sobreviene un vértigo insoportable. El nudo que me aprieta el estómago pide auxilio y no puedo sino socorrerlo.

—¡Para el coche!

Tía Jana, asustada por el repentino aullido, da un frenazo cuando está a punto de entrar en la rotonda, y se acuerda de mis ancestros uno a uno, todos ellos culpables de que una menda esté aquí ahora. Todos nos precipitamos hacia delante, pero Leire es la única que se golpea la cabeza contra el techo del coche y gime de dolor.

—¿Se puede saber qué pasa? —ladra tía Jana, girándose para mirarme con los ojos en llamas—. ¿Es que quieres que nos matemos?

—Solo quiere matarme a mí, pero parece que llegará a cualquier extremo para conseguirlo —acota Thiago como si nada—, incluso si debe arrastrar a su familia.

—¡Arráyate un millo![11] —le espeto, deshaciéndome del cinturón a base de golpes y tirones.

Antes de que tía Jana retome el camino, y mientras Airam palpa la cabeza de Leire en busca de un chichón y se deshace en disculpas en mi nombre, salto del coche, doy un portazo con la esperanza de cercenarle un brazo a Thiago y lo rodeo para abrir el maletero.

—Pero ¡¿cuál es tu problema?! —aúlla tía Jana, a punto de tirarse del pelo.

Salma vuelve a estirar el brazo hacia ella.

—Chis, Jana... Relájate. Recuerda que la paz comienza con una sonrisa. —Acto seguido, la veo seguir su consejo y, mirándome sonriente a través del retrovisor, me pregunta—: ¿Qué haces, Dácil?

—Ponerme cómoda para el viaje.

—¿Es que no estabas cómoda antes? —pregunta Thiago, fingiendo desorientación. Aunque consigue poner cara de no haber roto un plato, el brillo perverso en sus ojos delata que se está divirtiendo a mi costa.

Lo fulmino con la mirada y le hago un corte de mangas, ya sin importarme un carajo los sentimientos de mi hermano. Busco un sitio entre las maletas de los viajeros, las sombrillas, sillas plegables, neveras de playa y otros útiles del Paleolítico para hacerme un ovillo. Cierro el maletero, ardiendo de rabia y por algo más, y grito:

—¡Ya nos podemos ir!

11. Cállate ya / Pesado / Vete a la mierda.

—Al infierno nos vamos a ir con esta puta tronada de la cabeza —oigo que masculla tía Jana.

Y no puedo estar más de acuerdo. Si el hogar es donde está el corazón, estoy segura de que el averno es dondequiera que esté Thiago.

Capítulo 3

Dragones volando sin cabeza

Thiago

—No es tan terrible como la describías —susurra Leire, aprovechando que las maletas nos han obligado a rezagarnos. Jana apenas había aparcado en paralelo (con las dificultades de una persona sufriendo una crisis nerviosa) cuando todos los viajeros saltaron de sus asientos, como si estuvieran en un coche bomba, y se precipitaron al interior de la casa.

En el caso de Maday, se ha marchado a la suya, resignada a ver morir otro verano más por culpa de Dácil.

Henos aquí a los dos intrusos, pues, solos ante la adversidad.

—Es peor, ¿no?

—¡No! A ver, tiene carácter, eso no te lo discuto, y se nota a leguas que la palabra «inofensiva» es antónima de su personalidad. Pero tampoco es el diablo. Y no vayas a decirme ahora que el diablo es encantador al principio y solo tengo que esperar un poco más a que muestre su verdadera cara. Tengo un don para calar a los demás.

—No tienes un don para calar a los demás, Leire. —La miro con sorna mientras rebusco en el maletero. ¿Cómo ha cabido Dácil aquí? ¿Cómo han cabido sus agallas de acero?—. Tienes manejo con las cartas del tarot y un libreto del horóscopo chino, dos cosas que te han convencido de que eres una especie de vidente.

—Oye, no creería en las lecturas que hago si no se cumplieran. Te recuerdo que en la última que te hice se veían dragones sin cabeza, y helos aquí. —Hace un gesto hacia la entrada, por donde se ha perdido el demonio de Tasmania.

—¿«Helos aquí»? ¿Qué tiene eso que ver con Dácil? La princesa guanche no es un dragón decapitado. En todo caso, es un dragón con tres cabezas.

Leire pone los ojos en blanco.

—Oye, aquí solo estamos tú y yo. No tienes que seguir fingiendo. Sí, el horóscopo chino insinuaba que había mujeres volcánicas en tu vida, pero más allá de lo espiritual, he visto cómo interactúas con ella. El resultado es concluyente: te cae bien.

Suspiro profundamente solo para ganar tiempo ante esta ineludible gurú del amor. En silencio, la ayudo a bajar su maleta, para lo que alguien tendría que haberme ayudado a mí.

Ah, las mujeres y sus maletas-féretro, que pesan como un muerto porque cabría uno dentro.

Cierro el maletero de un movimiento y me dirijo a la curiosa Leire dispuesto a claudicar.

—Yo no tengo nada en contra de Dácil, pero sigo a rajatabla ese lema de «donde fueres, haz lo que vieres». Si lo que veo y sufro es la tortura de las fuerzas especiales israelíes, no voy a responder con un alto el fuego. Me limito a seguirle el juego.

—Pues parece que ese juego te acabará matando.

—Ese juego me acabará *aburriendo*. Cuando lo haga, quizá actúe.

—Porque de momento te diviertes. —Leire se regocija con su descubrimiento—. ¿Os tratáis así desde el día en que os conocisteis, y solo porque a ella le da la gana?

—No, claro que no. Dácil no me ha odiado siempre como me odia ahora.

De hecho, presiento que hubo una época en la que me quería. De ese modo obsesivo, febril y te-escribo-cartas-de-amor-en-cartulina-rosa característico de los romances soñadores que nos absorben con dieciséis años, lo que no puede contarse como amor verdadero, pero algo tuvo que sentir por mí. Y no digo que hubiera «algo» porque recibiera esas cartulinas rosas, ¿eh? Lo más bonito que Dácil ha hecho por mí ha sido perdonarme la vida después de ganarle al Mario Kart, lo que ya es decir viniendo de la persona con peor perder del mundo entero —a su hermano, por ejemplo, le quita la cara durante cuarenta y ocho horas; conmigo lo dejaba estar—. Si lo digo es porque el día que me retiró su simpatía lo sentí como un temblor en la tierra. Fue notable, confuso y francamente perturbador.

En su momento creí que el cambio venía motivado por la aparición de otro pobre desgraciado, a cuyo nombre trasladaría las ofrendas de su altar de sacrificios. También me planteaba que acabara de darse cuenta de que yo no era lo que se dice *boyfriend material* y hubiera optado por la prudencia, aunque solo fuera por una vez en su vida, olvidándose de un tío con el que no iría a ningún lado. Al final me planté en la idea de que Dácil siempre había sido una herramienta del diablo, creada para el maltrato, y solo por piedad había demorado sus ataques hacia mí.

No he conseguido inclinarme por ninguna solución... *aún*. Dácil no pasó de perseguirme, incansable, a convertirme en el objeto de su indiferencia, que es el proceso natural del desenamoramiento. Pasó de enrollarse una de las trenzas en el índice cuando yo le hablaba a utilizar el dedo de al lado para mandarme a hacer puñetas.

Claro que no pienso contarle nada de esto a Leire. Confío en ella, pero lo que sea que pensara Dácil o lo que sintiese en el pasado es prácticamente sagrado para mí y no lo pongo al alcance de cualquiera. No lo pongo al alcance de nadie. Al engendro malévolo que se ha perdido en el interior de la casa, anunciando con zapatazos su monumental enfado, no puedo tenerle respeto. Ese engendro malévolo se comió, mató o solo me arrebató a la pequeña Da, y me cae mal, muy mal. Si no lo odio del todo es porque tiene su misma cara, y a ratos, cuando se olvida de que soy su enemigo, aflora la niña voladora de la canción de Juanito Makandé que yo adoraba.

—Al principio nos llevábamos bien, por extraño que parezca —le explico a Leire, que no se ha dado por satisfecha con mi respuesta—, pero supongo que hice algo que la desencantó.

—Estaba claro que algo hiciste.

—¿Por qué lo hice yo? ¿No pudo hacerlo ella?

—No, tuviste que ser tú, porque ella es la que empieza las broncas. ¿No intentaste arreglarlo?

—Le pregunté en su momento qué mosca le había picado, y me respondió que, para decepcionarla, solo había tenido que ser yo mismo. Con esa actitud ha estado hasta la bonita mañana estival que nos precede —ironizo, señalando el cielo despejado con un floreo—. Ya ves que hace cinco minutos me habría dado la misma contestación.

—Entonces, no, no te preocupaste de arreglarlo —resume, decepcionada—. Hiciste una pregunta y te rendiste.

—Lo único que habría solucionado el problema habría sido mi inmolación. Pero si crees que la terapia serviría, dile que eres una mediadora estupenda y que puedes solucionar nuestra enemistad, a ver si no te manda al infierno.

—Yo no tengo ningún interés especial en que resolváis vuestra historia, Thiago, solo me preocupo por Airam. Está claro que ninguno de los dos pensasteis en él cuando os declarasteis la guerra. —Leire sacude la cabeza—. Lo pasa muy mal, ¿sabes?

—¿Cómo no lo voy a saber, si no para de recordármelo?

Yo ya se lo he dicho, pero parece que no me cree. Si Dácil quisiera llevarse bien conmigo, nos llevaríamos de lujo.

—¿Estás seguro de eso? —Pone los brazos en jarras—. Si la mitad de las jugarretas que me has contado son ciertas, debería costarte un poco dejar el rencor atrás.

—Podría reservarle mis odios eternos por todas las bromitas pesadas, sí, pero a los rivales se les respeta y también se les admira, ¿no? —Sonrío sarcástico, acordándome de cuando me ha tendido el bono del autobús. Se le ha iluminado la cara de pensar que me comería tres horas de trayecto parando en todos los pueblos de la costa del este, que son más o menos diecisiete—. Estando mi vida en juego, yo le perdono lo que sea. Cuando se es más débil que el enemigo, hay que aceptar la derrota.

Leire escruta mi expresión con los ojos entornados.

—Y también hay que aceptar las debilidades propias, ¿no te parece?

—Chacho, ¿vais a entrar algún día de estos? —Airam se asoma bajo la puerta principal, interrumpiendo, gracias al cielo, esta terapia gratuita. Nos hace un gesto para que nos acerquemos—. No seáis tímidos. Por lo menos no lo seas tú, que esta casa es más tuya que mía.

Leire le dedica una sonrisa encantadora que se torna misteriosa al dirigirse a mí. Despliega la barra de su féretro con ruedas y, tirando de él, se encamina a la casa de los Oramas, más feliz que una perdiz. Capto el comentario apreciativo que le hace a su novio —«¡Me encanta el exterior!»— y, por primera vez desde que emprendimos el viaje, celebro que esté entre nosotros. Las nuevas visitas te ayudan a enamorarte otra vez de lo que dabas por sentado, y me alegra que me recuerden que el chalet es una belleza, con su clásico balconcito canario de madera oscura, sus filas de pencas y tabaibas repartidas por el jardín delantero y los verodes en el tejado, recuerdos de la flora africana que abunda en las islas.

Al vivir en Los Cristianos, zona conocida por su turismo salvaje, la casa está cercada por otras viviendas de características similares que se destinan a alquileres de temporada. Antes de ver su casa, yo me reía pensando que Airam era un fantasma, pero ahora no me extraña que asegurara haber tenido rollo con todas sus vecinas alemanas.

Ya antes de poner un pie en el recibidor puedo sentir la agradable migraña con la que me acostaré. Una tarde con los Oramas es más efectiva a la hora de causar un derrame cerebral que un vaso sanguíneo roto: se interrumpen los unos a los otros constantemente, mantienen varios temas de conversación al mismo tiempo y siempre hay alguien que tiene que chillar para poner orden.

La primera a la que localizo en el salón es a Candelaria. Leire ha debido de dirigirse a la cocinera del festín que nos aguarda creyendo que encontraría en ella a una aliada poderosa. Pero Candelaria no sacude a sus nietos por los hombros para preguntarles cuándo se van a echar pareja, porque para ella los sentimientos son un síntoma de debilidad. Mira a Leire, seguramente preguntándose cuánto tardarían en devorarla los carroñeros si se las viera en la jungla, y cuando esta se acerca a darle un abrazo, se queda como una estatua.

—Pero, mamá, sé más cariñosa con la muchacha —la regaña Jimena, aireando ese cigarrillo que parece una extensión de sus dedos finos.

Lleva las uñas de gel tan largas como el meñique, y, cómo no, nos recibe con la batita de satén ceñida a la cintura y la melena negra suelta hasta las caderas. Es un icono de la exótica Venezuela en la que nació, de madre venezolana y padre saharaui. Así ha sido el resultado: una despampanante mestiza de la que Dácil y Airam han heredado más de un rasgo africano. Más Dácil que Airam, de lo que él se queja a menudo: «Soy un aburrido blanquito».

—Entre que nos damos cariño, se nos enfría el escaldón

—rezonga en tono perdonavidas. Con el escaldón no se juega—. Ya váyanse a la mesa.

No sé cómo consigo escuchar lo que dicen. Años de práctica leyendo los labios, supongo. Dácil está hablando a viva voz con el abuelo Manuel sobre quién sabe qué, tío Jaime se entretiene haciendo carantoñas a la novieta que se ha traído este año —estoy deseando averiguar de dónde la ha sacado. La del año pasado era una vedete colombiana; la del anterior, la dermatóloga que le operó un grano enquistado en la axila— y Salma y tía Jana hacen ejercicios de respiración para calmar los males espirituales provocados por Dácil.

La primera en localizarme es Margarita, la niña de Salma y Jana.

—¡Thiago!

La veo batir las palmas y correr hacia mí con esa adorable torpeza suya para darme uno de sus abrazos de fisioterapeuta, de los que te crujen las vértebras y te devuelven baldado a tu casa. Los mejores abrazos, sin duda alguna.

—¿Me *trajizte* un regalo? —pregunta, mirándome con los ojitos azules más tiernos del universo.

—Te prometí que lo traería, y yo siempre cumplo mis promesas. Deja que lo saque...

—¿Ya estás sobornando a Margarita? —me espeta Dácil al pasar por mi lado.

Me extraña que no aproveche que he agachado la cabeza para darme un codazo.

—¿Por qué lo preguntas? —Enarco una ceja en su dirección, rebuscando a la vez en la mochila—. ¿Quieres que te soborne a ti también?

—Ni pagándome el alquiler conseguirías caerme bien.

—Por eso no me tomo la molestia. *Voilà!* —Extraigo el souvenir de Madrid, una bola de nieve, y se lo tiendo a Margarita, que sonríe de oreja a oreja—. Este año te ha tocado la versión otoñal. En vez de caer nieve si lo agitas, caen hojas secas.

Margarita se pone a agitar el souvenir como si le fuera la vida en ello. La sobreexcitación por el regalo le ha coloreado las mejillas, salpicadas de los granitos de las pieles rosáceas. Le pellizco una y exijo mi abrazo de agradecimiento, que ella me regala inmediatamente.

—*¡Graziaz!*

Alertado por el brusco movimiento, el chucho chamuscado que Dácil rescató de un barranco se levanta de su esquina y trota hacia mí con la lengua fuera. Me saluda con un lametón en la mano y espera, impaciente, a que le preste atención.

Dácil mira a Teno como si la hubiera traicionado. El impulso de regodearme es superior a mí, y espero a que haya contacto visual para decir:

—Parece que una parte de ti me quiere con locura.

—Yo no me enorgullecería tanto. Fue un perro maltratado; tiene por costumbre acercarse a podridos que no le convienen.

—Eso explica que te eligiera como dueña.

Sigue enfadada por el numerito del coche, así que ni se molesta en responder. Yo tampoco me quedo fresco como una lechuga después de sus jueguecitos, solo se me da mejor aparentar normalidad. Quizá porque la busco desesperadamente.

Y porque digamos que hay ciertos pensamientos que un tipo no puede dirigir a la hermana de su mejor amigo. Y en el caso de surgir, es prioritario sofocarlos. Fingir que nunca se dieron.

—¡Chacho! —exclama tío Jaime—. Ya pensamos que no venías.

Me da su abrazo apretado, pero para no perder el toque masculino, lo concluye con una fuerte palmada en la espalda. Esto capta la atención del resto de la tropa. Candelaria lleva sin verme medio año y me consta que me quiere a su manera, pero me saluda con un movimiento de barbilla y vuelve a traer la atención para que nos sentemos a comer.

No esperaba grandes gestas. La pasada Navidad me dijo: «¿Otra vez tú aquí?», a lo que yo respondí que en Madrid no se comía tan bien, y la dejé refunfuñando que eso es evidente, porque estoy flaco como un perro abandonado en la autopista. Todos los años se propone devolverme rodando a la capital, y todos los años fracasa con estrépito.

Manuel es un abuelo clásico, por otro lado. Le gusta hacer regalos de contrabando y susurrar «no se lo digas a tu madre» —cree que Jimena es mi madre; culpa de la demencia—, solo que el detalle nunca es un sobre con el aguinaldo. Usa sus dotes de alfarero para hacer unas monedas que atraen a la diosa Chaxiraxi y las va repartiendo indiscriminadamente para hacernos saber cuánto vela por nuestra buena fortuna.

Jimena se pone a llorar de alegría al verme porque también pensaba que no iba a hacer acto de presencia. No me preocupo porque gracias a su antiguo trabajo de actriz es de lágrima fácil, y la última vez que la vi sollozando fue a causa de un anuncio de Coca-Cola.

Me acuerdo como si fuera ayer de la primera vez que vi a toda esta gente. Fue el mismo día que descubrí que la única palabra que puede describir a Dácil con honestidad es su nombre propio. Ningún otro adjetivo se ajusta del todo a su carácter.

Airam había insistido en invitarme a su casa durante las vacaciones de Navidad. Yo cedí porque habría hecho cualquier cosa para que dejara de preocuparse por mí. En aquel entonces, la fachada principal de El Chozo Oramas estaba oculta entre los escombros a causa de una de tantas remodelaciones emprendidas para modernizarla, así que entrábamos por la puerta del patio trasero, la que da a la cocina. Airam y yo estábamos fumando un cigarrillo allí, de pie junto a los dominios de Candelaria. Me hacía un detallado recorrido por la línea de ascendientes que me sería presentada cuando oí el fragmento de una conversación.

Cuando la oí *a ella*.

—¿Va a venir entonces el amigo de Airam? ¿El de los padres muertos?

Airam se había girado en ese preciso momento para mirarme con los ojos muy abiertos, pero yo no le presté atención. Agucé el oído, consciente de que mi interés era guiado por el rechazo al modo en que había hablado de mí... pero también por el morbo y una especie de simpatía inmediata.

No había sonado ni despectiva ni atraída por la sordidez de lo que me había llevado a Canarias. Había sonado... como si nada. Podía ser «el de los padres muertos» como podría haber sido también «el de los tatuajes», y para un chaval que acababa de dejar la carrera de Medicina porque era «el huérfano» —esto pronunciado con falsa compasión— para profesores, alumnos y familiares lejanos, y llevaba una sombra que repelía a la gente, su naturalidad resultó revitalizante.

—Dácil, mi niña, qué insensible eres —la regañó su madre.

—Pero qué insensible ni qué nada, si quieres lo cambio por «los progenitores fallecidos», pero viene a significar lo mismo. ¿Viene o no?

—Sí, Da, viene —gruñó tía Jana—. Claro que viene.

—¿Por qué?

—Pues porque Airam quiere que venga —resolvió Jimena—. Cuando tú quisiste que Maday se uniera a nosotros para celebrar las fiestas, se le puso un cubierto y se le hizo la cama.

—No es lo mismo. A Maday ya la conocéis todos. Sabéis que no es una psicópata.

Airam palidecía más y más por momentos.

—*Chos*, Thiago —balbuceó—. Lo siento muchísimo, en serio. Es que mi hermana es como es...

Le hice un gesto para que se callara.

—Tiene su parte de razón —resumí, encogiendo un hombro—. Podría ser un psicópata.

Pero los Oramas ya estaban de mi parte.

—Yo te quiero muchísimo, Da, flor de higo pico, pero entre Airam y tú siempre pensé que tú eras mucho más proclive a amistarte con psicópatas.

—O a ser la psicópata del grupo de amigos —corrigió tía Jana.

—Yo creo que ese chico va a estar muy deprimido —dijo Dácil, que nunca se ha dado por aludida cuando su familia se ha metido con ella—. Podríamos hacerle un regalo, ¿qué os parece? Nada muy ostentoso, no se vaya a pensar que lo estamos felicitando por ser el superviviente de un accidente de tráfico. ¿Te imaginas que hubiera tarjetas de felicitación por orfandad? ¿Le hacemos una, a ver si se ríe? «¡Enhorabuena por tu herencia!».

—¡Dácil, por Dios! —le reprochó Jimena—. Ni se te ocurra hacer esos comentarios cuando venga.

—¿Perdón? Seréis *vosotras* las que deberéis controlar vuestros «ay», vuestros «oh» y vuestras caras de pena. Habrá que actuar con normalidad, porque si el chaval ha aceptado la invitación es porque quiere celebrar la Navidad, distraerse un ratito. Para que le den el pésame, se queda en su casa. O eso creo yo.

—Haciéndole un regalo porque sí no estaríamos actuando con normalidad.

—Todo el mundo recibe regalos en Navidad. Lo incómodo sería que Papá Noel no le trajera nada. Bastante tiene con que su padre real no le vaya a regalar un carajo, ni siquiera su presencia.

—¡Dácil! Por favor te lo pido, no hagas tus chistecitos de humor negro delante del chico.

—¿Por qué no? A lo mejor le ayuda a superar la situación.

—Tú como psicóloga no te ganarías la vida —bufó tía Jana.

—Es que si yo fuera él, no me gustaría ser «la de los padres muertos».

—Ya sabemos que te gusta ser la que va dando el cante. Tú procura sentarte muy lejos de él, ¿sí? —insistió Jana—. Y hablarle lo menos posible.

—¿Y si me habla él? ¿Lo ignoro? A ver si por eso se piensa que soy *huerfanófoba*, *huerfanofóbica* o como se diga.

—«Huerfanófoba» no sé, pero tonta eres un rato —se lamentó tía Jana.

—Tonta a lo mejor, pero ignorante en absoluto, porque he estado regoliendo para sacar estas conclusiones. —Entonces puso su voz de urdidora—: Thiago no quiere atención extra por lo de sus padres, créeme. He estado viendo su Instagram, y aparte de ser guapísimo, pero guapísimo nivel Aron Piper, no se pasa el día posteando fotos antiguas de sus padres ni textos lacrimógenos ni nada por el estilo. Una fotito en el espejo, un vídeo con los pibes en algún pub, una canción *random*... Está haciendo vida normal porque quiere normalidad.

A tía Jana se le iba la vida contradiciendo a Dácil:

—A ti te falta un agua.[12] Lo que se ve en las redes no tiene por qué corresponderse con la realidad.

—Pues ya está, lo que digáis. Cuando venga, a ver quién tiene más éxito con él.

Recuerdo que, en el transcurso de la conversación que nos llegó a ráfagas, Airam me había estado mirando consternado. El cigarrillo se deshacía entre sus dedos mientras él veía pasar su vida por delante, pálido por los comentarios de su hermana. De hecho, a raíz de eso —y de los ultimátums de Leire, que defiende la vida sana con el mismo ímpetu que Carlos Ríos— dejó de fumar durante un par de años. Yo no me sentía ofendido, aunque a ratos me pregunté si no debería odiarla por el desahogo con el que hablaba de la situación de alguien que no conocía.

Para el momento en que terminé el cigarrillo y arrojé la colilla al otro lado de la valla, había dado por concluida la deliberación: esa chiquilla me caía bien.

Dácil fue la que más éxito tuvo conmigo. Un éxito rotundo. Yo no la había estado investigando en Instagram, así que en mi mente era la niña de cinco años que aparecía en el fondo

12. Tú estás loca.

de pantalla de Airam, donde los dos, disfrazados de guerreros guanches, trataban de hacerse trizas. Quizá por eso, porque no tenía ni idea de que me esperaba una adolescente de dieciséis años, me impactaron tanto sus favorecedoras trenzas africanas, sus opiniones libres como el aire del desierto y sus orificios perforados gracias a su talento para falsificar la firma materna. Recuerdo aquellas Navidades como la penitencia de Dácil por haberse hecho en torno a siete *piercings* sin consentimiento —ella o va con todo o no va—. Si no la amenazaron diez veces con dejarla sin postre, sin salir, sin regalo de Reyes y sin cabeza sobre los hombros si no se quitaba los aretes, no la amenazaron ninguna. Pero ella se mantuvo en sus trece, desquiciando a todo el mundo con su desesperante tozudez. Eso hacía y sigue haciendo a día de hoy: trastornar al personal con su obstinación hasta que entendemos que, de tan exagerados que son sus defectos, se convierten en una virtud. Entonces, sin que te des cuenta, deja de ser una cabezona de cojones y se transforma en la presa de guerra que, con su lealtad moral y su indiferencia hacia el castigo físico, enorgullecería a una nación.

Conserva los siete *piercings* y seguro que tiene unos cuantos más. Esto solo confirma lo bien que se le da persuadir o solo hacerse respetar con sus leyes individualistas.

Sí, fue la que más éxito tuvo conmigo.

Luego llegó Margarita, la niña adoptiva de Jana y Salma con síndrome de Down, y le arrebató el podio.

—¿Te *zentaráz* a mi lado para comer? —me pregunta la pequeña, tirando de mi mano. Así me devuelve al momento presente—. ¡Me *eztoy hambriendo*!

—Se dice «estoy hambrienta» o «me estoy muriendo de hambre» —replica Candelaria con su tono perdonavidas—. A ver si hablas bien.

—¡SE DICE «TENGO JILORIO»! —exclama el abuelo—. ¡Sean canarios! ¡ORGULLOSOS canarios!

Margarita no escucha ni a la una ni al otro, aunque suele

atender a la abuela con el profundo respeto que se le otorga al jefe de una tribu indioamericana.

Se me queda mirando esperanzada.

—Pues claro que me voy a sentar a tu lado.

No solo porque sea una criaturilla adorable, sino porque sentarse al lado de cualquier otro miembro de la familia es arriesgado. Como te descuides, Candelaria te mete tres postres en la boca, Jimena te saquea los bolsillos, el abuelo Manuel te aturde con su verborrea conspiranoica sobre la erupción volcánica y Dácil te envenena con una sonrisa de pitón o una sustancia corrosiva vertida en el zumo de mango.

De todos modos, hoy no se dará pie a una acalorada discusión sobre el casi inactivo Teide. La comida se desarrollará en torno a Las Novias, es decir, Leire y Núria, las mujeres que Airam y Jaime han traído para el entretenimiento de los Oramas.

En cuanto estamos todos acomodados en la mesa del comedor —excepto Candelaria, que amenaza con blandir el cucharón contra Jimena cuando le sugiere que nos sirvamos cada uno lo que queramos—, empieza la lluvia de preguntas.

Se suponía que el interés por la amante de Jaime daría comienzo y concluiría a la primera duda pronunciada a desgana. Después de una década de novias temporales, los Oramas han aprendido a no tomarles cariño a las invitadas, pues lo más probable es que no vuelvan a dejarse caer por la zona. Y si lo hacen, es para pinchar las ruedas del deportivo de Jaime.

A las últimas «parejas» casi las ignoraron, cosa que ellas atribuían a su desempeño profesional. Hubo una que se largó antes de que Jaime la echara porque, *en teoría*, su familia la juzgaba.

—No me quieren porque soy profesora de zumba —se había quejado.

Jaime, que estaba deseando deshacerse de ella, dijo:

—Tienes toda la razón, mi niña. Y yo no puedo estar con alguien que mi familia no acepta.

Pero en realidad habría correspondido decir:

—¿Tú te crees que mi padre, que se presenta como El Gran Mencey Guanche, o mi hermana Jimena, la mujer por la que inventaron una tarjeta premium en uno de los casinos del sur, están como para burlarse de un empleo tan noble como el de profesora de zumba?

Por esto y más no suelen quedar ganas en la recámara para inmiscuirse en la vida de la presentada, pero nos damos cuenta de que no estamos ante el prototipo de Jaime en cuanto Núria —gafas cuadradas, pendientes discretos y un paquete de Ducados asomando por el bolsillo— se muestra dispuesta a contestar la primera y última pregunta: «¿A qué te dedicas?».

—Soy doctora en Psicología Clínica. He trabajado durante diez años tanto en consulta privada como para la sanidad pública. En la clínica en la que estaba me especialicé en terapia de duelo y en el tratamiento del estrés postraumático, ambos orientados a un perfil de paciente joven. Ahora estoy estudiando para dar clase en la Universidad de Barcelona.

Hay un silencio en el que todos se miran boquiabiertos.

—Cambate las patas...[13] ¿Doctora en Psicología y sale con Jaime? Muy lista no puede ser. Lo mismo le dieron el título en la Universidad Rey Juan Carlos —masculla tía Jana por lo bajo.

—¿Tú de qué conoces a una psicóloga, mi niño? —exige saber Candelaria—. ¿Por fin decidiste ir a tratar tu pánico al compromiso?

—¿Cuánto le pagaste a la pobre mujer para que finja que le gustas? —inquiere Jimena.

—Que tú le pagaras a mi hermano para que se casara contigo no quiere decir que todos hagamos o vayamos a hacer lo mismo —rezonga tío Jaime.

El comentario pone el vello de punta a unos cuantos comensales. Dácil la primera, a la que vigilo con el rabillo del ojo.

13. Expresión de sorpresa.

Núria se limita a observarnos como si fuéramos ratas de laboratorio.

—Ah, ¿es que vas a sentar la cabeza? ¿Con Núria? —le replica Jimena en el acto—. Me sorprende que te hayas decantado por una mujer que sabe leer y escribir, con el riesgo que corres de que te lea la cartilla.

—Esos comentarios clasistas sobran —interviene Dácil, entretenida repartiendo los platos.

—Muy bien dicho, Da. —Jaime aplaude.

—No te regodees tanto, que no te estaba defendiendo. No tiene nada de malo que las mujeres que te gustan no se puedan considerar una gloria intelectual. Lo que tienen de malo es que les gustas tú. Sin ofender, Núria —agrega, sonriéndole a la invitada.

—Ah, no, no te preocupes. No estoy enamorada de Jaime, simplemente nos lo pasamos bien. He accedido a pasar aquí unas breves vacaciones porque nunca he estado en Tenerife. —Núria encoge un hombro y le da un sorbo al escaldón—. Esto está riquísimo, Candelaria.

—Claro que lo está —confirma ella misma, levantando la nariz con soberbia.

—¿Quieres decir con eso que no esperas que Jaime te ponga un anillo en el dedo después de presentarte a su familia? —Jimena no da crédito.

—No, claro que no. No creo en el matrimonio como reafirmación romántica, tan solo como un método eficaz para proteger el patrimonio común, y Jaime y yo no compartiremos patrimonio alguno. Tampoco vivo mis relaciones interpersonales según la monogamia hegemónica. Jaime y yo nos entendemos por eso mismo.

—¿Quién es Hegemónica? —exige saber la abuela—. ¿Por qué tendrías que vivir como lo dice otra mujer?

—Encima, una mujer con un nombre tan feo —apunta Margarita, arrugando la naricilla.

La risa de Dácil es tan estridente que está a punto de contagiarme.

—Seguro que es solo «Moni» para los amigos.

—Lo que pretendo decir es que tenemos una relación abierta —explica Núria.

—Eso está muy bien. Si una no está abierta a que le pongan los cuernos, salir con Jaime no suele funcionar. —Jimena se mete una generosa cucharada de escaldón en la boca.

Me gustaría defender al tío Jaime, pero por ese lado no hay quien le ayude.

—¿Y si te limitas a comer y no intentas arruinar las relaciones de la gente? —rezonga el aludido, con los puños apretados a cada lado del plato—. No es nuestra culpa que la tuya no saliera bien.

—¡Tampoco fue mi culpa! —brama Jimena, enrojecida por la acusación—. Sin embargo, tú sueles tener toda la responsabilidad de que tus novias se vayan por la sombra.

—Ya que estás en el chozo, Núria, podrías hacerles terapia a estos dos —propone Candelaria—. Yo no creo en eso de los loqueros, pero a lo mejor así dejan el pleito.

—¡Loqueros! —exclama el abuelo Manuel, dando un golpe a la mesa—. ¡Sacacuartos! ¡Traficantes de la droga! ¡En el infierno ARDERÁN!

El resto de la comida es un despiporre espectacular, como todas las reuniones familiares. Aunque Núria se presenta como una profesional seria, no se toma a pecho las burlas amistosas o la ignorancia académica de los mayores —¿por qué una señora de ochenta años tendría que saber qué es el patriarcado?— y se divierte tanto o más con las interpretaciones de sus palabras.

Creo que todo el mundo le da el visto bueno a Núria, pero queda en segundo lugar cuando Leire sale a escena.

Incluso sometida a un escrutinio doblemente intenso, pues para Airam solo quieren lo mejor, es aceptada con entusiasmo. Cómo no, tratándose de la mujer perfecta. Leire monopoliza la conversación sin querer. Todos quieren saber qué espera ser de mayor, si su color de pelo es natural y, en el caso de saber hablar vasco, si les puede decir alguna frase. Tío Jaime le pide un autógrafo de Iker Muniain, jugador del Athletic Club, cuando se entera de que es de Pamplona, y hasta Margarita aplaude cuando saca de su bolso una trenza del Reyno y canutillos rellenos de crema, dulces típicos de su lugar de origen.

—Podemos dejarlos para la merienda —propone Jimena, que se ha levantado para repartir los cuencos del último plato—, porque de postre tenemos polvito uruguayo. Lo ha hecho Dácil para la ocasión.

En cuanto Dácil pone ante mis ojos mi ración, los entorno.

—¿Y dices que lo ha hecho Dácil?

—Sí —confirma ella con un ladrido—, ¿algún problema?

—Yo no tengo ninguno. ¿Lo tiene el postre?

—¿Qué problema iba a tener?

—No sé. Si quisiera intercambiarlo con el de Airam, ¿pondrías trabas?

—Te quiero un tochito, Thiago, pero no pienso comerme tu polvito —constata el aludido—. Es muy posible que esté envenenado.

—Yo tampoco —se apresura a decir tío Jaime.

—¡Qué exageración! Si tanto problema hay, a mí no me importa que me lo cambies —propone Leire—. Total, no me gusta mucho el dulce. Comeré poco.

—Tampoco soy tan mala persona. A no ser que Dácil me jure que el polvito está en perfectas condiciones, no se lo voy a ceder a nadie. ¿Lo está? —La miro directamente a los ojos, esperando que arrugue la nariz, como cada vez que miente. Pensé en Dácil cuando Celia me dijo que no pensaba hacerse un *piercing* teniendo la nariz «fea»: aunque Da es de nariz hebraica, le importó un bledo y se plantó un septum cerrado—. ¿Es comestible?

—Pruébalo y lo verás. Me parece muy maleducado que le pongas pegas a la comida cuando vienes de invitado. La próxima vez haré menos cantidad para que no comas.

—Ahí tiene razón ella —interviene tío Jaime—. A caballo regalado no se le mira el diente.

—¿Juras entonces que no hay sustancias psicotrópicas involucradas ni venenos de escorpión?

—Pues claro que no. ¿Por quién me tomas?

—Por una tronada de la cabeza —masculla tía Jana, cubriéndose la boca con el vaso de agua.

A lo mejor es un poco redundante, porque ya lo ha dicho ella, pero aclaro:

—Por nada menos que lo que eres.

—¿Y qué soy?

—No voy a responder a eso.

—¡Mejor! —se alegra Jimena.

—¿Por qué? Aparte de porque eres un cobarde, me refiero —me reta Dácil.

—Porque hay menores delante. Si al polvito no le pasa nada, estaré encantado de cambiarlo.

—Percibo cierta violencia en vuestro modo de comunicaros —comenta Núria, que nos ha estado vigilando con los ojos entornados.

—¿Verdad? —aporta Salma, que se abanica con la servilleta como cada vez que la situación altera sus chakras—. Hay una intensa vibración maligna en el ambiente cuando Dácil y Thiago se juntan.

—Más que una vibración maligna, me parece que hay un asunto no resuelto entre vosotros.

—Es que lo hay —confirma ella—. No se solucionará hasta que Thiago decida comer y callar o intercambiar su postre.

—Bueno, ya está bien. Solucionado.

La mano inocente de Leire ha rodeado el cuenco y lo ha arrastrado hacia el lugar que ocupaba el que le correspondía.

Con el rabillo del ojo observo la reacción de Dácil. Sus ojos como las aceitunas —«¿verdes?, ¡no, negras!», cantaban los Mojinos Escozíos, solo que en su caso sí hay un pelín de verde, verde como la envidia o la naturaleza salvaje— siguen lentamente el recorrido del cambiazo.

Mi polvito uruguayo o está contaminado o está asqueroso, y tanto lo uno como lo otro solo puede ser obra de su cocinera. Lo sé tan bien como conozco las líneas de mi mano. Aunque actúe con esa naturalidad que le otorgan sus maravillosas dotes actorales, reconozco cierta tensión en el cuerpo de Dácil en el momento de sentarse.

Espero que me devuelva la mirada, que confiese su crimen. Pero eso no sucede.

«No dejarías que Leire se pusiera enferma por orgullo, ¿verdad? Porque no me estarías jodiendo a mí si acabara vomitando. La estarías jodiendo a ella y a tu hermano», le hago saber con una mirada.

Ella encoge un hombro con gracilidad engañosa.

No es esa criatura femenina que finge ser a veces. Es el puñado de dragones descabezados de mi lectura del horóscopo chino, por más que me moleste darle la razón a Leire.

«No sé de qué me estás hablando», da a entender.

«Airam se va a cabrear», lo intento una vez más.

Dácil hunde la cucharilla en su polvito uruguayo, mansa como un cordero.

«Así sea».

Tengo que resistir el impulso de cubrirme la cara con las manos, sabiendo que me va a estallar una bomba en la cara. A excepción del abuelo Manuel y la abuela Candelaria, a los que nuestra enemistad les aburre como una de esas *sitcoms* refritas de los noventa, nadie se ha atrevido a probar bocado. Todos esperamos con el culo apretado a que Leire mastique y trague, preparados para salir propulsados de los asientos para llamar a una ambulancia. Jimena aguarda inclinada hacia delante, con las palmas apoyadas en la mesa. Tío Jaime ha sacado el móvil del bolsillo y lo ha colocado junto al plato como lo haría un vaquero del Oeste con su pistola. El mensaje es claro: «Estoy preparado para el zafarrancho. Que venga la tormenta de arena. Yo la detendré marcando el 112».

Pero Leire mastica, traga y no le pasa nada. De hecho, sigue comiendo y da su veredicto entusiasmada:

—¡Está buenísimo!

Todos trasladamos nuestra mirada a Dácil, que tiene el descaro de sonreír triunfante y restregarnos nuestra falta de confianza en ella. Jimena se escurre en el asiento tras suspirar profundamente, sabiendo que se ha librado de una buena. A mí casi se me escapa una carcajada de incredulidad.

Vivir con Dácil es como poner al fuego una olla exprés e irse para continuar con las tareas domésticas. Por más que intentes distraerte con tus quehaceres, nunca terminas de relajarte. No puedes perder de vista que, como te descuides un minuto, la olla puede estallar y el fuego podría consumir hasta los cimientos de la casa.

Finalmente, la familia se tranquiliza y disfruta de su postre, pero porque no saben o no quieren saber que están lidiando con material corrosivo. Yo nunca me muevo de la cocina hasta que la olla exprés ha pitado, momento en el que me pongo las manoplas para retirarla del fuego y la vigilo por si hubiera alguna fuga. Y demuestro haber hecho bien al velar por la seguridad de los Oramas cuando, de pronto, Leire deja caer la cucharilla en el cuenco.

De pronto cambia de expresión, con la mano rodeándose el vientre, y carraspea.

—¿Estás bien? —le pregunto en voz baja.

El géiser nocivo nos observa con sus ojos negro-verdes al otro lado de la mesa. Tiene la decencia de palidecer a la vez que Leire. Incluso se ponen de pie al mismo tiempo.

—Creo que sí. Solo necesito ir... ir al baño un momento...

Uno a uno, todos se van poniendo de pie: tío Jaime y su

nueva pareja, los abuelos, los padres, los tíos y los sobrinos, una innecesaria reacción en cadena puesto que ya no podemos hacer nada. Airam, aun siendo el primero en extender la mano hacia su novia, no es tan rápido como Leire, que echa a correr en dirección al servicio.

Gracias al silencio del comedor se oyen sus arcadas, una serie de toses y la cadena del inodoro.

Dirijo una mirada a Dácil que creo que lo dice todo.

—¿Qué le habías echado? —pregunta Jimena con voz queda.

Ella pestañea una vez.

—Lo de siempre. Dulce de leche y nata.

Mentirosa.

—¿Y por qué está la pobre chiquilla cagándose en nuestro baño? —brama tía Jana.

Lo peor es que debo esforzarme para no romper a reír cuando Dácil se encoge de hombros. Su descaro es de tal calibre que solo te queda suspirar —«ay, Dácil»— y aceptar que es como es. Tanto si te quedas a aplaudir como si te levantas y la abucheas, llevará su teatro hasta el final.

No hay prueba más obvia que su respuesta:

—Será intolerante a la lactosa, a mí qué me cuentas.

Capítulo 4

El chivo expiatorio y el niño perdido

Dácil

El castigo que Airam ha decidido aplicar por haber intentado vengarme de Thiago ha sido apartarme de los juegos de mesa.

He intentado convencerle de que Thiago también tiene parte de culpa. Él sabía que algo le pasaba a su postre y, aun así, se lo cedió a Leire con el consecuente resultado: ha tenido que irse a echar la siesta con una manzanilla de litro para sobrevivir a la intoxicación.

No era mi intención envenenarla. Eso es todo lo que puedo decir.

Aparte de «lo siento», claro.

Pero las disculpas no le han valido a nadie y me han vetado de la sesión de todos modos. Sospecho que no tiene nada que ver con mi jugarreta del almuerzo, sino con que gano a cualquiera que sea el juego que dispongan y solo quitándome de en medio tienen una mínima oportunidad de triunfar.

En cuanto empiezan las vacaciones de verano, aprovechamos para pasar un día entero echando continentales entre otros juegos de cartas, partidas de *Monopoly*, *Pictionary*,

Jungle Speed... Es una de las actividades familiares que tenemos programadas, como alquilar hidropedales en la playa, subir la Montaña Roja en El Médano o, como ahora, excluir sistemáticamente a Dácil de todo lo mencionado.

Según la psicología, en las familias de padres ausentes o solo disfuncionales —la mía entra en las dos categorías—, cada uno de los miembros asume un papel concreto. Está el del Héroe, al que le compete el ejercicio de la figura paterna. Este no debe confundirse con el Facilitador. El Héroe ofrece un apoyo emocional necesario para el desarrollo personal, pero al Facilitador le corresponderían las obligaciones materiales: encargarse de que haya comida en la despensa, que la ropa pase por la plancha y que se paguen las facturas de la fibra óptica, porque no hay que olvidar que la salud mental de muchos depende de su conexión a internet. Luego está el Chivo Expiatorio, aquel al que se culpa de todos los males que ocurran. Gracias al Chivo se le puede poner nombre al delincuente que se ha comido las últimas natillas o que ha ocasionado un apagón; da igual que se haya pillado a otro con el secador en una mano, el móvil cargando en la otra y las tres luces del baño encendidas. Por otro lado, siempre hay un Niño Perdido, personaje al que hay que sobreproteger a toda costa porque se compadece su extrema sensibilidad. Y por último tenemos a la Mascota, que no, no sería mi perro Teno, sino el miembro al que se le hacen un par de monerías, se le escucha cuando habla como a la lluvia caer y solo se le tiene en cuenta para la diversión.

Mi hermano es el claro Facilitador; sin él, creo que nos habría comido la mierda cuando mi padre salió del armario y decidió que era hora de recuperar el tiempo perdido acostándose con media ULL. Mi abuela, ahí donde se la ve, es el Héroe, la que endureció nuestro carácter con su frialdad y nunca nos dejó caer en la autocompasión. Mi tío Jaime sería la Mascota —una mascota orgullosa, cabe decir—. Y en cuanto al Niño Perdido, es obvio de quién se trata: Thiago es un Peter Pan de baja estofa. Causa sensación entre los menores de edad —solo hay que ver cómo lo mira Margarita— y saca el lado más cariñoso de los adultos.

Como Niño Perdido que es, anhelo su regreso a Nunca Jamás para que, en efecto, nunca jamás regrese.

Yo soy el Chivo Expiatorio, que es a donde quería llegar. En el caso del polvito uruguayo alterado con laxantes, me merezco toda la culpa que se me quiera atribuir. Pero no siempre es así, y los castigos rara vez están a la altura del delito. Suelen excederse por mucho.

Aunque me hayan prohibido participar, observo los juegos desde una esquina del salón, con las piernas recogidas contra el pecho. Me cuesta no lanzar miradas hurañas a Thiago, que se lo debe de estar pasando de lo lindo. Como no soy la banca del *Monopoly*, le han concedido todos los préstamos que ha pedido, y en el continental no he estado yo para adelantarme a coger la carta que necesita, por lo que no le ha costado quedar segundo.

A veces me asombra lo poco que le cuesta meterse al público en el bolsillo. Llevo viviendo en esta casa desde que nací y creo que nunca he hecho reír a tía Jana como él sí lo ha conseguido. Se mimetiza entre los Oramas como uno más, y no me cabe la menor duda de que así lo consideran, de que pretenden quitarle el apellido portugués de su padre para incluirlo en la herencia.

Puedo figurarme qué le ven porque yo se lo vi una vez, joven e ingenua como era, pero una vez se te cae la venda de los ojos, no quieres volver a ponértela.

Le mando un mensaje a la única persona en este mundo que me entiende. Maday no puede acudir en mi rescate porque tiene turno de noche en el hotel, y a las ocho en punto debe estar en las cocinas con su redecilla en la cabeza. Aun así, encuentra un momento para preguntarme «qué ha hecho Thiago ahora» y atender mi retahíla de quejas con paciencia.

Ella conoce los detalles de la historia como ni siquiera Thiago lo sabrá. De hecho, uno de los motivos por los que me cuesta aguantarle la mirada es porque ignora lo que hizo. Por desgracia para él, yo sí tengo muy buena memoria, y no me falla cuando se trata de guardar rencor a quien lo merece.

—Y ahora vamos con el último juego de la noche —anuncia tío Jaime con su voz de presentador de televisión.

Derrocha carisma y tiene suficiente atractivo físico para postularse a un trabajo de ese tipo, pero le va bien trabajando en los bungalows con mi padre. Le permite llevar la vida que le gusta, que no es otra que la de escurridizo semental. Trata con extranjeras atractivas a diario, cubre las largas distancias de Tenerife con un deportivo de dos plazas y dispone de apartamentos limpios, bien decorados y con vistas a la playa para impresionar a sus víctimas.

Con lo que gana, no sé por qué vive todavía con nosotros. Lo mismo se podría decir de tía Jana. ¿Por qué no se alquilan un apartamento? Yo me largo a mi pisucho compartido de La Laguna en cuanto puedo, pero es que me iría hasta a un sótano abisero[14] de El Fraile si eso me librara de Thiago.

Las caras curiosas de mis familiares, atentos al juego que concluirá la noche, se relajan al ver que Jaime empieza a repartir pósits.

—¡Adivina el personaje! —Margarita aplaude.

El participante sentado a la izquierda escribe el personaje ficticio o persona de interés que habrá de adivinar el participante de su derecha con preguntas de sí o no. Me da pena no participar en este, porque nadie ha podido averiguar jamás los personajes que se me han ocurrido. Observo los nombres que escriben en el papel: Paulina Rubio, Osho, Hermann Hesse... Tengo que poner los ojos en blanco al reconocer la caligrafía de Thiago. Cómo no, ha escogido uno de esos deprimentes

14. Sitio sombrío.

escritores rusos que tanto admira —en este caso, Tolstói—, aunque no dudo que Núria, con su amplia sabiduría, vaya a averiguarlo. No como mi madre, que se pasó días sin hablarme porque elegí «el tío más alto del mundo» para que lo adivinara.

Pablo Motos, Stella de las Winx, Dácil...

¿Dácil?

Fulmino con la mirada al tío Jaime, que ha sido el gracioso que me ha elegido como personaje para que Thiago lo descubra. Ahí está él, con su cara inocente, pegándose el pósit en la frente, más que preparado para deslumbrarnos con su agudeza mental. No hace falta ser un hacha para pasar un buen rato, pero Thiago suele divertir a todo el personal con sus preguntas salidas de tiesto.

Él no puede empezar dudando sobre el sexo o la existencia del personaje adjudicado. Él va a lo concreto con un:

—¿Soy amigo mío o me gustaría serlo?

Todo el mundo rompe a reír con la sola posibilidad.

Ja, ja, qué divertido. Me parto.

—De ninguna manera —lamenta mi madre.

—Entonces soy un enemigo o una persona odiada. —Posa sus ojos en los míos. No tiene que mirarme durante más de cinco segundos para que sepa que lo sabe; ya ha adivinado a la persona que le han puesto. ¿Su mente trabaja así de rápido, o es que soy la única persona que odia en este mundo?—. ¿Me caigo mal por mi actitud infantil, mi insultante sentido del humor y mi mala leche?

La tensión que inunda el salón da a entender al tío Jaime que elegirme como personaje no ha sido la mejor idea. Nadie se atreve a decir que sí o que no. Yo, para despistar y evitar que gane aun cuando no estoy participando, niego con la cabeza.

Pero no puedo resistirme a provocarlo.

—La pregunta sería si tu personaje te odia *a ti* por tu afán de protagonismo, tu modo de tratar a las mujeres y tus pintas de chulo.

—Vaya, yo iba a preguntar si mi personaje me odia porque en el fondo me quiere demasiado.

Su media sonrisa sobrada me crispa.

Odio cómo esa brutal cicatriz suya ondula misteriosamente cada vez que mueve la boca.

—Ese solo eres tú proyectando tu elevada opinión de ti mismo sobre los demás, pero no es real.

—Oye, estáis dando demasiadas pistas —intenta meterse mi madre, incómoda—. Solo se dan respuestas de sí o no.

—Tienes razón, Jimena. Deja que haga una pregunta acorde con el juego. ¿Me estás diciendo, Dácil, que el personaje que me ha tocado no podría reconocerme una sola virtud? —Enarca una ceja—. ¿Quizá porque... es demasiado orgullosa?

—Qué rápido has decidido que es una chica, ¿no? Me sorprende viniendo de un tío que piensa que todas las mujeres lo adoran.

—¡Yo lo adoro! —exclama Margarita, que no suele enterarse de nada.

Thiago le guiña un ojo y, acto seguido, se hace el sorprendido.

—¿Estábamos hablando de mujeres? Yo he asumido que mi personaje es una serpiente.

—Seguro que te mordería si pudiera.

Sus ojos grises emiten un destello acerado.

—Aquí la estoy esperando.

—Nadie va a morder a nadie —advierte la abuela Candelaria.

Hay un breve silencio en la sala.

Nadie más se atreve a hacer comentarios.

—¿Es cuestionable la ética de mi personaje?

—En absoluto —contesto con soberbia—. Es una persona objetiva.

Tío Jaime agacha la cabeza para partirse de risa tranquilamente.

—Más que objetiva, yo creo que es una persona *con objetivos...* —medita tío Jaime—, pero de los que solo se atisban a través de la mira óptica de un rifle de francotirador.

Thiago no hace caso a sus murmuraciones. Me sostiene la mirada con sorna.

—Entonces voy a tener que descartarte, porque eres lo más irracional que me he cruzado en mi vida.

—Desde un punto de vista clínico, estoy de acuerdo con esa acotación —infiere Núria, que, a juzgar por su pose, parece que lleve un rato valorándonos—. Jamás he detectado tanta animadversión entre dos sujetos.

—Esto es solo el comienzo —se lamenta Airam por lo bajo.

—¿Podemos seguir jugando? Estoy intrigada —pide Leire. Debe de ser la única a la que no le molesta que nos insultemos.

Thiago la complace volviendo a mirarme.

—Eliminada ya la posibilidad de que mi personaje sea Dácil, algún general nazi u otro tipo de chalado, creo que estamos ante un sujeto sensato, gentil, considerado... —empieza a enumerar sacando los dedos pacientemente. Con cada adjetivo aprieto más y más los puños—. ¿Por qué odiaría yo a alguien con esas cualidades?

—Porque al ser mejor que tú podría robarte el protagonismo, y caer de tu pedestal es algo que no soportarías.

—Creo que me costaría mucho más soportar a alguien temperamental, tramposo y cruel. Por cierto —agrega, desplazando su mirada fija a los demás—, ¿tengo novio, o no me aguanta ni mi padre?

Airam se pone pálido a la vez que yo, pero al igual que el resto de la mesa, se queda callado, asimilando lo que ha pasado en apenas treinta segundos.

—Y... hasta aquí hemos llegado —concluye tío Jaime.

Esa es la gota que colma mi paciencia. Pensaba que podría

tolerar mucho más, pero siempre mete el dedo en la herida, aunque sea sin querer. Me impulso desde el borde de la mesa con el consecuente chirrido de la silla, que casi cae a mi espalda. Lo repentino del movimiento hace respingar a algunos familiares, pero Thiago ya lo había visto venir y me mira esperando el contraataque.

Un recuerdo amargo hace temblar mi barbilla al decir:

—Que te jodan. Si el tuyo viera la clase de persona en la que te has convertido, renegaría de ti.

Thiago ni se inmuta al escucharme, lo que me salva de sentirme culpable por lo que acaba de salir de mi boca. Oigo a mi madre pronunciar mi nombre en tono acusador, pero no me quedo para recibir la reprimenda. Abandono el salón en dirección al jardín, esperando que la brisa me aclare las ideas.

He participado en esta escena tantas veces que me cansa. No tanto por el papel que me toca —siempre el de villana, enemiga de la diversión familiar— como por lo que refleja que siempre se pongan de su parte. Es como si él tuviera permitido vejarme. A la vista está que mi familia encuentra desternillantes sus salidas. Hay veces que incluso asienten con la cabeza y aplauden. Se puede escuchar «¡Qué bueno!» y «¡Totalmente cierto!» cuando Thiago se burla de mi arritmia al bailar, mis suspensos en Microbiología o Química Ambiental y cómo estallo después de que lleve veinte minutos describiéndome como la opositora de los Derechos Humanos. Pero, ¡ah!, como se me ocurra contraatacar con fuerza e ir a donde ni siquiera sé si le duele, tal y como él puede hacer durante horas, entonces todo el mundo coincidirá en lo malvada que es Dácil.

Bajo las escaleritas que dan a la piscina a toda velocidad. Al llegar al borde, freno tan bruscamente que la inercia está a punto de tirarme al agua. Me quedo un momento mirando el fondo. Los focos de los costados iluminan los azulejos que parecen teñir el agua de celeste.

Me quito las cholas y las dejo a un lado para sumergir los pies.

¿Por qué, si la víctima se defiende, pasa a ser automáticamente el matón? ¿Por qué tengo que aguantar que me obliguen a reconciliarme una y otra vez con un bobomierda que no me deja vivir? ¿Por qué ya no puedo estar tranquila ni en mi propia casa? ¿Por qué hasta mi familia lo prefiere a él?

Su voz me llega por detrás con tanta fuerza que siento que podría haberme tirado a la piscina.

—Te has coronado ahí dentro, ¿eh?

TE ODIO TE ODIO TE ODIO TE ODIO TE ODIO.

—¿Acaso he dicho alguna mentira? —Ladeo la cabeza para mirar por encima del hombro, pero no levanto la vista de sus dedos de los pies. *Los dichosos pies griegos*—. A ti no te ha faltado abuela, Thiago, eso no, pero sí un fisco de mano dura.

—¿Y tú qué sabes lo que me ha faltado? —Mis músculos se tensan involuntariamente al oírlo enfadado. Él nunca se cabrea, y si lo hace, procura que no se le note—. Te crees que has estado toda la vida conmigo porque me ves un par de meses al año, pero había vida, educación y Thiago antes de Dácil Oramas. No me conoces.

—Prueba a volver a esa vida. Nos haríamos un favor a los dos. Y encuentra a quien te ponga en tu lugar, ¿vale? —Le dedico una sonrisa de serpiente—, porque salta a la vista que nadie se ha encargado de sacarte los colores.

Él se cruza de brazos y enarca las cejas.

—¿Por eso crees que tienes que hacerlo tú? Porque no me pones en el lugar que me corresponde, Dácil, sino mucho más abajo. Me plantas en el inframundo.

—¡Te planto donde pueda perderte de vista! —espeto, perdiendo la paciencia—. Déjame en paz, Thiago. Me he largado para no discutir más.

—Que te deje en paz, dices, como si no fueras tú la que hace de todo una guerra. Yo nunca empiezo la discusión, así que no te hagas la víctima, ¿quieres?

—¡No te hagas la víctima tú!

Me giro del todo para encontrarme con él de una vez. Ahí está, de pie a mi lado con las manos ahora metidas en los bolsillos. Me mira sin llegar a agachar la cabeza del todo, sus ojos convertidos en dos franjas de niebla espesa.

—Mira, solo quiero estar sola. Vete con los demás y divertíos. Está claro que yo soy un obstáculo.

Thiago sonríe de lado, pero no hay ni rastro de ilusión en el gesto.

—No te pegan nada estos lloros, princesa Dácil.

—¿Y qué me pega más? ¿Gritarte? Claro, porque es a lo que me has reducido tú con tus tonterías: a una histérica que necesita aprender a gestionar su ira. Yo soy una persona normal hasta que agotas mi paciencia. Tú lo sabes muy bien, pero sigues provocándome porque disfrutas dejándome mal delante de todos.

Thiago arruga el ceño.

—¿Qué dices?

—No te hagas el tonto, que bastante tienes con serlo.

—Dácil, eres tú la que empieza con las peleas. —Intenta sonar razonable tras una pausa para organizar sus ideas—. De hecho, desde que recuerdo, eres tú quien las empieza y quien las termina, e intenta acabar conmigo en el proceso.

—Y tú no haces nada, ¿verdad? Tú eres perfecto, mi rey —espeto en tono venenoso.

—Intento ser tu perfecto contrario, lo que parece que quieres desde que tenías dieciocho años. Como ves, satisfago tu deseo de hostilidad ancestral, y así es como me lo pagas.

—Con la misma moneda que tú, ¿o es que resulta que tú eres cariñoso y comprensivo?

—No, pero lo que no voy a hacer es regalarte un beso cada vez que te dé un brote psicótico, cielo. —Y me sonríe desdeñoso.

—¿Un brote psicótico? Pero ¿de qué vas? —Me pongo en pie a trompicones para no estar en inferioridad, aunque sea de altura. El enfado me arde en el estómago, en el centro de la garganta y hasta en las puntas de los dedos—. ¿Es que no eres consciente de cómo me humillas? ¿Te crees que me enfado y reacciono así por gusto?

—No soy el príncipe azul, pero tampoco soy el que se pasa tres pueblos de los dos.

—¿Por qué se supone que yo me paso tres pueblos y tú no? ¿Es que tú eres más sensible o tus sentimientos son más puros? ¿Qué pasa, que porque ocurriera una tragedia en tu vida ya nadie puede levantarte la voz? —Lo empujo por el pecho. Él recobra el equilibrio antes de caerse hacia atrás—. Te has malacostumbrado a que todo el mundo te baile el agua porque «eres un pobrecito», pero yo no te voy a dar un trato preferente ni voy a modular el tono si insistes en provocarme, ¿te enteras?

Thiago me dirige una mirada turbadora que no consigo descifrar.

—Y me alegro de que así sea.

Ah, no, ahora no utilices ese tonito de «enterremos el hacha de guerra».

Que se lo ha creído. Esta es mi oportunidad de desahogarme. No me voy a ir hasta que los remordimientos le hagan llorar.

—Sí, te alegras... te alegras de dejarme mal delante de mi propia familia —especifico con rencor—. ¿Es esta tu manera de hacerte un hueco entre los Oramas, Thiago? ¿A costa de quitarme a mí de en medio?

Thiago parece genuinamente sorprendido por el reproche. Atrapa mis manos entre las suyas, que volvían a su pecho con la intención de alejarlo de mí a cualquier precio.

—Pero ¿qué dices? —Baja la voz, aturdido—. ¿Cómo puedes pensar eso?

—¿Cómo puedes *tú* ser tan cruel? —La voz se me quiebra. Forcejeo con él para que me suelte, pero no hay manera. Me tiene agarrada por las muñecas y nada indica que vaya a dejarme ir pronto—. Mi familia es todo lo que tengo y te pasas el día intentando ponerlos en mi contra.

—Eres tú la que se busca las broncas. Yo no he puesto en tu boca las palabras que los cabrean... —Sacude la cabeza, como si acabara de darse cuenta de que no le ha dado el enfoque apropiado a su réplica. Sus ojos encuentran los míos en una mirada incrédula—. ¿De eso va todo esto, Dácil? ¿Me odias porque sientes celos de cómo me llevo con tu familia, o cómo va el tema?

—Conmigo no te hagas el psicólogo.

—No estoy psicoanalizándote, estoy intentando hablar contigo. No dudo que te sorprenda cuando es improbable que lo hayas probado alguna vez.

—Que te den.

Pretendo largarme, pero él me detiene con un grito exasperado.

—¡Venga ya! —Extiende los brazos—. ¿Por qué tienes que ser tan difícil? Dime cuál es el problema y lo resolveremos. ¿Es ese? ¿Tienes envidia?

—¡No tengo nada que envidiarte!

—¿Y por qué te comportas como una loca?

Oh, oh. La palabra prohibida.

—Tantos estudios, pequeño Thiago, y no has aprendido lo más importante: que no puedes decirle «loca» a una mujer.

—¿Ni siquiera cuando la palabra la define desde un punto de vista objetivo?

—¿Qué tiene de objetivo? ¡Si me comporto como tal, es porque *tú* me vuelves loca! ¡Si tú no existieras, nadie conocería esta versión de mí!

Thiago abre la boca para responder, pero lo que quiera que ha estado a punto de decir queda en el olvido. La ira se pone de acuerdo con mi cuerpo y descarga la energía que necesito para empujarlo una última vez. Thiago pierde el equilibrio y va a dar de espaldas en la piscina, pero en el último momento, buscando un agarre o buscándome la ruina una vez más, se enrosca en mi brazo.

Los dos caemos aparatosamente al agua.

Cuando pataleo para sacar la cabeza y cojo una bocanada de aire, me parece que esta es la primera vez que disfruto de oxígeno no contaminado en todo el día. Oxígeno que no comparto con él. Thiago emerge un segundo después, sacude su flequillo trasquilado y escupe el agua que ha tragado.

No me ha soltado el brazo; tira de él y me acerca a su cuerpo.

Sus ojos grises, ahora inyectados en sangre por culpa del cloro, parecen los de un depredador al apresarme con una mirada furiosa.

—Pues existo, Dácil —me advierte al oído, a punto de morderme la oreja—, y te guste o no, voy a existir muy cerca de ti durante lo que nos quede de vida. Por tu bien, aprende a quererme o «lo que nos quede» será, o más bien poco, o un auténtico infierno.

Le cubro la cara con la mano para alejarla de mi radar y ganar espacio vital.

Nos hemos peleado así muchas, muchísimas veces. Quizá nunca hayamos hablado tan claro, pero a lo que jamás habíamos llegado es a las manos. Esta vez parece que va a ser distinto. El diablo de siempre me posee y acabo hundiéndole las uñas en los hombros al intentar sacármelo de encima. Él trata de inmovilizarme apretándome contra su cuerpo con la clase de abrazo que daría una camisa de fuerza, a lo que yo respondo empujándolo por la cabeza frente contra frente. La postura coloca en mi campo de visión sus ojos enrojecidos, los labios húmedos; su aliento agitado por el forcejeo.

—Basta ya —me ordena con una mirada que sermonea.

—No, no basta. *Yo* decido cuándo he tenido suficiente.

—¿Y no has tenido suficiente todavía? ¿Qué quieres, joder? ¿Que nos mandemos a la tumba?

Viendo que no pienso dejar de empujarlo por la frente, Thiago suelta mi cintura y, con la mano que ha quedado libre, me sujeta por la mandíbula. Me acerca a su mejilla, con la consecuente reacción que eso provoca en lo más profundo de mi cuerpo.

—Solo hay una circunstancia bajo la que permitiría que una mujer me mandara a la tumba, y no sería de un disgusto —lo veo tragar saliva y entornar los ojos—, así que no vas a poder ser tú la que lo haga.

—Yo diría que hago algo más que disgustarte. —Entorno los ojos—. Te cabreo hasta la enajenación.

—Y veo que estás muy orgullosa. Búscate otro *hobby*, Dácil.

Este sería un buen momento para que me soltara, pero no lo hace. Se me queda mirando con la mandíbula apretada, y que solo destensa cuando entreabre los labios para respirar por la boca. Está tan exaltado como yo, igual de enchumbado,[15] pero a él se le va pasando el enfado por momentos. Nunca ha aguantado el rencor por mucho tiempo. Puedo ver cómo la nube de rabia se va disolviendo hasta dejar sus ojos limpios de emociones negativas. Solo permanece en él una extraña inquietud, la que hace que la mano con la que me sujeta la cara vacile y no sepa si alejarme o acercarme más.

Me lanza una advertencia incluso antes de hablar en tono lapidario.

—No voy a dejar que te vayas hasta que me digas qué te pasa conmigo.

—Pues ponte cómodo y prepárate para una buena hipotermia.

—Jamás se me habría ocurrido que sería una cuestión de celos —murmura, aturdido.

«Y no lo es».

—¿Y cuál pensabas que era el problema, lumbreras?

Sé lo que va a decir antes incluso de que abra la boca. Me mira con fijeza.

15. Empapado de agua.

—A lo mejor te enamoraste de mí y, como no te correspondía, empezaste a odiarme para sobrevivir.

Tengo que forzarme a esbozar una sonrisa despectiva.

—Me da a mí que has visto demasiadas películas, Thiago. —Fuerzo una carcajada—. ¿Quién debería buscarse un *hobby* ahora, uno que no dispare su inspiración creativa?

Me suelto por fin y doy un golpe sobre el agua para salpicarle. Si se le mete en los ojos cuando lleva las lentillas puestas, eso que me llevo.

Aprovecho el despiste para intentar salir de la piscina. Unas manoletinas relucientes me están esperando en el borde: la chica que las lleva puestas, pálida aún por la intoxicación, me tiende una mano con gesto preocupado.

—Os he oído discutir desde la habitación y he pensado que debería intervenir antes de que os matarais.

—Eso es un detalle —agradece Thiago—, pero todavía no hemos terminado de matarnos, así que si no te importa...

Miro por encima del hombro a Thiago. Uno de sus brazos me rodea por la cintura e intenta atraerme hacia el fondo de la piscina. Por más que lo salpico, no me suelta. Está de veras decidido a no moverse de allí hasta que le diga qué me pasa con él, pero ese es un secreto que me llevaré al infierno.

Me aferro con una mano al borde de la piscina y, con la otra, acepto la que Leire me había tendido con la esperanza de que tire de mí. Pero Leire no tiene suficiente fuerza para luchar por mi libertad, y en lugar de ayudarme a salir, soy yo la que la manda de cabeza al agua.

La oigo gritar «¡no, no, no!» antes de desaparecer bajo la superficie. No puedo lamentar el accidente, porque es así como consigo que Thiago se olvide de mí y nade directo hacia Leire con el gesto contraído por la preocupación.

Una vez de pie en el borde, lejos de las manazas de Thiago, mascullo con condescendencia:

—Es solo agua, ¿sabes? No se va a morir.

Thiago la conduce rápidamente a las escaleras, pálido por la impresión. Solo me responde cuando Leire, balbuceando palabrejas que no entiendo, busca con la mirada una toalla en la que envolverse.

—¿Ah, no? —me espeta Thiago, precipitándose al interior de la casa—. ¿No se va a morir siendo alérgica al cloro, Dácil?

Capítulo 5

MEDIA MUJER Y *MEDIA* HURACÁN

Thiago

—En esta también has participado tú, que conste.

Giro la cabeza hacia Dácil ocultando a duras penas mi cansancio. Tenerla sentada a mi lado, aun con las rodillas abrazadas y sin pinta de estar pensando en un contraataque, activa mi sistema defensivo. Al mojarse, la máscara de pestañas ha creado un surco debajo de sus ojos, y a causa de la baja iluminación del pasillo parece aún más morena.

No me devuelve la mirada.

—¿En serio? ¿Esa es la única manera que se te ha ocurrido de romper el silencio?

—Perdón por mi falta de originalidad, pero es que lo que me gustaría romper no es el silencio.

No paso por alto la amenaza y replico en tono agresivo:

—Ya, pues buena suerte desviándome el tabique nasal.

—Alguien tenía que dejar claro que no he sido la única villana. Si no hubieras tirado de mí, Leire no se habría caído. Y tú eres más culpable que yo, porque sabías que era alérgica al cloro.

—De acuerdo —le concedo a regañadientes—. Aceptaré mi parte de culpa desmarcándome de la excursión de mañana.

Así es como los Oramas decidieron manejar el asunto de nuestra enemistad hace un par de veranos: cada vez que uno pusiera en peligro la integridad física o mental de algún miembro de la unidad familiar, sería obligado a renunciar a alguna de las salidas programadas. A veces es complicado señalar a un culpable, porque Dácil y yo nos enzarzamos en discusiones tan cansinas que hasta nosotros perdemos de vista quién empezó. Pero ahora que lo pienso, Dácil tiene razón al decir que ella sale peor parada en estos casos. Hasta la fecha, a mí solo me han castigado sin almendrados de Vilaflor por encerrar a Dácil el día del concierto de Maikel Delacalle. Dácil, en cambio, se ha quedado sin tarde de juegos, sin Siam Park, sin excursión al Barranco del Infierno en Adeje, sin teleférico del Teide, sin cena en el restaurante indio de Los Cristianos —le dolió especialmente, porque habría comido papadums hasta reventar, como siempre— y podría seguir con un largo y agotador etcétera.

Nunca me ha convencido esta técnica de castigo. No solo porque me resulte incómodo ser el causante de que no pase tiempo con su familia, sino porque, con toda la razón, los castigos solo sirven para enfurecerla más. Y no lo paga con tía Jana o con su madre, que son las que le cierran la puerta en las narices. Lo paga conmigo.

Si lo que pretenden al excluirla es que aprenda a quererme, no lo están consiguiendo.

Me froto los muslos, de pronto incómodo con los reproches que me ha dirigido hace un rato. Más incluso que con los que me dirigirá Airam en cuanto sepa por qué Leire se ha caído a la piscina.

Aun chorreando, ambos hemos decidido sentarnos delante del dormitorio de Airam para esperar a que Leire confirme o desmienta que necesita ir al hospital. Se le ha proporcionado una pastilla de Urbason para contrarrestar el ataque alérgico y luego se ha abalanzado sobre la ducha para deshacerse del cloro. Debe de seguir en el baño, frotándose los brazos con una pomada que suavice el efecto sobre su piel.

Dácil y yo parecemos dos esposados en comisaría. Sabemos que nuestra vida se convertirá en una pesadilla cuando Airam nos plante cara. Quizá por eso, por lo extremo de la situación, me siento inclinado a disculparme.

Dicen que cuando estás próximo a la muerte, las alucinaciones te iluminan el camino de la verdad. Proclamarme culpable es mi alucinación particular.

—Nunca ha sido mi intención poner a tu familia en tu contra, Dácil. —Espero a que me mire para continuar—. No me vas a creer, así que confío en que esta lógica aplastante haga el trabajo por mí: quiero y respeto a cada uno de los Oramas. No se me ocurriría apartarte o dejarte mal sabiendo cuánto les duele que te sientas mal.

Dácil me dedica esa sonrisa con la que parece compadecerse de mi estupidez.

—Aquí a nadie le importa una mierda que yo me sienta mal. Lo que importa es que el niño bonito sea feliz. Todo el que no le endulce las visitas será el enemigo.

No me da pie a contestar. La puerta se abre y un Airam más alto y al que se le nota el gimnasio más que nunca, quizá por el gesto sombrío de un verdugo ávido por aplicar el garrote vil, aparece para ponernos las pelotas de corbata. Espera a cerrar tras él con delicadeza para dirigirse a nosotros con miradas alternativas pero idénticas en severidad.

—Leire me ha insistido en que ha sido un accidente. Dice que se ha resbalado al ir a buscar no sé qué toalla y, qué casualidad, estabais vosotros allí intentando asfixiaros —empieza en tono engañosamente afable—. Pero yo sé que la única casualidad fatal de toda esta historia se remonta al día que os presenté.

—Airam, te juro que no ha sido...

—Leire no lleva ni veinticuatro horas aquí —prosigue, cortando de raíz el intento de Dácil por justificarse— y ya le habéis provocado un chichón en la cabeza, una intoxicación y una reacción alérgica. Podría culpar a mi hermana de los *accidentes*, pero estaría contemplando muy por encima el verdadero problema. Solo la punta del iceberg. Tú eres tan culpable como ella, Thiago.

No se me ocurriría negarlo, así que pregunto en su lugar:

—¿Cómo está?

—¿Cómo va a estar, teniendo en cuenta que es alérgica al cloro y la habéis tirado a la piscina? Voy a pasar la noche con ella para vigilar cómo progresa, así que tú vas a dormir donde ella se iba a quedar: en el cuarto de mi hermana.

—¿Qué? —jadeamos los dos a la vez. Es Dácil la que continúa hablando—: Tú estás jalado.[16] ¿Cómo va a quedarse Thiago en mi habitación?

—O se queda en tu habitación o se larga al sofá, y midiendo casi un metro noventa no creo que encuentre una postura cómoda. Mamá está de acuerdo conmigo. Es bastante improbable que aprovechéis la cercanía para comeros a besos, y alguien tiene que vigilar a Leire, por no mencionar que no me fío de dejarla cerca de ti.

—Nada de lo que he hecho ha sido adrede —se defiende Dácil—. No tengo nada en contra de tu novia. Me parece muy buena chica y...

—Puedes decir todas las cosas bonitas que quieras. Esta noche Thiago se queda contigo. Lo mismo la verdad os ilumina en plena oscuridad y hacéis las paces, aunque solo sea para no perjudicar a la gente que tenéis alrededor.

Viendo que Airam pretende marcharse —y seguramente no salga de la habitación hasta mañana—, intento suavizar la

16. Loco.

discusión con una disculpa. Pero él no me deja ni terminar de pronunciarla. Clava en nosotros una mirada de perdonavidas que le he visto en raras ocasiones, y todas ellas de gravedad extrema.

A veces olvido que la sangre de Dácil corre por sus venas. Es tan inofensivo como un dientes de sable.

—Os lo he advertido una y otra vez, a los dos, juntos y por separado. Os lo he pedido por favor, como hermano y amigo vuestro que soy. Pero ya se ha acabado la tontería. Como le vuelva a pasar algo a Leire por vuestra culpa, no voy a avisar. A la próxima, actuaré a mi manera. ¿Me habéis oído?

Asiento con la cabeza. Dácil, que es mucho menos impresionable y considerablemente más orgullosa, se resiste a dar señales de haberlo comprendido. Solo le sostiene la mirada, silenciosa, y aguanta la respiración hasta que Airam desaparece en el interior del dormitorio. No vuelve a dar la cara. Solo saca un brazo y medio cuerpo para arrojar a mis pies la bolsa de deporte y la mochila que he traído conmigo.

Dácil y yo nos la quedamos mirando con cara de circunstancias después de que dé un portazo. A continuación, Dácil se pone de pie y, con un gesto brusco, me exige que la siga.

—Sé dónde está tu cuarto —le recuerdo—. Es la única puerta que llevo años evitando.

—Y seguirías evitándola si Airam no estuviera *enfulao*.[17] No vayas a creerte que me daría alguna pena mandarte al sofá o a los columpios del patio trasero.

—¿Al sofá o a los columpios? Solo porque no puedes mandarme más lejos, como a la mierda, ¿no?

—Tú lo has dicho. —Baja las escaleras que llevan al sótano. Abre la puerta del dormitorio y, seguidamente, se dirige a la que da a su baño. Los dos hermanos tienen un servicio propio en el interior de sus respectivas habitaciones, algo con lo que

17. Enfadado.

yo, como residente en Madrid, no podría permitirme—. Voy a ducharme. Como toques alguna de mis cosas, me voy a dar cuenta y te la vas a cargar.

—He tenido suficientes amenazas por hoy. ¿No podrías, por piedad, reservar las demás para mañana?

—Pues claro que sí. Mañana, más y mejor.

Dácil cierra de otro portazo —de eso también hemos tenido bastante por hoy— y me deja a solas en su madriguera, rodeado de los retazos que componen su rutina turbulenta.

No voy a negarlo. Siempre me ha atraído averiguar lo que habría en el famoso sótano de Dácil, pero por curioso o temerario que sea, nunca me he arriesgado a que me descuartizara por mirón. Ahora puedo husmear en sus estanterías improvisadas —surcos irregulares que abrió en la pared—, confirmar que ha forrado la habitación con pósters y que no sabe que los armarios están para meter la ropa, pues relega a las sillas la función de exponer sus prendas de gótica, de hippy o de las dos cosas a la vez.

Dejo la bolsa de deporte a los pies de la cama y me siento en el borde para admirar cómodamente el caos que me rodea.

Airam me ha mandado al cuarto de Dácil con la esperanza de que me asfixie mientras duermo, está claro, pero eso será si no huyo antes de que lo haga este desorden tan especial. Tiene el escritorio cubierto de apuntes de la asignatura que le ha quedado para julio, un corcho a rebosar de fotografías, dedicatorias, entradas a conciertos y notitas enviadas en clase; tanto se acumula en ese fragmento de pared que parece que de un momento a otro vaya a descolgarse por el peso. En los estantes apenas se ven los libros, amontonados en vertical y en horizontal sin seguir el orden clásico de color, editorial o autor, porque entre los volúmenes ha atrapado plumas y collares de abalorios, entre otros muchos accesorios, de sus disfraces carnavaleros, con los que yo ya sabía que le gustaba decorar su habitación. En definitiva, achipenques para rabiar, como dicen los canarios: no más que trastos inservibles a los que les ha cogido cariño.

Se me escapa una sonrisa al ver que junto a la cama todavía conserva el póster de Peter Steele.

No podía ser una chica de su edad normal y corriente y obsesionarse con algún Jonas Brother. Se tenía que ir a los metaleros que se divertían fingiendo su muerte y tenían pinta de vampiros.

Nunca tiraría ningún regalo de Airam, por eso sé que encontraré la camiseta del Hard Rock Café de Madrid si abro alguno de sus cajones y los dibujos que se regalaban de niños. En estos dibujos se desplegaba una familia numerosa —los miembros cogidos de la mano— siendo observada por el mítico sol sonriente con gafas de aviador.

Me pregunto si conservará alguno de los regalos que le hice yo por sus cumpleaños. A fin de averiguarlo, me acerco al escritorio y de buenas a primeras me topo con un souvenir que le traje de Portugal. Sonrío sin querer, rodeando con los dedos el llavero con forma de sardina de colores que ha colgado de la mochila. No hay rastro de los regalos como tal, pero casi suspiro de alivio al comprobar que, en su biblioteca particular, sigue el libro de Fernando Pessoa que prácticamente me obligó a regalarle.

No creo que haya aprendido a leer poesía en portugués aún, pero ahí está. No ha permitido que coja polvo.

El repiqueteo del agua al caer y el eco de una canción de Cruz Cafuné me llega desde el baño. Que se esté duchando me recuerda que yo mismo estoy empapado.

No sé por qué me pone de buen humor haber encontrado esas tonterías en su poder, pero me da el valor para llamar a la puerta y pedirle que se dé prisa.

—No permitirás que una pulmonía te arrebate el gran placer de matarme, ¿verdad?

Como no contesta y asumo que está detrás de la mampara

translúcida de la ducha, abro una rendija para asomarme. En efecto, todo está sumido en el vapor del agua caliente y no hay cuerpos desnudos a la vista.

Entro con el neceser en la mano para hacerme hueco entre sus baldas cuando de pronto la oigo gritar.

—¡¿Qué haces aquí dentro?!

A través del espejo veo cómo asoma la cabeza por una rendija de la mampara. El agua ha terminado de hacer que el rímel chorree por sus mejillas. Siempre bromeaba con que Dácil llora en rojo —la sangre de sus víctimas—, pero el negro nunca le ha sentado mal.

—Lavarme los dientes. La higiene es importante.

—¿Y no te los puedes lavar cuando haya acabado?

—Es que si tengo que esperar a que termines de ducharte, me pueden dar las uvas. —Hago un gesto hacia el lavabo, donde reposa su smartphone—. Acabo de comprobar en tu móvil que has puesto una lista de reproducción de diez canciones.

—Serán veinte como no salgas ahora mismo.

—Pero si acabo de echar la pasta. —Le muestro el cepillo—. ¿Dónde quieres que escupa? ¿En la colección de cactus de plástico que tienes en la ventana?

—No son de plástico. Lárgate. AHORA.

—Venga, mujer, ¿qué más te da? ¿A qué le tienes miedo? Si no estoy viendo nada, entre otras cosas porque no hay nada que ver. Te puedo acercar la toalla, si quieres.

Dácil se ruboriza de un modo turbadoramente encantador. Puedo verlo incluso entre el vapor, incluso sin mirarla de forma directa.

Conociéndola como la conozco, no me sorprendería que empezara a gritar ahora mismo. A fin de evitar un desastre, abandono el baño con los brazos en alto y el cepillo de dientes en la boca. Pero tendré que volver para escupir, aun a riesgo de que ella escupa también como venganza. Y en mi cara. O en mi tumba.

Cruz Cafuné sigue cantando *Coquito La Pieza* cuando me infiltro por segunda vez para enjuagarme la boca. Podría aprovechar que Dácil no se da cuenta para escabullirme, pero el deseo de alterarla es superior a mí.

—Te gusta esa canción porque habla de ti, ¿no?

—¿Otra vez aquí? —Su voz reverbera por todo el baño—. Escupe lo que tengas que escupir y vete, y más te vale que no sea un insulto hacia mí.

Me cruzo de brazos, cómodo con el lavabo como apoyo, y le sonrío a la mampara rezando para que me vea.

—«Va siempre con moño porque le pesan las trenzas», «ella no es *maluca*, tan solo es *media* traviesa», «la flaca que no flaquea; *media* mujer y *media* huracán». Admítelo, la escribió para ti, ¿verdad? Tengo entendido que el cantante se pasea por el Café Siete y tú prácticamente vives en La Laguna.

Dácil corre la mampara, procurando cubrirse el pecho, para fulminarme con la mirada.

—Ojalá estuviera en La Laguna ahora mismo, a ochenta kilómetros de ti. ¿Puedes salir de mi baño ahora, por favor? Hay cosas que no pienso acostumbrarme a compartir contigo. Bastante tengo ya con que vayas a dormir en mi cuarto.

—Hay muchas cosas en tu cuarto que compartes conmigo, como el libro de Pessoa que te quedaste porque te dio la gana. ¿Por qué no querías que entrara? —Y sin poder resistirlo, añado—: ¿Es porque todavía guardas las cosas que te he regalado?

Dácil presiona tanto la mandíbula que temo que se fracture la dentadura, pero no me arrepiento de lo que he dicho porque percibo cierta debilidad en su expresión.

—No tiraría las cosas que me han regalado.

—Tiraste todo lo que te dio tu ex.

—Para que te tratara como un ex, antes tendrías que ser mi novio, ¿no te parece?

«Y supongo que antes tendría que hacerte daño, como sé que él te hizo... pero desconozco el cómo», me cuido de agregar.

—¿Estás diciendo que no me odias tanto como a tu ex? —Me pongo una mano en el pecho—. Me conmueves, Dácil. Bueno, no sé si sentirme halagado o enfadarme. Creía que era tu enemigo favorito. Esto me rompe el corazón.

Dácil se pasa la mano por la cara, llena de gotitas de agua. Parece superada por todo lo que ha pasado a lo largo del día.

De ser así, no puedo juzgarla.

—¿Te estás riendo de mí?

Dejo caer los brazos, también cansado.

—No, Dácil, solo estoy bromeando. Vengo a enterrar el hacha de guerra, en el caso de que no te hayas dado cuenta. Por el bien de Airam.

—Pues por *tu* bien, vete a bromear a otro lado. Como vuelvas a entrar en el baño, te tiro el jabón a la cara. Y uso champú en pastilla, así que te puedo hacer mucho daño.

Debería obedecer, porque Dácil jamás amenaza en vano, pero no me quiero mover. Ni quiero que ella se mueva. Desde que me ha escupido a la cara que me alegra dejarla mal delante de su familia, que quiero arrebatarle el cariño de sus padres, no he podido pensar en ella como la pitón que es. Ha pronunciado cuatro o cinco palabras que han abierto un surco en la tierra, que han agrietado la imagen que tengo de ella. Nunca se me ha ocurrido pensar que me merecería sus arrebatos de locura, pero si me ve tal y como ha insinuado, como un elemento discordante que ha venido a romper su mundo, ¿soy o no soy un villano?

«Aquí a nadie le importa una mierda que yo me sienta mal. Lo que importa es que el niño bonito sea feliz».

Lamento que Leire haya caído a la piscina por muchos motivos, pero el que encabeza la lista es que me ha arrebatado la oportunidad de zanjar definitivamente las cosas con Dácil, de descubrir cuál es ese daño misterioso que le hice y que le impide tratarme como algo distinto a un perro sarnoso. Y es una oportunidad perdida porque ella no va a darme más pistas, no va a volver a abrirme la puerta.

Ni siquiera si la acorralo en el baño.

¿O sí?

«¿De verdad eres tan infantil como para sentir celos del modo en que me tratan tus padres?» sería una manera de retomar la conversación. No creo que «infantil» sea la palabra, pero sé que si no la provoco, no obtendré el resultado deseado.

Una confesión. Su verdad desnuda.

Sin pararme a pensarlo, abro la mampara de golpe. Dácil se gira hacia mí con los ojos desorbitados, pero evito que me grite cubriéndole la boca con la mano. Con la que me queda libre, sostengo la toalla a una razonable distancia de ella.

—Si quieres salir de aquí, vas a tener que contarme lo que necesito saber.

Le retiro la mano, esperando que se ablande, pero Dácil solo espeta:

—No tengo la respuesta a la pregunta de por qué eres tan imbécil. Dame la toalla o te prometo que no responderé de mí.

El que no responde ante la prudencia o la educación básica soy yo, que, acompañado de su mirada horrorizada, me infiltro en la ducha.

—Voy en serio, Dácil. Dime qué pasa.

Ella se queda pasmada en el sitio. No se cubre porque no tiene nada que esconder. Si me he atrevido a meterme aquí es porque hace topless todo el verano, y es tan abierta con el tema de la desnudez que, en un par de ocasiones, se ha paseado como Dios la trajo al mundo buscando algo que ponerse. Parece que ha elegido el día de hoy para ruborizarse.

Y yo también.

De pronto caigo en la cuenta de dónde estoy y con quién. Estoy bajo la ducha con Dácil, el olor a champú de fruta de la pasión que elabora ella misma flota en el aire, denso por el vapor de agua, y ella me mira como si esperara que diera el siguiente paso. Ni siquiera parece enfadada. Percibo en su expresión emociones predominantes que se hacen con el control de la situación y, en lugar de ser responsables, la descontrolan más aún.

«No la mires», me ordeno. «No la mires, no la mires. Huye antes de que sea tarde».

No sé qué es lo que pasa. Está mojada y huele tan bien que se me derrite el sentido común. Ojalá fuera una locura pensar en besarla, pero no es la primera vez que tengo esa clase de pensamientos autodestructivos. Hoy parece una posibilidad real, porque ella posa la mirada en mis labios, aturdida, como yo me fijo en los suyos.

Gracias al cielo, reacciono antes de que sea tarde y salgo de la ducha cagando hostias. Dejo la toalla donde se me ha caído, justamente encima del lavabo, y retrocedo tambaleándome.

Cuando me doy la vuelta, contrariado y buscando respuestas a lo que acaba de pasar, me fijo en que Dácil saca el puño por la rendija de la mampara. No tardo ni dos segundos en averiguar que esconde una pastilla de jabón entre los dedos y que eso podría causarme daños mortales. Me precipito hacia la puerta con una mano alzada —*me rindo, princesa Dácil*—, pero no llego a tiempo.

Dácil arroja la pastilla con todas sus fuerzas en mi dirección.

La buena noticia es que consigo esquivarla a tiempo. La mala es que alguien estaba esperando en el dormitorio a que alguno de los dos saliera, supongo que para hablar de lo ocurrido, y es ese alguien el que recibe en la frente el fuertísimo impacto del jabón.

Leire lanza un aullido de dolor que me pone firme enseguida.

—¡Joder! —balbuceo, sin saber si acercarme a ella o quedarme donde estoy—. Leire, qué... qué... ¿qué hacías aquí?

Su mirada desorientada me lo dice todo. Lo más probable es que viniera a aclarar que no tiene ningún problema con nosotros, que sabe que lo de la piscina fue un accidente. Pero no va a haber palabras tranquilizadoras para nosotros, porque Leire empieza a temblar al palparse la frente y ver que el jabón le ha roto la ceja.

No creo que se deba a la sangre que le mancha los dedos, porque una estudiante de Medicina no puede ser tan sensible al cuerpo humano; apuesto más bien a que es la fuerza del impacto lo que hace que pierda el conocimiento.

—Oh... mierda.

Capítulo 6

Amores que matan... o que hartan

Dácil

—No le he vuelto a ver el pelo a Airam. Se llevó a Leire a urgencias para que le miraran lo de la intoxicación, la alergia y el golpe en la ceja, y luego debieron de quedarse a dormir en un hotel, porque estuve esperando despierta y no oí nada.

Maday ha estado escuchando el trágico relato del día de ayer mientras terminaba de fumarse su cigarrillo. Su mono de tabaco es lo que nos da la excusa perfecta para salir de la biblioteca universitaria de Guajara y charlar un rato agradable.

Y tan agradable, cuando es ella la que te escucha.

Maday es la única persona que conozco con esta bendita paciencia. La veo capaz de sacrificar una cita romántica con Bejo, el rapero que la obsesiona, para escuchar una historia de las mías. Y sin sobresaltarse, lo que es el colmo. Le acabo de decir que casi le abro la cabeza a la novia de mi hermano, y en lugar de llevarse la mano al pecho y jadear indignada, pregunta con calma:

—¿Le has escrito a Airam?

—Claro. Le he dejado tantos wasaps que la policía estaría

de acuerdo en ponerme una orden de alejamiento. —Me apoyo en la pared, rendida—. Pero ¿qué otra cosa puedo hacer?

—¿Aparte de disculparte, dices? Pues teniendo en cuenta que los actos valen más que las palabras, podrías *demostrarle* que lo sientes, en lugar de decírselo.

—¿Cómo?

—Aprendiendo a llevarte bien con Thiago.

—Arráyate un millo.

Maday habría suspirado largamente incluso si no hubiera tenido que expulsar el humo.

A veces pienso que se comunica con suspiros. Uno corto significa «me rindo», uno de extensión moderada, acompañado con una negación de cabeza, viene a decir «no hay quien te entienda», y uno largo nos insulta como jamás se atrevería a hacer en voz alta: «Lo tuyo no tiene nombre, tonta del bote».

—Venga ya, Da. Mira el alcance de tu rivalidad con Thiago. Has estado a punto de matar a la novia de tu hermano en tres ocasiones, y eso solo en veinticuatro horas. No te estoy diciendo que bajes las armas para que no te canses. Te lo estoy diciendo porque empieza a implicar a los demás, y en el fondo de mi corazón sé que no eres tan mala como para seguir tensando la cuerda a costa de la salud mental de Airam.

—Yo no lo soy, pero puede que Thiago sí.

Maday se ahueca los rizos teñidos de rojo con la misma parsimonia con la que lo hace todo. Se comporta como si el mundo entero tuviera que esperarla. Quizá por eso somos tan amigas. Yo le digo que mueva el culo y espabile, y ella me pide que me esté quieta de una vez.

Alarga el momento de responder cuando un grupo de universitarios sale de la biblioteca, miserables como yo que deben presentarse a la convocatoria extraordinaria para no arrastrar una asignatura al próximo curso. Hace un tiempo no les habría prestado atención, pero ahora, cuando un grupo de veinteañeros se cruza en mi camino, mi cuerpo reacciona como si le pusieran el cañón de una pistola en la nuca.

Aguanto la respiración cuando uno de ellos vuelve a girarse para mirarme bien. Debe de haberme reconocido de alguna de las historias sobre Dácil Oramas que circulan por la universidad. No me pierdo su sonrisa, a caballo entre la lástima y el desprecio, ni cómo se inclina sobre el oído de su colega para hacer un comentario sobre mí.

Lástima que él sí se pierda mi corte de mangas.

He dejado de encajar con estilo y paciencia las murmuraciones de los estudiantes. Bueno, lo justo sería decir que nunca las he encajado ni con estilo ni con paciencia; he pasado de negarme a aceptarlas, escondida en mi piso de La Laguna las veinticuatro horas del día, a convertirme en el matón de la clase. Si no estuviera con Maday, una persona que odia la confrontación con todo su ser, les habría encarado con un «qué cojones miras» y, si hubiera procedido, hasta les habría soplado un chuchazo.[18]

Odio venir a la biblioteca de la ULL. Odio estar en el equipo de baloncesto. Odio asistir a clases. Odio, en definitiva, todo lo relacionado con la universidad desde que estoy en el punto de mira de todos, pero no pienso quedarme encerrada en casa mientras cotillean sobre los aspectos íntimos de mi vida.

Si algún cerdo tiene algo que decir sobre mí o sobre mi padre, que venga. Aquí le espero.

Maday me devuelve a la conversación como si se hubiera dado cuenta de que mi mente se escoraba a temas desagradables. Mucho más desagradables que Thiago, aunque me moleste admitirlo.

—¿Es tan malo de verdad?

Me giro hacia ella, atontada.

18. Golpe.

—¿Eh?

—Thiago. ¿Es tan malo de verdad? —No tiene ni que emplear un tono especialmente persuasivo para que mis convicciones, bien arraigadas, se tambaleen—. Piénsalo. Lo que hizo que dejarais de ser amigos fue imperdonable, pero ¿tanto como para odiarlo más de lo que quieres a Airam? Porque eso es lo que llevas demostrando desde que escuchaste aquella conversación, Da: que ni tu propio hermano te importa más que arruinarle la vida a Thiago.

Me froto los brazos para suavizar el impacto de sus palabras, que me han puesto el vello de punta.

—No me digas eso.

—Alguien te lo tiene que decir. Odio tener que ser yo la que lo haga, por cierto, pero es que no le haces caso a nadie más.

—Porque tú sabes toda la historia. Y te recuerdo que estuviste de acuerdo conmigo en que Thiago es un tremendo machango.

—No se lució poniéndote a caer de un burro con sus amigos, no, pero han pasado unos cuantos años. ¿Y crees que era como para hacerle todas esas jugarretas? ¿No habría sido mejor... hablarlo?

—¡Hablarlo! —repito, mirándola como si se hubiera vuelto loca.

—Increíble, ¿verdad? —Maday abre los ojos, haciendo más notable la diferencia cromática. Uno verde y el otro azul—. Y pensar que hay toda una profesión dedicada al arte de la mediación.

—No lo decía en ese plan. No estoy en contra de la psicología como ciencia. Pero ¿hacerle saber que su humillación me había dolido porque estaba obsesionada con él? Como si ese golfo necesitara más motivos para creerse el rey del mambo.

Le arrebato el cigarrillo de la mano y le doy una calada. De soslayo, vigilo que el grupo de chavales se haya perdido en la extensión verde que rodea la biblioteca. Se han sentado en el césped, y ahora son tres los que me miran.

«Os doy cinco minutos para meteros en vuestros asuntos», les advierto mentalmente. «Cinco minutos más de observación *non grata* y voy para allá».

—Vale, en su momento habría sido muy doloroso dejar a la vista tus debilidades. Pero ¿y ahora? —Maday se apoya en la pared. Examina mi reacción mordiéndose los labios, pintados del mismo morado que los míos—. ¿Por qué no os sentáis a hablar ahora? No me parece que sea tarde.

Solo de pensarlo se me mete todo el pelete[19] en los huesos y tengo que abrazarme. Puede que no sea tarde para sincerarse y solucionar este problemón, y sí, puede que a día de hoy me cueste arder de rabia por la humillación que dio comienzo a nuestra enemistad porque ha llovido bastante desde entonces, pero ¿cómo me remonto yo ahora a mi primer verano universitario, a esos repugnantes comentarios que me obligaron a expulsar a Thiago de su pedestal? ¿Cómo me siento a plantear un delito que para él debió de prescribir en el momento en que lo perpetró? Lo veo muy capaz de desprestigiar los que fueran mis sentimientos y crucificarme porque aún hoy me sigue envenenando su hipocresía.

En el caso de que supiera de lo que estoy hablando, que lo dudo.

Si Thiago sospechara qué fue lo que provocó que le diera la espalda, montaría en cólera y antes me arrancaría la piel que aceptar mis disculpas. No lo consideraría un motivo lo bastante razonable para justificar la relación de golpes de efecto que nos ha precedido hasta hoy. Yo misma, si lo pienso, no entiendo cómo hemos llegado tan lejos; cómo permití que mi indignación, la que yo quería transformar en simple indiferencia, degenerase hasta el punto de convertirnos en enemigos acérrimos.

19. Frío.

Supongo que eso es lo que pasa cuando no vigilas tus sentimientos, cuando los dejas acomodarse en el caos sin enjuiciarlos o tratar de reconducirlos por un camino de imparcialidad: que el odio va ganando terreno hasta que no ves nada más que rojo. Y cuando te quieres dar cuenta, estás podrida. Permití que la rabia y el dolor se adueñaran de mis actos una vez, con la primera broma más o menos inocente, y cuando me fue devuelta en términos idénticos, tuve que quedar por encima con un contraataque aún más violento.

Así hasta la actualidad.

A veces me sorprendo tramando auténticas barbaridades que hacen que me avergüence de mí misma. Con lo que yo quería a ese golfo.

Debería haber detenido esa dinámica dañina antes de que empeorase, pero supongo que, cuando alimentas el rencor con fertilizantes naturales, se hace más grande que tú y te controla. No quiero decir con ello que carezca de culpa o que haya estado poseída. Todo lo que he hecho ha sido a conciencia, pero incluso yo he tenido mis instantes de lucidez para chillarme «cuál es tu problema» antes de volver a convencerme de que la venganza es el camino.

—No puedo negar que se me fuera de las manos —resumo para Maday, la única que sé que no me juzgará ni me dirá «te lo dije»—. Se suponía que solo iba a darle a probar de su propia medicina, y mírame ahora. Casi le dejé sin máster.

—Aprovecha esta iluminación para llamarlo y solucionar el problema. Una Dácil coherente es como el cometa de Sozin, solo se ve cada cien años.

Sacudo la cabeza.

—Ya no estoy ensanguinada[20] porque se burlara de mí con sus amigos, Maday, pero ha tenido años para ganarse mi desprecio por miles de motivos diferentes. Cada jugarreta que me

20. Enfadada.

ha devuelto o que ha improvisado cuando yo no había hecho nada aún ha colaborado para convencerme de que merece mi odio eterno. ¿Entiendes lo que digo? —Busco su mirada con ansiedad—. Dime que lo entiendes. Eres mi salvación.

—Sé que mi deber de amiga es ponerme de tu parte, pero ahora mismo empatizo un poco más con Leire y sus lesiones mortales. —Tuerce la boca—. Lo siento, Da. Tienes que poner un alto o esto irá a peor.

Como si la hubiera invocado con su mención, el móvil vibra en el bolsillo de mis vaqueros. El nombre de la novia de mi hermano aparece en pantalla. Debería estremecerme de pánico, pero me alegro tanto de saber de ellos que no dudo en descolgar.

—¡Leire!

—Hola, Dácil. Me han dicho tus padres que te has subido a la biblioteca de Guajara. Le he pedido a Airam que me dejara cerca, ya que estábamos viendo Santa Cruz, para hablar contigo. ¿Dónde estás exactamente?

—En la puerta. —Y mirando a mi amiga, agrego moviendo los labios—: *Quiere hablar*.

Maday hace una mueca de dolor que viene a significar: «Tú verás».

—Creo que te estoy viendo.

«Nos está viendo», alerto a Maday con el lenguaje no verbal.

«¿Quieres que nos pongamos a cubierto?», pregunta ella.

«¿Por qué no? Tengo miedo».

Carraspeo para hablarle al teléfono:

—Leire, la verdad es que llevo ya un buen rato de descanso y tengo que volver adentro. No pueden estar cuidándome los apuntes y la mochila para siempre. Si quieres, te espero y entramos juntas...

«... a la biblioteca. Un lugar donde no se puede hablar ni chillar por mucho que te hayan intentado matar. Un plan sin fisuras».

—Genial. La verdad es que he venido porque Airam dice que esta biblioteca es preciosa por dentro.

Y lo es. Te dan incluso ganas de estudiar, aunque no tanto como el «tenemos que hablar» de la novia de tu hermano. Normalmente no solo no huyo de los problemas, sino que los busco con desesperación, pero ver a Leire acercándose a mí con esa frente abultada me está trastornando.

Sé que es mi culpa, pero odio a Thiago más que nunca por haber provocado esto.

La cara de Maday no me ayuda. Debe de estar pensando que parece Frankenstein.

—Hola.

La saludo de vuelta con una sonrisa desinflada. Maday, gracias al cielo, toma la iniciativa de invitarla a pasar como si fuera su casa —ni siquiera estudia en la facultad, así que no tiene ni carnet de la ULL— y mostrarle la maravillosa cristalera con vistas ante la que nos hemos acomodado. Así voy ganando tiempo antes de que se acuerde de mis ancestros, con toda la razón.

Ese es el problema. No voy a poder defender a mis ancestros de ninguna manera. Si me odia, debo dejarla odiarme porque no tengo perdón. Y a mis familiares también, por la parte que les toca.

Cuando nos hemos sentado en el rincón donde una chica me estaba vigilando los apuntes, los nervios solo aumentan. La luz del día entra a raudales por el ventanal, creando en la preciosa cara de Leire el efecto foco con virutas de polvo.

Una chica que podría ser modelo tiene ahora un bulto en la frente. Mejor ser un unicornio que la nueva Gigi Hadid, ¿no? Un unicornio es algo más... excepcional.

«Mejor cállate y pídele disculpas, Da».

Me aferro a un bolígrafo con botón para encontrar fuerzas e interrumpo la agradable conversación en susurros que mantiene con Maday.

—Siento muchísimo lo de ayer, Leire.

Ella se gira hacia mí con una dulce sonrisa que se convierte en una razón más para vivir.

—Tranquila, pude ver con claridad que el proyectil iba dirigido a Thiago. En todos los casos me he puesto en medio de una forma muy estúpida y he salido perjudicada, como no podía ser de otra manera.

—Eso no justifica que haya estado a punto de matarte. En serio, lo siento, es solo que Thiago es un arritranco[21] y me pone de los nervios.

Leire se ríe por lo bajini para no molestar a los estudiantes.

—La verdad es que tiene una forma muy peculiar de llamar tu atención.

—¿Llamar mi atención? Es él quien se muere si no es el protagonista de la fiesta.

—¿Tú crees? —Se frota la barbilla, pensativa—. A mí no me parece que haga lo que hace porque le guste pelearse con Airam. Le gusta pelearse *contigo*, y porque solo así le haces caso. Qué forma más tóxica tienen algunos a la hora de ligar, ¿no?

—Airam —repito, estremeciéndome de pensar en su ultimátum de ayer. No presto atención a todo lo que ha seguido a su nombre—. ¿Cómo está él? ¿Sigue furioso? Debe de estar aún más enfadado. ¿Me dejará hablar si intento explicárselo?

—He venido para calmar las aguas, para que estéis los dos tranquilos. Si sabe que sigo buscando tu compañía, le costará menos perdonar lo de... —Se señala el cuerno.

—Hija, qué paciencia tienes —se ríe Maday—. Me sé de varios que habrían salido corriendo en la dirección contraria solo con el número del polvito uruguayo.

—¿Cómo voy a salir corriendo, si en realidad me parece tierno? No habla muy bien de mí, lo sé, pero ver al gran Thiago cagándola tanto cuando lo único que quiere es un poco de

21. Inútil.

amor me resulta divertidísimo. En Madrid las hay pegándose por él, y él es capaz de pegarse hasta con Airam por ti.

Su comentario hace que me brinque el corazón.

Seguro que así es como mi cuerpo me está pidiendo que la calle.

—¿De qué estás hablando?

—De que los que se pelean, se desean. ¿No has oído nunca ese dicho?

—Claro, pero no estoy de acuerdo. Los que se pelean, se desean ver muertos.

—Qué bruta eres. —Maday niega con la cabeza.

—Oye, estamos en la biblioteca —interrumpe la chica sentada a mi lado, señalando el espacio—. ¿Os importa callaros?

—No, a mí no me importa, pero la amiga aquí presente —apunto a Leire con el pulgar— parece que se ha levantado con ganas de decir tonterías.

La chica nos fulmina con la mirada; ella y otros cuantos estudiantes.

Leire ni se inmuta. Sigue sonriendo, soñadora.

—No hay peor ciego que el que no quiere ver.

—Te estás viniendo arriba con los refranes, mi niña.

—¿Y? ¿Acaso te dan miedo un par de dichos populares, o solo lo que estoy insinuando?

—Los cobardes que insinúan no me dan miedo, me dan pereza y un poquito de rabia. Si tienes algo que decirme, dilo con claridad, pero no marees la perdiz.

—¡Chisss! —exclama un chico un par de mesas más allá. Menos mal que Leire no le hace ni caso.

—Thiago me mataría si lo dejara con el culo al aire, pero bueno, por su culpa casi muero yo, así que... Venga, Da. ¿No te has dado cuenta de que está loco por ti?

—¿Loco por arruinarme la vida, dices?

—No, loco por tus huesos.

—Pues claro, si es un animal carroñero.

Cubriéndome la mano, Leire interrumpe lo que iba a ser un monólogo cargado de despecho.

—Dácil —dice con tiento—, a lo que me refiero es que Thiago está enamorado de ti.

Mi cerebro cortocircuita, incapaz de entender el significado de esas cuatro palabras. Por separado las entiendo: «Thiago» (cerdo), «está» (verbo «estar»), «enamorado» (estado transitorio de amar) y «ti» (referente a mi persona). Pero juntas... juntas no me dicen nada.

Juntas, de hecho, me trastornan, porque todo parece una broma. Y yo no encajo muy bien las bromitas pesadas.

La única orden que mi cuerpo acepta viniendo de mi cerebro es la de mirar a Maday con incomprensión, confirmando que ella también lo ha oído. No parece contrariarle del todo la idea; de hecho, su cara se tuerce en una mueca pensativa, como si lo cavilara en serio.

—¿Qué? —Es todo lo que atino a decir.

—Me lo confesó hace mucho tiempo, en un barril universitario. Airam me lo acababa de presentar, y entre unas y otras, no sé cómo acabamos hablando de ti. Me sabe mal decírtelo porque estaba muy muy borracho —continúa, lanzando una mirada inquieta al paisaje—, pero si esto ayuda a que comprendas su actitud e intentes medirte para no romperle el corazón... bienvenida sea la traición, ¿no?

¿Qué dice esta notas de un barril y un Thiago enamorado? Enamorado de sí mismo, ¿no? Enamorado de su música dramática en portugués, con la que solo se puede bailar estando emporrado; enamorado de los ensayos de Dostoievski y de las aspirantes a *influencers* que logran captar su atención por algo más de cinco segundos. Eso sí tiene sentido. Pero dudo que Thiago sepa lo que es querer —el amor le viene grande— a algo o alguien, no se diga ya a...

—¿A mí? —Me clavo el dedo en el esternón—. ¿Dices que me quiere *a mí*?

—Sí, Da. Tenías que haberlo visto ese día. Se le iba la vida hablando de ti, describiendo tus gustos, contando la guerra de guerrillas que mantenéis desde hace tiempo... Que si le encanta tu rollo gótico, tu obsesión con Peter Steele y otros rockeros muertos; incluso que una vez le hiciste un jersey de punto. Ah, y se le veía afectado al admitir que nunca ha sabido por qué empezaste a odiarlo de pronto.

—Oye, en serio, estoy intentando estudiar —se queja otro de los universitarios cercanos a nuestra mesa—. Cerrad el pico, por favor.

—Sí, hombre, ahora nos vamos a callar —mascullo—. Lo que esta mujer me está contando es un secreto de Estado. La clase de secreto que podría hacer arder el mundo, ¿entiendes?

—Pues a no ser que puedas hacer que, efectivamente, el mundo arda y con ello se cancelen mis exámenes, me parece a mí que vas a tener que callarte.

—Mientras el mundo arde o deja de arder, ¿por qué no estudias en lugar de meterte en mi conversación? —El chico no tiene nada más que decir... por ahora. Me giro hacia Leire, ignorando su cara de pasmo—. Me puedo creer que Thiago hable de mí estando borracho. No voy a negar lo importante que soy en su vida, como no se puede negar que el Joker sea un personaje indiscutiblemente relevante en la actividad de Batman. Pero esa conclusión que has sacado de que está enamorado...

—Me lo dijo con todas las letras. A lo mejor él no se acuerda, porque nunca más volvimos a mencionarlo, pero fue muy claro. Le obsesionas desde el día en que te conoció, y se presta a esa guerra abierta que tenéis porque prefiere eso a no tener nada.

Intercambio una mirada con el estudiante de enfrente, el que me ha dicho que me calle. Parece molesto. «¿En serio? Para hablar de novios, vete a la cafetería», me transmiten sus párpados entornados. Podría responderle que, en primer lugar,

Thiago no es mi novio ni nada que se le parezca. Y, en segundo lugar, he venido a estudiar una asignatura de Ciencias Ambientales: no existe catástrofe natural en este temario que se ajuste mejor a la descripción que Thiago, con lo cual estoy hablando de lo que procede.

Porque hablar es la parte fácil. Asimilarlo ya no lo es tanto.

—Estás de coña, ¿no? —Suelto una carcajada. Leire y Maday me están mirando como si temieran mi reacción. Solo ahora les doy motivos para asustarse, cambiando bruscamente de expresión—. Dime que estás de coña.

—No, no estoy bromeando.

Y entonces me lo planteo por primera vez desde que me lo ha mencionado. Me lo planteo *en serio*, como si fuera una posibilidad: Thiago obsesionado conmigo. Tan obsesionado que, dada su dificultad gestionando emociones —derivada de su condición de hombre, hombre estúpido—, le cuesta afrontarlo y acaba demostrando justo lo contrario. O peor: es consciente de lo que siente y se avergüenza. Se avergüenza de mí y hace todo lo que puede para que no se le note.

Eso sí tiene más sentido.

—No me lo puedo creer.

—Entiendo que te sorprenda y...

—¡Será machango! —Golpeo la mesa. Ignoro el aluvión de quejas por parte de los estudiantes que sigue a mi exabrupto—. ¡Pero si le oí decir que no me tocaría ni con un palo! De hecho, sus palabras fueron en su día incluso más adorables: «No me la follaría ni con el rabo de otro», si no recuerdo mal. Se quedó a gusto enumerando las razones por las que soy la última persona en el mundo con la que repoblaría la Tierra en un futuro apocalíptico. Yo ni siquiera había demostrado las maldades de las que soy capaz cuando decía que no hay quien me aguante; que si algún día tengo un novio, lo acabaré castrando.

Leire pone los ojos como platos.

—¿Qué? ¿Va en serio? ¿Dijo eso?

—Lo oí con mis propias orejas, estas que ves asomando. —Las señalo—. Fue durante las perseidas, hace ya unos cuantos años. Yo había ido a orinar por ahí y él no sabía que acababa de volver cuando se puso a defender que no le gusto ni para hacerle el desayuno. Y hago un desayuno que te cagas, ¿a que sí?

—Doy fe —asiente Maday, quizá porque la estaba amedrentando con mi mirada.

—Pero ¿a cuento de qué? —Leire pestañea, asombrada—. ¿Así porque sí?

—Por lo visto, uno de los amigos de mi hermano, Pedro, había empezado a chincharle con que si yo le gustaba. Tuvo que defender su honor, claro, no vaya nadie a pensar que un hombre como él se fijaría en una chica como yo.

—¿Qué se supone que es «una chica como tú»?

—Seguramente, una chica que no cierra la boca ni cuando se lo piden por favor —interviene el pesado de la mesa de enfrente.

—¿Es que tú me lo has pedido por favor, mi niño?

—Por favor, ¿puedes bajar la voz?

—No. Me acabo de enterar de que mi enemigo está enamorado de mí.

Otra de las chicas que me había mandado callar aspira entre dientes y dice:

—*Chos*... Suena un poco tóxico, si quieres mi opinión.

—No hace falta que lo jures. En cuanto a «una chica como yo», a lo mejor se refiere a una friki de ciencias. Se burló con Pedro de que una de las primeras cosas que le dije fue si quería ver mi colección de piedras de los chakras.

—¿En serio? Si eso mola fleje.[22] Yo llevo un cuarzo verde y un cuarzo rosa para el equilibrio mental y sentimental —cuenta la chica de antes, enseñando las piedras brillantes de su collar.

22. Mucho.

—Yo los tengo en pendientes, pero a la vista está que no me han servido de mucho.

Y yo que pensaba que este tema ya estaba superado. A base de fuerza y empeño, dejé de pensar en sus adorables palabras hacia mí, y lo que es más importante: llegado cierto punto, también dejé de plantearme si me merecía o no que se hablara de mí en esos términos. Pero nadie sale indemne recordando en voz alta una humillación como esa, sobre todo porque nunca tuve el valor de repetirla ante nadie. Me avergonzaba tanto que me atascaba proporcionando los detalles de lo que oí. Maday tuvo que ser más paciente que nunca para que le contara solo la mitad. Thiago fue tan descriptivo, sonó tan ofendido, como si le hubieran acusado de un crimen, que durante mucho tiempo estuve segura de que tenía la razón. De que la idea de querer a una persona como yo resultaba irrisoria, cosa que solo reforzó mis experiencias posteriores. Hasta ese momento, creo que nadie me había hecho tanto daño como él, y estoy segura de que todo el daño que me procuraron después, que no fue poco, vino dado por la falta de confianza a la que él me condenó.

Todavía recuerdo las preguntas que me hice esa noche, alejada del grupo y hecha un ovillo en mi propia esterilla. Si tanto me odiaba, ¿por qué me trataba bien? ¿Por qué era cariñoso conmigo? ¿Por qué me hacía regalos, me buscaba; me escribía para ver cómo estaba incluso cuando ya no estaba en Tenerife? No tardé en asumir que lo hacía por deferencia a mi hermano. Pero la perspectiva de Leire lo ha alterado todo. Si me describió así ante Pedro estando enamorado de mí fue porque se avergonzaba de quererme. Y eso es peor que no quererme en absoluto.

Por tierna que fuera con dieciséis, diecisiete y dieciocho años, nunca pensé que Thiago estuviera colgado de mí. Pero sí deposité expectativas en nuestra relación de amistad. Con él había compartido dudas femeninas y temores que no le confiaba ni a mi propio hermano. Asumir la puñalada trapera me costó unas cuantas noches nadando en el shock.

—Dácil, ¿estás bien? —pregunta Leire en voz baja, frotándome el brazo cariñosamente. Tal debe de ser la cara que se me ha quedado, que Maday, más bronceada que una choni de *Jersey Shore*, parece salida de *Van Helsing* al observarme de reojo—. Lo siento, no pretendía ponerte de mal humor. Solo quería... Bueno, creo que mereces saber la verdad. A lo mejor ayuda a que os entendáis y os llevéis mejor.

Se me escapa una risita amarga.

—Llevarnos mejor... Si ese imbécil cree que sus sentimientos van a conmoverme, no sabe cuánto se equivoca.

Una sombra de temor oscurece la expresión de Leire.

—¿Qué quieres decir?

—Yo no voy a ser tan rastrera como para burlarme de sus sentimientos, pero que no sueñe con ser mi amigo —le advierto—. Si antes estaba en mi lista de sujetos no gratos, ahora está muerto para mí.

—¿Crees que podrías callarte ya? —me pregunta otro estudiante, este mucho más alejado de nuestra mesa.

Hace ademán de retroceder cuando oye el chirrido que produce mi silla cuando me levanto, arrastro mis cosas al interior de la mochila y me la cuelgo del hombro.

Cuando nos miramos, no me pasa desapercibido que está asustado.

—Descuida, chaval. De ahora en adelante soy una tumba. —Intercambio una mirada con Leire—. Pero el día que ese golfo me tire de la lengua, no me va a callar ni Dios.

Capítulo 7

Te tuve en la palma de la mano y no apreté el puño de más

Thiago

Tío Jaime me ha escrito diciéndome que podré encontrar a Airam en el Pool Center, pero eso no me sorprende lo más mínimo. Ya me dirigía a Puerto Colón para encontrarme con él bajo el gracioso toldo de circo en el que han dispuesto los billares.

Mejor dicho, bajo el que los dispusieron casi antes de que Airam y yo naciéramos.

La primera vez que salimos por la Playa de las Américas, lo hicimos de forma irónica. En el Pool, pese a su buena fama, solo se encuentran turistas extranjeros y mayores de cincuenta, los que verdaderamente se toman a pecho fallar una bola. Pero nos gustó el ambiente —salvo cuando uno de esos mayores de cincuenta liga con una turista extranjera de menos de veinte—, así que lo convertimos en nuestro lugar de reunión oficial.

Cuando se enfada y no quiere saber nada de nadie, Airam suele venirse con su tío, el único que puede hacerle la competencia al billar. Yo, por más que lo he intentado, no acierto ni una. No es uno de mis talentos, supongo.

Los localizo reunidos en torno a la mesa más cercana a la barra. Capto la sonrisa de Jaime entre toda esa barba que tiene y su gesto de «únete al club». No va a ser una tarde de chicos, porque Núria está inclinándose sobre la mesa para mandar una bola lisa a la tronera.

Me aproximo con pies de plomo, intentando adelantarme a la reacción de un Airam en apariencia indiferente. Cuando se enfada, es peor que un gas nocivo.

Es hermano de su hermana, qué puedo decir.

En cuanto he saludado a la parejita feliz —solo por un tiempo limitado—, me dirijo a Airam.

—¿Dónde te habías metido?

Airam me mira y cambia el palo de mano, como si se estuviera planteando con cuál de las dos lo blandirá para abrirme el cráneo.

—¿Y tú qué crees? Me he metido donde no tuviera que veros el careto.

—Sé que voy a sonar muy repetitivo, pero lo siento. Es lo único que se me ocurre decir. ¿Se puede decir algo mejor según la psicología? —le pregunto a Núria, que se acaba de incorporar, orgullosa de su tiro perfecto.

—Se puede hacer algo mejor —me corrige—. Puedes demostrar que de verdad lo sientes cambiando tu actitud.

—Exacto —apostilla Airam—. Tus disculpas me las paso por el forro si no veo una mejora desde que las pronuncias. —*Lo que yo diga:* hermano de su hermana. Incluso arrugan la nariz de la misma manera, como un cachorro cuando gruñe—. He llegado a mi límite, Thiago.

—¿Y qué vamos a hacer? —Escondo las manos en los bolsillos de los vaqueros—. ¿Nos jugamos nuestra amistad a una partida? Eso sería muy rastrero, porque sabes que no se me da bien. El futbolín sí te lo compro. O el baloncesto.

Tío Jaime nos pasa a los dos un brazo por los hombros, siempre conciliador. Para tratarse de un tipo que ha decidido dedicar su vida al arte de sembrar discordia entre las mujeres, no tolera por mucho tiempo la tensión del ambiente.

—Lo de tu hermana y Thiago es algo que simplemente no puedes evitar, Airam. ¿No has oído esa canción de Rihanna? —Le guiña un ojo—. «Esto es lo que pasa cuando un tornado conoce a un volcán».[23]

—Supongo que yo soy el tornado —medito en voz alta—. Oye, ¿y tú desde cuándo escuchas a Rihanna?

—Salí con una estudiante de Filología Inglesa que insistía en poner sus canciones favoritas para que el sexo tuviera su encanto. No sé cómo iba a ayudarme a eyacular esa que tiene con Eminem, en la que poco más y describe al detalle una relación tempestuosa donde llueven los golpes, pero mal no nos fue... —Se calla al percatarse de que Núria lo está mirando—. No debería decir eso delante de ti, ¿verdad?

Ella se encoge de hombros y rodea la mesa para realizar su siguiente tiro.

—Sé perfectamente quién eres. Callándote tus excursiones a la puerta de la facultad para encontrar a tu siguiente fichaje no estarías ocultándolo. Suerte que ahora sales con una mujer de tu edad, y no con una estudiante.

—Mírenla. —Jaime extiende los brazos, satisfecho—. Por fin una doña que me quiere tal y como soy.

Núria sonríe de lado a la vez que vuelve a estirarse con el palo por delante. Entiendo muy bien lo que quiere decir: «Este tío no se ha enterado de que le acabo de echar la bronca».

Dejo de prestar atención a los enamorados para dirigirme a Airam.

—¿Ves? Tornado y volcán. Pero que conste que ella es la del carácter volcánico, y lo dice Leire, no yo. También es el

23. La canción a la que se refiere es *Love the Way You Lie*.

tornado, porque, si lo piensas, se parece bastante al demonio de Tasmania de los *Looney Tunes*...

Airam me dirige una mirada de pura indignación.

—Vas a seguir, ¿no? Vas a seguir así hasta que tenga que machacarte.

—Venga ya, no me rompiste la cabeza cuando la comparé con Margaret Thatcher, tampoco lo vas a hacer ahora.

—Sí, lo voy a hacer ahora porque es ahora y no antes cuando sé de dónde sale el deseo de mi hermana por arruinarte las vacaciones.

—¿Del impulso destructivo del que hablaba Freud en su psicoanálisis?

—Ah, Freud —masculla Núria—. Qué daño le ha hecho ese tío a la ciencia.

—Si te hubieras molestado en psicoanalizarla de verdad, habrías llegado a una conclusión muy acertada hace bastante tiempo —replica Airam.

—Lo siento, soy un hombre —bromeo, tratando de disolver la tensión que se masca en el ambiente—. No puedo hacer dos cosas a la vez. O me defiendo de la bomba de destrucción masiva que es tu hermana, o me adentro en su psiquis. Suelo escoger la primera para seguir en este mundo... Y porque creo que no estoy preparado para enfrentarme a su maquiavelismo.

—Pues podrías enfrentarte a una conversación que solucionara vuestros problemas, por ejemplo. —Airam me mira con sorna, de pie con el palo en la mano como el jefe de una tribu—. ¿O eso también te lo impide tu condición de hombre?

—Bueno, lo cierto es que, además de no estar hechos para el *multitasking*, los tíos damos asco en el terreno emocional.

—En realidad —interviene Núria, practicando la trayectoria del tiro—, lo de que los hombres no pueden hacer dos cosas a la vez, o que no se les da bien el ámbito sentimental, es un mito urbano que se sigue extendiendo para que no tengan que hacerse cargo de sus actos. No existe ninguna diferencia biológica que justifique la escasa empatía de los hombres frente a la tendencia sensible de las mujeres. Si bien hay tipos con problemas para gestionar sus emociones, en mi opinión, esa es una generalización absurda. —Y ejecuta un golpe limpio que manda la siguiente bola lisa a su casa.

—Qué lista es mi niña. —Jaime le guiña un ojo—. Y jeitosa,[24] también.

—¿Ves? —Airam señala a Núria con la mano—. No tienes ninguna excusa para comportarte como lo haces, Thiago.

—Seguro que hasta Núria está de acuerdo en que cada acción debe tener su reacción. Dácil actúa y yo reacciono, es la ley de *Los chicos del coro*.

Airam deja su palo de billar en manos de Jaime para acorralarme, primero con una mirada oscura y luego con su altura de jugador de baloncesto. Es unos cuantos centímetros más alto que yo, y aunque no lo aparente porque tiene el metabolismo más agradecido de la historia, podría partirme el espinazo aun con sus brazos de bambú.

—Le haces daño con tus comentarios, Thiago. —Su aseveración me quita las palabras de la boca y las ganas de inventar nuevas formas de meterme con el carácter de su hermana—. Le haces daño y ella se tiene que defender. Esa es la única «acción y reacción» de esta historia. No te lo he querido decir nunca porque, en primer lugar, solo lo sospechaba (es ahora que lo sé) y, en segundo lugar, porque Da es demasiado orgullosa y no merece que la deje con el culo al aire. Pero ya está bien, chacho. Tienes que hacerte responsable de lo que dices, porque a ella no le da igual.

«Como si a mí me hiciera mucha gracia esta situación», me dan ganas de decir. Pero capto una tensa vibración en el ambiente al volver a mirar a Airam, la advertencia justa para hacerme cerrar el pico.

24. Mañosa.

«No merece que la deje con el culo al aire».

Sacudo la cabeza para intentar concentrarme.

—¿Qué quieres decir? ¿Esto no iba de regañarnos por haber metido a Leire en medio?

—Sé que no metéis a Leire en medio por gusto. Y si me quejara del daño que le habéis hecho sin ir más allá, me estaría quedando con la mitad del cuento. El problema no está en el daño que causáis, que es solo un efecto colateral, sino en el daño *que os hacéis*. Que *tú* le haces a Da sin darte cuenta de que ella queda en inferioridad de condiciones.

—Coincido —apoya Núria.

—¿Inferioridad de condiciones? —repito con asombro. Se me escapa una risita incrédula—. Tu hermana es una catástrofe natural y yo soy un pobre mortal. Yo soy la víct...

Airam acalla mi broma sosteniéndome la mirada.

—Mi hermana es una persona que ataca cuando se siente atacada, y tus ataques se los toma mucho más a pecho porque lleva enamorada de ti desde que te conoció.

Mi cuerpo acoge la noticia como la embestida de un vehículo. Si no retrocedo, impactado, es porque la mirada que me dirige Airam me ancla a la tierra. Aunque lo intento, no puedo verbalizar una respuesta coherente. No se puede asimilar una noticia de esas dimensiones en plena muerte cerebral.

La colisión de las dos bolas que Jaime acaba de golpear, jugando al margen de la charla, consiguen sacarme de mi ensimismamiento.

—¿Perdón? —alcanzo a balbucear.

—No me hagas repetirlo. —Airam se da la vuelta para recuperar su palo de billar—. Bastante mal me siento habiéndolo dicho una vez. Pero te tengo por una buena persona, Thiago, y espero que, sabiendo esto, te comportes con ella en un futuro. En un futuro que empiece mañana mismo.

Alzo las manos, echándome a la vez una risita nerviosa.

—Mira, no es por criticar el modo que cada uno tiene de

demostrar cariño, ni tampoco soy el indicado para imponer una práctica más sana, pero me parece a mí que, si eso fuera verdad, sería un poco menos... violenta conmigo.

—Ahí te equivocas —interviene Núria. Por lo visto, ha aprovechado el juego de Jaime para analizar nuestra conversación—. El comportamiento de Dácil tiene sus similitudes con el de la mujer despechada promedio: habla mal de ti hasta el punto de mencionar intimidades, busca tu atención a toda costa para ser la protagonista y, a la vez, finge estar por encima de ti y tenerte superado con actitudes soberbias. Es un perfil clarísimo.

—Y dejando a un lado perfiles para entrar en lo concreto, cuando era pequeña, Dácil nos traía saltamontes muertos para demostrarnos que pensó en nosotros —interviene Jaime, sonriendo nostálgico—. Es como los gatos recién nacidos. No sabe cuándo sacar las uñas y cuándo guardarlas, así que es probable que te arañe sin querer mientras juega contigo. No me extraña que, si te quiere, se dedique a hacerte la vida imposible.

—En efecto, hay gente que tiene formas dañinas de demostrar su cariño —concluye Núria.

Me giro hacia la pareja con la mandíbula descolgada.

—¿En serio estáis de acuerdo con lo que ha dicho Airam?

Jaime se encoge de hombros.

—Según Núria, que fue testigo de algunas de sus pullitas, dice que entre ustedes hay un asunto pendiente. Yo le haría caso. Tiene un doctorado, ¿saben?

Me quedo mirando la sonrisa orgullosa de Jaime, preguntándome si precisamente por el doctorado no habrá accedido a salir con él. A lo mejor es una de esas psicólogas que se lleva el trabajo a casa y se busca novios a los que arreglar.

Desde luego, en Jaime ha encontrado una buena pieza, materia sobrada para otro máster.

—Bueno, eso es una falacia de apelación a la autoridad

—aporta Núria con tranquilidad—. No voy a ganar la discusión porque tenga un máster, entre otras cosas porque esta no es mi especialidad y, además, no se necesita formación académica para ver un corazón roto detrás del comportamiento vengativo de una niña.

«Corazón roto», repito para mis adentros.

Esta vez sí retrocedo, como si así pudiera huir de la verdad. Una verdad que me viene grande.

—Una cosa es un asunto pendiente y otra muy distinta un enamoramiento —replico, tratando de ocultar mi turbación—. Con lo del asunto pendiente estoy de acuerdo. Pero lo otro... ¿de dónde te lo has sacado? ¿Es que te lo ha dicho ella?

—Maday me lo dejó caer y yo he sumado dos y dos —contesta Airam.

—¿Y cuándo te lo ha dejado caer, si sueles evitarla? —replico en tono conspirador.

Este se está quedando conmigo.

Lo sabe Dios.

Podría haber sido un poquito más listo y dejar a Maday fuera de juego. Soy la única persona que conoce la historia o la *casi* historia de los supuestos Mejores Amigos Del Año —antes lo eran, ahora ya no tanto— y no me cuadra que se cuenten intimidades.

Un músculo aflora en su mejilla mientras observa el tiro de Jaime. Luego me mira a mí.

—Maday y yo hablamos de vez en cuando —resume Airam, muy seco—. La cosa se dio con naturalidad. ¿Sabes ese típico «tengo una amiga a la que le pasa esto»? Normalmente, la amiga es una persona que está muy cerca de ti y cuya identidad ocultas para que no salga mal parada.

—Sí.

—Maday me dijo hace tiempo que tenía «una amiga» que estaba enamorada de un chico que había sido su amigo más cercano. No sabía qué hacer. No podía decírselo porque él tenía una vida en otra ciudad, con lo cual no eran compatibles, y porque el horno no estaba para bollos. Me picó la curiosidad por descubrir su identidad y empecé a observar el comportamiento de Da. Todo coincide. A Dácil no se le puede hablar de Celia ni de ninguna de tus novias anteriores, si es que las llamas novias. Las insulta a todas hasta quedarse a gusto. Ella, que va de gloria feminista... —Airam sacude la cabeza, condenando el comportamiento de su hermana—. Te puedo poner todos los ejemplos que quieras y más.

—Una mujer puede ser feminista y, aun así, odiar a algunas mujeres —replica Núria—. El feminismo defiende la igualdad de las mujeres como grupo, pero no niega que haya malas personas en la comunidad femenina, ni mucho menos impide que un individuo concreto te disguste.

Jaime suspira.

—¿Qué sería de nosotros sin tu infinita sabiduría? —le dice.

Eso es. ¿Qué haríamos —y léase en tono sarcástico— sin las incómodas teorías de Núria?

Me caía mejor la profesora de zumba.

—Por cierto, ¿quién es Celia? —agrega Núria.

—Su pibita —contesta Jaime—. ¿Cómo está, mi niño? Es una buena pieza.

—Hemos hablado esta tarde. Está estudiando para los exámenes extraordinarios y dice que me echa de menos —respondo como un autómata.

Me quedo con las ganas de preguntar si va en serio lo de Dácil. No lo hago porque Airam se acaba de concentrar en su bola.

Me cuesta imaginar a Dácil acercándose a Maday para contarle un secreto de esa magnitud. Adora a Maday como todos la adoramos, pero siempre he pensado que Da se llevaría todos sus amores y dolores a la tumba. Los odios no. Los odios los grita a los cuatro vientos porque, como adalid de los crímenes pasionales que es, el único sentimiento que sabe gestionar es precisamente ese.

Si Airam me hubiera dado esta noticia hace tres años, cuando ella aún estaba en el instituto y me hacía regalos por Navidad —todavía conservo su jersey de punto hecho a mano—, no me habría extrañado lo más mínimo. Hubo un tiempo en el que Dácil me quería, pero es difícil saber de qué manera cuando me arrojaba los mencionados regalos al pecho, sin mirarme a la cara siquiera, y excusaba la dedicación de semanas pegada a las agujas con que «me vendría bien para los inviernos en Godolandia».

«Lleva enamorada de ti desde que te conoció», ha dicho.

Un extraño cosquilleo se apodera de mí al pensarlo. Puede ser el cosquilleo del pánico, porque Dácil podría extinguir una raza si se levantara con el pie izquierdo de una siesta, así que ni que decir tiene de lo que sería capaz con un móvil tan poderoso como el amor. O puede que mi repentina sensibilidad sea resultado de lo placentero que resulta siempre un halago. A todos nos gusta gustar, ¿no? Me costaría amistarme con la idea de que me quiera, porque no sabría qué hacer con ese fuego suyo, pero no puedo negar que me sienta agasajado. Entre todos los capullos de este mundo que podría haber elegido, Dácil ha reservado un hueco en su ponzoñoso corazón para dedicarme a mí los únicos sentimientos bellos que puede albergar. ¿O es justo al contrario? ¿Que, por haberme elegido, soy depositario de la ira más pura, del odio más visceral? ¿Que, por ser su elegido, soy el novio de la muerte? Ya he visto el daño que es capaz de hacerme con esa justificación y, lejos de enfurecerme, creo que me llena de ternura que no sepa qué hacer conmigo y al final solo le salga hacer el mal.

Supongo que debe de ser muy duro querer a alguien y no ser correspondido.

—¿En qué estás pensando?

Enfoco la vista, topándome con la expresión cautelosa de

Airam. Está claro que espera un compromiso de mi parte, un «no saldrá de estas cuatro paredes» o un «por lo que a mí respecta, hoy se acabó la guerra».

Pues pienso en la Dácil que buscaba mi lectura del horóscopo antes que la suya, la que se encargaba de que mis días en la isla fueran inolvidables, y casi me lamento de no haberle dado lo que quería. Pienso que llevo un par de días buscando una excusa para que me perdone la vida aun sin saber qué le hice, o para perdonarle yo la suya, y por fin la tengo. Pienso en que quiero ser ese tío decente sobre el que canta Sen Senra: «Te tuve en la palma de mi mano y no apreté el puño de más».[25]

—¿Y bien? —me pincha Airam.

—No volveré a buscarle las cosquillas. Te lo prometo.

—Ni las cosquillas, ni las narices, ni el punto débil ni nada. O te amigas con ella o te las apañas para que esté muerta para ti —advierte Airam—, ¿me captas?

—Te capto.

Pero si Dácil no ha podido morir *para* mí ni cuando he intentado deshacerme de ella, no lo va a hacer ahora que sé que se muere *por* mí. Tengo muy claro que Dácil está más viva que nunca. Lo que ya no sabría decir es si su vida y la mía podrán coincidir en algún punto, pero para eso voy a estar aquí.

Para descubrirlo.

25. *Tumbado en el jardín viendo atardecer.*

Capítulo 8

Lo que la ola se llevó

Dácil

Maday me mira de arriba abajo apenas me apeo de la furgoneta, cortesía de Salma, la novia de tía Jana, para que carguemos nuestros enseres en el viaje a la playa. Había alargado las manos para sacar su tabla de surf del maletero, pero al verme, el shock ha sido tal que se le han quedado suspendidas en el aire.

—¿Se puede saber qué llevas puesto?

Acaricio con la mano mi cintura embutida en nailon y licra.

—Se llama «bañador». Habiendo nacido en una isla, debes haber visto esto alguna que otra vez.

—No te lo he visto puesto desde que estabas en el equipo de natación, y de eso hace alrededor de diez años. Has tenido que rebuscar por todo el desván para dar con él y metértelo a presión, ¿no?

—¿Me estás llamando gorda?

—No. —Contiene un bufido y en su lugar cierra los ojos para armarse de paciencia—. Pero con doce años no tenías tetas, Da. De hecho, que te haya entrado quiere decir que no has engordado mucho desde entonces. ¿Te ha dado la nostalgia de aquellos tiempos y por eso te lo has puesto?

—No. Simplemente hoy me apetecía cubrirme. —«Y da gracias que no he encontrado mi traje de neopreno»—. ¿Necesitas ayuda con la tabla?

—No, gracias. Y será mejor que no hagas esfuerzos de brazos y piernas con eso apretado, no vaya a ser que reviente.

—Ahora *sí* me estás llamando gorda.

—Gorda me la pones.

El silbido de mi hermano se infiltra en la conversación. Maday se ruboriza al darse la vuelta y toparse con la sonrisa de mi hermano.

—Te mando por las tablas y te pones a tirarle la caña a mi hermana. —Chasquea la lengua y se apoya con aire desenfadado en la puerta de la furgoneta—. Me encanta este ejemplo de *multitasking* femenino... —Se interrumpe al mirarme de arriba abajo y, al igual que Maday, frunce el ceño—. ¿Y tú adónde vas con eso?

—¿Qué eres ahora, mi novio tóxico? —rezongo—. Pues voy a nadar, ¿adónde quieres que vaya? ¿A la comunión de tu prima?

—Tendría más sentido que fueras a la comunión de nuestra prima, pero para devolvérselo; a ella o a la otra niña de doce años a la que parece que se lo has robado. ¿Desde cuándo te pones bañador?

—Desde que esto es un país libre. ¿Tengo que daros explicaciones sobre lo que me pongo? Todos mis biquinis estaban sucios, ¿vale?

—¿Los doce millones de biquinis que tienes? —Airam arquea una ceja.

—Estaban todos tendidos y llovió con barro el otro día. Déjame tranquila.

—Vale, vale, pero si ves que se te corta la circulación, avísame. Como médico, sabré qué hacer.

Maday y mi hermano se echan a reír y cargan por fin sus tablas de surf. El que faltaba por llegar hace acto de presencia para rescatar la suya y armarse con la nevera azul. *Ah, siempre tan dispuesto a colaborar, ¿no es un encanto?* Thiago se planta ante nosotros con gesto pensativo y con su clásica camiseta de tirantes. Las suele rajar manualmente por los costados para exhibir sus tatuajes de significado codificado.

Thiago también interrumpe lo que iba a decir para mirarme de arriba abajo.

—Venga, haz el comentario. —Pongo los brazos en jarras—. Eres el que queda.

—Que sea el jurado el que te valore, pequeña Miss Sunshine —comenta con una media sonrisa—, pero creo que tres tallas más te favorecerían el doble.

—Mejor no hablemos de lo que más favorece a cada uno, porque tú estarías más guapo con la boquita cerrada.

—Pero si me has tirado tú de la lengua, princesa Dácil. Si este verano no te quieres broncear el ombligo, allá tú, pero ten cuidado, no se te vaya a enganchar el *piercing* en la tela.

«Ya querrías tú engancharte en mi *piercing*, golfo».

Hace veinticuatro horas, no habría dicho que fuera siquiera consciente de la existencia de mi *piercing*. Pero claro que lo es. Seguro que le encanta mi *piercing*. Seguro que SUEÑA cada noche con mi *piercing* mientras de cara al público se dedica a burlarse de cómo me queda.

Menudo asqueroso.

En lugar de contestar, me echo la toalla a un hombro y la *tote bag* al otro y me dirijo a la playa con la seguridad de que me está mirando.

Que mire lo que quiera. Jamás me tendrá. JAMÁS.

Nos hemos arriesgado viniendo a Benijo sin antes consultar a algún amigo de qué humor se ha levantado el mar. Nunca sabes cuándo te vas a encontrar esa marea alta que se lleva a unos cuantos turistas imprudentes cada año. Quizá sea por eso por lo que me gusta venir aquí, por su peligrosidad —estoy orgullosa de haber aprendido a llevarme bien con este Atlántico tempestuoso— y por la estrechísima franja de arena que deja la marea, obligando a reducir el número de bañistas. El Médano es la mejor zona para el surfeo y el *windsurf*, y para tomar el sol es preferible ir a las calas ocultas de Los Cristianos, donde hay menos concentración turística. Aquí solo vienen con su tabla los suicidas o los expertos, y da la casualidad de que mi hermano, mi mejor amiga y Tarado son las dos cosas.

Extiendo mi toalla en uno de los pocos huecos libres que quedan en la arena, me planto las gafas de sol en su sitio y me dispongo a disfrutar del día ignorando olímpicamente a Thiago. Pero desde que Leire me dijera lo que me dijo, ese radar que me indica dónde está el godo en todo momento se ha disparado como nunca. Lo siento tender su toalla a una distancia prudencial de la mía y de Leire, que ha sido la primera en bajarse y ponerse cómoda para recibir su dosis de vitamina D.

Thiago me mira de soslayo con esa sonrisilla que le sale cuando «hago algo raro».

Para él, todo lo que hago es raro.

—¿Necesitas que te eche crema?

—Ni se te ocurra —le advierto.

Me estremezco de pensar en todas las veces que he permitido que me unte protector. Nunca se ha salido de la zona establecida, hombros y espalda baja, pero para un tío al que le gustas, hasta eso debe de ser tremendamente excitante. Me pregunto si verá vídeos porno de mujeres que se me parezcan, culpable por gustarle lo que le gusta, o se enrollará con las que menos se parecen a mí en sus Madriles para negarse una vez más la realidad.

Qué asco.

Tengo que imitar los ejercicios de respiración de tía Jana

para no arder de rabia cada vez que lo pienso. Este zarandajo[26] se ha dado un festín con mi cuerpo desde tiempos inmemoriales, pero eso se acabó. A partir de hoy solo me pondré bañador cuando esté en su presencia. Y vigilaré que no me mira más de lo debido.

Dácil Oramas no está a su alcance. Que se vaya enterando.

Con el rabillo del ojo observo que arregla las esquinas de su toalla antes de tumbarse y separar las solapas de un libro. Es una pena no poder decir que lo que tiene de guapo lo tiene de tonto, porque lee esa clase de novelas que yo no entiendo. De hecho, ni mi hermano, que se fuma los tochos de George R. R. Martin sin pestañear, es capaz de leérselas. Dice que lo intenta por recomendación suya, porque te contagia con su entusiasmo cuando empieza a hacer aspavientos para explicarte una cita mítica sin sentido aparente; sin embargo, es imposible leer más de un par de páginas seguidas de un autor ruso.

Al menos, es imposible si quieres asimilar toda la información.

No sé por qué a alguien le interesaría un libro titulado *Memorias del subsuelo*, pero debo reconocer que el Thiago lector resulta llamativo. No solo para mí, sino para todas las turistas y tinerfeñas que se pasean por la playa esperando el momento propicio para sumergirse en el agua. Todas le lanzan miraditas entre curiosas y lascivas al tío de los tatuajes y el corte de pelo de los noventa que no tiene nada mejor que hacer que leer a Dostoievski.

Está claro que lo hace para ligar.

Y está más claro aún que le funciona.

Él sabrá lo que hace para intentar olvidarme. La verdad, no creo que lo consiga por más mujeres que se pase por la piedra.

Pongo los ojos en blanco aprovechando que no lo verá.

26. Persona despreciable.

Menudo pretencioso. Seguro que se compra a escondidas todas las entregas de *El diario de Greg*, o peor: utiliza las portadas de papel de novelas clásicas para cubrir el libro que verdaderamente está sosteniendo, que será de Geronimo Stilton. Ya lo pillaré olisqueando alguna página, ya.

—Te vas a quemar —me advierte sin apartar la vista de la lectura.

—Yo nunca me quemo.

—Pues se te está poniendo roja la zona de los tirantes.

—Eso es porque me aprieta el bañador.

—Pues quítatelo. No sería la primera vez que haces topless.

—Pareces muy interesado en verme en bolas.

Thiago ladea la cabeza hacia mí con aire indiferente.

—Sería mucho mejor que verte sufrir, justo como ahora. Me pregunto por qué la niña de los biquinis se ha querido disfrazar hoy de Mireia Belmonte.

—En Benijo la marea es muy alta y no sería la primera vez que una ola se lleva la parte de abajo de mi bañador. Y esto, por si no lo has notado, no es una playa nudista.

—No lo es, pero casi. —Lanza una mirada apreciativa a una de las chicas que lo están mirando y que exhibe su cuerpo con el mismo orgullo con el que lo haría yo si este cerdo no estuviera a la vista.

Como si lo conocieran de toda la vida, levantan la mano y la agitan a modo de saludo. Él les devuelve el gesto con ese encanto maligno que me da ganas de vomitar.

—¿Por qué no vas y les echas crema a ellas, tan preocupado que estás por el azote del sol?

—Porque estoy leyendo.

—Ah, sí, *Teo va al cole* camuflado con la portada de un clásico de la literatura rusa.

Thiago se echa a reír. El sonido me pone el vello de punta.

—«Es indiscutible que al hombre le encanta trazar y construir caminos; pero también adora la destrucción y el caos. Tal vez le gusten porque tiene un temor instintivo a alcanzar la meta y terminar el edificio que construye» —lee en voz alta. Se ladea hacia mí con aire soñador, como si de verdad le hiciera feliz leer algo tan pesimista—. Te has equivocado. Este es el tomo de *Teo descubre la filosofía*.

—Deberías haberte traído el de *Teo va a la playa*, a ver si así te enteras de lo que uno hace cuando viene: jugar al voley y a las cartas.

—Si lo tienes, me lo podrías dejar.

—Claro que sí, tengo toda una colección.

—¿El de *Teo aprende a tratar a la hermana de su mejor amigo* también?

—Eso es literatura avanzada. —Me pongo las gafas de sol y cierro los ojos. «No me hables» en el idioma Dácil—. No lo entenderías.

—No te creas, estoy preparado. En todos los libros que leo he aprendido algo sobre ti. —Su respuesta me agita el corazón inexplicablemente, sobre todo cuando busca entre las páginas un fragmento—: «Soy un enfermo. Soy un malvado. Soy un hombre desagradable. Creo que padezco del hígado, pero no sé absolutamente nada de mi enfermedad. Ni siquiera puedo decir con certeza dónde me duele».

Tan rápido como ha llegado ese destello de ternura, se desvanece entre pulsiones de muerte. *Su* muerte. Me dan ganas de levantarme y largarme, pero el bañador me presiona tanto que, si hiciera un abdominal, estallaría.

—Estaba bromeando —aclara Thiago al verme la cara. Hasta Leire, medio adormilada bajo el sol, se ha incorporado para censurarlo con la mirada—. Es la costumbre que tengo, no te enfades. Es esta la que me recuerda a ti: «Esos gemidos expresan la voluptuosidad del que sufre: si el enfermo no experimentara cierto placer al quejarse, dejaría de hacerlo».

—No quiero entender lo que pretendes decirme con eso,

pero estoy segura de que habrá quienes ardan en deseos de que les leas en voz alta tus libros pesimistas.

Rogando para que el bañador no cruja apenas me levanto, consigo ponerme en pie y huir a la orilla, donde Airam y Maday otean las olas en busca de la más indicada para surfear. Contemplarlos de espaldas suaviza la sensación de malestar a la que me abandono cuando estoy cerca de Thiago, porque es incluso graciosa su diferencia de altura. Airam alcanza los dos metros fácilmente, mientras que Maday apenas llega al metro sesenta. Él, tan alto y estilizado, y ella, un frasco diminuto de curvas y rizos.

Airam solía llamarla «fisquito». Ya no. Supongo que reserva todos los apodos para su novia.

—Esa es la mía —anuncia Airam, arrojándose al agua en cuanto está seguro de que la ola no lo va a arrastrar.

Maday utiliza la mano como visera para verlo adentrarse en el mar. Es fácil perderlo de vista con el neopreno azul marino.

—¿Ya te has cansado de pelearte con Thiago? —me pregunta sin apartar la vista del horizonte—. Pensaba que tendría que ir a separaros.

—No volveremos a pelearnos. Si eso es lo que le pone cachondo, no pienso darle el gusto.

Maday me dirige una sonrisilla perversa.

—Como tampoco vas a darle el gusto de verte hacer top less, ¿eh? Venga, que la poli no es tonta, Da. Te has puesto esa deformidad infantiloide porque ahora sabes que te mira las tetas.

Giro la cabeza y le devuelvo una mirada de rencor.

—A veces me molesta lo bien que me conoces. ¿No te parece buena idea?

—No, porque con lo que te aprieta el bañador parece que llevas un corsé de la época de María Antonieta. Si hasta da la impresión de que tienes tetorras. —Suelta un silbido admirativo.

Me cubro instintivamente, ruborizada.

—Mejor será que enseñarlas. No pienso complacerle nunca más.

—¿A riesgo de cortarte la circulación? Tienes que quitarte eso ya, Dácil. Se te están poniendo blancos los brazos. Vamos al agua y te lo sacas, que no te va a ver.

Claudico con un hondo suspiro.

—La verdad es que estoy sintiendo cómo la vida me va abandonando poco a poco.

Maday se echa a reír.

—Anda, venga. Las olas te cubren. Y hablando de olas...

Entorna los ojos para captar a tiempo cómo mi hermano se sube a la cresta de una. No le tiemblan los tobillos ni los brazos al extenderlos para recuperar el equilibrio; la monta como el profesional que es. Maday aplaude desde la orilla y él, a lo lejos, le dedica una breve sonrisa antes de apartar la mirada para buscar a Leire.

Las dos nos quedamos en el sitio hasta que la ola se deshace a nuestros pies, momento en el que Maday me hace un gesto para que nos adentremos en el mar. En esta playa todo es adrenalina. Tienes que nadar tan rápido como puedas para sortear el instante en que rompen las olas, tan potentes que podrían arrastrarte a lo más hondo.

—¿Qué te ha parecido Leire? —le pregunto a Maday una vez llegamos a la zona fuera de peligro.

Como si nos hubiéramos puesto de acuerdo, las dos lanzamos una mirada pensativa a nuestro objetivo. Leire, tendida al lado de Thiago, extiende la protección solar por sus brazos, de un blanco radiactivo. Mientras Maday encuentra las palabras indicadas para describirla, tiro de los tirantes hacia abajo para deshacerme del bañador.

Reconozco que ponerme esto no ha sido mi idea más brillante.

—Es buena chica, además de guapa. A mí me cae bien.

—Encoge un hombro—. ¿Por qué? ¿A ti no te gusta? Al margen de que haya sido la portadora de la mala noticia sobre Thiago, me refiero.

—Es buena chica, sí, pero... —Hago una pausa—. Es muy... peninsular, ¿no?

Maday pone los ojos en blanco.

—No sería el primer canario que se enamora de una norteña. Menuda excusa tonta para odiar a la novia de tu hermano, Da.

—No la odio, y si lo hiciera, nada tendría que ver con que fuera del norte, excepto porque alejaría todavía más a mi hermano si decidiera volverse a Pamplona. Es que la veo como una muñequita de esas que giran en las cajas de música, ¿sabes? —Entorno los ojos para fijarme en cómo se acomoda en la toalla con su bañador blanco de Tommy Hilfiger—. De esas que intimidan tanto con su perfección que no puedes ser tú misma cuando estás con ellas.

Maday vuelve a centrarse en mi hermano, que, desde la orilla, le lanza un beso a su novia.

—A mí no me parece que Airam esté incómodo a su lado.

—Venga ya, si antes de presentármela estaba cagado por lo que Leire pudiera pensar de mí. Y parecía incluso avergonzado al traerla a casa, como si supiera que no estamos a su altura y que la vamos a espantar.

—No será por la cantidad de veces que lo habëis intentado. Que no lo hayáis conseguido demuestra que es la chica perfecta para Airam. Os aguantará todas las tonterías del mundo por amor y respeto a él.

—No me estoy haciendo entender. —Suspiro—. Lo que quiero decir es que Airam se esfuerza mucho por ella. Muchísimo. No debería andar por ahí histérico para que todo salga bien, asustado, incluso, por lo que pueda pasar. No debería ser tan complicado.

—Bueno... Tú lo conoces mejor que yo.

—Mentira. *Tú* lo conoces mejor que yo, por mucho que me duela.

Maday siempre ha estado entre nosotros. Las pocas veces que nos hemos peleado, ella ha sido el elemento unificador; el resto del tiempo ha actuado como esa maravillosa extensión que ayuda a mejorar nuestra relación fraternal, la excusa para reencontrarnos o hacer planes que no lucirían tanto si los emprendiéramos solos. Se encarga de que todo se solucione después de que nos hayamos entregado a la pasión de una discusión monumental. Es mi mejor amiga y es su mejor amiga, o solía serlo antes de que se mudara a Madrid y conociera a Thiago. Está al tanto de lo peor de ambos y recibe el amor más puro de cada uno.

El empuje del agua hace que me cueste sacarme el bañador, pero cuando lo consigo, lo agito por encima de mi cabeza.

Maday no se percata de esto. Se ha quedado mirando la orilla, pensativa.

Espero con impaciencia a que dé su veredicto, pero sé que para eso tendré que sacudirla por los hombros. No basta con mi agresiva persuasión, tengo que ponerla entre la espada y la pared o servirme de amenazas y chantajes para que diga algo malo de alguien. Maday es tan complaciente que a veces me saca de quicio. Siempre digo que, si fuera la protagonista de uno de esos triángulos amorosos, repartiría sus días libres de la semana entre los dos maromos para que ninguno se enfadara. Incluso si estuviera enamorada solo de uno de ellos.

—Tienes que darle un voto de confianza —dice al fin, con pies de plomo—. Si la ha elegido es porque le hace feliz, y no deberíamos tener nada en contra de la mujer que alegra los días de tu hermano. Aunque, claro, Thiago también hace feliz a Airam y estás totalmente en su contra. A lo mejor el problema no es de la gente de la que se rodea, sino... ¡Cuidado con esa ola!

La insinuación de Maday —que yo soy el problema, que

yo tengo el problema— me deja toda abatatada[27] y no consigo esquivar a tiempo la ola traicionera. Pensaba que lo peor que podría pasarme es que me entrara agua en los oídos, por la nariz y por la boca, pero el impacto es tan fuerte que el bañador se me escurre de la mano y acaba...

¿Dónde acaba?

En cuanto me recupero del golpe, saco la cabeza a la superficie y busco entre la espuma el dichoso bañador. No tengo ni que explicarle a Maday lo que acaba de pasar: con solo mirarla con espanto, le transmito la crítica situación.

—¿Has traído bañador de repuesto? Puedo ir a buscártelo —se ofrece enseguida.

—No, claro que no he traído bañador de repuesto. ¿Y tú?

—Tengo alrededor de veinte tallas más que tú. Pero no, tampoco he traído uno.

—¿Y Leire?

—Puedo ir a preguntarle.

—También me serviría un bañador de Airam.

—Cierto... —Maday otea el horizonte con el ceño fruncido—. ¿Dónde se han metido? No los veo por ninguna parte. ¿Habrán ido a coger comida de la furgoneta? ¿O a hacer el guarro por ahí? Si han ido a hacer el guarro, vas a tener que quedarte aquí un rato.

—¿Qué dices? ¿Has visto esa ola? En quince minutos va a subir tanto la marea que tendremos que estar subidos en el coche.

—Pues tengo entendido que tu hermano se toma su tiempo, así que en quince minutos no estará por aquí ni de coña.

—¿Cómo sabes tú que mi hermano se toma su tiempo? —Maday abre la boca con buena disposición a explicarme, quizá, las intimidades que Airam no me ha contado a mí—. Déjalo, prefiero no saberlo. Qué asco. ¡Tú ve y los interrum-

27. Aturdida.

pes! ¡O tráeme una toalla, aunque se empape! ¡No voy a salir en bolas!

—Tampoco sería para tanto. Thiago ya te ha visto desnuda unas cuantas veces, y te da igual que te vean...

—¡No me da igual! ¡Ya no!

—Vale, vale, ya voy. Te traeré algo. A ver si encuentro el bañador de camino a la orilla...

Pero salir del agua en playa Benijo es tan arriesgado como adentrarse en sus profundidades, sobre todo cuando la marea sube bruscamente. No hay que perderle el respeto a esta porción del Atlántico si quieres vivir para contarlo. Maday lo sabe muy bien, y por mucho que me quiera, va a estar tan jodido volver al punto donde me encuentro que seguramente no querrá meterse de nuevo para ayudarme.

Tarda cinco minutos de reloj en dejarse arrastrar por una ola que la deposita de forma aparatosa en la orilla. Thiago nos ha estado observando con la ceja enarcada desde su posición. Sabe que hay un problema, y se me ha olvidado advertirle a Maday que no se le ocurra decírselo. Pero debe hacerlo, porque veo que rebusca en el bolso de Leire y entre las pertenencias de los demás mientras intercambia unas palabras con él. Y él sonríe, el muy tolete.[28] Sonríe de oreja a oreja y se levanta para acompañar a Maday, que lleva mi toalla colgada del hombro.

Maday se queda mirando el mar con cara de circunstancias.

Oh, no. Le da miedo volver a meterse. Casi utilizo las manos como bocina para chillarle que no es el momento de recordar su trauma infantil, aquel que la persiguió durante años porque estuvo a punto de morir entre las olas. Todos tenemos una experiencia de ese tipo, pero Maday, aparte de hacer un triple mortal bajo las olas, perdió el conocimiento y el socorrista de turno tuvo que aplicarle toda clase de maniobras para devolverla a la vida.

28. Tonto.

Y esto no pasó en Benijo, sino en una playa normal y corriente.

Maday le hace entrega de la toalla a Thiago, que da un paso adelante con convicción.

—No, no, no, no...

Sin embargo, Thiago sigue avanzando en contra de mis súplicas. *Siempre* avanza en contra de mis súplicas. Me abrazo a los hombros en lugar de intentar nadar para mantenerme donde estoy, deseando que me trague la tierra. O el océano, en este caso. Creo que preferiría morir a ser rescatada por este espécimen, pero no hay mucho sitio para escabullirme. De hecho, la marea sigue creciendo, y yo, por isleña y madre atlántica que me considere, estoy empezando a cagarme de miedo.

Para cuando Thiago llega a mi altura, después de deslizarse sigilosamente entre las olas, ya estoy fría como un témpano y tengo que utilizar manos y piernas para nadar contracorriente. Creo que le dirijo una mirada de pánico, porque suaviza la sonrisita soberbia y tiende una mano hacia mí con aire conciliador.

—Cuando te dije que te quitaras el bañador, no me refería a dentro del agua.

—Y cuando te dije que te fueras a la mierda, iba muy en serio. ¿Qué querías? ¿Que te hiciera un *striptease*?

«Seguro que sí. Guarro».

—Si quieres, me largo.

—Pues ya lárgate, mándate a mudar.[29] Encontraré la manera de salir.

—Joder, Dácil. Mira que tu nombre rima con «fácil», pero no haces otra cosa que ponerte difícil.

Me rodea la cintura con un brazo y tira de mí en dirección a la orilla.

No sé en qué momento me he alejado tanto. Eso es lo malo

29. Irse, marcharse de un lugar.

de las corrientes del océano, que te atraen y te empujan y, para cuando quieres darte cuenta, te has convertido en una víctima de ahogamiento. Es el miedo a acabar como un nada desdeñable número de turistas lo que hace que me olvide de que Thiago me está tocando, e incluso me anima a aferrarme a su cintura para no complicarle el rescate.

Pero sigo estando desnuda. Y él me envuelve con un brazo casi cariñosamente.

¿Lo estará disfrutando? ¿Pensará que lo he hecho adrede? ¿Qué hago para no transmitirle la impresión equivocada?

—Dame la toalla —le ordeno.

—Todavía no. ¿O es que quieres que la arrastre la corriente?

—Hay algo que no me importaría que arrastrara la corriente, la verdad.

—¿Te vas a poner así incluso en estas circunstancias? Aquí la ha palmado gente, Dácil.

Dácil, Dácil, DÁCIL. Odio cómo lo dice, siempre pronunciando la «c» de «capullo», de «cabrón», de «canalla». Es la única persona en el mundo que me llama de esa manera. ¿Cómo no me he dado cuenta antes de que quiere diferenciarse de los demás? ¿De que todo lo hace para llamar mi atención? Con sus mil motes —princesa Dácil, guanche, niña de las bambas, niña voladora, Miércoles Addams—, su sonrisa específica para mí —la ladeada con la que no sabes si se está burlando de ti o de sí mismo, porque ni él se entiende—, su extremo cuidado al tocarme, pues va seguro de su encanto pero conmigo no termina de sentirse cómodo, como si yo fuera corrosiva pero a la vez lo atrajera como un imán. Siempre viene a salvarme la vida o justifica mis exabruptos. Es solo que, como lo hace atribuyéndose todos los méritos del mundo y mirándome como si le debiera la vida, no le doy la importancia que merece. O no se la he dado hasta ahora.

Debo de haberme quedado observándolo con cara rara, porque cuando estamos a punto de llegar a la orilla y se gira para envolverme con la toalla, enarca una ceja. No hace ningún comentario. Con los ojos clavados en los míos, despliega la tela bajo el agua y me envuelve casi como si me quisiera.

¿Pensará que estoy asustada? ¿Pensará en besarme? ¿Cómo de enamorado estará del uno al diez?

¿Qué me importa a mí, si yo le doy un suspenso?

Thiago sonríe como si hubiera leído mis pensamientos. Cuando ya me ha anudado la toalla y yo la he sujetado con fuerza, él me tira de la barbilla, que había estado temblando.

—Tampoco ha sido para tanto, princesa Dácil. Si te hubieras plantado en el corazón del mar, te aseguro que se habría abierto de par en par para dejar que pasaras.

Carraspeo para decir algo, pero no me salen las palabras. Él lo interpreta como que me ha paralizado el miedo, o eso quiero pensar, porque comprueba que las olas han bajado un tanto en intensidad y me coge en brazos para trotar hasta la orilla. Enchumbado y temblando por la temperatura del agua, me deposita con cuidado sobre la arena.

Yo no estoy en mejores condiciones, pero al menos algo me está cubriendo. En concreto, una toalla con la bandera de Canarias.

Thiago busca mis ojos.

—¿Bien?

—Sí. Bien. —Carraspeo y, con dificultad, agrego—: Gracias.

Thiago suelta una carcajada de las que hacen aparecer el hoyuelo secreto bajo la comisura del labio, de las que le estiran la cicatriz hasta que parece incluso simpática.

—Te ha costado, ¿eh? —Me saca las trenzas de la toalla, donde habían quedado atrapadas, y las extiende sobre mis hombros con gesto pensativo—. Ahora me has dado las gracias, pero ¿cuándo me vas a perdonar la vida, princesa Dácil?

El tono íntimo en que lo pronuncia me ruboriza en contra de mi voluntad. Muy muy en contra de mi voluntad. Más que nunca. No sé qué responder, ni a su pregunta ni al modo en que me observa atentamente, como si esperase una confesión de mi parte. Por eso agradezco —más o menos— que nos interrumpa una de las guiris que lo habían estado vigilando.

—¡Eso ha sido superheroico! —exclama en inglés—. Llego a saber que lo que tengo que hacer para que me hagas caso es fingir que me ahogo, y me meto en el agua a la de tres.

—Esta tía es tonta —se me escapa por lo bajini—. Como se meta en el agua ahora, que se prepare para morir.

Thiago me mira a punto de soltar una carcajada.

—¿Qué has dicho? —Se inclina sobre mí con una mano rodeándole la oreja.

—Nada que vaya a repetir para ti.

Thiago sacude la cabeza, y me da por perdida una vez más. Suelta mis trenzas y se gira hacia la guiri como si yo no existiera.

—No hace falta que arriesgues tu vida. Ya me había fijado en ti —responde en su idioma, y con un acento perfecto.

Ella sonríe y se encarama a sus hombros para darle dos besos.

—Soy Emily...

Thiago le devuelve los dos besos con el mismo entusiasmo, y así de fácil es como quedo en un segundo plano.

Menos mal que está enamorado de mí. Si no lo estuviera, a lo mejor se lo habría montado con toda la playa por orden alfabético.

«Pues respondiendo a tu pregunta, golfo, hoy no. Hoy tampoco te voy a perdonar la vida».

Capítulo 9

Una serie de catastróficas desdichas

Thiago

—¿Cómo que «se han ido»? ¿Estás de coña? ¿Por qué no me has despertado?

Dácil da media vuelta en su silla de escritorio para clavarme una mirada de desprecio.

—No soy tu madre. No tengo que asegurarme de que no te dejas dormir[30] y vas al cole, y menos cuando llevo desde las seis de la mañana estudiando. ¿Es que no me ves? —me espeta, irritada. Con el bolígrafo que tiene en la mano, hace un gesto hacia el puñado de apuntes repartidos por la mesa—. Tengo un examen que empollarme, no me iba a molestar a hacerte de alarma.

—Porque te habría costado muchísimo darme una patada en el hombro, como si fuera un perro muerto, para sacarme del mundo de los sueños, ¿no? No lo habrías disfrutado en absoluto.

—Desde el escritorio no llegaba a darte una patada en el hombro, Thiago, y he estado aquí pegada un buen rato.

30. Te duermes.

Dácil me da la espalda para volver a concentrarse en su libro de Química, Microbiología o lo que sea que le haya quedado para julio esta vez. Aprovecho que no me ve para engarrotar los dedos y sacudir a la Dácil invisible que tengo delante.

Una vez más, la vida me castiga por haberme atrevido a confiar en ella.

Había una salida programada a Buenavista, la ruta de dos días de senderismo de todos los años, y me ha saboteado dejando que siga durmiendo. Son las dos de la tarde. A estas alturas, Jana ya habrá cumplido su hora y media de coche en dirección norte y estarán tranquilamente acomodados en las habitaciones del albergue de Bolico.

No puedo hacerla volver.

Estiro el brazo hacia mi móvil y compruebo que tía Jana, Jimena y Jaime me han llamado un total de siete veces. Dácil vigila mis movimientos desde el escritorio. Me parece atisbar algo parecido al miedo cuando marco el número de Jana y ella me responde al tercer pitido. Le hago un favor a la curiosa Dácil y pongo el manos libres para que se entere de la conversación.

—No estabas dormido, ¿verdad? —Es lo primero que me pregunta—. Dácil te ha amordazado en su sótano y por eso no te has unido a nosotros. Si estás en peligro, Thiago, gruñe una vez. Iremos a salvarte.

—¡Pero serás mentirosa! —Tal es la indignación de Dácil que salta del asiento—. ¡Si eres tú la que ha entrado en mi cuarto y lo ha visto sobando!

Reprimo una carcajada y, siguiendo las indicaciones de Jana, gruño una vez.

Dácil descuelga la mandíbula, flipando con mi descaro.

—¿Ven? —exclama Jana—. Está en peligro. Hay que regresar antes de que le haga la sonrisa del payaso, la corbata colombiana o las torturas que se haya estudiado en internet. Thiago, gime dos veces si Dácil te ha hecho algo malo.

—Como gruñas o gimas, te vas a acordar de mí —me advierte Dácil, empuñando el dedo.

—No va a hacer falta. Ya tenemos grabada tu amenaza —interviene tío Jaime, risueño—. Con esto vamos a la poli y te conseguimos una orden de alejamiento en un periquete, Thiago.

—Pues a ver dónde iba a dormir con una orden de alejamiento, porque en mi cama seguro que no.

—Agüita,[31] es verdad. Duermen en la misma cama —recuerda tío Jaime—. A lo mejor Thiago está gimiendo porque Dácil le ha puesto la almohada en la cara. ¡Resiste, mi niño!

Se me escapa una carcajada que pone fin a la mofa. Miro a Dácil con la esperanza de que se lo haya tomado como lo que es, pero su gesto sombrío me corta la risa enseguida. Supongo que no va a pasar nada si me apiado de ella un día. A fin de cuentas, estas cosas deben de sentarle fatal viniendo de mí.

—Estoy bien. Me he quedado dormido de verdad —les confirmo. Esto no aplaca a Dácil, que se da la vuelta, apretando los labios, y se sienta de nuevo en su silla-armario, donde la última vez que miré había tirado su camiseta de «Kita-Koño» imitando el logo de Kit-Kat.

—¿Y por qué no te despertó Dácil? Fuimos a avisarla —se queja Jana.

—Lo ha intentado —miento, fijándome en sus hombros tensos—, pero tengo el sueño profundo.

—Más bien eres un imbécil profundo —la oigo mascullar.

Ay, Dácil. Ni quien te ayude.

—Bueno, vente cuando quieras. Pilla un taxi y luego te lo pagamos.

—Gracias, Jana, pero no va a hacer falta. Luego nos vemos.

Cuelgo y me quedo mirando los mensajes que aún no he leído. Airam me ha escrito preguntándome cuándo llego, y

31. Exclamación de sorpresa.

Celia me ha dado unos cariñosos «buenos días» con foto incluida. En lugar de responder, le comento a Dácil con sarcasmo:

—Ahora me vendría muy bien el bono de autobús que me sacaste el otro día.

Salto de la cama que comparto con ella, cada uno en un extremo lejano, y me asomo por encima de su hombro para ver en qué anda.

Sí, Airam ha insistido en que sigamos repartiéndonos por las habitaciones en parejas de distinto sexo. Así él puede tenerlo con Leire, y yo puedo recordar una vez más, y gracias a Dácil, por qué no quiero echarme novia. Menos mal que Celia, con sus «buenos días», me recuerda que no todo es muerte y destrucción.

—No digas tonterías —me bufa—. Cuando termine el tema, subiré a Buenavista en moto. Aunque solo pregunten por ti, se supone que me esperan para las cuatro, cuando hagan la primera ruta. ¿Crees que podrías aguantar hasta entonces?

Lo que no sé es si podría aguantar ir de paquete. Ni tampoco la culpabilidad que me asalta después de oír eso de «aunque solo pregunten por ti» dicho con retintín.

—¿Me vas a llevar en tu moto? —Se me escapa una nota de incredulidad.

—La alternativa es que vayas andando, porque ya sabes cómo son las guaguas de esta isla.

—Una mierda, sí, pero «las guaguas de esta isla» no conducen a doscientos kilómetros por hora con una moto de segunda mano, destartalada y que se avería cada dos por tres.

Dácil se da la vuelta, acodándose en el borde de la silla como en la barra de un bar.

—¿Qué pasa, pijito? —Sonríe, venenosa—. ¿Hay que alquilarte una limusina, o de lo contrario no se te puede llevar a ningún lado?

No atino a responder. Una idea me ilumina y por fin veo

con claridad por qué no me ha despertado: porque quiere quedarse a solas conmigo.

Es evidente. No me ha avisado de la marcha para que esté a su lado —quizá hasta se ha regocijado viéndome dormir— y se ofrece a llevarme en moto para que pasemos un rato juntos. Que ese tiempo sea de calidad supongo que dependerá de mí, porque queda demostrado que, si aflojo un poco en mis burlas, ella guarda las uñas. No las esconde del todo, solo las oculta debajo de los muslos, pero ya es algo viniendo de Dácil.

Reprimo una sonrisa triunfal en mi camino al baño, donde dejé, recogidos en el neceser, los pocos utensilios que me harían falta para pasar un día en nuestro albergue de confianza. Mientras me aseo, pienso en lo impredecible que es Dácil y, al mismo tiempo, en lo obvia que resulta a veces.

¿Cuántas veces no habré interpretado sus juegos sucios como formas de castigarme, cuando en realidad lo más probable es que solo quisiera llamar mi atención? A lo mejor cuando se presentó como Thiago Madeiros ante la secretaria de la Complutense no quería arruinarme el acceso al posgrado, sino obligarme a buscar otro máster de Literatura en la Universidad de La Laguna, donde ella está matriculada desde hace cuatro años.

Puede que saboteara mi flirteo con Celia porque se puso celosa, quién sabe.

Todo empieza a cobrar sentido. Por un lado, es refrescante conocer los motivos detrás de su comportamiento errático, pero por otro... Las jugarretas con las que yo la ataqué en su día tenían implícito el deseo de mosquearla, un deseo que no tiene nada que ver con el suyo de hacer que me fijara en ella.

Ahora me sabe mal.

¿Debería disculparme? Mejor no, no vaya a ser que lo interprete como que correspondo sus sentimientos. Desmentir eso me costaría la vida. A la vista está que Dácil no es más cariñosa ni siquiera con el objeto de sus desvaríos amorosos. Todo lo contrario. Es un huracán de violencia activa.

—¿Estás listo? —me pregunta cuando he salido del baño, ya preparado para lo que sea que me espera.

Dácil está de espaldas a mí buscando algo que ponerse. Las trenzas le acarician la espalda desnuda mientras rebusca enérgicamente en su armario-leonera, donde a Javier Castillo se le debió de perder la cordura, y a Cristo, las polainas.

Mis ojos recorren su figura en contra de mi voluntad, y no me disgusta lo que veo.

Tampoco soy ciego, ¿eh? Tengo muy vistos los estilismos capilares que Dácil alterna, todos ellos de melena por la cintura; sabría decir cuántos lunares tiene en la cara, y que cuando se pinta los labios no se puede mirar a otro lado. En serio, NO SE PUEDE. Es un imán. Pero procuraba no fijarme en otros aspectos, porque yo ya intuía con solo mirarla haciéndome el bizco que, a diferencia de lo que decía el señor Darcy sobre Elizabeth Bennet, *sí* es lo bastante guapa para tentarme.

Tiene que agotar de alguna manera toda esa energía que late dentro de ella, así que siempre está emprendiendo nuevas actividades que la ayudan a estar en forma: juega al baloncesto en la universidad, hacía natación, le gusta la danza urbana y se echó un novio que fue campeón de lucha canaria y que estaba ansioso por enseñarle algunos movimientos... No solo está en forma; está fuerte, muy fuerte. Sí, es de constitución larguirucha y delgada, pero cuando saca bíceps deja a todo el mundo pasmado, y con esas piernas torneadas podría partir un melón. Es la mezcla de la *skinny flacca* de Huecco —parece que la canción fuera para ella, de hecho: «Me envenenas con tu melaza, con tu piel de guarapo (...) espíritu espartano, zarzamora salvaje (...) tormenta de verano, fuego volcano»— y la dura de Daddy Yankee. Salvo en lo de «traerme los buenos aires», parece una estrella, formando el alboroto.[32]

Lamentablemente para ella, no es la clase de chica en la que

32. *My skinny flacca* de Huecco y *Dura* de Daddy Yankee.

me fijo. Prefiero a las que solo hacen cardio en el gimnasio, se alisan el pelo y se echan un poco de colorete. Pero cuando Dácil se da la vuelta y me enfrenta con los brazos en jarras, con su *eyeliner* de Cleopatra, su pintalabios morado y esas botas Demonia que le añaden quince centímetros de altura, me tengo que quitar el sombrero.

Porque quitarme los pantalones no puedo.

Cuando la conocí, me amargó que tuviera dieciséis años y yo acabara de cumplir diecinueve, porque, para ser honesto con mis principios, procuraba reservarme para las chicas de mi edad. En cuanto cambias de ciclo, las chavalitas de instituto te empiezan a parecer recién nacidas y lo único que desarrollas hacia ellas es la condescendencia del mayor, el paternalismo del hermano postizo. Pero el verano que Dácil cumplía dieciocho, ese año que Dácil se unía a mi etapa vital de joven adulto y, por ende, quedaba a mi alcance sin otro remordimiento que enfurecer a su hermano, estalló en mí una locura descarada hacia ella. Era la reina del banquete, ¿cómo no se me iba a hacer la boca agua? Puede que a mí, por costumbre, me fueran las que son la pera limonera, pero vamos a ver, no estoy ciego y ella es un dulce tropical irresistible. Probablemente hubiera conocido antes a unas cuantas chicas con su talante incendiario, pero no con su estilo guaguancó. ¿Qué puedo decir? Ella me abrió los ojos al oro del Atlántico.

Suerte que para el momento en que captó mi atención en un plano físico —porque en el mental me tuvo incluso antes de hablarme— ya me odiaba y yo no sabía que me quería, o habríamos tenido un grave problema. Un grave problema llamado Airam, que habría involucrado bidones de gasolina y un mechero.

Maldita sea. ¿Por qué me tuvieron que decir nada? Yo estaba bien así. Había aprendido a ignorar mi extraña fascinación por ella.

Dácil y yo nos quedamos mirando el uno al otro, yo dejando a la vista mi incomodidad y ella su *piercing* del ombligo.

—Bonito sujetador. ¿Piensas salir así?

—¿Qué pasa? ¿Es que es la primera vez que ves uno?

—Creía que te ibas a ruborizar. Ayer parecías muy preocupada de pensar que te viera desnuda.

—Ayer era ayer y hoy es hoy.

—Pues si ayer te avergonzabas y hoy no, ¿mañana qué va a pasar? ¿Vas a dejar por fin que me duche contigo?

Decir eso ha sido una mala idea. Ni siquiera termino de pronunciar la pregunta cuando ya me estoy arrepintiendo, pero el efecto en ella es lo bastante cautivador para que me niegue a retirarlo. Si se pone colorada todo el rato —aunque el rojo se pierda en su tono de piel—, ¿cómo no he podido darme cuenta antes de lo que siente?

—¿Por qué? ¿Emily te ha dejado a dos velitas y necesitas una ducha fría?

—Puedes estar tranquila, no voy a meter a mis ligues en tu habitación.

—Ya estás dentro tú, Thiago. Ninguna de tus chicas puede ser peor. Lo mismo Emily y yo nos hacemos amigas. O a lo mejor le gusto yo más que tú. —Se da la vuelta para coger una camiseta ancha de Queen, rasgada por todas partes, y se la pone de un par de movimientos airados—. ¿Vamos, o qué?

Sale antes de darme tiempo a responder. Armado con mi mochila, la sigo con la misma cara que pondría si me guiaran al patíbulo.

No es ningún secreto que no me fío de ningún medio de transporte. Si pude sobrevivir al pánico de montarme en un coche el día de la recogida en el aeropuerto, fue porque Dácil estaba en mi regazo para recordarme que hay peores destinos que la muerte. Siempre he tenido que agradecerle eso en secreto, que monopolice mis pensamientos y ahuyente toda emoción ajena a ella cada vez que entra en una habitación, incluido el pánico.

Saca la moto de la cochera con la habilidad de una profesional, se abre de piernas sin miedo a que los vaqueros deshilachados muestren más de lo debido y me mira con impaciencia.

—¿A qué esperas? ¿Tienes miedo?

—¿No debería tenerlo?

—He hecho la ruta del Teide en esta moto más veces de las que tú habrás pestañeado. No corres peligro con una persona que sabe coger las curvas como yo.

—Te noto un poco desesperada por que me suba a la moto. ¿Tantas ganas tienes de que te abrace?

—Pues claro. El calor humano está sobrevalorado. Yo prefiero el calor del diablo. —Y me sonríe con encanto de serpiente—. ¿Te agarras o no?

—A eso voy. Así seguro que no me caigo. Más vale loca firme que cuerda floja, ¿no?

Dácil me persigue con una mirada pensativa, una mirada que estoy seguro de que lo capta todo, incluidas las emociones que se cuecen en mi interior. No me gustan los coches, las motos ni los aviones. No me gusta la velocidad. No me gusta el tráfico. No me gustan los accidentes. Ella lo sabe, y un resplandor piadoso en sus ojos me hace saber que hay en mí botones de destrucción que nunca va a pulsar.

Me monto a su espalda, creo que no tan preocupado como atizado por el morbo. Hay algo en las mujeres motoristas que siempre pone a un hombre a soñar.

—Venga, Tarado, que voy a ir muy despacito —me promete, mirándome por encima del hombro.

—Pero si contigo solo se puede ir cuesta abajo y sin frenos, y esto no tiene airbag.

—Tranquilo, seguro que tu ego hace de bolsa de seguridad.

Sonrío para mis adentros y la rodeo con los brazos. No se lo esperaba: alguna que otra vez me ha tenido que llevar y he procurado no provocar contacto alguno aferrándome al asiento, pero hoy supongo que quiero... jugar un poco. Gracias al retrovisor, capto su extraña expresión. No por mucho tiempo, porque arranca bruscamente —eso ha sido para castigarme, aunque nunca lo admitirá— y se incorpora al tráfico sin pestañear.

Su perfume natural me acaricia las fosas nasales y apacigua un tanto el nudo de angustia que se había formado en mi estómago. Dácil no va a las tiendas de cosméticos a invertir una fortuna en colonias. Le basta con su champú ecológico en pastilla y su acondicionador de fruta de la pasión. Huele a selva tropical con un toque cítrico. Me recuerda a casa, pero no es la misma casa en la que juego al *Pictionary* o me inflo de dulces caseros. Es otra casa diferente. La casa del terror, donde me lo paso genial aunque me lleve algún que otro susto.

¿Se diferenció ella sola en El Chozo Oramas, o la puse yo en una categoría distinta?

Me gustaría decir que acabo de descubrir cómo huele, pero no es así. Lo que pasa es que estoy acostumbrado a taparme la nariz para ignorar los detalles tiernos de Dácil. Desde que sé que me quiere, es como si me dieran en la cara. Como si me abofetearan y luego me agarrasen de la mandíbula para que no pueda disfrutar del aturdimiento; para que tenga que ser consciente en todo momento de quién es ella y qué ha sido para mí.

Airam tuvo que saber lo que hacía al contarme la verdad de Da. Sabía que ese sería el peor castigo para mí. Soy un cabrón que lo piensa y requetepiensa todo hasta perder la cabeza, y lo último que necesitaría sería perderla una vez más por...

Cuando llevamos un buen rato de trayecto en plena carretera dirección norte, la moto va ralentizando hasta detenerse por completo. Dácil tiene el detalle de retirarse al arcén para intentar arrancarla, pero no reacciona. Me pide que me baje con su cariño habitual —«¿No ves que tenemos un problema? Bájate, idiota»— y luego va ella a revisar el motor.

—¿En serio? —Me cruzo de brazos, sin saber si reírme o suspirar al verla tan mortificada—. ¿Te has quedado sin gasolina? ¿No hay un radar que te advierte en esos casos?

Dácil me mira como si yo debiera tener un radar que advierta de mi estupidez.

—Es una moto de hace décadas. Si alguna vez tuvo la señal

de «echa gasolina», se fue al infierno antes de que yo la heredara.

»No lo entiendo —masculla, inclinándose para comprobar el depósito—. Llevo cinco años con esta moto y nunca me ha pasado esto. Suelo saber a ojo cada cuánto tengo que echar... Alguien ha tenido que usarla sin mi consentimiento.

Pues qué casualidad que te pase ahora, cuando nos veremos obligados a esperar los dos, juntitos y revueltos. Me dan ganas de hacer un comentario maligno al respecto, como por ejemplo que, si quería quedarse a solas conmigo, solo tendría que haberlo dicho. Pero se le da tan bien fingir que esto es obra de la casualidad que prefiero dejarla vivir su fantasía.

Debería dedicarse al arte dramático.

—¿Y ahora qué hacemos? ¿Llamamos a la grúa?

—No. Según Maps, hay una gasolinera por aquí cerca. Ayúdame a empujar.

—¿Por la carretera? ¿Te has vuelto loca?

—¿Quieres llegar a Buenavista algún día de estos? Pues demuestra que eres un hombre fuerte y que la contaminación madrileña no ha disminuido el tamaño de tus pelotas.

En lugar de ofenderme, me la quedo mirando sin dar crédito.

—Es increíble cómo encuentras siempre el modo de insultarme, sin importar la conversación que estemos teniendo.

—Es increíble cómo me haces perder el tiempo. Venga, empuja.

Suspiro y me posiciono a la espalda de la moto para obedecer, o será ella la que me empuje por el barranco a mí.

—¿A nadie se le ocurrió mirar la predicción del tiempo?

—Tú también tienes un móvil funcional. ¿O es que tantos *nudes* que te mandan tus mujeres te han bloqueado el resto de las aplicaciones? ¿Por qué no la has mirado?

—Porque no se me ocurrió que llovería en el sur.

«Llover» es un bonito eufemismo de la que nos ha empezado a caer después de cinco horas empujando la puñetera moto. ¿Una gasolinera cerca? *Mis cojones*. Haberla, la había, pero llevaba chapada por lo menos dos años.

Como no nos pongamos a cubierto pronto, vamos a morir ahogados. Y si no me ahoga el agua, me ahogará Dácil con la mirada.

—Que llueva en el sur no quiere decir que llueva en el norte —se defiende—. ¿Has oído hablar de los microclimas de las islas? ¿Esos que permiten que tomes el sol en Los Cristianos en noviembre pero tengas que llevar bufanda en La Laguna en junio?

—He oído hablar de ellos desde que te conozco, todo gracias a ti. ¿Cómo es posible que te haya quedado una asignatura cuando conoces todos los detalles climatológicos del mundo?

Dácil se retira el agua de la cara con impaciencia. Seguro que esto no lo había previsto, pero tampoco creo que le importe quedarse a solas conmigo un rato más.

—Porque no todas las asignaturas de mi carrera me interesan. Sigue empujando, creo que hay un guachinche por ahí donde nos podemos resguardar... O un motel... *Algo*. Lo que sea.

El viento dirige en diagonal el chaparrón que está cayendo sobre nosotros, y lo hace con tal intensidad que las gotas podrían abrir agujeros en nuestra piel. Sigo empujando por el bien de nuestro futuro, que será la neumonía como no nos demos prisa. El agua le ha ceñido la ropa al cuerpo y le transparenta el sujetador que he visto antes.

Yo he tomado la precaución de llevar un chubasquero, al menos.

Gracias al cielo, Dácil no se equivocaba y a unos cuantos metros encontramos lo que parece un motel. Ya ha pasado la hora de comer, solo hemos salido del municipio de Adeje y no tiene pinta de que vayamos a llegar a nuestro destino.

Ni hoy ni mañana, si sigue lloviendo de esta manera.

—Bendito sea —suspira Dácil, frenando a la entrada del establecimiento.

Romántico a más no poder.

—¿Nos quedaremos aquí hasta que deje de llover?

—Exacto. ¿Tienes dinero?

—Tengo la tarjeta de crédito en el móvil.

Dácil parece a punto de echarse a llorar. Solo por eso no voy a hacer comentarios malignos.

—¿No tienes suelto? En estos sitios no hay datáfono, Thiago. Menos mal que yo sumo más de dos neuronas y tengo para pagar una habitación si las cosas se ponen feas, porque no pienso conducir con este tiempo incluso si puedo echar gasolina —masculla por lo bajo mientras apoya la moto en la patilla y se dirige con resolución al motel.

Que no piensa conducir con este tiempo, dice.

A lo mejor es que no quiere conducir pudiendo quedarse aquí, conmigo.

—¿Una habitación? —repito, siguiéndola de cerca.

—Sí, una. ¿Qué te crees? ¿Que voy a pagar una habitación para ti solito, encima?

—¿Encima de qué? ¿Me vas a echar la culpa de que se haya puesto a llover?

Dácil se masajea las sienes antes de empujar la puerta con la rodilla.

—No voy a pagar dos habitaciones para que te pongas cómodo. Y vas a dormir en el suelo, te aviso.

—Ya, claro, no vas a pagar dos habitaciones para que me ponga cómodo. ¿Y no será que quieres dormir conmigo, cariño?

—Ya he experimentado lo de dormir contigo y, como dormir se trata de quedarse inconsciente, no me parece tan malo como para evitarlo a toda costa.

—Será eso.

—¿Cómo que «será eso»? Si tienes algo que decir, dilo.

Me encojo de hombros, restándole importancia.

—Nada, nada.

La verdad es que tengo que quitarme el sombrero ante la cantidad de cosas que se le pueden ocurrir para estar con un servidor... sin que se note que *quiere* estar con un servidor.

Debería mosquearme. De hecho, después de medio día empujando una moto, en las últimas con la lluvia en contra y el mal humor de Dácil atizándome a cada rato, estaría en mi derecho. Pero me siento halagado, dentro de lo que cabe.

Dácil se adelanta para apoyar los codos en el mostrador. La mujer que atiende lanza una exclamación al vernos de esta guisa y se apresura a buscarnos un hueco.

—¿Una habitación, mi niña? —pregunta, mirándonos alternativamente.

Dácil y yo nos miramos también. Ninguno de los dos dice nada.

Es ella la que suspira, demasiado agotada para pelear, y masculla:

—Sí, una habitación.

Capítulo 10

Las serpientes de Medusa

Dácil

No sé en qué momento esto se ha convertido en una puñetera novela romántica.

¿En serio? ¿Un motel? ¿Una sola habitación? Podría parecer que me lo he buscado yo solita, pero, aunque me gustaría, todavía no tengo potestad alguna sobre el tiempo atmosférico. Ni suficiente dinero en la cartera para pagarle a Thiago una cama individual.

Eso es lo malo. Que hay una cama individual. Y mientras yo me duchaba primero en el baño que compartimos con otros huéspedes, él se ha tumbado semidesnudo sobre el colchón y se ha quedado dormido.

Aquí estoy, debatiéndome entre hacerle un placaje para que espabile y me ceda mi cama o apiadarme de él por primera y última vez. Tampoco es que la cama sea la más cómoda del mundo. De hecho, todo apunta que estaré mucho más a gusto en el saco de dormir que he traído conmigo. Me gusta dormir bajo las estrellas en las excursiones a Buenavista, y bueno, esto no es exactamente Buenavista, ni veo estrellas por ningún lado, pero mejor será que la mesa camilla del rincón.

—Fuerte machango —mascullo en voz baja, mirándolo con los ojos entornados—. ¿Qué te crees, que no sé que lo has hecho adrede? Debería ponerte la almohada en la cara. Y luego echarle la culpa al tío Jaime por darme la idea.

Él no reacciona a mis insultos. *Decepcionante*. Pensaba que los dos teníamos una sensibilidad especial a la hora de captar los males de ojo que nos echamos mutuamente. Me pregunto si estará soñando conmigo. Si el sueño será erótico. No lo parece. Duerme como un angelito, una mano sobre el vientre desnudo, la otra sobre la cabeza y la cara ladeada hacia mí, como si se hubiera quedado dormido mientras le contaba un cuento.

Es tan guapo que me da rabia. Y él lo sabe, las dos cosas: que es guapo y que me da rabia. Va por la vida con una aplastante seguridad en sí mismo, de esa que te permite desentenderte del resto del mundo y ocuparte de tus asuntos con la certeza de que nadie te va a molestar, porque todos están muy ocupados admirándote de lejos. Duerme igual que se desenvuelve cuando está despierto. Cómodo con su cuerpo.

Supongo que yo también estaría cómoda con el mío si fuera objeto de deseo.

Pero eso es algo que jamás admitiré en voz alta.

A desgana, y como si la cosa no fuera conmigo, doy un paseo por la habitación en busca de una manta. No se la merece, pero hoy me siento Teresa de Calcuta, y yo, a diferencia de él, no corro el riesgo de agarrar una pulmonía.

Le echo por encima la única que encuentro. Ni se inmuta. Seguro que sabía que alguien vendría a arroparlo y contaba con el agradable peso de la franela. *Cabrón*. Hasta tiene cara de cabrón, pero eso es culpa de la cicatriz y de la sonrisa que promete perversiones. Luego abre los ojos y parece que te esté mirando un ángel.

Me siento en el borde de la cama, consciente de mi propia incomodidad. ¿Qué voy a hacer con este tío? *¿Qué voy a hacer contigo, Thiago Madeiros?* Ya no puedo jugar a destruirlo. No sé si *quiero* destruirlo. Se lo merece, sin duda, pero ¿merezco yo que se me vaya la vida alterando la suya? No me apiadaría porque esté obsesionado conmigo. Me apiadaré porque mi obsesión con él me acabará llevando a la tumba si no le pongo freno.

En lugar de seguir dándole vueltas al asunto, escribo un mensaje rápido al grupo familiar. No les había avisado de que la moto me había dejado tirada porque sabía que encontrarían el modo de culparme. Y de lamentar la suerte del pobre y maltratado Thiago. La excusa de la lluvia hará que me gane el apodo de prudente, al menos; no se puede conducir en moto con la que está cayendo, aunque haya amainado un tanto.

Un gruñido repentino me distrae del WhatsApp. Thiago ha fruncido el ceño en sueños y se revuelve sobre las sábanas.

Ya no parece un ángel. Al menos, no un ángel en paz consigo mismo.

Pretendo desentenderme y bajar a mandarme[33] algo, pero Thiago vuelve a emitir un ruido similar al de un animal herido.

No me muevo ni un centímetro, pendiente de la mueca que le ha torcido la cara.

—Déjalo ya —le advierto—. No me vas a asustar haciendo ruiditos.

Él decide continuar con el teatro dando un ligero respingo. Me quedo en blanco, sin saber qué pretende, cuando balbucea algo que no acierto a descifrar. Ni siquiera podría asegurar que esté hablando castellano. A lo mejor es portugués. Sea lo que sea, me pone el vello de punta, porque se aturulla él solo y, aunque susurra, parece estar pidiendo auxilio.

Me acerco, vacilante, segura de que en cuanto extienda una mano para ver si está delirando, se incorporará y se burlará de mi preocupación. Pero su frente se perla de sudor y se remueve con impaciencia y dificultad, como si estuviera atrapado bajo un fuerte peso que le imposibilita el movimiento.

33. Comerme.

—Flavi... —Me parece distinguir ese nombre—, *vôce está...* Flavi.

En cuanto capto un brillo en su mejilla, me arrodillo a un lado de la cama y lo agarro del hombro. Más o menos. Nunca me ha gustado tocarlo. Pero esta vez es diferente, o eso me digo para sacudirlo cuidadosamente. En lugar de despertarse, parece caer más y más en la espiral de la pesadilla. Tiembla, quizá por la temperatura de su cuerpo o por el mismo pánico que le ha hecho palidecer y arrugar el ceño.

—Oye. —La voz me sale cascada. Tengo que carraspear—. Oye, Thiago, despierta.

Una de mis manos vuela a la cicatriz de la mejilla, donde se han estancado unas lágrimas que no le gustaría saber que están ahí. A la vista. Al alcance de mi tacto.

¿Se puede llorar dormido? ¿Es que llorando despierto, como la gente normal, estaría cuestionando su hombría, o algo así?

«Dácil, no te pongas tonta ahora. Está teniendo una pesadilla».

«Bueno, mi verano es una pesadilla por su culpa, que se aguante».

«No te lo crees ni tú».

—Thiago...

Los balbuceos son cada vez más incomprensibles. No sé qué dice, así que no me puedo meter en la conversación que está manteniendo consigo mismo. Pero sé que no podría, porque está hundido en la oscura fantasía. Llora y se revuelve, pero más que roto de dolor, parece paralizado por el asombro, profundamente conmocionado. Es el modo en que cierra el puño y lo presiona contra su pecho, como si tuviera que detener la hemorragia de una herida en carne viva, lo que termina de hacer que me compadezca.

Lo cubro con un brazo y le hablo con paciencia:

—Vamos, Tarado, abre los ojos. Lo que te está esperando

no es mucho mejor, seguro que yo te doy más miedo, pero despierto no te sentirás tan vulnerable. Despierto podrás enfrentar lo que te tiene tan asustado.

Thiago parece escucharme, porque la tensión de su cuerpo va desapareciendo de forma gradual. Sigue musitando incoherencias, y las lágrimas que parece que alguien ha colocado en su cara sin su consentimiento continúan deslizándose por sus mejillas... Sin embargo, ya tiene un pie en la realidad.

Le cubro la cicatriz de la mejilla con la mano y la mezo con suavidad. Recordando los pasos a seguir en estas situaciones, me encaramo a la cama y me siento a horcajadas para bloquear los espasmos que todavía lo siguen sacudiendo.

No es la primera vez que tiene una pesadilla y tengo que despertarlo. Pero sí es la primera vez en años que me permito intervenir. Nunca se me habría ocurrido que seguiría viviéndolas con tanta intensidad. En aquel entonces aún lo abrazaba cuando volvía en sí. Ahora, cuando abra los ojos, tendré que hacer como si nada.

Los abre de golpe, igual que si lo hubiera despertado con un bofetón. La inercia del susto lo lleva a incorporarse de forma abrupta. Habría chocado conmigo si no me hubiera apartado, pero sigo sentada encima de él. Eso debe de ser lo que le hace fruncir el ceño, la posición en la que me ha encontrado.

Si se le ocurre decir alguna estupidez, como que me estaba aprovechando de él, lo mataré.

No va a hacer falta, por lo visto, porque está tan aturdido como cabría esperar. Se lleva las manos a las mejillas, con la mirada perdida, y se seca las lágrimas casi sorprendido.

No sabe cómo han llegado allí. Me mira como pidiéndome que se lo explique, todavía tan amochadito[34] que me da ternura.

—Me has pillado en pleno placaje —improviso en tono

34. Amodorrado.

neutro—. ¿Qué te crees, que te iba a dejar dormir en mi cama? A ti te corresponde el suelo, listillo.

Él no reacciona enseguida. Medio abobancado[35] aún, me coge una de las trenzas y la acaricia entre los dedos índice y pulgar hasta las puntas. Cuando la suelta, parece que algo le doliera.

—Creía que estaba soñando porque tus trenzas me han hecho cosquillas en la cara —musita, ido—. No me hacían cosquillas desde hace años, cuando dormíamos bajo las estrellas en las faldas del Teide. ¿Te acuerdas?

Pero ¿qué dice este? ¿Cómo se atreve a emboscarme con el pasado cuando *encima* estaba quitándole importancia a su brote?

—Eh...

—Se me enredaban en todas partes... estas trenzas de Medusa tuyas —sigue balbuceando, como si todavía siguiera dormido.

Parece dormido, al menos, porque sus ojos no enfocan del todo.

¿Doy una palmada, a ver si espabila?

¿No?

—Oye... ¿qué te pasa? —No me muevo mientras él ahueca mi melena con ternura—. ¿Estás despierto o estás dormido?

—Tienes la cabeza como la corola de un chupachups. Es perfecta.

Tardo un segundo en asimilar el comentario. Inmediatamente después me echo a reír.

Este tío está jalado.

Me cae bien cuando habla en sueños, porque sigue dormido, solo que con los ojos abiertos.

—Venga, quédate la cama. —Le palmeo la cara y le empujo de vuelta al colchón con cuidado de no alterarlo—. Que no

35. Atontado.

se diga que no he hecho hoy la buena acción del día... Y solo porque te lo debía por lo de la playa.

Thiago se deja recostar y arropar de nuevo sin quitarme la vista de encima, aunque yo diría que no está viendo nada, que sigue alucinando. Tendré que buscar en internet qué significan estos delirios, si es que finalmente lo he vuelto loco de la peor de las maneras o las pesadillas lo dejan en el limbo.

—¿Cómo puede alguien...?

—¿Perdón? —Me inclino para oír su murmullo desolado.

—¿Cómo puede alguien quedarse aun cuando se va?

—Ya veo que te gusta filosofar hasta medio dormido.

—Sigue aquí, pero ya no la veo...

—¿Qué dices?

—Sigues aquí —dice con más firmeza, cerrando los ojos—, pero ya no te veo.

No termino de entender a qué se puede referir, pero de alguna manera su comentario me arroja a la cara la pena más grande. Porque si pudiera llevármelo a mi terreno, si pudiera interpretarlo de alguna manera, diría que él sigue aquí, conmigo, sigo interactuando con él, sigo vinculada a su vida... pero ya nada nos une.

No como nos unía antes.

Me aparto de su regazo con lentitud, pendiente de su rostro calmado.

Al menos he conseguido que se tranquilice.

—Buenas noches —mascullo, pero no de mala gana; simplemente confundida.

—No sé si te he hecho mal de más y por eso mi castigo es echarte de menos...

Ni un insulto me habría hecho volver la cabeza tan rápido. Thiago se ha tendido sobre el costado, se le cierran los ojos y una de sus manos roza el suelo. Parece que se le haya caído el brazo y no le quedaran fuerzas para levantarlo.

—... pero te echo de menos —añade con un hilo de voz—, princesa Dácil.

Permanezco como una estatua de sal en medio de la habitación, con la cabeza girada hacia él. Basta con que abra la boca para darme cuenta de que no sé qué responder. Ni siquiera sé cómo me sienta, o si debería tomármelo en serio. Puede estar burlándose de mí. Siempre se ha burlado de mí... ¿no?

Trago saliva y me obligo a salir de la habitación, a dar un paseo para refrescar mis ideas.

Pero no me puedo ir sin decir la última palabra:

—Pues hazlo un poco más.

Dos perras por un Nestea mango-piña de máquina. *A gusto*, y léase de forma irónica. Ese es el precio de los diez o quince tragos que me devolverán la paz interior. Si nos hubiéramos parado en El Fraile, al menos habría comido barato.

Me he sentado en el porche del motel para tomar un poco de aire fresco. Este sitio da tanta pena que no tienen ni guardia de seguridad, botones o lo que sea para ayudar a subir las maletas. La recepcionista se ha pirado al sobre hace un rato y me ha dejado sola con las vistas del cielo nocturno, tan increíbles como incomprensibles.

Mi mente se ha estancado en ese «te echo de menos, princesa Dácil». Me tengo que convencer de que no me importa aparecer en su pesadilla. Eso es por lo que he estado peleando desde hace un tiempo, ¿no? Por ser la pesadilla de quien me roba el sueño.

No tenía pensado ojear el móvil, pero una notificación inesperada de una persona con la que apenas mantengo relación me sobresalta. Es una compañera de clase con la que me he juntado para hacer trabajos grupales, poco más. No nos llevamos bien, pero tampoco me desprecia; por eso no entiendo muy bien qué se proponía cuando me ha mandado por Instagram una publicación de Salseo ULL, el perfil en el que los estudiantes de la universidad publican sus indirectas amorosas y sus consultorios cerdos.

El corazón se me para al reconocer una foto mía en la cafetería. Alguien me la ha sacado a traición y se la ha mandado al que maneja la cuenta para que deje, justo en el pie de foto, una serie de guarradas, a todas luces irónicas.

Me hago una idea de quién puede haber sido. Alguien que sabe que comentarios como «¿por qué tan solita? Yo te hago compañía, y también un hijo, si quieres» me tocarían la moral y no se propone nada distinto a humillarme.

Me apresuro a denunciar la publicación y a escribirle un escueto «gracias» a la compañera. Escueto porque sigo sin saber qué pretendía, si alertarme o regodearse. A ella también ha debido de llegarle la historia de Dácil y Ancor. Y la del padre de Dácil. Y la de Thiago, al que algunos idiotas conocen.

Como si lo hubiera atraído con mis pensamientos, el sonido de los pasos de Thiago en la madera del porche me avisan de que se ha cansado de revolverse entre las sábanas. Lo miro por encima del hombro, sabiendo que ahí va a estar. Él se sorprende de encontrarme aquí. Incluso le incomoda, y entiendo por qué: porque todavía suda por lo que quiera que haya soñado, y está pálido.

Quería pasar un rato a solas, tranquilizarse, como necesitaba en el pasado. Cuando se despertaba de las pesadillas, fingía que le apetecía un piti para desaparecer del dormitorio, y no volvía hasta que había recuperado el buen humor.

En efecto, lleva consigo el tabaco de liar y el mechero.

Lo señalo con un gesto de barbilla.

—Hay costumbres que nunca mueren, ¿no?

—La de recorrerse Buenavista parece que sí, que ha muerto este año. —Toma asiento a mi lado, dejando un hueco vacío, como si el contacto conmigo fuera a provocarle una reacción alérgica.

—Oye, a mí tampoco me hace feliz haberme perdido la

excursión. Y si has venido a pelearte conmigo, salpica *p'allá*. Me apetece un fisquito de paz.

—A mí también —admite en un murmullo.

Echa un vistazo al cielo y luego se concentra en el proceso de liarse el cigarrillo. He visto a Maday liárselo en un abrir y cerrar de ojos, con y sin uñas postizas. Thiago se toma su tiempo. O a lo mejor se lo toma ahora porque le tiemblan las manos.

Tengo que hacer un esfuerzo monumental para quedarme callada y no preguntarle por la pesadilla. Ni se ha puesto la camiseta para salir. Ha salido huyendo del dormitorio como si los monstruos estuvieran debajo de la cama y no en su retorcida cabeza.

Lo observo de soslayo. El pelo rubio de ese corte irregular que no le va nada le cae sobre los ojos. Es un tío raro, Thiago. Se compra las bambas más caras del mercado y vive a un minuto de Puerta del Sol, pero el *mullet* con la pulsera atada y los cigarrillos le dan un toque hippy. Lo miras y te das cuenta de que lo tiene todo para ser feliz, y, sin embargo, luego se le arruga la barbilla al sonreír turbado o tiene problemas para enfocar la vista y sabes que no está aquí, disfrutando de los beneficios de su imagen. Está en sus penas secretas.

Me siento en la obligación de distraerlo y acabo soltando:

—¿Qué es lo que más te gusta de la excursión a Buenavista?

—Los pícnics con arepas y las historias del abuelo Manuel sobre invasiones.

—No me digas. —Doy un sorbo a la lata—. Debes de ser el único godo al que no le molesta que le hablen del colonialismo.

—Al César lo que es del César. ¿Y a ti? —Me mira de reojo al lamer el papel para liar el cigarrillo—. ¿Qué es lo que más te gusta?

—No me gusta la excursión a Buenavista, esa es la verdad. Me jode que impusieran esa tradición en lugar de la de subir al Teide.

—Ya deberías tener el Teide muy visto, ¿no?

—El Teide, puede ser. Pero me gusta el trayecto de vuelta, cuando todo el mundo está cansado o tan mareado por la presión de las alturas que nadie habla.

—Ya. —Para mi sorpresa, Thiago sonríe—. Te sueles quedar muy pensativa.

Enarco una ceja, que en mi idioma significa «no me digas que te das cuenta, no me digas que me miras». Él intercepta mi gesto y solo se encoge de hombros. «Y qué quieres que le haga», parece decir.

—Sé que a ti el coche no te gusta demasiado, pero hay un momento… —Hago una pausa para buscar las palabras adecuadas—. Ese momento cuando parece que el mar va a consumir el cielo y las islas de las cercanías parecen un espejismo. ¿Sabes cuál te digo?

Él me mira, pensativo.

—Tiene que estar muy despejado para que se vea La Gomera desde el Teide.

—Sí, hablo de esos días despejados. Las nubes parecen una ciudad fantasma y te da la impresión de que el mar se te va a caer encima.

—Veo todo eso cuando nos paramos en los miradores —responde, sonriendo conmovido por la imagen que he formado en su cabeza.

—Sí, pero cuando vas en coche se suma algo más. Bajo la ventanilla y el viento, que contra el cristal suena como si estuvieran disparando, se mezcla con el ruido de la emisora y automáticamente entro en una especie de fantasía. Es tan… absorbente. Pero no hace falta que me vaya al Teide. También me parece que sueño en Los Gigantes o por Taganana. ¿No te da la impresión de que cuando el mar del norte está *picao* y las olas rompen, parecen corrientes de nata caliente?

Me quedo un rato con la lata pegada a los labios y los ojos clavados en el cielo, disfrutando a medias de la extraña sensación que me produce tener a Thiago a mi lado. Creo que puedo soportar que me mire sin saber cómo lo hace hasta que siento la necesidad de girarme.

Él contiene una sonrisa que podría significar muchas cosas.

—Adoras la isla, ¿verdad?

—Pues claro que adoro la isla. Es *mi* isla. Y la adora todo el que viene —agrego, dirigiéndole una mirada elocuente—. ¿Por qué si no vendrías tú un verano tras otro? No será por Airam, al que ves en Madrid todo lo que quieres, ni porque estés ansioso por ver cómo me las ingenio para amargarte la vida.

—No me la amargas tanto como te gustaría —me asegura él—. Te veo esas cosas en la cara cuando te despistas. Lo de las nubes fantasma, las islas que son un espejismo y el silencio que te mece. Digo que tú adoras las islas especialmente porque eres la que me contagia el gusto por las vistas irreales. A veces, de hecho, me parece que las vacaciones son una ensoñación porque lo que veo aquí no lo veo en ninguna otra parte.

—Es Tenerife, mi niño. —Extiendo los brazos, abarcando la belleza a la que no puedo poner palabras—. Por supuesto que lo que ves aquí no lo verás en ninguna otra parte.

—Pues te diré algo: hay cosas que ya ni siquiera veo aquí y que no es que lo parezcan, sino que *son* un espejismo. —Da una calada al cigarrillo para estirar mi curiosidad.

Al final consigue que pique.

—¿Como qué?

—¿Y tú qué crees? —Me mira cansado—. ¿Tienes idea de lo cojonudo que podría ser este percance de hoy si nos lleváramos como antes?

Le quito la cara para perderme en las estrellas. Siento el corazón retumbándome en los oídos.

—Olvídate. Nunca nos vamos a llevar como antes. Acostúmbrate a odiarme.

—Dácil, entérate ya: no te odio. No puedo odiarte. Me

caíste bien cuando te conocí, y cuando quieres a alguien por lo que *es* y no por lo que te da, da igual que deje de dártelo; siempre y cuando no cambie esa voluntad de carácter que admirabas, nunca dejará de ser para ti una fuente de inspiración.

Me tengo que forzar a poner los ojos en blanco.

—No me digas que vas a elegir este momento para declararme tu amor.

—Eres imposible, macho —bufa, apartando la mirada.

Estoy a punto de girarme en redondo y acusarlo con el dedo, porque si ya no nos llevamos como antes, es enteramente por su culpa. Las ganas de soltarle por qué soy imposible me suben como lava por el estómago. De no ser porque me muerdo la lengua a tiempo, Thiago saldría chamuscado. Pero no merece ni que le diga la verdad.

Me decanto por una respuesta general.

—Ya encontrarás a alguien a quien admirar y querer como a una hermanita pequeña. Y te irá muchísimo mejor.

—Eso seguro. Pero a lo mejor no confunde las ces, las zetas y las eses al escribir por culpa de su seseo hablado. Y apuesto a que tampoco se me acurruca en el cuello cuando se cansa de deslumbrarse con las nubes y las islas misteriosas y se queda dormida.

Se me forma un nudo en la garganta.

—Si le hubieras hecho saber a esa Dácil que la querías, a lo mejor no se habría ido.

—Esa Dácil debería haberlo sabido, porque es lo mejor que te puede pasar en la vida. —Él sonríe, melancólico, y con la mano que no sostiene el cigarrillo se frota ese tatuaje que le cruza el pecho: la palabra *saudade* que, siendo adolescente, busqué en internet—. Si la ves por ahí, recuérdale que es como Harrison Ford describía a Carrie Fisher: que tiene los ojos de un cervato y los cojones de un samurái. No vaya a ser que se le olvide.

La Dácil del pasado y yo tenemos los mismos ojos y los

mismos huevos. Eso no es algo que se pierda ni con el tiempo ni con los daños. Quizá es por eso por lo que se me escapa una sonrisa agradecida, una que esconde las lágrimas que no voy a derramar. Cuando lo miro, sin tener ni idea de qué decir, vuelve a darme por odiarlo. ¿Cómo no lo voy a odiar, si no le cuesta conseguir que le quiera con locura? ¿Si por su culpa tengo que guardar cualquier atisbo de emoción bajo siete llaves, o de lo contrario me traicionaría a mí misma?

Si era lo mejor que le podía pasar en la vida, ¿por qué le dijo justo lo contrario a Pedro? Y si no lo soy, ¿por qué intentar embaucarme? Más que conmoverme, me repugna. Me hace verlo como una especie de psicópata que sabe que tiene poder sobre mí y lo usa para devastarme.

«Me lo tienes que joder todo», me dan ganas de decirle. «Las noches y las estrellas».

Como si a mí nuestra enemistad no me hubiera hecho creer que soñé los días buenos. Como si él no me hubiera arruinado playas para siempre, aquella en la que recogimos conchas y vidrios de mar. Como si él no me hubiera echado a perder canciones, películas y esperanzas.

Procurando que no me vea la cara, porque se me han saltado las lágrimas, me levanto y me dirijo al interior del motel. Tengo que modular la voz antes de anunciar que me voy al sobre.

—No se le va a olvidar, tranquilo —le prometo—. Me tiene a mí para recordárselo.

«A mí, que soy la que se quedó a consolarla y a la que sabe que tendrá para siempre».

Capítulo 11

Fuego y veneno

Thiago

¿Realmente esta mujer merece que le regale algo por su cumpleaños, cuando por su culpa me perdí la excursión a Buenavista y me vi obligado a dormir en la cama de motel más incómoda de la historia? ¿Cuando encima me soltó que parezco la princesa del guisante por quejarme de amanecer con tortícolis? ¿Cuando se quedó dormida a la mañana siguiente y tuvimos que volver a casa sin pasar ni siquiera la segunda tarde haciendo senderismo por el norte?

La respuesta lógica es un rotundo no. Pero me prometí que trataría de arreglar las cosas, sobre todo después de esa breve conversación en el porche, y si lo único que Dácil no me rechaza son los regalos —aún conserva los que le hice años atrás—, ¿qué otro remedio me queda?

He insinuado en torno a quince veces que ando en busca y captura del regalo perfecto para la princesa Dácil, pero Airam ni se ha inmutado. Se ha negado a ofrecerme su ayuda, alegando que debo ingeniármelas yo solito. Y aquí estoy, en el Safari de Los Cristianos, arrastrando a una reacia Leire, la única persona que se ha dignado a ayudarme.

En teoría, claro, porque sus increíbles propuestas hasta el momento han sido:

—A mí me encantaría un bolso.

—Dácil odia los bolsos. No ha superado la adolescencia, ¿sabes? Todavía le da rabia tener que salir a la calle con un paraguas si está lloviendo. Prefiere mojarse.

—Entonces descartamos el paraguas.

—¿Cómo le iba a regalar un paraguas, incluso si le gustara? Es tristísimo.

—Yo sigo insistiendo en el bolso. Le cabrá el paraguas para cuando madure y se lo eche para salir.

He tenido que pararme en medio del centro comercial, un centro comercial con complejo de avenida de Los Ángeles, para mirar a Leire con seriedad. Incluso la he cogido por los hombros, esperando que mi solemnidad la espabile.

—¿Es porque he dicho que madure? —ha vacilado ella, torciendo la boca—. No lo decía en un mal sentido.

—No, no es por eso. Dácil jamás llevará bolso, ¿lo entiendes, Leire? Se compra pantalones de chándal de hombre para llevar móvil, cartera, tres kilos de calderilla, gafas de sol, chicles de sandía, pintalabios y machete selvático en los bolsillos sin que nada de eso le moleste.

—De acuerdo, de acuerdo. —Ha alzado las manos para disculparse, y bien que ha hecho, porque si me atreviera a comprarle un bolso a Dácil, lo llenaría de piedras y a continuación me arrearía el golpe de gracia. Y Leire sería culpable del delito por incitación—. ¿Y unas gafas de sol, ya que lo mencionas?

—Tiene gafas de sol de todo tipo: con forma de corazón, de estrella; gafas de ojo de gato, gafas cuadradas, gafas de cristal naranja al estilo de los noventa, gafas de aviador, gafas de pasta de *hipster* con estampado felino... No hay gafas de sol en este mundo que se le puedan regalar, ya las ha comprado todas.

De hecho, la vi meterse en una página web donde se listaban las que se ha puesto Bad Bunny a lo largo de su carrera profesional y comprárselas de una en una. En serio, clicaba el botón de comprar una y otra vez con una perturbadora frialdad de francotirador.

Leire se ha echado a reír a lo grande. Y aquí seguimos un buen rato después, haciendo lluvia de ideas mientras pasamos por delante de los escaparates.

—Esto no está muy frecuentado, ¿no? —comenta, echando un vistazo alrededor.

En efecto, apenas nos hemos cruzado un par de parejas, un grupo de amigos que salía del cine, un médico —sospecho que de una clínica de operaciones estéticas— y un puñado de turistas europeos.

—La verdad es que sí. La gente prefiere el Siam Mall. Es de los mismos propietarios del Siam Park, así que imagínate la cantidad de dinero que mueven.

—¿Y por qué no vamos al Siam Mall ese?

—Porque si Dácil se entera de que le he comprado algo allí, me mata. Dice que los dueños son unos explotadores burgueses.

«Aunque dice eso de todos los empresarios», me cuido de añadir en voz alta.

Leire suelta una carcajada.

—¿Cómo iba a enterarse de que el regalo es de allí?

—Oh, créeme, se enteraría. Es una bruja en todos los sentidos.

—¡Eh, qué tienda más bonita! —Frena de golpe ante una joyería—. ¡Me encantan los colgantes! ¿Por qué no le compras algo de aquí? Unos pendientes, por ejemplo. Tiene como cuarenta y siete *piercings* en cada oreja, ¿no? No creo que nunca le regalen suficientes pendientes.

—Los pendientes que se pone se los ha hecho su tía Jana, y cuando no prueba con esos abalorios extraños, se queda con sus aretes de plata. Y unos aretes de plata son el típico regalo de esa tía lejana que no sabe ni en qué curso estás, ¿no crees? No se puede fallar con esa clase de regalo, pero no tiene alma.

—¿Acaso quieres diferenciar tu regalo del de la tía lejana que no sabe en qué curso estás?

Clavo la vista en los anillos expuestos, huyendo de la miradita perversa de Leire.

—Ya que le voy a hacer un regalo, quiero que le guste. No veo nada de malo en eso.

Sigue un pequeño silencio que estoy a punto de llenar con un suspiro de desesperación. Por suerte, ella habla antes de que tenga que aclarar que no entra en mis planes conmover los sentimientos de Dácil. Sería más fácil llevar el puñetero Anillo de Poder al Monte del Destino.

—La otra opción es un anillo —propone, como si me hubiera leído el pensamiento; otra que demuestra poderes ocultistas—, pero ese es el típico regalo de pareja.

—Es una pena, porque sé de la tienda de un tipo que trabaja la madera que hace unos anillos de esos que, como te caigas al suelo, no te levantas por su culpa. Le encantan los accesorios que parecen robados de una tribu africana, vistosos y rústicos —medito en voz alta, todavía estudiando el escaparate con las manos en los bolsillos.

Hasta que el silencio no vuelve a prolongarse un minuto completo no me doy cuenta de que me he abstraído demasiado. Al girarme hacia Leire, la pillo observándome con una sonrisilla entre dulce y conspiradora.

—Sabes muchísimo de ella.

—¿Eh?

—Digo que podrías derrotar a cualquiera, incluso a la propia Dácil, si hicieran un *Trivial Pursuit* sobre ella.

—Mujer, he convivido con la niña cinco veranos y cuatro Navidades, y Da no es la clase de persona que oculta sus peores momentos o sus gustos... por vergonzosos que sean.

—¿Tiene gustos vergonzosos? Será porque tú lo digas, que eres su *bully*.

—Bueno, no son vergonzosos en sí mismos. Es solo que si los dijera en voz alta delante de determinadas personas, no le haría mucha gracia... Le gustan los cristales, ¿sabes? Esas piedrecitas que se supone que estabilizan tus emociones. Y no cree en Dios, pero le encanta todo lo relacionado con la Virgen de la Candelaria porque dice que es la única virgen negra de España, lo que le da caché. Pero no es negra, solo lo parece porque está tallada en madera. —Tengo que recordarme que Leire me está mirando aguantándose la sonrisa—. Hasta hace dos años no se pintaba los labios... a no ser que cuente restregarse una tajada de sandía para darles brillo y color.

—Oye, ya que lo mencionas, ¿qué tal algo de maquillaje? Le gustan los pintalabios oscuros, de eso sí me he dado cuenta.

No sé por qué no me sentiría del todo cómodo regalándole algo que hiciera destacar sus labios. Cuando se los pintó por primera vez delante de mí, le solté una parida de la que aún hoy me avergüenzo: que si existieran los alienígenas, descenderían en su ovni para invadirnos cuando ella se pintara los labios, atraídos por el verdadero tesoro del universo.

Un chaval de diecinueve años tremendamente inspirado. Ese era yo.

—No me estás ayudando. —Suspiro—. Te he traído a rastras porque eres una chica y resulta que se te ocurren peores ideas que a mí.

—Ya, soy una chica, pero ¿conoces a una persona más distinta a Dácil que yo? Porque yo no. Yo estaría contentísima con un bolso. —Y ahí se planta, cruzada de brazos.

—Encima que te lo digo a ti para que estrechemos lazos, como casi cuñados que somos... Debería habérselo dicho a Maday. Fijo que se le ocurriría el regalo perfecto.

Leire cambia de expresión en cuanto la menciono. Estoy convencido de que he herido sus sentimientos de alguna manera, porque se da la vuelta, airada, y retoma el paseo por el centro comercial.

—No ibas a poder disfrutar ni de su compañía ni de su ayuda. Maday está con Airam en El Médano. Han alquilado no sé qué para hacer *windsurf*.

—¿Y? ¿Por qué lo dices con ese retintín? A ti no te gusta el *windsurf*. Por no gustarte, no te gustan ni el viento ni el surf. Las habrías pasado canutas si te hubieran invitado.

—Ya.

No dice nada más.

«Ignóralo. No es tu asunto», me dice el diablo en el hombro. El ángel, que históricamente ha sido bastante más cotilla, me pincha para hacer lo contrario.

¿O sería al revés?

—No me digas que eres de esas a las que les molesta que no las inviten a una bolsa de cacahuetes aun siendo alérgicas a los frutos secos. ¿Qué es lo que pasa?

—¿Qué va a pasar? —Se encoge de hombros y sigue paseando, aferrando el asa de su bolso con los nudillos blancos. *Algo que se me ocurre que podría pasar es que me ataques con tu Bimba y Lola si sigo indagando*—. No pasa nada.

—No me parece que pase «nada». Quien nada, no se ahoga, y tú te estás poniendo azul.

—Estoy bien. Genial. Estoy de lujo. ¡Nunca he estado mejor!

Ahora entiendo por qué a veces Airam vuelve tan frustrado al piso que compartimos en Madrid. Sé, por el modo en que se deja caer sobre el sofá, bufando como un toro, que viene de discutir con Leire. Aunque «discutir» no es la palabra, porque por más carácter que Airam saque cuando se enfada, Leire es de las que dicen «tú sabrás lo que has hecho» y te abandonan envueltas en un halo de misterio para no responderte al WhatsApp en dos décadas. Ese «misterio», que para mí solo es mala educación y sadismo, le vuelve loco. Más de una vez —aunque no más de tres, porque es discreto respecto a sus asuntos personales— me ha dicho que preferiría que le soplara un bofetón y todo volviera a la normalidad a tener que devanarse los sesos para encontrar la causa del enfado.

«A veces, más que su novio parezco el Akinator», me dijo una vez. «Tengo que hacerle diez rondas de preguntas y acertar para que me dirija la palabra».

—Suéltalo. Aquí estamos solos tú y yo.

Leire aparta la mirada de la tienda de deportes acuáticos que en teoría ha llamado su atención —solo quiere dar la impresión de normalidad, porque no me consta que le guste la vela— y se dirige a mí como si quisiera castigarme por curioso. Me siento debidamente reprendido cuando me sondea con la mirada de un interrogador profesional, haciéndome cómplice de su preocupación.

—¿A ti no te parece que Maday y Airam tengan algo especial?

Para qué me habré metido.

—Tienen una amistad. Más que eso, porque son mejores amigos, casi hermanos. Claro que tienen algo especial. A no ser que te refieras a... —Ella enarca una ceja, dándome a entender que no voy desencaminado—. ¿Me estás preguntando si te pone los cuernos, o algo así?

—No, Thiago. No le preguntaría algo así al mejor amigo de la criatura, porque incluso si condenaras su comportamiento, te pondrías de su lado. —Lo dice como si yo fuera estúpido, lo cual tiene su parte de verdad—. Solo quiero saber si tú, a nivel personal y como testigo que observa desde fuera..., lo ves como yo.

—¿Ver qué?

No soy tan idiota, lo prometo. La he entendido a la primera. Solo me estoy esforzando para salir del campo minado en el que me acabo de meter, aunque sea haciéndome el loco. Si ni el propio Airam quiere hablar de lo que sea que pasara con

Maday, ¿quién soy yo para sacar el temita? Por desgracia para Leire, me debo por entero a mi colega.

—Que haya... atracción. O un *feeling* especial, ya sabes.

—No, claro que no. Ni se me pasa por la cabeza. —Me sorprende mi facilidad para mentir cuando creo en la causa—. ¿Por qué?

—No sé. —Leire se toquetea el pelo, nerviosa—. Nunca me la ha mencionado mucho. Sí, había una amiga de la infancia, una tal Maday, pero casi siempre hablaba de ella como la hermana visceral de Dácil. Y ha sido venir aquí, ver cómo se relacionan el uno con el otro, y... Siento que tiene con ella una confianza que conmigo le falta. Además, se comportan de forma extraña cuando están juntos.

Me arrepiento de haberme echado a reír en cuanto Leire me fulmina con la mirada.

—No le estoy quitando importancia a tus dudas —advierto, alzando las manos—. Solo me reía porque me parece de cajón. Con los amigos siempre tenemos más confianza que con nuestras parejas.

—Eso crees tú, que en cuanto una chica te pide formalizar, te vas a por tabaco.

Auch.

—Con Celia todavía no me he ido a por tabaco —me defiendo, sin tenerlas todas conmigo—. Y oye, lo digo porque con los amigos solemos tener más aficiones en común, aparte de más años de relación. Maday ha estado con él desde que tenía tres años, Leire. Creo que aprendieron a leer juntos. ¿Qué esperabas?

—Que no me la mencionara mucho es lo que me pone nerviosa. Si no tuviera nada que ocultar y la quisiera tanto como le demuestra, ¿no debería hablar de ella más a menudo?

—No sé qué tema de conversación que involucre a Maday esperas que te saque Airam cuando estáis a solas. Mira... —Me giro hacia ella, viendo que mis argumentos no la convencen—.

Maday es una chica maravillosa. Siempre ha estado ahí para Airam. Con el tema de la escisión de su padre de la familia, con sus otras rupturas, con la demencia del abuelo Manuel... con todo. Pero en calidad de amiga. Solo eso.

Leire se muerde el labio, pensativa.

Airam no suele quejarse de los defectos de Leire. No suele quejarse de los defectos de nadie. Nunca me mete en sus berenjenales personales y no me hace cómplice de sus intimidades a no ser que sea estrictamente necesario para recibir un consejo. Pero sí ha insinuado alguna que otra vez que Leire es insegura y desconfía de todas las mujeres que se le ponen por delante, que, aunque no son demasiadas, sí las suficientes para incomodar a una novia celosa. Airam mismo lo dice con su aire rumbero: «Yo no soy de los guapos, soy de los *gustones*. Y los *gustones* tienen más suerte que los guapos, porque atraen a las niñas curiosas con potencial para robarte la cordura».

Aun así, Airam no es el tío Jaime. Airam acepta los halagos y los flirteos, sí, pero nunca guiña el ojo de vuelta. Es un monógamo empedernido, un obseso de la fidelidad.

En mi opinión, eso es lo que le acabará amargando.

—Anda, vamos a comer algo y luego seguimos buscando. —Le paso un brazo por los hombros, tensos por la conversación, y la estrecho cariñosamente—. Yo te invito, a ver si te sientes mejor.

Leire accede con un suspiro.

—No se lo vayas a decir a Airam, ¿eh?

Pues CLARO que se lo voy a decir a Airam. Cuando le cuentas un secreto a alguien, debes saber que se lo estás poniendo en bandeja a los dos mejores amigos de tu confidente, a su pareja y, quizá, a su hermano o hermana. A los elegidos para formar tu gabinete de crisis, en definitiva.

—¿Crees que Dácil se tomaría tantas molestias contigo por tu cumpleaños? —pregunta de pronto, ahora desesperada por cambiar de tema.

Para ser tan guapa como es, no es nada egocéntrica.

—No. Esa es la diferencia entre ella y yo, supongo. Mi orgullo no es inmortal, y trabajo duro para poder hacerle regalos hasta a mis enemigos.

La sacudo por los hombros para sacarle una sonrisa que no tarda en florecer.

Leire es como yo. Por más cola que traiga el asunto, no dejamos que la preocupación eche raíces.

Entre vistazos furtivos a los escaparates patrocinados por Amancio Ortega, donde Dácil tampoco me perdonaría que le comprara el dichoso regalo del demonio, acabamos parándonos en la puerta de Starbucks.

—Dácil lo odia con todo su ser —comento a la vez que entramos—. Dice que es un campo de concentración de modernillos a los que debería darles vergüenza gastarse la paga semanal en un *latte*. Además, que no tenga el barraquito de sus amores en la carta la pone de mal humor.

Estaba esperando que me preguntara qué es el barraquito —un café no apto para diabéticos, diría yo; el elixir de la felicidad, diría Dácil—, pero en su lugar, Leire me mira con una sonrisilla.

—En serio, lo tuyo es de *Trivial*. Veamos... ¿Cuál es su talla de zapatos?

—Cuarenta y dos, porque me robaba los míos —respondo sin pensar—. Y le huelen los pies fatal, por cierto. Es de esas cosas que, como se las recuerdes, te aplica la ley del hielo durante cuarenta y ocho horas.

—¿Serie de la infancia favorita?

—*Vicky el Vikingo*, aunque cuando se obsesionó con *Zoey 101* llegó a hacerse pendientes con bastoncillos. Dice que no salía de Neox cuando tenía doce años.

—¿Qué le gusta desayunar?

—Frutas tropicales. Mango, guayaba... Las compra en el mercado de África de Santa Cruz. Y no le preguntes qué anda comiendo, porque hasta las doce menos cuarto no se le puede hablar. No escucha. Está en otra dimensión.

—¿Sabrías decir lo mismo de Celia?

Me quedo un segundo en blanco, recordando las preguntas.

—Estoy casi seguro de que Celia no desayuna. Lleva un termo con café a todos lados en la facultad, pero nunca se lo bebe. O a lo mejor sí. No lo sé. ¿Por qué tendría que saberlo?

Leire ha aprovechado la cola para pedir para acorralarme.

—Porque es tu novia, Thiago... o algo parecido. El día que te intereses tanto por conocer a la chica con la que sales como conoces a Dácil, harás que se sienta muy afortunada.

—No tengo tiempo para conocer a nadie tan bien como conozco a Dácil. Lo de Dácil ni siquiera me lo propuse. Pasó y no me di ni cuenta.

—Así es como la gente describe los enamoramientos. Pasan y no te das cuenta.

—¿Qué dices? —Bufo, imitando una especie de carcajada que suena... rara. No me permite defender que lo que ha dicho no tiene ni pies ni cabeza. Es su turno para pedir la merienda. A mí se me ha cortado el apetito, y eso que la infructuosa búsqueda de regalo de tres horas y media cansaría hasta a Sarah Jessica Parker.

A Sarah Jessica Parker la conozco gracias a Celia, para que no se diga que no sé nada de ella. Me comí una de las películas de *Sexo en Nueva York* porque así lo quiso.

Eso es algo que no he hecho por Dácil.

Ni lo haré, porque con verla una vez tuve suficiente.

Apenas han terminado de servir a Leire cuando un chaval se adelanta, impaciente, y hace su pedido:

—Un *frappé* de fresa a nombre de Paula, y una manchada para Ancor.

De no haber escuchado el nombre, habría pasado por alto su mala educación y seguido mi camino hasta la mesa. Pero me quedo un segundo donde estoy, con la vista fija en la cara quemada del tío. Seguramente se quedó dormido en la playa y nadie tuvo la bondad de avisarle de que era la hora de darse la vuelta. La suya es la clase de cara que, aunque la hayas visto un par de veces en tu vida, no se te olvida. Tiene un aire al Bardem de joven y las mismas dimensiones físicas que La Roca.

Leire me tira de la camiseta para llamar mi atención. La obedezco solo porque Ancor acaba de devolverme la mirada y no tengo ganas de explicarle de qué lo conozco. Eso sí, no me dejo arrastrar hasta la mesa que Leire ha elegido sin antes echarle un vistazo rápido a la tal Paula.

—¿Se puede saber por qué has mirado así a ese chico? Por Dios, Thiago, pensaba que solo eras maleducado con Dácil. De haberle mosqueado tu descaro, te habría separado la cabeza del cuerpo moviendo solo un dedo. ¿O no has visto los músculos que tiene?

—Es que me ha parecido que lo conocía.

Leire deja el café y su porción de tarta sobre la mesa.

—¿Y de qué lo conoces?

No aparta la mirada de mí ni cuando toma asiento, ni cuando da el primer sorbo, ni cuando corta el aire con el tenedor un par de veces antes de hundirlo por fin en la cobertura de azúcar de la tarta.

—Creo que es el exnovio de Dácil. Lo vi una vez el año pasado de refilón porque trajo a Da a casa en moto, pero supongo que se me quedó su cara.

—Hombre, no es un chico que pase desapercibido. Le pega —dice, muy convencida.

Tal vez sea porque estoy todavía algo atontado, pero ese «le pega» hace que me tense de pronto.

—¿Cómo que le pega? ¿Qué dices?

—Que le pega a Dácil. —Leire se da cuenta de que no he entendido el sentido en que lo dice, más bien que lo he malinterpretado, y se apresura a aclarar—: ¡No pegarle de pegar! Me refiero a que hacen buena pareja. No imagino a Dácil con un hombre que no se note a simple vista que tiene carácter. A cualquier otro se lo podría merendar.

Vigilo con el rabillo del ojo lo que hace el tal Ancor. Acaba de salir del gimnasio, porque está sudando como un animal y viste un chándal que parece que vaya a estallar en cualquier momento. Incluso desde mi posición se advierten las venas infladas por el ejercicio. También la sonrisa cariñosa que le dirige a su compañera, lo que suaviza un tanto su aspecto animal.

Paula me recuerda un poco a Dácil. No sabría decir en qué.

—¿Hola? ¡Eo! Tierra llamando a Thiago.

Devuelvo la vista a Leire.

—No se metía ciclos cuando salía con Dácil. El año pasado era un tío normal.

—Es lo que tienen las rupturas, que te ponen más guapo que nunca. —Se encoge de hombros y por fin presta atención a su tarta—. Aunque en este caso debería ser al revés. Tendría que haber sido Dácil la que mejorara, porque fue ella la que salió peor parada.

Yo también le presto atención a su tarta, incluso intento robarle un pedazo, porque como le preste atención a Leire, va a pensar que me interesa el tema.

—¿A qué te refieres? Fue ella quien lo dejó a él. Me acuerdo de dónde estaba cuando llamó a Airam para contarle la bronca. Acabábamos de salir de ver *Ciudadano Kane* de un cine que estaba reponiendo clásicos.

—Sí, Da lo dejó a él, pero porque él le puso los cuernos. Varias veces, por lo visto.

Intento reducir toda mi reacción a un ceño arrugado.

—¿Por qué Airam no me lo dijo?

—¿Por qué tendría que habértelo dicho, guapo?

—Pues para que no se me ocurra hacer bromas como «no te soporta ni tu novio», por ejemplo —mascullo con ironía.

—Pensaba que tus comentarios van a hacerle daño. De ser así, ese fue que ni pintado.

La respuesta se me queda en la punta de la lengua: «Sus comentarios sí que van a hacerme daño, pero nunca al revés».

Esa información queda en un segundo plano cuando vuelvo a mirar al sonriente y musculoso Ancor, y descubro de pronto que me cae como una patada en las pelotas, un golpe en el meñique del pie y un porrazo en el hueso de la risa del codo, todo a la vez.

Me lo tengo que plantear, replantear y requeteplantear, incluso practicar una mueca indiferente, antes de preguntar:

—¿Lo pasó muy mal?

—¿Da? Gracia no le hizo, supongo. No te creas que Airam me contó detalles. Solo me dijo que estaba preocupado porque Dácil lo había llamado histérica. Y ahora es cuando dices: «Eso no es nada nuevo. Está histérica siempre». —Imita mi voz.

Se me escapa una risilla desganada.

—Yo no hablo así.

—*Yo no hablo así.* —Y sigue.

Consigue arrancarme una carcajada de verdad que alivia por un momento el extraño malestar que se ha adueñado de mí.

Joder, le puso los cuernos. Su primer novio, que no es otra cosa que un muñeco Michelín con nariz de tucán y, probablemente, los huevos como canicas de tanto doparse. El año pasado solo tenía nariz de tucán. Yo mismo podría haberle aplastado la cabeza si Dácil me lo hubiera pedido. Así lo llamaba yo, por cierto —«nariz de tucán»—, pero a espaldas de Dácil. Si no, me habría asfixiado con sus piernas de guerrera guanche hasta la muerte. Se ponía muy sensible cuando le mencionaban a su querido Ancor.

Fue un verano extraño que recuerdo a retazos, quizá porque fue bastante más tranquilo que los previos. Dácil no nos honró con su presencia más que para excursiones puntuales. Pasaba más tiempo fuera que en casa y me ignoraba porque no cabía el odio hacia mí en su cuerpo. El amor hacia su primera pareja lo acaparaba todo.

¿Cómo podía gustarle un tío de esas características si antes y después le he gustado yo, quizá también durante? ¿Le gusté durante su relación? Entonces ¿por qué lo pasó mal? Peor tendría que haberlo pasado al no poder dedicarme tiempo, ¿no?

Leire lleva un rato mirándome fijamente. Lo sé en cuanto le devuelvo la mirada y ella da un sorbo a su café con ese maldito aire conspiranoico que tan nervioso me pone.

Sé que le estoy dando más razones para alimentar su teoría de que Dácil y yo nos casaremos por la iglesia y compraremos una casita pareada con columpios en el patio trasero, pero no puedo resistirme a preguntar:

—¿Qué crees que vio en él?

Leire lanza una mirada a Ancor en busca de inspiración.

—Tiene una sonrisa bonita. Y no sé a Da, pero a su novia actual la está tratando con mucho cariño.

—Dácil no quiere cariño. Dácil quiere fuego y veneno.

—¿Y sabes dónde podemos comprar eso? Lo digo para irnos de una vez del centro comercial. Estoy empezando a hartarme.

—¿Por qué tienes tantas ganas de irte? No creo que Airam y Maday se lo estén montando en una piragua, y de estar haciéndolo, mejor si no los interrumpes.

El gesto de Leire se ensombrece.

—No ha tenido gracia. Ahora entiendo por qué le caes mal a Dácil.

«No le caigo mal. Para tu información, está muy enamorada de mí».

—Solo estaba bromeando.

—Pues seguro que su ex no bromeaba sobre cosas serias. Imbécil.

—Me lo merezco. Lo siento.

Leire suspira y se pone en pie.

—Anda, hagamos la última ronda. Si no te convence nada,

siempre puedes decirle que te encontraste a Ancor en el centro comercial y le diste una paliza. Apuesto lo que sea a que eso la haría muy feliz.

Lo dudo bastante. Dácil siempre me ha querido muy lejos de sus asuntos.

Recuerdo haberme metido en sus conversaciones con Airam y Maday durante el verano pasado, esas llenas de aspavientos y exclamaciones y risotadas que versaban sobre el Schwarzenegger de chichinabo al que metía en su cama, y haber recibido una mirada de castigo por intentar involucrarme. Se cerraba en banda en cuanto intentaba averiguar algo sobre Ancor. Ni siquiera decía su nombre delante de mí. Quizá no quería que lo juzgase, o no quería que supiera que le había concedido el dudoso honor de convertirlo en noviete o... o quién sabe.

Mejor dicho, ¿quién quiere saber, joder?

Me cabrea buscarle motivos al comportamiento de Dácil todo el tiempo. Siento que me paso la vida persiguiendo pistas manipuladas, que nunca voy a resolver el puzle. Es agotador, pero al mismo tiempo es una especie de droga. Cuando lo acabe y me dé el subidón de adrenalina, me meteré de lleno en otro rompecabezas y así iré encadenando la angustia de no resolver las ecuaciones con la felicidad de haber dado con la tecla. Solo que Dácil es un piano de cola desafinado. Siento que, incluso si aprendo a tocar todas las teclas, nunca va a cantar para mí.

Ser consciente de esta verdad me ha desanimado tantas veces que no sé por qué sigo detrás de ella, por qué sigo arrastrándome por el dichoso centro comercial en busca de un detalle que me haga distinguible. Ya soy inolvidable, sé que no tengo que esforzarme. Más que nada porque mis esfuerzos por volver a ser amigos caerán en saco roto. Pero no quiero que sienta que quererme es un martirio, como vi en sus ojos la noche del motel. No quiero que se avergüence de haberse encaprichado de mí. Quiero que al menos una vez en la vida se le ilumine la cara porque he hecho algo bueno. Quiero que piense que hizo bien al elegirme.

Y en esas estoy cuando, de golpe y porrazo, y gracias a un cartel roto por las esquinas, doy con el regalo ideal.

Capítulo 12

En un mapa de calor, tu pecho saldría malva

Dácil

Vale, admito que me hace feliz cumplir años. No solo porque esté un año más cerca de la independencia, sino porque es el día en que mi familia decide fingir que me quiere y celebra que esté en el mundo. Lo fingen tan bien, de hecho, que me siento incluso afortunada, porque demuestran cuánto me conocen con lo que les gusta llamar —qué graciosos, *ja, ja*— «mis ofrendas satánicas».

Nunca se equivocan a la hora de comprarme un regalo, o lo que es mejor: fabricármelo con las dos manos. Tía Jana sabe que me encantan los anillos de madera estilo africano que venden los inmigrantes, mi madre siempre se las arregla para encontrarme unas gafas de sol de un estilo que no tengo —debe dedicarle mucho tiempo a la búsqueda, lo que valoro incluso si no me gustan y acaban condenadas a perecer en un polvoriento rincón de mi cuarto—, Salma me ha regalado un vale de peluquería de varias sesiones para ir a retocarme las trenzas y tío Jaime vio unas bambas como tráileres de dieciocho ruedas y pensó en mí.

Él las llama «bambas como tráileres», pero en realidad son de la marca Buffalo.

Mis abuelos no son muy originales. Es lo que me gusta de ellos. Mantienen la tradición y me alegran la vida poniéndome delante mi tarta casera favorita para que sople las velas. También gracias a ellos —a mi abuelo Manuel— añado otra moneda de la suerte, irregular y con un círculo trazado en el centro, a mi colección de amuletos protectores.

En cuanto a mi hermano, nunca defrauda. Aparece con un póster nunca antes visto de Peter Steele y un CD antiquísimo de versiones remasterizadas de Type O Negative. Hasta Leire ha acertado con un puñado de *piercings* que emulan dagas, pinchos y otros símbolos que a tía Jana le parecen «malrolleros» y Margarita ve «superguais».

La dualidad Oramas.

No es que me guste ser el centro de atención, pero de vez en cuando está bien saber que la gente no te odia.

En cuanto termino de abrir el último regalo y dar las gracias arrodillándome para abrazar a Margarita —me ha hecho un poncho de punto precioso que me he puesto enseguida—, barro el salón con la mirada en busca de una persona concreta.

—¿Y papá?

Las sonrisas de mi madre y mi tía se tambalean. No habría sido necesario que se sumieran en un silencio fúnebre para hacerme saber que no va a venir. A lo mejor ni siquiera se ha acordado de que es mi cumpleaños. O a lo mejor no quiere hacer el esfuerzo de presentarse en la casa —casa en la que, en teoría, aún vive— para felicitarme.

Es el segundo año consecutivo que pasa esto. El primero pude disculparlo porque acababa de abrazar su libertad y eso levantaba ampollas en la familia. Aparecer por Los Cristianos, aunque fuera en son de paz, alteraría la calma de los Oramas y sería visto como una especie de atrevimiento. La herida que ha dejado en mi madre dolerá siempre. No hace falta ser una lumbreras para saberlo. Pero se ha resignado y acepta que se acerque a sus hijos, entre otras cosas porque ya son mayores de edad y no puede ponerlos en su contra.

Sea como sea, ¿no hay ni un mensaje esta vez?

Reviso el WhatsApp por si acaso me hubiera pasado desapercibida su felicitación. Y nada. Cuando vuelvo a guardar el móvil, me acompaña el triste silencio de mis familiares y una desolación que a la vez me llena de impotencia.

Alguien rompe ese silencio agitando en el aire un sobre cerrado.

—Supongo que solo quedo yo.

Alzo la mirada para encontrarme con los ojos plateados de Thiago. Se adelanta como si tuviera miedo de mi reacción.

Chico listo.

Aun así, no se me ocurriría abrir fuego en este estado de desorientación.

—¿Me has hecho un regalo? —No puedo evitar que escape una nota de incredulidad.

—¿Aparte de mi presencia? Sí.

—¿Por qué?

Él se encoge de hombros como si su gesto no fuera tan insólito como un vampiro donando sangre. Acepto el sobre que me tiende, que bien podría ser franqueo pagado o la factura de la luz. No pone nada ni en un extremo ni en el otro, solo mi nombre.

—Mira —le advierto—, si es algo malo, si es una especie de broma macabra y en el sobre hay algo como... papeles de adopción a mi nombre, o un certificado que avala que me encontraron en un contenedor, o... En fin, te agradecería que te lo quedaras, porque es mi cumpleaños y quiero estar de buen humor.

—Te prometo que te gustará. —Esconde las manos en los bolsillos, no tan relajado como le gustaría aparentar—. O eso espero.

Menos mal que la curiosidad siempre es más fuerte que el rechazo. Sabiendo que toda la familia me observa, y los que no, miran a Thiago con miedo a que un gas mortífero emane del sobre, rasgo la solapa y meto un dedo dentro.

Es algo de papel. Papel rectangular, como un separador de libros.

Lo extraigo con el ceño fruncido, esperando toparme con un vale al infierno, a tomar por culo o a ese bar de guiris que tanto odio y que hace esquina en el paseo marítimo.

Pero no es nada de eso.

El corazón me da un vuelco al leer el texto impreso. Me resulta tan chocante relacionarlo con un regalo de Thiago, algo que Thiago se molestaría en comprar *para mí*, que tengo que releerlo hasta el aborrecimiento para confirmar que no estoy soñando. Y cuando confirmo que no estoy soñando, se me olvida quién me lo ha regalado, que tengo público y una reputación de insufrible que mantener. Sin pensarlo mucho —solo puedo pensar en que tengo entradas para el concierto de Cruz Cafuné—, me lanzo a sus brazos.

—¡No me lo puedo creer! ¿De dónde las has sacado? ¡Las busqué por todos lados y no hubo manera de comprarlas! ¡Se agotaron a las veinticuatro horas y no había nadie dispuesto a revenderlas! ¡Y encima hay dos! —Me separo, mirando mis dos entradas con el corazón en la boca. Entonces caigo en la cuenta de lo que eso significa y un cosquilleo me pone alerta—. Dos... ¿Por qué hay dos?

Thiago me mira con esa sonrisa tan rara sobre la que cantaba Extremoduro. Parece estar debatiéndose entre unirse a mi excitación o fingir que le da igual que me guste su regalo, porque él solo ha venido a cumplir.

—Para que vayas con alguien. Sé que te gusta ir al cine sola y que no te da vergüenza desayunar contigo misma en alguna cafetería, pero tratándose de Cruz Cafuné... a lo mejor te apetecía ir con Airam.

—Pero es esta noche. Airam ya debe de tener planes. Tienes planes, ¿no?

Dirijo a mi hermano una mirada esperanzada, una mirada que ruega, que se arrodilla, que le promete el postre de los próximos quince años y un sacrificio humano a cambio del favor de venir conmigo al concierto.

Parece mentira que una humilde tinerfeña deba suplicar para que la acompañen a ver a Cruzzi en directo.

—Lo siento, Da. Esta noche he reservado en un sitio para cenar con Leire. El plan era pasar todo el día contigo y ya pasar la noche con ella. —Él mismo se da cuenta de lo que esto significa para mí y se disculpa con una mirada de cordero degollado—. Si lo hubiera sabido antes...

Si no hubiéramos tenido tanto público, habría montado una escena sin remordimientos. Airam fue quien me puso la primera canción de Cruz Cafuné. Adora al cantante tanto como yo, y es verdad que ya lo ha visto en vivo en unas cuantas ocasiones, pero ¿acaso alguna vez se tiene suficiente de tu artista favorito? No me estaría haciendo un favor a mí. Se estaría haciendo un favor a sí mismo.

Pero prefiere a Leire.

¿Quién prefiere a Leire? ¿Y por qué no sale ella misma en mi defensa, aunque sea desganada, para decirle que ya cenarán otro día?

Espero que no se haya notado que he hecho una mueca.

—Podrías ir con Thiago —propone mi madre, en un intento por levantar los ánimos—. Es el que te ha comprado las entradas, y sería una pena desperdiciarla, ¿no?

—O podéis ir los dos, pero por separado —se adelanta tía Jana, previendo la posibilidad de que cancelen el concierto en plena actuación porque un asistente ha asesinado a otro—. ¿Qué os parece la idea?

Pues de bombero, como todas las que se le ocurren.

Se puede sentir a nivel sensorial la contrariedad de mis

familiares. Me miran lanzando un claro mensaje: si se me ocurre ir sola y hacerle ese increíble desaire a Thiago después de que me haya hecho el mejor regalo del mundo —esto es objetividad pura, un hecho indiscutible—, seré, efectivamente, dada en adopción.

Encerronas hasta en mi cumpleaños.

No hay respeto por nada.

—Podemos ir juntos, supongo —mascullo con un hilo de voz.

Pensaba que al ser el aniversario de mi nacimiento, era a mí a la que le correspondían todos los regalos, pero este tío ha recibido la tolerancia de Dácil y su compañía nocturna a la vez. Debería darse con un canto en los dientes.

Aunque a ver si se va a pensar que quiero candela o que le perdono las ofensas del pasado. O peor: que me gusta y anhelo estar a solas con él.

—¿A qué hora quieres que nos vayamos?

«Anda que rechazas la oportunidad, bandido».

—A las siete estamos montados en el coche. Hay que plantarse allí con una hora de antelación para pillar el mejor sitio, aunque meteré codos hasta el infinito si es necesario. Ni se te ocurra tardar —le advierto, alzando el dedo.

Me doy la vuelta y voy directa a mi dormitorio para ocultar las entradas de posibles ladrones. El único que veo con la mala baba de romperlas es Thiago, así que no corren mucho peligro, pero necesitaba un rato a solas con ellas. Hablarles con cariño. Acariciarlas con amor.

Me apoyo contra la puerta, sin poder contener mi sonrisa, y las miro como si fueran una lectura favorable de mi futuro laboral.

Y pensar que me las ha regalado Thiago. Compradas a última hora, cuando deben de estar más caras y hay que buscarlas con desesperación.

Madre mía... Sí que está coladísimo por mí.

Los conciertos se suelen celebrar en La Laguna, en la famosa sala Aguere, pero tratándose de un regreso por todo lo alto, lo veremos en el campo de golf del sur, donde se emplazan los festivales. Mejor para Thiago y para mí, porque lo que habría sido una hora de trayecto escuchándome chillar *Maracucho bueno muere chiquito* se queda en menos de unos minutos.

Claro que en esos minutos también me pongo a tono con las canciones de Cruz Cafuné bajo la mirada divertida de Thiago.

Estoy tan nerviosa que me duele la barriga, y sé que no voy a encontrar ibuprofenos en la guantera del coche. Salma es homeópata, y tía Jana, por no perder la costumbre de obedecer todas sus recomendaciones de salud física y mental, retiró hace tiempo la medicación de su dieta naturista.

Me gustaría verla pillando sífilis, tuberculosis o una simple bacteria que la obligara a tomar antibióticos. Seguro que, al igual que Gandhi, por muchas idioteces que predicara acabaría tragando pastillas por un tubo a espaldas de su mujer.

—¿Cómo se siente tener veintidós años? —me pregunta Thiago, supongo que para romper el hielo.

No me voy a quebrar por ser amable y seguirle el rollo. Me ha comprado entradas para ver a Cruz Cafuné. Solo por eso se merece el reino de los cielos.

—Pues tú sabrás. Ya has pasado por esto, ¿no? —Lo miro de reojo antes de meterme en la rotonda—. ¿Qué sensaciones experimentaste tú?

—Recuerdo que me sentí muy mayor. Ahora que tengo veinticinco y lo veo con perspectiva, era igual de niñato que con dieciocho. No tenía ni puta idea de lo que hacía.

Se me escapa un bufido despectivo.

—Entonces eres de esos.

—¿De cuáles?

—De los que desprestigian todo tiempo pasado y siempre verán a su «yo» más joven como un inmaduro que no sabía lo que hacía ni lo que decía y por eso no podía ser tomado en cuenta.

—Hombre, si no ves a tu «yo» pasado como un chaval con mucho que aprender, no avanzas nunca. Algo sabrás ahora que no sabías con diecisiete años, ¿no?

«Bueno, ahora sé que eres un cerdo y una no puede fiarse de ti», estoy a punto de soplarle.

Pero me callo porque tengo entradas, y las prioridades, muy bien definidas.

—Pues ahora que lo dices, a los diecisiete tenía virtudes que me gustaría haber mantenido, como la inocencia o la esperanza. Tenía sentimientos lindísimos que no se han repetido. El tiempo no solo te hace aprender cosas nuevas. También las desaprendes.

—Ese proceso de deshacerte de la inocencia infantil y los enamoramientos alocados para abrir espacio a las herramientas que te ayudarán a afrontar los problemas se llama «madurar».

Me saca de quicio el tonito con el que lo dice, como si fuera una obviedad y yo estuviera diciendo estupideces.

—Pues no me apetece entrar en ese círculo vicioso de desprestigio en el que cae todo el mundo, incluido tú. Parece que la vida tratara de quitar importancia a los sentimientos o experiencias que se tuvieron cuando se era más joven, porque no eran racionales ni tan intensos, y no tiene por qué ser así. Tío Jaime nunca ha querido a ninguna mujer de la manera que quiso a su novia del instituto, lo que demuestra que no se evoluciona con el tiempo. A veces se está más lúcido a los veinte que a los cincuenta.

Thiago me mira sin dar crédito.

—No sé ni por dónde empezar a rebatir lo que estás diciendo. No tiene ningún sentido.

—Sí que lo tiene. Mira, la gente de mi edad se avergüenza

de su época adolescente; tía Jana, con sus treinta años, se burla de su época como estudiante universitaria, en la que era más alocada y se la pasaba metiéndose tripis. Mi madre, en plenos cuarenta, ve los treinta como si hubieran sucedido hace un milenio, como una última oportunidad desaprovechada para vivir. Y cuando uno llega a los cincuenta, parece que ya no vive, solo puede recordar. Teniendo en cuenta estos ejemplos, ¿cómo no me va a molestar el pensamiento generalizado de que la madurez es asumir que nunca has sido lo bastante listo, que siempre serás más listo y sentirás más fuerte en el futuro? Parece que solo puedes madurar si aceptas que cuando eras joven no tenías ni idea de la vida.

Thiago parece pensarlo. Acaba encogiendo un hombro y ladeándose en el asiento para mirarme.

—Solo cuando llegues al final de tu vida podrás confirmar si estabas o no en lo cierto y si a los veinte estabas más lúcida y eras más madura que nunca.

—Pues eso parece, que ser maduro es ser consciente de que el tiempo pasa, y por eso solo se puede ser maduro cuando se está a punto de morir. Yo lo único que digo es que hay que respetar lo que uno fue, lo que uno sintió, y no ver los tiempos pasados como si hubiéramos sido otra persona, como si estuvieran aislados del presente, de lo que somos ahora. Me niego a pensar en la Dácil de los dieciocho como una niñata que no tenía ni idea de nada. Tenía más idea que la Dácil de ahora, que es una cínica insoportable —acabo murmurando—, y muchas más esperanzas de futuro. Y tener esperanza o querer sin reservas no es inmaduro. Es lo que hace posible la vida. O lo que le da sentido.

Hay un pequeño silencio en el que se escucha a Cruz Cafuné canturreando. Es Thiago quien lo rompe transcurridos unos segundos; segundos en los que me ha observado con fijeza, como si quisiera averiguar un supuesto mensaje oculto dirigido a él en la disertación.

—Los veintidós te han convertido en el señor Miyagi. Menuda perla de sabiduría me acabo de ganar a cambio de una entrada.

—Espero ganarme yo otra por tu parte. Hay una cosa que me urge saber —me apresuro a decir, torciendo hacia el campo de golf. Iba tocando cambiar de tema, antes de que me pregunte qué hizo que la Dácil del pasado se quedara en el pasado, con su inocencia, sus esperanzas y su amor incondicional—. ¿Airam es así con Leire también en Madrid?

—Así ¿cómo?

—Un pagafantas.

Thiago suelta una carcajada.

—Me parece que eso son palabras mayores. Es un buen novio. Hace planes con ella y se preocupa de que no le falte de nada, y está siempre pendiente.

—Vale, no es un pagafantas como tal, pero llevamos años diciendo de ir juntos a un concierto de Cruzzi y ya lo has visto: ha rechazado la posibilidad sin pensárselo. ¿Qué te dice eso?

—Que la cosa con Leire está regular y, si no toma medidas enseguida, habrá problemas.

—¿La cosa con Leire está regular? —pregunto sin interés, entrando distraída en el aparcamiento de tierra del campo de golf. Cada dos por tres, lanzo miradas al asiento del copiloto, como si no supiera ya quién está ahí.

No pasa nada si admito que va guapo, ¿no? Thiago y sus camisas remangadas y abiertas por los botones de la insinuación; Thiago y los tatuajes que le combinan con todo, menos con los estereotipos de supuesto chorizo que suelen acompañar injustamente y que su expediente de matrícula de honor echa por tierra.

¿Y si se ha puesto guapo para mí? ¿Y si lo hace para que me fije en él? Me desconcierta no saber qué es lo que espera este notas, y por qué ha decidido que va a conquistarme o bien a sobornarme para ganarme sus afectos justo este verano y no el del año pasado. O el anterior.

Bueno, el anterior estaba con Ancor.

Me molesta lo bien que finge que no le pongo nervioso, porque debe de andar desinquieto[36] si me quiere. El amor es un dolor de barriga que no se va. Como el que está a punto de doblarme por la mitad cuando bajo del coche, con cuidado de que la falda blanca no revele más de lo que debería.

—No me corresponde hablar de eso —responde Thiago después de un rato, cerrando la puerta; rodea el coche con una mano escondida en el bolsillo y me sigue sin molestarse en valorar el recinto, que conoce mejor que nadie: ha pasado aquí tantos festivales como yo—, pero digamos que le preocupaba especialmente presentar a Leire a la familia porque es su último intento por hacer que la relación funcione.

—¿Es que han roto muchas veces, o algo así?

—No, nunca. Los dos son cabezones y se quieren. Se quieren mucho, esa es la verdad. —Encoge un hombro. «Un sentimiento que seguro que tú no entiendes como debe ser entendido», me dan ganas de contestar—. Pero no siempre llegan a un entendimiento. Son personas muy diferentes en raíces, en formas de vida, en opiniones...

—Todavía no sé por qué le gusta. A mi hermano le han molado las hippies toda su vida. —Me llevo una mano al vientre. Esto no son nervios. Esto es dolor puro y duro. ¿Acaso una inesperada gastroenteritis piensa joderme la noche?—. No tendrás un ibuprofeno, por casualidad...

—Yo no soy el que lleva el bolso con el kit de los primeros auxilios. Esas soléis ser las mujeres.

—Estupendo.

Un barrido panorámico me ayuda a localizar unos baños portátiles cerca de la zona acordonada del escenario. Como

36. Nervioso, aunque parezca lo contrario.

aún no ha empezado el concierto y la gente no está ni la mitad de turciada[37] de como se pone para disfrutar de la experiencia, no me encontraré desechos flotando en el agua o untados en la tapa, como suele suceder.

Allí me dirijo con paso rápido.

Thiago me sigue porque no le queda otro remedio.

Qué placer siento al darle con la puerta en la cara.

—¿Qué te crees, que te iba a dejar entrar? —me burlo.

—Ni que fuera la primera vez que compartimos el baño.

—Difícilmente podría calificarse esto de «baño».

Las ganas de reírme se me cortan en cuanto observo una reveladora mancha roja en la ropa interior. Por suerte, no me ha manchado la falda, pero explica el intenso dolor de estómago. Y no hace falta ser una lumbreras para saber lo que me espera.

—Thiago...

Intento disimular los nervios al hablar, pero no surte el efecto deseado, porque él enseguida responde con un voluntarioso:

—¿Qué ha pasado?

—Tengo un pequeño problema. Y necesito tu ayuda.

—Eso es nuevo. ¿Qué ocurre?

—Verás, tengo... Resulta que me ha visitado el Caballero Rojo.

—¿Quién?

—La Mujer de Rojo, Andrés, Juana la Colorada... ¿No te suena? Qué incultura. Que me ha bajado la regla. Ahora mismo. Por la cara. Y no tengo nada para... Pues eso, para evitar que se me transparente.

—¿Qué? —exclama, incrédulo—. ¿No se supone que las mujeres tenéis una aplicación para saber cuándo os viene, o lleváis la cuenta en el calendario, o...?

37. Borracha.

—Mira, el concierto va a empezar en unos minutos porque por tu culpa hemos llegado tarde y necesito que me ayudes, no que me lo eches en cara —le espeto con aspereza—. Como si me está sangrando el ojo porque me lo han apuñalado, que yo no me puedo perder este concierto.

—¿Y qué quieres que haga? ¿Te crees que llevo compresas encima por si acaso?

—Menos sarcasmos, que estas cosas son impredecibles.

—¡Justo por ser impredecibles, deberías llevar algo en el bolso!

—¡Ni siquiera llevo bolso! —Me paso las manos por la cara, feliz de que Thiago esté al otro lado de la puerta. Así no me ve en plena crisis nerviosa—. Tú solo... sal y ve a comprarme tampones.

—¿Qué? —Suena como si estuviera alucinando—. ¿Que te compre tampones?

—¡Son tampones, no un revólver! Por favor, Thiago.

—¿Adónde quieres que vaya a comprarlos? Estamos en medio de la nada y no tengo carnet de conducir. Mientras voy y vuelvo, se ha acabado el concierto.

—Joder, pues...

—Mira, voy a buscarme la vida. Le pediré algo, lo que tenga, a alguna de las chicas que me encuentre por ahí. Vuelvo en unos minutos.

Conque unos minutos. Eso, en el lenguaje de Thiago, puede variar entre quince segundos y una centuria.

Me estremezco de pensar en todas las venganzas que ha emprendido contra mí hasta el día de hoy. Este sería un excelente momento para abandonarme a mi suerte, dejarme convaleciente en el retrete de un baño portátil cuando Cruz Cafuné va a armar su *show* al otro lado de la puerta. La maldad de Thiago tiene tan pocos límites como la mía, y puede que yo hubiera hecho algo parecido en el pasado antes de saber que el amor le hace disfrutar de mis afrentas.

¿Y si lo hace? ¿Y si vuelve a encerrarme, como hizo con el concierto de Maikel? ¿Y si me ha regalado las entradas para eso, para sabotearme de un modo aún más humillante? ¿Y si ha trastocado la aplicación móvil que me avisa de cuándo me bajará la regla para evitar que me preparase? ¿Y si ha invocado mi ciclo menstrual, brujería mediante, para la jornada de hoy?

Nunca podré perdonárselo.

Cuanto más tarda, más me desespero. Estoy contando para mis adentros el tiempo que queda para que Cruzzi aparezca en el escenario cuando la voz de mi salvador —un sobrenombre que nunca pensé que le pondría— se abre camino.

—¡Ya estoy!

—¡Por fin! ¿Qué tienes?

—Coca, farlopa, costo, *speed*... ¿Pues qué voy a tener? Productos de higiene femenina para reventar. Te juro que parezco una tienda veinticuatro horas. Llevo en la mano cosas que no he visto en mi vida y... y que dan un poco de susto, la verdad. —Ese comentario me saca una sonrisa—. Bueno, te lo paso por debajo y eliges lo que más te guste.

Arrugo el ceño al ver que desliza un par de compresas, pañuelos de papel y tampones de varios tamaños por la rendija de la puerta. Incluso una copa sin estrenar. Para empezar, podría habérmelos lanzado por arriba, así no pillaban toda la mugre del suelo.

Y para continuar...

—¡Estas compresas no tienen alas!

—¿Y qué? ¿Es que te hace falta que vuelen? No te pongas quisquillosa y sal ya. Yo también quiero ver el concierto. Por cierto —agrega, metiendo, ahora sí, la mano entera bajo la amplia rendija—, me han dado un blíster de ibuprofenos. Las chicas han sido un encanto.

«Las chicas han sido un encanto», dice. Así que se ha acercado directo a un grupo de niñas bonitas para pedir compresas...

Ni se me ocurre que haya podido decir eso en voz alta cuando él salta:

—¿A quién querías que me acercara? No creo que el gorila de la entrada llevara en el bolsillo una copa menstrual, Dácil.

—¿Te has puesto pálido con solo mencionar los tampones y has vuelto sabiendo lo que es una copa menstrual? Eso explica que hayas tardado un milenio en reaparecer. ¿Es que estaban dándote una lección magistral sobre el periodo? ¿O más bien estabas ligando?

—¿Ligando? Claro que no, mi niña —ironiza—. Yo solo tengo ojos para ti.

Aprovecho que no me ve para bizquear. Sé que, cuando salga, voy a tener que darle las gracias por segunda vez en el día.

Estamos en racha.

Tiro de la cadena, compruebo que no tengo la falda empapada otra vez y abro la puerta con las disculpas en la punta de la lengua. Pero Thiago no está recostado en el segundo baño portátil esperando a que reaparezca. Un grupo de tres chicas le ha rodeado a un par de metros de distancia y monopolizan su atención con sonrisillas de embeleso.

La pequeña del clan —que no llega al metro cincuenta— me señala en cuanto bajo el escalón del baño haciendo todo el ruido que puedo y más.

—Esa debe de ser ella, ¿no? Qué afortunada eres, tía. Si a mí me pasara lo que te ha pasado a ti en pleno concierto, mi novio no habría movido un dedo para traerme una compresa.

—No me habría dejado ni la chaqueta para que me cubriera —corrobora la que está a su lado, una veinteañera con un par de impresionantes ojos azules.

—Pues a lo mejor tenéis que cambiar de novios —sugiero.

—Incluso si cambiara al mío, dudo que fuera para mejor. Los buenos siempre están pillados, como este de aquí. —La que quedaba por mencionar, una chica de aspecto exótico, le guiña un ojo a Thiago. Lleva un ajustadísimo vestido con estampado felino. Es una de esas pocas mujeres bendecidas por la genética que pueden partir la pana con un trapo minúsculo.

Thiago se ha acercado a las que le han parecido más guapas, está claro.

De tonto no tiene un pelo.

—No quiero dar a entender que sea de los buenos, pero no estoy pillado —apostilla Thiago, mirando a la de los ojos azules—. Dácil es mi hermana pequeña.

Un «aaah» generalizado de entendimiento y regocijo oculta el jadeo indignado que se me escapa. Busco la mirada de Thiago para insultarlo a gusto, pero él está tan abducido por las Tres Gracias que se olvida por completo de mi existencia.

Su hermana pequeña, *¿eh?*

El instinto vengativo me empuja hasta su altura. Le rodeo la cintura con un brazo, sonriente, y aprovecho que está despistado para pellizcarle con fuerza el costado, donde sé que tiene un punto débil.

Thiago se dobla sobre sí mismo por el dolor.

—La verdad es que tengo un hermano que vale oro. Es lo mejor que me ha pasado en la vida. No sé qué haría sin él. Por lo pronto, vagar como Carrie por el recinto hecha un manojo de calambres y dolores menstruales.

—No hace falta que seas tan descriptiva —masculla Thiago, mirándome de reojo.

—Ya te digo que si le pidiera a mi hermano una pastilla para el dolor, me mandaría a freír espárragos. —Chica Diminuta se ríe—. Oye, ¿dónde os vais a poner para el concierto? ¿Os importa si nos unimos a vosotros?

Dice «vosotros» porque todavía no se ha olvidado de la educación básica, pero lo pregunta mirándolo a él. Solo a él. Es como si yo fuera un espíritu, la lluvia que cae al otro lado de la ventana.

No me importa que tres tías ignoren mi presencia, pero

que lo hagan para babear por Thiago... eso va contra mi religión.

—Claro que no. —Thiago se desembaraza de mi brazo y señala un camino entre el gentío—. Dejad, que intento haceros un hueco a todas.

No me ha parecido tan solícito cuando llegamos. En el coche me ha animado a meter codos si me place, sabiendo que me puedo buscar la vida sola, pero en cuanto nos hemos posicionado en la segunda fila, justo cuando la música empieza a reventar los altavoces, hasta se ofrece a subir a Chica Diminuta a sus hombros para que vea mejor. Pero esta rechaza el ofrecimiento por un solo motivo, que es que tiene novio y debe de estar a punto de llegar.

«¿Qué te creías? ¿Que ibas a pillar cacho esta noche?», me dan ganas de decirle a Thiago. En lugar de quedarse planchado, se gira hacia Chica Tigre y empiezan a charlar sobre quién sabe qué. Señalan el escenario todo el rato, donde han colocado máquinas de humo en cantidad industrial. No estoy a favor de los efectos especiales, pero a la vez admito que es estimulante ver al cantante emerger de la nube de color con su chándal y su micrófono.

Parece que no podré verlo, porque a Thiago le ha dado por extender la conversación con Chica Tigre y arruinarme la visión. Le saco la lengua aun cuando no puede verme y me reclino a un lado, donde Ojazos y Diminuta esperan al novio de la segunda para ver a Cruz Cafuné aparecer entre los efectos de luz como un espectro.

Ni yo misma reconozco el grito de urraca que sale de mi garganta. El corazón me da un vuelco en el pecho al reconocer los primeros acordes de la canción con la que abrirá el concierto. Saluda a todos los presentes, en especial a los de su Tacoronte natal, se dirige a los afortunados de la primera fila y dedica unos segundos a mencionar lo feliz que le hace dar otro concierto más en su querida tierra.

Es emocionante tenerlo tan cerca que parece que se me vaya a caer encima. Tanto, que no puedo ni enfadarme porque Thiago me ignore. Mejor para mí, ¿no? Es un doble regalo de cumpleaños, el concierto y perderlo de vista por un rato. Así puedo disfrutar tranquila y sin sobresaltos del primer tema: *Mi isla*.

Es el tema más apropiado, porque estamos en *su* isla. Y en la mía. En la isla de prácticamente todo el público, que ruge la letra con él con las manos en alto. Cierro los ojos y me dejo arrastrar por la marea de asistentes. Los empujones en el costado son muy poco sutiles, pero me recuerdan que tenemos un placer en común. La magia de los conciertos te anestesia y te hace amiga de todo el mundo. Sin darme cuenta, dedico sonrisas a diestro y siniestro, me aferro a los hombros del chico de al lado y salto con la de más allá cuando Cruzzi sube la voz y la hace añicos para unirse al estribillo:

No sé hacer otra cosa que esta, y solo puede ser aquí.
Amo mi isla cuando anochece.

No me he dado cuenta de que Thiago se ha girado hacia mí hasta que abro los ojos y lo pillo en pleno escrutinio. Me hace un gesto con la mano y deletrea las palabras para enviarme un mensaje: «¿Ves bien? ¿Quieres que te acerque?».

Me encojo de hombros. Por qué no. Insisto en que los conciertos te hacen amiga de todo el mundo. La adrenalina y las feromonas, cuando se dan la mano, pueden obrar milagros.

Esquivo a los dos o tres desconocidos que nos han separado y acepto que me envuelva por la cintura para adelantarme unos pasos. El tío que tapa la vista de Thiago no cede a la petición de abrirme hueco, aun sabiendo que con mi altura no le voy a molestar por delante. Thiago no discute —otra cosa que nos diferencia: yo le habría dado un golpe «sin querer»— y, en su lugar, me coge por las axilas como si fuera un bebé. Se las apaña para, aun con mi poca colaboración, subirme a sus hombros.

Me tengo que agarrar con fuerza a su cabeza para no caer de bruces, asustada por la sorpresa.

—¡Haberme avisado!

—Menos reproches, princesa. Tienes la vista más privilegiada de todo el concierto.

Está en lo cierto. No veo solo a todos los asistentes, sino que, como sobresalgo, todos los asistentes me ven a mí. Incluido Cruz Cafuné, que al interceptarme casi de pie por encima de los demás, me sonríe y me guiña un ojo. Me señala con la mano que no sujeta el micro para cambiar de canción. Yo hago lo mismo y lo apunto a él, y canto a la vez en cuanto reconozco la introducción.

Entonces se produce uno de esos momentos tan especiales de los conciertos en los que crees que el cantante se está dirigiendo solo a ti, que te ha visto, que le complace tu disfrute. Es tan inspirador saberse en el punto de mira que, de pronto, te conviertes en una de esas *groupies* tontorronas y hasta te crees que se va a enamorar de ti a primera vista, te va a invitar al *backstage* o, si te pierdes, te va a buscar por todo el mundo para vivir una historia de amor incomparable. Todo eso te puedes inventar en ese segundo que te mira a los ojos, más por casualidad que por gusto, o te choca la mano.

Me desgañito cantando con él hasta que, en un momento dado, no sé por qué, me da por agachar la cabeza y ver qué está haciendo Thiago. Él, como guiado por un hilo invisible, alza la mirada a la vez y nos observamos un segundo.

Se sabe la canción, el bobomierda. Tanto que ha dicho siempre que Cruz Cafuné está sobrevalorado, y resulta que canta el tema de cabo a rabo.

—«Creí que esa complicidad era solo nuestra... Me decías que eras mía acostados, pero tú no eres de nadie, bae, tú eres de todos lados».[38]

38. Pertenece al tema *Ojitos aguaos*.

No quiero pararme a pensar en por qué me estremezco al verlo cantar una de mis canciones preferidas. Bastante mal me sienta ya mirarlo a la cara y tener que admitir que es tan guapo como para llorar por él. Es consciente de su atractivo, eso es evidente, pero no creo que tenga ni idea de hasta dónde puede llegar.

Puede llegar hasta mi coraza, por ejemplo. Y atravesarla.

Thiago aparta la mirada para atender la demanda de un tipo que se le ha acercado con malas pulgas. Debe de ser más joven que Thiago, en torno a los veinte recién cumplidos, pero tiene una buena excusa para interrumpir, porque veo a Thiago asentir y volver a cogerme de las piernas. Con una palmadita amistosa en la pantorrilla, me hace saber que debo bajarme o cabrearé a los que están detrás.

No me cuesta nada regresar al suelo. Lo que me cuesta es mirarlo a los ojos cuando ya me he deslizado por su cuerpo, trepando a la inversa, y me quedo de pie a unos centímetros de distancia.

—He intentado darte las mejores vistas —se lamenta él.

—No pasa nada. Gracias —atino a decir, jadeando por los gritos y el sobreesfuerzo—. Ha sido increíble.

Sus ojos brillan en la oscuridad como las luces que parpadean desde el escenario.

«Cuando quieras», me parece que dice. No puedo confirmarlo. La marea de gente me arrastra con su vaivén a unos cuantos pasos de distancia, y cuando creo que puedo ganar terreno para acercarme de nuevo al escenario, la morena con pinta de devorahombres, que supongo que no ha dejado de acechar en ningún momento, se pega al costado de Thiago. Baila al ritmo del tema como la música buenamente lo permite —el estilo de Cruzzi será muchas cosas, pero «bailable» no es una de ellas, dicho por él mismo—, es decir, meneando las caderas de forma sugerente.

Y muy cerca de él.

Que no se queja, claro.

—¿No te encanta esta canción? —le grita Chica Tigre, feliz de que *Malaikah* sea algo más movidita.

—No es de mis favoritas.

—¿Ah, no? ¿Y qué puedo hacer para que lo sea?

Ni siquiera la oscuridad me impide ver la arruga que florece cuando Thiago sonríe. Se inclina hacia ella y leo en el movimiento de sus labios:

—¿Qué puedes hacer para que lo sea?

—Puedo contarte una curiosidad. Me llamo Malaika, como la canción.

Thiago parece genuinamente sorprendido.

Falso.

—¿En serio?

—Ajá... —Malaika, si es que de verdad se llama así y no se acaba de tirar el farol más triste del mundo para liarse con un desconocido, se pega más a él y sigue bailando—. Significa «ángel» en suajili, aunque viene del árabe.

—¿Eres árabe?

—De ascendencia, pero no practico el islam. Tengo plena libertad para hacer lo que quiera, como y cuando quiera... y con quien yo quiera.

—No me digas.

El corazón me da un vuelco al verlos acercarse.

Esto es una broma, ¿no? No se van a liar delante de mis narices. No se va a liar con una tía en mi concierto, en mi cumpleaños, *en mi campo de visión*.

Ni siquiera me puedo consolar con que *Malaikah* no sea de mis canciones preferidas —es decir, no pasa nada si me la arruina este recuerdo— cuando sus dos cabezas unidas me ocultan el escenario.

Lo veo a cámara lenta: los dos de perfil a mí, él acercando los labios entreabiertos y ella sonriendo, traviesa, antes de sacar la lengua para jugar un poco antes de darle la bienvenida.

Creo que entro en negación.

Esto no está pasando. No estoy viendo a Thiago liándose con una Jane Doe en mi puñetera cara.

Pero sí que lo estoy viendo, y las amigas de Malaika me están viendo a mí. Por el modo en que me observan, sobre todo la de los ojos más bonitos del mundo, debe de saltar a la vista que no he puesto buena cara.

—No es tu hermano, ¿no? —me pregunta Chica Diminuta al oído, torciendo la boca.

Solo atino a negar con la cabeza. Y me enfado conmigo misma, sin apartar la mirada de los dos capullos entregados a la pasión, por no haber sido más específica. «No, no es mi hermano, pero me da igual», tendría que haber añadido. «No me importa. Me cae mal. No es lo que parece. Yo no siento nada. Solo es un golfo».

Si hubiera dicho todo eso en voz alta, las dos chicas no se habrían mirado con algo muy familiar a la compasión antes de tomarme cada una del brazo y alejarme de la escena.

—Que le den —me dice Ojazos, echándome un brazo por los hombros—. Tú quédate con nosotras, que lo vamos a pasar genial. Seguro que ahora se canta un temazo, como *Guagancó*.

Me guiña un ojo, pero yo no soy capaz de reaccionar. Me he quedado paralizada bajo su brazo, como si hubiera presenciado un atentado terrorista. Diminuta, menos animada, me pone una mano en el brazo para llamar mi atención.

—Oye, que sepas que si Mala hubiera sabido que no es tu hermano, no habría hecho eso —me asegura—. Ella no se lía con tíos comprometidos, ni con los rolletes de otras chicas. Más que nada porque hace poco su novio le puso los cuernos y juró que nunca haría nada parecido. Es una buena chica, en serio.

—No lo dudo.

Mi voz débil es todo cuanto oigo, aparte del retumbar de la música en el centro de mi pecho, un intenso pitido en los oídos y lo que sea que me estén contando Ojazos y Diminuta para consolarme.

No sé por qué sienten la necesidad de justificar a su amiga. Me dan ganas de soltarme de pronto y dejar claro que estoy bien y no me pasa nada, que solo me molesta que la persona que ha venido como acompañante el día de mi maldito cumpleaños se enrolle con la primera tía que encuentra.

Ni que estuviera celosa, o algo así.

No sé qué me pone de peor humor, si los repentinos cuidados de las desconocidas o mi incapacidad para disfrutar del concierto. Cruz Cafuné está casi delante de mis narices cantando una canción que me costó meses aprenderme de memoria. Debería estar exultante, y lo único que quiero es largarme de aquí, encerrarme en el coche y llorar.

Esto es culpa de las hormonas.

Mis propios deseos me sorprenden y me asustan tanto que me fuerzo a cambiar de parecer.

No, no me voy a largar a ninguna parte. Este es *mi* concierto. Da igual quién haya pagado la entrada y que mis monstruosas hormonas menstruales hayan decidido convertirme en una llorona. Así que, después de echar una mirada por encima del hombro y comprobar que Thiago anda buscando a alguien entre la gente —si soy yo, va a pasarlo regular—, me adentro aún más en la masa heterogénea y alzo la mano para marcar el ritmo de la música. Ojazos y Diminuta no me acompañan; mejor para mí. Voy a hacerme amiga del grupo de tíos que se agolpa justo debajo del escenario y que me abren sitio, enajenados por las copas que se han tomado antes o porque simplemente se alegran de estar allí.

Distraerme con la música resulta imposible en un principio, porque todo lo relaciono con lo que acaba de pasar. Cruz canta: «En un mapa de calor, tu pecho saldría malva. Es obvio que ahí no hay nada, no puedes dar amor». Y yo le doy la razón.

Es obvio que Tarado no puede dar amor. Tan enamorado que se supone que está, y míralo, no puede resistirse a buscar diversión en los cuerpos más atractivos. Me estremezco de pensar en lo que podría ser de mí si aceptara sus supuestos sentimientos. Me esperarían unos cuernos como la copa de un pino y dormir con un ojo clavado en los wasaps con doble check azul.

Es asqueroso.

«Y es totalmente ajeno a mí», me tengo que recordar, por si acaso lo hubiera olvidado.

Gracias al cielo sé que, tan pronto como lo recuerde, como vuelva a mí la iluminación, se me pasará la tontería.

Porque es eso justamente.

Una tontería.

Capítulo 13

Si esta droga te mata, qué suerte

Thiago

En algún momento del concierto he perdido de vista a Dácil. Debe de haber sido cuando Malaika se me ha enroscado a la cintura y me ha sido imposible rechazarla. Hay algo en el aire pegajoso de las discotecas, de los conciertos, de los sitios multitudinarios donde se concentra el sudor y se roza la carne, que hace que me olvide de dónde estoy y rompa en mí el deseo sexual.

Aunque me parece a mí que no la habría rechazado si se me hubiera acercado en otro lado, como, por ejemplo, en una misa dominical.

La chica es una bomba. Podría haber sido la alegría de la noche, pero debería haber imaginado que la sola presencia de Dácil me obligaría a arrepentirme a los dos minutos. Hace que me arrepienta de todo lo que hago, sea lo que sea, en el momento en que se me ocurre pensar en mí y no en ella.

Cruz Cafuné lleva la friolera de diez canciones y no hay manera de localizar a Dácil entre el público. No sé si se ha ido hacia delante o hacia atrás, así que me muevo en todas direcciones esperando toparme con su top burdeos o su moño trenzado.

Porque seguro que se ha recogido el pelo para que no se le enganche.

Seguro.

Malaika me sigue en todas direcciones. Intento no ser brusco con ella, pero me agobia tenerla pegada al culo cuando peligra la vida de la hermana de mi mejor amigo.

Dácil tiene ya veintidós años. Los acaba de cumplir. No necesita una niñera y nadie podría culparme de que, bailando por ahí, hubiera perdido la noción del tiempo y del espacio. Pero de pensar en regresar a El Chozo Oramas con las manos vacías y decirle a Airam que no sé dónde se ha metido, me entran los sudores fríos.

Cuando Cruz Cafuné da por concluido su concierto y ella sigue sin aparecer, aun cuando la gente empieza a disiparse para seguir la fiesta en otro lado o bien volver a casa, saco el móvil y la llamo.

Nada. Apagado.

Le escribo un mensaje para confirmar lo que ya sé. Dos. Tres. Veinticinco.

Ninguno le llega.

¿Dónde se ha metido?

Malaika se ofrece a ayudarme a buscarla. Acaba de reencontrarse con sus amigas, que parecen mosqueadas porque sacrificara su compañía por la mía.

—No es necesario, pero gracias.

—Claro que no es necesario —espeta María. Tiene unos ojos espectaculares; nunca he visto nada parecido. Solo en el aspecto cromático, porque sí puedo recordar alguna que otra vez en la que una chica me ha mirado con ese desprecio—. No querrá que te enteres de que la que se supone que es «su hermana» es su novia.

Tardo un momento en procesar la información.

—¿Qué?

—Lo que oyes. Eres un payaso —me suelta la bajita. ¿Laura, era?—. No sé cómo no te da vergüenza hacerle eso a la piba en toda su cara.

—¿Qué es lo que he hecho?

—¡Liarte con Mala! ¿Te estás haciendo el tonto, encima?

—Creo que ha habido un malentendido. —Alzo las manos antes de que María, Laura o Malaika utilicen sus uñas contra mí. No he visto uñas de gel más afiladas en mi vida; las de Malaika hasta me han dejado arañazos en la nuca mientras nos liábamos—. Dácil no es mi hermana, no, pero es como si lo fuera. ¿Quién ha dicho nada de novia?

—Que no estés saliendo oficialmente con la tía con la que te acuestas no te quita culpa. ¿Es que no sabes lo que es la responsabilidad afectiva? —sigue despotricando María—. También tienes que cuidar los sentimientos de la persona con la que te vas a la cama. No es una muñeca hinchable, ¿sabes?

Sacudo la cabeza, convencido de que estoy soñando... o, más bien, flipando.

Había un puñado de tíos echándose un porro en pleno concierto, así que no me extrañaría que el humo me hubiera dejado aturdido.

—A ver si queda clara una cosa: yo no tengo nada con Dácil.

—No te lo crees ni tú —espeta Laura—. Se le ha quedado una cara al verte con Mala que... Madre mía, es que pobrecilla. Encima en público, para humillarla, ¿eh?

Malaika se ha puesto pálida. *Muy* pálida.

—¿Era tu novia?

—¡Que no es mi novia! Os lo ha dicho ella, ¿no? Claro que sí, os lo ha dicho ella, porque siempre tiene que meterme en algún maldito problema. —Rastreo los alrededores del recinto, más despejado desde que han apagado las luces del escenario—. ¿Dónde está? Os la voy a traer para que desmienta lo que quiera que haya dicho.

—No ha dicho nada. ¿Qué iba a decir, si se ha quedado en shock? De verdad, chacho, tienes la sensibilidad en el culo.

Dejo de intentar localizar a Dácil en cuanto caigo en la cuenta de lo que me están diciendo. Todavía me duran los efectos de las luces esquizofrénicas y la música clavada en el pecho, como para encima tener que asimilar que Dácil se ha quedado en shock. Pero claro que ha debido de quedarse en shock si me ha visto con Malaika.

Joder. Sí que tengo la sensibilidad en el culo.

—No pensé que fuera a...

«No pensé que fuera a verme», iba a decir. Pero en lugar de dar explicaciones, salgo escopeteado en cuanto reconozco la chaqueta prestada en la distancia... y a quien la lleva enroscada en la cintura.

Como no me apresure, Dácil se la va a llevar en el Seat de quienquiera que sea su nuevo amigo, un notas con pinta de quinqui que me da muy mala espina.

Al escuchar mis pisadas, Dácil corta la conversación con el chaval. El esprint me deja jadeando, con el cuello húmedo de sudor y unas ganas tremendas de estrangularla. Sobre todo cuando me mira de arriba abajo, como si hubiera interrumpido una importante reunión diplomática, y suelta:

—¿Qué quieres?

—¿Cómo que qué quiero? —replico de mala manera. Ella casi da un paso atrás, primero sorprendida y luego ruborizada de pronto por la rabia—. ¿Tú ves normal esfumarte en el aire en pleno concierto? ¿Dónde coño te habías metido? Lo haces para joderme, ¿no?

—¿Para joderte? Estabas muy ocupado por tu cuenta y yo soy mayor de edad, por si no te has enterado. Puedo hacer lo que me dé la gana.

—Y lo que te da la gana ¿qué es? —Señalo el Seat con un gesto de cabeza—. ¿Subirte al coche de este tío que acabas de conocer? ¿O me vas a decir ahora que es un amigo de toda la vida?

—Se llama Daniel —me replica con petulancia. *Ah, sí, me quedo más tranquilo sabiendo que tiene nombre de ángel bíblico*—. Estaba en el concierto y me ha hecho un hueco en la primera fila para ver a Cruzzi muy de cerca. Le he dicho que es mi cumpleaños y va a llevarme a cenar. ¿Tienes algún problema con eso?

Desvío la mirada al colega en cuestión, que no puede ni tenerse sobre los pies.

—Tengo muchísimos problemas, Dácil.

—Pues búscate un psicólogo, o coge una guagua y vete *pal* chozo. —Mete la mano en el bolsillo para sacar su monedero de Pulgarcita y extenderme el bonobús—. Toma, para que no te cueste ni una perra.

—¿Y vas a dejar tu coche aquí? Pero ¿estás loca?

Dácil me hace un gesto con la mano que viene a significar «vas a quedarte hablando solo» y abre la puerta del copiloto. Se lo impido cogiéndola de la muñeca y tirando de ella en dirección contraria.

No estoy muy orgulloso de mi arranque, sobre todo cuando ella me mira de frente con los ojos echando chispas, pero situaciones desesperadas requieren medidas desesperadas.

—¿Tú has visto al pavo ese? —mascullo entre dientes, hablando casi contra su nariz—. Está puesto hasta las cejas. Si quieres disfrutar de una velada romántica con un drogata, al menos id andando al Burger King, pero no te subas al coche con un irresponsable.

—¡Un irresponsable! ¡Mira quién fue a hablar! —Y extiende los brazos.

—¿Te vienes o qué, Da? —le pregunta el tal Daniel.

—¡No! —le espeto—. Esfúmate, y a poder ser, en un taxi. No puedes conducir en ese estado.

—Que te crees tú eso. —Dácil se suelta de mi mano.

Pretende rehacer sus pasos y volver a montarse en el coche. Y no sabría decir qué clase de locura me sube por el cuerpo, pero siento el fuego quemarme desde el estómago hasta la garganta, hasta las sienes, incluso, al imaginarla a bordo del Seat con ese pirado.

Dejo de responder de mis actos: abrazo a Dácil por la espalda y, sin mucha delicadeza, la verdad, la levanto del suelo para arrastrarla. Ella se debate entre mis brazos, lanzando patadas e insultándome sin cortarse un pelo.

—¡Suéltame, capullo! ¡Suéltame ya!

No la suelto, pero le doy la vuelta para que me mire a la cara y procuro tenerla inmovilizada con los brazos que la rodean. Dácil abre la boca, seguramente para seguir acordándose de mis ancestros, pero se da cuenta al vuelo de que no estoy para bromas y cambia el gesto furioso por una mueca aprensiva.

—No-irás-a-ninguna-parte-en-ese-coche —le espeto a un palmo de su cara, echando chispas—, ¿te has enterado ya, o tengo que atarte?

—Pero ¡¿de qué vas?! —Me empuja por el pecho, y gracias al cielo que el enfado me tiene con los pies en tierra, o de lo contrario me habría lanzado directo al suelo—. ¡Tú no eres nadie para decirme lo que tengo que hacer! ¿Qué pasa, que eres el único que puede divertirse liándose con otras personas? ¿Yo no puedo largarme a la casa de Dani y hacer lo que tú has hecho en pleno concierto?

—No tiene nada que ver con quién te quieras enrollar. Puedes irte con veintinueve Danis si te da la gana, siempre y cuando los Danis estén sobrios. Dácil... —La cojo de los hombros, desesperado por que me entienda y espabile de una vez—, te podría pasar algo, ¿no lo ves?

—Y una mierda. —La réplica le sale del alma, tan contaminada por el rencor que me pongo firme en el acto—. Al que le podría dar algo si me fuera es a ti, ¿no? Tienes una forma de lo más curiosa de demostrar que estás colado por mis huesos.

Lo reconozco. Entre todas las contestaciones que había

imaginado viniendo de ella, esa era la última que me esperaba. Creo que es el asombro lo que me hace soltarle los hombros y quedarme mirándola por si acaso hubiera malinterpretado su berrido.

—¿Qué has dicho?

—No te hagas el tonto, Thiago. Y tranquilo. —Alza las dos manos en señal de armisticio—. Te deseo lo mejor intentando olvidarme a base de meterte en la cama de todas las pibas que pilles por banda. Pero lo mínimo que puedes hacer para no ridiculizarte es dejar que me largue.

—Pero ¿tú te estás oyendo?

—En serio, este arrebato celoso tuyo es patético después de lo que has montado en el concierto. Tú sabrás lo que haces, pero...

—¿Arrebato celoso? —Me pellizco el puente de la nariz—. Menuda película te estás montando, Dácil.

—Lo has programado así adrede, ¿no? Me llevas al concierto, te lías con una para intentar ponerme celosa y, como ves que no funciona, me impides celebrar mi cumpleaños con otro chaval. —Se pone a aplaudir despacio—. Eres increíble, mi niño. Increíble.

De acuerdo, creo que ya he sido bastante paciente.

—¿Increíble yo? ¡Pero si eres tú la que ha fingido que se la tragaba la tierra al verme con Malaika porque se te ha ido la olla! ¡Eres tú la que pretende largarse con otro para castigarme por tener rollo!

Dácil se pone roja de rabia. Es perceptible incluso en la oscuridad del aparcamiento de tierra. Solo quedan tres coches estacionados, y uno de ellos es el Seat de Dani, en el que permanece recostado porque, de lo contrario, ya habría perdido el equilibrio.

—Oye, mi niña, me caes de lujo y todo el tema, pero no quiero meterme en historias de novietes —comenta a Dácil, mostrando una palma. La otra mano la posa sobre el pecho.

—¡No es mi...!

La corto antes de que siga dándole alas al chaval con una respuesta impulsiva.

—Bien que haces, porque como te acerques a mi novia, te rompo la boca.

—Bueno, bueno, relájate, bandido, que yo solo estaba de tranquis. No hemos hecho nada, ¿vale? Bájale cuatro, anda, chacho. Mejor me piro.

No consigo sosegarme hasta que se ha metido en el coche. Ha tenido la mano alzada en todo momento, como si tuviera instrucciones de la policía: así ha arrancado, ha rodeado el volante con la que le quedaba libre y se ha despedido con cara de «estos dos están pirados».

Desaparece del aparcamiento, levantando una polvareda tras de sí. El vehículo que ahora tenemos más cerca es el Renault blanco con abolladuras en el costado que suele conducir tía Jana. Me fijo en esos detalles para no mirar a Dácil a la cara, preocupado por cómo puede reaccionar ahora que nos hemos quedado a solas y, además de haber despachado a Daniel, he mencionado en voz alta su enamoramiento.

Airam me va a matar...

... si no me mata ella antes.

—¡¿Cómo se puede tener tantísimo ego?! —jadea, indignada—. ¿Castigarte por liarte con otra chica? ¡Pues claro que sí, porque la pobre no se merece a un engendro como tú! ¡Debería haberte separado de ella y haberla advertido de que no le convienes! ¡Pobre Malaika!

—Sí, sí, «pobre Malaika», pero te estoy viendo verde de envidia.

—Si me ves verde es porque estoy a punto de vomitar. ¿En serio crees que podrías gustarme? —Me mira de arriba abajo creyendo que hará que me lo cuestione, pero solo reafirma mi idea—. *¿Tú?*

Le impido continuar dando un paso adelante.

Sé que no la intimido. Nada ni nadie podría intimidar a Dácil. Pero se calla y traga saliva al tenerme delante.

—¿En serio crees que *tú* podrías gustarme *a mí*? ¿Con la mala leche que tienes? Lo único en lo que pienso cuando te veo es en huir de ti lo más rápido posible.

Dácil estira el cuello para mirarme con soberbia.

—¿Y qué haces que no corres? ¿Qué haces que no dejas que me suba al coche de otro? Lo mismo quieres huir de mí porque sabes que no vas a poder tenerme. Claro que te hago daño, pero porque no te correspondo. Pobre Thiago...

Alarga el brazo para acariciarme la mejilla con una mano, pero no es un gesto de cariño: pretende avergonzarme, y el contacto es inesperadamente eléctrico. Sus dedos siempre ardientes, porque la rabia le calienta hasta las uñas, contra mi cara fría por la indiferencia con la que trato de armarme. Y todo para nada, porque ella me desarma y me deshace como quiere.

En cuanto retira su mano, acobardada porque la burla no ha salido como quería, apoyo la mía a un lado de su cabeza, justo en el cristal del coche.

—Te voy a contar un secreto. Incluso si te quisiera, Dácil, estaría feliz de que no me correspondieras. Los tuyos son los amores que matan y nunca mueren.

Me incorporo cuando sé que la he turbado y sonrío de lado. Hay un silencio en el que solo se oyen los grillos del campo de golf, los pasos lejanos contra la gravilla y la conversación indistinguible del equipo de sonido, que dedicará la próxima hora a desmontar el escenario.

—Ya te gustaría que te matara de algo distinto a un disgusto.

—Si quisiera que me mataras de algo, no me habría liado con Malaika, cariño. Me habría liado contigo.

—¿Conmigo, o contra mi voluntad?

—Deja ya el teatro. Me habrías aceptado un beso si me hubiera tirado sobre ti.

—No te lo crees ni tú. Si precisamente te has enrollado con Malaika porque sabes que no puedes tocarme.

—Claro que sí... Mira, Dácil, antes preferiría meter las manos en el fuego que en tu pantalón.

—¿Seguro?

Abro la boca para confirmárselo, pero me roba las palabras cuando, ajena a la vergüenza, planta su mano en la bragueta de mi pantalón. Mando una orden a mi cuerpo: «Que nadie se mueva. Que nadie reaccione. Que nadie haga NADA», pero mi cuerpo no solo no me obedece, sino que me avergüenza delante de ella.

La odiaría si sonriera, orgullosa, al conseguir lo que se ha propuesto: ponerme duro como una piedra y más nervioso que un colegial. Pero no sonríe. Parece tan sorprendida como yo mismo de que su arriesgado plan haya surtido efecto.

—Ya veo que no quieres meter las manos en mi pantalón... —comenta ella, recuperándose—, pero porque prefieres que yo las meta en el tuyo.

—Me metes mano para evitar que lo haga yo, porque te da miedo cómo vas a reaccionar, ¿a que sí?

¿Que cómo consigo decir eso sin tartamudear? Lo desconozco.

No sé qué estoy haciendo, pero es tarde para arrepentirme. Cuelo una mano debajo de su top, rozando adrede el *piercing* del ombligo, y cubro uno de sus pezones con la palma. En cuanto siente la caricia de mi piel, se endurece, y no creo que sea por la temperatura exterior.

Tal y como sospechaba, no lleva sujetador. Seguro que no llevaría bragas debajo de esa falda diminuta si el Caballero Rojo, como ella lo ha llamado, no hubiera aparecido de pronto. Es una provocadora insoportable, y le hago saber cuánto me molesta eso mirándola desafiante. Su contraataque es presionar la mano con la que aferra mi semierección y torturarme con un movimiento circular.

Tengo que apretar los dientes para no soltar un gemido.

Dácil se pone de puntillas y me habla con una sonrisa tan turbada como orgullosa.

—¿Qué? —susurra, poniéndome el vello de punta—. ¿Ahora estás pensando en Malaika?

No, joder, no estoy pensando en Malaika. Pero si ella es la *Malaikah* de la canción, con la piel praliné, el olor a carité; ella es la leona como Nala.

Ni siquiera puedo decir ahora mismo que no esté pensando en nada, porque pienso en ella. Quizá haya pensado en ella desde que salió de la casa montada sobre sus botas de pérfida, sus piernas morenas y el ombligo al viento. Quizá pensaba en ella cuando estaba con Malaika y no al revés.

Le sostengo la mirada con ganas de darle un mordisco. Pienso en rojo: la odio, la odio, LA ODIO. Me lo dice el ángel del hombro. «Mírala, llevándote siempre por la calle de la amargura. ¿Merece siquiera la pena, con esos ojos rasgados de Cleopatra y ese montón de lunares espolvoreados por la cara, ordenándote dónde tienes que posar los labios?». El diablo, en cambio, lo tiene muy claro cuando me susurra al oído: «Sucumbe. Claro que es para tanto. Es para eso y para mucho más. Es para todo. Si esta droga te mata, qué suerte».

Esquivo su expresión para ir directo a su cuello, a ese lateral en el que la he visto echarse perfume como los indios se aplicaban sus pinturas en las mejillas. Ay, el maquillaje de guerra de Dácil Oramas. Apuesto a que esta tarde, cuando se ha extendido el aroma a coco con dos dedos, no se imaginaba que yo lo iba a recorrer con la lengua y con los labios.

Dácil se estremece y deja caer la mano con la que me torturaba, sorprendida de pronto.

—Estás muy segura de que no sientes nada por mí —susurro contra su piel—, pero yo creo que deberías reconsiderarlo.

—Y no siento nada. ¿Acaso me ves sintiendo? ¿Te parece que sienta algo?

Le rodeo la garganta con una mano. Ella se deja. No sé por qué, si porque quiere que la toque o porque está convencida de que va a ganar esta vez.

Pero se deja, y yo quiero aprovecharme.

La miro a través de la escasa rendija que dejan mis párpados entornados, sabiendo que si la miro bien, si abro las ventanas de par en par, va a entrar este aire del desierto. Y si me dejo cazar y envolver por el huracán, voy a estar perdido.

—No ando en busca de lo que *parece*, sino de lo que *es*, princesa Dácil. Apuesto a que si te beso, se te derrite hasta la férula de los huesos.

Sus ojos se oscurecen. *Negro-verdes*.

—Si yo te beso a ti —susurra en mi cara—, te vuelves loco.

No sé cuánto rato pasamos retándonos con la mirada. Tal vez un solo segundo, tal vez una eternidad, porque en esos momentos en los que sabes con toda certeza que el mundo va a detenerse para cambiar el sentido de su órbita, esos momentos en los que te roban la vida y luego vuelve a ti como por obra de un milagro, el tiempo se desdibuja. A ratos no eres ni consciente de qué ha pasado antes o qué ha pasado después. Te quedas anclado en el durante, o, si eres como yo, un pobre diablo, te quedas atrapado en los labios de Dácil; en el pintalabios burdeos con sabor a frambuesa, en las cosquillas de sus trenzas de Medusa, que envuelven como un hechizo indestructible.

Nos rodean el silencio y el frescor de la noche, por eso noto muy dentro el calor de su boca y el sonido de nuestros labios al encontrarse y separarse. Dácil se enrosca en mi cuello y yo hundo un poco más la mano en la carrocería del coche, como si quisiera empujarlo al otro lado de la isla para que quepamos todos cómodamente: Dácil, yo y mi desesperante obsesión.

Ni siquiera soy consciente de estar besándola. En mi mente se repite su nombre como un mantra. Sé que es Dácil porque ninguna huele como ella, porque ninguna me abrazaría como ella me abraza, porque yo nunca me vuelvo tan loco. Presiono mi cuerpo contra el suyo, o aprieto el suyo contra el mío, no lo sé; busco sus mordiscos y su lengua o dejo que ella encuentre en mí lo que quiera, no lo sé; jadeo como un enfermo cuando tengo que separarme un instante o es ella la que ronronea, no lo sé. Sé que está caliente, que la piel de su vientre es suave; sé que quiero que sus piernas me rodeen y que no pretendo quedarme solo en su boca por miedo a lo vaya a decirme después. Me quedaría en su boca porque esto es lo más bonito que podría decirme sin hablar. Que me desea con la misma locura que yo a ella.

Y eso nunca me lo va a poder quitar.

Aunque se separe de mí de pronto, ruborizada y jadeante, y me suelte:

—No estoy enamorada de ti, que conste.

Me obligo a bufar como si acabara de decir una obviedad.

—Pues yo menos.

—¿De dónde te lo has sacado? —Se pasa el dorso de la mano por los labios, temblando—. Te has inventado que me gustas para liarte conmigo, ¿eh?

Estoy tan atontado por lo que acaba de pasar, por lo que sigue pasando en mi mente —ahí dentro la sigo besando—, que ni se me ocurre que pueda ser mala idea balbucear:

—Me lo dijo Airam. ¿De dónde te has sacado tú que me gustas?

—Me lo dijo Leire.

Creo que los dos nos ponemos de acuerdo por primera vez en nuestra vida para arrugar el ceño.

No sé qué pasa por su cabeza; quizá las palabras «conspiración» o «broma de mal gusto». Yo sé que por la mía no va a pasar nada mientras tenga su cara de mala, ruborizada hasta las raíces del pelo, tan cerca de mí.

—¿Nos han tendido una trampa? —atina a balbucear, mirando a todos lados menos a mí.

—Eso parece.

Dácil se queda donde está, recostada en el coche contra el que la he aplastado. Parece que haya sobrevivido a un susto tremendo. Yo no estoy menos asombrado por lo que acaba de pasar. Porque acaba de pasar, ¿no? No lo he soñado.

Ambos nos sumimos en un silencio extraño, necesario para asimilar lo ocurrido y decidir qué viene a continuación. Ella lo gestiona por su cuenta dejando caer la vista al suelo. Yo no puedo dejar de observarla.

Le he borrado el pintalabios.

Otro día más que los alienígenas no nos visitarán.

Otro día más que podré respirar tranquilo.

Dácil se humedece los labios, pensativa. No dice nada. No puede ni enfadarse con Airam. Ni conmigo. Pero con ella sí. Con ella siempre. Se escabulle por mi costado, tambaleándose como si estuviera borracha, y desaparece en busca del coche de Jana, que hoy es el suyo. Ya volverá cuando sepa que su coche es ese contra el que la he estampado y contra el que habría hecho muchas más perrerías si me hubiera regalado su consentimiento.

No me habla en todo el viaje de vuelta.

No me mira cuando se mete en la cama conmigo un rato después.

Pero, como ya he dicho, eso no va a poder quitarme ni la verdad que he descubierto, ni la razón... ni mucho menos las ganas de ella que se quedan latiendo dentro de mí.

Capítulo 14

~~La pipa~~ El cigarro de la paz

Dácil

—No sé qué me turba más: que Tarado me besara o que tú reacciones como si no te sorprendiera. ¿Por qué no te sorprende? ¿Por qué no te da vueltas la cabeza? ¿Por qué no le prendes fuego a algo?

Maday no se hace responsable de mi ansiedad. Sigue repantigada en la tumbona del jardín de casa, encendiendo ese cigarrillo recién liado que le obliga a tener el mechero en la mano incluso para ir al baño. Prolonga mi sufrimiento hasta que expulsa el humo de la primera calada con parsimonia, que se va disolviendo en contraste con la oscuridad de la noche cerrada.

Maday y yo vamos en contra del mundo y no nos hacemos un hueco junto a la piscina hasta que han pasado las horas de tomar el sol. Somos morenas de nacimiento, verdaderas leyendas canarias que nacimos con el sol dentro. No nos hace falta echarnos bronceador y tirarnos sobre las hamacas para adquirir ese tonito praliné que tanto les gusta a las extranjeras. Yo por lo menos lo tengo de nacimiento gracias a mi abuelo materno, que parecía Morgan Freeman.

—¡Estoy en plena crisis existencial! ¿Podrías prestarme atención, pseudodrogadicta de las narices?

Maday me mira como si me hubiera vuelto loca. Levanta el cigarrillo.

—Es tabaco normal y corriente.

—¡Es una mierda que te enchufas en la boca para no tener que contestar!

—Es que lo que me has contado tiene trampa.

—¿Qué trampa?

—Si te digo que dos no se besan si uno no quiere, pensarás que te estoy responsabilizando de lo que pasó e intentarás matarme por sugerir que participaste en la degustación del producto hispanoluso con gran placer. Si te doy la razón y digo que Thiago te embistió a traición, alimentaré tu locura, y esta noche, cuando estemos todos bajo las estrellas, lo apuñalarás en nombre de las víctimas de abuso, porque eres capaz de creerte que se propasó para que no afecte a tu orgullo. Y si admito que estoy tan tranquila porque sabía que esto ocurriría algún día, mañana recibiré un burofax con un contrato de rescisión de amistad... que no sería lo peor que podría pasar, por cierto. Lo peor sería que te confirmara que todo esto de que estabais enamorados fue una jugarreta de Airam para vengarse de vuestras payasadas. Si confirmara tal cosa —prosigue con lentitud—, dejarás de ser mi amiga en ese preciso momento.

Maday me sostiene la mirada con la resignación de un soldado en primera línea de batalla. Sabe que será sacrificada en cuanto ejecute el primer movimiento.

Y no se equivoca.

—¡¿Sabías que Airam orquestó todo esto?! ¿Y no me lo has dicho? ¡MADAY, CHACHO!

—En mi defensa diré —alza las dos manos, una de ellas sosteniendo aún el cigarrillo, que no espera sus caladas para consumirse tan rápido como me consume a mí la ira— que no me lo dijo hasta anteayer, cuando fuimos a hacer *windsurf* juntos. Esa noche no me cogiste el teléfono porque necesitabas dormir la mona, y al día siguiente era tu cumpleaños, y no quería que mataras a tu hermano el día de tu cumpleaños. Imagínate. No podrías volver a celebrarlo sin acordarte de que cometiste un asesinato alevoso contra tu propia sangre.

—Es mejor que cometa un asesinato alevoso contra *tu* sangre, ¿no? Muy bien. Has decidido sacrificarte por Airam. Ahora, prepárate para morir —anuncio en tono lúgubre.

Sin darle tiempo a reaccionar, me encaramo a la tumbona y me siento a horcajadas sobre ella para rodearle el cuello con las manos. Maday grita por el susto inicial, pero en cuanto desplazo las manos para hacerle cosquillas en las costillas, sufre tal ataque de hilaridad que se le cae el cigarrillo al suelo.

—¡Dácil! ¡P-para...! ¡Te prometo que... que puse a tu hermano en su lugar! ¡Dácil, p-por favor!

Detengo lo que me gusta llamar «la tortura de la casa» para encontrarme con sus ojos bicolores, húmedos por las lágrimas de la risa.

—¿Cómo que lo pusiste en su lugar? ¿Qué le dijiste a ese trozo de mierda?

—Pues eso mismo, que era un trozo de mierda. ¿A quién se le ocurre? —Maday bufa. ¡Maday bufa! ¡Esto hay que ponerlo por escrito, que pase a los anales de la historia! ¡Maday CASI parece emputada[39]!—. Entre todas las cosas que podría haber hecho para daros una lección por odiosos e infantiles, ¿cómo ha podido manipularos de esa manera? Airam intentó explicarse cuando le puse cara de asco, pero decidí dejarlo solo con el *windsurf* y hacerme amiga de un profesor de piragüismo que había por allí. Lo que más le duele a Airam es que le ignoren.

Maday es increíble. Te agachas un momento para atarte los cordones y, cuando te enderezas, ya se ha amistado con el quiosquero del paseo marítimo, el que vende las napolitanas a

39. Enfadada.

viva voz en la playa y un grupo de jugadores de voley profesional venido de Reikiavik. Y todo sin hablar ni pizca de inglés.

—Defendiendo mi nombre siempre. Eres un amor. —Le planto un sonoro beso en la mejilla.

Ella se echa a reír con dulzura, sonido que interrumpe una voz masculina a nuestra espalda:

—He oído un grito. ¿Todo bien?

Echo un vistazo por encima del hombro para captar la silueta de Thiago, de pie bajo la puerta que da al patio trasero. Ya está vestido para hacer la excursión de rigor a las faldas del Teide, donde veremos la primera lluvia de estrellas del verano sobre nuestras mantas de pícnic, tal y como marca la tradición. Lleva una camisa blanca abierta, enseñando los tatuajes del pecho —el que para mí es más misterioso, ese *saudade* bajo el cuello que no sé por qué se tatuó— y las zapas blancas que me gustaba robarle.

A veces pienso que no las ha tirado para obligarme a pedírselas de vez en cuando, porque diciendo que están percudidas me quedaría corta.

Sus ojos captan con gran satisfacción la posición en la que nos encontramos: yo en vaqueros cortos y con la parte de arriba del biquini sobre Maday, y Maday también semidesnuda debajo de mí.

—Pensaba que iba a interrumpir una tortura, pero solo es un momento romántico. Lo siento. —Posa una mano en el pecho, dramático como una actriz de teatro victoriano—. Por un momento he olvidado que Dácil no hace el amor o la guerra, sino el amor *y* la guerra. A la vez.

—En este caso solo estábamos haciendo el tonto —dice Maday, incorporándose con dificultad. Yo intento no moverme, como si así pudiera hacerme invisible—. ¿Nos vamos ya a ver la lluvia de estrellas?

—Tan pronto como os cubráis. Va a hacer frío ahí arriba, yo no iría en bañador.

—Paso corriendo por casa y vuelvo antes de que arranquéis el coche —promete Maday.

Esquiva con agilidad la mano con la que intentaba obligarla a quedarse y rodea la piscina correteando como un niño de tres años para escabullirse a su casa, que es la que se encuentra justo al lado. Como tiene prisa, se encarama a la verja en lugar de usar la puerta de atrás. Thiago y yo la vemos marchar con sentimientos encontrados.

Siempre me han hecho gracia sus pintas de monillo trepador —es un metro cincuenta de habilidades a lo Indiana Jones—, pero hubiera preferido que se quedara y ejerciera de muro de contención entre Thiago y yo. Porque, tal y como esperaba, Thiago no me hace el favor de largarse. Tampoco me hizo el favor de dejar de respirar en mitad de la noche y así desaparecer de la faz de la tierra para que no tuviera que hacerme cargo de mis actos. Por eso ahora tengo que elegir entre dos opciones:

a) Comportarme como una persona adulta. A los diecisiete tenía la excusa de ser menor de edad, y, por tanto, inmadura, para no responsabilizarme de mis actos, y a los veinte me dije que podía seguir siendo ridículamente infantil porque en algunos países no se me permitiría sacarme el carnet de conducir. Ahora no me queda otro remedio que aceptar que he de responsabilizarme de lo que sale de mi boca. O de lo que entra, en este caso. *(Dios, qué mal ha sonado eso)*.
b) Escurrir el bulto y acusar a otra persona o cosa, como, por ejemplo, el alcohol que no ingerí o el brote psicótico que no sufrí.

Aunque... sí hay una persona a la que puedo culpar.

Me reacomodo en la tumbona de manera que quedo sentada. Recojo el cigarrillo a medio fumar que Maday ha tirado al suelo para dejarlo sobre el cenicero de la mesilla de cristal, donde también reposan el *Uno* y mis gafas de sol al estilo Anastacia en *Not That Kind*. Así gano tiempo antes de mirar a Thiago, que me observa desde el otro lado de la piscina con las manos en los bolsillos.

—Airam se ha reído de nosotros en nuestra cara —le anuncio.

Eso no lo sabía cuando dejé que me escachara[40] contra su cuerpo, y encima contra el coche polvoriento de tía Jana, en el aparcamiento del campo de golf.

Pero qué más da.

Si alguna vez ha sido un caballero, fingirá no recordarlo.

—¿Has confirmado que nos mintió para darnos una lección?

—Ajá. Ahora es el momento de que tú me confirmes que se la vamos a dar a él.

Thiago ladea la cabeza con una sonrisa que apuesto a que llevaba guardándose toda la tarde. Es la sonrisa de «mucho estabas tardando», o de algo incluso más turbador, como «esa es mi chica».

—¿Qué tienes en mente? ¿Quieres que me acerque y me lo cuentas al oído?

¿Por qué odio todo lo que dice y el modo en que lo dice? No hay palabra suya que no me rompa el estómago. Jamás pasa por mis oídos ni por ningún filtro que neutralice el efecto: va de su boca a mis entrañas. Es como estar tomando veneno continuamente, pero nunca me vuelvo del todo inmune... ni nunca consigue matarme.

No espera a que le dé la señal. Se acerca como si tuviera todo el tiempo del mundo y toma asiento en la tumbona de enfrente. La brisa arrastra su olor corporal, mezclado con el jabón de la ducha, y me hace cosquillas en la nariz.

Cuando nos miramos, parece que todavía siguiéramos be-

40. Aplastara.

sándonos. A mí me turba la sensación; él sonríe, despectivo hacia sí mismo. Me da la impresión de que le cuesta creer que fuera capaz de besarme... o de que se odia porque le gustó.

No lo sé ni nunca lo sabré, porque tampoco quiero descubrirlo.

—¿Puedo? —Señala el cigarrillo apagado del cenicero.

—Es de Maday.

—Mejor, no vaya a ser que me coma tus babas —dice tan tranquilo, estirando el brazo.

En lugar de cabrearme, me hace gracia el tono que utiliza y la cara cómica que pone. En cuanto vuelve a mirarme, los ojos brillando por la carcajada que reprime, me sale del alma un:

—Fuerte machango eres, ¿lo sabías?

Thiago suelta una carcajada que creo que se desinfla cuando agacha la cabeza para ocultarse, pero solo hace lo que puede para reírse en silencio. Lo he hecho reír muy pocas veces de esa manera, verdaderamente divertido.

Viendo que me cuesta evitar que me contagie, me acabo uniendo a él con timidez.

En cuanto se nos ha pasado el ataque de risa —y espero que también la tontería—, Thiago enciende el cigarrillo con un mechero que ha sacado del bolsillo y le da una calada. Mis ojos se dirigen a sus labios, raudos y rebeldes a mis intenciones.

El tabaco ni me gusta ni me deja de gustar. Tía Jana fumaba hasta que llegó Salma, y mi madre fuma desde que mi padre se fue; por eso en ellas veo el acto de fumar como un falso sacrificio amoroso y el acto de rendirse, respectivamente. Maday y Airam descubrieron el tabaco juntos y toda la vida les ha servido de excusa para abandonarme y salir a la terraza a contarse secretos envueltos en el misterio del humo. En su caso supone un punto de unión.

Pero Thiago siempre fuma solo y a oscuras, con esa parsimonia que me incitaba a admirarlo en secreto y quebrarme la cabeza intentando averiguar en qué pensaba.

Juro que es como si viajara a otra dimensión. Y, además, el cigarro subraya sus labios de un modo turbadoramente distinto.

—¿Y por qué no lo dejamos estar y ya está? —dice de pronto, sin dejar de sonreírme de lado. Expulsa el humo por una de las comisuras de la boca, intentando no molestarme—. Nos merecemos todo lo que Airam nos quiera hacer. Lo que le hemos hecho pasar a lo largo de estos años no es de Dios. Eso lo tiene que reconocer hasta una demonia como tú.

No me sienta del todo mal el apodo, porque no lo pronuncia con desprecio.

Siendo del todo sincera, y lo reconozco ahora que estamos él y yo solos —y él no puede leer mis pensamientos—, nunca me ha insultado con ganas.

—Eso no le da derecho a engañarnos.

«A humillarnos», he estado a punto de decir.

—Supongo que no. Pero tampoco ha sido para tanto, ¿o sí? —Y me mira fijamente.

Mido muy bien mis palabras antes de responder, lo que ya habla a gritos de que me estoy tomando el tema muy en serio.

—Hombre, no fue agradable que me acusaras de intentar llamar tu atención, de montar una escena de celos y no sé qué más. ¿Cómo pudiste creerte lo que te dijo Airam? —Alzo la mano enseguida—. Mejor no respondas. No me extraña que te la comieras doblada. Seguro que vas por la vida con la idea de que todo el mundo debería quererte.

—Qué va. Pero si me plantean la posibilidad de que la persona que me odia pudiera no odiarme tanto, ¿por qué no aceptarla? ¿Por qué elegir tu desprecio si puedo quedarme con tu amor secreto? ¿No es por eso por lo que tú te tragaste que estoy enamorado de ti, porque facilita las cosas?

Le quito el cigarrillo de los dedos y le doy una calada. Me quedo mirando la boquilla para no tener que mirarlo a él.

—No fue porque me resultara más fácil aceptar tu supuesto amor, te lo aseguro.

—¿Por qué no?

Aprovecho el velo del humo para encontrarme con su mirada curiosa.

—Porque no puedo aceptar el amor de alguien que actúa como si quererme fuera vergonzoso.

—Entonces te habrá alegrado saber que es una jugarreta.

—No sabes cuánto. —Le tiendo el cigarrillo, un gesto que demuestra que no tengo problema para hablar del tema. Aunque lo tengo—. Ya sé lo que es que te quieran en secreto y te desprecien en público. Prefiero que me desprecien en todas partes. Incluso en sueños.

Thiago aprieta la mandíbula un instante antes de volver a ponerse el cigarrillo en los labios.

No me mira al responder. Clava la vista en un punto perdido de mi vientre.

No me incomoda, porque sé que no lo está viendo. Está mirando para sus adentros, donde se encuentra la verdad que nunca sé si me está contando.

—Muy respetable, pero yo creo que el amor, si no va por dentro, es solo una puesta en escena. Es como la fe: no se comparte, se vive.

—¿Ahora crees en Dios? —me burlo. Inmediatamente después, me pongo seria—. Qué tontería, Thiago. Cómo se nota que nunca has querido a nadie. El amor es como el polvo; se te mete por todas partes. Hasta por los ojos. Si lo sientes de verdad, la gente lo tiene que ver. Lo tiene que oler. Les tiene que incomodar.

Thiago me devuelve el cigarrillo y cruza los dedos para mirárselos como si fueran muy interesantes, sonriendo misterioso.

—No a todos nos gusta la sensación de tener polvo en los ojos, princesa Dácil.

—Será porque no todos aceptáis que el amor escuece. Es ingenuo suponer que desvivirse por alguien es agradable. —Apago lo que queda del cigarrillo en el cenicero y me pongo de pie, más incómoda por estar charlando con él de este tema que por la conversación en sí—. ¿Nos vamos?

—¿Ningún plan malvado a la vista, entonces?

—Nos acabamos de fumar el cigarro de la paz, ¿no?

Thiago alza la barbilla para sonreírme de verdad.

—¿Te has creído lo que acabas de decir? Si te lo crees tú, me lo creeré yo.

—El enemigo de mi enemigo es mi amigo. Y ahora mismo estoy muy enfadada con Airam, tanto como deberías estarlo tú. Tendría que haberle salido el tiro por la culata —medito en voz alta, mirando las estrellas—. Tendría que arrepentirse de lo que ha hecho porque le ha salido bien, pero en un sentido que no se esperaba. Tendría que...

—¿Tendría que...? —me anima Thiago, mirándome con esa mezcla de resignación y admiración que él solito ha patentado.

Mis padres se desesperan con mis planes, me castigan con advertencias e indiferencia, pero él ha decidido acostumbrarse a mi maquiavelismo y valorarlo como un talento.

No todo es malo en Thiago, supongo. Hasta un reloj parado da la hora dos veces, ¿no?

—Tendría que...

Y solo entonces se me enciende la bombilla.

La lluvia de estrellas es uno de los momentos más esperados de la comunidad tinerfeña. O a lo mejor me lo acabo de inventar. Lo que quiero decir es que mi familia, el grupo de amigos de mi hermano y yo lo esperamos como agua de mayo. Me da la excusa perfecta para rodearme de la naturaleza —de uno de los parajes exóticos más distintivos de mi isla, de hecho—, atiborrarme de chucherías y beber cerveza como una cosaca.

A mi hermano le gusta decir que también es uno de esos

días en los que fardo de mis muchos conocimientos cósmicos. Yo no llamaría «conocimientos cósmicos» a saber señalar Saturno, Júpiter, la Estrella Polar y unas cuantas constelaciones más, pero como él tiene miopía y no se pone gafas porque le quedan como a un friki —es normal que un friki parezca un friki, pero él rehúye de su identidad— y no se pone lentillas porque le da asco tocarse el ojo, no ve un pijo; por no ver, no me ve ni a mí, que me tiene al lado.

Lo de que estudie Medicina y le dé asco tocarse el ojo mejor lo dejamos para otro momento. Pero, valga la redundancia, es algo digno de estudio.

Aquí delante lo tengo, caminando tranquilamente entre Leire y Maday hacia nuestro rincón de todos los años. No se puede ni imaginar la que le espera. Y debería. Si me conociera un poco, sabría que las sonrisas que le he dedicado contienen altas dosis de veneno, y que no es que «esté un poco espesita hoy», sino que le he dado mal las indicaciones del coche adrede. Porque, para su inmensa desgracia, sé que nada le jode más que dar vueltas como un idiota.

A Leire sí le puedo perdonar, más o menos, que se haya creído mis gracias amistosas. No sabe quién soy, ni debía saberlo si le pareció buena idea mentirme mirándome a los ojos.

—A partir de hoy me cae mal —confieso en voz baja. Thiago se gira hacia mí con aire socarrón, gesto que equivale a su silencioso «a ver con qué me sales ahora»—. No puedes venir a mi chozo, sentarte a mi mesa y comerte la comida de entullo[41] de mi abuela...

—«Y pedirme que mate por dinero»[42] —concluye Thiago en tono de mafioso.

—¡Y mentirme a la cara con esa tranquilidad!

41. Comida que llena.

42. Frase de *El Padrino*.

—Si no supiera que te cae mal un noventa por ciento de la población mundial, me preocuparía que le tengas odio a Leire.

—¿Solo el noventa por ciento de la población?

—El diez por ciento restante son los perros abandonados.

Me dan escalofríos solo de pensar en ellos.

Busco a Teno con la mirada para recordarme que al menos una de esas pobres criaturas ha sido rescatada de un calamitoso final. Hay quien diría que yo soy un final calamitoso, pero Teno no opina lo mismo. Teno trota felizmente por la llanura rocosa que dejó la última explosión del Teide. Lleva la lengua fuera y mueve el rabito con una energía contagiosa.

—No se lo tengas en cuenta —retoma Thiago con desenfado—. Seguro que Airam le dijo que fuera a soplarte la trola. Leire no es esa clase de personas. De las que mienten, me refiero.

—Airam tampoco era de esas personas, o yo no lo tenía por tales. Se va a enterar.

—Me consuela que ni siquiera tengas piedad con tu pobre hermano. El volcán Dácil se lo lleva todo por delante, más le da tinto que mosto.

Lo miro con el rabillo del ojo mientras busco en mi mochila la manta y las provisiones.

—Claro que tengo piedad. Lo perdonaré cuando se disculpe. A ti no.

No doy pie a que conteste y hago el último esprint para adelantar al grupo y ser la primera en extender el que será mi asiento... y el de Thiago.

La mayoría de los amigos de Airam están estudiando sus carreras en Gran Canaria, así que esta vez hemos decidido invitar solo a tía Jana y a Salma a nuestra excursión. Y mejor. No me gustaría que Pedro y el resto de los antiguos compañeros de clase de Airam volvieran a verme remotamente cerca de Thiago.

A veces pienso que nadie se toma las cosas tan a pecho como

yo, que soy el ser vivo más rencoroso sobre la faz de la tierra, y que nadie se acordará tan bien de lo que esa noche se dijo sobre mí en este mismo rincón de Tenerife. Pero no me quiero arriesgar a que lo conmemoren, inspirados por la escena del crimen, incluso si todo lo que retuvieron de aquel día es una frase fugaz.

Le hago un gesto a Thiago para que se venga conmigo. Teno lo hace a su vez. Sigue el movimiento de Thiago, empujando su mano con el morro húmedo, y no se lo piensa a la hora de hacerse un ovillo a sus pies.

Quiero muchísimo a este perro, pero lo mataría cuando se pone mimoso con Thiago. Suerte que Thiago lo trata como a un rey y no ha hecho falta tomar medidas. Esta vez, en lugar de entretenerse haciéndole monerías, saca sus cervezas del macuto e inaugura la noche de borrachera dando un buen trago.

—Espérate a que vengan las estrellas, ¿no? Con un buen pedo no creo que veas ni una.

Él descuelga la cabeza a un lado para mirarme con sorna.

—No soy de pedirle deseos al cielo, princesa Dácil.

—Pues peor para ti. Un cielo como este, que parece una ensoñación, bien se merece que le dediques un pensamiento. Antes has mencionado a Dios, ¿no? Debe de ser incluso maleducado no pedirle algo o hacerle una ofrenda a sus energías cósmicas. —Alzo los ojos al cielo despejado, que me mira de vuelta. Un manto de estrellas se extiende allá donde alcanza la vista. Se turnan para titilar, pero ninguna se queda sin hacerme un guiño—. Me dais rabia los amantes del postureo, que venís hasta aquí para tener una excusa para beber cuando esto es un regalo. En rincones como este vibran las emociones más universales. Si te quedas callado, se asienta uno de esos silencios tan profundos que uno se asusta, porque parecen susurrar secretos.

—Te has levantado poética hoy, ¿eh?

—Eres tú el que lee poemas rusos.

—Me gusta la narrativa rusa. Para la poesía, elijo a los clásicos ingleses. William Blake dice que, en la noche, «los pies de los ángeles luminosos, sin ser vistos, vierten bendiciones».

—Ah, que encima lo memorizas —me mofo—. No te pega nada leer poesía.

—Esta noche tengo que citarte poemas, ¿no, *coração*? ¿O te vas a echar atrás en tu plan?

—Yo nunca me echo atrás. Venga, acércate y pásame el brazo por la cintura... y que empiece la fiesta.

Thiago obedece con una sonrisa divertida.

Me alegra que alguien se lo vaya a pasar bien, porque esto es un sacrificio que hago para espabilar a Airam. Anoche descubrí que tocar a Thiago me turba, y por más que me acusen de masoquista y adicta a la adrenalina, nunca iré en busca de determinadas sensaciones.

Su brazo me cubre por la espalda, rozando la franja de piel que el top deja al aire. Puedo achacar el escalofrío a la brisa fresca que se levanta por las noches, sobre todo en zonas como esta.

—Apoya la cabeza en mi hombro —me recomienda en voz baja—. Será más creíble.

—¿Nos está mirando?

—Si me giro para comprobarlo, nos pilla.

Le hago un hueco a mi mejilla en la tela de su camisa, rozándome un poco antes para encontrar la postura más cómoda. Así le dejo un leve rastro de mi maquillaje con el que espero que me recuerde. En el proceso, capto ese aroma natural que me advierte del peligro cuando entra en algún sitio. El olor a librería de segunda mano, a estantería vieja e historia, salta de los libritos encuadernados y amarillentos que se compra a precio de saldo y se ciñe a su piel como una segunda capa. Para regodearse tanto en la fama de rompebragas, no es de los metrosexuales que se echan un perfume como tal, pero el aroma a café impregna su cuello y sus labios independientemente de lo que vaya a beber después.

Es gracioso verlo de un lado para otro con la taza en la mano, buscando un rincón seco y solitario sin apartar la vista del libro. Sale a capturar el sol y luego es el sol el que parece que se acurruca en el hueco de su hombro, porque siempre está caliente.

No conozco las sensaciones que debe de despertar un *destroyer*, pero quizá no se sienta tan cálido, ¿no? Tan... familiar.

—¿En qué estás pensando?

Su aliento me llega en una ráfaga con olor a cerveza y caramelo.

—En que deberíamos hablar en susurros y reírnos para que parezca que somos amantes.

—Podemos contarnos chistes.

No puedo evitar mirarlo con cara rara.

—¿En serio?

—¿Se te ocurre algo mejor?

—¿Para hacerme reír? No es que me hagas mucha gracia. Empieza tú, si crees que puede funcionar.

Se tira del lóbulo de la oreja, como tiene por costumbre para atraer un pensamiento inteligente. Siempre que lo veo gesticular así me acuerdo de cuando sacudían a Campanilla en su frasco de cristal para que soltara polvo de hada.

—Un tío frota una lámpara mágica y aparece un genio. «Hola, soy el genio de la mala leche. Puedes pedirme un deseo, que yo te lo concederé». El tío lo tiene clarísimo. —Aquí empieza a sonreír, anticipándose al final—. «Una minga tan larga como las piernas». El genio...

Thiago presiona la mandíbula para retener una carcajada, pero acaba cubriéndose la cara para liberarla. Al intentar contener la siguiente, pasa lo que pasa: que acaba haciendo una pedorreta y se descojona vivo.

—¿Qué pasa con el genio? —Lo sacudo por el hombro, aunque su risa me contagia y me hace cosquillas en el estómago—. Ahora me lo tienes que decir.

—El genio... el genio le... el genio le corta las dos piernas. —Y se ríe más fuerte.

Tardo un segundo en pillarlo.

Tampoco es para tanto, pero está casi llorando de la risa.

—Eres patético contando chistes, ¿lo sabías? No puedes reírte antes de acabarlo. Es la regla número uno de los chistes.

—Lo siento, es que... lo contó un profesor de la facultad, y lo hace el doble de gracioso.

—¿Qué dices? ¿Es legal hacer chistes verdes en clase?

—Él los hace.

—Será el profesor de literatura erótica, porque, si no, yo no me lo explico...

—¿De qué os reís tanto? —pregunta mi hermano.

Se ha sentado unos cuantos pasos por detrás de nosotros para estar a solas con su querida novia, porque Maday charla muy animada con Salma y tía Jana a unos pocos metros.

Esto no está siendo exactamente lo que yo me había imaginado. Mi hermano viene a pasar las vacaciones de verano con su familia, no con Leire, y desde que ha llegado se ha dedicado a encerrarse en el dormitorio con ella, cancelar conciertos para salir de cenita romántica y alejarse de forma deliberada para disfrutar de Tenerife a su lado.

Ni que no hubiera más gente en el mundo.

—De nada —contesto misteriosamente. Vuelvo a apoyar la mejilla en el hombro de Thiago y le informo—: Parece mosqueado. O, como mínimo, un poco descolocado.

—Brindemos por eso.

Entrechocamos nuestros botellines de cerveza y bebemos, esperando que aparezca la lluvia de estrellas con las cabezas descolgadas hacia atrás. No hablamos todo el rato, pero, por primera vez, el silencio fluye entre nosotros con naturalidad. No es incómodo. Hay más chistes, improvisa algunos versos que le impactaron, nos criticamos los zapatos y, sobre todo, bebemos.

Me gustaría decir que necesitamos el alcohol para que el teatro sea creíble, pero la conexión siempre ha estado ahí. Distinto sería que yo provocara todas las interferencias imaginables y hasta apagones tenebrosos para dañarla. Sé que merece mis saboteos, pero cuando lo miro y lo veo haciendo aspavientos para explicarme no sé qué sobre su escritor de referencia y su libro de cabecera, solo veo a una persona a la que le hice un hueco en mi corazón y me vi en la obligación de arrancar porque él solo no se habría ido jamás.

La cruda verdad es que solo hay una forma de tapar los agujeros que una pena tan honda abre en el pecho: usando el odio como parche. Pero no soy un robot ni una experta enfermera. Ha habido ratos en los que le he visto muerto de risa, o profundamente dormido, o ha intentado bromear conmigo, y una fuga ha estado a punto de hacer saltar el parche por los aires.

Es cierto que se ha esforzado por comprenderme y ganarse mis disculpas, que lo hizo al principio y ha habido raros acercamientos entre medias. Pero por algún motivo, y más allá de la acumulación de ultrajes de los últimos tres años, me cuesta perdonarlo.

Supongo que me gusta ser libre, y sentí que Thiago me coartaba, me limitaba en muchos aspectos al hundirme en el fango. Sentí que no podría disculpar que me forzara a hacer algo que no quería: deshacerme del sentimiento más bonito que tenía.

El que le reservé a él. El que me habría gustado conservar para siempre.

Mis pensamientos me entristecen tanto, aun medio afectada por el alcohol, que me veo en la necesidad de ponerles remedio. Me levanto con dificultad, agarrando el cuarto —¿o quinto?— botellín de cerveza, y señalo a Airam con la mano.

—Voy a pedirle algo de comer. ¿Preferencias?

Thiago me mira de arriba abajo de forma sugerente. Tengo

que concentrarme para no emitir un tartamudeo cuando le suelto:

—¿Lo de mirarme así era necesario?

—Pues claro. Tu hermano me ha visto en acción. Sabe cómo me las gasto con las mujeres, y la miradita es marca de la casa.

—No me digas que tienes trucos patentados.

—No te quepa ninguna duda.

—Ilumíname, ¡oh, *sensei*!

—¿Por qué? ¿Quieres conquistar mujeres?

Apoyo las dos manos en sus hombros y me inclino hacia él con una sonrisilla juguetona.

—¿Por qué? ¿Tienes miedo de que conquiste más mujeres que tú?

Me devuelve el gesto con la misma actitud desenfadada.

—Sería ridículo tener miedo de los hechos. No dudo que conquistarías a todas las que quisieras.

Pongo los ojos en blanco y vuelvo a dejarme caer a su lado. Su mirada formula una pregunta clara: «¿No ibas a por patatas... o algo?». Imito con la mano el movimiento que hace mi cabeza, un círculo impreciso.

«Voy demasiado cambada[43] para eso».

—¡Mirad el cielo! —exclama Leire a nuestra espalda.

Obedezco como una autómata. De inmediato, una sonrisa ocupa toda mi cara —la siento hasta en las orejas— al señalar el milagro.

—¡Empiezan a venir las estrellas! Thiago, tienes que pedir un deseo. —Le doy un codazo—. O varios. Tantos como puedas. No podrás hacerlo hasta el año que viene.

—¿Los deseos que pediste el año pasado se cumplieron?

—Claro que sí. Es cien por cien fiable.

—En ese caso... —Thiago alza la barbilla para que la luna le

43. Borracha.

ilumine la cara. Cierra los ojos con solemnidad, une las manos en un rezo y dice—: Deseo una minga tan larga como las piernas.

Se me escapa una risa tonta.

—¡Eso no vale!

—¿Puedo pedir estar más fuerte? ¿Eso sí te vale?

—Me vale. Yo pediría no tener que volver a depilarme nunca más. ¿El segundo?

—Eh... Joder, tener que pensarlos tan rápido es complicado. Pediría un fuet. Un fuet siempre entra bien.

Suelto una carcajada.

—Pues yo pediría un daiquiri de fresa.

—Lo que bebes es lo único femenino que tienes, ¿sabes? Ahí va mi tercer deseo: quitarme la cicatriz de la apendicitis. Poco estética. Innecesaria. Me jode el cuerpazo de adonis.

—¿No te quitarías la cicatriz de la cara para, además, ser el más guapo del mundo? —replico en tono jocoso.

La sonrisa no se le mueve de la cara, pero es como si de pronto le hubieran puesto un filtro sepia.

—No. Esa no.

—¡Claro que no! Te da el aire peligroso que atrae a las pibitas, ¿eh? —Le doy un codazo amistoso—. ¿Qué harías si no se te acercaran a preguntarte qué te pasó? ¿Qué excusa tendrían ellas para hablarte?

Thiago tuerce la sonrisa a un lado, pero no hay ni pizca de diversión en su gesto.

—No tiene que ver con eso, sino... —Mantiene la vista fija en el cielo. Sé que si sigue hablando es porque el alcohol le da fuerzas—. Algunas mañanas me despierto algo atolondrado y me creo... Creo de verdad que fue una pesadilla. El accidente, digo. Verme la cicatriz me recuerda que aquello pasó. Pero también me da *flow*, ¿eh? —añade, devolviéndome el codazo en el costado.

No muy segura de que vaya a aceptar mi atrevimiento, alargo los dedos hacia la cicatriz.

He oído a conocidos decir sobre ella que es algo grotesco. Esa es la palabra usada. «Grotesco». Me asombra lo cruel que puede ser la gente, de forma totalmente gratuita y solo porque hacer cábalas sobre vidas ajenas es entretenido.

Yo las hice en su día, lo reconozco, pero nunca con maldad. Estaba enamorada de esa cicatriz; bueno, de todo lo que formaba parte de él.

Thiago no se mueve. Me pregunto si nota el contacto como lo notaría si nunca hubiera tenido una incisión de ese tamaño, en una zona que no estuviera marcada por los puntos ni por la desgracia.

Se lo pregunto porque, total, no tengo nada que perder.

—Las cicatrices suelen ser más suaves que la piel. ¿Cómo sientes tú mis dedos? ¿Eres más sensible aquí?

Thiago me mira de soslayo, porque si se girase hacia mí tendría que retirar la mano o mostrarme su turbación en todo su esplendor.

—Ahí soy más sensible que en ninguna parte —contesta en voz baja—, así que tócala con cariño.

De pronto me entran unas ganas inmensas de interrogarlo acerca del accidente.

Las dudas que tengo no cabría calificarlas de sórdidas, porque no quiero saber en qué asiento se encontraba en el momento de la colisión ni quiero que me resuma el parte médico. No me interesa averiguar si vio a sus padres muertos o le comunicaron la noticia después. Intuyo que esos son detalles dolorosos que no quiere decirse ni a sí mismo. Pero deseo saber en qué le ha afectado, más allá de convertirlo en un chaval que busca, dondequiera que se dirija, el protagonismo que le fue arrebatado. Deseo saber si se acuesta pensando en ello, si a veces le hormiguea la piel de la cara o el resto de las cicatrices esparcidas por su cuerpo, lo mismo que el síndrome del miembro fantasma que padecen algunas personas tras perder una extremidad.

Quiero saber si alguna vez los ha llorado con propiedad.

Yo nunca le he visto llorar conscientemente por lo que ocurrió, al menos. Ni siquiera mencionarlo. Apenas cambia la cara si se le recuerda.

A no ser que se lo recuerde yo, que entonces es como si lo agradeciera.

Thiago vuelve la cara hacia mí. Mi mano se queda apoyada en su mejilla, ahuecándola con una ternura que me es desconocida. Sobre nuestras cabezas, las estrellas siguen surcando el cielo, echando carreras a ver cuál cumple antes nuestros deseos.

Una parte de mí ruega por que sea el que Thiago reclama a continuación.

—¿Tengo derecho a un deseo más?

—Un deseo por estrella. Es así como funciona.

Sus ojos vidriosos por el alcohol conectan con los míos. Si alguna vez he querido meterme en su cabeza, ha sido por culpa de las ventanas que insinúan a ratos que la casa puede estar en llamas; de esos ojos que se nublan, esas miradas que se tuercen a la amargura como los renglones de las notas que escribe en los márgenes de sus libros.

Thiago se inclina sobre mí. Se las arregla para que parezca que nuestros labios se rozan por casualidad. Tiene los párpados entornados, como un niño que lucha por no quedarse dormido y así pillar a los Reyes Magos con las manos en la masa. Me pregunto, con el corazón en un puño, si ese es el regalo que ha pedido.

De ser así, las estrellas no pueden concedérselo. Solo *yo* puedo.

Le devuelvo el beso con la mente en blanco y la mano engurruñida entre su pecho y el mío. Ahí están el café, el sol, los caramelos. Es como beberse el otoño.

O quizá solo estoy desvariando porque voy como una cuba.

Sí, definitivamente estoy desvariando. Y voy como una

cuba. Pero este golfo sabe besar, de eso no hay duda. Lo del otro día no fue una vaga impresión producida por el shock, ni tampoco estuvo inspirado. Es una realidad innegable.

Ha contado con una buena genética y ha demostrado una gran disposición a amortizarla para hacer felices a las mujeres, está claro. La misma disposición que demuestra mi cuerpo para dejarse cautivar. Tengo que presionar los muslos para ocultar el escalofrío placentero y a la vez turbador que se concentra justo ahí, donde no me han tocado desde hace...

Sé que no me va a tocar más de lo debido. Está mi hermano Airam justo detrás. Pero solo de pensarlo me vuelvo a bloquear.

Espera. *Airam*.

¡Airam!

Me aparto con todo el disimulo que me permite la sorpresa y miro a Thiago con una mueca. Lo deletreo con los labios: «A-i-r-a-m». Él enarca una ceja con una respuesta muy clara: «Sí, Airam. ¿No era ese el plan?».

Thiago me toma de la mano y tira de mí para ponerme de pie.

Así que se propone sembrar el pánico, ¿eh? Hacer bomba de humo para que piensen lo peor.

Estupendo.

Ahora soy yo la que lo agarra con fuerza y, sin mirar ni un momento a las parejas que seguramente nos estén vigilando, lo guio hasta donde hemos dejado el coche aparcado; lo bastante cerca para no perdernos a la vuelta, borrachos y tambaleantes, pero también lejos para que no me escuchen jadear cuando me apoyo en el maletero, oculta de sus miradas.

—Creo que se lo ha creído —susurro una vez estamos a resguardo.

Al haber tirado yo de su brazo hacia mí, Thiago tiene que hincar los talones en la tierra para no acabar chocando conmigo. Pero acaba muy cerca, de todos modos.

Sus ojos brillan más que la luna al encontrarse con los míos.

—Me lo he creído hasta yo.

—¿Ah, sí?

—Sí. No se nos da nada mal jugársela a terceros, princesa Dácil. Quién nos iba a decir que como aliados obtendríamos mejores resultados que como enemigos.

—Tampoco te hagas ilusiones, que no creo que tengamos futuro como Bonnie y Clyde.

—¿Y por qué no? —Baja la voz un tono y me oculta del resto del mundo cubriéndome con su cuerpo—. ¿Me vas a decir ya qué es lo que te pasa conmigo, o vas a tenerme rogando otros tres años?

—No te he visto rogar nunca. Si lo hubieras hecho, otro gallo habría cantado.

Thiago enarca una ceja con mensaje retador: «¿Ah, sí? Pues ahora verás».

Me tiende su cerveza para que se la sujete. Arrastra uno de los pies por la tierra, como si la quisiera aplanar para elaborar un dibujo, pero no es eso lo que se propone. Antes de que pueda siquiera imaginarme lo que va a hacer, Thiago se arrodilla ante mí y une las manos en un rezo.

—Princesa Dácil, te pido, te ruego... no, ¡te imploro!, que te apiades de este pobre siervo tuyo y lo eximas de toda culpa. Sea cual sea el pecado que cometió, nunca le movió la maldad. Quizá solo el desconocimiento y la estupidez. Pero si no puedes perdonarme, oh, princesa Dácil, ¿podrías al menos decirme qué hice? Yo buscaré el modo de enmendarme...

—Cómo se nota que te encanta leer —me burlo—. Levántate de ahí, venga. Solo dices esas cosas porque estás borracho. Y los borrachos no me conmueven.

Thiago deja caer los brazos a cada lado del cuerpo, rendido. Con el rostro alzado hacia mí y todavía de rodillas, parece ahora un condenado a muerte.

—¿Qué te conmueve, entonces? Aparte de los animales abandonados.

—A ti te lo voy a contar... ¡Ponte de pie ya!

Orden equivocada.

Thiago me rodea las caderas con las manos. Está tan borracho —¿o solo lo finge?— que necesita un punto de apoyo para volver a incorporarse. Pero debe de pesar al menos quince kilos más que yo, y no puedo usar las manos para ayudarlo.

Tras intentarlo a costa de casi bajarme el pantalón, riéndose como un idiota y, lo que es peor, riéndome yo como una idiota, se rinde. Pero deja las manos donde están, aferrando los bordes de mis vaqueros y mirándome con esa extraña expresión suya.

Creo que le estoy sonriendo de vuelta. Culpo al alcohol, ahora que puedo. Pero la sonrisa no aguanta mucho tiempo en su sitio, igual que sus manos se cansan de su pasividad y deciden pasear una caricia por el cinturón. Juguetea con el botón de los pantalones un segundo antes de subir a mi vientre y tocar una de las bolitas del *piercing*. Dejo que me haga reír cuando las cosquillas llegan a mi ombligo; cosquillas que se transforman en algo más cuando, sin dejar de mirarme muy serio, rodea las caderas y despliega sus manos sobre mis nalgas.

Me atrae hacia él ejerciendo la presión justa por detrás y apoya la barbilla, esa barbilla rasposa por la barba que nunca ha dejado crecer —siempre he querido saber de qué color es, si rubia como su pelo y sus cejas, si blanca como se le ponen algunos mechones en verano, si pelirroja como sus pestañas o castaña como el vello de debajo del ombligo—, justo debajo de mi pecho.

Cierra los ojos y su nariz traza una línea perfecta desde el borde del top hasta el bajo vientre. Me estremezco de pensar que esa caricia suave y húmeda que siento en la piel sean sus labios.

—¿Qué haces? —Me tiembla la voz.

Él me mira con resignación.

—No lo sé.

—¿Cómo que no lo sabes? Levántate, golfo.

—No me puedo levantar. Creo que me quedaré a dormir aquí.

—¿Qué dices? ¿Aquí? ¿Dándome el abrazo más raro del mundo?

—Eso no es mi culpa —se queja, mohíno—. No se te puede dar otro tipo de abrazo.

No sé si son sus ridículos morritos, que lo dice en un tono de niño enrabietado o que acaba de cruzar los codos a mi espalda para acercarme más, *apretarme más*, pero se me escapa una sonrisa que él caza al vuelo.

—Me parece a mí que te has creído el teatro al pie de la letra. Despierta, amigo, que se ha acabado la función...

—¿Se puede saber a qué estáis jugando ahora? —espeta una voz que conozco muy bien.

Thiago no podría haberse levantado a tiempo para recibir a mi hermano en plena posesión de sus facultades, pero no se puede decir que no lo intentara, renqueando con muy poca habilidad.

Airam ha debido de cansarse del jueguecito. Mucho había tardado. Sin embargo, toda la seguridad con la que había aparecido se desarma en cuanto ve la postura en la que estamos.

Hemos hecho bien en no aprovechar la relativa intimidad para abofetearnos. Su cara de asombro no tiene precio.

—¿A qué estamos jugando? A nada —contesto con inocencia—. Hemos resuelto nuestras diferencias.

—Ya veo, ya. Y cómo habéis resuelto vuestras diferencias, ¿eh? Vuestras diferencias de tres años.

—¿Y tú me lo preguntas? —Intercambio una mirada de fingido asombro con Thiago, que, gracias al cielo, me sigue el rollo—. Fue gracias a ti, Airam. A Leire y a ti, para ser exactos.

—Al decirle a Dácil lo que siento por ella, encontró el valor necesario para acercarse a mí y declararme sus sentimientos.

Arrugo el ceño en su dirección.

—Más bien al revés. Al descubrir lo que *yo* siento por *ti*, tú decidiste plantarte a los pies de mi balcón y confesarme por fin que te has comportado como un imbécil porque no podías aceptar que me quieres.

—Bueno, vamos a dejarlo en un cincuenta-cincuenta.

—Sesenta-cuarenta —contraataco.

—Siempre tienes que quedar por encima —se queja, ignorando la cara de culo de Airam.

—Pues claro que sí. Ya sabes que me gusta el papel de activo. —Le guiño un ojo.

Thiago suelta una carcajada.

—Gracias por la información. No me viene mal saber cuál es mi rol, princesa.

Airam no puede aguantar más tanta tontería y alza las manos. Thiago entiende su shock como el momento perfecto para incorporarse dificultosamente y apoyarse a mi lado.

—Es coña, ¿no? —atina a balbucear Airam.

—¿Por qué iba a ser coña? —Thiago se cruza de brazos—. ¿Acaso era coña cuando Leire y tú nos dijisteis lo que nos dijisteis? No, ¿no? ¿O sí? ¿Sí era coña?

Mi hermano abre la boca para replicar enseguida. Se queda un buen rato boqueando, sin saber muy bien cómo defenderse.

Pues claro. No existe defensa posible.

Al final se pasa una mano por la cara y carraspea.

—Mira, si esto es una especie de venganza por la pequeña jugarreta...

—Eso de «pequeña» es discutible. —Le paso un brazo por la cintura a Thiago y apoyo la mejilla en su hombro, sonriendo de oreja a oreja—. Porque mira qué amor tan grande ha despertado.

—Os lo estáis pasando de lo lindo burlándoos de mí, ¿no?

Podría estirar la broma un par de horas más, unos días o incluso lo que quede de verano; trastornar a mi hermano tanto como me trastornó a mí Leire con la tontería del romanticismo. Pero no tengo paciencia para las estupideces.

Me quito el brazo de Thiago de encima para apuntar a Airam con el dedo.

—El que se lo pasó de lo lindo fuiste tú. Seguro que te metiste en la cama muy orgulloso, feliz de lo que conseguirías contándonos milongas a los dos. Debiste de pensar que era un plan maestro y que nunca lo descubriríamos, ¿no?

—A ver, a ver, un momento. Antes de echarme una bronca muy merecida, ¿podríais confirmarme que no estáis liados?

—Confirmaré o desmentiré cuando a mí me dé la gana, pero tranquilo, será antes de lo previsto. A diferencia de ti, yo tengo algo de piedad y me cuesta dormir sabiendo que he dejado a alguien torturándose.

Airam suelta una carcajada.

—Estás de broma, ¿no? ¿Que tú sí tienes algo de piedad? Mira, Dácil, a lo mejor no he tomado las medidas más benevolentes, pero no me vengas con historias que te ponen como la víctima. Yo no me habría metido en vuestros enredos si no me hubierais metido vosotros a mí. A mí y a Leire. Precisamente porque estoy hasta las narices de que no tengas piedad (ni madurez, dicho sea de paso) me he tenido que rebajar a la crueldad y al infantilismo. Y fíjate, algo de resultado ha dado, porque habéis dejado de pelearos.

—Estarás tan feliz de lo que has hecho —le escupo a desgana—. Cómo se nota que no estuviste allí cuando casi llegamos a las manos por tus mentiras.

—No estoy exactamente feliz, pero desde luego tampoco estoy tan mal como hace una semana. Es que no os dais cuenta. —Airam sacude la cabeza y se la sujeta, como si estuviera a punto de perder los estribos—. No os dais cuenta de que es imposible vivir a vuestro lado. No os dais cuenta de que sembráis el mal rollo allá donde vais, de que no se puede estar tranquilo, de que no se puede respirar. Sois un par de niñatos egoístas que no hacen el esfuerzo de llevarse bien o de fingirlo ni por su familia. Así que si crees que te voy a pedir disculpas, estás flipando, Dácil. Estás flipando.

Las palabras «niñatos egoístas» se quedan resonando en mi cabeza como el eco de una percusión. Si Airam no se hubiera dado la vuelta para dejarme con la palabra en la boca, obligándome a decir algo para tener la última palabra, seguramente habría dicho algo más elaborado que:

—¡Que te den!

Capítulo 15

El diablo tiene un sexto dedo en el pie

Thiago

—¿Cómo de enfadada está del uno al diez?

Bajo las gafas de sol a la punta de mi nariz y ladeo la cabeza hacia la voz de la razón, que últimamente está de todo menos racional.

Airam languidece a mi lado en la posición del loto. No aparta la vista de la Dácil playera, que, para nadar en las calmadas aguas de un día sublime, lo ha condenado a la supervisión de su bolso sin dejar de aplicarle la ley del hielo.

Dice que las playas de Los Cristianos están masificadas y prefiere los muelles o calas como El Balito, pero ha sido la que nos ha seguido —con la nariz apuntando al cielo, por cierto, no se nos vaya a olvidar que la niña está molesta— cuando hemos decidido echar la mañana aquí.

Aun así, tiene razón en cuanto a lo de la masificación. Si no viniéramos para tostarnos, le habríamos clavado el palo de la sombrilla al menos a siete bañistas.

—El número de Dácil es el trece —contesto, devolviendo la vista al libro.

—¿Y cómo de enfadado estás tú?

—A mí me importa un comino. Entre tú y yo, fue un contraataque maestro.

Airam emite una carcajada que se va desinflando poco a poco.

—Pensaba que lo que hice estaba justificado, pero la vi tan furiosa que... No sé. No me gusta estar enfadado con ella —reconoce, tirándose de una de las pulseras de la suerte que le rodean el tobillo. Dácil las compra para los dos en el paseo marítimo.

Antes las compraba para los tres.

Es obvio que le gusta pedir deseos. La he visto mil veces cerrar los ojos, pensando en si las fuerzas del destino se los concederán, mientras se ataba la pulserita de colores. También la he visto haciendo lo imposible para que se rompa, pues solo en ese momento se cumplirán. Pero solo será así si se rompe por causas naturales; de ahí que se acaba desesperando en todos los casos. No es lo bastante paciente para sentarse a esperar que ocurra. Es más bien controladora y quiere que se rompa cuando y como ella quiere.

—No sé cómo soportas que esté cabreada, te lo digo en serio —suspira Airam.

Bajo el libro a la altura de mi nariz para echar un vistazo a la reina de Roma. Me pregunto qué le habrá dicho Leire para apaciguarla y conseguir que acceda a echarle unas fotos en la orilla.

Me pregunto también por qué nadie le echa fotos a ella.

—Uno se acaba acostumbrando —resumo con voz queda.

—Bueno, de algo sirvió la jugarreta, ¿no? Le diste un beso al Anticristo y no ardiste.

Airam es el único con derecho a hacer esa clase de bromas sin recibir de parte de la aludida desde un coscorrón hasta tres años de odio visceral. Sospecho que no se trata de los insultos, porque a la propia Dácil le gusta bromear sobre su carácter, sino del modo en que se le dedican. De ser así, no sé cómo nunca ha entendido que mi intención al buscarle la boca quedaba lejos de hacerle daño.

Asiento con la cabeza, reacio a proveer información detallada.

Sí, he besado al Anticristo, pero me parece a mí que algo sí que ardió. Siempre he dicho que Dácil es un peligro público y un carácter endemoniado, pero si hubiera sabido que es dulce y a la vez ácida como el mango con petazetas, me lo habría pensado antes de echarle la cruz.

Eso es, *Mango con petazetas*, como la canción de Moral Distraída.

«Tú sí que tienes la moral distraída, cerdo. ¡Que es la hermana de Airam!».

—No vuelvas a hacerlo, ¿vale?

Airam me obliga a apartar de nuevo la vista de las páginas. Me arrepiento de centrarla en él en cuanto lo pillo observándome de hito en hito, como si hubiera leído mis pensamientos.

Juego la carta de lo que me gusta llamar El Sueco.

—¿El qué?

—Acercarte a ella de esa manera. No me lo creí del todo anoche, pero los escasos momentos en los que me planteé que pudiera no ser teatro... me puse nervioso, la verdad. Sabes que te quiero —me recuerda—, pero ya sabemos cómo acaban las mujeres que se acercan a ti.

—¿Felices y satisfechas?

—Con el corazón partido.

—Relájate, Alejandro Sanz. Dácil no se ha acercado a mí. Se ha aprovechado de mí para vengarse de ti, que es distinto. Soy yo el que salgo perjudicado, ¿y encima me adviertes con tu tonito de la Cosa Nostra?

—Sé que Dácil es una aprovechada y un grano en el culo, pero también es una compañía maravillosa si se siente cómoda, si la dejas ser. Tuviste que verlo anoche. Por eso me siento en la obligación de recordarte que mi hermana no va a ser una de esas.

—Me cuesta creer que me estés amenazando con esto. Tu hermana me dijo el otro día, y esto es una cita textual, que le doy ganas de vomitar.

—Pues has debido de ablandarla, porque hace una semana te habría dicho que le das ganas hasta de pronunciarse en contra de la inmigración, con lo que ella es para el politiqueo progre.

Me cuesta aguantar una carcajada. Una vez, aprovechándose de que nací en Funchal, Dácil me amenazó con hacerse una camiseta antiportugueses. Y cumplió, por cierto. Apareció con ella de fondo en el Skype que los Oramas hicieron conmigo para felicitarme por mi cumpleaños. «Acción Antiportugal», rezaba.

No me quedé con las ganas de decirle que era una pena que no hubiera impreso mi cara.

Ah, y que me estampara una igual.

—¿Y no es eso lo que querías?, ¿que Dácil se ablandara conmigo? Ahí la tienes. Estamos en el mismo kilómetro cuadrado y no está a horcajadas sobre mí tratando de estrangularme. Es el beneficio esperado, ¿de qué te quejas?

—No me quejo de nada. Mi hermana no te tocaría ni con un palo, pero prefiero curarme en salud. Preferiría que no pasara nada como pasó con Raquel, o con Olivia, o con Pilar, o con Vanessa...

Aspiro entre dientes como si la mención me hubiera dolido.

—Uf, Vanessa.

—¿«Uf, qué tetas, Vanessa» o «Uf, qué tortura, Vanessa»?

—Las dos cosas, pero sobre todo la segunda. No hay talla de sujetador que pueda compensar lo que esa mujer me hizo pasar.

—La dejaste tirada —me recuerda Airam—. Como a todas

las demás. La diferencia es que ella puso su orgullo de lado y no lo aceptó con deportividad. Todo lo contrario: quiso hacerte pagar el *ghosting*.

—Eh, yo nunca hago *ghosting*.

—Pero cortar toda relación con las muchachas en cuanto quieren algo más de ti tampoco es caballeroso.

—¿Y qué hago? ¿Me quedo con ellas por pena? No me cabrees, anda, y ponte a lo tuyo.

Airam deja escapar un silbido.

—A alguien no le gusta que le digan las cosas claras.

—A alguien no le gusta que se metan en su vida. Y tú tampoco eres aquí el rey de la responsabilidad afectiva, que te diviertes más con Maday que con Leire, y al menos una de las dos se ha dado cuenta de lo que puede significar.

Airam se me queda mirando boquiabierto, pero, *ah, amigo mío*, te conozco como a la palma de mi mano, y ni el bronceado va a evitar que se te encienda el puente de la nariz por la vergüenza que debería darte.

—¿Tú también con eso? Es mi amiga.

—A mí no me vengas con cuentos, que tengo ojos en la cara y tuve oídos cuando me quisiste contar lo que me contaste.

Airam presiona los labios, mosqueado. En cuanto coge carrerilla, no hay quien lo pare:

—Bueno, ¿y qué? ¿Se supone que debo ignorarla? Bastante paso de ella el resto del año como para encima actuar como si no existiera en mi propia isla. He venido para presentar a Leire a todo el mundo, he organizado quedadas a solas, me he tenido que liar a voces con mi madre para pasar las noches con ella, y parece que nada le vale porque Maday me hace reír. ¿Qué le hago? Era mi mejor amiga, la mejor amiga de Dácil y mi vecina. ¿Levanto su casa en carretilla y me la llevo al barranco de Adeje para que no la vea?

Ahora me toca a mí lanzar un silbido.

—A alguien no le gusta que le digan las cosas claras —parafraseo con retintín.

—No me gusta que te metas en mi relación. Ni que metas a Maday.

—Es Leire la que ha metido a Maday. Está segura de que la amas en secreto, o algo así. Y a lo mejor no va tan desencaminada —me atrevo a agregar. Enseguida levanto el libro para protegerme de un proyectil que no llega, porque Airam abre la boca, pasmado y ruborizado a la vez.

Por fortuna para él, incapaz de encontrar una defensa decente contra los ataques directos, alguien nos interrumpe.

—¡Eh, Airam! ¿Cómo es que estás por aquí y no has dicho nada?

El aludido se debate entre ignorar al recién llegado y a sus amigos para rebatirme o bien comportarse como dicta la mínima educación. Entre el bien y el mal, Airam siempre sabe a qué lado decantarse. Me advierte con un vistazo asesino que esto no quedará así *—ya lo veremos, palomín—* y se incorpora para saludar a un grupo de chavales. Parecen salidos de un videoclip de Locoplaya. O ser los chicos de Locoplaya, directamente.

Los reconozco de fotos que Airam ha subido a su Instagram y de habérmelos encontrado con él en Verónicas o en esta misma playa. Algunos son colegas del instituto que se quedaron en Tenerife porque la Universidad de La Laguna ofertaba sus carreras de preferencia. Otros, ya que tenían que dejar la isla, emigraron a la Península, pero han venido a pasar el verano a su tierra natal. Airam los recuerda con cariño y es innegable que se alegra de verlos, pero esos ya no son amigos con los que se sienta identificado o quiera echar más que unos minutos de charla banal.

¿Qué puedo decir sobre eso? Le entiendo. El cambio de ciclo se nota en el desarrollo personal. Por más que quisieras a tu compañero de pupitre de cuarto de la ESO, cuando se meta a estudiar Química porque no entró en Fisioterapia, quizá se junte con malas compañías, o se convierta en un empollón repelente, o se eche una novia que le traiga loco de remate y nunca más vuelva a ser el mismo.

El caso es que no tengo el menor interés en la conversación. Saludo agitando una mano muerta y vuelvo a lo mío.

Ya sé quiénes son y me parecen un puñado de imbéciles.

—... sí ... doble matrícula...

—... muy bien... la abuela de Pablo...

—... con Aythami... pasamos de locos...

—... mi novia... Lola es un bombón...

Lo único que entiendo alto y claro es:

—Voy a por Leire. Os encantará conocerla.

¿Les encantará conocerla? Les encantará *incomodarla* como los monos babosos que han demostrado ser más de una vez.

Airam apenas ha dado cinco o seis pasos hacia la orilla para traer a Leire cuando llega el primer comentario.

Solo que no es sobre quien yo creía.

—¿Esa es Dácil? Agüita, hermano. Nunca la había visto en biquini —comenta el que se parece a Don Patricio, un escuchimizado con un bañador fucsia estampado. Se llama Oliver, si no recuerdo mal—. ¿Están seguros de que lo que se dice por la *facul* es verdad? Porque está buenísima. Me cuesta creerlo.

Aythami, como se llama el de los dos metros y la joroba de Dowager, lo mira con seriedad.

—Créetelo. Ancor me lo confirmó de primera mano. Todo lo que tiene de guapa, lo tiene de esquiva. Y, de todos modos, tampoco es tan guapa de cara.

Los cojones.

—Tendría que maquillarse más —opina al que conozco como Guille. Es el que tengo entendido que más triunfa entre las mujeres, y ahora me pregunto por qué. Quizá porque no pone en su conocimiento sus opiniones de mierda.

Bajo el libro para alzar la cabeza hacia él, pero el siguiente en hablar se me adelanta.

—El maquillaje no tapa el mal humor, por desgracia —lamenta Oliver—. No debéis de haber charlado mucho con ella. Con hacerlo un par de veces deja de extrañarte que sea virgen. O lo mismo tiene que ver con lo de que sea medio negra, que lo exótico no les va a todos.

No escucho el comentario que sigue a *esa palabrita* porque la sorpresa me paraliza.

¿Virgen?

Dirijo una mirada dudosa al mar, pero no encuentro a Dácil por ninguna parte. Leire y Airam están hablando... o discutiendo. Es Dácil la que acude a mi encuentro sin saber muy bien lo que le espera. Venía escurriéndose el pelo con la vista clavada en las puntas de los dedos, que se le deben de estar quemando por culpa de la temperatura de la arena.

Cuando alza la mirada, es demasiado tarde para huir en desbandada. Y los tíos estos, en vez de cambiar las caras y fingir un poquito para agradar, solo ensanchan sus sonrisas desdeñosas.

—Hombre, Dácil, qué alegría verte —dice Aythami.

Ella se pone blanca, pero no se deja intimidar.

—No puedo decir lo mismo.

—Ya sabemos que no eres muy cariñosa con los chavales —Guille se cruza de brazos—, pero podrías hacer un esfuerzo con los amigos de tu hermano, ¿no?

—¿Y tú eres amigo de mi hermano? Airam tiene mejor gusto.

—No tan buen gusto como Ancor este último año —se mete Aythami.

Y se echan a reír, los hijos de puta.

Esta vez, Dácil se me adelanta haciendo uso de su lengua viperina. Pero se le traba, porque el comentario la ha afectado.

—Que te jodan, gilipollas.

Oliver silba.

—¡Qué malas pulgas tiene la pibita! No me extraña. No es que te hayan follado mal, es que directamente no te han follado, ¿eh? ¿O ya has encontrado a alguien que te haga feliz?

—Lo mismo un orgasmo te quita la cara de vinagre —opina Aythami—. Deberías hacer caso a los guarros que te ponen comentarios en Salseo ULL. He visto que tu foto rula por internet. Aprovecha que alguien te quiere poner un dedo encima...

Dácil vuelve a ponerse blanca como el papel y luego roja de rabia.

El deseo de que ver cómo les estrella el puño en la cara está a punto de doblarme por la mitad, pero eso no sucede. Dácil se bloquea con las risotadas de los chavales.

Ni siquiera me da tiempo a pensar el mejor contraataque. Suelto lo primero que me viene a la cabeza:

—Callaos la boca de una puta vez.

Aythami tiene el descaro de hacerse el sorprendido:

—¿Por qué? ¿Solo la puedes insultar tú? Pero si eres el primero que puede dar fe de que nadie la tocaría ni con un palo. —Se refiere a mí con una sonrisa coleguita—. Yo estaba allí cuando le decías a Pedro que no te gusta ni para hacerte el desayuno.

¿Qué dice este?

—Será porque soy alérgico a las frutas que le gusta comer —contesto, un tanto aturdido.

—O porque eres el primero que la sufre. Vivir con ella todos los veranos debe de ser una tortura.

—Tortura la que tiene que aguantar tu madre, más bien, ¿no?

—Déjalo, Thiago —espeta Dácil.

Se abre paso entre el grupo empujándolos por el pecho, algo que, por lo visto, les hace mucha gracia a los implicados, y se encamina hacia el final de la playa.

En cuanto escucho la risilla del primero, un acceso de ira está a punto de matarme. Me levanto guiado por un insólito impulso asesino. Estoy al borde de soltar sapos y culebras cuando interrumpe el propio Airam.

No sé cuánto lleva escuchando, pero ha sido suficiente para cambiarle la cara.

—¿Qué coño le habéis dicho?

Viendo que Airam piensa encargarse del asunto, vuelvo a estirar el cuello para buscar a Dácil con la mirada. Es inconfundible. Debe de vestir el biquini más diminuto de la playa, y lo lleva como si hubiera nacido con él puesto.

Ni me lo pienso a la hora de escabullirme sigilosamente detrás de ella. Con su paso enérgico de militar ruso levanta una polvareda con la que es fácil seguir sus huellas. Estoy cruzando los dedos para que no haya lágrimas en sus ojos cuando ella cruza la calle hacia el paseo marítimo.

Escoge una tienda de souvenirs para perderse de vista.

Tengo que zigzaguear entre los balones y los roscos de playa de la entrada para internarme en la (solo por tiempo limitado) nueva guarida de Dácil. La intercepto examinando biquinis que podrían romperse con mirarlos. Pasa las perchas de un lado a otro con gestos bruscos, como si fuera de ellos la culpa.

Meto las manos en los bolsillos y doy un paseo de todo menos inocente hasta llegar a Dácil. No me extraña que el dependiente me mire con el rabillo del ojo. Debe de saltar a la vista que he entrado con un propósito; lo que creo que debería explicarle es que este queda muy lejos de robar unas gafas de sol.

Paro justo delante del perchero, donde se expone la línea de baño femenina. Dácil está al otro lado, fulminando con la mirada los espantosos estampados de los triquinis fosforitos.

—¿Estás bien? —pregunto en voz baja.

Ella ni siquiera se sorprende de que la haya seguido para

algo distinto a rematarla. Con una miradita irónica, me lanza el primer dardo: «¿Y a ti qué te parece, lumbreras?».

Entre todas las cosas del mundo, siempre he pensado que lo que Dácil menos tolera es la hipocresía. Por eso no teme mostrarse insoportable a veces. Bajo el argumento de «estar siendo real» pretende justificar cualquier crueldad, lo que, en mi opinión, tampoco es sano. Pero a ver quién es el guapo que le dice a Dácil Oramas que no sea tan literal.

Basta con echarle un vistazo, a punto de romper a llorar de agonía, para saber que la humillación le da mucho más coraje que la hipocresía.

No se me ocurre más que improvisar un torpe consuelo:

—Solo son un puñado de gilipollas. Me sorprende que con la edad que tienen anden más preocupados de lo que pasa en los dormitorios ajenos que de lo que hacen con sus propias vidas.

—Son universitarios. Tienen tiempo libre. Lo que no tienen es dinero, por eso se divierten con lo que es gratis: reírse a costa de las miserias de los demás.

—Te referirás a la miseria de Ancor, ¿no? No a la tuya.

Vuelve a dejarme claro con una mirada que estoy muy lejos de entenderla. Pero ella también está muy lejos de compadecerse de sí misma. Tras tomar una inmensa bocanada de aire, cuadra los hombros y retoma el asunto con una frialdad que me sorprende:

—Más allá de que se dieran un golpe en la cabeza al nacer, tienen razón. Si me afecta es porque es verdad. Resulta ridículo que a mi edad no tenga experiencia sexual.

Vale, esto no me lo esperaba.

—Quizá sea inusual —acepto con tiento—, pero no es ridículo. Uno debe esperar a estar preparado.

—¿Dónde has leído eso? ¿En una taza de Mr. Wonderful? Despierta, Thiago. Eso solo es teoría. En la práctica, la virginidad es un lastre que uno tiene que quitarse para moverse en sociedad sin miedo a que le cuelguen la etiqueta de friki. Dios... —Aparta la mirada—. Es vergonzoso estar hablando de esto contigo. Precisamente contigo.

—¿Por qué?

—¿Por todas las veces que te has burlado de mí insinuando que no le gustaría a nadie, que no me aguanta ni mi novio y, en definitiva, lo que han dicho esos tarados?

—Esas veces yo... yo solo... —Dácil enarca las cejas. «Venga, a ver con qué excusa me sorprendes». Acabo suspirando—. Solo estaba siendo un imbécil, ¿vale? Nunca se me habría pasado por la cabeza que te lo tomarías en serio porque eres... Yo no sabía que eres...

Dácil me hace saber con una mueca irónica que estoy confirmando su teoría. Quiero forzarme a decir la palabra «virgen», pero incluso si la dijera, su hipótesis y ella saldrían ganando, porque es verdad que me extraña y me sorprende esta... información.

Obviamente, jamás se me ha pasado por la cabeza una imagen mental que declarase a Dácil no-virgen. Prefería y prefiero no pensar en Dácil desenvolviéndose en esas faenas. Pero es cierto que di por hecho que su novio se habría llevado el honor.

«¿Se habría llevado el honor? ¿Qué eres? ¿Un lord inglés?», me reprendo.

—No puedes ni decirlo. Ser virgen a cierta edad es como tener un sexto dedo en el pie. Como lo cuentes en voz alta, todo el mundo se girará para mirarte horrorizado. ¿Te crees que no lo he visto? A las pocas que se atreven a admitirlo les llueven toda clase de preguntas patéticas. ¿A qué esperas? ¿Por qué lo eres? ¿En serio? A lo mejor eres lesbiana... De esto último mejor no hablamos, porque parece que no tienes sexo de verdad si no eres heterosexual. Patético.

—Tú misma lo has dicho. Patético.

Sí, ella misma lo ha dicho, pero no ha conseguido convencerse. Dácil es tan cabezona que ni la propia Dácil, otra testaruda de idéntico nivel, logra dar su brazo a torcer a veces. Y mira que el brazo es suyo; si no lo tuerce ni su propia dueña, menos podremos hacer los demás.

Se le ve en la cara que está avergonzada y furiosa. Lo primero por acción externa y lo segundo porque se ha tomado en serio lo que le han dicho.

—Da, no pasa nada. Ya llegará. —«Y espero que, cuando llegue, no me lo cuentes»—. Tengo muchísimas amigas en tu situación.

—Mentira. Si tuvieras amigas en mi situación, ya te habrías encargado de que dejaran de estarlo.

Ese es un muy buen argumento.

Espero que no me pida nombres, porque ser rápido jugando a las palabras encadenadas no te garantiza que se te dé bien improvisar mentiras.

En cuanto ha hecho su último comentario, Dácil se ha quedado en silencio, repentinamente inmóvil, como si se le hubiera ocurrido una idea que no sabe aún si es brillante o algo macabra.

Inquieto al verla así, insisto en mis tristes consuelos:

—¿Qué puedo hacer para ayudarte?

Dácil mira a un lado y a otro, sospecho que para no tener que enfrentarme. Sospecha infundada, porque después de desesperarse meneando una pierna con energía, clava en mí una mirada que casi me hace daño.

—¿Me quieres ayudar de verdad? Pues hazlo realidad.

Por un momento no sé a qué se refiere.

—¿El qué?

—Lo que insinuamos anoche en la lluvia de estrellas. Ayúdame a dejar de ser virgen.

Creo que no me llega la sangre a las puntas de los pies. Y a ella le ha dejado de llegar a la cabeza, por lo que veo.

—¿Se te ha ido la olla? ¿Cómo que «ayúdame a dejar de ser virgen»? ¿Por qué? ¿Porque un hatajo de capullos cree que no haberse metido en cama ajena con veintidós años es humillante?

—Porque *yo* creo que no haberme metido en cama ajena con veintidós años es humillante.

—Dácil, eso no... —Tengo que cerrar los ojos un segundo para concentrarme en emitir un discurso brillante, uno que le quite las tonterías de la cabeza. Pero, por desgracia, las tonterías se aferran al cerebro de Dácil como las rémoras a los tiburones.

—¿Qué pasa? ¿Es que no te gusto? Ni se te ocurra decirme que no, porque las dos veces que me has besado, por mucho que te excusaras de forma estúpida, lo hiciste porque querías.

Oh, no. Va a abrir ese cajón.

Pensé que ignoraría su existencia para siempre.

—Eso no tiene nada que ver con las motivaciones que te impulsan a perder la virginidad.

—¿Qué? ¿Vas a decirme que he de esperar al príncipe azul, que tengo que estar preparada, que debería enamorarme de mi *partenaire*? Guárdate las tonterías. Apuesto a que tú perdiste la virginidad en un descampado con doce años, un condón caducado y la más guapa de todo el Bachillerato.

«Más o menos».

—Te aseguro que tú no quieres eso.

—Te aseguro que lo que quiero es mutilar mi himen de una vez por todas.

—¿Por qué tienes que ser tan bruta?

—¿Y tú desde cuándo eres un mojigato? Thiago. —Da un paso hacia delante. Si me había reconciliado con la idea de tenerla tan cerca, desde su «ayúdame» ha regresado la enemistad—. Eres un cerdo.

—Si así es como esperas convencerme, no lo vas a conseguir.

—¿Quieres palabras bonitas? Eres un cerdo —repite—. Te gustan las mujeres y te gusta el vino, como a Julio Iglesias.

—¿Ahora me estás pidiendo que te emborrache antes? ¿O que me emborrache yo si lo necesito?

—¡Estoy diciendo que no creo que le hagas ascos a nadie! El otro día te enrollaste con una chica dos segundos después de que te dijera su nombre. ¿Por qué no lo haces conmigo para que me pueda quitar esta asignatura pendiente de encima?

Generalmente no soy uno de esos santurrones que se escandalizan con el empoderamiento femenino en lo que al sexo se refiere. Todo lo contrario. Me gustan las mujeres que se te plantan delante con toda la naturalidad del mundo, te cogen de la mano y te invitan a su casa sin disimular con excusas retorcidas. Yo mismo veo el sexo como algo impersonal si se quiere mantener así, como un modo de obtener placer momentáneo. Pero que Dácil se refiera a ello del mismo modo que yo cuando no tengo rollo fijo me da escalofríos.

—Porque eres la hermana de Airam —improviso.

Una gran improvisación, de hecho. Es una de esas veces en las que te crees la mentira que acabas de decir.

—También era la hermana de Airam cuando me metías la lengua en la boca el otro día.

—No es lo mismo.

Dácil empieza a frustrarse.

—Joder, Thiago, tampoco es que se lo vayamos a contar después.

Solo de imaginarlo me entran los sudores fríos.

«¿Qué te ha parecido el último clásico? ¿No estuvo Vinícius que se salía, para variar? Por cierto, me he acostado con tu hermana».

Me froto la cara con desesperación.

—No me metas en tus historias sórdidas, Dácil.

—Eres tú el que se ha ofrecido.

—He ofrecido mi sabiduría, mis consejos, no mi semen.

—Quiero perder la virginidad —«Como lo repita una sola

vez más, me pondré a chillar»—, no tener un hijo tuyo, así que tu simiente de semental tampoco es de mi interés.

Viendo que estoy perdiendo la discusión, decido cortar por lo sano cogiéndola de los hombros. Espero a que Dácil clave en mí su mirada retadora. Mala idea, porque cuando hace eso, cuando pone los brazos en jarras y espera con esa superioridad de monarca francés a que le devuelva el golpe, me dan ganas de darle un mordisco. Y si se me ocurre imaginarme mordiéndola desnudo, encima o debajo de ella, podría, quizá, plantearme...

—¡No! —exclamo, captando la atención de toda la tienda. Bajo la voz para explicarme, nervioso como un gilipollas—: Nunca pensé que diría esto, pero lo siento, no voy a meterme en tus bragas.

Ella entorna los párpados con aire beligerante. Aparta mis manos dándome un golpe por el lado interno de los codos. Así es como da la discusión por zanjada.

—Muy bien. Entonces encontraré a otro que lo haga.

Capítulo 16

Dácil vs. *The World*

Dácil

—Te has vuelto loca —dictamina Maday—, y tengo pruebas claras a las que remitirme.

Clavo una mirada intimidatoria en su figura, que capto a través del espejo dejando de moverse al ritmo de la canción de Abhir Hathi. Yo también detengo mi actividad por un segundo: la aplicación del pintalabios que luciré esta noche en los insidiosos pubs de Verónicas.

—¿Qué pruebas son esas? ¿Que le haya dicho a un tío que me desvirgue?

—A veces me conmueve tu romanticismo.

—A veces me desquicia tu mojigatería. Dilo, chacha, ¿qué pruebas son esas? —Me incorporo (empezaba a dolerme estar doblada por la mitad para agacharme a la altura del espejo) y tapo el pintalabios para apuntar a Maday con él—. ¿Me falta una agüita por querer zanjar de una vez una cuestión que me tiene señalada como si fuera una leprosa? ¿Por quitarme de la frente el cartel de rara?

Maday bufa y se deja caer en el borde de la cama que comparto con Thiago. No lleva nada parecido a mis potentes botas de fiesta, las temidas Demonia que me señalan como gótica —a ver cuántas veces tengo que repetir esta noche que no hago sacrificios humanos... por ahora—, o al vestido ceñido que me he enfundado, sino las zapatillas percudidas para trabajar en el hotel.

Esta noche tiene turno y no va a poder acompañarnos.

—No exageres, anda.

—¿Que no exagere? Maday, el mundo gira en torno al sexo.

—Yo creía que giraba en torno al dinero.

—La gente no quiere dinero. Quiere lo que se puede conseguir a través de él. Como, por ejemplo, sexo —insisto con impaciencia—. Conozco tías que contabilizan sus conquistas sexuales en una app móvil, peña adicta al Tinder que hace guarrerías innombrables con desconocidos y luego se va sin decir ni buenas tardes, gente que busca a las que fueron sus parejas para echar un polvo, aun sin quererlas ni apetecerles, porque tres semanas de sequía te convierten en un friki y «algo habrá que hacer al respecto». Los anuncios de colonias te venden testosterona en el caso de los hombres, que es lo que despierta la libido y atrae el interés de las mujeres, y la obsesión y el deseo de los hombres si se trata de un perfume femenino. En un mundo así, no me extraña que sea yo el bicho raro.

Maday me sostiene la mirada, fascinada con mi discurso.

—Deberías hacer una tesis sobre esto.

—Es una lástima que eligiera Ciencias Ambientales en lugar de Sociología. No creo que me aprobaran el TFG si no lo hiciera sobre algo relacionado con el temario. ¡En fin! —Doy una palmada para atraer su atención de vuelta al asunto—. ¿Tengo o no tengo razón?

—Sí, tienes razón. El sexo lo controla todo. Pero ¿por qué con Thiago?

—¿Porque está bueno? —Me ha faltado agregar el *duh* y la

palmada en la frente—. ¿Debería concederle el honor al adorable Aythami, ya que se ha mostrado tan dispuesto? ¿O quieres ayudarme a perderla tú?

—Lo siento, no eres mi tipo. —Y me dedica una adorable sonrisa, como si lamentara que no pudiéramos ser novias. Yo también lo he lamentado alguna que otra vez, porque seríamos una pareja imbatible, y lo que es mejor: nos aguantaríamos la una a la otra más de cinco minutos, la que es mi media con cualquier otro ser humano—. Te habrás dado alguna que otra razón, aparte del atractivo físico, para pensar en Thiago, ¿no? Que sea guapo no significa que vaya a hacerlo bien. Y que lo haya hecho muchas veces, tampoco.

—No, claro que no. Pero le conozco, tenemos química y es la única persona en el mundo de la que podría pasar olímpicamente después sin que me acusara de mala persona. —Me encojo de hombros—. Es perfecto. Thiago no quiere de las mujeres nada más que eso, y *eso* es lo que yo necesito ahora.

—Querrá eso de las mujeres —acepta a regañadientes, con un cabeceo resignado—, pero no contigo. Te recuerdo que te ha rechazado, Da.

—¿Y? Daré su brazo a torcer.

Maday se pone alerta.

—Dácil, eso que estás insinuando se parece bastante a...

—Ni lo pronuncies, ¿eh? Te recuerdo que Thiago se me ha tirado encima dos veces. A lo mejor, a la tercera va la vencida. Confío en que no tendré ni que buscarlo. Él me encontrará antes.

—¿A qué viene tanta obsesión con Thiago? —Empieza a desesperarse—. Obsesión de la buena, me refiero. O de la menos mala, mejor dicho, porque obsesionada siempre has estado.

Vuelvo a encogerme de hombros y me agacho para atarme las botas.

—Besa bien, y él fue el que me dejó por primera vez como

la amante infumable. En mi opinión, eso le convierte en la persona indicada.

—¿No será que te quieres liar con él y necesitas una excusa?

—Necesito liarme con alguien. *Él* es la excusa —corrijo con petulancia.

Ella no se deja convencer por mis argumentos irrebatibles.

—No te haces una idea de lo desquiciada que estás sonando.

—¿Desquiciada yo? ¿Debo recordarte cómo perdiste la virginidad tú?

Maday tuerce la boca, mortificada por el recuerdo. Lo pasó tan mal aquella fatídica noche que se prometió no volver a catar cuerpo masculino, y se ha mantenido pura desde entonces.

—Precisamente porque sé lo que es tener sexo «porque ya va siendo hora» intento hacerte entender que no es lo mejor. Yo me arrepiento, Da, y no quiero que tú también lo hagas.

—Es que tú acompañaste a ese pirado sabiendo de antemano que te arrepentirías. No somos lo mismo.

Me dan ganas de agregar unos cuantos detalles más a la historia, pero a Maday no le hacen ninguna gracia y no seré yo la que hurgue en la herida.

No es que el pirado en cuestión no se preocupara por hacerla disfrutar o la forzara en algún sentido. Es solo que ella se dejó llevar por despecho hacia el chico que de verdad le gustaba, y esa es una motivación un tanto inapropiada para meterte en la cama de alguien. Se suponía que, esa noche, Maday y Chico Misterioso Que Le Gustaba iban a intimar —o eso me dejó caer—, pero la historia concluyó con él haciéndole un desaire doloroso y ella huyendo por piernas con el primero que se le pegó.

Esa fue la única vez —que yo sepa— que Maday actuó de forma impulsiva. Se arrepiente tanto que no me extraña que ahora piense diez millones de veces antes de reaccionar.

Solo hay que verla jugando al ajedrez. Te da tiempo a leerte el libro del Génesis mientras ella decide qué pieza adelantar.

—Nunca me has dicho quién era el otro. El que te gustaba

—añado, mirándola de reojo mientras doblo el pijama que me he quitado—. Que sepas que es un gran escollo en nuestra relación. Nunca seremos las verdaderas mejores amigas si me ocultas secretos.

Como siempre, Maday juega la carta de La Enigmática: consiste en apartar la mirada, enrollar un rizo en el dedo y hacerse como que la Virgen le habla.

—Es que no lo conoces.

—Venga, sí, dame las excusas clásicas: que es un amigo que conoces «de la playa» o que es «de tu pueblo». ¿Cómo no lo voy a conocer? Jamás te has ido de vacaciones sin mí. Es imposible que hayas tratado con alguien que no haya pasado antes por mi filtro.

Maday abre la boca. Nunca sabré si es para hacer una confesión o para exigir silencio, porque unos nudillos escogen este momento para llamar a la puerta. Maldigo la interrupción en todos los idiomas que sé —castellano con acento canario y para de contar—, sobre todo al comprobar que es Airam.

—¿Estás lista? —Al ver a Maday sentada en mi cama, cambia la expresión de cordero degollado por una más amable—. No sabía que estabas aquí. ¿Vienes con nosotros?

—¿Tú qué crees? —Se señala lo que lleva puesto, aguantando la expresión sardónica.

Airam la mira de arriba abajo, valorativo. El uniforme de cocina no es lo más favorecedor.

—A mí me parece bien lo que llevas. Dácil también está muy guapa.

—¿Lo has oído, Dácil? —me pregunta Maday con esperanza—. Tu hermano dice que estás muy guapa.

Ya sé lo que está intentando. Que le vuelva a dirigir la palabra cuando no se lo merece por conspirar a mis espaldas. Y eso por nombrar un solo pecado.

—Pues dile a mi hermano que se puede guardar los cumplidos, que no los necesito.

—Dice Dácil que te guardes los cumplidos.

Airam suspira.

—¿Puedes decirle a Dácil que hable conmigo? Hay una cosa que quiero discutir con ella.

—Dácil, dice Airam que...

—Dile a Airam que, a no ser que se arrastre de rodillas para conseguir mi perdón, no pienso dirigirle la palabra.

—Dile a Dácil que no tengo nada por lo que arrastrarme. Si acaso, disculparme por los métodos, pero...

—¿Es aquí cuando digo que no soy una lechuza? —pregunta Maday, mirándonos alternativamente sin el menor rastro de molestia. Suspira y se pone en pie, resignada ante la hora que marca su reloj—. Por ahí encontraréis papel y bolígrafo si queréis seguir abogando por la comunicación indirecta. Yo tengo que trabajar. Como hacen los adultos, ¿sabéis? Trabajar. Para ganarse el pan, para realizarse profesionalmente, para madurar... También se *trabajan* las relaciones, en el caso de que no os hayáis enterado.

Maday se despide de los dos con la mano, pero ni mi hermano ni yo la miramos. Airam espera con los brazos en jarras, colocados sobre una camisa de pijo que no le pega nada —apuesto a que se la regaló Leire—, a que hable yo primero.

Sin embargo, prefiero entretenerme aplicando los últimos toques de brillo a mis pómulos.

Así es como se desquicia a un hombre, porque Airam acaba bufando, exhausto.

—¿Por qué no me dijiste lo de los rumores en la universidad?

—Porque no son rumores —resuelvo en tono neutro—. Es la verdad.

—Dácil... ¿Cómo no me has contado que la gente te estaba intimidando por lo que pasó con Ancor? —Vacila antes de añadir—: ¿Y con lo de papá?

Tengo que reprimir el impulso de apretar los dientes, o los

puños, o todos los músculos a la vez. He de aferrarme a algo, aunque solo sea a mí misma, para que no se escape ni se note lo que me duele esa palabra.

Papá.

Me giro en redondo para mirar directamente a Airam.

—¿Estás seguro de que quieres cargarte mi ánimo de fiesta?

—Esto me parece más importante que ninguna fiesta.

—¿Desde cuándo? Si te lo habrás estado pasando bomba en Madrid mientras yo lidiaba con esto por aquí.

—Da, no te pongas difícil, ¿vale? Bastante he tenido con enterarme de que mis propios amigos te acosan en clase.

—Tienes razón, Airam. —Chasqueo la lengua al palmearle el hombro—. Tú eres la víctima en toda esta historia.

Él cierra los ojos un segundo, pidiendo paciencia al Señor.

—Podrías haber tenido el detalle de ponerme al tanto. Eso es todo lo que quería decir.

—¿Y qué querías que te contara? ¿Acaso podrías haber hecho algo para evitarlo? —Alzo la barbilla y me cruzo de brazos, esperando su brillante respuesta.

—Podría haber intentado... No sé... —Se pasa la mano por el pelo, desinquieto—. Poner algo de orden.

—¿Ah, sí? ¿Cómo? ¿Te ibas a plantar delante de todos y decir que no soy una cornuda, o que no me lo merecía por muy frígida que fuera? ¿Y qué ibas a hacer con papá? Ha descubierto que quiere otra vida y nadie va a hacerle entrar en razón. Tú menos que nadie, que vives a miles de kilómetros y te pasas por la zona solo cuando hace buen tiempo. Y ahora con tu novia, para colmo.

Esto último le hace fruncir el ceño.

—Quiero incluir a Leire en mi vida, y tú eres mi vida. Tú y toda la familia. ¿Por qué te molesta?

—No es eso lo que me molesta, solo... —Me muerdo los labios para no decir algo de lo que podría arrepentirme. «¿Qué te molesta, Dácil?». Acabo mirándolo a los ojos en busca de inspiración—. Esperaba este verano como agua de mayo porque podría distraerme contigo, porque tú podrías devolverme a la normalidad, pero te encierras con Leire y nos das de lado a los demás. Más que tu novia, parece tu carcelera. Lleváis cinco años juntos, ¿no deberías haber superado ya la etapa en la que estáis pegados como lapas?

—Leire no es de aquí y ha venido a conocer a la familia. Tengo que cuidarla. Entiendo que quieras pasar tiempo conmigo, pero ¿por qué eres tan egoísta? ¿No puedes entender que también quiera estar con ella?

Ni siquiera tengo que pensarme la respuesta. He estado practicando por las noches para increparle en cuanto tuviera la oportunidad.

—Puedo entender que quieras estar con ella. Pero si estás solo con ella las tres semanas al año que te veo, y si estás en Madrid el resto del tiempo, luego no te quejes de que no te cuente lo que me afecta en clase.

Agarro la chaqueta en un puño y paso por su lado antes de darle tiempo a contestar.

Contaba con que Airam seguiría siendo el chinijo que se bloquea ante las discusiones y se queda boqueando, ruborizado, hasta que, siete meses después, ha reunido el valor necesario para replicarte.

Alguien ha debido de cultivarlo en el arte de la discusión, porque me cierra el paso a tiempo.

—Lo siento si no he estado pendiente de ti... —empieza con retintín.

—Ah, no, mi niño —alzo el dedo y lo muevo de un lado a otro—, eso no es una disculpa. Las disculpas no se piden en ese tonito.

—... pero partía de la idea quizá ingenua de que, si te pasaba algo, lo que fuera, vendrías a contármelo —continúa, ignorando mi demanda—. Sobre todo si es Aythami el que te molesta.

—No es Aythami. Son todos. —Extiendo los brazos con una sonrisa resignada—. Si no es por una cosa, es por otra. Tampoco te lo iba a contar sabiendo que no lo entenderías y que no podrías hacer nada.

Airam relaja al fin los hombros y se rinde ante mi evidente testarudez.

—Al menos puedo apoyarte.

—No, Airam. Ni siquiera puedes hacer eso. No estás aquí para apretarme la mano si hacen comentarios cuando me ven pasar por los pasillos o abrazarme por todo lo que no me abraza papá. No estás, a secas.

—Da...

Sacudo la mano con desgana antes de que se me crucen los cables, o peor: antes de que se me salten las lágrimas.

—No quiero hablar de esto ahora. Me gustaría pasármelo bien esta noche.

Esta vez sí logro esquivarlo y salir de la casa para tomar el aire.

Hace la temperatura perfecta. Corre una brisa fresquita que me ayudará a aclarar las ideas.

Me acuerdo de una vez, no hace mucho tiempo, que Airam me preguntó por qué estoy tan enfadada con el mundo. Es tan obvio que ya ni mi hermano —una persona que me quiere y lo demuestra a pesar de las numerosas limitaciones que impone la distancia— sabe por dónde cogerme. Se desespera conmigo, se frustra, y ha perdido rodaje en el que antes era uno de sus mejores talentos: defenderme de los demás, hacerme sentir comprendida y no un bicho raro.

«¿Por qué estás tan enfadada con el mundo, Dácil?».

Sencillo. Porque el mundo está contra mí.

El mundo ha apartado de mi lado a las personas que más quiero, sea por un motivo justificado o por uno que aún hoy me cuesta entender. El mundo me pone difícil que me levante con ganas de afrontar el día, porque sé lo que me espera en cuanto me siente en clase, cuando me tome algo sola en la cafetería o cuando ose levantar la vista de los pies. El mundo es un infierno en casa porque, si me defiendo de los ataques, toda mi familia se levanta contra mí por susceptible y por infantil.

¿Cómo no voy a estar enfadada con el mundo, joder? Deberían alegrarse de que solo tenga arrebatos temporales de beber hasta perder el sentido y no me haya aficionado al limbo del alcohol para sobrellevar los malos tragos. Deberían alegrarse de que esté enfadada y no triste. La tristeza espanta a la gente. El enfado al menos se puede contrarrestar atacando de vuelta. A los que están enfadados puedes ignorarlos sin remordimientos; a los que están tristes siempre te verás en la obligación de atenderlos, aunque solo sea para que no te acusen de mala persona.

Y ahora la pregunta es por qué estoy tan loca, cortesía de Maday y Thiago, dos personas que no han sentido la presión social sobre sus hombros. Sobre todo Thiago. A ver si estoy loca por querer demostrar, a mí y al resto de la gente, que alguien podría desearme. Que no soy una friki.

¿A mí qué me importa si lo hago por los demás y no por mi propia satisfacción? ¿A mí qué me importa si no es el amor de mi vida? Es una cuestión de supervivencia, de sacarme la espinita de encima. Sea lo que sea que haya que hacer para estar tranquila, lo haré.

Incluso si lo que hay que hacer es desnudarse delante de Thiago.

Capítulo 17

El arte de meter el dedo en la herida

Thiago

No sé si Airam es consciente de que, cuando hacemos un plan con su novia y su hermana, me está empujando subrepticiamente a intimar con Dácil. Y todo porque no sabe comportarse con normalidad cuando está con Leire.

Se desvive por evitar que se sienta incómoda y al final no se despega de ella en toda la noche. Por lo tanto, y si no quiero andar de sujetavelas, no me queda otra que ser el acompañante de Dácil. Cosa que no me habría molestado antes de ayer, por ejemplo, pero ahora se me complica un poco.

No tengo ni que cerrar los ojos para verla mirándome retadora, exigiéndome que la desnude y la lleve a ver las estrellas.

Si tan solo hubiera utilizado una metáfora así de poética, quizá no querría hundirme en la tierra cada vez que cruzamos las miradas. Pero tuvo que ser Dácil en estado puro, Dácil sin neutralizadores, y yo ni soy tímido ni soy de piedra. Soy una persona normal. Una persona que sabe que, entre el cero y el cien, hay infinidad de números, y no es necesario saltar del uno al otro en quince segundos. Porque eso es lo que da a entender, que o me odia a muerte o quiere convertirme en su príncipe azul.

¿Quién puede vivir así, joder?

Encima, se ha pintado los labios.

Aliens, llevadme pronto.

Me encantaría desentenderme por completo de sus pedidos, de sus labios, y actuar como si nada hubiera pasado. Dácil me lo está poniendo fácil —para variar— caminando un par de metros por delante con energía de cocainómana con mono. Mira de un lado a otro, como si no supiera a qué luz de neón conceder el honor de cegarla esta noche. Acecha en los pubs de referencia de Verónicas, como el Jumping, el Tramps o el Papagayo, esperando atisbar un ritmo musical ya desde la puerta que la incite a entrar sin pensarlo.

Es obvio que Dácil no nos necesita esta noche, lo que solo me pone más alerta. Estoy acostumbrado a que vaya por la vida sin asegurarse de que alguien la está siguiendo, pero hoy intuyo que va a haber problemas.

Quizá porque no se ha dirigido a Airam en ningún momento, y eso es un problema en sí mismo.

Verónicas forma parte de la ruta turística irónica que Airam ha trazado para mostrarle a Leire las zonas más maravillosas del sur. Digo «ruta turística irónica» porque aunque Airam y yo nos lo hemos pasado de maravilla bebiendo por Playa de las Américas, esta zona en concreto no es... cómo decirlo... especialmente segura. Se puede beber barato, eso sí, y es un punto de reunión clásico.

Leire, que está acostumbrada a pagar cincuenta pavos de entrada para las mejores discotecas de Madrid o doscientos euros la botella por un palco residencial, mira de un lado a otro sin tenerlas todas consigo.

—¿Qué te parece? —oigo que le pregunta Airam.

—La verdad es que prefiero ir por un helado, o dar un

paseo... o incluso sentarnos en el paseo marítimo y ver el mar —admite Leire—. No tengo mucho cuerpo de fiesta. Creo que cogí frío viendo las estrellas y no me encuentro bien.

—¿Quieres que nos vayamos a casa?

Arqueo la ceja sin querer, situado un par de pasos por detrás de la parejita.

¿Voy a tener que darle la razón a Dácil cuando dijo que Airam se raja siempre para complacer a la parienta? ¿O Leire le ha dado la excusa perfecta para que no tenga que soportar a la Dácil mosqueada?

—¿Te importa, Thiago?

«¿Que si me importa que me abandones a mi suerte, o lo que es peor: a la suerte de una mujer que quiere devorarme como animal, en palabras de Bad Bunny?[44] ¡Qué va!».

—Haced lo que os parezca. A mí sí me apetece darme una vuelta por aquí, pero no es que tenga problema para hacer amigos... —Se me apaga la voz al ver a Dácil entrar en uno de los pubs. No reprimo la sorpresa de que no haya esperado ni siquiera a su hermano. Aguardo a que la pareja se gire hacia mí para gesticular como un diplomático en plena mediación gubernamental—. Vale, a ver, que levante la mano aquel con el que Dácil esté enfadada.

Airam la levanta resignado. Leire también, con timidez. Solo quedo yo.

—Y está enfadada con razón —admite su hermano a desgana.

—Lo suscribo —corrobora Leire.

—Y ante la adversidad, huis, ¿no, cobardes?

Airam me dirige una mirada de desesperación. Lo conozco como a la palma de mi mano, y entiendo que tiene sus propias batallas que librar. Si Airam y Leire no van de la mano por la calle, es que la situación está tensa.

44. Del tema *DÁKITI*, de Bad Bunny y Jhay Cortez.

—Yo me quedo a apagar fuegos, tranquilos. Tengo más experiencia.

Los despido agitando la mano con una sonrisita crispada y, a continuación, entro en el pub conteniendo la respiración. A fin de cuentas, me voy a sumergir en un sitio sin oxígeno para todos.

No me cuesta localizar a Dácil. Solo tienes que prender el radar de la niña más guapa y ahí la tienes, vaciando su primer cubata sin despeinarse. Me acerco con sigilo, no sea que la ahuyente —aunque una parte de mí desea hacerlo, quiere que me ignore como si no existiera—, y pido lo primero que se me ocurre para acompañarla.

No me enfado con Airam porque no me quedan energías. Las reservo todas para Dácil. Pero se merece una buena paliza por haberme obligado a fijarme en ella. Con la tontería de los enamoramientos no correspondidos, mi mirada va a sus labios como un imán. Tampoco puedo apartarla de sus piernas cuando entra y sale de mis pensamientos con una frecuencia abrumadora.

—¿Cuál es el plan de esta noche? —le pregunto por fin.

Me parece que suena *Tú me dejaste de querer*, pero es difícil saberlo con tanto barullo.

Las luces azules y rojas del pub se acoplan a sus rasgos marcados como efectos especiales, haciendo que parezca recién salida de un largometraje de ciencia ficción. Siento que me obliga a participar en una película que no sé de qué va, pero de la que ella es la estrella principal, cuando me mira a los ojos con descaro.

Está claro que yo soy su coprotagonista. Al menos, por hoy.

—¿Airam se ha largado?

—Sí.

—Era de esperar. —Mira a un lado, ahí donde creo que quiere dejar la decepción antes de volver a mí con ánimo renovado—. Entonces el plan está claro.

—¿Ah, sí?

—Sí. —Me rodea el cuello con la mano que no sostiene su segunda copa y se pone de puntillas para hablarme—. Vamos a aprovechar que estamos solos, ¿no?

La insinuación me acelera el pulso. Por si fuera poco, Dácil da una vueltecita sobre sí misma para bailar a ritmo de la canción, que sí, es la de C. Tangana. Una letra muy oportuna para nuestro momento vital. Y apropiada, si pretende que la bailemos juntos.

Tú me dejaste de querer cuando menos lo esperaba;
cuando más te quería, tú me diste la espalda.

Define muy bien el sentimiento de ahogo y desorientación que me ha acompañado tres años, pero más me ahoga que Dácil siga bebiendo, no del todo consciente de sí misma o de lo que cree querer, y mueva las caderas muy cerca de las mías. Peligrosamente cerca. Tan cerca que se me escapa una carcajada de loco.

—¿Qué es lo que haces?

—¿Tú qué crees? —Me mira de soslayo—. Te lo dije ayer.

El corazón vuelve a darme un vuelco.

—Dácil, si me vuelves a pedir que te desvirgue, me voy.

—¿Adónde? ¿Al chozo? ¿A la cama que compartes conmigo? No parece muy sensato si lo que pretendes es huir de mí.

Me gustaría indignarme por el descaro con el que me habla, ignorando olímpicamente mis ruegos, pero su franqueza, por brutal que sea, siempre me ha cautivado de un modo absurdo.

—No voy a meterme en la cama contigo en un sentido prosaico.

—¿Por qué? ¿De pronto tienes el alma de los poetas románticos que lees y solo te metes en la cama «en el sentido prosaico» con las mujeres de las que estás enamorado?

—En realidad, algunos poetas conocidos como románticos eran auténticos libertinos. Se dice que Lord Byron tuvo doscientas cincuenta amantes solo en Venecia y... —Carraspeo, viendo venir que acabaré recitando su biografía completa—. No quieres que saque mi lado friki, ¿verdad? Una pena, porque es la única parte oculta de mí que puedo permitir que conozcas.

Dácil apura su segunda copa y encarga la tercera en el acto.

Creo que debería opinar sobre la velocidad con la que está bebiendo, pero al mismo tiempo considero que debo conservar mis órganos intactos.

Sin señales de paliza reciente, quiero decir.

—¿Qué es lo que me diferencia de tus chicas?

—Que eres la hermana de Airam.

—Lo que me merece un trato condescendiente, por lo que veo. —Me atraviesa con una mirada insondable. Ni la oscuridad suaviza los efectos de sus ojos de serpiente—. O peor: ¿se supone que solo me respetas a mí? ¿A una mujer entre millones?

Intento apelar a su razón poniéndole las manos sobre los hombros.

También sirve para distanciarla de mi cuerpo. Así me evito tentaciones.

—Dácil, lo que propones es de una sordidez impresionante —le explico, vocalizando con la esperanza de que el mensaje cale con fuerza—. No quieres liarte conmigo porque surja sin más, quieres un coito programado y, para colmo, con el fin de callar los rumores de un puñado de universitarios.

Dácil imita mi pose con aire burlón: apoya las manos sobre mis hombros y se inclina hacia delante para hablarme con paternalismo.

—No son rumores. Es verdad.

—Vale, perfecto. Es verdad —refunfuño, mosqueado con su actitud—. ¿Y cómo vas a demostrarles que ya no eres virgen? ¿Pretendes grabarnos en plena faena y luego enseñárselo? ¿Vas a difundir el vídeo por toda la universidad?

—No, Thiago, porque esto no va exactamente de «acallar los rumores». —Dibuja las comillas en el aire con los dedos—. Va de que dejen de afectarme porque yo sabré que no son ciertos. Quiero estar tranquila conmigo misma, no complacerlos a ellos.

Eso suena algo menos demencial, lo reconozco. A fin de cuentas, el Thiago de trece años no invitó a Lianor Fonseca a la furgoneta de su padre porque estuviera muy enamorado. Elegí a la niña más guapa de clase porque eso era, la niña más guapa —según los *rankings* que hacíamos en folios blancos calificando los físicos del uno al diez—, y yo era, ya entonces, una máquina calculadora que no solo sabía con exactitud qué debía hacer para volver locos de celos a sus amigos, sino también con quién.

No me culpo de ser un manipulador ni me acuso de ser frío porque ambos nos divertimos y porque entiendo que, a esas edades, tan tiernos e influenciables como somos los adolescentes, no estamos exentos del deseo de impresionar al público —eso son los amigos hasta que uno madura, un público— con nuestras victorias. Dácil quiere hacer lo mismo: narrar su triunfo mañana. Y, como digo, esa necesidad no me es desconocida. Pero es una necesidad con la que no predico desde los catorce años, y ella no es nadie para quien yo quiera ser una conquista o un muñeco hinchable.

De modo que, por más que la entienda, no pienso darle la razón. Solo le faltaba eso a la niña. Si le doy alas, la muy idiota se confía y se quema como Ícaro al tratar de llegar al sol.

—Aun así, no te mueven las razones indicadas —insisto cansinamente—. ¿Y cómo quieres que participe en eso? ¿Esta es tu nueva forma de vengarte de mí o de ponerme en un brete? Si es que la cosa tiene guasa, Dácil. Es de película de Netflix protagonizada por Noah Centineo.

—Entiendo que la situación no te excite de buenas a primeras, cuando te la narro con esta frialdad, pero eres un hombre. Seguro que habrá alguna manera de ponerte a tono.

En lo que tardo en recomponerme de la risa tonta que me ha dado, a ella le han puesto por delante otra copa.

Me hago una promesa: llamarle la atención si se la toma como si fuera un chupito.

—Eres de lo que no hay, princesa Dácil. No te estoy rechazando porque no seas... —Ella se me queda mirando a la espera del cumplido. Me cuesta sacarlo, se me ha atascado en la garganta—, mona, sino porque... No sé. ¿No se supone que la virginidad es algo muy importante para las mujeres? ¿Un momento especial, o algo así?

—Cuando debían reservarse para el matrimonio, imagínate si era importante. —Pone los ojos en blanco—. Tan importante que, como no sangraran en la cama, los maridos las devolvían apaleadas a sus padres.

—No hace falta que me lo cuentes. Me he leído *Crónica de una muerte anunciada*. Varias veces —especifico—. Un gran libro, por cierto.

Dácil se me queda mirando con cara rara.

—Yo no sé por qué me quiero liar contigo. Menudo friki. En fin —retoma, alzando la voz—, lo que quería decirte es que hoy en día, y para la mayoría de la gente de la que me he rodeado, lo de perder la virginidad es un trámite.

—Y tú, que te sales de la norma para todo, ¿no quieres hacerlo también en este aspecto y buscar que sea especial?

—¿Especial? Para que fuera especial, la persona tendría que serlo también, y no voy a perder veinte o treinta años de mi vida esperando a un hombre guapo, listo y que esté obsesionado conmigo para entregarle mi flor y mi dote —se burla, apoyando el codo en la barra. Barre el pub con una mirada apreciativa—. Aunque... quién sabe. Tal vez ande por aquí.

—No tendrás que esperar tanto, eso te lo puedo prometer, pero dudo que encuentres al amor de tu vida en Verónicas.

—¿Que no tendré que esperar tanto? ¿Sabes cuáles son las probabilidades de que me cruce con mi alma gemela? Ya sé que eres de letras, pero atiende. —Extiende las dos manos y se prepara para una disertación magistral; lo sé por el modo en que toma aliento y empieza—: En este mundo hay un cincuenta por ciento de hombres, más o menos. A ese porcentaje tienes que restarle los homosexuales, los emparejados (sea con novia o solo casados), a los que no les gustaría una chica como yo, o los que viven en Alaska, Mozambique, Lituania y en todos esos países que jamás visitaré; también a los que tienen más de treinta años, porque paso de babosos, y a los menores de veinte, porque tampoco seré yo la que se convierta a la pedofilia por obra de la desesperación... Saca también a los que aparecen en programas de Telecinco, los que están afiliados al Partido Nazi, los *incels*, los homófobos, los xenófobos, los que cuando discutís te dicen «lo siento, yo soy así»...

—A los que no bajan la tapa del sanitario después de usarlo...

—Pues por ejemplo. O a los que no les gustan los kebabs. —Eso me saca una sonrisa, sobre todo porque lo dice muy seria—. En resumen, y fíjate si estoy siendo poco exigente, encuéntrame un hombre que sea canario o por lo menos visite las islas a menudo como para que podamos coincidir, que le gusten no solo las mujeres, sino *yo*, que esté soltero, sea una persona decente y le guste la comida turca. Ni siquiera tiene por qué ser guapo. A lo mejor, en un radio de cincuenta kilómetros situando el epicentro en mi chozo, encuentro un total de menos diez pretendientes.

—Pero no estábamos buscando a tu alma gemela, sino alguien con quien acostarte, ¿no?

—¡Exacto! —Da una palmada entusiasta y me señala como si hubiera ganado un premio en televisión—. No necesito ni que sea una persona decente, razón por la que te he elegido a ti.

Se me curvan los labios en una especie de sonrisa sufrida.

—No te esfuerzas ni un poquito por conquistarme, ¿eh?

—Tú has sacado lo de esperar al hombre ideal. Yo te digo que es inasequible, inabordable, imposible... y muy ingenuo. Si no quieres ser tú, ¿por qué no me ayudas a encontrarlo?

—¿Qué te hace pensar que quiero ser tu proxeneta, cuando ni siquiera quiero ser tu puta?

El brillo de sus ojos me alerta de que está a punto de echarse a reír.

Ojalá lo hiciera. Así podría no tomármela en serio.

—¿Por qué pones tantas pegas? Apuesto a que si te lo hubiera sugerido cualquier otra persona, no te habrías puesto tonto. Y no me digas que es porque no te gusto... —Da un paso hacia mí y me coge de la mandíbula para que la mire a los ojos—, porque eso ya no se sostiene por ninguna parte, dijeras lo que dijeras hace tres años.

Eso me aturde un instante.

—¿Qué dije hace tres años? —Dácil me suelta y retrocede, ofuscada, pero, *ah, cariño, no te me vas a escapar. No cuando parece vital que lo sepa.* La cojo por la cintura y la vuelvo a acercar a mí—. ¿Qué dije, Da?

Dácil me mira fijamente a los ojos.

Todo lo fijamente que le permiten esos tres cubatas que se ha pimplado en veinte minutos.

—¿Cómo puedes no acordarte? —masculla entre dientes. De pronto descubre que no es capaz de soportarlo y pierde la mirada entre las botas—. ¿Cómo puedes decir todas esas barbaridades sobre alguien y simplemente... olvidarlo?

—¿Qué barbaridades? ¿Sobre ti? No entiendo.

—«No me la follaría ni con el rabo de otro». «No me gusta ni para que me haga el desayuno». «Es una niñata insoportable». «Si la meto en la cama y hago algo mal, seguro que me abofetea hasta dejarme inconsciente». «¿Cómo va a gustarme una tía así, si no les gusta ni a sus padres?». —Hace una pausa para coger aliento, no porque se haya quedado sin munición, sino porque las lágrimas van a ahogarla. Me mira como si acabara de apuñalarla, sintiéndose traicionada y confusa—. ¿Quieres que siga?

Pestañeo varias veces, cosa que, por desgracia, no acelera el proceso de asimilación.

—No me acuerdo de nada de eso, Dácil. ¿Cuándo se supone que fue?

—En las perseidas de hace tres años. Se lo recitaste a Pedro entre risitas incrédulas cuando te preguntó si yo te interesaba. Ya está, solo eso. Solo te preguntó *si Dácil te interesaba*. Y tú prácticamente recitaste un detallado manifiesto sobre por qué no me merezco ni que me dirijan la palabra. Un manifiesto sobre el que Aythami y sus amigotes, que estaban presentes, han fundado todas las humillaciones que recibo en la universidad.

No sé en qué momento esto ha pasado de «acuéstate conmigo» a «paga tu deuda con sangre», pero, por extraño que parezca, me alegro. Me alegro porque está sacando esas complejas emociones que incluso cuando arremetía contra mí, en teoría dejando a la vista el odio y el rencor, intentaba ocultar. La rabia la dejaba toda fuera, pero no la tristeza que estoy viendo ahora. Esa se la tragaba. Lo que pasa es que nunca la ha podido digerir.

Y aquí estoy yo, inmóvil ante ella, sin acordarme de una mierda de lo que dije.

—Estaba borracho, Dácil. —Yo mismo sé que es una excusa patética, pero no tengo otra y debo decir algo. Algo que la calme—. En las perseidas me pongo como una cuba.

—Los borrachos dicen la verdad.

—Los borrachos no saben lo que dicen.

—Pues si no lo sentiste al decirlo, más difícil se me haría perdonarte, porque lo habrías soltado para sacar balones fuera. Porque te avergüenzas de mí. Lo hacías, ¿no? Te avergonzabas de que muy en el fondo te gustara. Por eso me besaste el otro día. Y al siguiente. Por eso me quieres besar ahora, ¿a que sí?

Me ahueco el cuello de la camisa, ahí donde se ha concentrado un golpe de calor.

¿Tanto se me nota eso último? Pues no soy tan buen actor como me creía.

—Dácil...

—Me lo debes —suelta de pronto. Tras una profunda inspiración que habrá insuflado vida a sus músculos de guerrera, está preparada para embestirme. Y yo, de pronto, siento que he de ponerme a cubierto.

—¿El qué?

—No me pude acostar con Ancor porque me venía a la cabeza lo que dijiste. —Le cuesta hablar, no sé si por el alcohol o porque está a punto de llorar—. Lo tenía ahí todo el tiempo. Todo. El. Tiempo. Daba igual lo que me dijera para amorosarme,[45] cómo me tocara, si más arriba o más abajo, ni lo que se inventara para ponerme a tono. Tú, incluso desde Madrid, me hacías llegar el mensaje. El mensaje de que soy un ser despreciable y no me soportaba ni quien me demostraba lo contrario. Así de largos son tus tentáculos, que me paralizaban. Me quedaba como un témpano en sus brazos porque había una ínfima probabilidad de que tuvieras razón y yo fuera asquerosa y desagradable y de que él estuviera conmigo por pena, igual que tú me tratabas bien porque soy la hermana de Airam.

—Dácil, eso es...

—Ni Dácil ni Dásol. Me lo debes. —Clava su dedo índice en mi pecho—. Me debes toda la vida y todas las oportunidades que se me han ido porque decidiste que podías rebajarme a simple basura.

Una parte de mí se pregunta cómo he acabado en esta situación respecto del punto de partida.

Del cero al cien en un segundo. Con Dácil es siempre así.

45. Apaciguarme.

—Da —trato de llegar a ella usando un tono paciente—, yo no fui el que te puso los cuernos ni...

—Ancor se tiró a otra porque lo tuve ocho meses diciéndole que no podía hacerlo. Claro que Ancor es un cerdo, pero puedo entender lo que hizo. Puedo entender que, más allá de que tuviera sus necesidades, yo minaba su autoestima. En cambio, tú... ¿qué excusa tienes tú? Eres otra mierda del tamaño del Teide. Con qué derecho dijiste eso de mí, ¿eh? ¿Con qué derecho?

Sacudo la cabeza, como si así pudiera invocar una buena idea o solo un puñado de palabras para explicarme. Pero no hay un solo argumento. No puedo defenderme.

—Te juro que no recuerdo haber dicho eso, ni mucho menos lo he pensado. ¿No es posible que lo dijera el propio Pedro y estuvieras un poco piripi?

—Sí, claro, ahora me echas a mí la culpa. Sé muy bien lo que oí. Menos luz de gas, mi niño.

—Dácil, te lo aseguro... —Me cuesta convencerla de que relaje los dedos, apretados en un puño, pero consigo cogerla de la mano—. Dácil, no pude decir eso porque estaba obsesionado contigo. Airam era la excusa para venir a verte y se me iba la vida inventando pretextos para escribirte cuando estaba en Madrid. Eras la niña de mis ojos, ¿cómo iba a hacer algo así?

Ella me atraviesa con una mirada insondable.

—Pues si era la niña de tus ojos, fóllame. No puede ser tan difícil.

Me paso una mano por el pelo, tentado de arrancármelo. Tentado con ella, también.

—Si es verdad que dije eso, ¿por qué querrías perder la virginidad conmigo? ¿Conmigo, entre todos los tíos de este mundo?

—Porque demostraría que te tiraste un farol. Que no era cierto. Y yo... yo podré seguir adelante con mi vida sabiendo que no soy un puñado de basura sin valor.

—Eso te lo puedo decir yo aquí y ahora, sin necesidad de ir más allá. Da, te aseguro que no eres ningún puñado de basura. Y... y si Airam se enterase, nos la cargaríamos los dos. Y las relaciones, incluso si son solo sexuales, no son cosa sencilla. No puedes acostarte con alguien y esperar que eso no repercuta en los dos, que no afecte a los sentimientos de ambos...

Dácil parece sorprendentemente serena al hablar.

—Thiago, si lo que temes es que me enamore de ti, te aseguro que no va a pasar. No te voy a pedir que te conviertas de la noche a la mañana en mi príncipe azul, mi caballero de reluciente armadura o lo que sea que se lleve en estos tiempos modernos. Si te beso y sigues siendo una rana, no será mi problema. Lo único que quiero es...

—Que te use y te tire como uno de esos tangas que te dan los masajistas de lujo.

—¡Exacto!

—Pues ni de coña, Dácil. —Me toca a mí el turno de ladrar—: Así no vamos a resolver el daño que te hice, y esa es mi prioridad ahora.

Dácil llega a su límite. Pone los brazos en jarras y espeta:

—Es *mi* daño y lo resuelvo como quiero. Y ahora dime, ¿piensas acostarte conmigo, o no? Última oportunidad.

Con todo el dolor de mi corazón, no me queda otro remedio que contestar:

—No.

—¡Muy bien!

Se da la vuelta en el acto, guiada por la fuerza de su enfado. Es un milagro que, con el lobazo que me lleva, no se le enreden los tobillos y acabe dándose de bruces. Ante mi cara de pasmo, le toca el hombro al primer tío que pilla por banda, un treintañero con los ojos cruzados de lo puesto que va, y le dice en voz alta y clara:

—¿Quieres acostarte conmigo?

La mueca que hace es la de un hombre que no sabe si se

están burlando o no de él, pero como anda ciego, es más bien poco lo que tiene que perder. Se encoge de hombros y le dedica una sonrisa no muy entusiasta a Dácil.

—Vale.

—¡Venga ya! —Tengo que apartar a una chica que elige ese momento para pasar entre nosotros y así evitar que la pareja feliz se vaya de la mano. Apoyo una de las mías en el hombro desnudo de Dácil, que no se molesta en mirarme—. Da, ese tío va puesto hasta el culo. ¿Estás de broma?

—¿Lo dices por si mañana no se acuerda? A mí no me importa —replica con desdén—. Esto es solo un medio para un fin.

—¿Qué demonios estás diciendo?

—Déjame tranquila. Haznos ese favor a los dos.

Se zafa de mi mano y se pierde entre el gentío. Temiendo que vaya a emboscar a otra persona, la sigo con el corazón en un puño. Dácil solita, sin aditivos, es un cóctel molotov. No quiero ni imaginarme lo que puede resultar de sumar el despecho y cuatro cubatas.

Tengo que hablar con ella. Es inconcebible que yo dijera eso sobre Dácil cuando aún nos llevábamos bien. Ni siquiera me atreví a decir atrocidades semejantes años después, independientemente de las locuras que se le ocurrieran para destruirme. Puede que la comparase con Hulk y Margaret Thatcher, pero eso puede interpretarse como una broma, ¿no? Lo mío era broma.

—¿Quieres acostarte conmigo? —La oigo decirle a un tío apostado en la barra. Este es bastante más guapete. Va muy bien vestido, con camisa y americana, y le acompaña una rubia, con las raíces del pelo pendientes de retoque, que no tarda en descolgar la mandíbula y dirigirse a Dácil con desprecio:

—Por supuesto que no quiere acostarse contigo. ¿De qué vas, zorra?

—Ah, es uno de esos con pareja. Perdona, mi niña, no me

había fijado —lamenta con toda naturalidad. Sin la menor intención de mortificarse mucho rato, añade—: Me encanta tu vestido, te sienta genial.

La desorientación por su respuesta aplaca la rabia que había sacudido a la chica: no sabe si darle las gracias y fumarse la pipa de la paz o seguir increpándola. Dácil hace bomba de humo antes de que se decida, librándola de elegir la opción equivocada.

—Lo siento —intervengo, dando un par de palmaditas en la barra para llamar su atención—, es que va muy borracha.

—Ya... Pues átala en corto, chaval, porque si no fuera acompañado... —responde el tipo trajeado, siguiendo con una mirada de depravado la estela que deja el vestido de tirantes de Dácil—. Seguro que podría haber hecho algo por ella.

Le sonrío para suavizar el golpe de mi despedida.

—Que te jodan.

Acto seguido, me doy la vuelta y aprieto el paso para alcanzar a la chica escurridiza. ¿Cómo lo hará? Siempre, siempre se escurre entre los dedos.

Cuando llego a su altura, un cerdo la tiene abrazada por la cintura.

—¿Vamos a tu casa?

Esta vez es él quien lo propone, lo que solo me pone más nervioso.

—Dácil.

El tipejo me mira antes que ella. Porque ella no me mira.

—No le hagas caso. —Dácil le quita importancia—. Es un poco pesado.

—¿Quién es? ¿Un rollete tuyo?

—Qué va. No ha querido.

—¿Te ha rechazado? ¿Este pimpollo? —Me mira de arriba abajo y aferra con más ganas a Dácil; tanto, que le arruga el vestido por la cintura y acorta el largo (de por sí escaso) de la falda—. No sabe lo que se pierde. Con lo guapísima que eres, muchacha...

Me veo al borde de perder los papeles cuando Dácil le acaricia una mejilla. A un baboso. A un desconocido de Verónicas. A uno de esos guarros que seguro ofrecen cocaína a las menores de edad. Aparenta treinta porque se cuida, pero podría haber entrado en los cuarenta.

—Dácil, vámonos. —Espero sonar conciliador—. Por favor. No quiero que te pase nada, ¿vale?

—Y no me va a pasar nada, tranquilo. Estoy en buenas manos, o lo que es mejor: en manos de quien me va a dar lo que quiero.

A la mierda la conciliación. He llegado a mi límite.

—Sí, ¿no? Muy bien. Perfecto, entonces. Me largo sabiendo que te quedas con alguien que te va a cuidar, se va a preocupar de tus necesidades y no te va a causar otro trauma que arrastrarás tres años. Seguro que mañana te despiertas sintiéndote orgullosa de ti misma.

En mi camino airado hasta la salida del pub, que emprendo sin mirar atrás, repito lo que acabo de decir y me dan ganas de inmolarme. En parte, porque tengo una Dácil en la cabeza que me habla claro cuando me paso de cerdo: «¿Quién eres tú para decirme qué me enorgullecerá? ¿Por qué te atribuyes el papel de salvador si eres el que me puso en esta posición?».

Una vez fuera, me veo rodeado por los grupos de fumadores melancólicos que comparten sus dudas existenciales, los que vomitan hasta el hígado y un par de trabajadoras sexuales, que en esta zona son reconocibles a simple vista.

En teoría, cuando te da el aire se te aclaran las ideas; en cambio, yo lo veo todo más borroso que nunca.

¿Es justo que Dácil me atribuya la culpa de todo lo que le ha pasado? ¿Tengo que responsabilizarme de lo de Ancor, de lo de esos universitarios canallas, de su obsesión con que perder la virginidad acabará con sus problemas?

¿Hasta qué punto he participado en su degeneración?

—Mis amigas y yo nos estábamos preguntando cuánto

tardarías en mandar a tu novia al infierno —me dice alguien. La voz viene de una morena del equipo de las fumadoras. Ni ojos vidriosos, ni eje torcido; no ha bebido una gota de alcohol, y me mira como si me compadeciera—. Te hemos visto ahí dentro y hemos apostado que te largabas antes de las dos.

El corazón me pide ignorarla, pero jamás he sido maleducado. No voy a empezar ahora por obra y gracia de Dácil.

—El malo nunca es tan malo. Y yo tampoco soy un santo.

—Que lo reconozcas ya te da algo de valor. —Cabecea, orgullosa. He respondido lo que quería oír—. Si vives por aquí cerca y necesitas coche, mis amigas y yo acabamos de pedir un Uber.

Me tienta la posibilidad de desaparecer, de llegar a El Chozo Oramas y dormir la mona hasta que se me pase la turbación, el cabreo, la pena y todo lo demás. Pero es que me meteré bajo las sábanas de la cama de Dácil, rodeado por las cosas de Dácil, acompañado de las pegatinas de álbumes de fútbol y de telenovelas de su etapa adolescente que Dácil enganchó en las paredes y, con su olor pegado a la nariz, no podré pensar en otra cosa. Tampoco querré hacerlo.

No voy a dormir en paz, y sabiendo que no voy a dormir en paz, no me puedo ir.

—No, gracias. Creo que vuelvo adentro.

—Amigo... —chasquea la lengua—, lo tuyo con ella no va a ninguna parte. Te guarda demasiado rencor y a ti te supera la situación.

Me dan ganas de gritarle que no se meta en mis asuntos y que me importa un carajo que «lo mío con ella» no vaya a ninguna parte. Pero la tranquilidad con la que lo dice me afecta. Ni siquiera desmiento que sea mi novia.

—¿Tú qué eres? ¿El Yoda de la noche?

Ella alza las manos en señal de armisticio.

—Tranquilo, no era mi intención molestarte. Es que se te ve algo alterado.

—Siempre hay gente alterada armando bastante más bronca en estos pubs.

—Ya, pero a los colgados no les puedo aconsejar. A ti sí. Pareces un chaval sensato. Déjala, hazme caso. No te conviene. Probablemente tú tampoco le convengas a ella.

Tiene más razón que un santo y solo me ha visto de perfil dos minutos. Y yo no suelo ser un rebelde. No voy contracorriente si llevo las de perder. Me gusta considerarme más sabio que eso. Pero no me da la gana de aceptarlo. Dácil no es el diablo, y me encantaría que ella pudiera decir lo mismo de mí.

Vuelvo a entrar en el pub con decisión. O al menos eso pretendía hacer, pero me choco de frente con la propia Dácil, que salía con el ceño fruncido y los ojos vidriosos.

Los ojos vidriosos.

La sujeto por los brazos para que no se me escape y compruebo que todo siga en su sitio.

—¿Qué ha pasado? —Se me escapa una nota de alarma—. ¿Te ha hecho algo?

—No. Simplemente no me da la gana de hacer algo que no quiero solo porque a ti te va a molestar. Me gustaría que mi vida dejara de consistir en arruinar la tuya... o en arruinármela yo a través de ti.

Aunque el alivio me inunda, mi voz suena cascada al contestar, rendido:

—Eso suena muy bien.

Dácil me aguanta la mirada. Quiero que se le hayan nublado los ojos por el humo del tabaco que flota a la entrada del local, o por el ambiente denso de dentro, que no mejora con las dichosas máquinas de humo. Pero los dos sabemos que no se le han nublado por eso.

Trastabillando, me esquiva y sale disparada hacia la playa. Entre los pubs y el mar no debe de haber ni diez metros de distancia. Un puñado de tíos con el afán de comportarse como lo que son, un puñado de tíos, le silban desde el otro lado de la calle. Dácil les hace un corte de mangas y sigue adelante, y yo, que por lo visto nunca me canso de seguirla, me pongo de excusa que podrían vengarse de su grosería para ir detrás.

La alcanzo cuando ya se ha quitado las botas y ha hundido los pies en la arena. No es que no le importe mancharse el vestido al hacerse hueco frente al mar, es que a ella no le parece que la arena sea polvo o suciedad. La arena es su casa, como la brisa marina, como el salitre, como el agua.

Me siento a su lado con cuidado de dejar cierta distancia entre los dos. Me fijo en que mueve los pulgares de los pies, con sus uñas siempre pintadas de negro. Parece que las cosquillas de la arena deslizándose entre los dedos la ayude a calmarse.

Ella no me mira, pero sabe que estoy aquí.

—Lo siento. —Es todo lo que puedo decir—. Si me hubieras dicho por qué estabas dolida, me habría disculpado antes.

—¿Por qué no pides perdón y ya está, Thiago? ¿Por qué tienes que poner la pelota en mi tejado? ¿No puedes admitir que lo que dijiste fue una mierda y a mí no me quedaron ni fuerzas para ir a replicarte, porque era vergonzoso? Además, ¿de qué habría servido que te increpara por hipócrita?

—Para que supiera que unas disculpas no te valían. Sabiendo eso, se me podrían haber ocurrido otros modos de ganarme tu perdón.

Dácil sorbe por la nariz. Ladea la cabeza hacia mí, sin miedo a que la luz del paseo marítimo ilumine las lágrimas que corren silenciosamente por sus mejillas.

—¿Como qué?

—Podría haberte abrazado.

Ella bufa y vuelve a mirar al mar. El mar la calma.

¿Cómo se lo digo? ¿Cómo le digo que no lo recuerdo, que no me cabe en la cabeza la idea de haberme referido a ella en esos términos, al menos estando en plena posesión de mis facultades? ¿Cómo le digo que, aun así, es posible que lo dijera porque ya con sus dieciséis añitos, fiera, Dácil Oramas me daba un miedo atroz y habría hecho cualquier cosa para defenderme? Si alguien se hubiera enterado de que la quería y lo hubiera admitido en voz alta, como Pedro pretendió tal vez que hiciera, mi temor se habría convertido en una realidad. Y estar enamorado de Dácil es una realidad a la que yo, el tío que huye, el tío al que le aterra perder, no puedo hacer frente. Porque Dácil es una guerra que yo siempre pierdo.

Hay miles de razones por las que no puedo quererla, pero ninguna tiene que ver con lo que es ella, y sí con lo que soy yo. Un cobarde.

Estoy seguro de que si le suelto la mítica frase de «no eres tú, soy yo», me abofetea, y con razón.

Menos mal que es ella la que rompe el silencio, porque si lo hubiera hecho yo, seguro que la habría pifiado.

—¿Qué voy a hacer contigo, *curaçao*? —ironiza, exasperada.

Sonrío sin fuerzas. Siempre se las arregla para dejarme para el arrastre.

—Es *coração*.

—¿Y qué es eso otro? —Me señala el pecho con el dedo. Estaba a punto de ofrecerle una alternativa de relación, una especie de concilio que nos permita vivir en paz, pero parece que Dácil ya ha cubierto el cupo diario de minutos en que puede mostrarse sentimental.

Agacho la cabeza y me fijo en las letras que ha apuntado.

—*Saudade* —lee en voz alta—. También es portugués.

Asiento con la cabeza, todavía tenso.

—Es una palabra que solo existe en mi idioma materno. Con lo curiosa que eres, estoy convencido de que ya la has buscado en internet.

—Sé lo que significa en general, pero no para ti, y tampoco por qué te la has grabado en la piel.

—Significa lo mismo que para todo el mundo: una nostalgia insoportable. El deseo de superar la distancia física o emocional con respecto a un ser o un lugar amado. La necesidad de volver a él. —Rozo las letras con las yemas de los dedos.

—Como la magua[46] —traduce ella.

—Como la magua, exacto. ¿Querías cambiar de tema, o esto tiene que ver con lo que estábamos hablando?

—Tiene que ver mucho más de lo que crees. Si has podido trastornarme durante años, Thiago, es porque no te entendía. No entendía qué pretendías al dejarme por los suelos, no entiendo la manera en que me tratas, lo que piensas... Si te entendiera, quizá podría disculparte.

Tiene su parte de razón, y se la concedo con un movimiento afirmativo de la cabeza. Yo tampoco entiendo a veces lo que hago, esa es la verdad.

Me refugio en las estrellas que no están en los ojos de Dácil. Esas que no me juzgarán.

—Tengo esta palabra en el pecho porque todo lo que sale de mí, al igual que todo lo que entra, está manipulado por la *saudade* —explico con calma, desplegando la palma sobre la tinta—. Es un filtro que todo lo toca; un efecto en sepia que tiñe de añoranza los recuerdos más recientes, sin importar cuán bellos sean. También es un centinela que guarda mi corazón. A ratos parece que su propósito sea dejar a mis seres amados a las puertas, donde no puedan conmoverlo.

Dácil no responde enseguida. La arena discurre silenciosamente por sus empeines cuando arrastra los pies para abrazarse las rodillas.

—¿Y si dejas de usar metáforas? ¿Qué es la *saudade* si tuvieras que explicársela a un niño de tres años?

—No eres un niño de tres años. Estoy seguro de que me has entendido. —Ella no cede. Me sigue mirando a la espera

46. Pena, lástima, desconsuelo por la falta, pérdida o añoranza de algo, o por no haber hecho una cosa que hubiera redundado en beneficio propio.

de la explicación. No me queda otra que suspirar—. Es un mecanismo de defensa un tanto espinoso. Me recuerda que todavía hay demasiado que echar de menos como para agregar algo o alguien más. Tal vez tengas razón y la *saudade* fue la que me hizo hablar de ti en esos términos.

—No le eches la culpa a un concepto. Lo dijiste tú. Salió de tu cabeza. Responsabilízate.

—Me responsabilizo, pero tengo derecho a decirte por qué me sentí acorralado, ¿no? —Espero a que ella asienta a regañadientes—. Si lo dije, y te juro que no me acuerdo, no creo que fuera nada personal. Creo que lo habría dicho de cualquiera. Cuando se trata de admitir que alguien me importa, reacciono de forma desmesurada. Hago lo que sea para protegerme de aceptar mis puntos débiles.

Se queda un rato pensativa, quizá esperando que embellezca la explicación o aporte otra razón de peso. Puedo hacerlo, me repito. Puedo hablarle con claridad y esperar que mi franqueza resuelva el problema, aunque el coste sea dejar al aire lo que oculto con tanto celo.

—No me estaba defendiendo de una acusación por parte de Pedro. Me estaba engañando a mí mismo, quitándote una importancia que tenías, para no verme en la obligación de alejarte de mi vida. Parece retorcido, pero lo hago constantemente. Termino alejando a toda aquella persona que podría hacerse un hueco en mi corazón, porque sé que lo que sea que tengamos (una amistad, una relación) acabará, y yo no podré soportarlo. Puedes llamarme cobarde o hipersensible. Soy el primero que se ve impotente ante esta situación. Saboteo mis vínculos de forma totalmente natural.

—El que tienes con Airam, no —me recuerda con la vista clavada en la arena.

—Habría alejado igual a Airam, créeme. Le hubiera hecho alguna perrería inexplicable que me habría dado la fama de cabrón sin sentimientos, que es la que tengo en unos cuantos círculos. Pero Airam estaba antes de todo. Antes de que mi vida, tal y como la conocía, acabara de buenas a primeras. Y en lugar de expulsarlo, como hice con los demás conforme llegaron, me aferré a él. Era lo único que me quedaba.

»Sé que no sirve de excusa y no te hará sentir mejor, ni mucho menos a estas alturas. Pero si pensara todo eso de ti, no estaría aquí, ahora, contigo.

Ella apoya la barbilla en las rodillas abrazadas y suspira. Se sume en uno de esos cómodos silencios que solíamos compartir; que, de hecho, compartimos en la fallida excursión a Buenavista, cuando me habló de su visión romántica de la isla.

Cuando al fin habla, parece mucho menos reacia a aceptar mis disculpas.

—De verdad que no sé qué voy a hacer contigo.

—Si me lo preguntas a mí... podrías perdonarme, pero sin que tenga que meterme en la cama contigo, ¿eh? —le advierto, esperando que mi tono bromista la aplaque—. No creo que eso nos ayudara a ninguno de los dos.

—Me lo pensaré —contesta en tono misterioso—. Y puedes respirar, ¿eh? No te lo voy a pedir otra vez.

—Bien.

Ahí podría haberse acabado todo. Pero Dácil no podía dejarme estar, no podía dejarme vivir, no podía permitir que me fuera a dormir tranquilo. Tenía que volver a ponerme el corazón en un puño al decirme:

—Pero se lo pediré a alguien. Eso no lo dudes.

Capítulo 18

Un pandero tira más que un ruego

Dácil

—¿Qué te parece este?

Maday se asoma a la pantalla de mi móvil.

Adam —veinticuatro años, fanático del surf, le gustan los Arctic Monkeys... o eso dice— nos dirige su sonrisa Profident desde Tinder.

—¿Es alemán? Tiene pinta de alemán.

—Sí, ¿y qué pasa? El lenguaje del amor no entiende de barreras lingüísticas.

—Ya, pero a ver si le vas a decir «por aquí», él no lo va a entender y se va a ir por allá. Yo creo que deberíais saber el mismo idioma.

—Yo creo que no tendría que darle indicaciones. Si le gustan los Arctic Monkeys, sabe de sobra lo que hace, eso te lo aseguro. Los Arctic Monkeys conocen mejor que nadie el funcionamiento del sexo.

—Sé que no me vas a hacer ni puñetero caso, pero yo, en tu lugar, seguiría buscando. Además del tema del idioma, es demasiado guapo para ser real. Tiene pinta de haberle robado la foto a uno de esos viceversos de la MTV.

La verdad es que, si lo miras bien, parece una foto muy retocada de un guapetón que salía en *Too Hot to Handle*. Y salía del programa con novia, si no recuerdo mal.

—Eso no te lo voy a discutir. Descartamos —decido finalmente, pasando su perfil hacia la izquierda. Le muestro el rostro desconocido de un *match* reciente—. Anoche contacté con este tal Laurence. Es de South Hampton, pero habla un castellano perfecto y andará por aquí durante todo el mes.

—¿Por qué te vas a los turistas?

—¿Porque en Tenerife no hay otra cosa en verano? —*duh*—. Cuanto más lejos queden de mí una vez terminemos, mejor.

—Estás buscando novio en Tinder —me recuerda Maday, mirándome con las cejas enarcadas—. Incluso si es de la calle de al lado, lo más probable es que no se te vuelvan a acercar una vez «terminéis». En una ocasión quedé con un tío que resultó que trabajaba en mi hotel, y no te creerías la cantidad de quiebros que hacía para no coincidir conmigo cuando tirábamos la basura. Yo creo que había días que se la llevaba a su casa.

Se me escapa una carcajada. Maday no es de las que exageran. Si dice que el tipejo se llevaba doce kilos de basura a su casa para no cruzársela en los contenedores, me lo creo.

—Prefiero no arriesgarme a ligar con un tinerfeño que vaya a ser amigo de Guille. O de Aythami. —Tuerzo la boca de pensarlo.

—Mejor, ¿no? Así van diciendo por ahí lo contrario a lo que dicen ahora, que era lo que querías. ¿O me estoy equivocando?

Aparto un momento la vista de Tinder y me dejo caer con resignación en la tumbona.

Hoy es uno de esos días de fuerte solajero.[47] Lo pasaría dentro de casa, jugando al parchís —o ganando al parchís—,

47. Día despejado, sin nubes y con mucho calor.

pero Maday lleva tres días encerrada trabajando y necesitaba un poco de vitamina D. Aquí estamos, pues, bronceándonos en el patio de casa mientras estudiamos presuntas parejas sexuales. Y no estamos solas. Lo que estamos es cuchicheando para que ninguno de los presentes se entere de mi plan macabro.

Thiago está en la tumbona de enfrente, durmiendo como un tronco, y mi hermano y Leire charlan en voz baja en las escaleritas de la piscina. Habían estado bailando un vals bien agarrados hasta que Maday y yo hemos llegado, cosa que ha molestado a Leire —por lo visto, quería intimidad— pero yo he agradecido. No tengo por qué ver cómo se comen las babas tan solo porque desconocen las normas básicas del saber estar. Y en mi chozo no me voy a andar escondiendo para que ella pueda ponerse cariñosa.

Faltaría más.

—Pues sí, te equivocas —replico—. Es verdad que Aythami y los demás energúmenos hicieron que me decidiera a tomar cartas en el asunto, pero era una idea que me rondaba la cabeza desde hacía muchísimo tiempo. Después de pensarlo, he llegado a la conclusión de que lo voy a hacer. Solo que no por ellos ni para quitarme de encima ninguna etiqueta. Si me afecta tanto lo que dicen es porque es verdad, ¿sabes? Pero una vez quede desmentido y yo sepa lo que he hecho, creo que podré seguir adelante —concluyo—. Así que... ¿Qué te parece este semental?

Maday se tiende sobre el costado para mirarme largamente con sus ojos bicolor.

—¿Qué te parece a ti? Eres tú la que se va a quedar en bolas delante de él.

—No me avergüenza mi cuerpo.

—¿Y no te da miedo el dolor? Perder la virginidad no es un camino de rosas.

—Es un dolor inevitable. ¿A qué vienen las preguntitas? No sé qué me quieres decir.

—Pues si no lo sabes ya, no va a haber manera de que te lo explique para que lo entiendas. Yo ya me he rendido. —Se encoge sobre sí misma con los brazos cruzados a la altura del pecho—. Lo único que te puedo recomendar es que al menos hables un poco con él antes de veros.

—Como si eso fuera a servir para algo. Puede ser un encanto por redes sociales y luego, en persona, un auténtico desgraciado.

—O un Manolo de cuarenta tacos.

—O un Manolo de cuarenta tacos —confirmo—, pero eso no debería detenerme. A veces pienso que no he terminado de conocer ni a mis propios padres, como para encima calar a un desconocido de Tinder. ¿Quieres que te traiga una cerveza, o algo? Voy a la nevera.

—No, gracias. Me retiro. Está mi abuela sola en casa y quiero hacerle compañía un rato.

—¿Voy contigo?

—Si quieres...

Pues claro que quiero ir. Si la alternativa es quedarme mirando los arrumacos que se hacen los amantes en la piscina —no termino de decidir si han resuelto sus diferencias o están actuando— o escuchar los ronquidos de Thiago —me parece que está fingiendo el sueñecito: él no ronca—, elijo a la abuela Lupita. Seguro que con verla aparecer con sus vestidos copiados de Totó La Momposina me aclara las ideas o, como mínimo, me alegra la vida.

Dejo el móvil y todo lo demás sobre la tumbona para correr a la habitación de Margarita a cambiarme de ropa. Es ahí donde he dejado el ligero poncho de punto morado que me ha hecho —todavía no lo he lavado y huele a ella, a niña obsesionada con los buñuelos—, las alpargatas que había abandonado a los pies de su cama para jugar a las muñecas y unas nuevas gafas de sol.

Lo de las gafas de sol no es tan raro. Se puede encontrar al menos un par de ellas en cada habitación de la casa.

Maday me espera bajo el quicio de la puerta, tan sumida en sus pensamientos que se ha quedado mirando la cama nido de Margarita. Ha debido de darle una idea, porque de pronto pregunta:

—¿Sigues durmiendo con Thiago?

—Sí, pero no coincidimos despiertos a la hora de irse al sobre. Hay días en que yo me dejo dormir antes, y otros es él quien se acuesta sin avisar. ¿Por qué?

—Ha debido de ser tenso compartir la habitación después de que le hicieras tu propuesta indecente. Tú no tienes una cama nido, como Margarita. Tienes una cama a secas.

—No creas. —Echo un vistazo desinteresado a la ventana que da a la piscina—. Aunque se haga el remilgado conmigo, yo creo que está tan acostumbrado a que las mujeres le supliquen un poco de amor que ni se sorprende.

Pretendía apartar la mirada de la ventana para sonreírle a Maday, pero justo entonces asimilo, con retardo, lo que acabo de ver al otro lado del cristal. Vuelvo a asomarme a la ventana, esta vez con el ceño fruncido, y confirmo que no lo he soñado: Thiago ha rodeado la piscina para sentarse en mi tumbona y manipular mi móvil.

—¿Qué hace este ahora? —mascullo por lo bajo.

Mi intención era salir escopeteada para gritarle, pero Maday, que se asoma para observar por encima de mi hombro, sugiere que me quede donde estoy y así vigilar el comportamiento de este extraño simio de documental.

—¿Crees que estaba despierto durante nuestra conversación?

—No lo creo. Lo sé. Te lo iba a decir antes: él no ha roncado jamás, y nunca se duerme en público porque le da pánico que le despierte una pesadilla.

La risita de Maday me hace cosquillas en el cuello.

—Pues si te ha escuchado hablar de Adam y Laurence, se habrá puesto muy nervioso. —Suspira—. Ay, Da... Creo que no sabías dónde te metías cuando involucraste a Thiago en tus asuntos románticos. Dudo que sacarlo sea tan fácil como decirle simplemente «olvídalo».

—Ya se ve, ya —murmuro, entornando los ojos sobre su figura. Se ha encorvado para no dar el cante, pero desde este dormitorio en concreto se tiene una vista privilegiada de todo el patio.

No tengo secretos para nadie —no me hago fotos en bolas, no tengo conversaciones subidas de tono, no hablo de mis sentimientos en la aplicación Notas— y sí una pésima memoria para almacenar contraseñas, razón por la que le quité el patrón y el pin de desbloqueo al móvil. No le habrá costado nada meterse en mi Tinder, porque apuesto el alma a que es eso lo que quiere supervisar. Le ha venido de lujo que Leire y Airam se largaran del patio inmediatamente después hacerlo nosotras. Por mal que estemos mi hermano y yo, no dudo que le habría pegado una voz o soplado un puñetazo si lo hubiera pillado con las manos en la masa.

Le concedo unos segundos de gracia antes de regresar a la piscina para recuperar mis pertenencias. Cuando llego, Thiago está otra vez «roncando» sobre su tumbona, como si no hubiera pasado nada.

En lugar de enfadarme, tengo que contener una carcajada. No existe modo de justificar que te revisen el móvil contra tu voluntad. Está mal, y punto. Pero esta no es la primera vez, y al menos tengo la certeza de que no lo ha hecho para hacerse pasar por mí delante de mi ligue del momento.

Recojo el móvil, las otras gafas de sol y cuatro tonterías más y exclamo en voz alta: «¡Adiós, Thiago!», para, a continuación, desaparecer en la casa de al lado. No espero ni a estar en la calle para comprobar que la única aplicación abierta era justamente Tinder, y que se la ha dejado en el perfil que me he creado para lo que me propongo.

No he sido tan estúpida como para poner fotos mías. He

puesto un par de memes bajo un nombre falso, Daniela —mis padres estuvieron a punto de llamarme así—, y me he decantado por una descripción que espero que incite a los más morbosos: «Solo sexo».

—Apuesto a que con esa «biografía» has tenido más *matches* que ninguna aspirante a modelo —comenta Maday, leyéndome el pensamiento.

Se lo confirmo con un bufido.

—Los hombres son francamente asquerosos.

—Es una lástima que necesites uno.

Maday y yo compartimos una mirada compasiva.

Al poco rato nos estamos doblando de la risa.

—Me pregunto cuánto tardará en aparecer Thiago en la página de inicio —le comento, más para mí misma que para Maday.

Aunque tampoco es que pueda escucharme en estos momentos, porque aún tiembla de la risa, y encima está peleándose de nuevo con una de las veinte cerraduras que su abuela tiene puestas en la casa. Es un tanto paranoica, y todo para nada, porque cuando entramos después de haber forzado su sistema de seguridad, nos la encontramos dormida en el sofá con la telenovela puesta.

Apuesto el alma a que es una reposición de *Gata salvaje*. La abuela Lupe nunca lo admitirá, pero es lesbiana como ella sola y está obsesionada con Marlene Favela.

—No parece que le hagamos falta —valoro entre risas. Me acerco para acomodarle la cabeza sobre uno de los cojines, sabiendo lo que le molesta el cuello cuando adopta esas posturas imposibles suyas.

—Pues vámonos a mi cuarto y me sigues enseñando maromos.

Maday no tiene un padre que se dedique a ofrecer alojamiento a los turistas —no tiene ni ha tenido nunca padre, a decir verdad—, así que no extraña que su casa sea algo más modesta que la mía. La parcela se reduce a una casita de dos plantas y tan solo dos habitaciones, pareada con la que queda a mano derecha. Compartía dormitorio con su madre cuando aún estaba viva. Van a cumplirse diez años desde que la perdió y todavía no ha querido adueñarse de su mesita de noche y la parte que le correspondía como copropietaria de la habitación. Un lado de la pared está lleno de pósters, fotografías, dedicatorias y billetes de avión a otras islas, recuerdo de sus viajes favoritos, y el otro está desnudo salvo por el crucifijo ante el que su madre rezaba alguna oración todas las noches.

La familia de Maday —esto es, su madre y su abuela, insisto— siempre ha sido muy religiosa. No sé por qué, teniendo en cuenta la cantidad de desgracias que han azotado sus vidas.

Nos dejamos caer en su cama al mismo tiempo y nos miramos. Ella levanta las cejas una, dos y hasta tres veces, dándome la señal para buscar a Thiago en la aplicación.

Pero no lo veo por ninguna parte, claro. De tonto no tiene un pelo. Aun así, veo una cara que me suena familiar mientras voy aceptando o denegando la oportunidad de conocerme.

—Este es amigo de Thiago —le digo a Maday—. Apuesto a que le ha robado la foto.

—¿Para qué?

—Para contactar conmigo por Tinder e intentar disuadirme, una vez más, sin que sepa que es él.

—¿Eso que dices no es un poco retorcido?

—Thiago es retorcido. No tanto como yo, pero algo le he enseñado.

—No, si seguro que algo de siniestro debe de tener para que encajéis tan bien. De todos modos, me da a mí que eso sería bastante rebuscado.

—Maday, pone que se encuentra a menos de diez metros de mi posición. —Le muestro la distancia con cara de «a ver qué me replicas ahora»—. Y a diez metros solo tenemos a dos notas capaces de usar Tinder: mi tío Jaime, que es poliamoroso y aún no lo sabe, y Thiago.

—Vale, de acuerdo. En ese caso, ¿de dónde ha sacado las fotos? No le habrá dado tiempo a usar Photoshop.

—Suplantar identidades es más fácil de lo que parece. —Le muestro en el Instagram de Thiago una de las pocas fotos que tiene colgadas. Aparece con el brazo sobre los hombros de un chaval idéntico al de Tinder—. ¿Ves? No creo que el tal Roberto, godo como él solo, ande por las islas. Si así fuera, Airam me habría dicho algo, porque es un colega que tienen en común.

Maday bufa.

—Deberías rechazarlo por jugar contigo.

—O aceptarlo y ser yo quien juegue con él.

¿Por qué no? Mi primera noche de sexo no puede esperar ni un minuto más, pero seguro que puedo hacer dos cosas a la vez: encontrar al candidato indicado y burlarme de Thiago.

No me vendrá mal después de lo estúpida que me sentí la noche de Verónicas, en la que estoy intentando pensar lo menos posible.

Apenas le doy *like*, el móvil vibra, felicitándome por haber hecho *match*. Maday y yo esperamos con el aliento contenido a que el supuesto Roberto dé el primer paso.

A lo mejor me equivoco y Thiago solo quería mirar la hora porque se le había olvidado el móvil dentro de casa. A lo mejor estoy siendo una verdadera neurótica. No sería la primera vez. Pero entonces llega su mensaje, y mi cuerpo reacciona porque sabe que tengo la razón.

¿Buscando sexo en Tinder?
¿Para eso no es mejor ir a un
puticlub?

No debes de tener mucha
experiencia en esto del Tinder si

crees que la gente se pasa por
aquí para encontrar al amor de
su vida, mi niño.

Es verdad, soy nuevo en la zona.
Pero es un poco arriesgado
buscar pareja sexual en internet.
Nunca sabes con lo que vas a
toparte.

—¿Ves? —Señalo la pantalla, orgullosa de mi sagacidad—. Me está dando la chapa como si fuera mi padre. Es Thiago.

Maday une las manos en un rezo y agacha la cabeza en señal de respeto.

—No volveré a dudar de ti, *sensei*.

Los puticlubs valen dinero. Yo
estoy un poco pelada.
¿Y no has oído eso de que nunca
terminas de conocer
a la persona con la que estás?
Mi novio de toda la vida también
podría ser un loco.

Seguro que eres una chica muy
lista. Si tu novio fuera
un loco, lo verías venir.

Ese halago ya entra algo más en
la categoría de lo que he venido
a hacer aquí. No me has dado
match para darme lecciones,
¿verdad que no? Algo querrás tú
también.

En principio te lo he dado porque me ha parecido curiosa tu... biografía. Esta es la clase de perfil que encuentras entre hombres, no tanto entre mujeres. Tendría que ver una foto tuya para saber si quiero ligar contigo.

Que te crees tú eso, superficial. En parte quiero demostrar una teoría, ¿sabes? Que a los tíos les da igual tinto que mosto. Si la chica está dispuesta, ya sea guapa o fea,
se tirarán a la piscina.

Esto del experimento social ya me suena mucho mejor que lo de buscar sexo.

¿De qué te escandalizas? ¿Tú es que no sabes para qué sirven estas aplicaciones? A lo mejor las de «solteros exigentes» mayores de cuarenta son algo más serias,
pero esta la han creado para un «aquí te pillo,
aquí te mato».

¿Y eso a ti te parece bien? El Tinder y todo lo que le rodea.

No. En general, odio las redes sociales. Me parece que, aparte de generar adicción y provocar distorsiones de imagen (seguro que has oído hablar de la gente que acude a las oficinas de cirugía estética para que te dejen tal y como serías según un filtro de Instagram), te obligan a permanecer ahí si quieres disfrutar de una vida social plena (hay personas con las que no estarías en contacto de no ser por Instagram) y te crean necesidades que no son reales porque acabas comparando tu vida con la de gente a la que sigues y que es todo fachada.

—Oye —irrumpe Maday, contrariada—, si yo fuera Roberto y estuvieras filosofando sobre los problemas que genera Instagram, me parecerías una chapas y desharía el *match* enseguida.

—Exacto. Pero como es Thiago, va a seguir dándome conversación para disuadirme de lo que quiero hacer.

Si ya te cae mal Instagram,
Tinder debería darte asco.

Creo que independientemente de la mala fama que tengan algunas redes sociales, sirven para determinados propósitos.

El que me he fijado yo necesita Tinder.

¿Quieres sacrificar tus principios por sexo?

Hay gente que sacrificaría a su abuela por sexo. Yo no soy tan mala. Respeto a mi abuela. Tú también la respetarías si la conocieras. Pero ¿qué hay de ti? ¿Qué haces tú aquí, aparte de intentar salvar a todas las almas descarriadas? ¿Qué eres, un monaguillo?

Para nada. Si estoy en Tinder es porque yo también quiero ver de qué va.

Seguro que has tenido mucho éxito. Eres mono.

¿Solo mono?

Maday lanza un jadeo ahogado.

—¿Crees que está tirándote la caña?

—No. Solo está jugando conmigo.

—¿Insistes en que es Thiago? A mí me parece un perfil muy creíble.

—Apuesto a que si le escribo al tal Roberto por Instagram, me dice que no tiene ni idea de quién es este tío. Pero no voy a enemistar a Thiago con su colega.

—¿Desde cuándo eres tan piadosa?

—No soy piadosa. Como se pase de listo, se va a enterar.

Sí, bueno, y da gracias. A mí es que me gustan más de otro rollo, ¿sabes? Altos, tatuados, pintas de malote... Rubitos, de preferencia. Y si tienen los ojos claros, mejor.

No me digas. Tengo un amigo que encaja en tu descripción.

Yo también tengo un amigo que encaja en la descripción, pero no quiere amor, ¿sabes? Es de estos mojigatos y santurrones a los que les dan miedo las mujeres con las ideas claras.

Hombre, si es tu amigo, como dices, no querrá que se arruine la relación por culpa de un tonteo.

Olvídate. He dicho «amigo» por decir algo, pero en realidad no tenemos ningún vínculo. Por no tener, no nos tenemos ni cariño.

—Qué cruel eres —se queja Maday—. No deberías decirle esas cosas.

—Se ha puesto a golifiar[48] mi móvil para jugar a esto. Es mi trabajo hacer que se arrepienta.

48. Espiar.

Algo le tienes que tener si has basado en su imagen tu modelo de hombre perfecto.

Vale, puede que nos tengamos respeto después de las cosas que pasaron entre nosotros. Pero no es mi modelo de hombre perfecto. A no ser que te refieras a «perfecto para joder sin dar explicaciones».

¿Pasaron cosas entre vosotros, dices?

Pues claro. Si no hubiera demostrado que tiene talento para según qué materias, no le habría elegido como primera opción. Es una lástima que la gente no esté a la altura de la confianza que se deposita en ella.

No te conozco, pero pareces la clase de persona que no acepta un «no» por respuesta. Y creo que eso es lo primero que uno debe aprender: a encajar los rechazos.

Es que él no me ha rechazado por disgusto. Me ha rechazado porque es un cobarde.

—Está tardando en responder —anuncio—. Le he tocado las narices.

Y ahora la que tarda en responder es Maday. Sin apartar la mirada de la pantalla, le doy un codazo en el costado. Ella ni se inmuta.

Se ha quedado dormida a mi lado. O está intentando echarse la siesta y no me hace caso para invocar antes al sueño.

—Debería darte vergüenza. ¡Se está cociendo algo muy importante! —me quejo.

Estás sonando como una de esas personas que no tienen más tema de conversación que sus exparejas.

Tienes razón. Vayamos al grano. ¿Dónde quieres que quedemos para hacer lo propio?

No sé si quiero preguntar qué es «lo propio».

Ya sabes. Un puñado de besos, un ratito de magreo intenso, y luego lo que viene siendo «el coito». Seguro que la palabra no te suena desconocida. A cuarto de la ESO has tenido que llegar si es verdad que estudias ADE, Roberto.
Pero bueno, si todavía no te convenzo, estoy dispuesta a darte mi número y mandarte una foto.

Te estás poniendo tan romántica
que no sé si responderé
de mí.

Si eso es ironía y quieres
romanticismo, conmigo no lo vas
a encontrar.
Y ¿desde cuándo se le hacen
ascos a un *nude*?

Si me lo quieres mandar, por mí,
encantado. Pero no te pienso dar
mi número. Pareces una pirada
con todas las papeletas para
acosarme si al final te digo
que no.

¿Quién se está poniendo
romántico ahora?

Dios, qué susto. Por un momento, al leer «por mí, encantado», he pensado que me estaba equivocando y Roberto sí es Roberto. Pero Roberto no puede estar a diez metros de la casa de Maday. Solo Thiago puede estar a diez metros de la casa de Maday. Y tengo que reconocer que no me desagrada la idea de provocarlo con una fotito interesante.

¿Y cómo te la mando si no es
por WhatsApp, lumbreras?

Subiendo y exportando tu foto
en Kapwing y rulándome
el enlace.

Vaya, vaya, el monaguillo sabe cómo funciona Tinder. Tan santurrón que te pones y seguro que tienes tu propia biblioteca privada de pornografía.

No soy un santo.

Y yo no soy ninguna cobarde, así que no me lo pienso a la hora de hacerme la foto. No tengo por costumbre bajarme el top del biquini para fotografiar mis partes nobles, y eso se refleja en las pruebas que hago durante los siguientes minutos. Maday ronca a mi lado, y así pretendo que continúe, pero al final me desespero tanto tratando de averiguar cuál es mi mejor atributo físico que acabo despertándola con un codazo.

—Maday, necesito ayuda. Si fueras yo, o sea, si tuvieras mi cuerpo, ¿qué tipo de foto provocadora le mandarías a un pavo?

—Le mandaría una de mi culo —responde sin pararse a meditar. Las dos nos quedamos un momento pensativas—. No he tardado ni un segundo, ¿eh? ¿Es raro que no me quepa duda de que tienes un culo estupendo?

—No es tan raro comparado con lo que te voy a pedir. Hazle una foto a mi culo.

—¿Qué? —Pone los ojos como platos. Entonces cae en la cuenta—: ¿Para enviársela a un tío? ¿PARA ENVIÁRSELA *A THIAGO*? Ni loca.

—Venga ya, ¿para qué están las amigas?

—Para rascarse la espalda cuando la otra no llega, para quedar a ver una peli en el cine y contarse confidencias —responde como si fuera obvio—. ¿Qué va a ser lo siguiente? ¿Ser tu creadora de contenido para OnlyFans?

—Que no, coño, que no tengo pensado prostituirme en ningún futuro cercano. Porfi, Maday, solo una. Te lo prometo. Luego te dejo dormir.

Tal y como había esperado, Maday me hace saber cuánto me odia prolongando un suspiro hasta el infinito. Extiende la mano para que le haga entrega del móvil.

—¿Cómo quieres la foto? —masculla entre dientes.

—No sé. Me pongo en tus manos. —Me coloco con los brazos en jarras—. ¿Qué me recomiendas?

—Túmbate. Sin el poncho, a poder ser. Y saca culo. Espérate a que baje las persianas un poco y le damos un efecto especial.

—Oye, que tampoco se vaya a pensar que me lo he currado porque le quiero impresionar.

De acuerdo, soy una quejica, pero al final sigo sus instrucciones al pie de la letra. Solo cuando estoy boca abajo y Maday prueba posiciones para encuadrar la foto, comento:

—Parece que tienes experiencia en el sector, bandida.

—No digas tonterías. Métete un poco el biquini por el... ¡No te he dicho que te las bajes!

—¡No me va a ver la cara! Así se ve en todo su esplendor.

—Bueno, como quieras.

Después de lo que parecen trece mil pruebas, Maday tiene diez imágenes distintas para ofrecerme, cada una desde un ángulo. Lo cierto es que nos hemos emocionado bastante durante el proceso; ella en su papel de artista incomprendida y yo en el de musa inspiradora. Incluso me ha echado un par de fotos de cuerpo entero, tirada sobre la cama y mirando a la cámara como si quisiera liarme con el fotógrafo.

La fotógrafa, en este caso.

—Dios, Maday, tienes un don para esto.

—No es nada. —Agita la mano, quitándose importancia, aunque la tiene bien merecida—. ¿Te acuerdas de que hice un par de cursillos de fotografía? Nos soltaron por Santa Cruz a ver qué podíamos hacer y luego nos dieron unos consejos. Parece que las sugerencias obraron milagros.

—Estoy por subirlas a Instagram, te lo juro.

—Pero antes enséñale una a Thiago, que para eso son, ¿no?

—Se llama Roberto —me mofo—, pero sí, tienes razón. Ahora me da hasta pena enviarle una de mi culo. En esta salgo guapísima. ¿No salgo guapísima?

—Envíasela ya —me ordena Maday—. Yo voy a darme una ducha, que en un rato tengo que pirarme a trabajar.

Maday se encierra en el baño del final del pasillo. Así me deja a solas con mis maravillosas fotos provocativas y con mis recelos; recelos que han surgido al recordar que no se la voy a mandar a ningún Roberto, sino, efectivamente, a Tarado. No creo que pase nada porque no tengo una mancha de nacimiento reconocible, ni una constelación de lunares o una cicatriz en las nalgas. Es un culo normal y corriente, supongo. Tampoco me he puesto unas bragas que se puedan asociar conmigo, como las que tienen la cara de Kaydy Cain estampada.

En fin, yo creo que lo peor que puede pasar es que se quede en shock porque no se lo esperaba. Pero debe enterarse de una vez de que estoy dispuesta a todo para conseguir lo que me he propuesto.

Sin mayor dilación, adjunto el enlace a Kapwing tal y como me ha indicado él.

Recién sacadita del horno. No te irás a quejar, ¿no? ;)

Transcurre un buen rato. A lo mejor ha dejado de estar pendiente del móvil porque ha visto que no contesto. O a lo mejor, tal y como auguraba, está flipando.

¿Se la has mandado a alguien más?

¿Eso es todo lo que vas a decir? Menudo aburrido.
Y sí, claro que se la mandaré a

quien haga falta. Una foto como esa no se puede quedar en mi móvil.

¿Es que hay más fotos como esas en tu móvil?

Estoy a punto de contestar que sí, y que me extraña que no las haya visto cuando se ha tomado la libertad de revisarlo.

Pórtate bien y responderé a tu pregunta enseñándote mis álbumes.

¿Tienes idea de lo peligroso que es mandar fotos así? Podría hacerle una captura de pantalla y enviársela a mis amigos. Podría acabar rulando por grupos de WhatsApp de pajilleros.

Parece que lo sabes por experiencia.
¿Mandaste una foto a quien no debías, o fuiste tú quien reenvió una foto a mala idea?

Ninguna de las dos cosas. La foto está a salvo conmigo, pero este tipo de cosas arruinan la vida a las mujeres. Parece mentira que te lo tenga que decir. Los acosos por *nudes* están a la orden del día.

Venga ya. Ni siquiera te he enseñado mi cara. Y eso que ves en la foto no es nada que no enseñe en la playa. Deja de ser un carca, hazte el favor.

¿Soy un carca por advertirte? Alguien te lo tendrá que decir, ya que solo te pones en peligro.

Pero si eres tú quien me ha animado a mandártela.

¡Y tú quien ha cedido! ¡Podría ser un depredador!

Estupendo. Más que de príncipes azules, yo soy de lobos feroces. No me vayas a decir ahora que eres un cobarde, porque de ser así, estarían abundando en la zona.

No le mandes ese tipo de fotos a cualquiera.

Lo que tú digas, papá. Será mejor que me entretenga con otros *matches*, porque tú eres un auténtico coñazo. En eso te pareces al último con el que he intentado tener rollo.

Vaya, no me digas. A mí me da que es un tío cojonudo. ¿Qué más cosas tenemos en común?

Este es el momento perfecto para soltarle que lo sé todo. Así que lo aprovecho.

Creéis que podéis salvarme de mis propias decisiones, por ejemplo. Creéis que es vuestro deber convencerme de esperar a encontrar al hombre indicado para ser la princesa y la diablesa. ¿Qué te piensas, que no sé que programar cómo y dónde perder la virginidad con un desconocido es sórdido? ¿Piensas que no sé que esto podría ser, hasta cierto punto, autodestructivo? Soy consciente de los aspectos positivos y negativos de mi plan. Lo he meditado hasta la saciedad, y he concluido que merece la pena. Si Thiago Madeiros no ha conseguido que me eche atrás, la opinión de un tío *random* de internet tampoco se me va a meter bajo la piel. Y no os quepa la menor duda a los dos que encontraré a alguien que satisfaga mi deseo, porque, por fortuna, das una patada y salen un millón de chavales dispuestos a pasar la noche

contigo, seas guapa
o fea.

Durante dos minutos enteros, nadie escribe nada. Hasta que de pronto:

Sabes que soy yo, ¿verdad?

Pues claro que lo sé. Se te venir
de lejos, Judas. Y también se te
ve desde la ventana del
dormitorio de Margarita.

Necesitaba saber qué andabas
diciéndoles a los cerdos de
Tinder.

No creo que «necesitaba» sea el
verbo.

Claro que lo es. Por si acaso
tuviera que decírselo
a tu hermano.

Si le dices a mi hermano lo que
me he propuesto, yo le diré otras
cuantas cosas sobre nosotros
que no le harán ninguna gracia.

Sabía que me chantajearías de
vuelta.

Pues no haberme provocado,
coração.

Yo no soy el que se ha dedicado
a mandar fotitos provocativas,
docinho.
Si esa era tu manera de ponerme
en mi lugar, déjame decirte que
me has puesto donde no debías.
Corre, ve y enséñasela a Airam, a
ver qué te dice.

Nada tan malo como lo que te
diría Roberto si se enterara de
que andas suplantando su
identidad.

Estaba a punto de enviar otra respuesta —«Ahora, si no te importa, voy a seguir mi búsqueda»— cuando suena el timbre de la puerta principal.

—¿Quién es? —grito, confiando en que Lupe o Maday me escuchen. No va a haber suerte: desde la escalera me llegan los ronquidos de búfalo de la abuela, y en el pasillo se oye el agua de la ducha y los canturreos de Maday—. ¿Hola? ¿Esperáis a alguien?

No me queda otro remedio que ejercer de anfitriona. Salto de la cama con el móvil aún en la mano y troto escaleras abajo. Solo paso de puntillas por delante de la abuela Lupita, con cuidado de no despertarla. Para tener todo un sistema de defensa que prevenga posibles ataques, no se les ocurrió poner mirilla en la puerta. Abro solo una rendija, preparada para exclamar: «¡Manifiéstate!», pero se me pasa la tontería al reconocer a un Thiago de espaldas a mí. Está mirando a su alrededor con aparente nerviosismo.

Abro de un tirón, ceñuda y a la vez extrañamente complacida.

—¿Qué haces tú aquí?

Se gira de forma brusca para confrontarme con la mandíbula apretada.

—¿Y tú qué crees? —Saca las manos de los bolsillos—. Venir a entregarte la victoria en mano.

—¿Qué victoria?

—¿A ti qué te parece?

Pero no oigo un «he perdido» ni nada similar. Thiago da un paso adelante, me retira las trenzas de los hombros para rodearme la nuca con la mano y me atrae hacia su cuerpo para...

No lo tengo ni que decir, ¿no?

Para besarme.

—Si hubiera sabido que solo necesitabas una foto de mi culo, te habría mandado todo mi arsenal —le chincho en cuando me deja libre.

No puedo evitar sonreír, triunfal.

Él se humedece los labios, no tan enfadado como le gustaría. Se lo veo en la cara. Ha venido porque estaba impaciente, porque no podía más.

—Cedo porque pretendo poner mis normas —me advierte, todavía sin soltarme la nuca. Incluso me rodea la cintura otra vez para acercarme a su cuerpo—. Lo primero de todo es que quiero «el arsenal» bien guardadito, ¿estamos? No le mandarás fotos de ese tipo a ningún desconocido en lo que queda de verano.

—¿A los conocidos sí vale? —le suelto para buscarle las cosquillas, es superior a mí—. ¿Qué vas a hacer con la foto, Thiaguito?

—Borrarla, evidentemente. —Pestañea un par de veces, dándose un aire inocente del que por supuesto carece—. Se acabó Tinder, ¿de acuerdo? Y se acabó perseguir a los pirados de Verónicas para pedirles que te manoseen, ¿entendido?

—Sí, ya, y me lavo los dientes después de cada comida, papá.

—No estoy bromeando, Dácil. Júrame que dejarás de hacer estas locuras.

Le lanzo una mirada de advertencia en la que se mezclan la excitación y la sorna.

—Pero solo para hacer otras diferentes.

Thiago puede, por fin, respirar hondo. Apoya los labios en mi frente.

—Puedo conformarme con eso.

Capítulo 19

Por el amor de esa mujer

Thiago

Dácil me tiene por una especie de casanova contemporáneo, pero lo cierto es que ninguna mujer se ha estrenado conmigo nunca. Ni siquiera la primera con la que estuve. Y como no sé cómo demonios se debe tratar a una chica obsesionada con perder la virginidad de la forma más sórdida imaginable, heme aquí, buscando en el Hiperdino lo que creo que será necesario para dejar mi huella.

Mientras busco el pasillo de las velas aromáticas, repito como un mantra la excusa que habrá de convencerme de ser el peor amigo del mundo, el tío más aprovechado de la historia y, en definitiva, un cerdo del copón: si yo no hubiera cedido, Dácil podría haber acabado enrollándose con algún elemento de la familia de los tarados a los que se acercó en Verónicas; con un cuarentón con hijas de su edad, o peor: con un prepúber aficionado al *League of Legends* con acné y (o) esmegma.

Y yo solo soy un jugador frecuente de *League of Legends*. No estoy tan mal en comparación con lo que había supuesto.

No quiero ni imaginarme a lo que podría haber dado lugar su impulso de crearse Tinder. ¿A quién se le ocurre hacerse un perfil gritando a los cuatro vientos que QUIERE SEXO, así, en mayúsculas? Bien parecería que se estuviera subastando al mejor postor, como las geishas de las que hablaba Arthur Golden.[49]

Al final le ha salido al precio de mi cordura. Un precio muy asequible después de que lleve años minándola con sus ideas de bombera.

Me siento ridículo recolectando velas en una cesta, entre otros artículos que un foro de mujeres ha estimado necesarios para el gran momento. Sé que le gustan el coco y la vainilla. Y la rosa mosqueta. Sé todo lo que le gusta: la música que tendría que poner —pero no pienso desnudarme al ritmo de La Mafia del Amor, gracias—, el sitio donde querría que la llevaran... De lo que no estoy tan seguro es de que yo sea la compañía indicada. Pero si se ha empecinado tanto, debe ser porque algo me ha visto.

Más allá de tenerme como la oportunidad de superar el odio que me profesa, he de parecerle el indicado.

La verdad es que, para protegerme de ese odio, sería capaz de hacer cualquier cosa. Y por otro beso de la flaca también daría lo que fuera, pero me temo que eso es algo que no me atrevería a dejar por escrito.

Tendría que haberle insistido a Leire en que me acompañara, aun a riesgo de que descubriera para qué necesito su inmensa sabiduría de romántica empedernida. Total, ya me quedé con el culo al aire ayer, cuando me acerqué a ella por detrás aprovechando que se estaba pintando las uñas y le solté:

—¿Cómo te habría gustado perder la virginidad?

Leire se giró hacia mí y me sonrió, divertida por la pregunta.

—¿Qué te hace pensar que no soy virgen?

—Hombre, Leire... —Me rasqué la nuca, indeciso por si

49. Autor de *Memorias de una geisha*.

estaba metiendo la pata al admitir que Airam es bastante abierto con esas cuestiones—. No me hagas contar en voz alta la cantidad de veces que tus berridos me han impedido estudiar Teoría de la literatura comparada. Por tu culpa me tuve que conformar con un siete.

Leire se tuvo que rendir a la evidencia.

Pero le di un notable a su intento de hacerse la graciosa.

—Mi único requisito era estar enamorada del chico con el que lo hiciera, así que fue todo lo que esperaba y más.

Su respuesta solo sirvió para desanimarme y sentirme aún más culpable, porque Dácil ni está enamorada de mí, ni yo le caigo bien. Pero me repetí la excusa clave: Dácil lo desea, Dácil me odia porque por su culpa no ha podido desenvolverse con su expareja en la cama y debo resarcirla, Dácil me perdonará y se librará de las habladurías de la facultad de un plumazo. Y, sobre todo, Dácil no es Leire. Leire es como las Pringles clásicas, y Dácil sería más bien las Buffalo Ranch. Las originales te entran dobladas porque el sabor es suave, fácil de digerir. En cambio las Buffalo Ranch te las comes con lágrimas en los ojos, y como te pases de frenada, prepárate para una noche en el infierno.

—Pero eso no es algo que quieran todas las mujeres, ¿no? —le pregunté.

—Claro que no. Solo lo quiero yo —ironizó, con la vista clavada en las uñas de los pies—. ¿No ves que es ridículo que una mujer prefiera desnudarse delante de una persona que le inspira confianza?

—Quiero decir que el amor no es un requisito, ¿no? Si no lo hay, tampoco te supone un trauma... ¿O sí?

—Pues no lo sé, Thiago. Solo puedo hablar por mí. Pregúntale a Jana, Salma y el resto de las mujeres que habitan esta casa.

Me pareció una idea brillante, así que me acerqué a la barra de la cocina como quien no quiere la cosa, aprovechando que la abuela Candelaria, Jimena y Núria estaban reunidas.

—¿Tenéis un momento? Estoy haciendo una especie de estudio sociológico sobre las mujeres y querría saber vuestra opinión.

Núria se giró hacia mí con una sonrisa a medio camino entre la condescendencia y el interés.

—Qué maravilla. Me encantan los estudios sociológicos sobre las mujeres realizados por hombres.

—Pues claro que tenemos un momento, cariño —dijo Jimena, guardándose en el sujetador los veinte pavos que acababa de sacarle a Núria—. ¿Qué quieres saber?

—¿Cómo os habría gustado perder la virginidad?

Jimena hizo una mueca que yo mismo le habría copiado si no hubiera estado fingiendo que lo tenía todo controlado.

Creo que madre solo hay una, pero Jimena es lo más parecido que tengo desde que la mía se fue, y esa no es la clase de pregunta que uno le haga a sus progenitores quedándose tan a gusto.

Todavía me acuerdo de la conversación que mi madre quiso tener conmigo sobre las relaciones sexuales, los métodos anticonceptivos y toda la pesca. Aun tratándose de una profesora de ciencias —es decir, me explicó el asunto desde la perspectiva biológica y sin vergüenza alguna— y siendo una madre para la que yo apenas tenía secretos, me resultó francamente violento que me sentara en el sofá para pronunciar la palabra «pene» como unas diez veces. Pero nada comparado con el momento en que me preguntó si necesitaba consejos para estimular a una mujer, puesto que ella «estaría encantada de iluminarme al respecto».

El día de la clase de educación sexual tenía catorce años, lo que quiere decir que sabía de qué iba el juego porque dejé el banquillo el año anterior. Aun así, solo por complacer a mi madre, que estaba entusiasmada, me metí en mi papel y exclamé numerosos e indignadísimos «¡Mamá! ¡Yo jamás me acostaré con nadie!», cuando llevaba meses yéndome a la cama con todo ser viviente que me lo propusiera. Más adelante, a los dieciséis, me negué a la segunda conversación porque me gustaba pensar que tenía dominada la técnica.

Hoy me pregunto qué clase de guarrerías se le habría ocurrido recitarle a su hijo mayor. Porque se le habrían ocurrido, eso seguro. Mi madre no tenía ni pelos en la lengua ni miedo a ruborizar de vergüenza a su hijo o a su marido.

Escuece pensar en todas las conversaciones y consejos que quedaron pendientes. Cuánta sabiduría se perdió en futuros alternativos —y ahora imposibles— cuando ella se fue.

—No me habría gustado perderla. Para lo que salió de eso, mejor me hubiera estado quieta —rezongó la abuela Candelaria.

Me sorprendió que se hubiera dignado a contestar. Hay cosas que cree que desaparecerán si no las menciona y se da la vuelta cuando otros hablan de ellas.

Una es el sexo. La otra es la horchata.

—¿Te arrepientes de haber tenido hijos, Candelaria? —le preguntó Núria.

La mujer tan solo empleó cuatro palabras y una mirada hostil para reprenderla:

—Eso no se pregunta.

—No estábamos hablando de los hijos, sino del sexo. Y el sexo es divertidísimo. A mí me habría gustado perderla con un tío no tan experimentado, ¿sabes? —admitió Jimena en voz baja—. Fue allá, en Venezuela, con un chaval mayor, un universitario. Se conocía todas las técnicas habidas y por haber.

—¿Eso no es mejor?

—¡No cuando es tu primera vez! Yo me sentí fatal porque temía no estar a su altura, ¿entiendes? Y es probable que no lo estuviera, porque no volvió a llamarme. Me habría gustado que fuera inexperto, como yo, y nos fuéramos descubriendo mutuamente... o que hubiera sido un poco más comprensivo con mi falta de rodaje y no me hubiera usado para reproducir sus elevadas fantasías sexuales... —Se calló al acordarse de que era yo quien estaba escuchando—. Demasiado descriptiva, ¿no?

—¡Qué va! —Le guiñé un ojo—. Me has ayudado muchísimo.

—¿En qué te ha podido ayudar esta mujer de aquí? ¿En cómo trucar la ruleta de la suerte?

Tía Jana y Salma aparecieron en la cocina para dar buena cuenta de la merienda. Sin decir nada, ejerciendo tan solo de proveedora de alimentos, Candelaria puso sobre la mesa los dulces caseros, los adernos, guayaba y mango e higos picos y regresó al fregadero a limpiar los cacharros. Era su forma de hacernos saber que no quería formar parte de la conversación.

—¿Cómo te habría gustado que fuera tu primera vez? —le pregunté sin rodeos.

—Con una mujer —resolvió tía Jana enseguida.

—Normal —repuso Núria—. Dicen que son muchísimo más sensibles e intensas que los hombres.

—¿Quién lo dice? —se interesó Salma—. ¿Hay algún estudio de Oxford, o algo así?

—Que yo sepa, no. Pero parece haber consenso popular.

—A lo mejor es publicidad lésbica —meditó Salma—. No sería publicidad engañosa, desde luego.

—En absoluto. Doy fe de que lo que se cuenta es verdad —insistió Jana, metiéndose un trozo de gofio en la boca. Hablaba mientras masticaba, con la ceja de Frida Kahlo arrugada por el desagradable recuerdo—. Yo no me acosté con un hombre hasta los veinticinco, y cuando lo hice fue tan decepcionante que me prometí no volver a hacerlo jamás. Ni se me pasó por la cabeza que pudiera estar relacionado con mi orientación sexual.

—A mí me fascinó mi primera vez —intervino Salma. Miró al techo, como si ahí se encontrara el recuerdo de su noche de pasión—. Era un experto en sexo tántrico. Lloré de placer.

Jimena miró a Salma con curiosidad.

La abuela, en cambio, no ocultó una mueca recelosa.

—¿Y no será que lloraste de dolor, pero como eres una mística no supiste reconocerlo o bloqueaste esa sensación como bloqueas los *chapas* esos?

—Chakras —corrigió Salma pacientemente—. No. Era un maestro.

—Conmigo no lloras de placer —rezongó tía Jana, con los labios manchados del azúcar glas del dulce.

—Claro que sí. Lo que pasa es que no lo ves.

—Si lloraras, yo creo que lo vería. Porque cuando dices «llorar», te refieres a unos buenos lagrimones, ¿no? Te refieres a llorar como con la muerte de Mufasa.

—¡No hagas esas referencias! —la regañó Jimena—. ¡Es spoiler!

—¿Es spoiler hablar de una película Disney de 1994? —Jana puso los ojos en blanco—. A ver si también va a ser spoiler decir que Cristo murió en la cruz, no te jode.

—Yo con *El rey león* apenas derramé una lagrimita —repuso Salma—. Sutil. Como con los anuncios de la lotería.

—¿Y con el maestro fue una lagrimita sutil también, o fuiste un aspersor? —Jana cerró un ojo, lo que en su idioma significa que está muy mosca.

—Yo con la lotería echo más de una lagrimita —reconoció Núria.

—Pues yo no lloro desde lo de mi marido —admitió Jimena, barajando las cartas como si la hubieran insultado—. Si un hombre me hiciera llorar de placer como ese cabrón me hizo llorar de pena, le haría un altar.

—Llorar, sea por una cosa o por otra, es purificante —intervino Salma, apoyando una mano amable en el hombro de Jimena. Luego se dirigió a Núria—. ¿Qué hay de ti? ¿Qué energías liberas durante el acto?

—No creo que deba hablar del acto delante de la familia de la criatura.

—Lo mismo te piensas que no sé que mi hermano está bien dotado. Nos bañábamos juntos cuando éramos críos y ya entonces tenía una bestia entre las piernas —comentó tía Jana con desahogo.

Nunca he dudado de dónde ha sacado Dácil gran parte de su carácter, aunque no se lleven bien. Quizá no se lleven bien justo por eso.

—Pero no perdiste la virginidad con él, ¿no? —me metí yo, con la escasa esperanza de que no derivaran a otros temas.

—La perdí con un amigo porque tenía veintidós años ya y sentí que iba siendo hora.

Vi el cielo abierto cuando la oí decir eso.

—¿En serio? ¿Y cómo fue?

—Pues fue una idea fantástica porque nos conocíamos muy bien. Estuve cómoda, no sentí el peso de las expectativas ni la obligación de agradar, me pude reír a gusto y luego seguimos viendo *Los Serrano*, que era la serie del momento que nos gustaba a los dos. Lo único malo...

Me retiré de la cocina antes de escuchar «lo único malo», dando gracias a las maravillosas mujeres Oramas. Estaba tan satisfecho con las respuestas como turbado por el desenlace de mi noche, que en nada podría parecerse a sus experiencias.

¿Y si Dácil no ha catado hombre porque en realidad es lesbiana, como le pasó a tía Jana? He tenido que descartarlo en cuanto me he acordado de cómo responde a mis besos. O es una muy buena mentirosa lesbiana, o soy el único tío que le atrae sexualmente —lo que me haría un tío afortunado, y a ella, bisexual—, o le gustan los hombres. Puede darse una de esas tres razones. O incluso esta: que no lo haya catado hasta hoy porque yo la he traumatizado, que es lo que me soltó en la cara y no me da la gana de asimilar.

Internet me ha ayudado a esclarecer un poco más cómo debe celebrarse el gran momento. No puede ser en la casa, porque hay en torno a diez personas viviendo en ella y una de estas es su hermano mayor; tampoco en un hotel, porque sería de una sordidez repugnante y tendría todo su derecho a ofenderse por tratarla como a una prostituta. El lugar, según el «foro en femenino» en el que me he pasado horas buceando en busca de La Verdad, debe ser especial para ella. No solo debe sentirse cómoda allí, sino que debe alegrarse de que lo haya elegido porque denota que la conozco y me preocupo por sus necesidades.

Eso se recalcaba bastante en la página que he consultado. Tengo que dejar constancia de que me importa: de ahí el cuidado de los olores, las texturas, los sabores...

Eso y no dejarla preñada, claro.

Velas, una manta, algo de comer, condones... ¿Cuántos condones? ¿No sería mejor que pidiera prestado solo uno, para dejar claro que esto será cosa de una sola vez? ¿Por qué solo hay cajas de ciento catorce condones? Bueno, porque existe tío Jaime. Pero ¿dónde están las de tres? ¿O las de seis?

Está bien, compro la de ciento catorce y luego echo dos. O uno.

O no echo ninguno y me rajo. O me pongo uno a presión en la cabeza y dejo que me asfixie.

Jodida Dácil.

Estoy girando en redondo en el pasillo de la cosmética —por ahí sí que no voy a pasar. Nada de maquillajes para juegecitos sexuales de rol— cuando me cruzo de cara con alguien que me resulta familiar. Entre que no he terminado de asimilar la presencia de su nueva novia —todavía estoy intentando borrar a la anterior— y se está dejando la barba algo más larga, tardo un rato en reconocerlo. Y cuando lo hago, con mis condones y mis otras gilipolleces en la mano, se me cae el alma a los pies.

—Anda, Jaime, ¿qué haces aquí? —*Aparte de complicarme la mañana.*

—Pillar protector solar, que nos hemos quedado sin factor

cincuenta. Ya veo lo que has venido a hacer tú. —Sonríe de oreja a oreja y me da un codazo juguetón—. No llevas en Tenerife ni dos semanas y ya pillaste cacho, ¿eh? ¿Quién es? No debe de ser una guiri cualquiera, si le has comprado velas.

—¿Esto? Ah, no, esto me lo ha pedido Leire. Tiene vegetaciones en la nariz y le cuesta respirar, y las velas aromáticas le ayudan a... pues eso, ya sabes, a respirar.

No, no creo que sepa nada porque ni es un entendido de las vegetaciones nasales ni nada de lo que le he dicho tiene el menor sentido. Si Leire tuviera vegetaciones, creo que lo de comprar velas le correspondería a Airam.

No pensará que me estoy tirando a la novia de su sobrino, ¿no? Porque está poniendo toda la cara de «te estás tirando a la novia de mi sobrino».

—¿También le compras los condones a tu mejor amigo? *Chos*, Thiago, eso sí que da pena.

Lo dice con semejante decepción que me veo obligado a defender mi hombría:

—No, los condones son para mí. Pero no los voy a usar con Leire, joder.

—Hombre, faltaría más. —Y se descojona él solo. Me gustaría unirme a sus carcajadas, pero estoy demasiado ocupado tratando de inventar pretextos que me alejen de él—. Tú tranquilo, que el tito Jaime te entiende. No le tienes que contar milongas. —Se me acerca para hablarme al oído, dejando un par de pasos atrás a Núria, que sí que revisa los protectores solares con interés—. Si compras el paquete de ciento catorce condones es que pretendes dejarla para el arrastre. Lo mínimo que puedes hacer es tener un gesto bonito con ella. Ven, que te voy a recomendar las mejores velas.

—No hace falta, estas le gustarán.

—Te las ha recomendado Da, ¿no? Son sus favoritas.

—Eh... S-sí, eso.

Pensaba que me había librado, pero he subestimado la tendencia de tío Jaime a meterse en las vidas ajenas. Me bloquea el paso cuando intento cambiar de rumbo. Justo entonces, Núria se da cuenta de que me está acorralando y nos mira con el ceño fruncido.

—¿No me la vas a enseñar?

—¿A quién?

—A la pibita, ¿a quién va a ser?

—No sé yo...

—Va, si me las enseñas a todas. No me digas que ahora te vas a hacer el misterioso. Si sabes que yo no te juzgo. Sé que, además, sales con una tal Celia, y mírame, te aplaudo porque eres un rey.

No me gusta que me mencione a Celia en estas circunstancias. Me duele la boca de decir que no es exactamente mi novia... aunque tampoco es exactamente un simple rollo.

En fin, no es el momento de pensar en eso.

Tengo que huir por el conducto del aire acondicionado, o algo así.

—No es que me quiera hacer el misterioso, es que no tengo fotos suyas.

Mentira. No me he puesto su culo de fondo de pantalla porque todavía me queda un poco de vergüenza.

—¿Cómo que no? Seguro que te ha mandado algo.

—Algo me ha mandado. —Ahora sí me hago el misterioso, pero porque sé que funciona—. Pero eso no te lo puedo enseñar a ti, Jaime. Estaría siendo un cerdo.

—Eso sí es verdad. Al menos dame una descripción. Tiene que ser un bombón si ha hecho que te tomes la molestia de pasarte por aquí.

«¿Una descripción? De acuerdo. Es tu única sobrina. ¡Sorpresa!».

—Por el Hiperdino me paso siempre, Jaime. No quiero ser padre tan pronto.

—Di que sí, chaval, que hay que ser responsable.

Esta vez deja que me vaya al mostrador. No lo hago a ciento cincuenta kilómetros por hora porque tampoco quiero levantar sospechas, pero habría echado a correr si hubiera podido.

Tío Jaime está más cerca de los cuarenta que de los treinta y, con la gloriosa excepción de Núria, que, aparte de guapa, es lista, le siguen gustando las veinteañeras. No me ha parecido nada negativo hasta ahora. Lo demuestra que no ocultara las que hubieran sido mi rollo durante las Navidades y veranos pasados. Pero ahora que se trata de Dácil... ¿Cómo puede fijarse en mujeres de la edad de su sobrina? Él vio nacer a Da. Fue de los primeros en tomarla en brazos. Justo después de su padre, de hecho, porque en aquella época tía Jana aún no había conocido a Salma y odiaba a todo el mundo. Jaime debería haber desarrollado un fuerte sentimiento protector hacia Dácil y rechazar los coqueteos de las que tienen su edad, porque en teoría tendrían que recordarle a ella... ¿no?

O a sí mismo cuando tenía veinte años. Seguro que había sido un ingenuo. Seguro que no le habría gustado que se aprovecharan de él.

—Al menos dame algún detalle —insiste una vez más a mi espalda—. Si me convence la descripción, pago yo.

«Sí, hombre, encima me vas a sufragar los gastos».

Estaría bien contarle a Dácil que su tío aprueba nuestra relación, y es más: nos ha costeado la protección. Apuesto a que, ante mi mortificación, solo se le ocurriría reírse.

—Quiero pagar yo.

—¡Caray! ¡No te molesta ni desembolsar un pastón! ¿Es que esta es la definitiva, o qué? ¿Debo ir sacando el traje que me pongo para las bodas?

—No. Solo... —Carraspeo para hacerme entender mejor. Mientras la dependienta cobra los condones, yo me giro hacia Jaime e intento verlo con los mismos ojos de amor de siempre. Para mí era un campeón, un ejemplo a seguir. Puede que ya no tanto—. Es una chica especial. Eso es todo lo que tengo que decir.

Núria aparece con los protectores solares en la mano. Los deja sobre la cinta, junto a mis juguetitos sorpresa, y saca sus conclusiones a la velocidad del rayo. Lo último lo ha escuchado: ha escuchado que es una chica especial, y si suma eso a la pregunta del día anterior sobre la virginidad y a un detalle aún más delicado que también es de su conocimiento, como que «Dácil está enamorada de mí», el resultado es terriblemente inquietante.

Núria no es tonta. Le basta con mirarme a la cara para leer mis últimos pensamientos. Para meterse en mi cabeza, incluso, y ver que Dácil la ha monopolizado con su nombre.

—Y eso es todo lo que alguien a quien le importas debería querer escuchar —aporta Núria.

Jaime ha dejado de escuchar con lo de la chica especial; no cree que a nadie le quede nada de especial después de sacarle la ropa interior, y lo explica que ignore a Núria para dedicarle una sonrisa cautivadora a la cajera. Núria ni se da cuenta, o a lo mejor no quiere hacerlo. Se vuelve de espaldas a Jaime, dándole a entender que le toca pagar a él, y se dirige a mí:

—No te quedaste a escuchar los problemas que surgieron con mi amigo después de perder la virginidad.

—Me encantaría escucharlos ahora, pero es que tengo un poquito de prisa.

—Descuida, es rápido. Se enamoró de mí y yo no le correspondí —resume con simplicidad—. A toro pasado, no es ninguna tragedia. De hecho, es la historia de desamor más antigua del mundo. Pero supuso el fin de nuestra relación, y yo lo quería con locura. Si pudiera viajar al pasado, y no creas que me planteo estos imposibles a menudo, me lo habría pensado dos veces antes de elegirlo a él.

Me fuerzo a esbozar una sonrisa.

—¿Por qué me lo dices?

—Porque pareces muy decidido. —Señala mi colección de

velas (y demás) con un gesto de cabeza—. Creo que, para aventuras insignificantes, no deberíamos elegir a personas a las que se nos va la vida queriendo. Es una ecuación que siempre da el mismo resultado: uno negativo.

—Oye... —carraspeo—, agradezco el consejo, pero creo que no sabes del todo lo que se cuece aquí. Va a ir bien. Es un trámite para los dos.

Núria levanta las cejas.

—Te tenía por un chaval demasiado sagaz para perder el tiempo engañándote a ti mismo. Pero bueno, en el caso de estar equivocada, sigo teniendo a la ciencia de mi lado. Durante el sexo se liberan endorfinas, la hormona de la felicidad. Son muy necesarias y también muy puñeteras, Thiago. Podrían hacerte creer que te has enamorado, y la diferencia entre estar enamorado y *creerse* enamorado es mínima. Indistinguible para aquellos que no se conocen bien a sí mismos... o que viven engañados.

—Yo me conozco bien a mí mismo —me oigo decir, aunque sin mucha decisión.

—¿Siguiente? —interrumpe la cajera—. Buenos días, mi niño. ¿Quieres bolsa?

Asiento con la cabeza. Para cuando vuelvo a buscar la mirada de Núria, ella ya ha acudido al lado de Jaime y le ayuda a hacer hueco en su bolsa de playa para los bronceadores.

Como si acabara de iluminarle una idea espectacular, Jaime chasquea los dedos para llamar mi atención y dice:

—¿Me permites hacerte una recomendación? Lubricante de piña.

Oculto un escalofrío de pavor.

No, será mejor que no me haga ninguna recomendación. Estoy seguro de que entre todas las que me han dado a lo largo de estos días sabré apañármelas yo solito. Diga lo que diga Núria, lo tengo todo bajo control. ¿No dijo en su día algo sobre la falacia de autoridad, o algo así? Pues tener un doctorado no la hace poseedora de todas las verdades del universo. Conmigo puede estar equivocándose.

De hecho, que salga con un tío que usa lubricante de piña ya demuestra que no es tan inteligente.

Lubricante de piña...

Qué asco, macho.

Capítulo 20

La verdadera voluntad del volcán

Dácil

A las nueve en el pequeño
mirador de El Balito.

Ese es el mensaje que he recibido hoy por la tarde.

Resulta que ya estamos en el mirador de El Balito y son las nueve.

—Por más que mires el mensaje, no vas a conseguir posponer el momento. Lo sabes, ¿no?

—Cállate, Maday.

—Y tú sal de mi coche. No quiero llegar tarde al trabajo porque te hayas cagado de pronto. ¿Qué eres ahora, una cobarde?

Maday es políticamente correcta el noventa y nueve por ciento de las veces, razonable y muy empática. Por eso acaba de pronunciar la palabra que sabe que me hará saltar del asiento y enfrentar la magnitud desproporcionada de mis decisiones impulsivas. Sabe que la asertividad abre todas las puertas, menos la mía. La mía hay que echarla abajo de una patada.

Si embargo, esta vez no surte efecto. La puerta está más que trabada. Tiene doce cerraduras y he tirado la llave al mar.

Me giro hacia ella sin intentar ocultar mi desesperación.

—Hoy no es el día. Hoy no puede ser. ¿Me has visto las piernas? ¿Me has visto los sobacos? ¡Para una vez que me depilo, y me salen sarpullidos! Parece una señal del destino. Me están diciendo que me quede en casa.

—¿Y que Thiago te rechazara doce veces no era una señal? Porque esa bien que la ignoraste.

Me cruzo de brazos como si acabara de negarme un algodón de azúcar. Ella se apiada de mi enfado infantil y suspira.

—Que te hayas molestado en depilarte significa que quieres hacerlo.

—Incluso he intentado echarme loción corporal. Y mira. ¡Mira! —Me señalo las piernas, en carne viva por culpa de la mezcla. No uso la cera porque me deja la piel irritada, y, por lo visto, los aceites aromáticos que embriagan a los hombres no han obrado ningún milagro. Todo lo contrario—. ¿Has visto cómo tengo el bigote?

—La verdad es que parece que te has dormido al sol con la máscara de Batman. ¡Pero es de noche! —agrega enseguida—. ¡No lo va a notar, ya verás!

—¿Y si es él quien se echa atrás? Porque no me he metido una cuchilla en una zona sensible, a riesgo de hacerme la ablación, para que ahora me humille.

—No te va a humillar. Está ahí.

—¿Cómo que está ahí? —pregunto como una idiota, negándome a mirar hacia donde señala.

Hemos aparcado hace unos minutos muy cerca del lugar de la quedada, tanto como para llamar la atención si tuviéramos el motor encendido (Maday lo ha apagado sin que se lo pida. Sería una 007 estupenda) y ver qué sucede en el mirador.

Si pienso en que ha elegido este sitio para El Momento de la Verdad, me derrito. Le conté tan solo una vez y en confidencia que me gustaba venir aquí porque es una zona que, para encontrarse en Adeje, es de poco turismo. Está deshabitada excepto por las mañanas, cuando los verdaderos amantes del buceo —la mayoría, lugareños— se arriman para disfrutar de la cala.

Está claro que de vez en cuando me escuchaba cuando hablaba.

Era la niña de sus ojos, ¿no?

Solo de recordar ese momento, me arden las mejillas. Y no puedo salir así. Con sarpullidos, alerones escocidos y el bigote en carne viva sí, pero ¿ruborizada? JAMÁS.

En un momento de debilidad absoluta, vuelvo a mirar a Maday.

—Soy ridícula, ¿verdad? —susurro—. Me he comprado unas bragas. Y llevo sujetador. Yo nunca llevo sujetador. Seguro que lo sabe. Seguro que me mira, sonríe para sus adentros y dice: «Se ha comprado un sujetador para mí».

»Nos vamos —digo en el acto—. Rápido. Mete primera y acelera.

—Si meto primera y acelero, el coche se cala. Eso para empezar. Y, Da, a lo mejor él se ha comprado ropa interior para la ocasión. No lo sabrás si no vas allí y le sacas los pantalones.

—Sí, claro. Eso no funciona así. Una se da un baño aromático, se exfolia, se echa tres tipos de lociones, va a la peluquería, al dentista, a la perfumería y a la esteticista, y todo para luego quedar con un tío que ni se ha cambiado la ropa que lució en su pachanga futbolera de la tarde.

—Con lo coqueto que es Thiago, dudo que aparezca con los calcetines sudados. —Maday no puede contenerse más y acaba esbozando una sonrisa tierna—. Dácil, deja de ponerte excusas. ¿No es mejor arrepentirse que quedarse con las ganas?

Se forma un silencio entre nosotras, tan solo neutralizado por el ritmillo de una de las cumbias colombianas —¿o esta es peruana?— que le encantan a mi hermano.

Yo sé que prefiero arrepentirme. Pero Thiago, el elemento de la ecuación al que no le han sido concedidas muchas más opciones que desvirgarme por las buenas —la otra era hacerlo por las malas—, es de los que optan por quedarse donde están.

Eso no le hace ni precavido ni le convierte en un sieso. Solo le vuelve asustadizo, supongo.

Pero jamás reconocería que tiene miedo.

—Están sonando Los Hijos del Sol —comento por decir algo, señalando el estéreo—. Airam ha estado en este coche hace poco, ¿no?

Maday se retira los rizos de la cara con la muñeca floja y me pone una cara rara.

—¿Qué dices? ¿Por qué iba a estar Airam aquí? A mí también me gustan Los Hijos del Sol.

—Si has dicho eso, debe de ser porque Airam está en el maletero. Venga, hombre; solo «nos gustan Los Hijos del Sol» para no decepcionarle, pero no los pondríamos ni borrachos. Siempre digo que, si Airam hubiera matado a alguien, se enterarían de que este fue el coche en el que trasladó el cadáver por la dichosa cumbia.

—Pues no ha estado aquí. Airam tiene su propio coche. Y no sé por qué hablamos de esto. Tendría que haber llegado hace media hora al hotel, y me parecería desagradable que me despidieran por culpa de tu himen. Sea lo que sea que vayas a hacer, elige de una vez.

—Pero, chacho, qué carácter, ¿no? —bufo, mirándola de reojo. Se pone muy nerviosa cuando piensa en defraudar al jefe de cocina. A ratos pienso que tienen una relación tóxica de *amorodio*, y seguro que estoy en lo cierto porque sobre eso sé más que nadie. Tengo un sexto sentido, y también un grano en el culo llamado Thiago—. Vale, me voy. Me voy, ¿eh? Me estoy yendo.

Maday prolonga un suspiro hasta el infinito y más allá.

—Al menos haz como que abres la puerta —se mofa—. Disimula un poquito, flor de higo pico.

—La abriría si quitaras los pestillos.

No se hable más. Los quita y me hace el gesto de «lárgate», el mismo que usa para ahuyentar a una avispa. Me tomo todo el tiempo del mundo para salir; tanto, que veo, gracias al retrovisor, cómo Maday saca el disco grabado y lo mete rápidamente en la guantera.

No estoy para preguntarle por su extraña actitud. En el mirador cubierto me espera alguien y, con el estómago revolucionado y la sensación de que caminaré por la pasarela como si pisara cristales, emprendo mi marcha.

—Allá voy —murmuro, haciendo movimientos circulares con los hombros.

Parece que vaya a enfrentarme a John Cena en un ring, pero es mucho peor, porque no me espera una gresca. Cosa que no me espantaría, porque a esas estoy acostumbrada. A las mantas de pícnic, a las velas y a los tíos moviéndose de un lado para otro, desinquietos, ya no tanto.

Creo que se me pasa la timidez de golpe al acercarme y ver a Thiago lanzando maldiciones por lo bajo. Ya de lejos se advierte el problema, y no solo porque una llama del tamaño de un brazo haya estado a punto de quemarle la cara, sino porque empieza a oler a tejido quemado.

—Mierda, mierda, ¡mierda! —exclama Thiago.

Con cara de póquer, aprieto el paso para socorrerlo y le suelto lo primero que se me ocurre:

—¿Se puede saber qué estás haciendo?

Thiago levanta la mirada. El fuego se refleja en su expresión asustada de un modo perturbador. Un goterón de sudor cae por su sien.

—¿Qué es lo que haces tú ahí parada? ¡Ayúdame a apagarlo!

—¿Estás usando otra manta para apagar el fuego? Tú has

visto muchas películas, ¿no? Y ninguna te ha servido para hacerlo bien... ¡Dame, anda!

Paso por encima de las velas que han provocado el desastre y, con la mente en blanco, agarro la manta por la esquina que aún no ha consumido y la arrojo por el mirador.

En cuanto impacta en el agua que rompe contra las rocas, el fuego se despide de nosotros con un silbido.

—¿Qué...? —mascullo.

No sé qué pretendía decir. Preguntarle qué cojones estaba haciendo, tal vez.

Mientras yo me quedo inmóvil en el sitio, procesando lo que acaba de ocurrir, él se masajea las sienes. Nunca lo he visto histérico. Quizá sí tremendamente enfadado, pero ¿consumido por los nervios? Eso es nuevo.

—¿Habías puesto velas? ¿Con olor a... coco? Huele a coco.

—Sí, había puesto velas —me espeta de mala manera—. ¿Habrías preferido que usara la linterna del móvil?

—No, si tiene su sentido, pero... pero... —Se me escapa una risa tonta.

Creo que lo interpreta como que me estoy burlando de él. Su expresión se endurece, y a mí no me sale nada lógico para apaciguarlo.

—Perdón por pensar que podría interesarte algo especial. Está claro que no debería haberme tomado la molestia. Ni siquiera de venir.

—Oye, no te pongas a la defensiva. Tampoco es que yo te pidiera nada de esto, ¿sabes?

—Es verdad. Tendría que haberte bajado las bragas sin consultar y simplemente haberte follado contra la pared de un baño público, ¿a que sí? En uno oscuro y mugriento.

¿Estoy mal de la cabeza porque no me moleste su enfado? Utiliza un tono seco y violento al dirigirse a mí, pero es fruto de los nervios y de la decepción. Lo conozco, distingo el dolor de la ira porque el dolor matiza el gris de sus ojos.

Asoma raras veces, y esas raras veces coinciden con las aún más raras veces en las que yo me dejo conmover.

—¿Eso te habría servido? —me sigue preguntando, en actitud algo más bravucona—. Porque a mí no. Yo no quiero esa mierda.

Su respuesta me hace tragar saliva.

—No, yo... yo tampoco. —Aparto la mirada para escapar de su censura. Entorno los ojos sobre un bulto que sobresale en la oscuridad. Solo para cambiar de tema, me aferro a lo que parece una...—. ¿Qué hay dentro de la cesta?

A pesar de la escasa y cálida luz, se aprecia un leve rubor en sus mejillas.

—Nada, ¿qué más da? Tonterías.

—No, quiero verlo. ¿Qué es?

—Da igual. Será mejor que volvamos.

Y se da la vuelta, nervioso y mosqueado, dejando las cosas tal y como las había dispuesto en el suelo. Parece la escena de un crimen; el crimen de una pareja que quiso ser y no pudo.

No me quedo mucho rato contemplando con tristeza las cenizas que ha dejado una parte de la manta de pícnic. En cuanto Thiago desanda el camino para agarrar la cesta por el mango, reacciono y lo detengo en su paseo frenético hacia la carretera.

—¡Oye! ¿Piensas dejarme aquí tirada? ¡No des ni un paso más!

Thiago se detiene y me lanza una mirada que no sabría calificar. Creo que espera algo distinto a una orden, de ahí que se me atore la garganta y me cueste encontrar las palabras apropiadas. ¿«He venido a echar un polvo y de aquí no me voy a ir de vacío», tal vez?

No creo. Demasiado brusco.

Al final me dejo llevar por esa vena tímida que nunca permito que aflore.

—Era... eh... ha sido... ejem... un detalle bonito. Me gustan las velas aromáticas. Y el mar. Y lo de la cesta olía bien. Has elegido un sitio perfecto.

«Tú tampoco estás nada mal», evito agregar. Pero lo pienso.

No, no ha aparecido con el bañador de esta tarde ni con la misma ropa de la noche anterior. Él mismo ha dejado un rastro de olor a limpio al pasar por mi lado, aturdiéndome instantáneamente con su loción de afeitado y su suavizante para ropa de bebé, el único que puede echar a sus prendas para que no le dé una reacción alérgica.

Supongo que, si lo digo ahora, no va a pasar nada. Este es el único momento oportuno para hacer valoraciones tan sinceras: es tan guapo que me quiero morir.

—No pretendía prenderle fuego —aclara.

—Te creo.

—... pero parece una señal de que nos estamos equivocando.

Prefiero tomarme como una señal el modo en que me está mirando y cómo me ha repasado de arriba abajo en cuanto se ha dado la vuelta. Un destello de reconocimiento ha cruzado su mirada recelosa, ubicando el vestido que he elegido para la ocasión en otro tiempo y en otro espacio. Quiero cerrar el círculo, y para eso tenía que ponerme lo que llevé la noche de las perseidas. Nunca se lo he dicho, pero esa fue la noche que elegí para admitir lo que sentía por él y, si todo iba bien, regalarle mi primer beso. No el primer beso que *daba*, porque ese fue en el jardín de infancia con un baboso comemocos de la clase de al lado. Me refiero al que llamas «primer beso» porque no solo quieres darlo, sino que *quieres* a la persona a la que se lo vas a dar.

—Hay otras señales positivas a las que podríamos prestar más atención.

—¿Me estás diciendo que seamos positivos? ¿Tú? Qué curioso.

—Se me quitan las ganas de acostarme contigo cuando te pones a la defensiva, ¿sabes?

En cuanto lo digo, espero que me fulmine con la mirada y apriete el paso para llegar a la última de las guaguas. Pero se queda donde está, por un momento flipando con mi comentario, y a continuación suelta una carcajada.

—Eres de lo que no hay.

Se rinde con una sacudida de cabeza y me tiende la cesta para que vaya regoliendo. Lo hago como si me esperase un puñado de dinamita empaquetada. Hundo la mano esperando que me la arranquen, pero lo único que encuentro es...

—Amaretto y Clipper de fresa —se lamenta; odia la combinación—, tu mezcla favorita.

Lanzo un grito ahogado al reconocer el contenido de una bolsa de plástico.

—¡Y mochis! ¡Me has comprado mochis de pistacho! —Al darme cuenta de que he sonado como una cría y me está mirando de un modo que recuerda a la sorna, me aclaro la garganta—. No es caviar, pero no está mal.

Thiago suelta una risita exhausta.

—Ahora que se te han quitado las ganas de acostarte conmigo, puedes sentarte a tragar tranquilamente. Apuesto a que no lo has hecho antes de venir.

—¿Que no? Si me mandé tres porciones de bienmesabe, y eso sin contar el gofio amasado de merendar.

—Debería haber imaginado que a ti lo de que te vean hinchada cuando te desnudas te importa un bledo.

—He nacido con la suerte de las flaquitas, me harto como una hedionda y si hace falta me quedo abollada[50] todo el día... Pero no pienso comerme los mochis sola. —Y le lanzo una mirada llena de intención.

Bienintencionada, hablando con propiedad.

—No me gustan demasiado esas porquerías, pero ya que estamos aquí...

50. Quedarse con sopor o desgana después de comer mucho.

O se ha tomado en serio que se me han quitado las ganas, o se está autoengañando para tranquilizarse. Era lo que Thiago necesitaba, convencerse de que no va a pasar nada. De lo contrario, dudo que hubiera accedido a acompañarme de nuevo al mirador, visiblemente relajado. No puedo culparle ni burlarme de él por estar nervioso aun contando con una amplia experiencia sexual a su espalda. Quizá no sea tan amplia y solo le guste fardar. O quizá sepa que, aun conociéndonos tan bien como nos conocemos, descubrirnos en este nuevo ámbito puede marcar un antes y un después.

En la cesta hay otra manta —chico previsor—, así que no corro el riesgo de manchar el vestido blanco al sentarme frente a la baranda. En el sur, la temperatura siempre es agradable por la noche. Dispuesta a darle un toque de normalidad a la cita, saco los vasos de plástico y el hielo y me sirvo la mezcla.

Thiago me observa con la misma aprensión que cuando repito quesadillas por tercera vez.

No entiende mi obsesión por las cosas dulces.

—¿Me has traído amaretto para emborracharme? Porque el que parece que necesita soltarse un poco eres tú.

—Si quisiera emborracharte, te habría traído algo con más grados de alcohol.

Se deja caer a mi lado, como propulsado por el suspiro que apenas disimula, y apoya los codos sobre las rodillas para contemplar el mar.

Algunas velas han sobrevivido al incendio y nos hacen el favor de alumbrar la escena, posicionadas prudentemente en cada esquina de la manta.

Lejos de lo que puede arder, ¿eh? Así evitaremos un segundo desastre.

Mirándolo de reojo por si se le ocurriera propiciar un acercamiento, abro la bolsa de los mochis y parto uno por la mitad.

No sé cómo esperaba que se diera esto. No lo imaginaba abalanzándose sobre mí como un animal, pero tampoco tan...

histérico. Thiago no es una persona de carácter frío, más bien controlado. Es de los que agarran las cosas con las dos manos para que no se les resbalen ni sueñen con írseles de madre. Y para tratarse de alguien que sabe qué decir en cada momento, hoy no consigue hilar dos palabras seguidas.

Yo tampoco sé qué se dice en estos casos. Pensaba que no tendría que esforzarme, pero hasta los golfos como él necesitan seducción.

Me arrastro hacia Thiago con muy poco sigilo, advirtiendo de mi cercanía. Pongo un poco de música para amenizar el ambiente.

—Te recuerdo que deberíamos estar haciendo el sin respeto —bromeo—. Al menos manoséame un poco, ¿no? Ten iniciativa.

Thiago me mira como si no supiera si echarse a reír o castigarme por mi falta de sutileza. En cualquiera de los casos, siempre hay un toque de exasperación en su semblante. No ha habido día en que no le haya mirado y no le haya visto a punto de perder la paciencia.

Pero nunca la pierde. Es un milagro.

—¿Y si te arrepientes? No me extrañaría, dados los motivos que te han empujado a este sitio.

—Nunca podría arrepentirme porque me has traído mochis. Y, por favor, ¿podrías parar de sacar el temita? —Bufo cansinamente—. Sí, me condiciona la presión social. Sí, es una forma sórdida de afrontar un problema que quizá no se vaya una vez me autoproclame impura. Me encantaría estar libre de presunciones y debilidades, pero no me da igual lo que piensen de mí. A nadie se lo da. ¿Cómo puedes no entenderlo? Como le pasa a todo el mundo, estoy condenada a que mis acciones sean en parte promovidas por mis circunstancias, y no tanto por La Verdadera Voluntad.[51]

51. Referencia a la novela *La historia interminable*.

No sé si Thiago sonríe satisfecho con mi respuesta o divertido por mi voz en falsete, acompañada de un eslogan invisible que he desplegado con las manos.

—Leíste a Michael Ende, por lo que veo.

—Solía hacerte caso cuando me recomendabas libros. —Hago una pausa para masticar y tragar—. Para zanjar ya el temita... Sé que lo que te he pedido puede parecer salido de una comedia romántica, pero es mi manera de coger al toro por los cuernos. Y si sale mal, seré yo la que pague el pato, que para eso he sido la que te ha incitado a hacer el guarro.

—Es que te crees que vas a tranquilizarme diciéndome que Aythami y el resto de esos payasos son lo que te ha traído aquí, y no es así.

—Ellos no me han traído aquí, pero una decisión es fruto de tus sensaciones, opiniones y contexto, ¿no? Tú lo sabrás mejor que yo, eres el que se pasa el día leyendo tratados filosóficos.

Thiago se deja caer hacia atrás con las manos entrelazadas en la nuca. Va a ver pocas estrellas con la techumbre del mirador sobre nuestras cabezas. Ha tenido que darse cuenta rápido de que las vistas no son sobrecogedoras, porque acaba tendido sobre el costado, mirándome a mí con una réplica en la punta de la lengua.

—Es solo que me gustaría que estuvieras aquí porque es tu Verdadera Voluntad.

Un mochi se queda a unos centímetros de entrar en mi boca. Una parte de mí quiere sacudirlo por los hombros y decirle que, para una parte de mí, esto no es solo mi Verdadera Voluntad, sino mi Deseo Desesperado y mi Sueño Hecho Realidad. Pero esa parte de mí tiene dieciséis años y lleva un tiempo criando malvas en el cementerio de mi mente.

—¿Y eso? —respondo en su lugar, burlona—. ¿Es ahora ese momento en el que dices que necesitas mi cariño sincero porque me has amado en silencio todo este tiempo y ansías ser correspondido? ¿Porque para ti esto es hipermegaespecial y te lo arruinaría que mi objetivo fuera usarte y tirarte?

—Sí, claro. —Bufa, irónico—. Eres tú la que me ha amado en secreto todo este tiempo y se ha inventado esta locura para tenerme entre sus brazos. O entre sus piernas, mejor dicho.

—Ya te gustaría que te quisiera, golfo.

Él niega con la cabeza, ocultando una sonrisa en la mano en la que ha apoyado la mejilla.

—Tampoco soy tan masoquista. Contigo sería como aquella frase de Bukowski, ¿sabes? La de «encuentra lo que amas y deja que te mate».

—Pero te mataría *suavemente* —apostillo, señalándolo con el dedo—, como el temazo de The Fugees y Lauryn Hill.

—Prefiero la clásica de Roberta Flack.

—Porque siempre has sido un llorón. Música llorona, libros llorones... ¿También te gustan las niñas lloronas? ¿Por eso te ha costado tanto ceder a pasar la noche conmigo?

Thiago me mira con un amago de sonrisa. Arruga la nariz de forma adorable.

—No mucho. —Estira un brazo hacia mí y pulsa con el dedo la cadena de la Candelaria, que cuelga de mi cuello como un péndulo de hipnosis. Él, desde luego, parece hipnotizado, pero no es una reacción unilateral. Yo también me quedo mirando su expresión pensativa como si así pudiera penetrar en sus pensamientos—. Me gustan las que se quedan dormidas con los brazos cruzados porque aguantan el orgullo y los cabreos hasta el final.

—Entonces no te gustarán las cariñosas, porque con los brazos cruzados no te podrían abrazar.

—Esas que yo digo tienen otra manera de abrazarte. Por ejemplo, te regalan un jersey de punto hecho con sus propias manos... o te despiertan en mitad de una pesadilla y tienen la delicadeza de no mencionarlo. Es más: te dicen, en su lugar, que les molestaban tus ronquidos.

El talento que tiene este tío para hacerme nudos en la garganta es encomiable.

—Parece que podría hacerme amiga de esa chica.

Thiago me mira de soslayo, aún tendido sobre el costado, y esboza una de esas sonrisas con las que se ríe de sí mismo. A veces actúa como si fuera un pobre diablo, como si fuese impotente ante mi fortaleza o mis presuntos poderes mágicos. Ahora es una de esas veces.

—No me voy a ir de aquí sin besarte, ¿verdad? —Resulta incluso curioso lo tremendamente adorable que es su resignación, y, a la vez, lo impregnada que está de impaciencia y deseo—. O, peor... No me voy a librar de ti ni siquiera si lo hiciera.

—Suenas como si yo fuera una droga, o algo así.

—Algo parecido. Eres la droga de la canción de Los Ronaldos. «Llevas años enredada en mis manos, en mi pelo, en mi cabeza... y no puedo más».

La habría seguido cantando para mis adentros —«debería estar cansado de tus manos, de tu pelo, de tus rarezas... pero quiero más»— si él no hubiera interrumpido toda actividad cerebral tomándome de la barbilla. Me acerca a sus labios, que ahora saben a lo mismo que los míos —una curiosa sintonía—, y me da un beso de dulces nervios que me pone el vello de punta. Por un momento no me muevo. Me he dejado arrastrar hacia su rostro, hasta la congelada punta de su nariz, con las dos manos sobre la manta. Pero la postura es demasiado incómoda para el rato que pretendo quedarme junto a él, así que me abrazo a su cuello y ni lo aviso de que pienso tenderme sobre su cuerpo.

Se suponía que la torpeza o la brusquedad tendrían que molestarle, o al menos hacerle reír, pero no pierde el tiempo reaccionando a mi inexperiencia y se tumba boca arriba para envolverme con sus brazos.

Me gustaría hacer la gracia de poner la canción. No hace

falta. Thiago me la está cantando casi mentalmente. O yo se la estoy cantando a él. «Me dijiste que te irías, pero llevas en mi casa toda la vida. Sé que no te irás. Y no puedo vivir sin ti... No hay manera». Siempre me ha parecido que la canción escalaba muy rápido en intensidad, con ese «no puedo vivir sin ti» tan escalofriante y que tantos problemas ha dado a numerosos enamorados a lo largo de la historia. Pero no me importa que los besos de Thiago suban también de nivel, se impregnen de impaciencia y obsesión y quieran robarme el aliento que a él se le escapa al estrecharme contra su cuerpo con una fuerza desmedida. Creo que podríamos vivir el uno sin el otro, y, de hecho, nuestra vida podría ser mucho mejor. Pero sin mis odios, yo sería media Dácil. Solo media mujer, sin el medio huracán que a Thiago le gusta atribuirme. Y él sería medio Thiago, sin ese medio... Ese medio ¿qué? ¿Esa media locura que encaja conmigo?

Mis pensamientos se diluyen como el azúcar en el agua, igual que todo lo sólido que hay en mi cuerpo se va derritiendo conforme Thiago avanza su exploración. Al principio se toma su tiempo, presentándose como un amante respetuoso: no pasa de ciertos límites y se queda en la raja de la falda, tonteando con la posibilidad de levantarla o, quizá, de jugar con el morbo de hacerme virguerías con ella puesta. Pero los besos candentes y la actitud prudente no casan, y se vuelve pendenciero y más egoísta al colar las manos debajo y acariciarme desde las nalgas hasta la espalda, a veces apretando, a veces imprimiendo la medialuna de sus uñas en mi piel.

Preocupada por primera vez por si lo estoy escachando, hinco una rodilla a un costado y otro de sus caderas y me echo las trenzas a un lado para que no le hagan cosquillas en la cara. Pero sé que le gustan. Las cosquillas y las trenzas. Aunque ni lo diga ni se ría.

Thiago aprovecha este momento de separación para mirarme fijamente.

—¿Estás segura de que soy la persona indicada?

—Me parece que hemos hablado fleje de lo que quiero yo, pero tú no te has manifestado —logro articular con el aliento entrecortado—. ¿Te lías conmigo para que no lo haga con un loco de Tinder, o...?

«¿O te lías conmigo porque te gusto?».

—Pasapalabra.

—Ni pasapalabra ni *pasapalabro*. Aquí no hay comodines, mi niño.

Thiago me ahueca el pelo y me lo recoge en una coleta con el puño cerrado. Nunca me ha gustado recogérmelo; detesto la forma de mis orejas, pero hay miradas que te borran los defectos. Cuando vuelve a hablar, lo hace en un susurro suspirado que se podría haber perdido con el rumor del mar:

—Supongo que no eres la única que se va a sacar una espinita.

No me deja tiempo para pensar una respuesta. Sabrá, al igual que yo, que mañana tendré todo el día para preguntarme qué significa eso: o bien que siempre me ha querido besar como hace inmediatamente después de confesar —porque no quiero creer que miente—, o bien que me ha querido. A secas.

Esa sola posibilidad hace retumbar mi corazón, fruto de un cóctel de sensaciones que nunca deberían ir juntas: el regodeo vanidoso del halago y la humillación.

Le puedo perdonar un desprecio fruto del odio, pero ¿un desprecio fruto del amor? ¿Eso cómo se gestiona?

Él se da cuenta de que me he puesto tensa y detiene la ruta de besos por el cuello.

—¿Quieres que siga?

—Sí. Pero no me hagas daño, ¿eh? —La voz me tiembla porque no es una advertencia referida al contexto. Estoy preparada para el dolor físico. Es una advertencia hacia el otro tipo de dolor; el que ya sabe que me puede provocar.

Me mira solo un momento y asiente en silencio, pero no

creo que comprenda a lo que se enfrenta. En mí hay muchos más puntos sensibles de los que cree, solo que los puedo esconder detrás de un pintalabios negro o una distancia razonable de su cuerpo. Cuando me saca el vestido por la cabeza y sus besos afrodisiacos comienzan a hacer efecto, me veo desnuda y vulnerable ante una de las cosas que más miedo me dan en este mundo. Él. Él solo. Creía que podría jugar con su fuego, pero una oleada de pánico me seca la garganta de pronto y me quiero imaginar en cualquier lugar menos en este. Menos en el que quiero estar. Porque quiero tanto, *tantísimo*, apoyar la mano sobre su corazón y dejar que escuche el mío, que es sabio temer el rechazo.

Pero no me rechaza. Me vuelve a abrazar con ese tiento que me convirtió en su admiradora una vez, y me descubro temblando levemente.

—¿Qué te pasa, princesa?

—Tengo un poco de frío —miento.

—Qué vas a tener frío tú, pino volcano —me susurra al oído con la risa en la voz.

—¿Pino volcano?

—Pues sí, pino volcano. Una obra de ingeniería natural espectacular. No los tumbas ni queriendo. Los quemas y vuelven a crecer. Les echas lava y ni se inmutan. Pino volcano.

No sé qué me hace más gracia, si que me llame «pino volcano» o aquello que me dijo una vez sobre los alienígenas invadiéndonos, atraídos por lo guapa que estoy con los labios pintados.

Se me acaba escapando una carcajada.

—¿Esas son las palabras más bonitas que me vas a dedicar esta noche?

—No soy de decir palabras bonitas, princesa Dácil. Al igual que tú... —me recorre la espalda con una caricia que me pone la piel de gallina—, soy más de solo pensarlas y luego decir lo contrario.

Entonces lo sabe. Sabe que, aunque la boca le insulte, lo que pienso es otra cosa. Y no es así como lo quería. No quería que me desabrochara el sujetador despacio, esbozando esa sonrisa que sabía de antemano que intuiría en sus labios, la de «esto es por mí»; no quería que fuera considerado y que demostrara que le importo, porque los amores se llevan mis odios y solo se quedan conmigo los demonios que no controlo. Los demonios que no me invento. Los demonios que me susurran que él es la persona indicada, aun no siéndolo en absoluto... en el caso de que eso tenga algún sentido.

Intento tomar las riendas de la situación sacándole la camiseta por la cabeza con rapidez. Se me nota la torpeza en las manos, pero estoy decidida a tratar esto como lo que es. Una transacción. Sin más. Ni siquiera le miro el torso, porque sé que, aunque lo haya visto mil veces antes, en esta situación tiene otras connotaciones. En esta situación, su torso es más mío que suyo. Solo lo contemplo yo. Me deslizo hacia abajo para pelear con el cinturón y desnudarlo también. No voy a ser la única expuesta. Thiago se deja observándome en silencio, seguramente dándose cuenta de lo que pretendo. Por un momento hasta creo que va a permitirme tomar las riendas y hacer lo que me dé la gana con él. Pero si fuera tan solo un poco menos rebelde que yo, tan solo un pelín más complaciente, ni yo lo habría querido tanto ni nos odiaríamos con tantas ganas.

Me coge de las muñecas cuando voy a rodearle la erección para hacer lo que toca.

—¿Qué pasa? ¿No querías que te hiciera daño porque pretendes hacértelo tú? No es así como funcionan las cosas.

—Calla. Yo veo que a ti sí te funcionan. —Hago un gesto hacia su excitación, a lo que él abre la boca para replicar, pero no llega a decir nada.

Decidida a acabar con esto y volver a casa lo antes posible, desciendo con las caderas y me encajo su erección de un solo movimiento.

Creo que es la peor decisión que he tomado en mi vida.

Se suponía que el dolor era momentáneo, una punzadita de nada, pero me atraviesa como si me hubieran propinado un latigazo en la espina dorsal. Inmediatamente me pongo a sudar. Juraría que también me quedo pálida.

Thiago, que me ha estado observando de hito en hito en todo momento, tiene la delicadeza de no soltar un «te lo dije».

—¿Sabes? —dice muy despacio—. No pasa nada porque de vez en cuando otros lleven la voz cantante, Dácil. A veces tienes que dejarte cuidar.

Ni siquiera me dan ganas de insultarle. Solo trago saliva con cuidado, por si la garganta pudiera dolerme también, y procuro no hacer un solo movimiento. Casi le suelto un talegazo cuando alarga los brazos y me acaricia la espalda para tratar de relajarme.

—¿Quién te mandó pedirles a las estrellas que te hicieran una minga *plus size*? —mascullo con toda la mala leche.

Él se muerde el labio para no reírse.

—¿Quién te mandó a ti tener ascendencia gomera, bruta? Y no me hagas reír o me moveré y te dolerá el doble. Y no es que tenga una minga *plus size*, es que tú tienes los huevos cuadrados, Dácil. Que eres virgen, no puedes hacer estas bestialidades.

—¡No estaba haciendo bestialidades! ¿Cómo se pierde la virginidad, si no? ¿Con besitos en la frente?

Esta vez sí se descojona, el pobre. Y pobre yo, que estoy encima y creo que voy a llorar.

—Ven aquí, anda. Tiéndete sobre mí. Despacio. Sin cabezazos, ¿vale?

—Me están dando ganas de darte uno, la verdad.

—Ni se te ocurra. Con lo dura de mollera que eres, me desplazas el hueso frontal a la nuca.

Eso me hace reír a mí. Y duele. Duele reírme y duele obedecer sus órdenes; no ya solo físicamente. También magulla el orgullo.

Apoyo los codos junto a su cabeza y lo miro sin ocultar mi espanto.

—Follar está sobrevalorado. No lo recomiendo. Le pongo cero de cinco estrellas en TripAdvisor. —Thiago se muerde el labio para no partirse el culo ahí mismo—. Te hará mucha gracia mi sufrimiento, ¿no?

—No, mi niña, no me hace gracia. Voy a dar la vuelta, ¿de acuerdo? Vas a estar debajo y yo arriba, y con un poco de suerte, evitaremos que pierdas la virginidad en una postura que le duele incluso a las mujeres que llevan veinte años casadas.

—¿Y tú qué sabes? ¿Te has liado con una mujer casada, pedazo de machango?

—Chisss...

Todo lo que diga a estas alturas me va a parecer bien. En cierto modo, me alegro de que el dolor haya paralizado hasta mis pensamientos. Estaban tomando unos derroteros indeseables que no quería atraer en estas circunstancias.

Aquí no se va a hacer el amor ni con la mente.

Thiago intenta dar la vuelta con la mayor delicadeza posible, pero es inevitable que un nuevo latigazo de dolor me sacuda. Quiero gritar que no lo entiendo. No soy inmune a sus besos; se suponía que estaba preparada. Y quiero aclarar también que tengo mucha experiencia conmigo misma. Pero contando intimidades estaría exponiéndome demasiado, y a él le empiezan a interesar otras cosas nada más verse entre mis piernas.

Aguanto la respiración en cuanto noto sus dedos cerca del foco de dolor. ¿Será capaz de rematarme? ¿Quiere hacerme pedazos, o qué? Estoy cerca de insultarle cuando una caricia atrevida me distrae. Ni siquiera me dan ganas de hacer la bromita de «uy, sabes dónde está el clítoris» con el tono de «sabes dónde se encuentran las bolas del dragón». Consigue concentrar la sensación en un punto distinto al que duele, distraer la tensión e incluso reducirla con movimientos rítmicos y juguetones que me aceleran el pulso y la respiración. Ruborizada bajo su mirada fija, me atrevo a retorcerme a riesgo de que el dolor me parta, enajenada por la mezcla de sensaciones. El placer logra vencer a lo demás, incluidas mis reticencias, y tomar las riendas con una rapidez desconcertante.

Y ese es solo el primer orgasmo, el orgasmo producido por una sola mano. Cuando utiliza la segunda para recorrer mi torso con caricias, empezando desde el *piercing* que parece hipnotizarle y terminando entre mis clavículas, el dolor parece no existir ya; tan solo una molestia opacada por el calor que despide mi piel.

Si por fuera ya quemo, por dentro directamente ardo.

Apreso su cintura con los muslos, queriendo reducir las contracciones musculares que provoca su tortura sexual alternativa. Eso le permite tenderse sobre mí, controlando solo su peso sobre las rodillas, y besarme de un modo diferente. Más... urgente. Más sucio.

Me descubro separándome cada pocos segundos para tomar una bocanada de aire y gemir a gusto. Me noto envuelta en sudor, con un bochorno interno que casi me asfixia, pero es una asfixia dulce y agradable. Tan dulce y agradable como las caricias que quería evitar y a las que ahora me rindo sin más. Y justo cuando estoy en el limbo, ojos cerrados y piernas abiertas para dejarme maltratar, si es lo que él quiere, noto el primer movimiento de sus caderas.

Una leve punzada hace acto de presencia, recordándome que esto no va a ser vino y rosas. Esto no va a ser momentáneo ni se va a ir fácilmente. Pero el dolor viene acompañado de una sensación tan extraña como adictiva, y no solo para mí. Thiago agacha la cabeza, jadeando, al entrar y salir de mi cuerpo una y otra vez; despacio, comprobando que resbalo y que quemo al tacto, que no me duele ni me quejo.

Cuando me mira, veo gracias a la débil iluminación que él

también brilla por el sudor. No he visto la luna en toda la noche, y será que le ha pedido a los ojos de Thiago que la sustituya, porque sabe que le tendré ocupado bajo las estrellas mientras llega el mañana.

No sé si la emoción que estalla en mi pecho viene del placer carnal o del agradecimiento, pero me convence de mandar al carajo los reparos y abrazarme a sus hombros para traerlo hacia mí. Thiago se deja seducir y responde a mi iniciativa con el mismo beso febril, aumentando sutilmente el ritmo justo antes de que a mí se me ocurra rogar. Es como si supiera mejor que yo lo que quiero y lo que necesito. Y en lugar de verlo como algo negativo, de entenderlo como que se ha hinchado de retozar con vírgenes, lo veo como un signo más de su complicidad conmigo.

Quién nos lo iba a decir.

—¿Te duele? —me pregunta con el aliento entrecortado, buscando mis labios a cada rato. Los atrapa con un beso corto y rápido, otro que es antesala de uno que parece que no va a acabar nunca; me muerde, me lame y hasta se atreve a sonreírme así de cerca, con un descaro de pendenciero que me pone el corazón en un puño.

Ni siquiera le respondo. Le clavo las uñas en la espalda y lo empujo con las pantorrillas para que se hunda más en mí y se quede un rato. La desesperación de sus besos y la tensión del momento me ha sumergido en una burbuja ajena a la realidad, pero la realidad siempre se impone y, con ella, llega una verdad que me sobrecoge: ¿estamos haciendo lo que estamos haciendo *en serio*? ¿Lo tengo encima, manoseándome en el mejor de los sentidos, volviéndome loca de una manera diferente?

Cuando se lo diga a la Dácil enamorada, va a flipar.

Pero el truquito de separarte del pasado y aislarte del futuro, como si fueras una persona diferente, no sirve. En este momento, en este presente, la Dácil que solía quererlo también se encuentra entre nosotros. Siento que es la que se desespera buscando sus manos, la que se revuelve de ansiedad y quiere hasta llorar de pensar que esto se acabe. Pero pasa algo sorprendentemente extraño cuando se cuece una intensidad semejante: que todo sucede más despacio que nunca y, a la vez, tan deprisa que ni lo ves. No sé si mañana me acordaré con detalle de sus mordiscos o tendré que verme las marcas para sentirlos. No sé si quiero que la experiencia sea un borrón o una película estudiada de memoria. Y no me deja decidirlo en el momento, porque en un abrir y cerrar de ojos todo se vuelve demencial, como si hubiera regresado el desprecio que habíamos aparcado y se fundiera con el agradecimiento y el deseo frustrado. Nos arañamos, nos apretamos con ganas y con mala baba; él se empuja dentro de mí casi como si quisiera hacerme daño, y yo le devuelvo los besos como si fuera una venganza. Creo que nos decimos de todo, especialmente nuestros nombres, pero no sabría decir con qué le insulto o con qué le halago, ni qué es lo que responde él. Todo se mezcla y se vuelve borroso en el momento en que el orgasmo me alcanza.

Por una sola vez no me alegro de haber ganado la carrera, de haberme adelantado, porque esto no tendría que acabar. Si hubiera sabido que así es como se desahogan de verdad las frustraciones, lo habría hecho mucho antes: lo habría hecho mil veces antes... Como también querré hacerlo mil veces después.

Thiago se estremece sobre mí igual que si de pronto estuviera poseído. Gruñe y descuelga su cabeza junto a la mía, tan cerca que cuando exhala entre gemidos, su aliento me quema en los labios y la garganta.

No se mueve más. Se deja caer encima de mí, cansado de la guerra, y solo sé que sigue consciente porque su mano me rodea la nuca para regalarme una caricia llena de ternura.

Entonces, la verdad vuelve a martillearme las sienes, solo que esta vez algo insegura.

¿En serio que ha pasado lo que acaba de pasar?

Y la Dácil enamorada me contesta:

«No ha podido ser un sueño, porque, cariño, nunca te habrías atrevido a soñar algo así».

Capítulo 21

¿Qué tienen las canarias?

Thiago

—Oigan. ¡Oigan! ¡Despierten!

Regreso a la vida de un sobresalto. Para una vez que puedo disfrutar de sueños plácidos, tiene que venir un vozarrón de neandertal a interrumpir mi calma.

Estupendo.

Tardo unos segundos en ubicarme. Polvo y arena se me han metido hasta en los ojos, que me pican más aún después de frotármelos. Huele a mar, a Clipper de fresa, a fruta tropical, y estoy envuelto en sudor porque hace un calor del diablo.

O porque tengo pegado al costado lo que parece una rémora.

—¿Qué hacen aquí? ¿Han pasado la noche?

Ese plural me desubica un instante. Luego caigo en la cuenta de que lo que me aprieta las costillas no es un bicho del tamaño de una cría de tiburón, sino el tiburón humano.

Creo que el tipo pospone un ratito sus reproches al ver mi cara de pasmo.

En algún momento de la noche, Dácil ha debido de pasarme un brazo y una pierna por encima. Roza mi costado con la punta de la nariz. Eso, su respiración fuerte y acompasada y su melena me hacen cosquillas en la piel. La visión me aturde un instante y solo puedo fijarme en cómo el sol que se filtra bajo la techumbre le da un brillo de purpurina dorada a su moreno natural.

Luego me doy cuenta de que está desnuda.

—Hostia, mierda, ¡hostia! ¡HOSTIA!

Palpo a mi izquierda y a mi derecha a toda velocidad en busca de algo con lo que cubrirla. Ella ni se inmuta. Una bomba atómica podría caerle en el hombro y ella la retiraría como si fuera una mosca molesta para, a continuación, darse media vuelta y seguir roncando. La niña duerme a pierna suelta mientras los otros se pringan tapándola con el vestido blanco y enfrentando al puñetero mirón.

A veces sí que se comporta como una princesa a la que todos le debemos pleitesía. Solo en pocas ocasiones lo parece *y lo merece*, y esta es una de ellas.

—¿Qué pasa? —le espeto al recién llegado.

El ánimo bravucón se me pasa en cuanto me fijo en las pintas que lleva. Anda que se viste de paisano, aunque sea para no pasar calor. El notas se ha plantado su uniforme de guardia civil, y tiene cara de que el único que va a sudar en la conversación soy yo.

—Lo que pasa es que está prohibido por ley pasar la noche en la playa, mi niño.

—Esto no es una playa. Ni siquiera entraría en la categoría de cala.

Me incorporo con cuidado de no despertar a Dácil. Si ya me he arrepentido de vacilar con la cara de palo que me pone el guardia, no quiero ni imaginarme la que nos caería si ella se ocupara de defender su inocencia. No creo que lo hiciera estableciendo diferencias entre los accidentes geográficos, por versada que esté en ese campo del conocimiento.

—Es un lugar público y no se puede hacer exhibicionismo. Unos turistas vinieron a margullar[52] y se toparon con ustedes en bolas. Y con sus restos del botellón. —Hace un gesto hacia la botella de Clipper y hacia mi semidesnudez.

—¿Botellón? ¿Es coña? ¿Alguna vez has intentado emborracharte con amaretto? —La paciencia del tipo se está agotando. A cada segundo que pasa, sus cejas están más cerca de fusionarse en una sola—. Si me visto, ¿podemos dejarlo así, y tan amigos?

—Si te vistes, podremos hablar como dos personas normales de todas las infracciones que han cometido... sin que tu pajarito quede a la vista, lo cual sería de agradecer.

—Pero si los dos tenemos lo mismo.

Al poli no le convence mi argumento y espera jugando con su manojo de llaves *—ya nos hemos enterado de que conduces un Mercedes. Enhorabuena, campeón—* a que me ponga un pantalón.

Me parece que masculla algo como «putos hippies» aprovechando que me he dado la vuelta.

—A ver, no hubo botellón. —Alzo las manos, quitándome culpa—. Vinimos aquí a disfrutar de la fresca, cenamos un puñado de chucherías y...

Y luego follamos como dos animales hasta que no pudimos más. Esa es la conclusión que me traba la lengua, tan impronunciable como una palabra en un idioma que ya nadie habla. Un idioma que nunca debería haberse inventado.

Me quedo un momento inmóvil, sabiendo que necesitaré la energía de todas las células de mi cuerpo para encajar esta verdad. Mi actitud y mis pintas de perturbado no hacen más que darle motivos al poli para confirmar que estoy drogado, porque empiezo a tambalearme a causa del sol directo y de los recuerdos de la noche anterior.

52. Bucear.

Al llegar en flash, son incluso más contundentes que la temperatura a la hora de dejarme sin eje.

Confirmo que Dácil sigue hecha un ovillo echándole un vistazo con una cara de loco que me noto hasta yo mismo. Me froto las mejillas, la frente y el cuello. No tiene pinta de que así pueda borrar sus huellas. De hecho, todavía no sé si quiero borrarlas.

El incendio accidental, su entrada maestra, los reproches de siempre, mis fútiles intentos por convencerla de echarnos atrás —que sabía que caerían en saco roto... y que *deseaba* que cayeran en saco roto—, y, finalmente, ella.

Ella en todo su esplendor. Bruta y animal. Ingobernable.

—¿Eso que hay ahí son cenizas? ¿Hicieron un fuego anoche? ¿Sabes que eso es otra multa?

El poli me devuelve a la realidad, aunque es una realidad distorsionada en la que lo ocurrido anoche pertenece a una película o una novela de ficción, no a mi experiencia personal.

Involuntariamente, como sucede con los traumas, relego los detalles más íntimos al rincón de la fantasía.

No es posible que se me fuera tanto la jodida cabeza. No es posible que al final lo hiciera. Ayer no estaba borracho como para justificar un arranque así.

Ayer, Airam seguía siendo mi mejor amigo.

—Chiquillo, espabila. Te estoy hablando.

Un mareo hace que me tambalee al intentar clavar la vista en el agente.

—¿Qué?

—Que te vienes conmigo a comisaría. Por borracho y por pirómano. Y a ver si no descubro que has forzado a la piba.

Ni siquiera me puedo ofender, porque mi cerebro procesa en diferido.

—¿Qué?

—¿Podéis dejar de hacer ruido? —se queja Dácil, todavía

con los ojos cerrados. Alarga los brazos en busca de una almohada (sé que le gusta dormir abrazada a ellas), o quizá en busca del cuerpo que la ha acompañado por la noche. Al no dar con más que vacío, arruga el ceño y abre los ojos despacio. Muy muy despacio, o corre el riesgo de que el sol la deslumbre—. Chacho... fuerte calufo. Que alguien ponga el aire acondici...

Un bostezo la interrumpe. Tras echar un vistazo alrededor, cae en la cuenta de que no está en casa. Ni tampoco está sola. Espero con el corazón en un puño, y es literal —a veces me asombra lo bien que los refranes o las metáforas se ajustan a la verdad—, a que me mire.

¿Cómo va a reaccionar? ¿Qué me va a decir? ¿Seguirá insultándome tranquilamente? ¿Me dedicará la primera sonrisa matutina desde hace años? ¿O, más bien, la primera sonrisa matutina que ha esbozado en su vida, porque es la reina de los malos despertares? ¿Me dirá que lo pasó fatal? ¿Me dejará aquí tirado después de soplarme «misión cumplida»? ¿Se lo contará a Airam?

¿Y si todo era una estrategia para dejarme mal delante de mi amigo?

Dácil posa una mirada soñolienta en mí, como si quisiera ver a través de mi cuerpo lo que quiera que haya detrás, y luego le frunce el ceño al poli.

—¿Y tú qué? —le suelta, tan fresca.

—¿Cómo que yo qué? Levántate, que vamos a comisaría. Recojan la mierda que han tirado si no quieren pagar más de lo que les voy a cascar.

—¿Cascar? —repite Dácil.

Por fin logro espabilar e intervenir antes de que Dácil le haga un corte de mangas a la Guardia Civil.

Lo cual, por otro lado, no sería nada raro.

—Lo que has oído. Venga, ayúdame a limpiar esto antes de que nos metamos en un problema.

«En otro problema», me dan ganas de apostillar. Uno no tan grave como el de anoche.

A la luz del día, los pecados que se cometen a oscuras parecen apuntados por neones. Pero Dácil nació con la piel besada por el sol, señalada para destacar aún más en las mañanas. Me cuesta verla como un error cuando se viste con un par de movimientos, se pone en pie con la diligencia de un militar y se cruje los huesos bajo la mirada atónita del poli.

No me dice nada. Recoge los pocos chismes, arruga la nariz que ayer estrenó septum al percibir el olor a quemado que no notamos anoche, y solo me mira por encima del hombro cuando emprende su marcha hacia el coche policial.

Eso es lo primero que me dice después de haber cumplido sus deseos —¿o sus órdenes?—, y lo hace con el lenguaje no verbal, las sandalias en la mano y los labios hinchados: «No me voy a comer este marrón yo sola, así que mueve el culo».

No es hasta que nos hemos sentado en la parte de atrás del vehículo que decide comunicarse con palabras:

—Yo no tengo una perra encima. Soy estudiante. Y cuando deje de estudiar, tampoco tendré trabajo, porque estoy terminando Ciencias Ambientales y no me pienso vender a ninguna empresa. El caso es que no te puedo pagar ninguna multa.

—Eso ya lo veremos, mi niña. ¿Tienes idea de la gravedad de lo que han hecho? El fuego podría haberse propagado y haber consumido la madera del mirador.

—Fue él quien me trajo aquí. —Me señala con el pulgar. Estoy a punto de intervenir con la verdad y nada más que la verdad («¡Fui coaccionado!») cuando ella añade—: Era una ocasión especial, agente... poli... guardia... o como se diga.

—Una barbacoa nocturna o una hoguera en torno a la que contarse confidencias no es una ocasión especial.

—Sí lo era.

El corazón me da un vuelco en el pecho cuando la veo aferrarse al asiento del conductor y acercarse para hablar. Temiendo que le cuente lo que de verdad vinimos a hacer, los interrumpo:

—Es que está enferma y quería pasar la noche en su lugar preferido del mundo por si fuera la última vez. Mañana la operan de un tumor en la cabeza.

Dácil ladea esa cabeza suya, presuntamente enferma, hacia mí. Pero, por sorprendente que parezca, su mirada no me transmite un claro «tú eres mi tumor» o «si tuviera un tumor, lo llamaría Thiago», al más puro estilo *El club de la lucha*.[53] Parece reírse para sus adentros.

—¿Qué? —El poli nos mira de alternativamente, reacio a tragarse la milonga. Ya se ha incorporado a la carretera que guía por toda Costa Adeje—. ¿Eso es verdad? Porque no tendría gracia que bromearan sobre un cáncer.

Si este tío supiera con qué clase de energúmenos está tratando ahora mismo... Bromear con enfermedades severas que se han cobrado demasiadas vidas para contarlas es lo más bonito que Dácil podría hacer por él.

Ayer demostró que por mí sabe hacer cosas aún más bonitas.

«No me hagas daño», me dijo. En cuanto su ruego resuena la primera vez en mi cabeza, ya no puedo pensar en otra cosa. «No me hagas daño». No tengo ni la menor intención, pero se me pone el vello de punta. «No me hagas daño». Se produce en mí un efecto parecido al de la primera vez que tartamudeas al hablar en público: que sigues tartamudeando como un hijo de puta y no hay forma de parar. No puedo parar su súplica. «No me hagas daño».

Nunca me ha dicho algo así. Quizá porque sabía que no podía hacerle daño. Si me lo ha pedido expresamente debe de ser porque ahora han cambiado las cosas.

¿Cuánto han cambiado?

53. La frase de la película es: «Si tuviera un tumor, lo llamaría Marla».

Los nervios solo aumentan al fijarme en su cuello.

¿Eso se lo he hecho yo? ¿Y lo del escote?

Claro que se lo he hecho yo. Recuerdo con una exactitud bochornosa dónde he abandonado cada beso; tanto es así que podría señalarlo en el mapa de su cuerpo con los ojos cerrados. Ese era el ámbito de saber del Trivial Dácil que me quedaba por descubrir para ser imbatible, para pasarme el juego con honores. Ahora sería lógico asumir que lo sé todo sobre ella, incluido dónde le gusta que la toquen y qué quiere que le digan antes de morderla. Pero, paradójicamente, me mareo de pensar en mi propia ignorancia, porque la miro y, aunque veo a alguien que conozco como la palma de mi mano, sigo sin saber cómo tratarla.

Hoy, en especial, estoy más perdido que nunca.

Digamos que estoy familiarizado con el mecanismo de la bomba que es Dácil, pero no hay manera de predecir cuándo va a detonar. No me puedo hacer ni una remota idea de en qué piensa cuando se desentiende del guardia civil, que farfulla no sé qué de infracciones, y pierde la mirada en el Atlántico.

Hasta ahora había estado cómodo en esa ignorancia, pero ahora necesito saberlo. Necesito saber su opinión, sus sensaciones, qué le está cruzando el pensamiento en este instante y qué es lo que ve cuando me mira a la cara.

Al menos parece más relajada que yo.

—No hace falta que estén tan nerviosos —interrumpe el poli—. Como mucho les cascaré cien euros, pero quiero dejar registrados los datos personales. Y de paso los llevo a donde vivan, que como tuvieran que esperar la guagua, se comían un tochito...

Ese comentario activa una duda en Dácil, que aparta la vista de la ventanilla para mirarme.

—Oye, *cochefóbico*. ¿Vas bien, o quieres poner la cabecita en mi hombro?

Su comentario me pilla por sorpresa. Ni siquiera me he

dado cuenta de que estamos en un coche. Los miedos se eliminan los unos a los otros, y a mí siempre se me olvida todo cuando ella va a bordo, porque cuando Dácil está presente, sé que tengo mejores cosas de las que preocuparme.

Nuestras miradas conectan un segundo. Hago como que no la veo para no tener que hacer frente a lo que sea que pretenda decirme. Pero todo está bien. Sé que todo está bien porque sonríe. Apenas ejerce una pequeña presión contra las comisuras de los labios, pero es una sonrisa. Y es mía.

—La verdad, no es así como esperaba despertarme al día siguiente de... eso. ¿Nos han detenido por tener sexo? —pregunta Dácil en voz baja—. Porque tampoco lo hiciste tan mal como para que te lleven preso.

Creo que lo dice con la intención de aligerar el ambiente. No lo consigue. Ella es la primera que se aclara la garganta justo después, incómoda con su propio descaro, y ladea la cabeza hacia el paisaje. Si no está ni la mitad de angustiada que yo, se acabará quedando dormida en el trayecto por Costa Adeje, como siempre hace. Pero si lo está, y no se lo deseo, probablemente no consiga pegar ojo nunca más.

«¿Y lo hice tan bien como para que nos veamos de nuevo?», me dan ganas de preguntar.

Es solo morbo, claro. No es como si fuera a repetir si ella me lo pidiese.

Me retengo porque no quiero conocer la respuesta, no porque sepa que no me la va a dar o haya algún tema tabú entre nosotros. Hay muchas cosas que me inquietan, como esos odios hacia mí que Dácil me oculta para hacerme sufrir. Pero con solo mirarla, ya sé que, independientemente de lo que esté pensando, todo está bien. No hay ases bajo su manga ni me esperan comentarios traicioneros.

A fin de cuentas, todo fue tal y como quería, ¿no? Y fue mera casualidad que también fuera como *yo* quería.

Fue casualidad y también un grave problema.

—Tú tampoco estuviste mal —atino a contestar.

«Coño, Thiago, parece que tú también perdiste la virginidad ayer».

—Ya, bueno. —Dácil se encoge de hombros y se apoya contra el cristal, con toda la intención de dormirse un rato—. Tampoco vayas a enamorarte de mí, ¿eh?

El corazón me da un vuelco al escuchar la advertencia, pronunciada entre bostezos. Tengo que darle las gracias por no añadir nada más, por no obligarme a contestar. Y al poco rato tengo que dar las gracias también porque se haya quedado dormida y el vaivén del coche la empuje hacia mi hombro.

Dácil no se despierta ni cuando su mejilla se apoya sobre mí. Y se apoya sobre mí como si no pudiera haber caído en ninguna otra parte. Como si fuera la pieza del puzle que le faltaba a mi cuerpo para estar completo.

El guardia civil me lanza una mirada a través del retrovisor. Debe de verme una cara muy rara, porque chasquea la lengua y se apiada de mí.

—Algo tienen las canarias, ¿eh?

Asiento con la cabeza. Me muevo lo mínimo posible para no despertarla.

Sí, algo tienen. Esta en concreto tiene algo mío, siempre lo ha tenido.

Y miedo me da que no me lo devuelva.

Le hemos caído bien al guardia civil. Es lo único que explica que, después de darme en mano los papeles de la multa y extender la suya para cobrarla, se ofrezca a devolvernos a El Chozo Oramas.

—Me han puesto multas mil veces y en ninguna he tenido que pasar por comisaría. Siempre te las mandan a casa y te dan una fecha límite para pagar —ha estado refunfuñando Dácil—. Qué asco de burocracia, te lo juro.

Pero eso no era lo peor que podía pasarle. Total, no es como si ella hubiera pagado. Ha prometido que me invitará a comer para compensar los cien pavos que he soltado —con todo el dolor de mi corazón, por cierto— y encima he tenido que comerme su incendiaria opinión sobre los cuerpos de la seguridad del Estado. Iba a ser una buena mañana para ella, y una aceptable para mí, hasta que el guardia civil nos ha dejado frente a la casa.

Menos mal que no llevaba un coche patrulla, o habríamos tenido que dar el doble de explicaciones al bajar y toparnos de frente con Airam y Maday. Están los dos sentados en la acera, hablando distendidamente; Jimena ha elegido el día de hoy para barrer el porche, y tía Jana le da conversación mientras riega las plantas.

No sé cuál de todos flipa más al vernos llegar juntos.

Dácil y yo intercambiamos una mirada de pánico. No tarda en incluir a Maday en nuestra desesperación, que al reaccionar con la misma incomodidad, delata haber estado en el ajo desde el principio.

—¡Hombre, por fin llegáis! —saluda Maday, probando a sonreír—. ¿Qué tal ha ido... eso? ¿Eso que habéis ido a hacer esta mañana? Os habéis perdido el desayuno.

Airam se incorpora con el ceño arrugado.

—¿Qué habéis ido a hacer esta mañana los dos juntos? O, mejor dicho, ¿qué habéis liado esta mañana los dos juntos para que os traiga un poli?

Entonces ha reconocido al guardia civil. Estupendo. *Jodido uniforme del cuerpo*.

—La he sobado en la playa con unas amigas de la universidad y la poli ha venido a desahuciarnos porque, por lo visto, solo se puede dormir allí en San Juan. Y también está prohibido hacer fuegos —comenta Dácil, abriéndose paso con la intención de desaparecer en la casa—. He llamado a Thiago para que me pague la multa.

—¿Y Thiago ha ido? —pregunta tía Jana, pasmada—. ¿No te ha parecido una ocasión estupenda para cobrarte todas las torturas?

—Hombre, con la poli no se juega. Pero ya me cobraré el favor en el futuro.

—¿Y tú dónde has pasado la noche, mi niño? ¡Vienes hecho polvo! —exclama Jimena. Deja la escoba en manos de tía Jana y viene hacia mí para sacudirme la arena de los pantalones. Con el rabillo del ojo, me fijo en que Dácil dirige una mirada más resignada que rencorosa a su madre, como si ya se hubiera acostumbrado a que la ignoren para atenderme a mí.

—Me he ido pronto a la playa para leer antes de que se pete. Es Da la que está hecha polvo —agrego enseguida, señalándola con un gesto de la barbilla—. No creo que necesite que le echen la bronca, porque ya le he dado yo el viajecito de vuelta, pero traía un resacón de narices cuando he ido a buscarla. Podría haberle pasado cualquier cosa.

—¿Eso es verdad? ¿Te coges un pedal y te vas a la playa, donde cualquiera podría hacerte algo? —Jimena obliga a Dácil a detenerse antes de internarse en la casa—. A ver si te voy a tener que afirmar, Dácil Oramas, con los veintidós años que tienes ya. ¡Si salen, tengan fundamento![54] ¡Los dos!

Mi objetivo era que fuera a abrazarla y se compadeciera de su lamentable aspecto, porque la verdad es que se le nota que ha pasado toda la noche despierta y esforzándose hasta el desfallecimiento. Debería haber imaginado que para Dácil nunca hay compasión. Y ella lo sabe.

Por suerte para mí, Dácil ha entendido el trasfondo de mi gesto. Me agradece que haya intentado dirigir a ella la atención con una media sonrisa somnolienta. Si alguien la hubiera captado, se habría dado cuenta enseguida de lo que ha pasado.

54. «Afirmar» es castigar. «Tener fundamento» es portarse bien.

Afortunadamente, ha caído la breva y nadie sospecha de nuestra llegada.

—Sí, mamá, podría haberme pasado cualquier cosa —reconoce ella en tono cansino. No me mira a mí, pero es como si lo estuviera haciendo al añadir—: Menos mal que al final solo me pasaron cosas buenas.

Capítulo 22

Odio y rock & roll

Dácil

A diferencia del resto de mi familia, que recurre al vocerío y a la ley del hielo para resolver conflictos, Airam rehúye los problemas, hasta los ignora, e intenta suavizar nuestros cabreos con refuerzos positivos. Esta vez, para apaciguarme, ha decidido proponer con cara de cordero degollado: «¿Vamos al Médano y te enseño a coger las olas?».

En otras circunstancias lo habría ignorado. Sigo dolida, en parte porque haya tardado tanto en venir a mí. Pero, para mi desgracia, le quiero, así que me he dignado a asentir con la cabeza y anunciar que bajaré a ponerme el bañador para acompañarlo.

Mientras me visto, tendré que concienciarme de lo que se me viene encima. Airam suele esperar al momento propicio —esto es, cuando se asegura de que se me han pasado las ganas de lanzarle reproches— para pedir disculpas. Antes no. Antes es tremendamente cariñoso y atento para recordarnos que no tenemos derecho a enfadarnos con él. No dudo que es así como espera borrar los meses de indiferencia en Madrid y los desaires en favor de su novia.

Durante las discusiones familiares, mi hermano casi metía la cabeza en la sopa y fingía no existir hasta que los gritos cesaban. A veces hasta le daban temblores en las manos, tics nerviosos y todas esas señales de que alguien está a punto de sufrir una crisis... o de levantarse y chillarnos que somos unos pirados. Esto último habría sido un puntazo, pero Airam prefería pedirnos por favor que nos calmáramos y luego ir a visitarnos uno a uno a nuestras habitaciones para calmar las aguas. «Dice tío Jaime que lo siente» o «Tía Jana ha reconocido que se ha pasado contigo». Un puñado de mentiras que servían para que la familia no se fuera a pique, porque tío Jaime está convencido de que nunca se equivoca y tía Jana no reconocería un error ni borracha.

Tengo asumido que con Airam nunca voy a poder discutir como necesito para solucionar nuestro problema de comunicación/distancia/indiferencia, o como se le quiera llamar. Pero nunca está de más que te hagan la pelota para sentirte mejor.

Bajo las escaleras que dan al sótano, donde se erige mi humilde morada. No esperaba toparme con que un polizón se ha infiltrado en la guarida. Y el polizón está, ni más ni menos, tumbado en mi cama, disfrutando del placer del tabaco de liar y de una lectura que vaticino deprimente.

Apoyo el hombro bajo el umbral y me cruzo de brazos. En esa postura me quedo esperando a que el okupa aparte la vista de su libro, los labios del cigarrillo y, a poder ser, despegue también los oídos de la lacrimógena música portuguesa que ha puesto para rizar el rizo. Me planteo salir huyendo, no muy segura de querer interactuar con él, pero no voy a esconderme eternamente de su majestad solo porque nos liáramos un poco, ¿no? No es para tanto. Al menos, para mí no debería serlo. Me gusta tomármelo todo a pecho, pero en este caso creo que es mejor dejarlo fluir.

En cuanto Thiago alza la vista, alertado de mi presencia, tengo el detalle de preguntarle en tono asertivo:

—¿Se puede saber qué haces ahí?

Pasa una página tranquilamente antes de contestar.

—Ponerme cómodo. Hace demasiado calor ahí fuera, y en tu sótano se está fresco.

—¿Por qué no recuerdo el momento en el que me has pedido permiso para infiltrarte?

—Porque no te lo he pedido. Tampoco es para tanto, ¿no? Duermo aquí, y he estado en lugares de tu propiedad mucho más íntimos que este sótano.

No sé de dónde me sale la naturalidad para sacudir la cabeza, dándolo por perdido, y adentrarme en mis dominios sin castigarlo por la insinuación. No me gustaría reconocerlo en voz alta, pero se le ve tan cómodo en su sitio que parece que pertenezca a mi pequeño ecosistema. Lleva una de esas camisetas blancas desgastadas por los lavados y con el cuello dado de sí. Uno de sus pies, cruzados el uno encima del otro, se mueve al ritmo llorón de la cancioncita que suena.

—Me voy a vestir para ir a hacer surf —anuncio. Él, en lugar de interpretarlo como un «largo de aquí», se encoge sobre sí mismo y se cubre la cara con el libro. Así leo el título con facilidad. Se me escapa un bufido—. ¿En serio, tío? ¿Has venido a mi cueva para morirte del asco?

Thiago baja el libro con el ceño fruncido.

—¿Qué?

—Estás leyendo un libro titulado *Almas muertas* y creo que no he oído un tema más deprimente en mi vida. —Señalo el móvil que sospecho que está reproduciendo la canción—. Le has metido cianuro al cigarro, ¿verdad?

—Para tu gran desgracia, todavía no. —Los ojos le brillan al contestarme—. Y el libro no va de muertos ni de morirse, así que no es tan deprimente. Es una crítica a la podredumbre moral de la burguesía.

—Tú sí que eres un podrido. De verdad, lee un libro divertido, aunque solo sea para variar.

En lugar de mosquearse, Thiago suelta una carcajada. Cierra la novela, lo cual me pilla por sorpresa, y la deja a un lado para, acto seguido, cruzarse de brazos. Sus ojos alumbran el recorrido que hacen: un vistazo de mis pies a mi cabeza y de mi cabeza a mis pies.

—¿Qué debería leer según tú, princesa Dácil? Recomiéndame algo y te prometo que te haré caso.

Sostengo su mirada retadora y, sin mediar palabra, me dirijo a mi estantería improvisada.

Este sótano estaba pensado para albergar toda la basura de la que mi madre es incapaz de deshacerse; entre otras cosas, objetos que pertenecían a mi padre, como la elíptica que nunca usó para nada diferente que para colgar sus chaquetas de cuello de borreguito —que no ha usado en su vida, porque vive en el sur de Tenerife— y su colección de recortes de prensa. Evité que se tiraran estos últimos escondiéndolos en los libros que he amontonado en un saliente irregular de la pared. A mi padre le gustaba guardar para el recuerdo los titulares de periódicos que podrían haber aparecido en *El Mundo Today*, o que le sacaban una carcajada amarga porque no podían tener un sesgo político más claro. Yo he adoptado la misma costumbre.

Pero eso es otra historia. Supongo que habrá algún recorte entre las páginas de los libros que voy sacando de mis montones y arrojando a la cama sin orden ni concierto.

—Terry Pratchett, Woody Allen, Christopher Moore... —Thiago se ha sentado en posición de loto para juzgar mis títulos preferidos—. Autores de comedia, fantasía, guion cinematográfico... ¿Hay algo aquí que se pueda considerar literatura de verdad?

Arrugo la frente.

—Estás estudiando literatura ¿y te atreves a hacer un comentario como ese? ¿Qué es literatura de verdad, listo?

Thiago se encoge de hombros.

—En esa categoría englobaría todos los libros que te hacen sentir algo.

—A mí esos libros me hacen sentir muchas cosas. Me hacen feliz.

—No pretendo ofender —medita, barajando las novelas con interés reducido—, pero yo prefiero los libros que me arañan y me hacen cuestionarme.

—¿Y por eso son mejores? —Pongo una mano en la cintura—. ¿Porque te obligan a pensar y a releer las páginas porque, al estar hechos para un público más intelectual, no hay quien los entienda a la primera? ¿En la carrera no os enseñan que leer es entretenimiento y que todo es válido siempre y cuando tenga una calidad mínima?

Él intenta apaciguarme empleando ese tono paciente que solo me mosquea más:

—Solo estaba hablando de una preferencia, princesa Dácil, no de lo que sea mejor o peor.

—Pero lo piensas.

—¿Me vas a odiar por pensar?

—No, hombre, para una vez que lo haces... Solo me molesta lo que piensas.

—¿Qué se supone que pienso?

—Que las grandes obras siempre son las trágicas, las melancólicas; vamos, las que acaban tan mal que te dejan con toda la magua durante una semana entera.

—No soy el único que opina así.

—Ya. Por eso me parece que el arte está mal enfocado. —Me encojo de hombros—. Infravalora las emociones positivas y las pone en un injusto segundo plano, cuando es más difícil hacer reír a alguien que hacerle llorar. Parece que la música que escuchas también sigue este absurdo criterio tuyo. Mira lo que tienes puesto, por Dios.

Thiago finge una cara de ofendido que está a punto de hacerme reír.

—¿Qué tienes en contra de Gal Costa?

—Que no se puede bailar.

—¿Cómo que no?

—Venga ya, ¿cómo quieres que baile esto?

—Más fácil es bailar esto que tu querido Cruz Cafuné.

—Demuéstralo.

La ceja enarcada de Thiago no dura en su sitio mucho tiempo. Se impulsa desde la cama para plantar los pies sobre mi alfombra, percudida porque Teno suele acurrucarse encima, y camina hasta mí moviendo los hombros, los brazos y las caderas de una forma ridícula.

Se me escapa una risa que tengo que cubrir con la mano.

—No puedes decir que no esté siguiendo el ritmo —me advierte.

—¡Esto no tiene ritmo!

Thiago me coge de la mano y tira de mí para obligarme a imitar sus patéticos movimientos. Aunque, si fueran patéticos del todo, no se me habría agitado la respiración al verme atrapada por uno de sus brazos. Quizá «atrapada» no sea la palabra, porque se mueve y me rodea como pide la suave cadencia de la canción: apenas tocándome, lo que es incluso más excitante que un agarre firme. Con la mano que no posa en mi cintura, me convence con caricias en la nuca de dejarme llevar, y a continuación imita la postura de baile de un vals victoriano.

Solo que bailamos con un poco más de carácter.

Al principio, Thiago sonríe ligeramente burlón, canturreando la letra en portugués por lo bajo. No suele hablar en su idioma materno. Supongo que no tiene con quién practicarlo, y sospecho que le tiene tanto respeto a su herencia cultural que no usaría el lenguaje solo para insultarnos sin que lo sepamos.

Su voz parece otra, más suave, más tierna, cuando habla en portugués.

—¿Qué dice la letra? —me arriesgo a preguntar, mirándolo con un ojo cerrado.

Él duda un segundo con la mirada puesta por encima de mi hombro. Cuando ha murmurado por lo bajo la letra, condición aparentemente necesaria para traducir, clava sus ojos en los míos.

—«Mi corazón no se cansa de tener esperanza para un día ser todo lo que quieras». —Lo pronuncia como una especie de confesión. La sonrisa socarrona que le acompaña, cubierta por un velo de amargura, es lo que evita que el corazón me brinque más de lo que estoy dispuesta a tolerar. Su expresión adquiere otro tinte, ese brillo sepia que me trastoca y le trastorna a él—. «Mi corazón de niño no es solo la memoria de la figura feliz de una mujer que pasó a través de mis sueños sin decir adiós. Y he hecho mis ojos un grito más interminable...». —Entorna los párpados un segundo, no sé si para concentrarse en la canción o porque no quiere verme. O que yo le vea a él—. «Mi corazón errante, ¿quieres proteger el mundo en mí?».[55]

Contengo el deseo de carraspear para aligerar el ambiente, que de pronto se ha condensado alrededor de nosotros para complicar una situación que se suponía que iba a ser divertida.

Espero a que abra los ojos para anunciar mi veredicto:

—Es incluso más deprimente de lo que esperaba.

Una sonrisa se va extendiendo lentamente en los labios de Thiago, estirando la cicatriz. Juraría que brilla o se hace más visible cuando está triste, y es obvio que está triste, pero lo está siempre. Lo está sin querer, en secreto, porque le gusta tan poco estarlo que intenta que nunca lo notemos.

—En respuesta a tu reflexión, uno escucha, lee y ve lo que sabe que le va a tocar la fibra. Alguna gente está hecha de fibras

55. *Coração vagabundo*, de Gal Costa y Caetano Veloso.

más sensibles que tienden a la tragedia; otros tienen unas fibras que parecen las cuerdas de una guitarra eléctrica, y por eso solo vibran con Estopa.

—Es que Estopa es mucho mejor que esto.

—Uf... Bueno, ahí me lo has puesto difícil. Tengo que darte la razón.

Sonrío, orgullosa de haberle hecho ceder. Aunque sea en una cuestión donde toda España —y parece que también Portugal— coincide.

—Pero la música en portugués tiene su encanto —insiste. Cabecea hacia una de las novelas que le he ofrecido, *Chúpate esa*—, igual que seguro que tus libros de vampiros de pura coña tendrán el suyo.

—¿Eso significa que piensas leer a Christopher Moore?

—¿Por qué no? —Me sonríe con los ojos—. Yo siempre hago caso cuando me recomiendan un libro. Siempre te escucho cuando hablas. Además, siento curiosidad. Pero a cambio tendrás que escuchar mi música.

—Si la escucho, la abuela tendrá que echarle llave al cajón de los cuchillos.

—No es tan deprimente, te lo prometo. La bossa nova está hecha para hablar de una pena general con la que todos podemos identificarnos, por eso no es tan triste al final. Seguro que hasta tú tienes algo más que odio y rock & roll en el cuerpo... —Agacha la barbilla para seguir con la mirada el recorrido que hace su mano, que va desde su inocente posición en la cintura hasta la curva de la cadera.

Trago saliva, hipnotizada con la cara de concentración que pone cuando me toca.

—... algo que te conmueva secretamente.

—Si algo me conmueve o me duele, te aseguro que no pienso leer o escuchar canciones sobre ello. No voy a regodearme en mi depresión como una masoquista.

—Leer nunca hace daño, aunque leas tu propia pesadilla;

leer te hace sentir comprendido. Se ama, se odia y se vive a través de los libros porque retratan la vida como seguro que la sentiste una vez, incluso si el contexto no se parece al tuyo. Yo sé que la literatura rusa puede parecer de viejos melancólicos... la literatura clásica, en general —añade, tan risueño como cada vez que se le da cuerda para hablar de su pasión—, pero solo es para quienes no quieren olvidar lo que sintieron y no se conforman con la realidad que tienen. Quieren más.

—Si no te conformas con la realidad que tienes, será porque a tu realidad le faltan muchas cosas —replico, envalentonada—. ¿No te has planteado que tu vida esté incompleta?

Thiago me escucha con la mirada fija en mi expresión, que espero que no sea muy reveladora.

—¿Y qué me faltaría, según tú?

Carraspeo inconscientemente.

—Un poco de ficción mamarracha, por ejemplo. —Mi voz sale con una entonación desconocida, seguro que porque Thiago me rodea el vientre con una mano y la posa a la altura de mi diafragma.

Él no me mira al contestar, pensativo.

—En ese caso, vamos a tener que intercambiarnos libros, a ver si así nos entendemos mejor.

—Yo creo que ya nos entendemos mejor.

Un brillo perverso aclara sus ojos plateados.

—Solo en algunos aspectos. A mí me gustaría entenderte en todos.

Cuando leo esas cosas de «la atmósfera se impregna de un aire diferente» o «el aire se vuelve más denso», me dan ganas de echarme a reír, porque eso es imposible desde una perspectiva científica. Pero, metafóricamente, claro que es posible. Él me mira como si ya me estuviera besando, y yo casi noto sus labios sobre los míos cuando aún los tengo sonriéndome en la distancia.

No se me habría ocurrido pensar que, después de una noche juntos, las cosas cambiarían a este extremo. Es cierto que nuestra relación comenzó a inclinarse por la tolerancia desde la intervención de Airam, pero cuando desperté en El Balito y él seguía allí, alguien dentro de mi cuerpo tomó la decisión de sacar la basura sin mi permiso. Con ella se fue buena parte del rencor, por supuesto. No sabía que los besos de un hombre tuvieran ese don para el drenaje, que podrían neutralizar todo el odio hasta dejarme vacía, receptiva y a la espera de su siguiente paso para llenar mi corazón de otras sensaciones. Unas que me faciliten la vida en lugar de truncármela.

Me da rabia que le haya resultado tan sencillo encontrar el botón de destrucción, el que echaría abajo el fuerte que había levantado para defenderme de él. Todavía le odio, supongo, solo que de manera diferente. Le odio porque de un tiempo a esta parte ya no me deja odiarlo tranquilamente.

Lo que procede es separarme y mandarlo al infierno, a él y a su musiquita llorona y poco bailable, y a sus dramas siberianos, porque ¿qué tiene eso que ver conmigo? ¿Qué tiene él en común conmigo? Nada. Pero una parte de mí, la rebelde por naturaleza, quiere quedarse a ver cómo progresa la guerra a partir de ahora.

Si han cambiado las tornas, cambiará también el resultado.

Me pongo de puntillas para retarlo a darme ese beso que está insinuando. Él se acerca a mí, pero no llega a consumar la caricia porque la puerta se abre de sopetón. Confirmo que Thiago sabía que estaba jugando con fuego cuando lo veo saltar a tres metros de mí antes de que Airam se asome.

—Da, ¿estás lista? —Mi hermano levanta las cejas al toparse con Thiago—. ¿Qué haces tú aquí?

—Duermo aquí por tu culpa —le recuerda.

—Pero no es la hora de dormir.

—Ya —interrumpo yo—. Le estaba prestando unos libros para que deje en paz a los rusos un ratito. Me pongo el bañador en un segundo y te veo arriba, ¿vale?

—Ah, vale. —Airam mira a Thiago con sorna—. Por un momento he pensado que el figura se vendría con nosotros.

—¿Y por qué no? Si el plan es enseñar a Dácil a surfear, a mí se me da mejor que a ti.

Me cubro la boca con la mano, sorprendida de que se haya atrevido a cuestionar sus inmejorables habilidades.

Airam no tarda en reaccionar como un gallito de corral.

—¿Perdona? No hablo el idioma del fracaso, que es con el que tú te arrancas cada vez que vamos de paseo al Médano.

—¿Me estás retando?

—No, solo te estaba humillando, pero si quieres recoger el guante...

Estoy viendo que se van a largar los dos con sus tablas y me van a dejar aquí, con las ganas de volver a intentar subirme a una ola. No puedo consentirlo, así que me planto de brazos cruzados y lanzo una propuesta:

—Vamos los tres. Airam no tiene paciencia para enseñar; no me importa concederle un intento a alguien con conocimientos similares.

—¿Que no tengo paciencia? ¡Tú sí que eres una alumna imposible! ¡Mira lo bien que aprendió Maday gracias a mí! Además, ¿desde cuándo quieres pasar tiempo con Thiago?

Le dirijo a mi hermano una mirada fría. No hace falta que le conteste a la pregunta para que conozca mi postura: en estos momentos, las cosas están mejor entre Thiago y yo que entre Airam y yo, y eso ya debería darle en lo que pensar. Nos quedó a deber la segunda parte de la discusión que comenzamos antes de ir a Verónicas —antes de que nos dejara tirados en Verónicas, mejor dicho— y, de acuerdo, no se lo habría puesto fácil si hubiera querido retomarla, pero es que no ha dado ni un solo paso en mi dirección para solucionarlo.

Airam asiente en silencio, aceptando su penitencia. Seguro que en el fondo se alegra de tener un aliado en las aguas, porque cuando me enfado soy incluso más dada a meter cabezas en el fondo del mar.

—Vale. Nos vemos arriba. —Nos mira, primero a uno y luego al otro, y termina por señalarnos con aire acusador—. Pero no pienso responsabilizarme si alguno de los dos acaba flotando en el Atlántico... y no precisamente porque lo haya arrastrado una ola.

Se supone que estar con Thiago debería ser incómodo. Hay poco que decir sobre lo que pasó entre nosotros, más allá de alguna que otra crítica constructiva sobre sus técnicas sexuales —yo no voy a hacer comentarios, señoría—, pero en teoría deberíamos hablar de lo que sucederá a partir de ahora, ¿no?

Pues la verdad es que no lo sé. Es la primera vez que pierdo la virginidad con mi enemigo. Quizá cuando tenga algo más de experiencia en el sector, sabré cómo demonios comportarme.

Lo que está claro es que flota entre nosotros. Mientras Airam parlotea sin parar en el coche, tarareando a ratos una de esas «cumbias perronas» de Antonio Ríos, Thiago y yo nos lanzamos miradas furtivas a través del espejo retrovisor.

Airam no parece consciente, y preferiría que eso siguiera siendo así.

Reconozco que me daba miedo que, de pronto, Thiago se volviera todo un caballero. Si me hubiera ayudado a bajar mi tabla, se me hubiera pegado como una lapa y no hubiese parado de halagarme, mi hermano habría empezado a sospechar. Y lo que es peor: yo no habría sabido cómo actuar. Estoy tan acostumbrada a sacar las garras con él que no sabría cómo curvar la mano para regalarle una caricia.

O eso pensaba yo al principio.

Estaba muy equivocada.

Nunca he tenido el instinto activado en los deportes acuáticos, es decir, no sé cómo se mantiene el equilibrio en una tabla de surf, así que copio las directrices que me dan los maestros, como Airam ha decidido autoproclamarse. Extiendo el *long board* que jamás he usado e imito el pulimentado con cera de la cara de la tabla sobre la que apoyaremos los pies. Pero no estoy del todo inmersa en mi tarea. Estoy inmersa en la tarea de Thiago.

Incluso bajo el neopreno se intuye el movimiento de sus músculos al frotar, y me viene a la cabeza una duda que parece vital: ¿cómo se moverían cuando estuvo encima de mí? Había partes de él que no me dejaron ver ni mi escasa perspectiva, ni mi agitación, ni la oscuridad que nos rodeaba. Y de pronto me apena no haber podido estar en mis cinco sentidos para grabarme a fuego algunos detalles.

Thiago se da cuenta de que lo estoy mirando con fijeza. Está acuclillado, terminando de preparar su tabla, cuando me mira con una sonrisa ladeada.

—¿Necesitas ayuda?

—Todavía no. Tampoco soy estúpida.

Se lo he puesto a huevo para que me diga: «Un poco sí que lo eres». Espero con el aliento contenido a que me vacile de vuelta. El propio Airam lo hace también: alterna una mirada preocupada entre los dos, pero al final se relaja.

Thiago no va a hacer acotaciones. De hecho, cuando vuelve a hablar, es para tenderse sobre el pecho en la tabla y gesticular hacia mí.

—Primero tienes que practicar sobre la arena. Meterte en el agua sin saber cómo levantarte como es debido podría ser un suicidio, aunque, por suerte, hoy la marea no está muy asesina.

—Vale —murmuro.

¿Murmuro? ¿Cómo que *murmuro*? No chillarle a Thiago es extraño de por sí, pero sustituir el tono burlón por un susurro abobancado de niña tímida es el colmo.

¿Cuál es mi problema?

—¿Te sabes los pasos del yoga para saludar al sol? —me pregunta Thiago.

—¿Te los sabes tú? —le vacilo.

La luz del sol ilumina su rostro desde la perpendicular, obligándole a guiñar un ojo. De un movimiento, empuja su cuerpo hacia arriba con las manos, solo el tren superior, y a continuación levanta los pies para alzarse sobre la tabla con los brazos extendidos.

—Pues ya ves que sí. —Me saca la lengua—. Justo antes de meterte en la ola, tienes que hacer esto.

—Pero primero explícale cómo ir nadando hasta allí —rezonga Airam—. Ese no es el primer paso, maestro.

—Me parece que nadar sí sabe, Airam. ¿O necesitas que te explique cómo mover los brazos a los lados de la tabla?

—No, gracias. Me puedo hacer una idea. Tampoco es la primera vez que intentan enseñarme.

—Si no has aprendido todavía, es porque eres muy impaciente. Quieres ser la mejor en cuanto metas el pie en el agua, y eso no funciona así. Como todo en la vida, tienes que practicar y practicar hasta llegar a la excelencia. No puedes esperar que te salga bien a la primera.

Me lo quedo mirando con una réplica en la punta de la lengua.

Bueno, hay cosas que sí nos han salido bien a la primera, mira tú por dónde.

Creo que se me ve en la cara lo que estoy pensando, porque Thiago se muerde el labio inferior para contener una sonrisita gamberra y sacude la cabeza antes de volver al tema.

—Para ponerte en pie, tienes que ser rápido y eficaz —continúa en tono de profesor. Bueno, él rápido no es; y más que eficaz, es eficiente. De nuevo se me tiene que reflejar en la cara lo que estoy pensando, porque Thiago me advierte que sucederán cosas malas si no me concentro en lo que me tengo que concentrar—. Colocas un pie donde tus manos se han impulsado, y esto es, más o menos a la mitad de la tabla, y el otro detrás, a una distancia parecida a la de tus hombros. Así te equilibras y distribuyes los pesos.

—Pero para empezar podría ser más sencillo que se alce sobre las rodillas y levante un pie y luego otro. Si no está acostumbrada al bamboleo del mar, el salto se le podría hacer cuesta arriba —interviene Airam.

Thiago finge escucharle con atención antes de devolverme una mirada expectante. Parece preguntarme si estoy de acuerdo con que me traten como si fuera idiota. Encojo un hombro, dando a entender que me da igual.

Luego dice, en tono cómplice:

—Arrodillarse podría ser más fácil, sí, pero la niña nunca va a lo sencillo, ¿a que no?

—No suelo —admito con cierta coquetería.

Coquetería. Esto es lo que me faltaba.

—Detalle —mi hermano levanta un dedo de advertencia—: no te agarres a los bordes de la tabla para levantarte, porque, si te resbalas, te rompes la barbilla. Acuérdate que a mí me pasó con trece años.

—Cómo olvidarlo. Por tu culpa no pudimos ir al Siam Park —le recuerdo con rencor.

—Y cuando tú te rompiste la clavícula, no pudimos ir a Lanzarote. ¿Me ves aquí reprochándotelo?

—Puedes reprochármelo las veces que quieras. Me lo reprocho hasta yo. Tenía tantas ganas de ir a Lanzarote como tú.

—¿Cuándo te rompiste la clavícula? —pregunta Thiago, no sé si sorprendido o mosqueado por no saberlo todo sobre mí.

—Cuando pensé que se me daría bien hacer el pino puente.

Thiago espera a que diga: «Es broma». Luego suelta una carcajada.

—¿No sabes hacer el pino puente? Qué raro, con lo flexible que eres. —Enseguida se da cuenta de lo que ha dicho y carraspea—. Quiero decir que... de pequeña hacías gimnasia, ¿no? Se te da bien todo eso de las peripecias y demás.

Luego mira de soslayo a mi hermano, por si acaso hubiera detectado alguna rareza en su comentario.

La he detectado yo, que es lo importante.

Esto es más divertido de lo que pensaba.

—Hacía natación y ahora juego al baloncesto, pero entiendo lo que quieres decir.

Thiago me aguanta la mirada. Sus labios no sonríen, pero sus ojos brillan provocando el mismo efecto que la carcajada que no va a soltar.

—Tienes que nadar hasta la espuma de la ola que acaba de romper para coger la siguiente —continúa Airam, ajeno a nuestro toma y daca—. Hoy no hay casi nadie porque es lunes, pero si luego se peta de gente, respeta el derecho de paso. Cuando hay un tío remando para coger la ola, no vayas tú detrás. Como os caigáis juntos y la marea os haga chocar, os rompéis la crisma. Tampoco te metas en una por la cara cuando el otro está surfeándola.

—Eso en El Médano —apostilla Thiago—, pero cuando hay muchísima gente en el mar, es irremediable que varios surfeen la misma ola. Se llama *party wave*. Nosotros lo vamos a hacer ahora para que te resulte más fácil copiarnos, ¿vale?

Asiento con la cabeza.

—Vale.

—No quiero ponerme especialmente optimista —dice Airam, incorporándose con la tabla bajo el brazo—, pero me parece increíble que no os hayáis insultado en toda la instrucción. Me han venido ramalazos de aquella bendita época en la que éramos amigos los tres y podíamos hacer planes sin que corriera la sangre.

—Parece que la edad me ha hecho madurar de golpe y ya no me apetece discutir —me mofo.

—Ojalá fuera eso cierto —suspira Airam—. No estaría mal

dejar de repartir entre los dos mi tiempo de ocio para que no coincidáis en el mismo espacio.

—Si todo sale bien hoy, podríamos ir luego a comer al indio —propone Thiago, que me mira con algo de recelo, como si acabara de tomarse una libertad inmensa y temiera mi reacción.

Me encojo de hombros, ignorando las cosquillas que se adueñan de mi estómago.

—Buena idea.

—¡Pues no se hable más!

Airam echa a andar hacia la orilla, muy seguro de que, con haber practicado una sola vez, ya estaré lista para surfear las olas más asesinas.

No soy una persona miedosa. Si me la tengo que pegar, me la pego; ya se vio con aquel pino puente que casi me abrió la cabeza. Y con la noche en El Balito. Lo que no voy a hacer es quedarme de brazos cruzados mientras las oportunidades me pasan por delante. Thiago es lo que está pasando por delante de mí ahora para lanzarme una mirada que lo dice todo.

Me tiende la mano.

—¿Vamos, princesa Dácil? Te prometo que, si te caes, te auxiliaré.

—Me bastaría con que no te rieras de mi torpeza.

En lugar de entrelazar los dedos con los de él, le choco los cinco y echo a andar con seguridad.

Él no tarda en adelantarme y zambullirse en el agua con la destreza de quien lleva años dedicándose al surfeo. No creo que en Madrid pueda surcar muchas olas —y no me habré reído veces de que no tengan playa—, pero Thiago no es de los que pierden la habilidad por la falta de práctica. Lo demuestra nadando hacia Airam, que hace rato que rema con energía hacia la ola, y poniéndose en pie de un salto ágil.

En lugar de meterme en el agua y copiarlos —sé que todavía tengo tiempo—, me quedo en la orilla para verlos moverse.

No me atrae especialmente el surf, pero reconozco que tiene su encanto cuando quien sabe capear las olas de verdad te hace una exhibición. No sabría decir cuál de los dos tiene más arte. Debería decantarme por mi hermano, que para eso es el isleño de corazón y lleva practicando desde los ocho años, pero mi mirada se queda pegada a los zigzags que Thiago va trazando con una sonrisa de suficiencia.

Está tan seguro de dónde ha puesto los pies que incluso me lanza un guiño.

No se puede ser más chulo.

Mucho dirán de la etiqueta de ceder el paso cuando el compañero ha visto la ola primero, pero estos dos llevan toda la vida montándose a la misma. Cuando aún no me llevaba mal con Thiago, solía quedarme donde estoy ahora, vigilándolos con rictus de jurado de *Got Talent*, para luego anunciar mi veredicto: Airam solía obtener un diez sobre diez, y a Thiago le daba un siete coma cinco para hacerlo rabiar. Pero nunca rabiaba. Se reía de mis favoritismos y me guiñaba el ojo, como ha hecho justo ahora.

La verdad es que sí me acuerdo de cuando los tres salíamos juntos. Tenemos fotos abrazados con los acantilados de Los Gigantes detrás, de nuestras excursiones por Arico, viendo lanzarse a los parapentes desde Ifonche y retozando en los charcos de Garachico. Airam había asumido mi papel como el de «la hermana pequeña de los dos», la suya carnal y la adoptiva de Thiago, pero Thiago nunca me trató como si fuera de la familia. Siempre me trató de un modo especial. Tal y como admitió él mismo, era la niña de sus ojos, ¿no?

Me avergüenza la cantidad de veces que me repito eso para mis adentros.

La niña de sus ojos.

Lo demostraba. Un día tras otro. Yo no era cualquiera para él, nunca lo he sido. Pero tuvo que decir todas esas barbaridades para desencantarme, para desencantarse a sí mismo.

No tengo claro si debería o no seguir enfadada. De lo que estoy segura es de que ya no puedo odiarlo. Casi se prendió fuego para organizarme una noche especial. Eso no borra lo que dijo, ya, pero lo contrarresta. Y lo contrarrestan sus guiños desenfadados, la manera en que me ha estado hablando y el modo en que intuyo que nos dirigiremos mutuamente a partir de ahora.

Supongo que ya no tiene sentido odiarse.

Thiago y Airam me sacan de mi ensimismamiento gritando mi nombre.

—¡Venga, métete en el agua! ¡Tienes que practicar!

Sin más remilgos, me aseguro de que la marea baja me permitirá nadar sin dificultades y me tiendo sobre la tabla. Creía estar remando en dirección a los dos, pero acabo junto a Thiago. Se ha tumbado en la tabla esperando a que venga una buena ola. No sé qué me incita a sonreírle, pero lo hago. Le sonrío como si fuera mi amigo, como si me alegrara de estar aquí, y esa sonrisa me ayuda a entender que no estoy fingiendo, que de verdad me alegro de estar aquí, con ellos, como en los viejos tiempos.

Thiago se acerca tanto como se lo permiten las corrientes marinas.

—No me seas gomera, ¿vale? —me obliga a prometerle—. Levántate rápido, pero sin esa brutalidad tuya.

Suspiro dramáticamente.

—No se le pueden pedir peras al olmo.

—Tonterías. Yo confío en ti. Si quieres domar el mar, puedes domar el mar.

Estira una mano hacia la correa de mi tabla y me sujeta el pie para atármela; así la tabla no saldrá volando cuando me la pegue en el agua. No aparto la vista de su cara de concentración: separa el velcro, me rodea el tobillo con delicadeza y vuelve a pegarlo, ajustado al diámetro.

Anoche me dio besos hasta ahí, hasta el hueso del tobillo, hasta en el empeine. Tenía besos para cada parte de mi cuerpo, y parece que se acuerda de dónde los ha dejado, porque no se atreve a tocar las huellas que quedaron impresas en mi piel.

No se me ocurre nada para disolver la tensión que se instala entre los dos cuando nos miramos. Él parece contenerse para no sonreír. Se palpa su turbación, y apuesto a que siente la mía. Pero no me apetece ponerme a salvo de lo que estoy pensando rompiendo el silencio con una tontería. Me apetece sentir esta agradable tensión en su máximo esplendor.

El momento se acaba cuando Airam nos llama y señala una ola, unos metros más alejado de nosotros. Thiago aprovecha la excusa para echar a nadar sobre su tabla. Lo imito con el corazón latiéndome a toda pastilla.

No me costará tanto hacer peripecias sobre la *long board* como apartar la mirada del culo de Thiago. Y oye, no me cuesta, esa es la verdad. Cuando llega el momento, es el deseo de dejarlos boquiabiertos lo que me impulsa a ponerme en pie de un salto que me hace gritar de júbilo.

—¡Muy bien! —exclama mi hermano, con esa sonrisa suya que parece desbordarle las mejillas.

—¡Pues claro que lo he hecho bien!

Pensaba que la parte de ponerse en pie era la complicada, pero resulta que surfear es otra cosa. Airam se desentiende de mí, confiando demasiado en mis habilidades, y surca la cresta de la ola con los brazos extendidos. Es Thiago el que no me quita ojo, el que ve cómo me resbalo al intentar conducir por el agua y caigo de espaldas al mar.

Lo de llevar la tabla atada es buena idea hasta que la tabla derrapa contigo y te pega un chuchazo en la cabeza. Me parece oír el grito de Thiago antes de que el agua me entre por los oídos y acabe tragándome en torno a mil litros cúbicos de sal. O como se diga.

Cuando emerjo, abatatada y frotándome la coronilla maltrecha, Thiago ya está a mi lado, sentado sobre la tabla con las piernas abiertas.

—¿Te has hecho daño? —me pregunta, no lo bastante preocupado para reprimir una carcajada—. Seguro que no. Ser tan dura de mollera te tiene que servir de algo.

—La tozudez no ha hecho de casco esta vez, te lo aseguro.

Al verme arrugar la nariz, se le quitan las ganas de bromear.

—En serio, ¿estás bien? ¿Quieres que te lleve a la orilla?

—Preferiría que me desataras esto antes de que me seccione la carótida.

Levanto el pie y arrastro la dichosa tabla por el agua. Thiago se inclina hacia delante, cómodo sobre su arma letal, y desabrocha el velcro de un movimiento veloz.

—La próxima vez lo harás mejor.

—Creo que me gusta más observaros desde la orilla.

—Anda ya. Pero si eres una chica de acción.

—Pero puedo elegir la acción que quiero desempeñar, ¿no? —Me sigo frotando la cabeza dolorida—. Joder, siento como si me la hubiera roto. ¿No me estás viendo las ideas ahora mismo?

—¿Esas ideas negras tuyas? No, por desgracia.

—¿Por desgracia?

Thiago arrastra mi tabla a su lado para que la marea no se la lleve. Se toma su tiempo antes de volver a mirarme a los ojos.

—Bueno... me gustaría saber en qué piensas. Sé que es una actividad de riesgo intentar averiguarlo, pero últimamente me siento más temerario de la cuenta.

—¿Quieres saber si pienso que eres gilipollas y que has intentado matarme atándome esa cosa al tobillo, porque no me habría dado en el coco si no lo hubieras hecho? Sí, lo pienso.

Thiago no muerde el anzuelo y opta por ir directo al meollo de la cuestión:

—¿Y qué más piensas?

No hace falta ser una lumbreras para saber a qué se refiere. Los dos sabemos que tenemos una conversación pendiente. Uno no puede liarse con su mayor enemigo y comportarse al día siguiente como si no hubiera pasado nada, porque claro que ha pasado. Mi mundo se ha puesto del revés, y no me vendría mal saber si tengo que devolverlo a su posición original o acostumbrarme a vivir boca abajo.

Si estas son las vistas —Thiago empapado, los ojos más grises que nunca—, no me importaría quedarme patas arriba.

—¿Tú crees que este es el momento de tener un debate? —replico, aun así.

—Debo aprovechar que estás algo aturdida y no te dará tiempo a inventarte una mentira. Quiero que me hables con sinceridad.

—Subestimas mis capacidades, cariño. Podría mentir incluso dormida. —Me apiado de su gesto impaciente y suspiro—. ¿Y qué es lo que quieres saber?

—Qué es lo que vamos a hacer a partir de ahora, por ejemplo.

—Ah, ¿es que vamos a hacer algo? —Me aseguro de que no se me viene encima una ola asesina y me adelanto dando un par de brazadas hacia él—. ¿Qué es lo que quieres hacer conmigo?

Él entorna los ojos, secretamente cautivado con el reto implícito en mi respuesta.

—A lo mejor no estás preparada para que te conteste a eso.

—¿Y quién va a prepararme? ¿Tú?

Thiago nunca llega a contestar. Airam nos llama la atención desde la otra punta de la playa, más o menos, agitando los brazos para señalar a la madre de las olas magníficas. Thiago ni se lo piensa: le habría bastado con la prima de las olas escasas para aferrarse a una excusa que lo alejara de esta conversación. La ha propuesto, en primer lugar, porque siente que tiene cierta responsabilidad, porque le gustaría dar por zanjadas tanto nuestra enemistad como nuestra atracción. Pero en el fondo no deja de ser un tío. Y a los tíos, eso de hablar de sentimientos y relaciones se les atraganta.

Thiago me lanza una mirada de «hablamos después» antes de volver a tenderse sobre su tabla para ir al encuentro de Airam. Yo, antes de que la ola me caiga encima con catastróficos resultados, aferro mi *long board* y nos arrastro a ambas hacia la orilla.

Ahí estaré a salvo, aunque probablemente no por mucho tiempo.

Capítulo 23

El baúl de los recuerdos

Dácil

—Es un crac, ¿eh?

Airam acaba de volver de su sesión de surf. Tabla bajo el brazo, pelo pegado a la frente y sonrisa circunstancial. Debería ser una sonrisa satisfecha, pero si ha abandonado el agua para venir a charlar conmigo, es porque un asunto importante se cuece entre los dos. Porque ha llegado el momento de tener La Conversación.

De chiquito no había manera de arrancarlo de los brazos del Atlántico. Tenía que caer la noche y teñir el agua de negro para que el respeto a las criaturas marinas le convenciera de que había llegado la hora de irse. Mi padre hacía terribles descripciones de tiburones que acechan a los niños como él, atraídos por su mezcla de deliciosa sangre venezolana y gomera, y Airam salía pitando.

Con «crac» no se refiere a sí mismo, por cierto. Señala a Thiago con el pulgar.

Ahí sigue él, el hijo adoptivo de las *Canary Islands*, surcando las olas a la misma velocidad y con el mismo estilo que los esquiadores profesionales. Más que divertido —si se divirtiera, estaría gritando como Tarzán de la jungla; si no lo conoceré yo—, está concentrado. Sé que sigue en el agua porque se quiere distraer, porque prefiere tener la mente en blanco.

—No lo hace mal. —Encojo un hombro.

Airam deja la tabla a un lado y toma asiento a mi derecha, donde estaba yo con las rodillas recogidas y la mirada perdida en la línea del horizonte.

Adoro esos días en los que el cielo y el mar se ponen de acuerdo para lucir el mismo tono de azul. Se visten a conjunto y no hay manera de saber dónde empieza uno y dónde acaba el otro. Los dos mayores misterios del mundo, el océano y el espacio, fundiéndose en uno solo. Son cómplices de los secretos que nunca nos desvelarán.

Mi padre compartía conmigo la creencia de la Atlántida, de las sirenas y de los extraterrestres. Él fue el primero en inspirarla. Nadie ha llegado a las profundidades del agua; hay un punto en el que la presión imposibilita la exploración humana. ¿Por qué no va a existir allí un reino submarino? ¿Por qué no va a haber vida en toda esa infinidad de planetas?

Airam y mi madre acostumbraban a burlarse cuando poníamos sobre la mesa nuestras teorías. Solo se reían de nuestra inocencia, sin contrarrestar las hipótesis. Thiago, en cambio, aceptaba la posibilidad, no sé si para hacerme feliz o porque de verdad confiaba en mi paranoia.

—Esta salida me está trayendo muchos recuerdos —dice Airam.

—A mí también. Recuerdos de los bonitos —puntualizo en voz baja, sin querer admitir mi debilidad. Ni siquiera ante mi hermano.

—¿Te acuerdas de cuando encontraste una piedra verde con una forma extraña, como de corazón, y te emperraste en quedártela? Thiago no paraba de decirte que no era ni una concha ni una piedra, sino una mierda reseca. Llegaste a ponerle un nombre inventado en latín, convencida de que era una roca insólita que acababas de descubrir tú. Luego se disolvió en el agua, como una mierda de perro, y Thiago tuvo la delicadeza de ahorrarse el «te lo dije». Creo que esa fue la primera vez que te enfadaste con él sin razón.

—La llamé *Dacilus oramaensis* —apunto, intentando no reírme con el recuerdo—. No me digas que no era un buen nombre para una roca musgosa de las profundidades atlánticas.

—Era un nombre cojonudo. ¿Y te acuerdas de las competiciones de hacer rebotar las piedras en el agua? Tuvimos que cancelar la última porque Thiago le abrió la cabeza a un niño que eligió el peor momento para salir a la orilla.

No puedo reprimir la risotada a tiempo.

—Eso sí estuvo bien. Menudo bobomierda. Le ofreció comprarle un helado en el quiosco a cambio de que no les dijera a sus padres que había sido él. Se gastó lo equivalente a un Magnum, y todo para que los padres le echaran la bronca igual.

—Pobre Thiago.

—¿Cómo que «pobre Thiago»? Si siempre ha sido él quien ha salido beneficiado en todos los casos. La reina de las anécdotas de mierda, y nunca mejor dicho, soy yo, que para eso protagonizaba todas las catástrofes.

Airam ladea la cabeza hacia mí con una sonrisa afectuosa.

—Por eso te queremos, Da.

—Claro que me queréis. Ya me humillo yo por todos vosotros.

—No te humillas tú sola. ¿Te acuerdas de cuando jugamos al Trivial todos juntos y en aquella pregunta de «qué instrumento de tortura se utilizaba en la Francia medieval para ajusticiar a los presos»...?

Me da la risa al evocar aquella noche.

—«La trompeta» —recuerdo, a punto de prorrumpir en

carcajadas—. ¿Por qué dijiste «la trompeta»? Creo que todavía hoy necesito saber qué clase de procesos químicos llevó a cabo tu cerebro para elegir esa respuesta.

—Estaba medio borracho, no me lo puedes tener en cuenta. Un rato antes me pillasteis bebiéndome el alcohol que se le ponía a los Reyes Magos.

—Thiago y tú os repartíais la leche del jamelgo y los mantecados a base de bien.

—Tía Jana también ayudaba.

—Pero ya no bebe. Los chakras no se mantienen en su sitio por la gracia de Dios.

Airam sacude la cabeza, divertido. Ambos devolvemos la vista al frente casi al mismo tiempo, donde Thiago continúa surcando las olas con maestría.

Él forma parte de esos recuerdos que atesoro con un cariño infinito. Son tantas anécdotas, y todas ellas tan memorables, que debería escribir un libro para anotarlas por fechas. No me perdonaría que se me olvidasen, aunque más de una vez haya querido borrarla de mi cabeza. Me enrabietaba que Thiago protagonizara muchas de ellas; incluso que Airam, alejado de las islas, alejado de nuestra vida caótica, alejado *de mí*, tuviera un peso tan importante.

—Tenías razón —admite mi hermano de pronto. No me mira enseguida. Permanece abrazado a sus rodillas, pensativo, con la vista clavada en el mar. Luego ladea la cabeza y me dedica una sonrisa frágil—. Te he desatendido completamente. No tengo derecho a venir a reprocharte que no confíes en mí cuando hemos estado tan... distantes.

Como si Thiago hubiera descubierto que vamos a tener La Conversación, surfea la última ola y deja que le arrastre hasta la orilla. Pero no viene hacia donde estamos. Posa la vista en el Airam pensativo, el Airam que se mira las manos en busca de sus argumentos, y avanza por la arena pero con un destino distinto a nosotros.

Quién me iba a decir que este notas sería tan prudente cuando no le buscas las cosquillas.

—De todos modos, quiero que sepas que puedes contar conmigo —continúa Airam. Con su sonrisa ladina aflora el adorable hoyuelo que nos obliga a perdonárselo todo—. Puede que yo no esté encima de ti, ganándome cada batallita que quieras relatarme, pero tienes que prometerme que tú tampoco vas a ser tan estricta. Vivimos en ciudades distintas, tenemos rutinas diferentes, apenas podemos vernos... Es lógico que haya un distanciamiento, y en parte no es por mi culpa.

—No, ya... ya lo sé. Pero no he podido evitar cogerte un poco de tirria, ¿sabes? Podrías haberte ido a estudiar Medicina a Las Palmas, que están a un Binter de distancia... —Yo misma voy suavizando la réplica. Sé que esta vez no voy a tener razón, y con Airam no me cuesta aceptar la derrota. Básicamente porque, cuando él pierde, yo también pierdo—. Olvídalo. Lo entiendo. Tampoco era un tema del que me gustara hablar, y eso no tiene nada que ver contigo.

Airam tiene que guiñar un ojo para mirarme de frente. El sol se mete de lleno en sus ojos castaños, acaramelándolos hacia el verde oliva.

—¿Qué dices, bruta? —Me da un empujón amistoso con el hombro—. Todo lo que tenga que ver contigo tiene que ver conmigo. Por favor, no me apartes de ti, ¿vale? Y... no me guardes rencor. Es verdad que paso más tiempo con Leire, pero no... no es... ¿Cómo lo digo? No es... —carraspea para al final dejarlo salir con lentitud—, por gusto.

Me acerco a él como si no lo hubiera oído bien.

—¿Cómo que no es por gusto?

—No me malinterpretes. Adoro a Leire. La quiero, joder, claro que la quiero, pero estos últimos meses no ha sido fácil estar a su lado. Por eso la he traído aquí, ¿sabes? Para presentarla a mamá y a pa... Bueno, a mamá y al resto de la familia.

—La corrección nos tensa a los dos, pero disimulamos tal y como nos ha enseñado la costumbre—. Pensaba que eso le gustaría. Es un gran paso en la relación. Pero no termino de... Todo son pegas, Da.

Me lanza una mirada exasperada; la mirada de alguien que ha callado por mucho tiempo y ahora, por fin, puede suspirar con alivio.

Si espera que yo le entienda, voy a tener que decepcionarlo. Jamás se me ocurriría compartir mi tiempo con alguien que no me hace feliz. Pero Airam no es como yo. Airam se aferra a la tradición familiar, a las pequeñas rutinas, a lo sólido como la tierra, porque bastante ruido ha tenido ya en casa como para buscarse fuera la misma gresca.

—¿Qué has visto en ella?

La mirada de Airam se vuelve socarrona.

—Venga ya, ¿por qué tienen que caerte mal todas las mujeres de mi entorno?

—Porque soy una hermana tóxica, celosa y posesiva, y no quiero que adores a nadie más que a mí —contesto con toda naturalidad.

Total, no estoy diciendo nada que no haya demostrado ya.

—Pues es una ridiculez, porque no adoro a nadie más que a ti. Solo faltaría. Si antepongo a Leire en algunas ocasiones, para dos o tres planes contados, es porque con ella tengo asuntos pendientes, y contigo... Tú no me necesitas, aunque creas que sí.

—¿Y Leire sí?

—No, a ver, no he querido decir eso... —Sacude la cabeza, turbado. Acaba cogiéndosela con las manos y mesándose los rizos locos—. Leire es tranquila. Es previsible. No le gusta discutir. Tenemos muchas aficiones en común...

—Sí, ya se ve —replico, poniendo los ojos en blanco—. ¿Qué tienes tú en común con esa repipi? Por Dios, si es una pija. ¿Viste cómo miraba los pubs de Verónicas? Seguro que estaba pensando: «Voy a orinar a sitios con más caché que este... Como los baños de La Tagliatella».

Airam tiene que morderse el labio para no reírse. Es tan respetuoso que me da rabia.

—Es una chica refinada, ¿cuál es el problema?

—Que tú eres un castrojo. De toda la vida has sido más basto que unas bragas de esparto, y ahora me vienes con la Barbie Malibú a casa, la de los dos padres médicos. No lo entiendo.

—Uno no elige de quién se enamora.

—Pues eso, Airam, que como uno no elige de quién se enamora, siempre se enamora de quien no debe, de quien no le conviene. Tú te has ido a la chica buena, rica, guapa y con modales. No tiene sentido. La has elegido adrede, ¿no? Te forzaste a enamorarte de ella y ahora te está pasando factura.

—No es tan perfecta como parece —se queja él, fingiendo un puchero para conmoverme—, pero creo que el problema empieza a ser mío, porque... me temo que soy yo quien no es tan bueno como debería. Pensaba que veía problemas donde no los había, que los celos le vienen por naturaleza, y...

—¿Que los celos le vienen por naturaleza? Si eres un pedazo de golfo, igualito que tu amigo. —Señalo a Thiago con un gesto de la cabeza. Ya que estoy, le echo un vistacito rápido. Debe de andar buscando conchas, porque mira el suelo con el ceño fruncido—. Si te monta escenas, voy a tener que estar de su lado. No fiarse de ti es de sabios.

Airam hace una mueca, visiblemente afectado.

Pensaba que me iba a rebatir. No sería la primera vez que se viene arriba defendiendo con pasión su inocencia. Pero acaba mirándose las manos, que no para de frotar, como cada vez que se pone nervioso.

Me faltan dedos en el cuerpo para contar todos los tics que tiene mi hermano.

—Pues al final vais a tener razón. Es solo que no quiero

perderla. Lo que tenemos es muy bonito cuando va bien, y... —Arruga el ceño apenas levanta la mirada y se fija en un punto lejano. Lo sé porque fuerza la vista entornando los ojos. Es negacionista de su propia miopía—. Eh, ¿qué le pasa a Thiago?

Una réplica no muy ingeniosa pero necesaria —«¿Qué le pasa, dices? Si empiezo, no acabo»— se me queda en la punta de la lengua al mirar en su dirección.

Pensaba que estaba buscando conchas, pero nadie remueve la arena con los pies ni va de un lado a otro con esa cara de preocupación cuando anda a la captura de vidrios coloridos.

Airam lo llama un par de veces, pero Thiago no reacciona. Se da la vuelta y se dirige al mar con la mano haciendo de visera.

—Parece que se le haya perdido algo —comento—. ¿Necesitará ayuda?

Airam se pone en pie con la frente igualmente arrugada.

Intento no fijarme en el vínculo que los une porque siempre me ha dado rabia que mi hermano quisiera tanto a ese cabeza de buque, pero es que salta a la vista. Es como la gravedad: algo que no se puede negar.

Airam no necesita explicaciones para acudir a su encuentro con la sensación de que hay un problema, y no menor. De lejos, lo veo ponerle una mano en la espalda y preguntarle quién sabe qué con su cara de jefe resolutivo. Unos segundos después, Airam se ha unido a la búsqueda desesperada de un tesoro que se me escapa.

Inquieta, miro a un lado y al otro por inercia. Incluso palpo las toallas, por si debajo hubiera unas gafas de sol, un móvil, una cartera u otros objetos de valor que suscitarían tantísima preocupación.

Cuando ya me he puesto de pie, intercepto la conversación de Thiago con un crío que hace rato estaba buceando.

—¿Podrías prestarme tus gafas?

—¿Por qué? —pregunta el niño, mirando al extraño con recelo.

Le han enseñado bien que no hay que hablar con desconocidos.

—Solo será un momento, te lo prometo. Se me ha perdido una cosa muy importante, no sé dónde, pero la necesito. Es... es un pequeño tesoro, ¿entiendes? —explica, haciendo más aspavientos de lo que acostumbra y con un tono de voz que me aprieta el corazón en un puño.

En cuanto se gira hacia mí, alertado por mi presencia, descubro por qué: tiene los ojos inyectados en sangre, como si fuera a llorar, pero no enfocan. Dudo que reaccionase si le chasqueara los dedos en la cara. Está en una especie de shock nervioso.

—¿Qué pasa?

Como acto reflejo, Thiago se pasa la mano por el pelo. Tira de la punta, donde sé que tenía atado una especie de abalorio hecho a mano. Entonces eso es lo que se le ha perdido. La dichosa coletilla que le cuelga del *mullet* de punk que tiene.

—¿Lo has visto? —balbucea, aturdido—. ¿Has visto esto de...? Lo que siempre me...

—Sé a lo que te refieres. Y no, no lo he visto, pero... ¿cuándo lo has perdido?

—No lo sé.

—Bueno, ¿y cuándo te lo has notado por última vez?

—Es que no lo sé.

—¿Podría estar en el agua?

Thiago pierde la paciencia. Se lo noto porque un músculo salta en su mejilla, advirtiéndome de que cierre el pico.

—¡No lo sé, Dácil! ¡No lo sé!

—Vale, vale, tranquilo. Tampoco pasa nada, ¿no? Es solo una tontería que te...

Sí, siempre me ha parecido una tontería ridícula, pero es esa tontería ridícula que te saca una sonrisa cuando estás enfadada, porque es que ¿quién se cuelga una especie de pulserita de cabo con abalorios en el pelo? Solo un idiota con suficiente ternura dentro para complacer a un niño pequeño, el que seguro que se lo hizo.

Es gracias a esto que me doy cuenta de que lo ha llevado encima desde que lo conozco. Algunas veces lo ha agregado a su muñeca, o se lo ha atado en el tobillo, donde fuera, pero lo cargaba como una especie de amuleto de la suerte.

Guiada por un impulso superior, me giro hacia el crío del equipo de buceo y le tiendo la mano.

—Dame eso.

—¿Qué? —Pone los ojos como un dos de oros—. ¡No!

—Dámelo. Solo va a ser un momento. Dámelo o le voy a decir a tu madre que eres mala gente.

No esperaba que esto surtiera efecto. A los niños hay que amenazarlos sin postre, o sin su ratito de *Hora de aventuras*, o sin enchufarles la tablet con el *Candy Crush* para que se callen... o qué sé yo, con Margarita funciona. El caso es que el crío me da sus gafas de buceo y me pide con ojos redondos que se las devuelva antes de las ocho, porque a las ocho se vuelven a Tacoronte.

—Gracias, guapo. No te arrepentirás.

Thiago me arranca las gafas de las manos y emprende la marcha hacia la orilla. No está el horno para bollos, ese es el único motivo por el que no bato las palmas y le obligo a mostrar un poco más de educación.

Mi hermano y yo nos miramos en la distancia con cara de circunstancias, porque no se puede poner otra. Nos espera una tarde entera peinando la playa de arriba abajo, y todo cuando las probabilidades de que encontremos la pulserita son de cero y descendiendo.

Pero es importante para él. Lo sé cuando lo veo zambullirse en el agua sin más dilación.

La marea va subiendo con el correr de las horas. Apuesto

a que hace rato las olas se han tragado la que parece su posesión más preciada. Aun así, Airam y yo seguimos buscando entre la arena con ninguna esperanza. Mi hermano se queda pegado a la orilla; yo recorro la zona en la que hemos estado sentados y las rocas por las que nos hemos tirado.

Y no hay resultado.

Por casualidad, Airam y yo nos reencontramos en un punto.

—¿Por qué es tan importante? —pregunto, desesperada.

—No lo sé. Supongo que tendrá alguna relación con sus padres.

—¿Con sus padres? ¿No le habrían dejado la cadena de oro de la comunión, o algo así? ¿Por qué una pulsera tan... cutre?

Airam encoge un hombro y me advierte con la mirada.

—No lo sé, pero no digas eso delante de él. Hay cosas que guarda como si fueran reliquias; te lo dice alguien que vive con él. Como entres en su cuarto y le muevas algo, se pone hecho una fiera.

No sé si quiero ver a Thiago hecho una fiera. Al menos, no por razones distintas a mis provocaciones.

Los dos levantamos la mirada a la vez para localizarlo entre las olas. Está empezando a anochecer, pero él no se rinde. Como alguien no lo saque de ahí en los próximos diez, quince minutos, el mar se lo tragará y no dejará ni el bañador.

—Tenemos que decirle que salga.

—Sí, pues... yo no pienso hacerlo —murmura Airam, turbado—. Más que nada porque de aquí no lo mueve ni Dios.

—¡Mira, papá! —exclama el niño de las gafas de buceo—. ¡Mira lo que he encontrado!

Más por entretenerme que porque me interese qué ha emocionado tanto al crío, me giro hacia él. Lo primero con lo que me topo es con un padre dormido hasta una fase del sueño que no se ha inventado aún. Va a ver muy poco lo que ha encontrado. Pero yo sí lo veo. Lo veo con claridad.

Creo que ni Airam ni yo cabemos en nosotros del gozo cuando reconocemos los abalorios cutres de la dichosa pulsera. Nos falta tiempo para dirigirnos hacia él de un modo cuestionable si nos vieran de lejos, todo sonrisas y nervios.

Imito la jugada previa extendiendo la mano.

—Dámelo.

El niño me mira contrariado.

—Tú quieres que te dé muchas cosas. Devuélveme mis gafas primero.

—Te las va a traer ahora mi amigo, el que está buceando. Pero dámelo. Es suyo, ¿sabes? Es lo que estaba buscando. Y si no se lo das, se va a enfadar tanto que te va a partir la...

—Tú solo dásela a la niña guapa —Airam me interrumpe, dirigiéndose al crío con su tonito asertivo.

Acto seguido, se pone a llamar a Thiago a voces.

Como pasa alrededor de un minuto entero bajo el agua —increíble capacidad pulmonar viniendo de un pavo que desayuna un café y tres Virginia de liar y que, además, ahora se encuentra en pleno ataque de ansiedad—, tarda un rato en captar su atención. Pero cuando lo hace, yo puedo agitar la pulserita como una bandera blanca.

Thiago viene hacia mí empapado. Juraría que ha crecido a lo ancho unos diez o quince centímetros, porque cuando se me abalanza parece un toro embistiendo.

—¿Lo habías cogido tú? —brama con los ojos enrojecidos—. Pues claro que lo has cogido tú. Te parecía gracioso, ¿eh?

Si no lo conociera, pensaría que está a punto de empujarme por el pecho. Me mira con tanta rabia que por un segundo no sé qué decir. Sostengo la pulsera entre el índice y el pulgar, boqueando como un pez.

Él me la arranca sin decir nada más, solo barriéndome del mapa con esas dos rendijas que ahora tiene como ojos.

—¡He sido yo! —exclama el niño, interviniendo con orgullo—. ¡Lo he encontrado yo!

Thiago despierta del trance para posar una mirada perdida sobre él.

—¿Lo has encontrado tú? —inquiere muy despacio, sin voz—. ¿De verdad?

—¡Sí! ¡Estaba en la arena!

—Estaba en la arena —repite Thiago como un autómata.

Por un momento, se me ocurre interponerme entre el niño y él, preocupada por si lo embiste con la misma ira que ha mostrado conmigo. El corazón se me acelera al verlo echarse encima de la criatura, pero, gracias a Dios, no es para propinarle una paliza. Thiago coge al crío en volandas y lo abraza como si fuera su hermano pequeño.

Este, en lugar de refunfuñar, se echa a reír. Y no sé qué tienen las risas infantiles, quizá que me recuerdan a los buñuelos y a las pompas de jabón, pero acabo sonriendo yo también.

—¡Oye, tú! —brama la voz de una mujer, que se acerca a nosotros echando chispas—. ¡¿Qué haces con mi hijo?! ¡Suéltalo ahora mismo o llamo a la policía!

Thiago está tan contento que ni se inmuta. Devuelve al niño al suelo, para la consternación de este, y confirma con una mirada orgullosa que tiene entre los dedos el que acabamos de descubrir que es su bien más preciado. No hay rastro de sonrisa en sus labios. Está todavía tan tenso que parece que, de una mala caída, podría hacerse añicos.

Se da la vuelta, ignorando los improperios de la madre, y se aleja de nosotros. De perfil a mí, con los labios apretados y la vista fija en la pulserita, parece que acabe de cumplir los noventa años. El estrés de las últimas horas le ha hecho envejecer de golpe.

Hasta que Thiago no se ha perdido de vista un momento, seguramente para calmar el temblor de manos y el ataque de pánico que ha sufrido de pronto, mi hermano se mantiene en silencio. Solo cuando lo vemos cerrar los ojos y echar la cabeza hacia atrás, más calmado, Airam musita:

—Deberíamos irnos a casa.

Este es uno de esos momentos en los que aprovecho para rebajar la tensión con alguna estupidez. «¿Y a este tío qué le ha dado? Luego me dice a mí de brotes psicóticos», habría comentado sin un ápice de vergüenza. Pero Thiago sigue por allí sentado, recobrando lentamente la respiración, y tampoco quiero ser tan mala como cree que soy. Aunque quizá lo sea.

Y así es como concluye un agradable día en la playa. Airam trata de iniciar una conversación amigable una vez estamos en el coche, él en el asiento de delante, yo en el del copiloto y Thiago sumido en sus pensamientos en la parte de atrás. Por el espejo retrovisor, observo que tiene el puño apretado, y que no estira la mano ni para desentumecer los dedos crispados. No entiendo lo que pasa, pero no necesito saberlo para que una parte de mí se conmueva inexplicablemente.

Como si hubiera sentido mi mirada, Thiago alza la barbilla y se encuentra conmigo en el espejo. No esperaba que dijera nada, pero, para mi sorpresa, traga saliva y dice:

—Perdón por lo de antes. Me he puesto un poco nervioso.

Me llevo una mano al hombro, donde finjo masajear una contractura para darme un aire informal, aun cuando su disculpa me ha acelerado el pulso.

Esto no es muy habitual.

—Me he podido dar cuenta. Y no pidas perdón por esa tontería, ni mucho menos habiendo tantas otras cosas menos tontas por las que deberías disculparte.

—Bueno... —Thiago devuelve la vista a la ventanilla—, dame tiempo, ¿vale?

Su respuesta me sorprende. Tiempo ¿para qué? ¿Para arrepentirse de corazón o para encajar que lleva toda la vida equivocado conmigo y va tocando pagar? Si no se tarda ni media fracción de segundo en decir «perdón», por favor, y lo sé porque lo he cronometrado.

Supongo que necesita tiempo para gestionar la ansiedad que ha disparado la idea de perder la pulserita de marras. O eso creo yo, porque cuando vuelve a mirarme, no lo tengo tan claro.

—Dame tiempo, Dácil.

Capítulo 24

En mi infierno no se pasa frío

Thiago

Cuando abro los ojos y soy capaz de ubicarme en tiempo y espacio, tengo que ahogar un gemido de frustración.

No puede ser. Otra vez no.

Aprovechando que ahora me llevo mejor con Dácil, Airam me rogó que durmiera con ella esta noche; así él podría pasar el rato con Leire y, una vez más, intentar arreglar la relación. Espero que lo esté consiguiendo. Así, mi sufrimiento y la incomodidad de Dácil no habrán sido en vano. Y no me refiero a la clase de incomodidad que padecen dos personas como resultado de la tensión sexual no resuelta; me refiero a la que un tío con pesadillas puede provocar en una persona como Dácil, que no es conocida por su talento para consolar.

Sabía que la pesadilla volvería con más fuerza que nunca. El miedo a perder el único recuerdo que me queda de Flavia se ha instalado dentro de mí, y mi subconsciente siempre sabe cómo desahogarlo: tan pronto como cierro los ojos, da rienda suelta a esos sueños en los que soy el único superviviente.

Todavía no sé qué es lo que pretende mi mente, si animarme a ser positivo porque estoy vivo, porque me salvé y eso debe significar algo, o culparme por ese mismo motivo.

Con cuidado de no hacer mucho ruido, me doy la vuelta en la cama. Me he hecho todo lo pequeño que podía para alejarme de Dácil, que está, por cierto, en la otra punta del colchón. La lamparilla ilumina parcialmente su perfil y el libro que sostiene entre las manos. Su mirada apunta hacia mí, hacia el tío que apuesto que ha estado sacudiéndose y balbuceando incoherencias durante los minutos que durase la tortura.

Me noto empapado en sudor, todavía con taquicardia y tan débil que sé que, si separase los labios, no conseguiría decir ni siquiera mi nombre.

Dácil se gira hacia mí a la vez que yo hacia ella. Veo que se debate entre su clásico graznido —«Deja de roncar, que me estás molestando»—, el que siempre me hacía respirar hondo y relajarme porque no tendría que dar explicaciones, y una nueva manera de abordar el mismo problema.

El corazón se me encoge de pensar que pueda hurgar en mi consciencia y, a la vez, le suplica que me deje abrazarla.

—Normal que tengas pesadillas con los libros que lees. —Me muestra la portada: es uno de los que me he traído para disfrutar durante las horas de sol o antes de echar una cabezada—. Me está poniendo tan triste que creo que soñaré con muertes y destrucciones.

Apoyo la mejilla en la almohada y cierro los ojos. Me noto exhausto.

—Créeme, ninguno de los libros que leo puede hacerle competencia a aquello en lo que pienso. Y no es porque no los busque. He leído historias más truculentas que esa y no han conseguido conmoverme del todo. —Me obligo a cambiar de tema—. ¿Cómo es que te ha dado por leerlo?

Al encogerse de hombros, el fino tirante de su camiseta se escurre ladera abajo, insinuando un poco más su torso bronceado.

—Si tú vas a leer a Christopher Moore, yo puedo leer a tus rusos. Se me ha ocurrido que podría ser interesante tratar de entenderte.

Dácil se corta antes de seguir hablando, porque sé que iba a decir algo más. Alarga una mano hacia mí, vacilante.

Lo que pensaba que era una caricia tierna es, en realidad, la manera que tiene de hacerme saber que en algún momento se me han saltado las lágrimas. En silencio, recoge una sola, la que notaba haciéndome cosquillas en la mejilla.

Después de secarme la lágrima, se me queda mirando un buen rato. Tengo la esperanza de que diga alguna de sus tonterías para aligerar la tensión, pero esta noche, tal vez por inspiración de un deprimente escritor ruso, ha decidido poner la pelota en mi tejado.

No sé si es porque el estrés de esta tarde en la playa sigue latiendo dentro de mí, si es porque el sótano de Dácil me recuerda a una cápsula espacial o un búnker —en cualquier caso, es un sitio donde los secretos morirán en cuanto salgan de mis labios; un sitio donde estar a salvo— o si es porque en el fondo siempre he querido que ella llegara a mí a través de mis historias de terror. A lo mejor es un conjunto de todas esas cosas. Pero antes de darme cuenta o de evitarlo —tal vez podría haberlo evitado—, me oigo hablar sin voz:

—Tenía una hermana.

Dácil baja el libro. No lo estaba leyendo, claro; solo había tenido la gentileza de fingir que estaba ocupada para darme unos segundos de recuperación.

Sé que intenta mostrarse desenfadada al mirarme, pero la alarma brilla en sus ojos oscuros.

—¿Una hermana? ¿No eras hijo único?

—No. —Inconscientemente acaricio con los dedos los abalorios de la coletilla, mi adorado talismán, y sonrío sin pizca de ilusión—. Pensé que la gente me dejaría en paz antes si pensaba que solo habían muerto mis padres. Daría menos lástima.

Dácil junta las cejas en una mueca de incomprensión.

—¿Qué más daba lo que la gente hiciera al respecto?

Me incorporo en la cama muy despacio, notándome todavía embotado por la pesadilla. Me froto las sienes, como si así pudiera invocar una explicación razonable. Esperaba que mi tardanza convenciera a Dácil para que dejara estar el tema, pero ella sigue mirándome con turbación.

Inspiro hondo, buscando las palabras más adecuadas para expresarlo.

Necesito un cigarro.

—No lo ocultaba por mi reputación. Ella es para mí como el amigo invisible de los críos, algo tan íntimo que se desvirtúa si lo compartes con alguien. Si un niño habla de su amigo invisible, le dirán que está loco. Si yo hablo de Flavia con los demás, me recordarán que está... —hago una pausa para respirar—, muerta.

Dácil espera unos segundos. A lo mejor quiere darme tiempo a reponerme, o a lo mejor solo necesita reponerse ella.

—¿Fue en el accidente de coche?

—Sí. Tenía ocho años.

Dácil tiene que sacarme las respuestas, porque a mí solo no me vienen.

Estoy tan acostumbrado a callar que no sé cómo hablar de ello.

—¿Cómo era?

—Eh... impertinente de tan preguntona. Le encantaban las manualidades y parecía una princesa de España, tan rubia y siempre bien peinada. Me hizo esto. —Tiro del cabo atado a la coletilla del *mullet*—. No soportaría perderlo.

Dácil deja el libro sobre la mesilla de noche.

—Tienes pesadillas con ella, ¿no?

Responder me cuesta un pellizco de cordura.

—Con todos. Revivo aquel puto día una y otra vez.

—¿Siempre que duermes?

—Siempre que duermo. —No me cuesta contestar esta vez, porque lo tengo en la cabeza. Lo acabo de soñar—. Cuando tengo un mal día, sueño con ello. Mi cabeza me dice: «Tranquilo, nada es peor que esto que te pasó». Cuando he tenido un día fantástico, sueño con ello; entonces es como si me dijera que, por más que me divierta, nunca estaré en paz, que la sombra de mi desgracia es demasiado grande para huir. Cuando estoy hecho polvo porque no he dormido en toda la noche y me rindo a una siesta de diez, quince minutos, sueño con ello.

—Suena muy estresante —musita, no muy segura de lo que debe decir.

Su torpeza debería exasperarme, o tal vez debería hacer que me arrepintiera de haberla elegido para hablar de esto cuando sé que se le dan mal los consejos.

Todo lo contrario. Que se esfuerce tanto por decir lo correcto, aun sin tener ni idea de lo que sería apropiado, me llena de una inusitada ternura hacia ella.

Viendo que me he quedado callado un rato y no sabe muy bien cómo retomar la charla, pregunta:

—¿En qué piensas?

—Pienso...

Dejo en el aire la respuesta, porque yo tampoco sé qué pienso. Lo habitual, supongo. Pero mis pensamientos habituales no son comunes para ella, y me doy cuenta, sorprendido, de que no los he compartido con nadie.

—Esta noche he soñado que me encontraba una carta. Ya sabes, como en las películas en las que un enfermo terminal deja su voluntad por escrito. La de mis padres venía a decir algo así como que esperaban que estuviera viviendo mi vida, que no me hubiera anclado al pasado y fuera feliz.

»En las películas, cuando el protagonista lee eso respira tranquilo y se queda en paz. No sé cuán terapéutico sería, pero me da rabia haberme quedado sin una despedida. Ya ves que hasta fantaseo con ello.

—¿Es que necesitas que tus padres te digan que sigas adelante para aplicarte el cuento? ¿No te serviría que te lo dijera yo? Espero que vivas tu vida, que no te ancles al pasado y que seas feliz —recita, y aunque debería sonar robótico, percibo la esperanza de que se cumpla el deseo. Aunque ella siempre pronuncia los deseos como una orden que debemos obedecer de inmediato.

—La verdad es que no sé qué es lo que necesito —reconozco con resignación.

Dácil se ampara en un cómodo silencio para devanarse los sesos. Porque me sé de memoria su cara de devanarse los sesos, y es justo esa.

—¿No has probado a... pedir ayuda?

—¿A quién? —La observo con atención—. ¿A mis amigos? Cuando te pasa algo como esto, la gente se asusta. Consolar a una persona que ha vivido un suceso tan traumático les viene muy grande. Tampoco están preparados para su tristeza, que a ratos parece un virus contagioso. Para protegerse de ese pesimismo o esa mala suerte, se alejan.

—Me parece a mí que elegiste unos amigos de mierda, Thiago. Los buenos amigos no hacen eso. Airam no ha hecho eso y lo sabe todo, ¿no?

—No lo ha hecho, pero porque Airam es un hermano. Y si lo hiciera, tampoco podría juzgarlo. Los buenos amigos también se cansan de solo consolar, de no entender lo que te pasa, de que te aísles, de que te pongas huraño de pronto, de que te enfades porque sí, de que prefieras la ficción a la realidad. Yo lo entiendo. *Los* entiendo. Eso es lo peor.

—¿Y un psicólogo? —propone, dudosa.

—¿Qué psicólogo? ¿El de la Seguridad Social, que lo que te recomienda para superar la pérdida es echarte novia y hacer deporte? —me mofo—. No quieres conocer mi experiencia en ese ámbito, créeme. No creo en la psicología ni en nada que se le parezca.

—¿Y cómo pretendes superar esto, si no es con terapia o con lo que sea que manden los expertos? Porque uno no deja de sufrir por la gracia de Dios, ¿sabes?

—Por la gracia del tiempo, tal vez.

—El tiempo no sana nada si no pones de tu parte. Lo único que hace es afianzar tu malestar y convertirte en un monstruo.

—Gracias, princesa Dácil. —Apoyo la mejilla en la mano y la miro directamente con una sonrisa—. Eres un encanto.

—¡No estoy diciendo que seas un monstruo! —se queja y, en un gesto que denota enojo, manda el libro que estaba leyendo al suelo—. Digo que, si te dejas absorber por la pena, un día te levantarás y verás que la vida se te ha escapado porque nunca confrontaste la tragedia.

—¿Desde cuándo eres tan sabia?

Dácil me perdona la vida con la mirada. No le ha pasado por alto mi tonito sarcástico.

—Estoy haciendo un esfuerzo por consolarte, ¿sabes? Si me demuestras confianza, es lo mínimo que puedo hacer para corresponderte. ¿O solo me has contado esto porque sientes que me debes una explicación sobre lo que ha pasado esta tarde?

Desvío la vista hacia el lazo de la cinturilla de su pantalón del pijama, ese tan desgastado que apenas se distingue el estampado de Naruto y que nunca tirará porque es una friki sin remedio.

Me preparo para dar la respuesta verdadera, la que quizá unas horas antes habría evitado admitir en voz alta.

—Te lo cuento porque... —Hago una pausa para organizar mis ideas, mirando al techo—. ¿Tengo permiso para ponerme místico?

—Sí.

—Estupendo. Mira... —apoyo la mano en el pecho, como si así pudiera calmar el bombeo acelerado—, uno se pasa la vida intentando definir con palabras lo que siente para que los demás le comprendan, pero tarde o temprano acabas descubriendo que no importa cuánto te esfuerces: a la gente las cosas le llegan o no le llegan, ¿entiendes? Puedes escribir un manifiesto o dedicar horas a explicarte, pero si no lo entienden, no lo entienden. No hay nada que hacer ahí.

Dácil se tiende de costado para mirarme de hito en hito.

—¿Qué quieres decir con eso?

—Quiero decir que tú me llegas —explico, envalentonado. Una vez he empezado a chapurrear, ya no he podido callarme. O no he querido hacerlo—. Lo que me dices, lo que me haces, el modo en que me percibes. Y no digo como un capullo, sino como soy: con lo que hay detrás de la etiqueta de «pobrecito». Por eso te perdono lo que no le perdonaría a nadie, te tolero lo que no le toleraría a nadie. Porque entiendo lo que quieres decir incluso si lo dices gritando.

—Hombre, yo no soy metafórica como tú. Si te llamo «capullo», que además es improbable porque soy más de «bobomierda» o «machango», es complicado que no entiendas lo que he querido decir.

Su empecinamiento en reducir las cuestiones complejas a lo más elemental me saca una sonrisa. Atrapo la mano que había usado para hacer un aspaviento, atrayendo así su atención y su ceño fruncido hacia mí.

—No me refiero a eso, Da.

—Pues explícate.

—Dame una tregua, ¿vale? Hago lo que puedo. Acabo de ver morir a mis padres otra vez.

Dácil se encoge, compungida. Es curioso verla así, más vulnerable.

—¿Te acuerdas de cuando te pusiste a hablar con tu familia sobre «el de los padres muertos»? —Espero a que asienta—. Todavía no me conocías y ya te daba rabia que la gente pudiera montar un altar de ofrendas a mi llegada para que siguiera llorando el luto. Te expresaste como siempre te expresas, con brutalidad, pero tu mensaje me llegó alto y claro.

—Por Dios. —Tuerce los morritos—. ¿Cómo te acuerdas de eso? De lo que dije ese día.

—Porque fue el día en el que recuperé parte de la sensibilidad. Hasta entonces, creo que había estado flotando en el espacio exterior, donde las emociones no podían tocarme.

»Cuando me despiertas de las pesadillas diciéndome que no te dejo dormir o cuando no dejas que me escude en la autocompasión para irme de rositas cuando la cago... ahí me estás entendiendo y me estás llegando.

No puedo cerrar el pico. Soy una ametralladora de confesiones que siento que, si me guardara ahora, acabarían muriendo conmigo. Y no puedo permitir que muera nada que me vincule con Dácil.

—En cuanto te oí, recuerdo que pensé muchas cosas. Te odié porque una parte de mí quería ver en la hermana de Airam a mi hermana. Un reemplazo, ¿sabes? Y nunca te has parecido nada a Flavia. Por otro lado, me llenaste de alivio. La otra parte de mí necesitaba otra clase de persona, una hermana pequeña radicalmente diferente que me evitara las comparaciones. Quise que me dieras rabia por el modo en que hablas, sin ningún tacto, pero luego me alegré de que no pusieras paños calientes. Todo eso en un solo segundo.

Dácil pestañea un par de veces, anonadada.

—¿En serio me odiaste porque no me parecía a tu hermana?

—Fue irracional. Me paso la vida buscando lo que me falta. —Me encojo de hombros. Hago una pausa para descansar del estrés—. Pero conocerte fue una alegría inesperada. Pensaba que me toparía con la niña pequeña de la que hablaba Airam, una que aún no había llegado a los doce y hacía trampas al Monopoly como si fuera el lobo de Wall Street, y no eras nada de eso.

Dácil me lanza una advertencia levantando las cejas.

—No sé si es buena idea que te pongas romántico en mi cama.

—Puedo seguir poniéndome triste, si lo prefieres —bromeo—. Sospecho que, si te doy lástima, es más probable que me des un beso. Así me sentiré mejor.

Si no hubiera estado tumbada de lado, se habría cruzado de brazos.

—Yo no doy besos por pena.

—Ya, ya sé que das besos por rabia.

«Por eso los puedo aceptar», me queda por añadir. «Si me dieras besos por amor, tendría que rechazarlos. La rabia la puedo manejar, pero el precio del amor no lo puedo pagar».

—¿Por qué quieres que te dé un beso? —suelta de pronto.

Se me escapa una risilla incrédula.

—¿Qué clase de pregunta es esa?

—Una muy legítima. ¿Quieres que te dé un beso porque así te distraes, porque no tienes nada mejor que hacer; porque, si te acuestas contento, hay menos probabilidades de que tengas pesadillas, o...?

—O porque me gustas. ¿No te lo has planteado?

Eso no es del todo cierto. Es, de hecho, una verdad a medias. A mí me gusta el otoño, me gusta el gofio amasado y me gusta volver a casa después de clase y que Airam me grite desde el sofá: «¿Qué dice el notas?». Y todo eso me gusta porque aviva en mí una sensación de familiaridad o de belleza en la que no me importaría quedarme a vivir.

Dácil no puede gustarme porque, si viviera en las infinitas sensaciones que puede despertar en mi cuerpo, sería como estar en el campo de batalla: a veces ganaría, ¡y qué alegría!, y a veces lo perdería todo, desde la razón hasta la vida. Ninguna de esas sensaciones que llevan su nombre tienen nada que ver con el alivio de ver las hojas caer o el placer de comer escaldón de la abuela Candelaria. Dácil me vuelve la cabeza del revés. Dácil me aterra y me conmueve a partes iguales.

Soy un obseso del lenguaje y me preocupa utilizar las palabras adecuadas para definir el mundo que me rodea, así que no, Dácil no me gusta. Dácil *me apasiona*. Y las pasiones, como decía Le Bovier de Fontenelle, son como los vientos: necesarias para dar movimiento a todo, pero también causa de huracanes. Con las pasiones uno no se aburre jamás, estoy de acuerdo con Stendhal, pero también con Rousseau: dejan de ser buenas cuando nos esclavizan. Pero, sobre todo, cuando la miro, entiendo al romántico frustrado de Goethe: las grandes pasiones son enfermedades incurables, y lo que podría curarlas es lo que las haría verdaderamente peligrosas.

Yo solo me curaré de Dácil cuando esté muerto, y a ratos me parece bien. En algún lado tendré que librarme de ella, y no va a ser en mis pensamientos. Pero al mismo tiempo, ¿cómo me divertiré en el infierno si no viene conmigo?

Dácil me sostiene la mirada durante un buen rato, tratando de averiguar si soy o no sincero. No sé por qué esperaba que me soltara una parrafada monumental, una bronca por decirle que me gusta o una declaración de amor del estilo. Ella no es de esas. Es de estas:

—¿Quieres ser mi follamigo?

Me cubro la cara para que no me vea arrugarla, el único modo que tengo de reprimir la carcajada de incredulidad. Dácil se adelanta y retira mis dedos para verme al borde de un ataque de risa.

—¿Ya estamos otra vez con los acuerdos sexuales? ¿O me acabas de soltar eso porque quieres que me olvide de la pesadilla?

—¿Lo he conseguido? ¿La has olvidado?

—Sí —admito, aguantando una sonrisa resignada—. Solo tú tienes ese poder.

—Pues déjame ejercerlo lo que quede de verano. Te vas en dos semanas, ¿no? Podrían ser dos semanas muy divertidas. Yo te gusto, a mí me haces un fisquito de gracia... ¿Por qué no?

Prefiero no saber por qué me irrita que hable de esta posibilidad como si no significara nada. En lugar de explorar ese malestar que me produce su desenfado, adopto la misma actitud desentendida.

—¿Y por qué no hacemos simplemente lo que nos dé la gana, sin ponerle nombre?

—¿A qué te refieres?

—A que si quieres besarme ahora, puedas hacerlo. A que si quieres besarme mañana, o pasado, o al otro, puedas hacerlo. Los follamigos se caen bien, y tú y yo no entramos en esa descripción, ¿no? Tú y yo solo somos... Thiago y Dácil.

—Bueno... —Dácil acerca su rostro al mío. No sonríe, pero sus ojos brillan como si lo estuviera haciendo—. No se lo digas a nadie, pero tampoco me caes tan mal.

Enrollo un dedo en una de sus trencitas, esa rebelde que ha intentado ocultar su cara morena de mis ojos, ávidos por admirarla.

—¿Eso es una declaración de amor, princesa Dácil?

—No. Es la misma declaración de guerra de siempre, solo que ahora nos podemos pelear de otra manera.

Esta es la primera vez que me besa ella primero. Y para ser una declaración de guerra, me besa como si me quisiera. Puede que no sea una experta en el cuerpo a cuerpo, pero sus labios tienen tanta experiencia como los míos; por eso consigue excitarme con solo rozarme tentadoramente.

Por eso o porque es Dácil.

Me rodea el cuello con un brazo y me mordisquea con ternura. Parece que quiera distraerme para que no me dé cuenta de que se sienta a horcajadas sobre mí, siendo la Dácil dominante de siempre. Solo tengo un pensamiento fugaz antes de dejarme avasallar por su seguridad en sí misma: que quizá este no sea el mejor momento para volvernos locos. Quizá debería esperar a levantar las murallas y ocultarme detrás de ellas para que no me conquiste estando yo vulnerable. Pero las oportunidades rara vez se presentan en el momento indicado. Y ella tiene encanto y fuerza de sobra para, a base de besos, convertir el día menos propicio en el instante perfecto.

Cuelo una mano por debajo de la camiseta de su pijama. El sol de la tarde se le ha pegado a la piel y hace de su contacto algo irresistible. Con una caricia, recorro su torso, suave como el terciopelo, y rodeo uno de sus pechos con la mano. Inmediatamente responde a mi atrevimiento: sacude las caderas con muy poca sutileza y su pezón se endurece bajo mi palma. Debe de ser la mujer más sensible que he conocido en mi vida. Le basta un beso para que se le erice el vello, para que enloquezca de ganas y se mueva contra mí como si llevara años esperándome. Con el brazo libre le rodeo la cintura, y ahí nos quedamos durante un buen rato, un rato que parece (y ojalá fuera) eterno: ella inmovilizándome con las manos rodeando mis mejillas y besándome con una desesperación que me va calentando, y calentando, hasta que no puedo más y necesito desnudarla.

Dácil me facilita la tarea alzando los brazos. Es un momento que he evitado en todos los casos, con todas las mujeres: ese de mirarnos mientras nos quitamos la ropa. Pero con ella lo provoco. Estiro los segundos para que sean horas. Tardo en arrojar la camiseta a un lado para ver aflorar la impaciencia en sus ojos vidriosos, esos ojos que me miran y hacen que parezca que el sexo lo hemos inventado nosotros. Con ella se sintió diferente la primera vez y se está sintiendo de otra manera ahora.

La echo de menos cuando tiene que apartarse para deshacerse del pantalón y las bragas, y me enorgullezco de que no se avergüence de su desnudez cuando regresa para recuperar su lugar dominante. Me conmovió la inseguridad que mostró inicialmente en El Balito, pero aquí, sin inhibiciones, está siendo Dácil en su máximo esplendor.

—¿También me mirabas así cuando hacía topless el año

pasado? —me provoca, deslizando las manos por mi torso desnudo. Sospecho que no le gustaría tanto tocarme si supiera que, con su apremio, me demuestra haber soñado con hacerlo.

—Si hubieras sabido lo que pensaba cuando hacías topless, te habrías tapado tanto como lo hiciste en Benijo... Venga, sí, dímelo. Dime «golfo». Dime «fuerte machango».

Ella sonríe con suficiencia, feliz de haberme pillado.

—Fuerte machango —susurra, con esa «ch» tan suave que tanta ternura me da—. Mi machanguito.

Se tiende sobre mí para volver a besarme, acomodándose con un movimiento de caderas sobre mi semierección. La fricción conmigo y el empeño de los besos fraguan un calor que se vuelve insoportable en cuestión de segundos. Noto su entrepierna húmeda contra mi ingle, que ya quema de dolor, y tengo que separarme un instante para tomar aire. Ella apoya una mano al lado de mi cabeza, sobre la almohada, y la otra la guía muy despacio hacia abajo sin dejar de mirarme.

«No te pierdas lo que hago», parece decirme. «Sígueme».

Sus dedos me rodean la erección y presionan levemente antes de masturbarme de arriba abajo con una lentitud que me hace rechinar los dientes. Me dan ganas de decirle que no tengo tiempo para juegos, que bastante he esperado para llegar a este momento con ella, pero siempre he encontrado cierto encanto morboso en su manera de torturarme. No sé si eso es tóxico; lo que sí es seguro es que me resulta adictivo.

Al principio se hace notar con lentas caricias, pero pronto se apiada de mí y aumenta el ritmo sin despegar sus ojos de los míos. La otra noche no me quería mirar; ahora no soportaría la impersonalidad de un polvo rápido. No sabe que, incluso si me diera la espalda, sería total y dolorosamente consciente de que es con ella con quien estoy follando. Su piel no sabe, ni brilla, ni se siente al tacto como la de las otras. Dácil suspira de una manera distinta, y su pelo me hace cosquillas que noto diferentes. No pierde su esencia de mujer traicionera, de mujer traviesa y malvada, ni siquiera cuando está buscando su propio placer, porque mi placer es el suyo. Parece que la esté tocando yo cuando ella me toca a mí.

Recorro su espalda con los dedos y, en un giro inesperado, continúo la exploración rodeando su vientre y rozándole la entrepierna con el pulgar. Dácil emite un gemido que me estremece y se vuelca más sobre mí, como pidiéndome que no me detenga ahí. Y no pienso hacerlo. Separo los pliegues húmedos con los dedos e improviso mi propio ritmo para estimularla. Ella no tiene reparo en decir «por ahí», «por aquí», «eso es». Tampoco le da ninguna vergüenza agarrarme de la muñeca repentinamente, cuando está a punto de correrse, y mirarme con una advertencia: «Esto no lo voy a hacer yo sola».

Pero claro que lo hace sola. Dácil agarra la base de mi erección, que empieza a dolerme horrores, y me monta con una lentitud que me hace bufar. Ni siquiera se me ocurre preguntar por el condón, sumido de pronto en un sopor que me impide pronunciar palabra. Es ella la que me dice, o eso me parece, que toma pastillas anticonceptivas para regular las hormonas. La respuesta se confunde con un beso que en realidad no lo es, porque solo pega sus labios a los míos y me los acaricia con sus gemidos entrecortados.

—¿Te duele? —susurro. Clavo las uñas en sus nalgas, atrayéndola hacia mí. Ella se aferra a mi cuello, abrazada como un monillo trepador, y mueve las caderas despacio para acostumbrarse a la sensación.

Ese movimiento es mi puta perdición.

—No... —Sus jadeos me entran por el oído, donde tiene pegados los labios, y juro que me llegan hasta el corazón. Ahí retumba su voz—. No.

Me alegro, porque quiero estar tan dentro de ella como ella lo está en mí.

Dácil se apoya sobre los codos con los ojos cerrados y rota la cintura en círculos, preparándome para lo que de verdad me espera. Me parece que su piel brilla como el sol cuando se incorpora un poco más y se mueve sobre mí. Al principio se concentra tanto en el ritmo, con la mirada perdida en el techo, que parece que se le haya olvidado dónde estoy yo. Pero en cuanto agarra confianza y empieza a galopar, sé que acaba de acordarse de cuánto me odia. O de cuánto me odiaba. O de lo bien que le viene odiarme para según qué cosas.

A partir de ese momento, ya no sé ni pienso en nada. Dácil me contagia su nervio, se prende como los fuegos del 15 de julio y uso todas las manos que tengo, que son muy escasas, para intentar apagarla. No me convence agarrarla con las uñas, no me convencen las caricias, no me convencen los besos por el pecho, no me convence darle mordiscos o azotes, así que le hago de todo, todo lo que se me ocurre y más, ansioso por distinguir lo que le gusta de lo que quiere que haga otra vez. Entonces, el sexo no es sexo, es una revolución: se sacude, desatada, sobre mí, feliz de doblegarme, y luego deja que sea yo quien ruede sobre ella y la domine. Gruñe como si estuviera enfadada y me hace daño con sus uñas y con sus dientes. Pero en ese daño está la liberación. La mía y la suya. Me ruega que le haga daño, que vaya más despacio, que le dé otro beso o que apriete más, hasta dejarle marca, cuando la sujeto por el cuello o por la cintura. Y así, una y otra vez, y otra, y otra, y no son las veces suficientes, hasta que los dos nos hacemos añicos.

Cada vez que se corre, tengo la impresión de que va a decirme que me quiere. El agradecimiento le ilumina la cara y se le nublan los ojos. Cada vez que se corre, a mí se me encoge el corazón. Y como Dácil nunca hace nada a medias, nunca se me acerca si no es para hacerme polvo, se corre todas las veces que necesita para sorberme las energías, el ánimo y el alma. Se corre hasta que me ha dejado marcado, mordido y para el arrastre, y luego se derrumba sobre mí.

Ahí nos quedamos los dos lo que queda de noche, felices

de no tener que levantarnos para echar el pestillo, cómodos en nuestros fluidos y en el cuerpo que compartimos con el otro.

O, por lo menos, ella lo está, porque enseguida se queda dormida.

Yo no. Yo me quedo a montar guardia toda la noche, porque alguien tendrá que espantar las esperanzas que no tardarán en visitarme. Si me quedo despierto, quizá pueda atraparlas antes de que sea demasiado tarde. Pero ya es demasiado tarde. Dácil ya me ha enseñado lo que siempre he temido que me enseñaría: que para ser feliz solo tengo que arriesgarme con ella, y que para ser infeliz del todo solo tendría que perderla después de haberla tenido.

Capítulo 25

Feromonas sin fecha de caducidad

Dácil

Con el sexo me ha pasado algo parecido al día que descubrí el helado de mentachoc.

Me explico.

Siempre he honrado mi sangre caliente de heredera guanche, mi sangre Oramas, siendo la mujer más testaruda sobre la faz de la tierra. Así pues, con siete años me planté en un solo sabor, el clásico chocolate, y no había héroe, dios o fuerza sobrenatural que pudiera convencerme de pasarme a otro. De probar otro, siquiera. Pero entonces, y solo por casualidad, conocí el helado de mentachoc, y toda mi vida cambió.

No es una exageración.

Digamos que, de un día para otro, me obsesioné. Creo que se me puede perdonar lo de pasarme las mañanas, las tardes y las noches soñando con el próximo rodeo por el paseo marítimo, la visita más cercana a la heladería de mis entretelas. A fin de cuentas, solo tenía diez años. No había nada más excitante en mi día a día que un trozo de hielo con edulcorantes montado de forma nada aparatosa sobre un barquillo.

Sospecho que todos somos víctimas del «fenómeno mentachoc» cuando llegamos a la edad del magreo. No es ningún secreto que, a los doce años, los chavales se la machacan hasta hacerse virutas, y que el despertar sexual de las mujeres, si es bueno en lugar de traumático, lleva a la ensoñación.

Yo, por raro que parezca, no me salgo de la normalidad. Al menos, en este caso. Pasan los últimos días de julio, y lo siento si lo que se espera de mí es una parrafada romántica, pero lo único en lo que puedo pensar es en retozar como un animal salvaje en brazos de Thiago.

—Entonces... ¿es oficial? —me preguntó Maday en su momento.

Cuando le dije lo ocurrido después de cierta pesadilla, no parecía más sorprendida que cuando le conté, entre sudores y vahídos, que Thiago me había besado.

Estábamos las dos despatarradas en su patio trasero, donde habíamos desplegado las sillas de plástico que se encallan en la arena de la playa. Esperábamos a que se uniera a nosotras la abuela Lupe, que canturreaba un tema de Luis Miguel mientras preparaba sus fantásticas limonadas.

—No hemos firmado ningún contrato, pero supongo que sí. ¿A partir de qué sesión de sexo intenso se empieza a hablar de «compromiso carnal»?

—Pues en términos generales, no lo sé. Pero tratándose de Thiago y de ti, yo creo que con que os metierais en la cama una vez ya se estaba dando por hecho que la cosa es seria.

Su respuesta me dejó, más que pasmada, intranquila. Ni siquiera había tenido que pensárselo. Estaba dando por hecho que «la cosa era seria».

—¿Por qué dices eso?

—Porque vosotros dos no habéis pasado de un roneo divertido en Verónicas a la cama, lo que habría sido totalmente normal en dos personas de vuestra edad y con vuestra energía. Vosotros habéis pasado de los muñecos vudú y las armas de destrucción masiva a la cama. Un paso tan abismal como ese denota un largo y forzoso camino plagado de sentimientos, confesiones, derrotas...

—Eh, eh, eh, para el carro. —Hice un quiebro sorprendentemente ágil para ladear todo el cuerpo hacia ella. Tiene mérito lograr algo así en una silla de plástico—. ¿Qué dices de «sentimientos»?

—Disculpa, olvidaba que esa era una de las palabras prohibidas cuando hablamos de Thiago.

Y lo es. En su día le advertí que, cuando se mencionara a Tarado, habría que excluir del vocabulario una serie de términos relativos a sensaciones agradables, halagos o un trato moderadamente respetuoso. Ella siempre había estado de acuerdo con ello, incluso le parecía divertido. Pero ese día sonó sarcástica, como si a estas alturas le pareciera ridículo seguirme el juego.

Me la quedé mirando con aire de sospecha.

Siempre he pensado que Maday es más simple que el mecanismo de un chupete, y no lo digo en el mal sentido. Me refiero a que no tiene secretos para mí porque no tiene secretos para nadie: porque es transparente, y si algo la perturba, tiene que gritarlo o corre el riesgo de que el estrés la deje calva. Ahora veo que tal vez me equivoque, que quizá su calma no tiene nada que ver con la simplicidad de los imperturbables, sino con que sabe más que nadie: con que está encima de nosotros, observándonos como un dios elevado sobre sus nubes de algodón.

Así se lo dije.

—No te has sorprendido cuando te lo he contado —apunté, haciendo notar mi irritación—. ¿Por qué no te sorprende nada de lo que diga o haga con Thiago? ¿Es porque te importa tan poco lo que pase en el mundo que no puedes ni siquiera exclamar «oh, Dios mío», porque eres relajada hasta para estas cosas, o porque te aburre lo que digo?

Maday se llevó las manos a los alocados rizos rojos y se los recogió en un moño alto. Tuvo que dejar el cigarrillo pendiendo de sus labios para contestar. Allí fue a parar mi mirada, al cigarrillo que se bamboleaba, a punto de arrojarse al vacío, pero que no se cayó cuando dijo:

—No me sorprendo porque sabía que esto acabaría sucediendo tarde o temprano. No me tengo por la listilla de las dos, Da. Lo que me sorprende es que no llegaras a la misma conclusión que yo.

Recuerdo que el corazón se me encogió como si me hubieran despertado con un grito. Y la comparación no iba muy lejos, porque yo estaba feliz con mi ensoñación de sexo sin sentimientos y había tenido que venir ella a insinuar lo que yo no quería saber.

—¿Qué conclusión? ¿De qué estás hablando?

—De que el notas lleva colgado de ti toda la vida del Señor, y tú, te pongas como te pongas, le correspondes. Es una de esas cosas que no se pueden decir en voz alta si no quieres que te rajen en canal, como, por ejemplo, que Jane Austen está sobrevalorada o que no te gustan las croquetas. Pero mira, ya lo he dicho. A mí no me gustan las croquetas, y a ti te gusta Thiago desde que la piba de la canción de Maná se sentó a esperar en el muelle de San Blas. ¡Y no pasa nada! —Alzó las dos manos—. Nunca entenderé estas dinámicas telenoveleras de que los que se pelean, se desean. Ni las comparto, ¿eh? A la vista está que solo producen sufrimiento. Pero no estoy en posición de negar que sean tan ciertas como que la Tierra gira alrededor del Sol.

La mezcla de Thiago, Jane Austen, croquetas y Maná me aturdió un instante. Y cuando me recuperé, dispuesta a entrar en cólera, ya era demasiado tarde. Maday fumaba reposadamente en su silla de plástico, contemplando el descampado de enfrente de su casa como si fueran las cataratas del Niágara o alguna que otra visión maravillosa. Y, en realidad, lo que está es lleno de neumáticos desgastados, botellines de Dorada vacías y condones usados.

—No me veas con el maestro Yoda —conseguí articular—. De pronto te has vuelto un pozo de sabiduría inagotable.

—Como ya te he dicho, tu rollo *thiaguero* es una clásica trama de culebrón, y a mi abuela le encantan El Gato y Televisa. —Se encogió de hombros, sonriendo relajada—. No hace falta tener un máster en Psicología de la relación, o como se llame la disciplina, para definir lo que los dos os traéis. Un poquito de tele *et voilà!*

Maday sí se mostró sorprendida un rato después, cuando, sin decir que quería cambiar de tema, hice todo lo que pude para llevar la conversación a terrenos que no estuvieran minados. Volví a quererla cuando hizo gala de su prudencia habitual: renunció a insistir en sus teorías sobre el amor y el odio y me siguió el rollo.

Por fortuna, Maday era la única interesada en tener una conversación como Dios manda. Me refiero a una de esas en las que se marcan unos límites y se dice lo que el uno espera del otro; la responsable declaración de intenciones por la que toda pareja, aunque sea sexual, debe pasar para saber a lo que atenerse, y que yo debería haber mantenido con Thiago. Me he convencido de que no es necesaria porque él me conoce suficiente para hacerse una idea de lo que quiero. Con que no me joda el mal sentido, yo me doy por satisfecha. Total, no esperaba acabar el verano con novio... aunque los días que siguieron a la noche de las confesiones tuviera algo muy parecido a eso.

¿Qué puedo decir? Un helado de mentachoc siempre entra bien, sea donde sea. Si me voy de compras y veo una heladería, me acerco y me lo compro. Si estoy de paso por el cine y encarta, me lo compro también. Si estoy aburrida en casa y me da el antojo, salgo y me consigo un cucurucho. Pues lo mismo con Thiago. Ahí donde estemos, donde sea, proceda o no, sea legal o no, nos enredamos a gusto.

Una tarde salimos al cine que queda a un tiro de piedra del Safari, en Los Cristianos. Como está más muerto que Muertín, aprovechamos que éramos los únicos en la sala para magrearnos a base de bien. Maday me diría que soy muy poco romántica, y Núria diría que, como el lenguaje hace al ser humano, pues mi forma de hablar me convierte a mí en una bruta sin modales, pero apuesto a que ellas harían lo mismo: en el cine, uno se magrea.

Además, no me estaba perdiendo gran cosa por no mirar la pantalla. No es como si las comedias del cine español fueran el largometraje del siglo.

Por cierto, lo bueno de magrearte en el cine a oscuras es que quedas muy lejos del alcance de tu hermano mayor. Es improbable que te lo encuentres allí, cosa que hemos estado evitando con gran éxito desde que decidimos que somos lo bastante maduros para toquetearnos cuando nos place.

Claro que no siempre somos tan sutiles. Un día me empeciné en enseñar a Thiago a conducir, y usamos el coche de Airam.

Aquí nadie dice que no le puedas dirigir la palabra al tío con el que te acuestas, ¿no? Y tampoco pasa nada por ser educada y llevarte bien con él.

No es como si así te fueras a enamorar.

Pensé que verse ante un volante le ayudaría, en parte, a superar ese miedo irracional a los carros, y me animé a proponérselo. Thiago supo controlar —más o menos— la aversión que le producía la idea. Incluso apoyó una mano en el capó para aparentar normalidad y me miró burlón.

—¿Vas a hacer de psicóloga ahora? Puedo subirme a un coche y no echarme a llorar, te lo aseguro.

—¿Ah, sí? Pues demuéstralo.

Él chasqueó la lengua.

—Oye, princesa, yo no soy como tú. A mí no me convences de hacer algo que no me apetece con un «no hay huevos». A mí se me piden las cosas por favor.

—Te va a dar el sol si esperas que te pida algo por favor.

Él sonrió de lado y se cruzó de brazos, demostrando que se plantaba en la acera y de allí no lo movía ni Dios.

—Algunas cosas sí me las pides por favor.

—¿Qué cosas? Venga, sé tan poco caballero como para enumerarlas en voz alta.

Los dos nos aguantamos la mirada con algo parecido a la complicidad. Él estaba a un lado del coche, vestido con sus tatuajes y sus pintas de malo que no lo es tanto; yo, al otro, erguida sobre unas piernas que me temblaban y me tiemblan cuando estoy en su punto de mira.

No ha tenido que conocerme entre sábanas para dirigirse a mí con la chulería de quien te ha visto como Dios te trajo al mundo, pero es que ahora tiene motivos para ponerse derecho, orgulloso, mientras me desnuda de un vistazo. Creo que en la cama estamos compenetrados, que ninguno brilla más que el otro, que no tenemos un papel definido de dominante y dominada, pero me siento muy débil, a su merced, cuando me mira de esa manera.

En ese momento me acordé de Maday y su «estáis colgados el uno del otro» y tuve que quitarle la cara para meterme en el coche.

Él hizo lo propio y ocupó el asiento del piloto, no sin soltar antes un largo suspiro.

—La de cosas que hago para que me dejes sitio en tu cama esta noche —se lamentó con dramatismo—. Incluso prestarme a este experimento psicológico.

No se le dio mal fingir que todo estaba bien. Casi me lo creí. *Pero, ah, amigo, es que tú y yo nos conocemos tanto que da asco.*

—Oye —lo llamé, viendo que tragaba saliva al palmear la palanca de cambios—, hay fleje accidentes al año, gran parte de ellos mortales, pero la gente no suele matarse por conducir veinte minutos.

—No, ya. La gente suele matarse cuando se le cruza un camionero borracho —repuso con acidez—. Soy capaz de subirme a un coche, Dácil. Es solo que no me gustaría conducir ni cinco, ni diez, ni veinte minutos cuando sé lo que voy a tener en la cabeza durante todo el trayecto.

Me gustó que me hablara con claridad. A partir de esa noche, lo hizo cada vez que salía el tema, ese sobre el que yo nunca le había oído decir ni media palabra, pese a que mi familia a menudo le presionara por cariño o por curiosidad para que desahogara su luto.

Me hacía sentir especial, esa es la verdad. Esperaba con ansias a que llegara la noche, y no solo para hacer el delicioso. Tampoco soy tan superficial. Lo esperaba porque, por las noches, el mágico influjo de la luna hacía su efecto sobre Thiago y suavizaba su humor, derribaba sus barreras, le hacía más humano.

La noche anterior se había inspirado y había dejado fluir esa vena romántica de literato que se reserva para sí mismo.

—¿Alguna vez has perdido a alguien? —me preguntó después de un rato en silencio, apartando la mirada del libro que se ponía a leer cuando yo me quedaba dormida.

Él exprimía la noche al máximo para ser productivo; yo dormitaba a ratos cortos. Cuando me despertaba, lo hacía de golpe, como si una parte de mí supiera que tenía que aprovechar la oportunidad de tenerlo a mi lado porque no duraría para siempre.

Yo le había mirado, somnolienta. Luego suspiré al comprobar que, tras leerse a Christopher Moore y opinar entre carcajadas que estaba de puta madre, había vuelto a su literatura deprimente.

—A mi padre —contesté sin pensar, frotándome los ojos—. No está muerto, pero es como si lo estuviera.

Él hizo una pausa que se asemejó a un minuto de silencio. Para tratarse de un idiota, o así es como insisto en verlo para no ponerme excesivamente tierna, siempre ha sido muy respetuoso con el tema. Salvo excepciones contadas, claro. Aquel día que jugamos a «adivina el personaje» se excedió, pero sé que no usó a mi padre para arremeter con maldad.

—¿No es un poco tarde para pensar en la muerte? —le pregunté justo después.

—No pienso en ello, solo reflexiono.

—Para reflexionar, hay que pensar. Y apuesto a que no reflexionas desde un punto de vista objetivo. Solo te regodeas en la desgracia.

No se enfadó. Ladeó la cabeza hacia mí y me observó como si meditara lo que acababa de decirle.

—No creas que lo busco. A veces estoy leyendo y, de pronto, me topo con una idea que me devuelve a ese día.

—¿Y qué has leído ahora?

Thiago buscó con la mirada la línea de la discordia.

—«La muerte del ser amado es un mercenario, paciente y silencioso, que te pisa los talones. Espera a que tropieces para abalanzarse sobre ti. No puedes acabar con él como no podrías erradicar la propia muerte del mundo; no puedes aniquilar el terrible hecho de la pérdida ni ignorar sus secuelas, si acaso mermarlas lo suficiente para aflojar la soga que te aprieta y no termine de matarte. Lo único que uno puede hacer con ese sicario es acostumbrarte a su presencia».

Después de leerlo, se quedó un buen rato con los ojos pegados a la página, como si fuera a desplegar un secreto ante sus ojos.

Me había hartado de llamarlo victimista, protagonista, Peter Pan y demás sandeces cuando, en realidad, sangraba en silencio. No buscaba la tristeza activamente, eso es cierto. No la invocaba apenas su cabeza tocaba la almohada. Más bien buscaba comprensión, empatía, *compañía*, en líneas como esas. Me acordé de eso que me había dicho de que los libros le recordaban que no estaba solo, y un ramalazo de ternura me impulsó a rodearlo con un brazo y pegar mi barbilla a su hombro.

—Anda, deja eso y nos contamos un chiste o algo.

Thiago soltó una carcajada y me abrazó de vuelta. Tan simple y natural como eso: nos estábamos devolviendo un abrazo cuando unas semanas atrás ni siquiera soportaba su mirada sobre la mía.

Me acordé otra vez de Maday, de su comentario sobre los pasos agigantados que habíamos dado. No estuve de acuerdo. Cuando odias a alguien, lo mismo que cuando lo amas, estás obsesionado con él. No hay que recorrer un largo camino, solo darle la vuelta a la tortilla.

Aunque no es que yo lo quiera, ni nada de eso. Solo me obsesiona.

Es distinto.

No volvería a cometer ese infame error.

La tarde que pasamos en el coche no podría haber acabado de otra manera, por cierto. Le enseñé a poner las marchas, a pisar el acelerador lo suficiente para que el vehículo avanzara, a frenar y a mover el volante, pero o yo era una excelente distracción o él estaba ansioso por distraerse con cualquier cosa, porque se dedicaba a utilizar los espejos para mirarme, a ponerme la mano en el muslo y a decirme: «Si te me sientas encima, me puedes indicar mejor».

Por supuesto, me senté encima, pero le di las indicaciones justas: que se quitara la ropa y que me diera un beso aquí y allá.

La confianza que uno adquiere en la cama no es más que una ilusión. En pleno arrebato lujurioso, yo soy capaz de soltarle toda clase de guarrerías. No tengo filtro, carezco de vergüenza y a ratos siento que incluso podría exclamar alguna cursilería de Rocío Jurado, como que lo quiero con el ímpetu del viento. Es a lo que te abocan las endorfinas que se liberan con el orgasmo. Pero cuando acaba, cuando sales de la cama y te toca comer con él, hablar con él, actuar como si nada delante de los demás, vuelves a la inhibición habitual. En la cama no hay nada que no me atreva a pedirle o mostrarle, pero fuera...

Siento que, aunque podamos congeniar porque nos conocemos como si hubiéramos crecido juntos —más o menos es así—, no existe la misma complicidad.

Yo, por mi parte, sé por qué: porque no la dejo crecer.

Hay cosas que no admitiría en voz alta. Que no le admitiría ni a Maday, porque ni yo misma me dejo pensarlo, aunque sea de forma fugaz. Pero sé que, en el fondo, toda esa mierda que dijo sobre mí sigue viva en mi memoria. Es un recuerdo que nunca desactivo, que me tiene alerta y esperando la traición. También sé, muy a mi pesar, que si los dos hemos llegado hasta aquí, es porque yo lo he permitido. Y si me he rebajado a acostarme no una, sino mil veces, con alguien que me hizo tanto daño, debe de ser por dos motivos.

Puedo aceptar el primero: soy masoquista; he nacido con ese defecto de fábrica. Pero no puedo aceptar el segundo: siento una irrevocable y molesta debilidad por Thiago; una que me hace dar la espalda a mis principios.

—A lo mejor te conviene cambiar de principios —me recomendó Maday; eso sí se lo conté: le conté que temía estar rebajándome, una palabra odiosa con unas implicaciones más odiosas aún—. Ser la de los rencores eternos no beneficia a Thiago, pero es que a ti, menos todavía.

Siempre había querido hacer una pregunta al respecto, y nunca me atreví porque me daba miedo la respuesta. Pero si podía confiar en la sinceridad de una persona, esa era Maday, que me parecía más sabia y también inaccesible que nunca cuando admirábamos las vistas del sur desde el mirador de La Centinela.

—¿Crees que fue una tontería? ¿Crees que he exagerado todo este tiempo?

Maday me miró con una mezcla de ternura y alivio.

Apuesto mi vida a que llevaba años esperando que me atreviera a preguntarlo.

—¿A ti te dolió?

—Me hizo polvo —reconocí con pesadumbre.

—Entonces no hubo exageración. No tienes que comparar lo que te duele a ti con lo que le puede doler a un niño de seis años al que le acaban de bombardear la casa, y perdón por ser tan bruta, pero me adapto a los gustos del consumidor. —Eso me hizo reír—. Lo que quiero decir es que cada uno tiene su lucha. Cada uno tiene su corazón. Si te dolió, fue importante.

—Es que me sigue doliendo. Y pienso en ello a veces.

—¿Y qué tiene que pasar para que te deje de doler?

Esa pregunta me estuvo persiguiendo todo el día. La tenía metida en la cabeza incluso cuando Thiago y yo cenábamos en el indio de Los Cristianos, no tan resguardados de miradas ajenas como debiéramos. Él me estaba hablando de no sé qué —seguro que era muy interesante— y yo le daba vueltas a las palabras de Maday.

¿Qué tiene que pasar para que me deje de doler? Ya me ha demostrado mil veces que no le doy asco. Al mirarme, al tocarme, no puedo sentir nada que no sea su pasión. Ya me he demostrado que puedo ser objeto de deseo y que puedo meterme en la cama con alguien sin torturarme por lo que soy. ¿Entonces?

Lo miré a los ojos mientras hablaba sobre Dios sabe qué y esperé que me iluminara. Pero no di con la respuesta, y entonces Thiago ladeó la cabeza para enfocar un punto por encima de mi hombro. Cortó de raíz su monólogo para decir:

—¿Ese no es tu padre?

Una pregunta de lo más tonta, porque Thiago sabe perfectamente quién es mi padre. Convivió con él un verano y una Navidad, lo que mi padre tardó en admitir que siempre había sido gay y que no podía seguir fingiendo que era feliz con la vida que llevaba. Incluso le hizo un regalo por Reyes: Thiago recibió un diccionario carísimo que le ha venido de lujo para la carrera y que asegura que guarda como oro en paño.

Me di la vuelta con el corazón desbocado, y ahí estaba mi

padre: más bronceado que la mestiza de mi madre, ataviado con la clase de camisa hawaiana que solo se pondrían los guiris o Elton John un día que se sintiera especialmente hortera.

Nunca he podido pedirle a mi madre que entendiera la decisión de mi padre. Era su mujer y lo quería, y siempre ha jurado y perjurado —con incredulidad todavía— que jamás había imaginado lo de su orientación sexual. Pero yo sí lo entendía. Yo era su aliada. Era su aliada incluso cuando dejó de llamar por teléfono, de aparecer un día aislado de Navidad, de pagar la casa familiar y de felicitarme el cumpleaños. Era su aliada incluso cuando se paseaba por la facultad proclamando a los cuatro vientos que estaba liado con un estudiante de posgrado, lo que me ha estado valiendo humillaciones sistemáticas. Humillaciones que yo encajaba y encajo con estoicismo porque tiene derecho a rehacer su vida. Porque no tiene nada de malo. Mantiene relaciones consentidas, está enamorado —y no me consta porque me lo dijera, sino porque se lo veía en la cara—, entonces ¿por qué es eso un delito?

Como aliada que soy, me levanté de la mesa con la intención de ir a saludarlo. Iba acompañado de su pimpollito, el veinteañero que le ha ayudado a recuperar la juventud y el tiempo perdido, y pensé: «Fuerte zarandajo, anda que me invita a mí a comer, a mí, que estaba antes; a mí, que me hizo a su imagen y semejanza; a mí, que llegaría hasta las puertas del infierno por él».

Pero también pensé que se le veía saludable y que me moría por abrazarlo.

Di un par de pasos hacia él, sonriendo. Primero me localizó el novio, que creo que se llamaba Raúl, y eso tampoco lo sé porque mi padre me lo dijera; lo sé porque es *vox populi*. Me señaló con un gesto que no me pareció desdeñoso, pero tampoco desenfadado, y luego mi padre me miró.

Hay miradas que sabes que te van a acompañar hasta el día en que te mueras. Por ejemplo, sé que, cuando esté agonizando y asista a la película de mi vida, veré el gesto de orgullo de Airam cuando conseguimos salvar la vida de una tortuga que había encallado en la arena; veré el gesto torcido de Thiago cuando insinuaron que podría quererme; veré el nerviosismo y la emoción de tía Jana cuando presentó a Salma a la familia, y la única vez que mi abuela ha sonreído de oreja a oreja, que fue viendo una de esas cómicas películas de Mr. Bean.

También veré a mi padre perdiendo la sonrisa en medio del restaurante, palideciendo de golpe y dándose la vuelta como si hubiera visto a un fantasma.

Con los padres siempre somos niños pequeños. Aunque tengamos cuarenta años, dejaremos que nos paguen la cuenta, que nos hagan regalos por Navidad, que nos vean hacer pataletas y ser irracionales. Mi modo de demostrarle que todavía era su niña pequeña fue seguir avanzando y llamarlo como cuando lo pillé colocando los regalos de los Reyes Magos bajo el árbol. Con incredulidad, algo de decepción, pero todavía con la esperanza de que su comportamiento tuviera una explicación razonable. Una que no me arrebatara las ilusiones.

Pero mi padre no se dio la vuelta. Salió del restaurante, acompañado del novio, y yo me quedé allí en medio como si me hubieran dado una paliza. Me dolían hasta los párpados, y creo que fue el shock lo que me impidió ser totalmente consciente de que Thiago pagaba la cuenta, me rodeaba por detrás y me conducía a la playa.

Sabe que la playa me calma, pero la playa tampoco hace milagros con los corazones rotos.

Thiago estaba esperando que llorara. No sabe que no se puede llorar cuando no entiendes qué pasa. Agradecí que se quedara en silencio, que solo vigilara con paciencia que no me desmayara por la impresión de haber sido despreciada por un hombre que dijo que mataría por mí. Agradecí que no arremetiera contra él al grito de «hijo de puta» y «desgraciado» porque, aunque lo habría merecido, insisto en que con los padres siempre somos niños pequeños. Todavía habría tenido la bochornosa audacia de defenderlo diciendo que mi padre es el más guay de todo el patio, y que como se entere de que se está metiendo con él, seguro que viene y lo pone en su sitio.

—A lo mejor no sabía que era yo —me oí decir.

Thiago suspiró.

—No te engañes para sentirte mejor. Eres más inteligente que eso, princesa Dácil, y no le tienes miedo al dolor —contestó él al poco rato, empleando un tono cálido que no le había escuchado nunca.

«No le tengo miedo al dolor, pero hay dolores que te superan», me dieron ganas de contestar. Pero me había quedado sin fuerzas, como cuando te dan un bimbazo[56] en el pecho que te vacía los pulmones y te deja boqueando.

Había huido de mí. Verme le había desagradado hasta un punto inimaginable. ¿Por qué?

—Lo más probable es que estuviera avergonzado por haberte abandonado y no se le hubiera ocurrido nada mejor que salir por piernas —sugirió Thiago, poniendo parches inútiles a mi desconsuelo—. No lo justifica, sigue siendo imperdonable, pero...

La palabra «abandonado» me partió en dos.

—No me ha abandonado —ladré, mirándolo de soslayo con resentimiento—. Solo está... enamorado. Es normal que quiera hacer otras cosas, vivir en otro sitio. Yo ya estoy criada, no necesito que mi padre esté conmigo todo el tiempo. —Thiago no dijo nada, pero yo sabía en lo que estaba pensando. Por eso me giré hacia él, dispuesta a volcar toda mi rabia—. Quieres replicarme. Venga, hazlo.

Él levantó las manos.

—No quiero replicarte. Si tú estás bien con ello, yo estoy bien con ello. Es solo que... con lo rencorosa que eres y el ideal

56. Golpe.

de justicia que defiendes, me sorprende que toleres algo así. Que le perdones todo lo que hace.

—¿Qué es todo lo que hace?

—No voy a hacerte una lista, Dácil. Hay maneras y maneras de desmarcarse de la familia para seguir otro camino, y tú sabes mejor que nadie que la suya es bastante mejorable.

—También hay maneras y maneras de defenderte de que te digan que puedas estar enamorado de la hermana de tu mejor amigo, y la tuya fue mejorable —le solté sin pensar.

Él no se sorprendió porque hubiera elegido ese contraataque.

—Sí, es verdad. Pero a mí no me lo perdonas y a él sí.

—Él es mi padre.

—Ya, es tu padre. La figura intocable. Solo quería que te plantearas por qué a algunos los perdonas y a otros no, cuando estás tan orgullosa de tu sentido de la justicia.

No supe qué responder a eso, así que clavé la mirada en el paisaje que se extendía ante mis ojos y hundí más los dedos en la arena.

No recordaba haberme quitado las sandalias. Debí de hacerlo de forma mecánica, sin darme cuenta.

Thiago se acercó a mí con tiento, con miedo a espantarme, y me pasó el brazo por la cintura. También de forma mecánica, como si fuera lo que tocaba y no tuviera ni que pensarlo, apoyé la mejilla en su hombro. Estaba todavía tan fuera de mis cabales que apenas fui consciente del pensamiento fugaz que me asaltó: es increíble cómo hemos vuelto, de forma natural y sin forzarlo, a la camaradería y el cariño que nos dábamos antes de las perseidas. Parece que las jugarretas de antes hubieran sido bromas sin importancia, que hubiéramos pasado tres años soñando con que nos odiábamos pero ya hubiésemos despertado, el uno en los brazos del otro.

—¿Qué puedo hacer para que te sientas mejor? —me preguntó con toda la humildad del mundo. Una humildad que no le pegaba nada, porque si alguien podía llevarme del cero al cien y del cien al cero, ese era él. Modestia, la justa.

Lo miré con una sonrisa rara.

—¿Qué quieres hacer tú para hacerme sentir mejor?

Él me devolvió la sonrisa.

—Mis opciones son bastante limitadas, pero suelo tener bastante éxito.

Exageré un suspiro, como si fuera para mí una tortura imaginarme de nuevo encima de él, o él encima de mí, o solo los dos tumbados en la cama, mirándonos con asombro después de follar. Eso era lo que primaba en todos los casos. El asombro. El «cómo hemos llegado hasta aquí, o es que acaso hemos estado aquí siempre, en este momento de complicidad».

A ratos se siente así.

—Dicen las malas lenguas que las feromonas del sexo, las que hacen que un hombre esté obsesionado con una mujer, duran solamente un año y un día —comenté como si tal cosa—. Luego se os acaba el chollo.

—¿Un año y un día? —Sonó burlón. Me acarició la cara, no sé si apiadándose de mi ignorancia o apiadándose de su propia vulnerabilidad—. Yo llevo unos cinco bonitos años produciendo feromonas por tu culpa.

—Eso es imposible, porque no te has acostado conmigo hasta ahora y las feromonas no se producen así porque sí.

—No me he metido en la cama contigo de forma física, pero en mi mente era libre de alimentar fantasías.

Y solo entonces —y para mi inmensa desgracia— lo supe. Supe qué necesitaba para perdonar su exabrupto de la noche de las perseidas; para estar en paz conmigo misma.

No necesitaba que retirase todo lo que dijo, porque el problema, en realidad, nunca fueron las palabras concretas. Lo que se grabó a fuego fue que, simple y llanamente, no me quería, y nunca he podido soportarlo. Nunca he podido soportar que no me quiera quien yo quiero. Que no me quieran esos escasos individuos a los que elijo de forma selectiva para demostrar que soy sentimental, que me gusta abrazar, que quiero que me besen...

Como mi padre.

Eso es lo que necesito para dejarlo atrás: necesito que me quiera. Necesito que me quisiera desde el principio y que me lo diga con claridad. Pero hasta yo sé que eso es imposible. Y sé que borraré estas líneas, este pensamiento lleno de añoranza y anhelo, en cuanto asuma todas sus implicaciones. La más importante de todas, que me hace falta su amor porque, en secreto, quería (y tal vez todavía quiero) ser correspondida.

Tiene que ser un secreto para siempre, me temo. Porque, ¿cómo voy a decir, después de lo que predico, después de repetir hasta la saciedad que quiero a un hombre que me trate bien, que prefiero al malo? ¿Quién tiene el valor de admitir que sigue siendo sensible ante el que le ha hecho daño?

—Pero si las feromonas duran un año y un día —prosiguió Thiago, acercándose a mí para robarme un beso—, te apuesto lo que sea a que cuando se cumpla la fecha, seguiré loco por tus huesos.

Como lo dijo con la sonrisita de las bromas, no supe hasta qué punto creérmelo, pero le seguí el juego extendiendo una mano temblorosa.

—Acepto la apuesta.

Me la estrechó, quizá jugando, quizá haciendo una promesa en firme, y luego me estrechó contra su cuerpo hasta que se me fueron todos los dolores.

Capítulo 26

Querer sin quererlo

Thiago

Creo que estamos muy acostumbrados a medir nuestras palabras cuando nos enfadamos, pero no las controlamos en los momentos importantes de verdad: cuando somos vulnerables.

De todos los tópicos de los que podría haber echado mano para consolar a Dácil, ¿por qué se me tuvo que ocurrir una promesa? Vale, fue una apuesta, pero había un compromiso implícito. Un «nos vemos el año que viene, en este mismo sitio, a esta misma hora, para que te confirme que lo que sea que me pasa contigo no se me va a pasar jamás».

Este viene siendo el problema desde la semana pasada. Que no mido lo que digo. Se me cae la careta cuando la estoy abrazando y me vienen los poemas y la parafernalia romántica a la cabeza, y como no soy tan cínico como aparento, se me acaba escapando algo. Aunque sea una mirada prometedora. Luego me arrepiento. Me arrepiento tanto que me convenzo de que esta va a ser la última noche, de que no lo vamos a convertir en una costumbre. Pero lo hemos convertido en una costumbre porque soy débil. Ella me ha debilitado con sus ofensivas, con sus convincentes argumentos.

Cuando estoy con Dácil, todo es vino y rosas. Pero más tarde, a solas con mis recuerdos cercanos, siendo el neurótico de los futuros trágicos y torturándome con su inminencia, me dan ganas de sellarme los labios para que no los toque e irme para no volver.

Ahí está una vez más la aversión al compromiso. Ahí está el desprecio hacia la intimidad que florece entre dos personas, entre esas dos y no entre otras, entre Dácil y yo y no entre Dácil y Juan o entre María y yo, porque existe la atracción o un elemento de predestinación, no lo sé, que nos ha unido. El caso es que ahí está, y ahí persiste, pues, el miedo a todo lo que me haga dependiente del bienestar o el cariño de alguien que podría largarse.

Ella, entre todas las personas del mundo, es la que antes podría largarse. Es de mecha corta, y aguanta tonterías las justas. Y es, también, la única que me dejaría hecho polvo si me dijera adiós.

No soy imbécil. Solo finjo que lo soy para posponer al máximo el momento de la verdad. Pero, insisto, no soy imbécil. Dudo que a alguien con ojos en la cara le haya pasado por alto que Dácil es especial para mí, y yo me veo todos los días en el espejo. Me veo la cara de bobalicón y luego la cara de susto. Una cosa sí voy a reconocer, y es que un poco bobo sí hay que ser para enamorarse de la madre de todas las catástrofes naturales.

En mi defensa solo puedo decir que me dejé enamorar porque pensaba que no pasaría nada. Estaba cómodo sabiendo que Dácil nunca me abriría la puerta de su dormitorio o las puertas de su corazón. Podía quererla tranquilamente, sin esforzarme por disuadirme de tan terrible idea, porque nada peligraba existiendo una muralla de veinte metros entre los dos.

Pero ahora no hay muralla.

¿Dónde me escondo para que no me vea, para que no lo descubra?

—Thiago, ¿me estás escuchando?

Airam me devuelve al presente chasqueando los dedos. Retira la atención de la carretera solo un instante para mirarme de hito en hito. Poco a poco, regreso a la realidad: estoy en el asiento del copiloto de su coche de segunda mano. Hemos puesto rumbo a la facultad porque hoy Dácil tenía su examen de recuperación. Airam se ha comprometido a invitarla a comer si le ha salido bien, y si no, pues la invita a comer también, y luego a una copa para que ahogue las penas. Está sonando esa cumbia de las narices que tanto obsesiona a Airam. Ya me la sé de memoria y todo, es algo a lo que tienes que resignarte cuando vives con el heredero de los ritmos latinos: El Gran Combo de Puerto Rico se arranca cantando *Brujería*, una canción que me sume más aún en mi miseria por culpa de la letra.

Que tú me tienes temblando de noche y de día;
tú me hiciste brujería.
Me quieres mandar pa la tumba fría...

—Estás muy raro estos últimos días —comenta Airam, mirándome de reojo—. ¿No será que andas aburrido porque Dácil y tú ya no os buscáis las cosquillas?

—¿Por qué tienes que relacionarlo todo con tu hermana? —contesto de mala manera—. Hay vida más allá de El Chozo Oramas, Airam.

—Bueno, bueno, perdone usted, no quería alterar sus nervios. —Separa las manos del volante un segundo—. Vaya dos se han ido a juntar, coño. Estamos todos idos de la olla. ¿No me vas a decir qué te pasa?

Lo que me pasa es que tengo que cortar el rollo rápido,

antes de que vaya a más. Antes de que me autosabotee, como tengo por costumbre, y me lleve por delante a Dácil. Por desgracia, uno de los aspectos negativos de liarte con la hermana de tu colega es que no le puedes contar tus rayadas. No puedes simplemente palmearte los muslos y decir: «Pues mira, tengo que dejar de hacerle visitas nocturnas a tu hermana. Corro el riesgo de que se ilusione, de que piense que valgo para algo más que esto que estamos haciendo... Porque no sirvo ni para esto que estamos haciendo, la verdad».

Esto último no se lo tendría que jurar a Airam. Es el primero que se burla de mí, medio en broma, medio en serio, porque no puedo formalizar con nadie. Lo que no sabe es que con Dácil formalizaría menos aún, porque con Dácil sí quiero hacerlo y estoy seguro de que eso, esa necesidad, sería mi perdición.

No lo supe desde que me vi encendiendo velas en El Balito, aunque entonces ya lo pensaba y me torturaba más de lo debido. Lo supe desde que la conocí.

Esta no. Con esta, imposible. Con esta no levantarías cabeza en tu vida.

Como si el universo supiera que necesito una señal, algo a lo que aferrarme para sacarme la ansiedad de dentro, la entrada de un mensaje ilumina la pantalla de mi móvil. Nos hemos parado en un semáforo, y Airam, curioso y también irritado porque no estoy para charlas, echa un vistacito a la notificación.

—Veo que sigues hablando con Celia.

—Dejar en «leído» es de mala educación.

—Está bonito que tú mismo lo digas, aunque te haya costado meses darme la razón. Empezaba a pensar que es una tradición portuguesa lo de pensar que es totalmente lícito pasar de la gente. ¿Qué te dice? ¿Te echa de menos?

Intento que no se note mi incomodidad.

—Más o menos.

—¿Vas a volver con ella? ¿O es que nunca la dejaste? Tus límites están un poco difusos siempre.

—Estamos en el limbo. Podré responderte en firme cuando Celia y yo volvamos a vernos. —Guardo el móvil en el bolsillo, no sin antes haberle respondido escuetamente con un par de emoticonos.

Sé que, en teoría, no estoy engañando a nadie. No le he hecho promesas a Celia, no le he hecho promesas a Dácil. No estoy haciendo *sexting* con Celia ni tampoco le digo que la quiero. Ni siquiera engaño a nadie mentalmente, soñando con volver a estar con Celia o pensando en ella cuando estoy con Dácil. Celia es una chica a la que le tengo cariño, la chica que ha sido más paciente y más comprensiva, la clase de chica con la que un neurótico que necesita su espacio podría estar para siempre. Pero, sobre todo, es mi subterfugio. Es lo que me permite respirar hondo y abrazar a Dácil sabiendo que lo nuestro no va en serio por más que yo lo sienta así. Si tengo a una persona en Madrid, en mi vida diaria, lejos de esta ensoñación isleña que son las vacaciones, entonces nada de lo que está pasando ahora es real. Escribirle a Celia no es ni divertido ni emocionante; es un jodido alivio. Me mantiene atado a la realidad y ahuyenta la posibilidad de quedarme con quien no debo.

—A lo mejor salgo con ella en serio cuando vuelva, o yo qué sé —murmuro—. Le diré que no he sido un santo por aquí, y que sea ella quien tome la decisión.

—Tampoco es que le debas fidelidad. Habláis porque habláis, pero tu novia no es, ¿no? Tendría bastante gracia que te echaras pareja cuando yo estoy a punto de quedarme soltero.

Lo dice en tono burlón, pero se le nota en la cara que no le hace ninguna gracia. Luce las ojeras de varias noches sin dormir, y, aun así, no está inactivo: se revuelve cada dos por tres, como si tuviera hormigas en los pantalones, y le sobra energía para cagarse en las madres de los que no ponen el intermitente.

Aunque esto último lo hace siempre, sé que está nervioso.

—¿Qué ha pasado? —pregunto, no muy seguro de querer conocer la verdad.

—Que Leire está empecinada en que bebo los vientos por Maday, eso pasa. —Parece contenerse para no darle un golpe al volante—. Ayer tuvimos pleito y yo no estoy para estas tonterías. Si me tiene que dejar, que me deje, pero que no me caliente más la cabeza.

Por un momento se me olvidan mis dudas existenciales. Airam casi nunca habla con esa violencia; es contenido en todas sus expresiones excepto en la alegría, que deja que le desborde de tal manera que cuando se ríe parece un crío, siempre despreocupado. Apuesto a que está ansioso por enchufarse un cigarrillo en la boca, uno de tantos vicios que tuvo que dejar para salir con Leire, como, por ejemplo, el de responderle monerías a las niñas bonitas. Aunque fueran monerías totalmente inofensivas. Y aunque las niñas bonitas fueran sus amigas de toda la vida.

—No sería muy apropiado dejarte en tu propia casa. Si quiere cortar contigo, conociéndola como la conozco, esperará a estar en Madrid. En su territorio. De todos modos... —Esto lo digo con muchísimo tiento, porque hasta las cosas más perfectas tienen un defecto, y con esto me refiero a que incluso Airam tiene un botón que es mejor no pulsar—, ¿no tiene un pelín de razón? Si no le has contado lo de Maday, será por algo.

Airam se pasa una mano por el pelo. La rotonda le sirve de excusa para posponer la respuesta.

Todo el mundo sabe que no hay nada peor que incorporarse a una rotonda con un tráfico como este.

—*Chos*, necesito un cigarro. —Eso es todo lo que dice.

Pisa el acelerador para meterse directamente en la vía y gira el volante como si condujera un Fórmula 1. Cuando estoy seguro de que no piensa contestar, planta el coche junto a la facultad, en Guajara, ahí donde pone con claridad que no se puede aparcar, y me mira.

—¿Qué es lo que le tengo que contar de Maday? —Le tiembla el pecho de lo fuerte que ruge al hablar—. Nos dimos dos besos tontos cuando éramos pequeños y ya está. Si tengo que hacerle una lista de todas las pibas a las que les he tocado el culo jugando a la botella, no acabo en la vida.

—Hombre, dos besos tontos tampoco fueron. —Meneo la cabeza, esperando hacerle entrar en razón con una mirada elocuente—. Y tan pequeños no erais. Te fuiste a estudiar a Madrid en lugar de irte aquí al lado, a Las Palmas, porque no querías verla ni por casualidad. Distinto es que con el tiempo eso haya mermado, pero lo muchísimo que se te fue la olla con ella me parece suficientemente relevante para contárselo a tu novia.

Como lo veo un poquito histérico, me saco del bolsillo la lata de caramelos donde guardo los cigarrillos ya liados y le ofrezco uno en son de paz.

—Yo no sé para qué te digo nada —refunfuña por lo bajini, y se enciende el pitillo.

Parece que haya consumido algo peor que una calada de nicotina, porque no para de mover la pierna.

—¿Porque somos amigos? —pruebo, componiendo una sonrisita inocentona.

—Más bien te lo dije porque estabas borracho... y porque no se me ocurrió que tendrías tan buena memoria.

—¿Por qué es un secreto de Estado? —me quejo, quitándome el cinturón para estar más cómodo. Sospecho que esto va para largo. Es lo que pasa cuando te niegas a una conversación durante años, que los desahogos se acumulan—. Estuviste colgado de Maday, tampoco es para tanto.

Airam recuesta la cabeza contra el respaldo y cierra los ojos, rendido al alivio del tabaco.

Si fuma, lo hace a hurtadillas, y luego se lava los dientes cinco veces y se cambia de ropa para que Leire no se lo note.

—A ver cómo te lo explico... A Maday le gusta Jane Austen, ¿vale? Se leyó toda su obra a los dieciséis años. Estaba tan pesada con el temita victoriano que le dije que me prestara un libro, para ver si así entendía que me persiguiera con el monotema día tras día. Al final me prestó *Emma*. Seguro que tú te lo has leído. —Y me mira de soslayo, a la espera de que lo confirme con un asentimiento de cabeza.

—Me gusta Austen, como a cualquiera que la haya leído. Y no es victoriana, es de la época de Jorge III. De todos modos, ¿qué tiene eso que ver con lo que te estaba diciendo?

—Pues que me leí *Emma* y Maday es de subrayar los libros. Los subraya enteros si hace falta. Páginas y páginas grabadas con un lápiz. —Se le escapa la sonrisilla al evocar un recuerdo al que yo no tengo acceso—. Es incapaz de hacer líneas rectas, pero sabes que, cuanto más trémulo es el trazo, más emocionada estaba al leerlo. En *Emma* solo había subrayado una frase, cosa rara, y te juro que me la aprendí de memoria de tanto repasarla.

—Sorpréndeme. Pero espero que luego me expliques a qué viene esta historia de literatura.

Airam se toma un instante para respirar hondo.

—«Si te amara menos, sería capaz de hablar más de ello» —cita en un murmullo. Seguro que teme que se le rompa la voz. Luego me mira, frustrado—. Lo de que la quise no es un secreto de Estado, claro que no, pero ese tío, ese señor Knightley, tenía más razón que un santo.

—Así que sigues su ejemplo y te lo callas todo.

—No. *Ella* se lo calla todo, y yo he seguido su ejemplo, ¿me pillas? Seguro que subrayó la puta frase para que la leyera y me diera por aludido. Hacía cosas que clamaban al cielo que sentía debilidad por mí, pero nunca lo decía con claridad. Así era imposible avanzar. Y así fue como adopté su actitud, no sé si por venganza o por comodidad. —Cubre el cigarrillo con la mano para encenderlo con la otra. Es lo que tiene el tabaco de liar, que se apaga cada dos por tres, y esta molestia aviva los nervios de Airam—. El notas tenía toda la razón, Thiago. Si la quisiera menos, hablaría más de ello. Pero no puedo. La tengo estancada en el pecho, y como diga algo, reviento.

—Pues ya lo has dicho, Airam. Ya te lo has confesado. Ya no puedes tratar a Leire de loca por haberse dado cuenta.

—No me entiendes. Puedo reconocer que lo de Maday es un tema delicado, pero no hay nada. ¡Es que no hay nada! —Se desespera—. ¡Me jode que me lo diga, porque no hay NADA!

Airam se muerde el labio antes de decir lo que se queda flotando entre nosotros: «Ojalá hubiera habido algo», o algo aún peor: «Ojalá hubiera algo hoy por hoy». Desearía pelearse con Leire y que ella tuviera toda la razón, pero no puede porque la historia se quedó en el prólogo.

Sube el volumen de la canción de El Combo: «Que ya no puedo comer, no puedo dormir; me tienes *doblao*, hecho una porquería. Tú me hiciste brujería...».

—Hay veces que estás leyendo, aburrido, sin ganas, y de pronto te topas con una frase que parece hecha para una persona. O cuando escuchas una canción... —Se sume en un nuevo silencio para que escuchemos la cumbia.

Se me escapa una sonrisa que dice lo que no pienso verbalizar: que menudos dos tontos estamos hechos.

Sí que pasa. Claro que vinculas la literatura, la música y lo que ves por la calle a la persona que te tiene sorbido el seso, el tuétano, la sangre y todo lo que se te puede sorber hasta dejarte seco y en agonía. Yo tenía veinte años cuando me enteré de que Virginia Woolf pudo haber dicho —y no es seguro— que Vita, su amante, «la hacía sentir como si el lenguaje fuera insuficiente, como si estuviera roto», e inmediatamente evoqué a Dácil. Pensé que quizá por eso no existía manera de que yo me quedara satisfecho al comunicarme con ella: porque las palabras no me dejan hablarle como quiero. Son insignificantes y están desprovistas de toda vitalidad y trascendencia, esa vitalidad y trascendencia que Dácil pasea por el mundo.

—Sigo sin saber qué haces con Leire, alma de cántaro. —Mi risa se entremezcla con un suspiro.

—Quiero a Leire. Estoy enamorado de Leire —me advierte, y no me parece que esté mintiendo. ¿Por qué iba a hacerlo? ¿Por qué a mí?—. Lo que pasa con Maday es que no puedo estar con ella. Lo asumí en su momento y encontré a una chica maravillosa. Fin.

—¿Por qué no ibas a poder estar con Maday, si es la persona más fácil del mundo? Menos trabas te pondría que Leire, que te ordenó que dejaras de fumar, se niega a salir contigo si tienes que estudiar y te monta pollos como mires dos segundos de más a la camarera.

Airam pone los ojos en blanco.

—Leire tiene sus cosas, como todo el mundo, pero sabe lo que quiere. Maday es imposible, créeme. No se ha decidido en su vida, no tiene cojones para dar un paso adelante. Y está bien, no la voy a querer menos por eso, pero tampoco la voy a esperar. Tengo una vida que vivir. Me contento con quererla como se quiere a las cosas que nunca pasarán.

Intento no llevarme su reflexión al terreno personal, entre otras cosas porque es insólito que Airam se abra de esta manera y merece toda mi atención. Pero esto es lo que pasa cuando estás obsesionado con algo: que todo lo que pasa a tu alrededor es una moraleja, un consejo, una señal para ayudarte a tomar una decisión respecto a ese problema que te tiene acorralado.

«Me contento con quererla como se quiere a las cosas que nunca pasarán».

Qué razón tiene. Ahí estaba yo hace un par de semanas, satisfecho de que el final feliz fuera una utopía. Aliviado porque Dácil estuviera fuera de mi alcance. Si uno se desespera con lo imposible, es porque no ha aprendido todavía que tiene que resignarse. En la resignación nunca te frustras; es un maravilloso estado de comodidad. Pero al menos a mí la realidad se me ha impuesto y ya no es tan imposible.

¿Qué tortura más que una posibilidad, que una oportunidad, que una esperanza? Estás obligado a hacerte cargo de ella, de la posibilidad, de la oportunidad, de la esperanza. Y por eso mismo estás obligado a sufrir en algún punto.

Copio la actitud melancólica de Airam echando un vistazo por la ventanilla. Todos los que tenían que recuperar exámenes hoy bajan la cuesta del campus con sus apuntes, con sus amigos, con sus parejas; con los fracasos y las victorias reflejados en la cara.

Entre todos ellos está Dácil, sola pero tranquila.

Ha debido de triunfar.

No puedo resistirme a escribirle un mensaje de texto. Me revuelve el estómago ver su chat tan cerca del de Celia, pero la incomodidad me dura poco, porque nada es real. Ni lo de Dácil ni lo de Celia. Al final, yo siempre me quedo solo.

«El campus es tu pasarela», le he escrito.

Dácil debe de tener el móvil en vibración, porque lo saca sobre la marcha, sin detener su camino, y sonríe al ver mi mensaje. Luego mira alrededor, esperando encontrarme agazapado detrás de algún árbol o un banco, o quizá detrás de sus enemigos, que nos pusieron en esta situación en primer lugar.

Pero yo me he quedado en lo que podría significar la sonrisa que le ha iluminado la cara al ver mi nombre en la pantalla de su móvil. Esa sonrisa genuina. Esa sonrisa *ilusionada*.

—Mierda —se me escapa en voz alta.

Airam se gira hacia mí después de tirar por la ventanilla el resto del pitillo.

—¿Qué pasa?

Me apena no poder agradecer su sinceridad de hace unos minutos siendo igual de honesto, pero si no me salen las palabras es, en parte, porque el cambio de actitud de Dácil al recibir mi mensaje me deja perturbado.

«Mierda, mierda, mierda».

Lo repito para mis adentros hasta el cansancio.

Ya la he jodido.

Ya está ilusionada.

Y ahora ¿qué?

Capítulo 27

El amor tiene su lenguaje secreto

Dácil

Después de un almuerzo extraño y tenso en nuestra arepera favorita de Santa Cruz —El Rayo, incomparable con ninguna otra—, decidí escabullirme y aprovechar que andábamos por la ciudad para pasarme por Solican. Maday y yo habíamos quedado allí, en la librería de segunda mano, para llevar a cabo uno de nuestros rituales preferidos: comprar libros que jamás leeremos.

A diferencia de mí, que voy por épocas, Maday es una gran lectora: de las que se pasan toda la jornada laboral esperando que llegue el momento de volver a casa, o, dicho de otra manera, de volver a zambullirse en las páginas de la novela que les tiene sorbido el seso. También es de las que empiezan a seguir perfiles fanáticos en Instagram a destajo, se hacen millones de amigas internautas con la misma obsesión por el protagonista de turno y se comen una cola con orgullo para que le firmen la novela. Yo tengo mis autores de referencia, mis preferencias temáticas y mis libros de cabecera, claro que sí, pero al lado de Maday uno no se puede considerar «lector».

En Solican, Maday no suele encontrar los libros que le

llaman la atención —últimas tendencias de fantasía romántica protagonizadas por tíos a los que les encanta el lápiz de ojos, para ser exactos—, pero yo solo me topo con joyas. Hay primeras ediciones, y con esto me refiero a ediciones de los años cincuenta, de auténticos clásicos del siglo XX.

Sí, las ediciones en cuestión están hechas pedazos, pero Thiago me enseñó hace mucho tiempo que los libros desgastados por las esquinas y que huelen a viejo son verdaderas reliquias.

Incluso lo vi una vez cosiendo las tapas cuando están despegadas del libro en sí.

—¿A qué te refieres con que la comida ha sido tensa? —me pregunta Maday.

Solo extrae de los montones aquellos libros con portadas chillonas. En eso es igual que cuando tenía seis años, le atraen los colores vivos y, si no los encuentra, los títulos raros. Se compró *Los renglones torcidos de Dios* solo porque sonaba de lujo, sin leerse la sinopsis, y luego, claro, se lo dejó entero porque la novela «no era su tipo».

Sí era mi tipo, así que no hay mal que por bien no venga.

—No sé. Mi hermano y Thiago estaban raros. No raros en el sentido de bordes, sino raros en el sentido de incómodos, pensativos, con la cabeza muy lejos de donde estábamos, ¿entiendes? Y para aguantar esas actitudes distantes, pues me voy a dar un paseo.

—A lo mejor Thiago estaba fingiendo la actitud distante para no levantar sospechas. Se supone que tenéis que actuar como si solo os llevarais medio bien, ¿no?

—No creo que fuera eso. Ya hemos estado con Airam un par de veces y lo hemos acostumbrado a vernos siendo colegas de nuevo. Yo creo que tenían un mal día... ¡Mira! —Saco un libro con una sonrisa triunfante y le muestro el año de impresión—. Esta edición de *La edad de la inocencia* es de hace sesenta años. ¿No es flipante?

—No creo que nadie diera un duro por esa chatarra —apunta Maday, mirando, aprensiva, la cubierta desgastada.

—Justo un duro es lo que vale —le recuerdo, volviendo a dejarlo en el estante—. ¿Por qué no he traído nunca a Thiago? Se volvería loco. Aprovechando que está todo a un euro, se compraría hasta los soportes de las estanterías. ¿Has visto las colecciones de clásicos del fondo?

—¿Desde cuándo te gustan los clásicos?

—No me los quiero comprar, solo quiero verlos. Ya sabes que yo paso por aquí para buscar tesoros, no para apropiármelos.

—Pues para hacer juegos de estrategia nos echamos un Risk, que anoche tuve turno hasta las tres de la madrugada y me duelen mucho los pies.

—¿Qué os pasa hoy a todos? —Pongo los ojos en blanco—. Estáis insoportables.

—Normalmente tú también estás insoportable, lo que pasa es que el examen te ha salido de perlas y ahora andas con la serotonina por las nubes.

—Eso es verdad. —La señalo y me doy la vuelta enseguida para alcanzar los clásicos.

En una librería a todo un euro sin ánimo de lucro no se puede esperar que los libros estén en perfectas condiciones, menos aún que estén colocados primorosamente en expositores acristalados. Muchos de los tomos se amontonan en cajas de cartón cubiertas por el polvo, y no dudo que ese es mejor trato que el que le dieron sus propietarios anteriores.

—Este autor le gusta mucho a Thiago —comento en voz alta, ya agachada para revisar entre los montones—. Se inventó esa teoría que dice que los escritores con bigote tienen más caché que ningún otro.

—Entonces las mujeres portuguesas tienen potencial como escritoras.

Suelto una carcajada y miro a Maday por encima del hombro. Está de pie junto a mí, y como es tan pequeña, no tengo que echar apenas la cabeza hacia atrás para mirarla a los ojos.

—Se lo voy a llevar. ¿Qué opinas?

—¿A Thiago?

—Sí. Por una perra no voy a tener que empeñar mis joyas. —Arrugo el ceño al ver su cara de dolor—. ¿Qué pasa?

—No, ya. Lo que pasa es que... Bueno, tú no eres de hacer regalos. Sabes que la cosa es seria y que la persona te importa porque te conviertes en una chica detallista. Y que llegues a casa con un libro, por muy hecho mierda que esté... No sé si me estoy explicando.

—No has explicado nada. Solo has hecho un planteamiento sin conclusión.

—Eres lo bastante lista para concluir tú misma.

Eso sí es verdad.

—Es un libro, no un anillo de compromiso —explico muy despacio, negándome a soltar el tomo. De hecho, lo aprieto contra mi pecho, dejando claro que de aquí no me voy sin pagarlo—. También podría significar que me alegro de que ahora nos llevemos bien, ¿no?

—O puede significar que te estás haciendo ilusiones y vas a empezar a comportarte como su novia si no te para los pies.

De acuerdo, eso sí que me pilla con la guardia baja. Me pongo en pie a trompicones, usando a Maday para recobrar el equilibrio.

Es ella la que recibe mi mirada fulminante.

—¿Qué dices?

—No sería solo tu culpa, ¿eh? Es él quien está de acuerdo con que vayáis al cine o propone ir a comer por ahí o te consuela cuando estás triste y te abraza en la cama como si llevarais cincuenta años casados. Estáis llevando una vida de pareja, solo que de pareja en la sombra. Si le compras el libro, cierras el trato.

—Pero ¿qué dices, chacha? —repito. Desvío la mirada a la novela de marras—. Si es solo un libro.

—¡No es solo un libro! —insiste ella, más exasperada que nunca—. Tampoco es «solo un beso», ni fue «solo una noche», ni «solo estaba diciendo la verdad». Las cosas tienen una implicación muy clara y cierta repercusión en la vida de la gente. Puedes pensar que estás haciendo lo que tienes que hacer, o lo que te apetece hacer, o lo que crees que es «hacer lo correcto», pero puede que los demás no lo vean así. A lo mejor, a los demás les parece un gran error.

Me quedo mirando a Maday como si acabara de decirme que tiene un cadáver en el maletero. Si no fuera porque conocí a su madre, pensaría que fue la mía quien la trajo al mundo y somos hermanas gemelas. Me conozco su registro facial mejor de lo que me conozco a mí, y esa ansiedad con la que se adentra en un monólogo acelerado solo puede significar una cosa.

—A ver —suspiro cansinamente—, ¿qué has hecho ya?

Maday suele liarnos a todos para que acabemos hablando de nosotros mismos y no de ella, pero esta vez me mira con desesperación y hace una mueca de dolor.

—Creo que he cometido un error.

—¿Qué clase de error? ¿De los que se pueden solucionar o de los que no?

—De los que no... Bueno, no lo sé. Prométeme que no vas a gritar cuando te lo cuente.

—Palabrita del Niño Jesús.

—No crees en Dios. No me sirve.

—Bueno, pues palabrita de Girl Scout.

—Tampoco has sido una chica scout.

—Pues te lo juro por Estopa, coño. ¿Qué has hecho?

Dejo el libro sobre un estante al azar y lanzo una mirada de advertencia al otro chaval que merodea por la librería. «Este no lo toques», le digo en silencio. Él asiente con solemnidad y se arrastra hasta el apartado de filosofía.

Ah, claro, estudiante de Filosofía.

No creo que le interese nada que tenga que ver con la ficción. No si se parece un poquito a los estudiantes de Filosofía que yo conozco.

—Leire ha venido a preguntarme cosas de Airam porque estaba muy preocupada, ¿sabes? —confiesa por fin, aunque con dificultad para expresarse—. Veía mucha complicidad entre Airam y yo, y quería saber si había pasado algo entre nosotros. Yo al principio le dije que no, que de ninguna manera, pero es que no sé mentir, se me nota en la cara, empiezo a pestañear como si tuviera un problemilla nervioso y ella es muy persuasiva. En serio, muy muy muy persuasiva. Así que al final se lo solté todo y creo que va a dejar a Airam.

Se me olvida el estudiante de Filosofía, el libro de Dostoievski y todo lo demás.

—¿Qué es lo que le podrías contar tú a Leire que le hiciera dejar a mi hermano? —Al mismo tiempo que hago la pregunta, me cuestiono si quiero saberlo—. Más allá de que sabe recitar el alfabeto con eructos y mi madre le compraba los gayumbos hasta los veinte años.

—No te enfades —me ruega, mirándome como si fuera a explotar una bomba en cualquier momento—. Prométeme que no te vas a enfadar.

—Ya te lo he jurado por Estopa. El resto de los juramentos que puedo ofrecerte están por debajo.

—Vale. Que conste que te hago jurar porque, conociéndote, vas a poner el grito en el cielo, pero no es para tanto. No es para nada, de hecho. Es una tontería que a nadie le importa, ni siquiera a mí. En fin, resumidamente, que... que Leire quería saber si Airam y yo tuvimos algo, alguna vez, y la cosa es que sí, pero como Airam se lo ha ocultado, pues Leire puso una cara cuando yo le di la otra versión que...

Después de escucharla, lo único que me sale es hacer un millón de aspavientos en un solo segundo. Podrían significar «para el carro, para», o podría significar que estoy en una isla desierta y necesito captar la atención de un helicóptero.

—¡¿QUÉ?!

Maday me reprende con una mirada indignada.

—Me has jurado por Estopa que no ibas a gritar.

—Eso no era un grito, era una exclamación de asombro. ¿Qué me estás contando, Maday? ¿Qué es eso de «tener algo» y por qué yo no lo sabía?

—Porque fue una gilipollez. Teníamos dieciocho años y había un *feeling* raro y... nos dimos un puñado de besos a lo largo de ese verano y luego, por malentendidos, lo dimos por zanjado y seguimos siendo amigos. Vamos, una tontería. Se lo he contado a Leire con toda mi buena fe, creyendo que le daría igual. Total, ¿cuántos años han pasado? ¿Cinco? ¿Seis? Una barbaridad de tiempo.

—Estoy de acuerdo. Ha sido una barbaridad de tiempo. Lo que me lleva a preguntarme cómo es posible que no encontraras un momento en SEIS años para contármelo. No sé, a lo mejor cuando nos echábamos una pachanguita de baloncesto, cuando nos bebíamos hasta el agua de los floreros en Sala Aguere o cuando te quedabas a sobar en mi chozo.

—¡No fue nada! —insiste ella.

—No me suena a que no fuera nada. Apuesto a que le regalaste un libro de segunda mano y, con él, todas tus ilusiones y esperanzas —replico en tonito sarcástico, señalando el libro de Dostoievski con un gesto de la barbilla.

—¿Ahora vamos a usar el libro de segunda mano como metáfora de ilusionarse en el amor?

—¿Por qué no? ¿No quieres tener un lenguaje clave conmigo? ¿Solo puedes tenerlo con mi hermano? —la pincho a mala idea.

—Dácil, no te vayas a enfadar —me ruega con ojos de corderito; incluso junta las manos en una plegaria, que es como ahuyenta los conflictos y los reproches—. Ya sabes que soy muy callada para esas cosas, y era tu hermano. Te lo cuento a toro pasado porque no hay nada más que decir al respecto.

Fíjate, fue un rollo raro que no duró ni un mes. ¿Para qué contártelo? No iba en serio.

La callo levantando una mano. Como, ante todo, Maday es obediente, mantiene la boquita cerrada mientras yo me apoyo en la pared y repaso calculadoramente cada momento que hemos compartido los tres: Maday, Airam y yo.

¿Cómo no me di cuenta de que había algo entre ellos?

Pues porque no lo parecía. Y porque, admitámoslo, no soy susceptible a los intercambios de miradas, ni tampoco una romántica que sepa cómo interpretarlas. Voy a lo mío. Pero quizá, cuando íbamos al Siam Park, sí que daba la impresión de que mi hermano y mi amiga se querían rezagar en la cola de las atracciones y luego no parecía que se hubieran tirado por el tobogán. ¿Cómo iba a saberlo yo, que apartaba a la gente con los codos para tirarme la primera con el grupo de desconocidos al que le faltara un colega para cubrir el cupo?

También era sospechoso que ni Airam ni Maday pudieran quedar algunos días.

Quizá los reservaban para verse a solas.

¿Y cómo me sienta eso? Mi padre estableció la costumbre de preguntármelo cada vez que estoy confusa porque ha ocurrido algo que me ha descolocado. Cuando era pequeña, tenía el doble de problemas para encajar los golpes. Me quedaba en shock, como al ver a Thiago enrollándose con Malaika. Entonces, mi padre se agachaba, me cogía por los hombros y me decía: «Venga, Dácil. Concéntrate en tus sensaciones. ¿Cómo te ha sentado eso?». Solo así conseguía entender que me había *amulao*,[57] o que solo estaba triste, y todas esas variaciones entre una cosa y la otra —decepción, exasperación, coraje— que con el tiempo he ido asimilando.

Ahora no estoy ni enfadada ni triste. Estoy intrigada.

57. Enfadado.

Miro a Maday ya sin la intención de reprenderla. Ella está que se come las uñas, mortificada por habérmelo ocultado.

Más le vale, porque yo no tengo secretos para mi amiga.

—¿Hasta qué base llegasteis? —pregunto al fin.

—¿Es eso tan importante?

—Sí. ¿Hubo...? —Me golpeo un par de veces la palma de la mano con el puño cerrado.

—¡No! —Su cara de horror me hace gracia, pero más aún que acaba cubriéndose la cara para ocultar una carcajada—. No te puedo creer, Dácil Oramas. Es que eres un tío.

—¡Oye! ¿A qué viene eso?

—¿Que si hubo...? —Imita mi gesto con cara de orangután—. De verdad, es la clase de pregunta que me habría hecho el salido del grupo del hotel.

—La diferencia es que a mí me quieres, y a ese notas no. Solo era una duda inocente, ¿vale? Ahora va la seria. —Carraspeo y me concentro para mirarla con severidad—. ¿Me lo ocultaste porque tenías miedo de cómo reaccionaría? Porque me habría encantado que salierais juntos.

Maday pone los ojos como platos.

—¿En serio?

—Pues claro. Las dos personas que más quiero en el mundo, juntas para siempre. Habría sido un sueño hecho realidad. Incluso si no hubierais estado juntos para siempre, ¿eh? —me apresuro a agregar—. Habría sido maravilloso. Me habría tenido que acostumbrar a daros más espacio y no estar pegada a vosotros, ya, pero no importa. Habría tenido la certeza de que tú estabas con una persona que te merecía, y viceversa.

—No digas esas cosas, que me emociono.

—Lo siento, pero te las voy a decir. Y te voy a decir algo más: ¿cuál es el interés de tener una mejor amiga si no vas a utilizarla para desahogarte?, ¿si no vas a contarle tus cosas en busca de un consejo? Sé que no soy la persona más sensible del mundo, pero hubiera hecho un esfuerzo por ti y habría dejado a un lado mi amor por Airam para decirte que es un canchanchan[58] de ser cierto eso.

—Lo sé, lo sé. Supongo que en esa época ni yo misma me creía lo que estaba pasando y pensaba que lo arruinaría si se lo contaba a alguien. Ya sabes... Dicen por ahí que, si quieres que algo dure, si quieres que algo vaya bien, lo mejor es mantenerlo en secreto.

—No estoy de acuerdo con ese planteamiento, pero bueno, si así lo crees...

Busco en su expresión algo que me ayude a entender cómo se siente.

¿Hay algo más que arrepentimiento por haberme mentido a la cara? ¿Le dio pena perder a mi hermano? ¿Cómo lo perdió? ¿Es mi trabajo sonsacarle ahora esa historia? Es Maday. La respuesta correcta con ella siempre es dejarla en paz y no ponerla entre la espada y la pared cuando no quiere hablar de algo.

Entonces caigo en la cuenta de algo.

—Sí que me hablaste de él —recuerdo, envalentonada por la iluminación—. Me contaste la historia entera, solo que no me dijiste que era Airam. Era mi hermano el tío ese con el que no terminabas de decidirte, ¿no? —Ella no dice nada. Solo agacha la cabeza en busca de las yemas de sus dedos—. Vaya. Si esa es la historia de los dos, eras tú la mala de la película. Siempre compadecí al pobre chaval, que tenía que comerse tus cambios de opinión y... ¡Lo siento! —exclamo al ver que Maday se pone blanca—. No quería decir eso. Es agua pasada, ¿verdad? Mejor que lo dejemos como está.

—Por favor —suplica con un hilo de voz—. Hablemos de otra cosa.

—¿Quieres volver a lo de Leire? —propongo con paciencia, apoyándome en una de las estanterías del pasillo donde hemos

58. Inútil, gandul.

estado refugiadas—. Yo no dejaría a mi novio porque hubiera tenido un rollo con alguien hace seis años. Y mira que yo soy La Rencores.

—No creo que lo deje por eso, sino por habérselo ocultado. Leire es una persona muy insegura. Me he dado cuenta estos días.

—Me parece injusto que la gente guapa sea insegura. ¿Qué nos espera a los demás, entonces? —Bufo.

Vuelvo a rescatar el libro del ruso bigotudo. Lo sacudo para quitarle parte del polvo de encima y admiro la bonita encuadernación, de tapa dura.

No me cuesta adelantarme a la reacción de Thiago.

Seguro que le gusta.

—Se lo vas a llevar —asume Maday, mirándome de hito en hito—. ¿Estás convencida de que es buena idea?

—De verdad, Maday, deja de leer libros ambientados en el siglo XIX. A lo mejor en el pasado, un regalo era un símbolo de cortejo, pero no en esta economía. En esta economía, de hecho, lo normal es hacer regalos vacíos. ¿No sabes que un fantasma recorre Europa? —Me acerco a ella con una sonrisita macabra, moviendo los dedos de una mano—. ¿El fantasma del...?

—No me distraigas con el capitalismo otra vez, haz el favor —me interrumpe, malhumorada—. No me preocupa el regalo en sí mismo, boba, sino que estés ilusionada. Porque *estás ilusionada*, Da. Pareces otra persona estos últimos días. Pareces incluso...

Se calla un momento, cohibida por el pensamiento que acaba de tener.

—¿Qué?

—Pues... enamorada.

El corazón me da un vuelco. Como si ella hubiera podido notarlo y necesitara esconderlo de su visión rayos X, me doy la vuelta bufando de forma muy poco femenina.

—Qué tontería.

—Oye, que es normal. No pasa nada. Solo quiero que tengas presente que vive a unos cuantos kilómetros de aquí. Lo pasarías regular hasta que viniera en Navidades, sobre todo con la fama que se ha dado él solito de rompecorazones.

Esquivo a Maday y sus acertadas advertencias para acercarme al mostrador. Justo enfrente, Solican oferta vinilos y otros CD antiguos, también a un euro. Por el placer de remolonear un fisquito y fingir que no la he oído, los reviso con desinterés.

A lo mejor no soy una amiga tan abierta como creo. Hay cosas que no le he contado a Maday porque me avergüenzan; cosas que, a pesar de todo, ella lee en mi cara y, encima, tiene el detalle de decírmelas en voz alta.

Estaría mintiendo como una bellaca si negara que he pensado en los meses venideros. Da igual cuántas veces nos repitamos que hay que vivir en el presente, disfrutar el momento y no pensar en lo que ocurrirá, porque los seres humanos construimos lo que somos y lo que queremos en ese futuro simple. Sé que tengo que adaptar lo que quiero hacer ahora en función de lo que anhele conseguir mañana. Así es como trabajan todas las mentes, incluso la del que vive al día. Es inevitable preguntarse adónde me llevará esto, en qué desembocará aquello. Cuando Thiago regrese a Madrid, ¿ignoraremos lo que ha estado pasando? ¿Nos escribiremos para contarnos el día a día, nos llamaremos para hacer *sexting*, nos visitaremos a espaldas de Airam antes de que llegue la Navidad? ¿Nos despediremos sin más y, cuando vuelva a Canarias para celebrar la Nochebuena, retomaremos el odio donde lo dejamos?

Sé cuál es la opción que me gustaría a mí. Y es una opción que, efectivamente, delata las ilusiones que he ido tejiendo desde que me dio el primer beso. No sé si se corresponderá con la que él tiene en mente. Quizá no. Es una alternativa que barajo y que, para mi inmensa desgracia, me apena. Pero por primera vez quiero actuar con madurez en lo que a él respecta.

Quiero ser una persona coherente, adulta, que no se enfada y aguanta la respiración cuando le dicen lo que no le apetece oír. Quiero estar a la altura de lo que se hable el día de agosto que vuelva a su vida de otoño y primavera. Y quiero que sea así porque sé que, cuando un asunto se deja primorosamente zanjado y ambas partes quedan complacidas, hay más probabilidades de que se vuelva a abrir. Y, por lo menos a mí, no me importaría revivir este verano el año que viene.

Con sus más y sus menos, ha sido diferente y especial.

Lo que no quiere decir que esté enamorada, como Maday se ha atrevido a decir. Con todo, sí coincido en algo con ella, y es que estar ilusionada puede ser mucho peor.

Hay algo morboso e incluso bonito en que te rompan el corazón. Puedes regodearte en los buenos recuerdos con el consuelo de que al menos has vivido una experiencia única. Pero ¿que te rompan las ilusiones? Eso es como acabar un cuento en la introducción, o que la canción se quede en la parte instrumental del comienzo. Deja demasiadas cosas al aire, y aunque a todos nos gusta preguntarnos por lo que podría haber sido, nadie sabe manejar tantas incógnitas como las que deja una historia que terminó antes de empezar. Es demasiada incertidumbre.

—¿Te puedo ayudar en algo, mi niña? —me pregunta el dependiente.

Me giro con una sonrisa hacia él, que ya me conoce de tantas veces que he venido a verlo. Es un tipo bonachón de barba blanca que saca conversación a todo el que se le pone por delante; una representación muy justa de la hospitalidad y el buenrollismo canario.

—Solo estoy mirando, pero tranquilo, que algo me llevo seguro.

—Ese vinilo que estás mirando es estupendo. La bossa nova tiene mucho encanto. ¿Te gusta la música brasileña?

Desvío la mirada al vinilo que estaba sujetando. Se me acelera el pulso al reconocer el nombre de la artista. Gal Costa. No tengo ni que hacer memoria para recordar quién lo pronunció. Thiago incluso me bailó una canción suya.

—No mucho, pero tengo un amigo al que le encanta.

No puedo evitar interpretarlo como una señal. ¿Cuáles eran las probabilidades?

—¿Y se lo vas a llevar? Mira que es una reliquia.

—¿Por un euro? Ya ves. —Me encojo de hombros, quitándole importancia al gesto.

—¡Menudo amigo afortunado el tuyo! ¿Y tú, mi niña? ¿Te llevas algo? —le pregunta a Maday, que aparece con las manos a la espalda. Ella asiente y planta sobre el mostrador un par de libros de George R. R. Martin—. Me encanta este escritor. A ver cuándo saca el último que le queda...

Maday y yo nos miramos. A ella no le gusta George. Demasiado sangriento, demasiado pesimista; muy poco romance que merezca la pena, a su parecer. A mi hermano, en cambio, le parece perfecto. Por eso va por ahí paseando la camiseta de la Casa Stark.

Aun así, no es un regalo detallista. Es un regalo de disculpa. La culpabilidad la está matando.

Mientras el dependiente nos cobra, le paso un brazo por los hombros a Maday. Ella suspira y masculla algo parecido a «vaya dos idiotas».

No me queda otra que suscribirlo.

Vaya dos idiotas.

Capítulo 28

No es lo que dices, sino lo que *no* dices

Dácil

Llegamos a casa en torno a las siete y media. Maday ha ido conduciendo con tranquilidad, acompañada de los últimos discos de Abhir Hathi, Cruz Cafuné, Choclock y Maikel Delacalle. Solo ha dejado a los típicos cantantes canarios a un lado para canturrear un tema de Dellafuente y otro par de la autoría de Juanito Makandé.

No me gustan las canciones con las que me siento identificada. Intento borrar las letras de mi mente, ignorarlas o concentrarme en la voz de mi acompañante, si es que está siguiendo el estribillo por encima. Suele ser la de alguien que no tiene ni idea de cómo cantar, pero Maday canta excepcionalmente bien, y en lugar de reírme de ella porque entona incluso peor que el tal Makandé, acabo escuchándola con atención y haciéndome un ovillo en el asiento del copiloto.

Buscando la libertad,
que hace tiempo ya perdí
cuando te empecé a querer.

La cama ya no la quiero
si no me abrazas
me come los pájaros negros
...
Por los charcos me revuelco
salpicando la ignorancia
y tal vez no te marches nunca más
y así no despertaré de esta gloria que me das.[59]

—Hoy te sientes romántica, ¿eh? —comento, aunque solo sea para no escuchar por un rato las estrofas lloronas de un enamorado.

Ella se encoge de hombros y sonríe sin apartar la vista de la carretera. Dobla una esquina y ya estamos en nuestra calle.

—Yo siempre me siento romántica.

En vez de contestar, bajo la ventanilla para ayudarla a buscar aparcamiento. Arrugo el ceño al ver un taxi en el espacio junto a la acera que los vecinos dejan libre para la tartana de Maday. Pagar por un vado al ayuntamiento es algo que la comunidad puede evitarse siendo respetuosa con las cocheras de los demás. Eso no lo entienden los taxistas, por lo visto.

Maday se detiene en doble fila junto al taxi. Va a pitarle para que se mueva, pero soy yo la que la detiene, alzando la mano, cuando veo a Airam apoyado en el vehículo. Está hablando con alguien que tiene problemas para acomodar su equipaje en los asientos traseros.

—¿No puedes escucharme? —le oigo decir, desesperado.

Tengo que bajar más la ventanilla para oír la respuesta.

—Ya he escuchado todo lo que tenías que decir. El problema es que no me satisfacen tus excusas —contesta Leire en tono tranquilo.

Entonces se incorpora, ya colocados los mil neceseres que

59. Del tema *Cuando te empecé a querer*.

se ha traído, y rehace sus pasos hacia la casa para... ¿recoger el resto de sus bártulos?

Miro a Maday, que, a juzgar por su palidez vampírica y la cara de pasmo, ya se ha enterado del percal.

—Aparca donde sea y salimos a ayudar —propongo.

No sé cómo pretendo ayudar. A mí me importa un comino que Leire se pelee con mi hermano, y ni entro ni salgo en su relación, pero él la quiere. La quiere, *¿no?* Y mientras sea importante para ella, puedo hacer el esfuerzo de mediar, un papel que, por cierto, no he desempeñado en mi vida. Yo soy la que genera el conflicto, no la que lo resuelve. Pero tampoco me voy a morir por salvar el día, aunque solo sea una vez.

Leire sale de la casa, perseguida otra vez por Airam, con una maleta y un par de vestidos colgados de una percha.

¿Tanto equipaje había traído?

Alertados por el movimiento y las súplicas de mi hermano, tía Jana, mi madre, mis abuelos y Núria se asoman bajo el umbral de la entrada.

—¿Qué pasa? —pregunta mi madre, cerrándose la bata a la cintura.

Si se ha puesto la bata a las siete de la tarde, es porque no se la ha quitado en todo el día. En otras palabras, se ha pasado la bonita jornada de julio jugando al póquer en el comedor.

El gesto agrio de tía Jana delata que ha sido ella la que ha soltado la pasta.

—Nada —zanja la abuela Candelaria—. Peleas de enamorados en las que no tienen que meterse. Todos adentro ya. Por lo menos tú, vejestorio.

El vejestorio no es otro que mi abuelo, que hace todo lo que puede para que la abuela no lo empuje al interior.

—¡Es una GODA! —exclama, rojo por el ímpetu con el que defiende sus principios—. ¡No te conviene, Airam! ¡Los colonizadores son el enemigo de los herederos del volcán!

—Cuando se te ocurra una excusa de este siglo para romper una relación, te soltaré —le espeta la abuela.

Eso es lo último que sabemos de ellos.

Por fin consigo saltar del vehículo para que Maday pueda meter el coche malamente entre el de tía Jana y la moto de tío Jaime.

Mi intervención alerta a los dos tórtolos.

—¿Va todo bien?

Airam no aparta la mirada de Leire, a la que parece que quiere convencer de quedarse poniendo carita de pena. Ella sí me presta atención. Incluso me dedica una sonrisa afectuosa y deja la maleta junto al taxi para venir hacia mí.

—¡Ah, aquí estás! Te he buscado por toda la casa y no te encontraba. Luego me han dicho que seguías en Santa Cruz. Me alegro de que hayas llegado a tiempo para despedirme. No quería irme sin decirte que ha sido un placer conocerte.

—¿Despedirte? Pero si os vais todos juntos la semana que viene, ¿no?

La sonrisa de Leire decae un tanto.

—Exacto —interviene Airam, que ya se ha hecho con la maleta abandonada y parece decidido a meterla de nuevo en la casa—. Nos vamos todos juntos a casa.

—¿Cómo que «a casa»? Esta es tu casa —le reprende mi madre.

Leire tiene que agarrar a Airam por el borde de la camiseta para retenerlo.

—¡Ya lo hemos hablado! ¡Deja mi maleta tranquila! No me apetece pelear, Airam. Vamos a tener la fiesta en paz, ¿quieres?

—O sea que dejarme en mi propia casa y largarte a Madrid una semana antes, sin darme la oportunidad de arreglar las cosas, ¿para ti es tener la fiesta en paz? Pues menos mal, porque yo no veo la fiesta por ninguna parte. Y en paz te quedarás tú, mi niña.

—Pues sí, me quedo muy en paz, porque te he dicho todo lo que pienso —suelta Leire, cruzándose de brazos—. ¿Qué te crees? ¿Que puedes mentirme, escabullirte para verte a solas con Maday y que yo me quede tan tranquila?

—¿Cómo que escabullirte para ver a Maday? —repite mi madre—. Niño, yo no te he criado para que hagas eso.

—¡No hemos hecho nada! —No sé si se lo dice a mi madre o a Leire. Probablemente a las dos—. ¡Es mi amiga!

—Y por qué te escondías, ¿eh?

—Eso digo yo —malmete tía Jana—. ¿Por qué te escondes, si no es para tanto?

—Porque sabía que me ibas a montar un espectáculo —rezonga para responder a Leire—, justo lo que estás haciendo. Aunque te despidas de buenas maneras, pirarte antes de lo previsto sigue chocándoles a los que viven en esta casa, ¿sabes?

—¿Eso es lo que te preocupa? ¿Lo que piense tu familia? Tu tía Jana me dijo que sería un milagro si yo, «una persona normal», duraba en esta casa más de cinco minutos.

—Nunca pensé que romperías el récord —apunta Jana—. Pareces demasiado seria para aguantar tanta tontería.

—Gracias, tía Jana —ironiza Airam.

—Y tu madre me contó que siempre pensó que te casarías con Maday —prosigue Leire.

—¡Pero no lo dije a mala idea! —se defiende la aludida—. También pensaba que mi cuñada Jana era heterosexual, y mírala.

—No tienes tú muy buen ojo para estas cosas, Jime —se mofa Jana.

—Cada persona tiene su don —concluye Salma, poniéndole una mano amable en el brazo a mi madre. Ella asiente, resignada a que su don sea ganar siempre a las cartas (con trampas).

—¿Y qué más da lo que diga mi madre? —sigue quejándose Airam.

Leire cambia de expresión. La molestia da paso a una pena profunda que me remueve algo por dentro.

—Pues que lo piensas tú también, Airam. —No hay reproches en su respuesta, solo resignación—. ¿A quién pretendías engañar al traerme aquí? ¿De verdad no se te pasó por la cabeza que yo lo notaría?

—¿El qué ibas a notar? Leire, te juro por Dios que Maday es mi amiga. Ni siquiera eso. No sé qué historias te habrá contado, pero lo que quiera que pasara, ya pasó. ¿En serio me ves como la clase de persona que saldría con alguien que no le interesa, solo por despecho?

—Sé que te intereso. Y que me quieres. Pero ¿tú me ves a mí como la clase de persona que saldría con alguien que tiene una marcadísima preferencia? Llevamos horas hablando de esto. No me hagas repetirlo, por favor. Me duele, ¿sabes?

—¿Y a mí no? Estás tomando una decisión muy precipitada basada en algo que pasó hace años.

—¿Te lo tengo que decir otra vez? —Se frota las sienes. No me extrañaría que tuviera migraña. Airam es de los que no te dejan levantarte de la cama hasta que ha quedado resuelta La Conversación—. No me molesta que salieras con ella, si es que saliste con ella. Me da igual que hayas tenido novias antes. Lo que importa es que me has mentido, y si sientes la necesidad de mentirme sobre algo que «no tuvo importancia», pues alguna importancia tendría.

—Eso es verdad —apostillo sin pensar.

Airam me fulmina con la mirada.

—Tú no te metas, haz el favor.

—Estamos en la vía pública —apunta tía Jana—. No puedes echarnos. Si quieres intimidad, métete en tu coche. Ahí seguro que no podremos intervenir.

Viendo que Leire abre la puerta del taxi, Airam se olvida de mí y se abalanza sobre ella para evitar que se mueva.

—Por favor, quédate —le ruega, al borde de la desesperación.

Ella se gira, suspirando.

—No te estoy dejando para siempre. Solo me voy antes a Madrid para que ambos tengamos tiempo de aclararnos las ideas. Creo que ni tú mismo estás del todo seguro de que quieres estar conmigo. Y, la verdad, yo tampoco lo sé. Noto vibras muy extrañas entre Maday y tú, sí, pero también percibo cosas que no me gustan entre tú y yo.

Esta ha pasado demasiado tiempo con Salma, me parece a mí.

—Lo cierto es que las auras adquieren una tonalidad diferente cuando Maday y tú interactuáis —apostilla la susodicha.

Lo que yo diga.

—Y más allá de lo que digan las intuiciones, que son muy válidas a la hora de teorizar —agrega Núria—, es verdad que vuestra relación no está en su mejor momento.

—¿Ves? —insiste Leire—. ¡Si hasta lo dice una psicóloga!

—¿Y a mí qué más me da lo que diga una psicóloga? ¿No es más importante lo que digamos nosotros?

—Hombre, técnicamente, una psicóloga sabe mejor de lo que habla —interviene mi madre.

—Y el problema no es lo que digas tú, Airam, es lo que *no* le has dicho —corrige Núria.

—¿Podéis dejarnos en paz, por favor? —suplica Airam. En el momento en que se da la vuelta para mandar callar a su familia, Leire aprovecha para cerrar la puerta y, supongo, dar la indicación al taxista para que se ponga en marcha. Airam se entera por el portazo—. ¡No! ¡Espera!

Pero no espera. Bastante drama ha tenido que aguantar el taxista, aunque no dudo que le vaya a cobrar los minutos de escenita.

A la vez que el taxista deja libre el hueco perfecto para encajar el coche, Maday aparece corriendo. Ha debido de aparcar en los confines del infierno.

—¡Un momento! —exclama.

Desgraciadamente, no llega a tiempo, y eso que se pone por delante del taxi con las manos en alto. El conductor da un volantazo para esquivarla y se pierde calle abajo.

Maday, sin aliento y todavía mostrando las palmas, se queda inmóvil en el sitio. Luego ladea la cabeza hacia Airam, que sigue con la mirada el taxi en el que se va... Bueno, no sé si se va el amor de su vida, lo que está claro es que se va alguien que adora. Alguien que no quería que se fuera.

Y en cuanto se ha perdido de vista, lo paga con quien no debe.

—Estarás privadísima[60] —le espeta a Maday, furioso—. Todo esto es por tu culpa.

—Eh, eh, eh, menos humos —le advierto. Pero él no me escucha. Solo tiene ojos para el pasmarote de Maday, que permanece en medio de la calle con la cara de un condenado a muerte.

—Menos humos ¿de qué? ¿Ella por qué se tiene que meter donde no la llaman? —me responde a mí, pero se lo suelta a Maday—. No te correspondía a ti contarle nada, y me da igual si te preguntó o no te preguntó. Tendrías que haber cerrado la boca.

Maday traga saliva, y lo único que logra responder es:

—Lo siento.

—¿Lo sientes? ¿Tú crees que lo sientes? Pues más vas a sentirlo como te vuelvas a meter en mi vida.

—Airam... —Da un paso hacia delante con la clara intención de aplacarlo.

—Ni Airam ni hostias. No te me acerques ahora, que no te quiero ni ver. Siempre me tienes que joder la vida. —Esto lo dice más para sí mismo, mirando la pantalla del móvil que acaba de sacar del bolsillo. Pulsa la pantalla como si quisiera abrir un boquete y se lo pega a la oreja—. Siempre, maldita sea. Cada una de las veces.

60. Contentísima.

—Te estás pasando —contesto, viendo que Maday no está en condiciones de defenderse.

En realidad, no sé si se está pasando o no. Solo sé que nadie debería hablar estando tan enfadado, y lo sé por experiencia.

—Hola. —Saluda con el mismo tono que si lo estuviera llamando «hijo de puta»—. ¿Puede venir un taxi a esta dirección?

—¿Vas a ir detrás de ella? ¿En serio? Se quiere ir, Airam —irrumpe Thiago con pies de plomo. No sé cuándo ha aparecido, pero no creo que su intervención vaya a salvar la situación. Aun así, se abre paso entre mis familiares y le pone una mano en el hombro a su amigo, como si así lo pudiera retener—. Deberías respetar su deseo.

—No voy a dejar que se vaya porque a Maday le haya dado la gana de espantarla.

Maday aprieta los labios.

Y, oh, ¡aleluya!, por fin dice algo:

—Yo solo le conté la verdad, algo que tú no tuviste los huevos de hacer.

Viendo la reacción de Airam, casi lamento que se haya atrevido a defenderse.

—Ah, ¿ahora soy yo el que no tiene narices para hacer las cosas? —le ladra. Tiene colorado el cerco de los ojos—. ¿Me lo vas a decir tú, que no abres la boca nunca en la vida, y lo haces justo para que mi novia me deje? No me hagas hablar, Maday... No me hagas hablar.

—Lo pintas como si le hubiera ido yo con el cuento. Pues no. Leire me acorraló porque ya tenía una idea muy clara de todo lo que pasó, y yo me limité a confirmárselo. Solo asentí o negué con la cabeza, solo...

Airam cuelga el teléfono y le clava a Maday una mirada que la deja sin habla.

—Si no consigo arreglarlo —dice en tono bajo, pero no por ello suena menos mortífero—, olvídate de mí.

—No hace falta ser tan tajante —interviene Thiago, igual de turbado que yo—. Anda, que no estás en condiciones de tomar decisiones así.

—Te puedo llevar al aeropuerto, si es a donde quieres ir para hablar con ella —se ofrece Maday con voz temblorosa.

—Sí, seguro que le encantará verme llegar contigo. Mejor déjalo, cariño —espeta, envenenado—. Ya has cumplido de sobra con tu cuota de participación.

Por más que intentamos detenerlo, Airam no atiende a razones. Se da la vuelta y baja la calle sin mirar atrás, sin hacernos caso a Thiago y a mí, que lo llamamos y le pedimos que sea coherente, que se pare un momento a reflexionar. Yo soy la primera que desiste. Aunque mi hermano sea generalmente tranquilo, sigue siendo un Oramas: lo de testarudo lo lleva en la sangre y no va a haber manera que dé su brazo a torcer.

El público se disuelve a cámara lenta. Maday, aguantando las lágrimas como buenamente se lo permite su sensibilidad, regresa al coche y lo pone en marcha a trompicones. Conociéndola, se irá al mirador de La Centinela a meditar. Los demás se meten en la casa, comentando por lo bajo lo ocurrido como si de un *reality show* se tratara. Y Thiago y yo, desde la entrada, vemos a Airam pararse en la esquina que colinda con la calle paralela y subirse al taxi que acababa de aparcar para esperarlo.

En eso también es un Oramas de la cabeza a los pies: perseguirá lo que ya está perdido hasta perderse él, y lo único que conseguirá será hacerse más daño. Thiago y yo lo sabemos, por eso intercambiamos una última mirada resignada antes de entrar en casa.

Capítulo 29

Ser valiente o ser honesto

Thiago

—¿Adónde crees que ha ido? —murmuro, mirándome las palmas de las manos.

Dácil está sentada a mi lado, en el borde de su cama de matrimonio. Airam ha salido despedido de la casa y no responde al teléfono.

No es habitual en él montar un drama así. Aunque tampoco es habitual que le pasen estas cosas dignas de una telenovela.

—Cuando venga, se va a enterar —promete Dácil, con esos ojos brillantes de venganza que se le ponen a veces—. Mira que no contarme lo de Maday... ¿Es que no puede una fiarse de nadie? ¿Es mucho pedir que a una persona le cuenten qué está pasando en la vida del hermano y la mejor amiga?

La miro de soslayo.

—No es tan fácil como tú crees.

—¿Ah, no? Yo diría que es mucho más fácil no esconderse. Tú y yo sabemos la de energía que hay que gastar, y los nervios que se sufren, cuando uno está guardando un secreto.

—No era un secreto que afectara a sus vidas —insisto en defender, tratando de no dejarme llevar por la impaciencia.

¿Qué culpa tiene ella de que yo ande nervioso? Es totalmente normal que esté en shock después de haber oído las voces y presenciado la ruptura.

Dácil abre la boca para replicarme, porque si no, no sería ella, pero a medio camino cambia de opinión. Me mira de hito en hito, como si de pronto hubiera detectado en mí una rareza, algo fuera de lugar, y de pronto suelta:

—Tú lo sabías todo, ¿no? Sabías lo de Maday y mi hermano.

—Si vas a recriminarme que no te lo contara, te recuerdo que nos odiábamos hasta ayer. No eras el mejor confesionario al que acudir para desahogar mis frustraciones.

—No voy a recriminártelo, pero ¿por qué tú sí y yo no?

Se me escapa una sonrisa tierna al verla tan contrariada. La respuesta está tan clara que me resulta adorable que se bloquee, que, con lo lista que es para lo que quiere, no llegue a la conclusión ella solita. Le pongo en bandeja la verdad con todo el tiento del mundo:

—Porque eres quien está en medio de los dos, princesa Dácil. No es que no confíen en ti, pero más vale prevenir que curar. Ninguno podría haberte recriminado que le fueras con el cuento al otro, porque uno es tu hermano y la otra es tu mejor amiga.

—Yo creo que más bien tenían miedo de que los juntara. Habría sido maravilloso que salieran juntos, ¿no te parece? —Y me dirige una mirada de entusiasmo infantil que me recuerda a la Dácil de los dieciséis años, la que te enseñaba su colección de minerales como si aquello fueran antigüedades de incalculable valor.

Aunque su expresión incita al embeleso, se me contrae el estómago con imaginarme tan solo la posibilidad.

—¿Qué dices? Claro que no.

—¿Cómo que no? Saldríamos los tres juntos, Maday se quedaría siempre a dormir... —Hace una pausa—. Bueno, es verdad que eso ya lo hacemos. Pero imagínate: yo siendo la dama de honor de la boda de mi hermano y mi mejor amiga.

Podría haberla dejado alimentar su fantasía con los ojitos soñadores. Pero algo dentro de mí, ese impulso autodestructivo que acaba proyectándose sobre los demás, me impele a acabar con sus ilusiones como siempre acabo con las mías.

—¿Y si no hubiera resultado en boda? ¿Y si hubieran cortado antes? —sugiero, mirándola con fijeza—. Una vez acabada su relación, habrían sido incapaces de estar juntos en la misma sala.

—¿Quién dice eso? No todas las parejas acaban, eso para empezar; y no todas las que acaban lo hacen de malas.

—Dos personas que se quieren tanto como Maday y Airam no pueden cortar sin más y luego seguir su vida juntos, Da. Eso no funciona así.

—Ah, bueno, perdona, gurú del amor, se me olvidaba con quién estaba hablando —se mofa, de brazos cruzados—. Pareciera que no los conoces, Thiago. Ambos son personas muy tranquilas, muy razonables. No armarían un bardo de la leche y nunca se harían esa clase de putadas que convierten a los amantes en enemigos. ¿Acaso los imaginas poniéndose los cuernos? Ni de broma.

—Los cuernos, no, pero ¿lo de que no armarían un bardo? Eso te creerás tú. La gente cambia cuando se enamora. Pueden parecer tranquilos en su estado normal, pero cuando quieres a alguien, te vuelves loco. No razonas. Y te aseguro que, por más aprendiz de psicólogo que seas, como es tu hermano, no te comportas de forma asertiva.

Dácil me mira a los ojos, ya sin rastro de burla. Tampoco me voy a dar aires porque haya conseguido hacerle pensar en lo que he dicho. Yo he hablado y he hablado, pero ella ha escuchado lo que le ha convenido.

—Parece que sepas de lo que estás hablando y todo —comenta con retintín.

El corazón me da un vuelco.

—Lo que quiero decir es que una relación entre tus dos seres más queridos te habría arruinado la vida. De últimas, podrían incluso haberte hecho elegir, haberte culpado de que no funcionara... —Niego con la cabeza—. ¿Cómo puedes no ver los peligros más obvios de la vida? Vas por ahí, lanzándote a la aventura, sin pensar en las consecuencias de tus actos. Tomas lo que quieres, cuando lo quieres, y si eso provoca una hecatombe, ¡pues mala suerte! Esa eres tú. No sé ni por qué me sorprende que veas como un sueño hecho realidad algo que, al día siguiente, se podría convertir en una pesadilla.

Dácil no se mueve del sitio, mirándome boquiabierta.

Es posible que se me haya ido un poco la mano con el monólogo. Y es poco probable que no se haya percatado de mi desesperación, porque no es tonta y solo puedo estar haciendo referencia a una cosa.

—Eres un aguafiestas, ¿sabes? —me suelta, irritada—. A lo mejor lanzarse a todas las aventuras es temerario, pero tampoco puedes ir por la vida pensando en lo mal que te podría salir la jugada. Con esa actitud, nunca saldrás del banquillo. Y si no juegas, si no te arriesgas, ¿en qué te quedas? ¿Qué vida eliges tener entonces? Pues la de un triste, que es lo que tú eres. Un triste. Un pesimista. Tanto escuchar bossa nova te ha dañado el cerebro, *my friend*. —Se da unos golpecitos en la sien—. Te hace falta serotonina. O un buen par de huevos.

Me impulso desde la cama con toda la intención de largarme.

—No me apetece discutir.

—No estamos discutiendo. Estamos *hablando*. Lo que pasa es que no te gusta lo que te digo. ¿Acaso he dicho alguna mentira? Si la soñada relación de Airam y Maday acabara, pues ya encontraría yo la manera de reestructurar mi vida y ayudar en todo lo que pudiera a los principales afectados. Porque ellos serían los principales afectados, te lo recuerdo, no yo. Yo sería un daño colateral. A diferencia de ti, no intentaría convertirme en la protagonista de la historia.

Freno en medio de la habitación, sobre esa alfombra llena de pelos de Teno.

Me giro muy despacio, procurando sonreír con sarcasmo.

—No creo que me falten un buen par de huevos, Dácil, porque todo apunta a que alguien me los está tocando ahora mismo a base de bien.

—Lo que quiero decir es que nadie me quitaría los buenos ratos —insiste, acercándose a mí—. ¿Qué más da cuándo terminen las historias, las relaciones, los amores? Todo va a acabar algún día. Todo. Incluso nosotros. Lo que importa es lo que sucede en medio.

Es un argumento muy pobre, pero tiene lógica y, como viene de ella, resulta doblemente convincente. Basta con mirarla a los ojos para saber que hace rato que no hablamos ni de Airam ni de Maday. Estamos hablando de otro par de insensatos que, sin comerlo ni beberlo, se han visto atrapados en las consecuencias de sus actos. Nos encontramos en ese momento en el que es preciso decidir entre dar el salto a lo desconocido y poner los pies en tierra. Alguno tiene que dar el paso definitivo para salir del limbo y decidir qué se hace a continuación.

Ella lo tiene claro. Escoge las siete de la tarde del último viernes de julio para dar por zanjada la cuestión, y lo hace agachándose hacia la mochila que ha llevado a la facultad. Está llena de chapas, garabatos —nombres de amigos o examigos, en su mayoría— y roña de tanto uso.

—Te he traído algo de la tienda de segunda mano. Maday y yo hemos ido esta tarde, después de comer, y he visto algo que pensé que te gustaría. No pienses que me he gastado los ahorros, ¿eh? —me advierte. Rebusca en el interior con algo de torpeza—. Está todo a un euro. Dos, como mucho.

Antes de dar con lo que estaba buscando, saca un par de libros de Química y una agenda. Me los da a mí para que los sujete en lugar de dejarlos en el suelo. Y yo, que soy curioso por naturaleza, abro la agenda solo para confirmar que es un caos de palabras mal escritas. Dácil ha cumplido veintidós años y todavía confunde las eses con las zetas y las ces, uno de los grandes problemas de los que aprendieron a hablar seseando. No la habré oído yo quejarse de que le han bajado la nota de un examen perfecto porque ha puesto, no sé, «carrosería» en vez de «carrocería». Es un detalle que he visto con mis propios ojos en los wasaps que me escribía y que siempre me ha parecido ridículamente adorable.

Por fin se incorpora y me ofrece un vinilo antiquísimo y un libro más antiguo aún, de esos encuadernados en tapa dura, letras diminutas y páginas amarillas que siempre me han enloquecido. Me los tiende sin ninguna clase de ceremonia, como si le hubiera pedido que me pasase la sal y ella hubiera obedecido en un acto involuntario.

Dejo los libros y la agenda sobre la mesa de su escritorio y acepto con manos tontas la novela y el vinilo.

—Yo me he comprado un libro de chick-lit —anuncia para romper el silencio. Se ha guardado las manos en los bolsillos y me mira como si no le importara, pero sí le importa—. No es que me guste, ni nada de eso. Solo lo sabré cuando lo lea. Nunca he probado el género, pero a Maday le encanta. Dice que es algo parecido a la novela romántica, pero casi siempre con mucho sentido del humor y centrado en la protagonista. Me he dejado comprar, ya ves. A mí la novela romántica me parece demasiado... cómo decirlo... perfecta. No es que me guste sufrir, ni nada, ni que tenga problema con que las tramas sean surrealistas, pero es que algunas son tan cursis que me pongo mala.

Dácil sigue desarrollando sus teorías sobre la novela romántica, el chick-lit y otro sinfín de géneros que no la convencen del todo, que quiere conocer de primera mano o que la tienen loca de amor. Habla y habla, sin darse cuenta de que no la estoy escuchando del todo, de que mis ojos se han quedado en el vinilo de Gal Costa.

Alguien debió de pensar que no merecía la pena conservar un recopilatorio de los años setenta. A alguien le molestaba en su estantería. Pero para mí es una reliquia. Que Dácil haya acertado cuando solo le mencioné a Gal Costa una vez hace que me estremezca, no sé si de placer porque me escuche o de miedo porque me preste tanta atención.

El libro es una edición del año de la polca de Dostoievski. Dudo que sepa de qué va. De lo contrario, a lo mejor no me lo habría regalado... o me lo habría regalado con más razón.

He leído mil veces *Noches blancas*. El protagonista es un chaval risueño y solitario que, mientras pasea por San Petersburgo, se ve en el futuro siendo un viejo sin nadie a su lado. Hasta que se encuentra con Nástenka. El hallazgo es milagroso, porque nunca antes había tratado con mujeres de su edad, y de ella se enamora hasta las trancas.

El final, que ha desesperado a muchas de mis compañeras de clase, siempre me ha parecido de cajón. No hay final feliz con Nástenka; solo hay aceptación al verla marchar y una especie de «contento» por el simple hecho de haber coincidido con ella durante cuatro noches, las noches más luminosas de San Petersburgo. La novela dicta que el amor es libre y germina paralelamente a lo que el destino tiene preparado. En resumen, vende más amor sin esperanza, pero eterno. La clase de amor en el que yo creo.

—Ábrelo y mira la dedicatoria —me apremia, haciendo un vago gesto con la mano.

Lo abro despacio, con miedo a encontrarme un... no sé, un «Con cariño, para Thiago» o «Te quiero, Thiago» o alguna de esas locuras imposibles que me encantaría leer y, al mismo tiempo, me harían correr en el sentido contrario.

Me dijiste que nada te gustaba más que un hombre pensara en ti al leer unas líneas. En una dedicatoria no entra todo el amor que te tengo, así que aquí tienes la primera (de muchas que te esperan) para empezar.

Con cariño,

RODOLFO

—¿A que es horrible encontrar algo así en una tienda de segunda mano? ¿No te pone muy triste que se regalen libros dedicados, cuando son algo especial, único? A mí me deprime. Y como sé que a ti te gusta deprimirte, pues pensé que sería el más adecuado entre todos los libros de rusos llorones que había en la tienda.

Y lo dice tan tranquila, como si no acabara de declarar con dos regalos que me conoce mejor que nadie, que acepta mis gustos, aunque no esté de acuerdo con ellos; que se acuerda de mí cuando no está conmigo y que, si no quiere hacerme feliz, al menos pretende complacerme.

—No tendrías que haberte tomado la molestia.

«En serio», repito para mis adentros, imaginándome delante de Dácil como un pasmarote. «No tendrías que haberlo hecho».

—No es molestia. En parte quería demostrarte que soy agradecida. Valoré que te quedaras a consolarme aquel día que pasó lo de mi padre. Tú tampoco tendrías que haberte tomado esa molestia y lo hiciste. —Encoge un hombro.

—Era lo mínimo que... —Cuando tomo aire, me da la impresión de que es la primera vez que lo hago desde hace más o menos cinco minutos. Pero respirar me vacía los pulmones—. Gracias, Dácil. ¿Me esperas aquí un momento? Tengo que ir al baño.

Ella pestañea una sola vez y asiente con la cabeza. Mientras dejo los regalos sobre la mesa con cuidado infinito, no vaya a pensar que no me conmueve, procuro no mirarla. Seguro que le decepciona que no me haya lanzado a sus labios para darle otra clase de agradecimiento. Uno más afectuoso. Y no quiero ver su decepción. Pero antes de salir del dormitorio, le guiño un ojo, solo para que sepa que no pasa nada, que no hay ningún problema con ella.

Y no miento. El problema es conmigo. De hecho, lo ha sido desde el principio.

Subo las escaleras a paso ligero. Atraviesas un pasillo y ya estás en el baño, pero me siento como en una de esas atracciones de suelos arenosos y paredes ondulantes que no te dejan avanzar sin marearte. Así es como llego al dichoso servicio, tambaleándome como un borracho. Cierro la puerta detrás de mí, y solo entonces me permito suspirar profundamente.

Me echo agua en la cara. Fría y caliente, a ver cuál me sienta mejor. Me miro en el espejo con reproche, las gotas de agua salpicándome el gesto contraído, la cara pálida de un muerto.

Hay gente a la que el amor le sienta mal, supongo. Hay gente que no soporta ser feliz. Me da rabia siquiera pensar que yo pueda ser de esos, maldita sea.

La puerta se abre de pronto. Me giro de golpe, temiendo ver a Dácil bajo el umbral, pero no es ella la que me mira a través de unas gafas de montura cuadrada.

—Vaya, lo siento, no sabía que estaba ocupado. He tocado y nadie ha respondido.

—No, perdóname tú. No te he oído.

Núria se queda de pie con la mano en el picaporte. Posa su mirada clínica en mis manos temblorosas, hechas dos puños crispados apoyados en el lavabo, y luego vuelve a mirarme.

—¿Te encuentras bien?

No me parece que tenga sentido mentirle, así que sonrío sin fuerzas.

—No mucho.

—Está la casa un poco revolucionada por lo que ha ocurrido con Airam, pero no pareces uno de esos chicos hipersensibles que empatizan tanto con sus amigos que sufren las rupturas ajenas en sus carnes —apunta sin acritud—. ¿Puedo ayudarte en algo?

—No creo que nadie pueda ayudarme. No termino de entender lo que me pasa.

—Bueno, si necesitas que te iluminen en ese aspecto, lo que estás teniendo ahora mismo se llama «ataque de ansiedad». Te recomiendo que te sientes y te concentres en tu respiración hasta que logres serenarte un poco. Luego, si quieres, me puedes contar qué lo ha provocado.

No se me ocurre nada mejor que obedecerla. Además, para tratarse de una psicóloga, Núria me ha caído bien desde el primer momento. Se mantiene en un discreto segundo plano y no habla por hablar. Solo se pronuncia cuando lo cree necesario, y se nota que sabe lo que dice.

Así pues, tomo asiento en la taza del inodoro, apoyo las manos sobre las rodillas, donde ella me indica, y cierro los ojos. Mi cabeza no deja de funcionar en ningún momento. Recrea escenarios turbios, me devuelve a momentos con Dácil, evoca el rostro de mi hermana, de mis padres.

Si consigo tranquilizarme lo suficiente para poder vocalizar en los diez minutos que transcurren, parece obra de un milagro.

Cuando vuelvo a abrir los ojos, Núria está sentada en el borde del bidet. Ha tomado la precaución de ponerle el pestillo a la puerta. Me mantiene la mirada sin presionarme, sin obligarme a decir algo.

Tampoco es una mirada hueca. Solo trata de transmitirme que va a hacerme compañía.

No tenía pensado hablar. Estaba seguro de que no conseguiría decir nada coherente. Pero hay algo en esta mujer, un aura de seguridad y confianza, o quizá sabe desde el principio lo que ocurre entre Dácil y yo, que me incita a revelarle mi desesperación.

—Compré los ciento cuarenta y cuatro condones para Dácil. Y los hemos usado.

Más que asentir con la cabeza, Núria cabecea, dándome la razón.

—Me lo imaginaba. Parecías nervioso e incrédulo mientras escogías cuáles llevarte.

—Creo que sigo incrédulo. Creo que sigo de pie en esa sección del Hiperdino. Pero han pasado muchas cosas desde entonces. Han pasado tantas que parece mentira que me esté remontando a tres semanas atrás. O dos. No lo sé. El tiempo parece burlarse de mí.

—Es una de las sensaciones que se tienen cuando se vive con ansiedad. No hay manera de medir el tiempo —responde pacientemente, mirándome casi con dulzura—. Dácil es mucha Dácil, ¿no?

—Sí, pero eso ya lo sabía.

—Aunque sepamos cómo son las cosas, nunca somos del todo conscientes de cuánto nos van a afectar hasta que nos vemos en la situación.

—Tiene sentido. —Hago una pausa para respirar como ella me ha indicado. Luego la miro, confuso—. ¿Cómo lo sabes? ¿Cómo sabes que esto es cosa de Dácil?

—No es cosa de Dácil. Es cosa tuya. Pero era cuestión de tiempo que vuestra enemistad tocara a su fin y comenzarais otro tipo de relación. Entre vosotros nunca ha habido odio —explica, atusándose la coleta que reposa sobre su hombro—. En ella notaba rencor, y no tanto la necesidad de hacerte daño como de reivindicar su valía, de defenderse de un dolor que tú le estabas procurando. Huelga decir que tú solo te dejabas llevar, y que estabas muy cómodo siendo odiado. El odio es una excelente cortina que impide ver lo que hay detrás: algo mucho más complejo que tres o cuatro putadillas por año. El odio es algo de lo que puedes hacerte cargo, a diferencia del amor, ¿verdad?

—Estás empezando a asustarme.

Núria sonríe.

—No soy bruja, es que sé muchas cosas sobre los dos. Vuestra familia habla.

—*Su* familia —recalco.

—*Vuestra* —insiste—. Sé que perdiste a tus padres a los dieciocho años. Una edad difícil para encajar un shock de esas dimensiones. Es algo por lo que los Oramas te compadecen y a ratos te tratan como si aún fueras un niño. También sé que se mueren por que les presentes una novia, entre otras cosas porque te cuesta mantener relaciones largas y se tomarían eso como una señal de que te estás curando. Ellos no se han dado cuenta —prosigue—, pero resulta obvio que Dácil no es «cualquier cosa» para ti. Si sumas todo esto, me parece lógico que te encierres en un baño.

—¿Ah, sí? ¿Cuál es la relación entre una cosa y otra?

—Muy muy resumidamente, digamos que todavía tienes demasiadas heridas en carne viva para meterte en historias que podrían generarte otras nuevas. Los Oramas aseguran que nunca has pedido ayuda para lidiar con el duelo —continúa con pies de plomo, revisando mi expresión en busca de la incomodidad que seguramente le haría detener su evaluación—. ¿Por qué?

—Porque a todo el mundo se le muere la gente. Es una de esas tragedias por las que todos vamos a pasar.

—También son esas tragedias a las que nadie se termina de acostumbrar. Las muertes duelen toda la vida, Thiago. Solo se aprende a vivir con ellas. Pero tú no has aprendido a vivir con ellas, o de lo contrario no te impedirían avanzar y tomar riesgos. Y es comprensible. Yo también perdí a mis padres, pero por causas naturales y con varios años de diferencia. No es lo mismo que perderlo todo en el mismo día y verte obligado a seguir adelante como si nada.

Aparto la mirada.

—Prefiero no hablar de eso.

—Ahí está el problema. Si no lo sacas de dentro, se te pudre. Y ese dolor podrido afectará a todos los amores honestos y bonitos que también guardas dentro de tu corazón.

Se me escapa una risilla desganada.

—¿Los psicólogos siempre sonáis tan cursis?

—No estoy utilizando terminología clínica porque no te estoy haciendo terapia. Solo estamos hablando, Thiago. Deberías probarlo de vez en cuando.

No hay acritud en su tono. Es paciente, está libre de prejuicios y ha adoptado una postura, con las manos entrelazadas, que da a entender que se quedará a escucharme. Casi parece que tiene todo el tiempo del mundo para dedicarlo a mi causa.

—Si la quiero —empiezo con dificultad, frotándome los muslos—, ¿no debería ser algo tan fácil como simplemente... estar con ella?

Núria esboza una sonrisa melancólica y se reclina a un lado para poder rebuscar en el bolsillo de su pantalón.

—Eres un chico listo. Nada es tan fácil, nunca. —Saca un paquete de tabaco y lo estrena para ofrecerme un pitillo—. Pero si detectas lo que te da miedo, tal vez puedas ponerle una solución y acercarte un poco más a tu meta.

Acepto el cigarrillo e, inmediatamente después, el mechero que me tiende.

—No creo en la psicología, ¿sabes? —admito, expulsando el humo de la primera calada. Le saco la lengua, juguetón—. Con todo el respeto.

—Es normal que no quieras creer en algo que no te ha ayudado y que da explicación a tus malestares. A todo el mundo le da rabia pensar que aquello que le ocurrió una vez en el pasado pueda seguir afectando a su presente.

—No ignoro la psicología por eso. —Doy otra prolongada calada y suelto el aire con alivio. Núria hace lo mismo con el cigarrillo que se ha encendido—. No creo que mis padres se puedan relacionar con Dácil. No creo que nada esté relacionado con nada. Ya has visto a Da: es temperamental, tiene un carácter imposible y yo adoro a esta familia. Es normal que no quiera tener nada serio, ni tan siquiera una amistad, porque en cuanto se rompa, me voy a la puta calle.

—Y no quieres irte a la calle porque esta es la familia que tienes ahora, y ya sabes lo que duele perder a una familia. Duele incluso más que dar por perdida a Dácil. Duele más que renunciar a ella, ¿verdad?

No me queda otro remedio que sonreírle. Núria me devuelve el gesto, sabiendo que ha tocado una fibra sensible.

—Puede que ahí me hayas pillado. —La señalo con el pitillo.

—Es lógico que tengas esta concepción de que todo lo bueno termina, y que cuando lo hace, el final es insoportablemente doloroso. Es lógico también que hayas desarrollado una perspectiva pesimista de la vida. Tal vez pienses que no sobrevivirías de nuevo a perder tu hogar. Pero oye, este ha sido tu hogar incluso cuando te llevabas a matar con Dácil. Si lo tuyo con ella acabara y volvierais a ese punto de partida, a esa ley del hielo, no creo que eso afectara en nada a tu relación con los Oramas.

Sacudo la cabeza, observando cómo la ceniza va consumiendo el extremo del cigarrillo.

Tengo que dejar de fumar, está claro.

Probablemente también tenga que dejar a Dácil.

—Tienes razón, Núria.

—¿Pero?

Levanto la mirada con resignación. Creo que ella sabe lo que voy a decir antes de que lo diga.

—Siento que las cosas se me han ido de las manos. No estoy preparado para tenerlo todo.

—Todos tenemos miedo a perder, Thiago. Pero, por suerte, la mente del ser humano está hecha para olvidarse de la muerte temporalmente y disfrutar del presente.

—La mía no. No estoy preparado para ser feliz... si es que eso tiene sentido.

—Lo tiene. Todavía estás trastornado por lo que te pasó. Hablando en plata, no puedes seguir barriendo los cristales rotos debajo de la alfombra. Aunque los pierdas de vista, si pasas por encima, te vas a cortar.

—¿Y qué sugieres?

Núria vuelve a meter la mano en el bolsillo. Le cuesta sacar lo que parece una tarjeta de contacto. Viste esa clase de vaqueros ceñidísimos que, por extraño que parezca, tienen bolsillos.

—Llámame de vez en cuando —me dice, tendiéndome su número y su dirección en Barcelona—. Confío en poder hacerte cambiar de opinión. Sobre tu concepción de la vida y tu concepción de la psicología.

—Así que todo esto era una treta para hacerte publicidad, ¿eh? —bromeo, aceptando la tarjeta. Le echo un vistazo sin mucho interés antes de guardármela por educación.

—No voy a hacerte terapia. Solo te escucharé si alguna vez necesitas a alguien con quien desahogarte. Ya sabes, por cariño a los Oramas. —Y me sonríe con simpatía.

Puede que le caiga bien, después de todo, y no quiera sacarme cincuenta euros por una hora de llantos.

De pronto se me han quitado las ganas de seguir fumando. Apago el cigarrillo contra el lavabo, cerca de la humedad del desagüe, y lo arrojo a la papelera cuando está completamente mojado.

Núria no se ha marchado aún, así que no desaprovecho la oportunidad de rogarle que me solucione la vida.

—¿Qué hago ahora?

—Tal y como yo lo veo, solo tienes dos opciones. Ser valiente o ser honesto.

—Pensaba que ibas a decir: «Ser valiente o ser cobarde» —comento, burlón.

—No creo en la cobardía. Es una forma peyorativa de referirse al miedo, y tener miedo es, además de respetable, totalmente humano. No siempre se sabe cómo combatirlo, o no siempre se quiere hacerlo —dice, encogiéndose de hombros.

Su respuesta enciende una esperanza dentro de mí. Es un bálsamo reparador que contrarresta la ansiedad, que no ha desaparecido, pero al menos ya no late con furia. Ya no intenta dominarme.

Asiento con la cabeza, aceptando su teoría como válida. Sigo frotándome las manos, los muslos, para intentar entrar en calor.

Debe de haber treinta y dos grados ahí fuera, y aquí estoy yo, frío como un témpano.

—Yo la quiero, ¿sabes? —Hago una pausa para asimilar lo que acabo de decir—. Como se quiere... como se quiere a las cosas que nunca pasarán. Y están pasando. Es desconcertante.

—Ese es el problema. La dabas por perdida antes de empezar. Estás con ella preguntándote cuándo va a caer la borrasca. Si quieres quererla, tendrás que hacerlo con la esperanza de que pasará. Pasará y será maravilloso, Thiago. Ya lo verás.

»Pero ahora lo mejor que puedes hacer es ser sincero y evitar todo el daño que puedas. Creo que Dácil no se dejaría encerrar en un baño conmigo, así que no te lo puedo decir claramente, pero sospecho que ella también sufrirá. Lo bueno es que ella es más optimista que tú y se aferra al odio en vez de a la pena, un excelente mecanismo de defensa para pasar los primeros días de duelo.

Tengo que darle la razón con una sonrisa amarga.

—Es genial a su manera.

—Y tú también. Solo debes esperar a tener algo que ofrecer.

—¿Como qué?

—Promesas, por ejemplo. Confianza. No se pueden hacer promesas cuando no crees en el mañana, y si no crees en el mañana, no estás creyendo en ti ni estás confiando en ella. ¿Me explico?

—Tan bien que me da rabia.

Me reclino hacia atrás, apoyando la nuca en los fríos azulejos de la pared. Núria se ha puesto de pie y pretende marcharse para dejarme pensar. Cuando me mira, invitándome a acompañarla al mundo real, sacudo la cabeza.

—Me voy a quedar un rato más.

—Que sea solo un rato. No dejes que se acabe la hora de la verdad y hazle frente.

Encuentro a Dácil donde la he dejado, de pie en su dormitorio. Está hojeando distraída el libro que se ha comprado, ese chick-lit de la mítica Marian Keyes. Hay cierta impaciencia en su modo de pasar las páginas, y menea la pierna como si llevara un rato esperando una llamada importante.

Deja de moverse en cuanto me ve entrar, sigiloso, y cerrar la puerta a mi espalda. No pretendía ponerla en alerta, pero me conoce. Solo viendo cómo me acerco a ella sabe que no vengo con buenas noticias. Y en lugar de ponerse a la defensiva, tal y como esperaba —me he mentalizado para una discusión a gritos—, relaja los hombros y me mira con las cejas enarcadas, esperando que tome la palabra.

—Hacía mucho tiempo desde la última vez que alguien acertó al hacerme un regalo. No es que me disgusten los calcetines u otro tipo de libros, ¿eh?, pero se nota que tienes muy estudiados mis gustos.

Dácil siente la necesidad de defenderse, como si la hubiera acusado de algo que no le gusta.

—No es exactamente un regalo. Solo lo vi y me acordé de que... —Sacude la cabeza. Seguro que ha pensado: «Ese no es el enfoque adecuado, Dácil». Cuadra los hombros y me mira—. Tu cumpleaños es en octubre, ¿no? Pues ahí tienes el detalle por adelantado, como hacíamos cuando nos llevábamos bien.

—Bueno, llámalo como quieras. Gracias —repito.

Ella le quita importancia moviendo una mano en el aire. Se da la vuelta, dando por zanjada la discusión. Ese nanosegundo que tarda en girarse, me planteo no decir nada, no meterme en conversaciones que no me apetecen y que me van a hacer polvo.

Pero hay que ser honesto.

Y también valiente.

—Vuelvo a Madrid la semana que viene —le recuerdo en voz alta, esperando que vuelva a prestarme atención.

Dácil me mira por encima del hombro. Algo tiene que verme en la cara, determinación o severidad, porque vuelve a girar sobre los talones con lentitud recelosa.

—Ya. Con mi hermano. ¿Y?

—Pues que Madrid está muy lejos de aquí. De hecho, está tan lejos que parece que lleve dos vidas diferentes. Siempre me acuerdo de las vacaciones como si hubieran ocurrido hace veinte años y hubieran tenido lugar en un planeta distinto. Es lo que hace la melancolía, supongo... —Me acerco al escritorio para acariciar los bordes desgastados del vinilo de Gal Costa. Que haya tenido una vida antes de llegar a mí es lo que más me gusta. Eso y que el recopilatorio contenga *Lágrimas negras*—. El caso es que, aunque nos hemos divertido con estos juegos y con lo que vino después... no me parece que pueda seguir siendo así en la distancia.

Dácil me aguanta la mirada.

No disimula la alarma tan bien como le gustaría.

—Eso es obvio.

—Quiero decir que, en estos casos, uno debe tener una conversación con la chica de turno y decidir si probar una... relación o dejar las cosas como están.

Dácil exhala bruscamente, simulando una risotada socarrona.

—Oye, no te he pedido que seas mi novio, ni nada parecido.

—Lo sé, lo sé —intento apaciguarla con las dos manos. Mala idea, porque a Dácil no le gusta que le digan «tranquilízate» ni que le hagan gestos que lo sugieran. Es como agitar un pañuelo rojo delante de un toro—. Solo quiero aclarar las cosas para que no haya malentendidos. Eres especial para mí, Da. No quiero convertirte en mi rollo de verano, y no estoy preparado para tener otra cosa, ¿entiendes?

Se suponía que decirlo me liberaría, y en cierto modo es así. Me quito un peso de encima que me estaba asfixiando. Pero llega otro peso, el de la culpa, el del odio hacia mí mismo, el del puñetero remordimiento, y solo se acentúa cuando la miro a la cara. A la cara más guapa.

—No, si eso ya lo sabía. —Se cruza de brazos con aire burlón, pero la tensión agarrota su cuerpo—. Se te ve el miedo al compromiso desde El Hierro.

Acepto el reproche con una sonrisa de resignación, porque no se equivoca.

—¿Crees que podríamos llevarnos bien?

—¿Por qué no nos íbamos a llevar bien? ¿Qué te crees, que te voy a montar un pollo o voy a empezar a ignorarte como una despechada porque no quieras casarte conmigo? Lo entiendo. Yo tampoco es que esté ansiosa por formalizar nada. Nos lo pasamos bien y ya está, ¿no?

—Sí. Nos lo pasamos bien y ya está —repito, intentando que no se note que me molesta.

Me consuela que al menos ella se haya divertido. No tiene ninguna gracia que te arranquen las ilusiones de cuajo, pero conociendo su modo de ver la vida, nadie va a quitarle lo *bailao*. Se ha ilusionado, y apuesto a que para ella eso es lo que importa. No está furiosa ni se la ve especialmente dolida, quizá un poco chafada, pero nada más.

Me sorprende, de hecho, que se lo tome con deportividad.

Supongo que hay partes de Dácil que aún no he explorado y que ya no exploraré jamás, porque por bien que se lo haya tomado, esto no es un *to be continued*, esto es un *the end* para ella.

La veo menear la cabeza, asintiendo a los que sean sus pensamientos, y moverse por la habitación como si estuviera buscando algo. Pero no busca nada. Se la ve desamparada, de pronto fuera de eje.

—Oye, Dácil. —Hace como que no me ha oído—. Dácil.

No le queda otro remedio que confrontarme con una especie de sonrisa de circunstancias.

—¿Qué?

—¿No quieres decir nada?

Estamos a más o menos ocho pasos de distancia, tan lejos como lo permite este microcosmos que es su habitación. Es una distancia absurda, pero muy necesaria para que no me abalance sobre ella y le diga que, si me confiesa que me quiere, podría replanteármelo todo. No se me iría el pánico, quizá lo acentuaría, pero un «te quiero» de Dácil sería la alegría de mi vida.

Luego se convertiría en una pesadilla, no lo niego, pero eso sí que merecería la pena.

—No. Lo entiendo. Entiendo lo que has dicho —insiste, pero suena a autoconvencimiento—. A lo mejor has interpretado que no lo he captado porque no estoy gritando, pero oye, en algún momento de mi vida iba a tener que comportarme como una persona madura. Como una persona normal. ¿No crees?

Su sonrisa parece sincera. Se la devuelvo en los mismos términos.

—Como te he dicho antes, las cosas son bonitas mientras duran. Acaben como acaben, me he divertido, que es lo importante. Ha sido un verano diferente —comenta, pensativa—. Ha sido especial a su manera, de hecho, así que... gracias, supongo.

Trago saliva para deshacerme del nudo que se me ha formado en la garganta. Me habría sido más fácil soportar esta situación si Dácil me hubiera insultado. Pero, como siempre, tiene que elegir la opción que más daño me hace.

No me voy a quejar. Es probable que yo haga lo mismo, por costumbre o por imitación. Seguro que ella también habría preferido cortar el rollo de un modo que le resultara más fácil volver a odiarme.

Me acerco a ella con cuidado, midiendo su reacción y la mía. Parece un corderito, aunque no debería fiarme. No sería la primera vez que me abrazo a Dácil sabiendo que no me importaría que me apuñalara por la espalda.

De algo hay que morirse.

Dácil deja que la rodee con los brazos y la estreche contra mí. Me devuelve el gesto entrelazando los dedos tras mi cintura y apoya la barbilla en mi hombro, tan cerca que siento el calor de su mejilla pegado al cuello.

—Nada de lo que te he dicho ha sido mentira, ¿vale? —le aseguro en voz baja—. Lo que te dije en El Balito, en Los Cristianos, en esa cama o aquí, de pie. Y nada de lo que hemos hecho ha sido fruto de tu capricho. Yo también quería. Lo he querido siempre. ¿De acuerdo?

—Oye, deja ya ese discursito, que parece que te vayas a morir.

La siento reírse suavemente. Yo también lo hago, aunque me dan ganas de decirle que a lo mejor lo hago. No me voy a morir, el cuerpo físico se queda, pero algo se me muere cada vez que me despido de ella. Este verano va a ser diferente, porque no solo me despido de sus sucias artimañas y del encanto de sus jugarretas. Me despido de cómo sería convivir con ella en serio, sin rencores. Lo dice el libro que me ha regalado sin saber que me lo sé de memoria: «Y le apena a uno que esa instantánea belleza se haya marchitado de manera tan rápida e irrevocable, que haya brillado tan engañosa e ineficazmente ante uno; le apena el que ni siquiera hubiese tiempo bastante para enamorarse de ella...».

Dácil se pone de puntillas y me da un beso en la mejilla. Después se separa, sin mirarme, y me embarga la sensación de que no volverá a abrazarme en la vida. No por falta de ganas, sino porque revivirá recuerdos que se harán dolorosos. Porque sabe cómo defender sus exclusivas caricias. Porque ella no es débil; si se va, no vuelve. Ni se siente tentada siquiera.

Busco su mirada, pero Dácil ya me ha dado por zanjado —para eso es bien rápida— y, además, otra cosa está llamando su atención.

Otra cosa que ve por encima de mi hombro y que le cambia la cara.

—¡Ah, Airam! —exclama, avanzando hacia él—. ¿Dónde te habías metido?

Capítulo 30

Una tontería

Dácil

Airam no trae buena cara. En cuanto cruza el umbral, sé que tendré que hacer de tripas corazón para consolarlo, aun cuando no estoy de humor para consolar a nadie que no sea yo.

Porque me han tocado el orgullo, ¿eh? Nada más.

—Leire se ha largado —anuncia en tono fúnebre—. No he podido hacer nada.

—Hombre, la puedes llamar cuando vuelvas a Madrid, que es en lo que habéis quedado —interviene Thiago—. En una semana estaremos allí.

Airam nos ignora, hecho un alma en pena, y se deja caer sobre mi cama con la mano sobre el vientre. Le sigo en completo silencio, vigilando su estado de ánimo, y me tiendo a su lado.

Thiago se sienta en el borde de la cama con la misma cara de preocupación.

—No tiene pinta de que me vaya a perdonar. Ni siquiera he hecho nada malo. ¿Cuenta como ocultación no haberle dicho que Maday me gustaba cuando era adolescente? Manda huevos.

Aspiro entre dientes ante su tono quejica.

—No vas a conseguir que te perdone si te defiendes por ese lado, colega. Lo que quiere es que le pidas disculpas de corazón y le cuentes la historia completa.

—Leire no es idiota —corrobora Thiago—. Se lo venía oliendo un tiempo, y si me lo preguntó a mí sin tapujos, pues seguro que a ti te lo preguntó más veces y con menos paciencia. Y le mentiste a la cara, seguro.

—No he hecho nada —insiste Airam, cabezón como él solo.

—No has hecho nada activamente, vale —cedo, palmeándole el muslo—, pero ocultar información tampoco está bien.

—¿Estás conmigo o contra mí? —gruñe, cubriéndose la cara con uno de los cojines. Su voz suena amortiguada, al igual que su suspiro—. Sabéis que nunca haría algo así. Nunca le pondría los cuernos a nadie. Coño, bastantes cuernos hubo en esta casa con nuestros padres.

Ese comentario me hiela la sangre. No me gusta acordarme de la época en que mi madre aguantaba las escapadas de mi padre y fingía que no sabía lo que hacía. Nadie se dio cuenta excepto ella, porque es un lince y tiene a los hombres más que estudiados. Aunque no fue tan lince como para imaginar que estaría enrollado con *otros*, no con otras. Al dolor de la infidelidad se le sumaba el de haber sido su tapadera durante... toda la vida, prácticamente.

—¿Y qué hay de Maday? —me atrevo a preguntar, cruzando los dedos a la espalda para que al menos lo haya solucionado con ella—. ¿Habéis hablado?

Airam se quita el cojín de la cara para fulminarme con la mirada, como si acabara de maldecirle en algún idioma antiguo.

—Que le jodan a Maday —espeta—. Si hubiera mantenido la boca cerrada, no habría pasado nada. Se las da de prudente y de no romper un plato, y mírala, dejándome con el maldito culo al aire.

—Oye, no hables de ella en ese tono —le amenazo, alzando el dedo de los regaños—. Maday solo estaba siendo sincera. Todo lo sincera que tú no has sido, de hecho. ¿Es que no la has escuchado? Leire la acorraló con ese encanto suyo y Maday se lo contó porque no pensó que hubiera nada de malo.

—¡Es que no hay nada de malo!

—Pues Leire ha debido de verlo, porque se ha pirado —insiste Thiago.

Mala idea. Airam no está para tonterías. Ha venido a que lo defendamos a capa y espada, como se espera de un amigo fiel y de una hermana de sangre. Lástima que se haya buscado un *bro* sin pelos en la lengua y su querida *sister* sea una hidra de tres cabezas.

Además, ¿qué coño? Maday tiene la razón de su parte.

—Espero que te reconcilies con ella antes de irte —añado en tono de advertencia.

Airam desestima la posibilidad moviendo la mano.

—Que espere sentada. Seguro que lo ha hecho para joderme. Si no la conoceré yo... Ahora se arrepiente de no haber estado conmigo cuando pudo, y malmete entre Leire y yo para ver si así vuelvo a ser su perrito. Anda y que se vaya *pal* carajo.

Thiago y yo nos olvidamos de la conversación que hemos tenido antes de que Airam entrara y nos miramos, sorprendidos por el tono rencoroso que utiliza para hablar de Maday. Mira que mi amiga suele cagarla fleje, precisamente porque prefiere callarse en lugar de gritar «¡injusticia!» y es torpe para los asuntos del corazón que no son ajenos, sino propios, pero Airam siempre la ha tratado como si fuera de cristal o se ha limitado a guardar silencio cuando los demás nos desesperábamos con su pasividad.

Veo en los ojos de Thiago el mismo asombro que él debe de ver en los míos.

—Maday jamás haría eso —zanja él, muy convencido—. No es esa clase de persona.

—Eso. No cargues contra ella solo porque necesitas un cabeza de turco. Si quieres ver culpables, mírate en el espejo, capullo. De todos modos —agrego, a ver cómo reacciona si pulso determinados botones—, si eso fuera cierto, ahora que no estás con Leire podrías intentarlo con ella. Digo, si todavía le gustas, que no lo sé porque me acabo de enterar de esta historia.

Airam me mira entre boquiabierto y furibundo. No sé si se ha ruborizado porque la posibilidad le tienta o porque está a un paso de entrar en combustión. Yo diría que es lo segundo, porque se incorpora y espeta:

—¿Qué dices? Déjate de tonterías, anda.

Parece que ha tenido suficiente. O eso o acaba de descubrir que aquí no va a encontrar el consuelo que busca, que no es otro que culpar a los demás de su torpeza. Rueda hacia el extremo de la cama que colinda con el baño y se sienta en el borde, dándonos la espalda. Se frota la cara, el pelo, los hombros y los muslos. Hay un silencio que creo que dedica a meditar, cuando de pronto:

—¿Qué es eso? —Se ha quedado mirando un punto junto a mi cama, casi sin pestañear; debatiéndose entre el asombro y la alarma. En cuanto parpadea, vuelve a repetir, esta vez secamente—: ¿Qué coño es eso?

Aunque es mi dormitorio y yo sabré mejor que nadie qué es «eso», Airam se da la vuelta para dirigir una mirada letal a Thiago . Guiados en principio por la curiosidad, nos asomamos al borde de la cama.

Se me cae el alma a los pies. Y no soy la única. Thiago también palidece ostensiblemente.

—¿El qué? —pruebo yo, intentando sonar desenfadada.

—No me hagas decirte el qué, Dácil. Y no me hagas sacarlos de la papelera, porque no creo que sea necesario.

Thiago se ha quedado mirando el fondo de la papelera como si hubiera visto un fantasma. Debe de estar martirizándose por haber insistido en usar condones pese a que tome la píldora para regular mis cambios hormonales. Ahora, la prueba del delito está ahí, y Airam no es tan tonto como para tragarse una trola.

Aun así, lo intento:

—¿Qué pasa? ¿No puede una echar un polvo en su cuarto, o qué? ¿Voy yo al tuyo a registrarte los cajones, mi niño?

—Depende de con quién, Dácil. —Lo dice mirando a Thiago, que, tras superar el shock inicial, consigue alzar la barbilla y enfrentar a Airam.

Creo que no he visto a mi hermano tan furioso en mi vida.

De todos los días del mes, ha elegido el peor para enterarse de la verdad.

—¿Qué? —insisto yo, fingiendo normalidad—. ¿Crees que ha sido con Thiago? Tú estás loco. Pirado, vaya. Jalado de la cabeza. ¿Cómo se te ocurre?

—No tengas el descaro de mentirme a la cara, Dácil —me advierte en tono amenazante—. Si hubieras traído a un tío a tu guarida, se habría enterado toda la casa, ¿y cómo te ibas a liar con nadie compartiendo la cama con Thiago? Es el que ha estado durmiendo aquí. Tú...

Airam se pone de pie muy despacio, como si la noticia le hubiera roto los huesos y tuviera limitado el movimiento. Se frota las sienes un momento. Como lo conozco, sé que intenta convencerse de no explotar a lo grande, de mantener la calma y no decir nada que no piensa. Pero el estrés del día entero, el que lleva arrastrando desde el principio del verano, acaba guiándolo por el mal camino.

Es como si yo no existiera, porque se dirige a Thiago directamente:

—Tienes tú muchos cojones, ¿no? Hay que tenerlos para meterse en la cama con la hermana de un amigo y luego actuar como si nada.

—Oye, incluso si eso fuera cierto, no es tu problema —intervengo yo, tirando de la manga de la camiseta de Airam.

Él ladea la cabeza hacia mí.

—Es verdad. Va a ser *su* problema. Y también va a ser el tuyo y el de Celia. Pero el mío no, ¿eh? El mío no. —Se quita culpas levantando las manos. El deje irónico en su voz me aturde un segundo—. ¿Se supone que eso me tiene que consolar? ¿De qué vas, cabrón?

—¿Qué dices de Celia? —articulo, dudosa.

—¿Cómo que de qué voy? —reacciona Thiago al final, poniéndose también de pie—. Si fuiste tú el primero que jugó a enamorarnos para que nos lleváramos bien. ¿Ahora te vas a cabrear porque la jugada surtiera efecto y nos juntáramos?

Airam jadea, asombrado por la respuesta.

—¿Encima te me vas a poner chulo?

—¿Cómo quieres que me ponga? No tienes derecho a cabrearte.

—¡Te has estado liando con mi hermana! —grita Airam, cada vez más perplejo.

—Lo dices como si hubiera abusado de ella. Para empezar, fue Da la que me buscó.

—¡Y tú el que te dejaste encontrar! —Su estallido me hace respingar, y también rebaja un tanto la chulería de Thiago, que de pronto lo mira de hito en hito—. Te lo dije muy claro, Thiago. Te dije que no fueras por ahí. Y era una advertencia que no tendría que haberte hecho; que tendría que haber salido de ti, aunque solo fuera porque hay una piba esperándote en Madrid.

Había abierto la boca para entrar a defenderme, pero ese último comentario me seca la garganta. Confundida, miro a Thiago en busca de respuestas. No es él quien se gira hacia mí para confirmar mi cara de pasmo, sino Airam.

Me señala con un gesto.

—Ni se lo habías dicho, ¿verdad? No le has dicho que tienes una novieta en casa y que pensabas formalizar con ella apenas volvieras.

—No es mi novia —replica, demasiado calmado teniendo en cuenta la gravedad de la acusación—. ¡Fuiste tú mismo el que me dijo que no le debía ninguna lealtad!

—¡Eso no significa que puedas utilizar a quien te dé la gana para pasártelo bien! ¡Y la cosa cambia cuando la otra a costa de la que te diviertes es Dácil! ¿Qué pretendías? ¿Usarla y luego irte de rositas para acabar en los brazos de Celia? —Se manipula la mandíbula, desencajada por la ira—. Te juro que te mato, Thiago. Esto es justo lo que me faltaba.

Otra vez Celia. El nombre me suena. ¿De qué me suena...? Ah, sí. Etiquetó a Thiago en una bonita foto que se hicieron en el Palacio de Cristal del Retiro. Una foto preciosa, en serio; era primavera y, a través de las paredes, se atisbaba un paisaje espectacular. Es la foto de la que Thiago se desetiquetó bien rápido, quizá para que sus otras chicas no sospecharan, pero no borraba los comentarios que ella dejaba en las publicaciones que él subía a su cuenta personal.

—¿Es verdad? —me oigo preguntar, más por curiosidad que porque esté analizando lo que eso significa. Ahora mismo tengo la mente en blanco—. ¿Salías con otra? ¿*Estás* saliendo con otra?

—No —contesta Thiago muy rápido. Cierra los ojos antes de obligarse a especificar—: No exactamente.

—Eso no es una respuesta. Si le dices que has estado conmigo en verano... —trago saliva—, ¿pasaría de ti?, ¿le haría daño?

Interpreto su silencio como un sí.

Airam lo confirma.

—Pues claro que pasaría de él. La dejaría hecha polvo. Lleva saliendo con Celia un año y pico, quizá incluso más. Y que no hayas tenido con ella la conversación de «qué somos» no quiere decir que no tengas un compromiso —le aclara a Thiago con actitud sombría—, porque, estés enamorado o no, hacéis vida de pareja, cabrón. La he visto con mis propios ojos.

Vivo en tu casa, por si no te has enterado, y te conozco como a la palma de mi mano, así que a mamá mono no le vengas con plátanos verdes.

»¿Qué te ha dicho a ti? —me pregunta Airam—. ¿Qué milongas te ha contado?

La respuesta se me atasca en la garganta.

Me ha contado que no está preparado para dar un paso más. Milongas, en resumidas cuentas. Historias que no son la verdad. Porque la verdad habría sido decirme desde el principio que no se puede meter en la cama conmigo porque hay alguien más. Sea lo que sea, en los términos que sea, *hay alguien más*. Hay una mujer en Madrid pensando en él, escribiéndole preocupada, o interesada, o, peor, ilusionada. Hay una mujer en Madrid deseosa de que vuelva y compartir su tiempo con él. Hay alguien que lo quiere, porque sé que Airam no miente ni exagera, y Thiago ha decidido hacerle daño deliberadamente.

No tengo que querer a Celia para compadecerme de ella. Yo he sido Celia. He tenido a Ancor al otro lado de la línea, haciéndome esperar, mientras se enrollaba con otra.

Parece que no hay espacio para mí en esta ecuación, en la que creo que hay más incógnitas de las que un problema se puede permitir para ser resuelto. A fin de cuentas, ¿quién soy yo, o qué he sido yo? La distracción.

Él también ha sido eso para mí.

Ha sido eso para mí, ¿no?

—Oye, no quiero pelear —interviene Thiago, alzando las manos—, pero creo que deberías meterte en tus asuntos, Airam. Esto, en todo caso, es entre tu hermana y yo. Dácil tiene ya una edad para que te pongas a pelear sus batallas.

—Pero ¿no ves cómo se ha quedado? ¿Tú la ves con fuerzas para defenderse? —Me señala. No sé cómo me he quedado, solo sé que quiero salir de aquí y quitarme de la cabeza a Celia, la chica del Palacio de Cristal que se abrazaba a Thiago como si le fuera la vida en ello—. No me lo puedo creer. Sabía que tenías lo tuyo con las tías, pero ni se me pasó por la cabeza que fueras a meter esas mierdas en mi casa. *En mi casa*, Thiago, en la que te he incluido como a un hermano. Si te he visto responderle mensajitos a Celia, joder. Si te he visto ponerle «te quiero». ¿Qué coño hacías, tío? ¿A qué juegas?

No me gusta que libren este tipo de batallas por mí, en eso estoy de acuerdo con Thiago. Pero qué alivio tener a quien me defienda cuando yo sigo gestionando las últimas noticias.

Airam hace las preguntas que yo haría si pudiera. ¿A qué juegas? Quizá se le queden algunas en el tintero, algunas que solo podría hacer yo: ¿hasta qué punto he participado en engañar a una pobre chica?, ¿darás la cara y le contarás la verdad?, ¿debería hacerlo yo?, ¿me esconderás a mí como la has escondido a ella? También se lio con Malaika tranquilamente en el concierto.

¿Es que no siente ninguna clase de remordimiento? ¿Es que el cariño de la gente no significa nada para él?

¿Me estoy poniendo demasiado dramática? Siento que lo mínimo que puedo hacer es disculparme en silencio, porque he visto lo que unos cuernos hacen en una persona. En mí y en mi madre. Mi padre tuvo sus rollos antes de irse de casa definitivamente. Nos enteramos más adelante de que hacía lo que le daba la gana a espaldas de mi madre, y mi madre sufría y aguantaba como una jabata porque le quería. No creo que Celia tenga dos hijos con él y una familia ya hecha, pero si planea, aunque sea, dedicarle unos años de juventud y llegar tan lejos en su relación como se pueda, yo ya me doy por culpable.

—Es que te la suda todo, ¿no? Te la suda meter a mi hermana en estos rollos tuyos, estos rollos que solo tú te traes y que no hay Dios que los entienda —sigue Airam, cada vez más cerca de Thiago. Su actitud beligerante me incita a intervenir antes de que le arree un puñetazo, pero Airam no está tan furioso como decepcionado—. ¿No vas a decir nada? ¿No es una explicación lo mínimo que puedes dar después de haber estado mintiéndome a la cara y haciendo con ella lo que te salía del forro?

Thiago le aguanta la mirada sin respirar.

Los reproches han hecho mella en él. Sigue pálido, pasmado igual que los demás, pero no parece que vaya a intentar arreglarlo con disculpas.

—Da, deja que hablemos solos, por favor —me pide Airam, lanzándome una mirada suplicante—. Solo un momento. Luego será todo tuyo si quieres darle un bofetón.

No creo que pudiera negarle nada a mi hermano en este estado. Leire le ha dejado, se ha peleado a lo bestia con Maday, cuando dudo que se hayan levantado la voz en la vida, y ahora esto. Aun así, si me levanto como una autómata, no es para complacerlo. Es porque tengo miedo de lo que pueda escuchar.

¡Sorpresa! No soy de piedra.

Las cosas también me duelen. Estoy en mi derecho de protegerme.

Juro que, en cuanto fecho[61] la puerta de mi dormitorio a mi espalda, pretendía subir las escaleras hasta el salón y perderme allí mientras Airam ejerce de mediador. O de ángel castigador. Por desgracia, no me escabullo a tiempo y, junto a la puerta con el cristal translúcido, escucho la primera pregunta que hace.

—¿No ibas a contarle la verdad a Dácil? ¿No ibas a decirle nada de Celia? Sé sincero.

Mi alma permanece en vilo mientras Thiago se lo piensa. Pero es que apenas se lo piensa antes de admitir, con voz queda:

—No. ¿Para qué?

Su respuesta es una puñalada en el corazón. Me deja inmóvil en el sitio, a merced de cómo se desarrolle la conversación.

61. Cierro.

He estado antes en esta situación, esa situación en la que se hablaba de mí como de la peste y yo no podía reaccionar porque me encontraba en shock.

—¿Cómo que «para qué»? Sabes que para ser un mentiroso hay que ser un poquito listo, ¿no? —Me imagino a Airam mirándolo como si lo viera por primera vez—. ¿No se te pasó por la cabeza que yo podría comentar algo sobre Celia delante de ella? No te lo has montado nada bien.

—Se me fue de las manos. —Eso es todo lo que dice—. Se me fue de las manos y... Te juro que ya se lo había dejado claro a Dácil, que esto no iba a seguir. No hemos estado juntos ni dos semanas, Airam. Ha sido una tontería.

«Una tontería», escucho como un eco.

—Y si ha sido una tontería, ¿para qué lo hiciste? O, mejor, ¿para qué lo empezaste? ¿De verdad te merecía la pena sacrificar todo lo que tenías aquí? Porque no esperarás aplacarme con esa mierda de excusa.

—No espero aplacarte, pero tú tampoco eres un santo. Te recuerdo una vez más que todo esto empezó porque tú te metiste entre nosotros.

—Ah, ¿ahora es mi culpa que te guste jugar a dos bandas? Venga, hombre, que aquí nos conocemos todos. Llevas con el jueguecito de cuantas más mujeres, mejor, desde que nos vimos las caras por primera vez. La poli no es tonta, mi niño.

Hay una pausa en la que oigo respirar hondo a alguien. Me acurruco contra la pared, no para oír mejor, sino para seguir manteniendo el equilibrio.

—Creo que deberíamos retomar la conversación cuando estés más tranquilo.

—¿Qué pasa? ¿Que cuando esté más tranquilo se me va a olvidar lo que has hecho? ¿O se le va a olvidar a ella?

—Dácil sabe que no era nada serio —insiste Thiago—. No tendría nada que reclamarme. Y tú tampoco.

—Uy, uy, uy... —Airam se ríe sin pizca de humor y chasquea la lengua—. Decirme que mi hermana no es nada serio quizá no sea la respuesta adecuada, amigo.

—¿Y qué quieres que te diga? —Veo a través del cristal que extiende los brazos—. Sabes perfectamente cómo es Dácil.

—¿Qué se supone que significa eso?

Thiago hace una pausa.

—Que es complicada, joder. Vivir con ella es como vivir en guerra. No iba a empezar algo en serio con Dácil con ese carácter imposible. Lo que pasó, pasó y ya está. Me lo esperaba menos que tú, Airam, pero ya no puedo deshacerlo.

Le ha faltado decir que, si pudiera, lo desharía.

Cabrón de mierda.

Airam se ríe otra vez, incrédulo. Apuesto a que sigue con el cerco de los ojos enrojecidos, ya no por rogarle a Leire que no se fuera, sino porque va a decirle a Thiago que se largue. Si no lo conoceré yo...

Me parece ver cómo Airam se pasa una mano por el pelo. Es su tic nervioso de cuando no sabe qué demonios hacer.

—Quiero que te vayas de mi casa —anuncia con voz queda—. Ahora. Y cuando vuelva a Madrid, yo me iré de la tuya. Y descuida, que ya le contaré a mi familia algo que no les preocupe. No quiero que ellos también se lleven una decepción contigo.

—No tomes decisiones precipitadas.

—Yo nunca tomo decisiones precipitadas. Recoge tus cosas y lárgate de mi casa.

—Airam...

—He dicho que te pierdas. ¿Me has oído, o lo tengo que repetir? Mira que es complicado cabrearme, Thiago. Era muy fácil tenerme de amigo. Pero has jugado con lo único que no te perdonaría jamás.

Hay un silencio al otro lado de la puerta. Sospecho que se están retando con la mirada; a lo mejor Thiago intenta convencerlo de recular con sus ojos de ángel errante, pero Airam siempre se ha mostrado inflexible cuando se trata de tomar decisiones. Puede que hace un rato estuviera rojo de rabia, pero la rabia, como la lava, se enfría y te sobreviene la claridad ideal para escoger el camino adecuado.

La puerta se abre. Tengo que echarme a un lado para que no me lleven por delante. Esperaba que Airam fuera el primero en salir. Thiago debe recoger sus cosas de mi dormitorio, donde las ha tenido desde prácticamente la primera noche. Pero no. Es él quien se queda inmóvil bajo el umbral, con la vista fija en mi cara surcada por las lágrimas. Lágrimas que podrían pertenecer a otra persona, porque sé que no hay pena en mi expresión ni ganas de seguir llorando. El mío es un rostro de piedra con lágrimas talladas.

Thiago traga saliva al verme.

—Escucha... —empieza.

No puede continuar porque levanto una mano y niego con la cabeza.

—Créeme, ya he escuchado bastante —le corto en tono neutro.

Lo miro a los ojos con la vaga sospecha de que esta podría ser la última vez; con la seguridad de que, si así fuera, no me importaría. Muerto el perro, se acabaría la rabia. Con todo, tengo que contener el suspiro que se me atraganta.

En el fondo sé que él no tiene la culpa de que yo me tomara «esta tontería» más a pecho. Podría decir muchas cosas relativas a eso. Se quedaría a escucharlas, aunque solo sea porque se siente profundamente culpable.

Se lo veo en la cara.

Sin embargo, solo me hago en voz alta la única pregunta que nadie podría responderme:

—¿Cómo puede ser alguien tan... tan decepcionante?

Epílogo

Thiago

—¿Estás bien? Tranquilo, mi niño. El vuelo solo dura dos horas y media. Estaremos en tierra en un abrir y cerrar de ojos.

La mujer que me habla viste un divertido poncho de colores y me aprieta la mano afectuosamente. Ha debido de verme pálido, incómodo en mi asiento, y lo ha asociado con la aerofobia en la que ahora mismo ni siquiera se me ocurre pensar.

A veces tienes que sufrir grandes tragedias para darte cuenta de que tus miedos son una estupidez. Solo problemas más grandes pueden ayudarte a poner la vida en otra perspectiva.

Pruebo a dedicarle una sonrisa de agradecimiento, que seguro que es una mueca dolorosa, pero no contesto. Apoyo la cabeza muy despacio en el respaldo, ya con el cinturón puesto, y cierro los ojos.

No llevo ni tres horas fuera de la casa de los Oramas, fuera de la vida de los Oramas, y ya me he acostumbrado a que me vengan sus caras a la cabeza. He asumido que no sabré pensar en otra cosa que en Airam y Dácil. Y si tengo la suerte de formular un pensamiento positivo, será enseguida eliminado por su decepción.

Una decepción que lo podrá todo.

Justo antes de poner el modo avión, recibo un mensaje de Dácil. El corazón me da tal vuelco que por un momento siento que estoy sufriendo un infarto. Me quedo muy quieto, mirando la notificación con la certeza de que no me ha deseado un buen viaje. También estoy seguro de que no me está deseando la muerte.

Si no lo ha hecho mirándome a la cara, no lo hará ahora.

El dedo me tiembla al desbloquear la pantalla y meterme en el chat de WhatsApp. Lo primero que veo es que no tiene foto de perfil ni estado. O bien ha borrado mi número o me ha bloqueado. Esperaba una frase tan demoledora como la última que me ha dedicado. «Decepcionante» no es una palabra que creyera habitual en su vocabulario. Estoy seguro de que la ha usado una vez en su vida, y es para dirigírmela a mí.

Lo que me espera no es una frase. Esta vez no ha escatimado en detalles, porque lo que me espera debajo de los mensajes tontos —cursis, incluso— que nos hemos enviado estos días —me duele mirarlos, así que los ignoro— es un texto:

Querido Thiago:

Una noche me dijiste que
lamentabas no tener una carta
de los muertos: una carta que
dice todo lo que sienten por ti y
te dan instrucciones para
sobrevivirles. Que no se diga que
no tengo corazón o no me
apiado de ti.
Te voy a dejar la carta de mi
parte, de tu último muerto, para

que no sientas que me quedé
con algo que decirte.
No creo que, hoy por hoy, te quiera, pero podría haberlo hecho. Y aunque no te quiera, un día, no me acuerdo cuándo, te di el poder de hacerme daño. Está claro que lo ejerces solo porque puedes, y no porque te divierte. ¿En qué lugar te deja eso? Supongo que en el que estás ahora: fuera de mi casa y sin esperanza de retorno. El caso es que sí, tienes el poder de hacerme daño, y yo no tengo ni siquiera el consuelo de habértelo dado porque te quiero, porque en compensación puedas hacerme algún bien. Todo el bien que haces, lo deshaces enseguida. No se puede confiar en ti, Thiago. No se te puede querer. Y, por lo visto, hay alguien que te quiere y confía en ti en tu ciudad, en tu casa. Alguien a quien te ha apetecido arruinar a mi costa, sin preguntarme antes si querría participar en algo así. Espero que a ella sepas cómo compensarla.
Estate tranquilo. No voy a actuar como Maday. Aunque sé su nombre y dónde localizarla, no voy a decirle nada porque sea lo

correcto. Ese no es asunto mío, y tú tampoco. Solo espero de corazón, y aquí es donde encuadro el consejo vital que quizá tus padres deberían haberte dado, que aprendas a valorar a quien te quiere. Que no lo defraudes. Que no juegues con él. Y que lo hagas mejor con la próxima familia que te acoja, porque en esta, Thiago, me temo que ya no tendrás cabida.

Yo no soy perfecta, lo sé, pero no tengo miedo y siempre voy de frente. ¿Ves ahora por qué he intentado destruirte? Porque sabía que, al final, queriendo o sin querer(me), serías tú el que me destruiría a mí.

Cómo no, he acabado teniendo la razón.

Y qué pena, ¿verdad? Tener la razón la única vez que me habría gustado equivocarme.

Ojalá con todo mi odio,

La princesa Dácil

«Para viajar lejos no hay mejor nave que un libro».

EMILY DICKINSON

Gracias por tu lectura de este libro.

En **penguinlibros.club** encontrarás las mejores recomendaciones de lectura.

Únete a nuestra comunidad y viaja con nosotros.

penguinlibros.club

Penguin Random House Grupo Editorial

penguinlibros